KB192669

왕궁

왕국

엠마뉘엘 카레르 장편소설 | 임호경 옮김

LE ROYAUME
by EMMANUEL CARRÈRE

이 책은 실로 꿰매어 제본하는 전통적인 사철 방식으로 만들어졌습니다.
사철 방식으로 제본된 책은 오랫동안 보관해도 손상되지 않습니다.

차례

일러두기

1. 작품에 등장하는 인명과 지명, 복음서의 명칭 등은 2005년 한국 천주교 주교회의에서 발간한 『성경』을 기준으로 삼았습니다.

2. 성경 구절의 인용과 번역은 『성경』을 기준으로 하되 가급적 작가가 구사한 원문 표현에 따랐습니다.

프롤로그
(파리, 2011년)

1

올해 여름, 난 한 텔레비전 시리즈의 시나리오 작업에 참여했다. 그 요지는 다음과 같다. 어느 밤, 한 작은 산골 마을에 죽은 이들이 돌아온다. 그들이 왜 돌아왔는지, 왜 다른 망자들 말고 이들이 돌아오게 되었는지 알 수 없다. 그들 자신도 자기들이 죽었다는 사실을 모른다. 그들이 이 사실을 발견하는 것은 그들이 사랑하는, 그들을 사랑했던, 그들이 다시 곁으로 돌아가고 싶은 이들의 겁에 질린 시선을 통해서이다. 그들은 좀비가 아니고, 유령도, 뱀파이어도 아니다. 이것은 어떤 판타지 영화가 아니라, 현실이다. 우리는 진지하게 질문을 제기한다. 이 불가능한 일이 **실제로** 일어난다고 가정한다면, 과연 무슨 일이 벌어질 것인가? 만일 당신이 주방에 들어갔는데, 3년 전에 죽은 당신의 10대 딸내미가 전날 밤 무슨 일이 일어났는지 전혀 기억을 못 하는 채로, 단지 집에 늦게 들어왔기 때문에 혼날까봐 걱정하며 아침 식사로 시리얼 한 공기를 말고 있는 광경을 보게 된다면, 당신은 과연 어떻게 반응할 것인가? 보다 구체적으로, 당신은 어떤 몸짓들을 보이게 될 것인가? 어떤 말들을 하게 될 것인가?

더는 픽션을 쓰지 않은 지 오래지만, 난 누군가 어떤 픽션의 장치를 제안했을 때, 그게 강력한 것인지 금방 알아볼 수 있는 바, 이것은 시나리오 작가로서의 내 커리어 전체를 통틀어 가장 강력한 것이었다. 넉 달 동안 연출가 파브리스 고베르와 함께, 우리가 연출하는 상황들과 우리가 나루는 감정들 앞에서 열광하기도 하고, 또 경악하기도 하면서, 아침부터 저녁까지 매일 작업했다. 그러고 나서, 적어도 나는, 출자자들과 사이가 틀어지기 시작했다. 파브리스보다 거의 스무 살이 위인 나는 내 아들뻘밖에 되지 않은 나이에 우리가 써놓은 것들을 보면서 심드렁한 표정으로 입을 삐쭉거리고 있는 까칠한 수염의 젊은 친구들에게 끊임없이 검사받아야 하는 상황이 점점 견디기 힘들어졌다. 〈이봐 친구들, 만일 자네들이 그렇게 잘할 수 있다면 자네들이 직접 해보라고!〉라고 내뱉고 싶은 충동이 목구멍까지 차올랐다. 그리고 결국 그렇게 하고 말았다. 내 아내 엘렌과 에이전트 프랑수아가 건넨 현명한 충고들에도 불구하고, 난 더 이상 공손히 앉아 있지 못했고, 시즌 1 작업이 진행되는 도중에 부서져라 문을 닫고 나와 버렸다.

그로부터 몇 달 후 이렇게 한 것이 후회되기 시작했다. 아주 정확히 말하자면, 내가 내 영화 「콧수염」의 영상을 담당한 촬영 감독 파트리크 블로시에와 함께 파브리스를 초대한 저녁 식사 중에였다. 나는 이 파트리크 블로시에가 「돌아온 자들」¹의

---

1 영어 제목은 〈The Returned〉이고, 우리나라에도 〈더 리턴드〉로 소개되었음. 이하 모든 주는 옮긴이의 주임.

영상을 맡기에 이상적인 인물이며, 파브리스와도 기막히게 잘 통할 거라고 확신했고, 실제로도 그렇게 되었다. 하지만 이날 저녁 주방 식탁에서 그들이 나누는 얘기들을 들었을 때의 기분이라니! 그들이 구상 중인 시리즈에 대해, 내 서재에서 그와 함께 상상했고, 이제는 벌써 촬영지들과 배우들과 기술진을 선정하는 단계에 와 있는 그 스토리들에 대해 하는 얘기들을 듣고 있으려니, 〈촬영〉이라는 이름의 그 거대하고도 흥미진진한 기계가 움직이기 시작하는 게 거의 물리적으로 느껴지면서, 나도 이 모험을 같이하고 있어야 하는데 내 잘못으로 빠져 버렸어, 하는 생각이 들면서 갑자기 슬퍼지기 시작했다. 얼마나 슬펐느냐면, 〈비틀스〉라는 이름을 지닌 리버풀의 한 작은 그룹에 소속된 드러머였다가, 첫 번째 음반 취입 계약을 따내기 직전에 그룹을 떠나 버려서, 아마도 생의 남은 시간에는 제 손가락들을 꽉꽉 깨물며 보냈을 그 피트 베스트라는 친구만큼이나 슬펐다. (「돌아온 자들」은 세계적인 성공을 거뒀으며, 세계 최고의 TV 드라마에 주어지는 국제 에미상을 수상하기도 했다.)

그 저녁 식사를 하면서 난 과음을 했다. 경험을 통해 나는 자기가 쓰고 있는 것에 대해서는, 아직 집필이 끝나지 않은 상태에서는, 그리고 특히 술에 취한 상태에서는, 다른 이들에게 떠들어 대지 않는 편이 좋다는 것을 배운 바 있다. 이런 흥분된 고백은 어김없이 일주일 동안 풀 죽어 지내는 대가를 치르기 마련인 것이다. 하지만 이날 저녁, 아마도 속상한 마음을 달래 보고, 나 또한 뭔가 흥미로운 것을 하고 있다는 것을 과시하고 싶었던 모양으로, 나는 파브리스와 파트리크에게 내가 벌써 수년 전부터 작업해 오던 최초의 기독교도들에 대한 책에 대해 얘기해 주었다. 「돌아온 자들」에 전념하기 위해 옆으로 밀쳐놓았다가 얼마 전부터 다시 시작한 작업이었다. 난 그들에게 마치 어떤 TV 드라마의 내용을 들려주듯 얘기해 주었다.

이것은 주후[2] 50년경에 — 물론 그때 자신이 주후(主後)에 살고 있다는 사실을 알았던 사람은 아무도 없지 — 그리스의 코린토에서 벌어지는 일이야. 책의 첫머리에서는 한 띠돌이 설교자가 이곳에 흘러들어 와서는 보잘것없는 직조 공방을 하나 여는 장면을 보여 주는 거야. 나중에 〈사도 바오로〉라고 불리게 될 이 사내는 이 외관상의 직업을 유지하면서 **그 자신의 천을** 짜나가는데, 이 천은 가까운 사람들로부터 시작해서는 온 도시에 퍼져 나가게 돼. 대머리에 수염이 텁수룩하고, 이따금 어떤 신비스러운 병이 발작하면 별안간 땅바닥에 벌렁 자빠지기도 하는 이 사내는 나지막하고도 은근한 목소리로 20년 전에 유대 땅에서 십자가형에 처해진 어느 예언자에 대해 이야기하지. 그가 말하기를, 이 예언자는 죽었다가 살아났으며, 이 죽었다가 살아난 사실은 어떤 굉장한 일의 전조라는 거야. 다시 말해서 우리 인류가 눈에 보이지는 않지만 근본적인 어떤 변화를 겪게 된다는 거지. 바오로 주변의 코린토 하층민들 사이에서 퍼져 나간 이 이상한 신앙의 추종자들은 얼마 안 가 자신들을 어떤 변종들로, 친구나 이웃의 모습으로 위장하여 사람들에게 발각되지 않는 변종들로 여기게 되지.

파브리스의 눈이 반짝거린다. 「그런 식으로 이야기하니까 꼭

---

2 서기(西紀)의 다른 말. 주후(主後)는 〈주님의 해로부터 *Anno Domini*〉의 약자이다.

덕의 소설 같아!」 SF 작가 필립 K. 딕은 우리가 시나리오 작업을 하면서 주로 참고한 작가였다. 난 청중이 내 이야기에 빠져든 것을 느끼고는 맞장구친다. 맞아, 꼭 딕의 소설 같지! 그리고 이 기독교 초창기에 대한 이야기는 「돌아온 자들」과도 같은 거야. 자, 「돌아온 자들」은 무엇을 얘기하고 있지? 그것은 바오로의 추종자들이 자신들이 체험하게 되리라고 확신했던 그 최후의 날들, 그러니까 죽은 자들이 다시 일어나고 세상의 심판이 이루어지게 될 그 최후의 날들을 얘기하고 있어. 〈부활〉이라는 경악스러운 사건을 중심으로 형성되는 내쳐진 사람들과 선택받은 사람들의 공동체를 얘기하고 있지. 불가능한, 그렇지만 실제로 일어난 무언가의 이야기를 들려주고 있는 거야. 내가 이렇게 흥분 상태로 떠들면서 계속 잔을 비우고, 또 손님들 잔에도 억지로 술을 부어 주고 있을 때였다. 파트리크가 갑자기 머릿속에 불쑥 떠오른 듯 무언가를 말하는데, 그것은 사실 아주 진부한 얘기지만, 그는 지금까지 여기에 대해 한 번도 생각해 본 적이 없었고, 그래서 지금 생각해 보니 너무나 놀랍게 느껴지는 모양이어서 나도 놀라 버린 내용이다.

그가 말한 것은, 지극히 정상적이고도 지적인 사람들이 기독교처럼 말도 안 되는 것을, 그리스 신화나 도깨비들이 나오는 동화와 아무 차이가 없는 것을 곧이곧대로 믿을 수 있다는 사실은 생각해 보면 참 이상한 일이라는 것이다. 그래, 고대에는 그럴 수 있다고 쳐. 그때는 사람들이 순진했고, 과학도 존재하지 않았으니까. 하지만 오늘날에는! 만일 어떤 친구가 신들이 인간 여자들을 유혹하기 위해 백조로 변신한다거나, 공주들이 두꺼비에게 키스하고, 그렇게 키스해 주면 두꺼비들이 백마 탄 왕자로 뿅 하고 바뀐다는 식의 이야기들을 믿는다면 〈저놈 미쳤어!〉라고 모두가 말할 거야. 그런데 지금 수많은 사람들이 이것들 못지않게 황당무계한 이야기를 믿고 있는데, 이 사람들은 전혀 미친놈으로 여겨지지 않거든. 설사 믿음을 공유하지는 않는다 해도, 그들을 진지하게 대해 주지. 또 그들은 어떤 사회적 역할도 담당하고 있어. 과거처럼 중요하지는 않지만, 그래도 존중받으며 전반적으로 볼 때 긍정적이라고 할 수 있는 역할을 담당하고 있지. 그들의 황당무계한 생각들이 완전히 이성적인 활동들과 공존하고 있는 거야. 대통령들이 그들의 우두머리를 공손한 태도로 방문하기도 하고. 자, 이것 참 희한한 일 아니야?

2

맞다, 이건 분명 참 희한한 일이다. 그리고 내가 아침마다 잔을 학교까지 차로 데려다주고 나서 몇 페이지씩 읽는 니체는 파트리크 블로시에가 느꼈던 그 경악스러운 감정을 이렇게 표현하고 있다.

〈어느 일요일 아침, 오래된 교회의 종들이 뎅그렁뎅그렁 요란하게 울리는 소리를 들을 때면 우리는 이렇게 자문하지 않을 수 없다. 아니, 이게 대체 가능한 일인가? 2천 년 전에 십자가형을 받았고, 자신이 신의 아들이라고 주장하던 — 그렇게 주장할 수 있는 증거도 없으면서 — 어떤 유대인을 위해 이 모든 것들을 하고 있단 말인가? 인간 여자와 더불어 자식을 낳은 신.

더 이상 일하지도 말고, 더 이상 사람들을 심판하지도 말고, 다만 세상에 임박한 종말의 징표들을 살피라고 권고하는 현인. 죄 없는 사람을 속죄의 희생양으로 삼는 것을 용납하는 정의 (正義). 제자들에게 자신의 피를 마시라고 명하는 스승. 기적을 구하는 기도들. 신에 대해 범해지고, 또 신에 의해 씻기는 죄들. 죽음이라는 문을 통해 들어가는 《저세상》에 대한 공포. 십자가 라는 것이 어떤 기능을 했는지, 그것이 얼마나 추악했던 것인 지 전혀 모르게 된 이 시대에 신앙의 상징이 된 십자 형상……. 이 모든 것들은, 마치 어떤 아득한 과거가 묻혀 있는 무덤이 내 뿜는 숨결인 양, 우릴 얼마나 오싹하게 만드는가! 아직도 사람 들이 이런 것들을 믿고 있다고 과연 누가 믿을 수 있겠는가?〉

하지만 사람들은 믿고 있다. 많은 사람들이 믿고 있다. 그들 은 교회에 가면 매 구절이 건전한 상식에 대한 모독이라 할 수 있는 사도 신경을 암송하며, 또 그들이 잘 이해한다고 여겨지 는 프랑스어로 암송한다. 내가 꼬마였을 때 일요일마다 나를 미사에 데려가던 아버지는 사도 신경이 더 이상 라틴어로 되어 있지 않음을 아쉬워했다. 그것은 그분의 복고적 성향 때문이기 도 했고, 동시에 — 난 그분이 한 말을 기억한다 — 〈라틴어로 는 이게 그렇게 멍청하게 느껴지지가 않기 때문〉이었다. 우리 는 다음처럼 말하며 안심해 볼 수 있다. **사람들은 그것을 믿지 않 아. 더 이상 산타클로스를 믿지 않듯이 말이야.** 그것은 하나의 유산, 그들이 애착하는 오래되고도 아름다운 관습들 중 일부일 뿐이 다. 그들은 이것들을 계속해 나가면서 자신들이 성당들과 바흐 의 음악이 나온 자랑스러운 정신과 연결되어 있음을 선언하는 것이다. 그들이 이 사도 신경을 읊조리는 것은 그것이 하나의 관습이기 때문이다. 일요일 아침에 미사를 대신하여 요가 수업을 듣는 우리 보보스족들이 요가를 시작하기 전에 사범을 따라 만트라를 읊조리듯이 말이다. 하지만 이 만트라에도 제 때 비가 내리고, 모든 이들이 평화롭게 살기를 비는 구절들이 있고, 이것들도 종교적 기원(祈願)이라 볼 수 있겠지만, 적어도 이성에 어긋나지는 않으며, 이것이 기독교와의 뚜렷한 차이점이다.

그렇긴 해도 신자들 중에는 말씀에 신경 쓰지 않고 음악만을 편안히 즐기는 사람들이 있는 한편, 또 말씀에 대해 충분히 숙고해 보고 나서, 그것의 불합리한 점들을 충분히 알면서도, 확신을 가지고서 말씀을 전하는 이들도 분명히 있을 것이다. 만일 우리가 그들에게 물어본다면, 그들은 2천 년 전에 처녀의 몸에서 태어난 한 유대인이 십자가에 못 박혀 죽은 후 사흘 만에 다시 부활했으며, 그가 산 자들과 죽은 자들을 심판하기 위해 다시 오실 거라는 것을 자신은 **정말로** 믿는다고 대답할 것이다. 또 자신은 이 사건들을 자기 삶의 정중앙에 위치시킨다고 대답할 것이다.

그렇다, 이건 정말 희한한 일이다.

3

나는 어떤 주제를 다룰 때면 그것을 여러 각도에서 접근하기를 좋아한다. 초기 기독교 공동체들에 대해 쓰기 시작했을 때, 이와 병행하여 2천 년 후에 그들의 신앙이 어떻게 되었는지에 대한 르포르타주를 한 편 쓰면 어떨까, 그리고 이를 위해 종교적 관광을 전문으로 하는 여행사들이 기획하는 이른바 〈성 바오로의 발자취를 따라〉류의 크루즈 여행을 해보면 어떨까, 하는 생각이 떠올랐다.

나의 첫 번째 아내의 부모님은 생전에 루르드[3]를 방문하는 것만큼이나 이런 여행을 해보기를 꿈꾸셨는데, 루르드는 이미 여러 차례 다녀오신 반면, 성 바오로 크루즈 여행은 그들에게는 하나의 꿈으로 남아 있었다. 그분의 자녀들은 과부가 되신 장모님께 이 여행을 선물하려고 돈을 갹출하는 방안을 의논했던 모양이었다. 장모님은 장인어른이 살아 있었다면 더없이 기뻐하셨겠지만, 그분이 없으니 더 이상 마음 내켜 하시지 않았다. 자녀들은 조금 권해 보다가, 결국 그만두고 말았다.

물론 내 취향은 장인 장모의 그것과 같지 않았고, 나는 코린토 혹은 에페소스를 반나절 정도 들러 보기, 가이드를 졸졸 따라다니는 순례자 그룹, 그리고 조그만 깃발을 흔들며 나름의 유미로 신자들을 즐겁게 해주는 어떤 젊은 사제 등을 재미있으면서도 끔찍해지는 기분으로 상상해 보았다. 내가 관찰한 바에 의하면, 가톨릭 가정들에서는 신부(神父)의 유머 감각이 종종 화제에 오른다. 신부의 농담이라니! 생각만 해도 몸서리쳐진다. 아마 그런 그룹에서는 예쁜 여자를 만날 가능성이 희박하리라. 설사 그런 일이 일어난다 해도, 가톨릭 크루즈 여행에 자의로 등록한 여자를 마주할 때 과연 어떤 느낌이 들지 의문이었다. 그런 여자를 섹시하다고 느낄 정도로 내가 변태적인 놈

---

3 프랑스 남부 피레네 산맥에 위치한 유명한 가톨릭 성지. 1858년 이곳의 한 동굴에서 성모가 출현했다고 전해진 후, 전 세계 가톨릭 신자들의 순례지가 되었다.

일까? 그런데 내 계획은 여자를 꼬시는 게 아니라, 이 크루즈 여행 참가자들을 확신에 찬 기독교인들의 샘플로 간주하고, 열흘 동안 그들에게 체계적으로 질문을 던지는 거였다. 이런 종류의 앙케트를 익명으로, 다시 말해서 네오나치들의 세계에 숨어드는 기자들이 하는 것처럼 나도 그들의 신앙을 공유한다고 주장하면서 할 것인가, 아니면 솔직하게 모든 것을 밝히고 시작할 것인가? 나는 오래 고민하지 않았다. 첫 번째 방식은 내 마음에 들지 않았고, 두 번째 방식이 항상 더 나은 결과를 가져다준다는 게 내 생각이다. 좋다. 진실을 명확히 밝히리라. 자, 저는 오늘날의 기독교인들이 **정확히** 무엇을 믿는지 알아보고자 하는 무신론자 작가입니다. 만일 여러분께서 이에 대해 저와 대화하고 싶으시다면, 저는 기쁠 것이지만, 그렇지 않다면 더 이상 여러분을 귀찮게 하지 않겠습니다.

내가 나를 잘 알아서 하는 말인데, 이 일은 분명히 잘되었을 거라고 확신한다. 날들이 흘러가고, 식사를 같이 하고, 대화를 나눠 감에 따라, 처음에는 아주 이상하게 느껴지던 이 사람들이 정감 가는, 심지어는 감동적이기까지 한 사람들이 되었을 터였다. 가톨릭 신자들과 식탁에 둘러앉아, 예를 들면 사도 신경의 구절들을 하나하나 들어 가며 그들에게 부드럽게 질문하는 내 모습이 그려졌다. 「나는 전능하신 하느님 아버지, 천지의 창조주를 믿습니다.」 당신은 그를 믿는다고 하시는데, 그가 어떤 분이라고 생각하세요? 구름 위에 있는 어떤 수염 난 할아버지? 어떤 우월한 힘? 너무나도 커서 그에 비하면 우리는 개미나 다름없을 존재? 당신의 마음속 깊은 곳에 있는 어떤 호수나 어떤 불꽃? 또 그의 외아들이며, 〈영광 가운데 돌아오셔서 산

자들과 죽은 자들을 심판하시고, 그의 왕국이 끝없이 계속될〉예수 그리스도는 어떻게 생각하세요? 이 영광, 이 심판, 이 왕국에 대해 내게 한번 말씀해 주세요. 그리고 거두절미하고 핵심을 말하자면, 당신은 그가 **정말로** 부활했다고 믿으시나요?

그해는 성 바오로의 해[4]였다. 크루즈선(船)에는 기라성 같은 성직자들이 모여들 예정이었다. 초청 연사진에는 파리 대주교 뱅트루아 추기경도 포함되어 있었다. 많은 이들이 등록했고, 순례자들 중 상당수가 커플이었으며, 혼자 오는 사람들은 대부분 동성의 낯선 이와 선실을 함께 쓰는 것 — 나는 전혀 그러고 싶지 않았지만 — 에 동의했다. 만일 기어이 선실을 혼자 쓰고 싶다면 크루즈 요금은 결코 만만치 않아서, 거의 2천 유로에 육박했다. 나는 여섯 달 전에 요금의 절반을 지불해야 했다. 그때부터 벌써 남아 있는 자리가 거의 없다는 거였다.

출발 날짜가 다가옴에 따라 나는 왠지 마음이 불편해지기 시작했다. 현관 가구 위에 쌓인 우편물들 위에, 성 바오로 크루즈 여행의 로고가 찍힌 봉투가 있는 것을 행여 누가 보게 될까 봐 마음이 불안했다. 내게 〈약간 가톨릭 성향이 있다〉고 벌써부터 의심하고 있던 엘렌은 이 계획을 알게 되고는 몹시 당혹스러워했다. 난 이에 대해 아무에게도 말하지 않았는데, 결국 내가 이걸 부끄러워하고 있다는 사실을 깨닫게 되었다.

내가 부끄러웠던 것은 내가 거기에 가는 것은 기독교인들을 비웃기 위해서가 아닌가, 혹은 적어도 난쟁이 던지기 시합, 기

---

4 성 바오로 탄생 2천 년이 되는 해가 2008년이다. 가톨릭교회는 이해를 성 바오로 특별 희년(禧年)으로 선포했다.

니피그 전문 정신과 의사들, 또는 「도미니크 니크 니크」를 불렀고, 짧은 영광을 맛본 후에 결국 알코올과 수면제로 생을 마감한, 땋은 머리를 늘어뜨리고 기타를 치던 그 불행한 벨기에 수녀 쇠르 수리르의 닮은꼴 선발 대회 같은 것을 보여 주는 TV 프로그램들에 숨어 있는 그 교만한 호기심에 이끌려 움직이는 것은 아닌가 하는 의심이 들었기 때문이다. 스무 살 때 나는 어떤 주간지를 위해 기사를 몇 편 쓴 적이 있는데, 트렌디하고도 도발적인 색깔을 지향하는 이 잡지는 창간호에 〈시험대에 올려 본 고해소〉라는 제목의 앙케트 기사를 실었다. 기자는 신자로 변장하고서, 다시 말해 최대한 볼품없는 복장을 하고서, 파리에 있는 다양한 교구의 신부들을 찾아다니며 점점 더 황당무계해지는 죄들을 고백하면서 그들을 함정에 빠뜨리려고 했다. 그는 기사에서 장난기 어린 어조로 얘기하면서, 자신은 그 불쌍한 신부들과 신자들보다 천배는 더 독립적이고도 똑똑하다는 사실을 은연중에 암시하곤 했다. 심지어는 그 당시에도 나는 이런 짓거리가 한심하고도 충격적으로 느껴졌다. 만일 그 친구가 이런 짓을 어떤 유대교의 회당이나 이슬람의 모스크에서 했다면 그 즉시 이념을 초월하여 사방에서 분노에 찬 항의의 물결이 일 것이었기 때문에 더욱 한심하고도 충격적으로 느껴지는 행동이었다. 오늘날의 기독교도들이란 킬킬대기 좋아하는 사람들을 자기편으로 끌어들이면서, 처벌받을 염려 없이 마음껏 비웃을 수 있는 유일한 대상들인 것 같다. 나는 비록 내가 선의에 의해 행동한다고 주장하고는 있지만, 가톨릭 신자를 대상으로 하는 나의 사파리 계획은 조금은 이 같은 종류가 아닐까 하는 생각이 들기 시작했다.

아직은 등록을 취소하고 심지어 선금까지 환불받을 수 있는 시간이 있었지만, 나는 좀처럼 결정을 내리지 못했다. 잔금을 지불해 달라는 서신이 도착하자, 나는 그걸 휴지통에 던져 버렸다. 다른 최고장들이 이어졌지만 무시해 버렸다. 결국 여행사는 직접 전화를 걸어 왔는데, 나는 피치 못할 사정으로 갈 수 없게 되었노라고 대답했다. 여행사의 여직원은 그렇다면 좀 더 일찍 알려 주셔야 했다, 왜냐하면 지금은 출발이 한 달밖에 남지 않아 빈자리를 채울 수가 없다고 정중히 설명했다. 설령 내가 떠나지 못한다 해도, 요금을 전액 지불해야 한다는 거였다. 난 발끈해서, 크루즈 여행을 떠나지도 않는데 절반이나 낸 것도 많다고 생각한다고 맞받았다. 이런 나에게 그녀는 계약서를 내밀었고, 거기에는 항변의 여지가 없었다. 난 전화를 끊었다. 며칠 동안 나는 죽은 듯이 숨어 지내는 방안을 생각해 봤다. 거기엔 분명히 대기 리스트가 있을 거고, 내 선실을 차지할 수 있게 되어 좋다고 할 어떤 신앙심 깊은 독신남이 있지 않겠는가? 어쨌든 그들은 이런 걸 가지고 날 고소하지는 않으리라. 아니, 어쩌면 정말로 고소할지도……? 여행사에는 분명히 채권 추심 팀이 있을 거고, 그들은 계속 등기 우편을 보낼 거고, 만일 내가 지불하지 않는다면 이 일은 결국 법원으로 가게 될 거였다. 나는 이 이야기는 어떤 조소 어린 기사의 소재가 될 수 있고, 앞으로 내 이름이 독실한 신자들을 위한 크루즈 여행과 결부된 어떤 우스꽝스러운 횡령 사건과 연결될 수 있다는 생각에 갑자기 편집증적 공황감에 사로잡혔다. 정직하게 말하자면 — 이게 꼭 덜 우스꽝스러운 일이라고는 할 수 없지만 — 잘못하면 붙잡히게 될지도 모른다는 이 두려움에는 점점 더 내가 나쁜 행위로 느껴지는 무언가를 계획했으며, 그 대가는 치르는 게 옳다는 의식이 섞여 들고 있었다. 그래서 나는 첫 번째 등기 우편을 기다리지도 않고 두 번째 수표를 보내 버렸다.

4

이 책을 작업해 나가면서 나는 사람들로 하여금 그들의 신앙에 대해 얘기하게 만드는 것은 아주 어려운 일이며, 〈당신이 믿는 것은 정확히 무엇입니까?〉라는 질문은 나쁜 질문이라는 것을 깨닫게 되었다. 그리고 이를 깨닫기 위해서는 놀랄 만큼 오랜 시간이 필요했지만 어쨌거나 결국 깨닫게 된 또 하나의 사실은, 내가 질문할 기독교인들을 마치 전에 인질이었거나, 벼락에 맞았거나, 혹은 어떤 항공기 사고에서 유일하게 살아남은 사람들을 찾듯이 찾아다니는 것은 엉뚱한 짓이라는 사실이었다. 왜냐하면 난 몇 해 동안 한 기독교인과 아주 가까이, 더 이상 가까울 수 없을 만큼 가까이 지냈었는데, 그것은 바로 나 자신이었기 때문이다.

간단히 얘기해서 1990년 가을에 나는 〈주님의 은총을 입었다〉. 이런 표현을 쓰는 것이 지금은 약간 어색하지만, 당시에 나는 이런 식으로 말했다. 이 〈회심〉에서 기인한 열정은 거의 3년 동안 지속되었으며, 그동안에 나는 교회에서 결혼식을 올리고, 나의 두 아들에게 영세를 받게 하고, 규칙적으로 미사에 참석했다(여기서 〈규칙적〉이란 매주가 아니라 매일을 뜻한다). 나는 고해 성사와 영성체도 했다. 또 기도도 하고, 내 아들들에게도 나처럼 할 것을 강권하기도 했는데, 이제 성인이 된 녀석들은 그 일을 가지고서 나를 짓궂게 놀리기도 한다.

그 몇 해 동안, 나는 매일 「요한 복음서」 몇 구절씩에 논평을 달았다. 이렇게 적은 논평들이 노트 20여 권을 빼곡히 채웠는데, 그 후 한 번도 이 노트들을 다시 펼쳐 보지 않았다. 나는 이 시기에 대해 좋은 추억이 별로 없으며, 이 시기를 잊어버리려고 최선을 다했다. 무의식의 기적이라고나 할까, 나는 그 일에 너무나도 성공한 나머지, 기독교의 기원에 대해 쓰기 시작하면서 그 시절의 기억과 서로 연결 짓지 않을 수 있었다. 지금 내가 그토록 흥미를 느끼는 이 이야기를 한때는 내가 **믿었다는** 사실을 떠올리지 않을 수 있었던 것이다.

자, 이제는 기억한다. 그리고 비록 이게 두려운 일일지라도, 이제는 이 노트들을 다시 읽어야 할 때가 왔음을 알고 있다.

그런데 그것들이 어디 있지?

5

내가 마지막으로 그것들을 본 것은 2005년이었고, 그때 나는 상태가 아주, 아주 나빴다. 그것은 내가 통과한 심각한 정신적 위기들 중 마지막 것이었고, 최악의 것들 중 하나이기도 했다. 편의상 이것을 일종의 우울증이라고 말할 수도 있겠지만, 난 그건 아니라고 생각한다. 당시에 나를 진찰한 정신과 전문의도 그렇게 생각하지 않았고, 항우울제가 도움이 될 거라고 생각하지도 않았다. 그의 생각이 옳았던 것이, 난 여러 종류의 항우울제를 시도해 봤지만, 그것들은 바람직하지 못한 부작용들 외에는 아무 효과가 없었다. 그때 내 고통을 조금이나마 완화해 준 유일한 요법은 정신병자들을 위한 어떤 약이었는데, 사용 설명서에 따르면 〈잘못된 신앙들〉을 치료하는 약이라고 했다. 이 시기의 일들 중에서 나를 웃게 하는 것은 별로 없는데, 이 〈잘못된 신앙들〉은 나로 하여금 씁쓰레한 미소를 짓게 한다.

나는 『나 아닌 다른 삶』에서 내가 늙은 정신 분석가 프랑수아 루스탕을 찾아갔던 일을 얘기한 적이 있는데, 서기서는 그 결말 부분만 얘기했다. 여기서 그 시작 부분을 얘기하겠는데, 그것은 단 한 차례 있었던 매우 밀도 있는 상담이었다. 난 그에게 모든 것을 쏟아 냈다. 배 속에 끊임없이 느껴지는, 그리고 내가 고대 그리스의 전설에 나오는 스파르타 소년의 내장을 뜯어먹는 여우에 비교한 그 통증, 이제 난 궁지에 몰렸다는, 더 이상 사랑할 수도, 일할 수도 없고, 주위 사람들에게 해만 끼치고 있다는 느낌에 대해, 혹은 그런 확신에 대해 말했다. 또 나는 자살을 생각하고 있다고도 말했고, 어쨌든 루스탕이 어떤 다른 해결책을 제시해 주리라는 희망을 품고 찾아왔는데 놀랍게도 그는 내게 아무것도 제안할 생각이 없어 보였으므로, 그에게 내 마지막 기회로서 나를 한 번 정신 분석해 줄 수 있겠느냐고 물었다. 나는 다른 두 명의 정신 분석가로부터 10년에 걸쳐 정신 분석을 받아 왔지만 별다른 결과가 없던 터였다 — 적어도 그때 나는 그렇게 생각했다. 루스탕은 자기는 그럴 수 없다고 대답했다. 우선은 자신이 너무 늙었기 때문이며, 또 자기 생각으로는 정신 분석에서의 내 유일한 관심사는 분석가를 실패하게 만드는 일이며, 그 방면에 있어서 도사가 다 된 것처럼 보이기 때문이란다. 만일 내가 내 실력을 세 번째로 증명해 보이고 싶다면 자기가 굳이 막지는 않겠지만. 그는 이렇게 덧붙였다. 「그걸 나한테 하지는 마세요. 그리고 내가 만일 당신이라면, 차라리 다른 걸 해보겠어요.」

「그게 뭐죠?」 나는 어떤 의사도 당해 낼 수 없는 불치병 환자처럼 우쭐대며 물었다.

「음, 그러니까,」 루스탕이 대답했다. 「당신은 자살을 얘기하셨지요. 요즘에는 그게 썩 좋게 여겨지지 않지만, 때로 그게 하나의 해결책이 될 수도 있어요.」

이렇게 말하고 그는 침묵을 지켰다. 나도 그랬다. 이윽고 그가 다시 말했다. 「그게 싫다면 그냥 살아도 돼요.」

그는 이 두 문장을 통해 나로 하여금 이전의 두 정신 분석가를 좌절시킬 수 있게 해준 시스템을 박살 낸 것이다. 대담한 시도였다. 자크 라캉 같은 이가 비슷한 임상적 혜안을 바탕으로 시도했을 법한 종류의 대담함이었다. 루스탕은 내가 생각과 달리 자살하지 않을 거라는 것을 이해했던 것이며, 이후 한 번도 그를 다시 본 적은 없지만 내 상태는 그때부터 조금씩 나아지기 시작했다. 어쨌거나 그날은 집을 나왔을 때와 똑같은 기분으로, 다시 말해서 정말로 자살할 결심을 하지는 못했지만, 결국은 자살하게 되리라고 확신하는 상태로 집에 돌아왔다. 내가 온종일 맥없이 누워 있는 침대 바로 위 천장에는 고리 하나가 박혀 있는데, 나는 발판 사다리를 딛고 올라가 그게 얼마나 튼튼한지 시험해 보았다. 또 엘렌에게 유서를 한 통 쓰고, 아들들과 부모님에게도 한 통씩 썼다. 내 컴퓨터도 정리했다. 내가 죽고 나서 사람들이 발견하기를 원치 않는 파일 몇 개를 주저 없이 삭제했다. 반면, 이사를 할 때마다, 내가 열어 보지는 않았지만, 계속 나를 따라다닌 한 종이 상자 앞에서는 망설였다. 이 종이 상자는 내 기독교 시기의 노트들, 즉 내가 아침마다 「요한 복음서」에 대한 논평을 적어 놓던 바로 그 노트들을 모아 놓은 상자였다.

난 언젠가는 그것들을 다시 읽어 보리라고, 그리고 어쩌면 거기서 뭔가를 끄집어내게 되리라고 늘 생각하고 있었다. 사실 현재의 자신과 완전히 달랐던 삶의 시기, 지금은 어처구니없게 느껴지는 무언가를 철석같이 믿었던 시기에 자신이 직접 쓴 자료를 가지고 있는 것은 그렇게 흔치 않은 일이다. 한편으로 나는 만일 내가 죽게 된다면 이 자료들을 뒤에 남기고 싶은 마음이 전혀 없었다. 하지만 만일 자살하지 않는다면 그것들을 파기한 것을 후회하게 될 거였다.

무의식의 기적은 계속되었으니, 그때 내가 어떻게 했는지 기억이 나지 않는다. 뭐, 이런 기억은 난다. 난 몇 달을 더 그렇게 우울하게 지내다가, 나중에 『러시아 소설』이 되어 나를 구렁텅이에서 꺼내 준 글을 쓰기 시작했다. 하지만 그 종이 상자와 관련하여 내게 남은 마지막 이미지는, 그게 내 서재 카펫 위에 놓여 있고, 나는 그것을 열어 보지 않은 채로 이걸 어떻게 해야 하나 자문하고 있는 그림이다.

7년 후, 나는 같은 아파트의 같은 서재 안에 있고, 내가 그것을 어떻게 했는지 자문해 보고 있다. 만일 내가 그것을 파기해 버렸다면, 그 기억이 날 것 같다. 특히나 그것을 예를 들어 불태우기와 같은 극적인 방법으로 파기했다면 더욱 그렇겠지만, 쓰레기통에 버리기와 같은, 좀 더 산문적인 방법을 사용했을 가능성도 있다. 그리고 만일 내가 그것을 간직했다면, 대체 어디다 두었단 말인가? 은행 금고에 넣어 두었다면 불태운 것만큼이나 생생하게 기억할 것이다. 아니, 그것은 아파트 안에 있었을 테고, 그게 만일 아파트 안에 있다면……

나는 몸이 불처럼 뜨거워지는 걸 느낀다.

6

내 서재에는 드레스 룸이 하나 붙어 있는데, 그곳은 우리가 트렁크들이며, DIY 재료들이며, 우리 딸 잔의 친구들이 와서 자고 갈 때면 꺼내곤 하는 라텍스 매트리스 같은 것들, 다시 말해서 우리가 자주 사용하는 물건들을 넣어 두는 장소였다. 하지만 상황은 마치 어두운, 아주 어두운 어떤 성에, 어두운, 아주 어두운 복도를 따라가면, 어두운, 아주 어두운 어떤 방에 이르게 되는데, 거기에는 어두운, 아주 어두운 드레스 룸이 하나 있고…… 식으로 전개되는 **어두운, 아주 어두운 이야기가** 나오는 아동용 책에서 벌어지는 일과도 같다. 이 드레스 룸 안쪽에 또 하나의 드레스 룸이 붙어 있는 것이다. 보다 작고, 보다 나지막하고, 조명도 없고, 당연히 더 접근하기 힘든 이곳에다 한 번도 사용하는 일이 없는, 그래서 우리가 이것들을 어떻게 처리할 것인가를 생각해 보지 않을 수 없게 되는 다음번 이사 때까지 거기에, 우리의 손이 거의 미치지 못하는 상태로, 머물게 될 것들을 쟁여 두는 장소이다. 그것들 대부분은 둘둘 말린 낡은 양탄자, 고장 난 스테레오 세트, 오디오 카세트들로 채워진 가방, 나와 내 두 아들이 각종 격투기에 대해 가졌던 열정을 증언하는 유도복, 펀칭 미트, 권투 글러브 등속을 넣어 둔 쓰레기봉투 등,

여느 벽장에서든 흔히 볼 수 있는 것들이다. 하지만 공간의 거의 절반은 보다 덜 통상적인 무언가가 차지하고 있으니, 그것은 15년 동안 실제로는 아무것도 아닌 자신이 의사라고 주변의 모든 사람을 속인 후에 — 그는 고속 도로 휴게소에 세워 놓은 차 안에 앉아서, 혹은 쥐라 산맥의 어두컴컴한 숲속을 거닐며 하루를 보내곤 했다 — 1993년에 아내와 자식들과 부모를 살해한 장클로드 로망에 대한 수사 파일이다.

이 〈파일〉이라는 표현은 오해를 낳을 수도 있겠다. 이것은 **하나의** 파일이 아니라, 판지로 싸서 끈으로 꽉 묶어 놓은 열다섯 개가량의 파일들로, 그 각각은 아주 두툼하고, 끝없이 이어지는 심문 조서들에서부터 전문가 보고서들, 그리고 한 줄로 이어 놓으면 수 킬로미터는 될 은행 거래 내역서들에 이르기까지, 수많은 자료들을 포함하고 있다. 이런 종류의 사건에 대해 글을 써본 사람들은 모두가 나처럼 이 수만 장의 종잇조각들이 어떤 이야기를 들려주고 있으며, 작가는 마치 어떤 조각가가 대리석 덩어리에서 조각상을 끄집어내듯이 거기서 그 이야기를 끄집어내야 한다는 직감을 가졌으리라 생각한다. 내가 이 사건에 대해 자료를 수집하고 또 집필하며 보냈던 그 힘들었던 몇 해 동안, 이 파일은 내게는 갈망의 대상이었다. 아직 재판이 시작되지 않은 상황에서 이 자료는 원칙적으로 일반에게 공개될 수 없었기 때문에, 나는 장클로드 로망의 변호사가 보인 특별한 호의에 의해, 리옹에 있는 그의 사무실에서만 이를 열람할 수 있었다. 그는 내가 창문도 없는 조그만 방에서 한두 시간 정도 열람할 수 있게 해주었다. 나는 메모는 할 수 있으되, 복사

할 권리는 없었다. 오로지 이것 때문에 특별히 파리에서 내려온 나에게 변호사가 이렇게 말하는 때도 있었다. 「아니, 오늘은 불가능해요. 그리고 내일도 안 되고요. 보름 후에 다시 오시는 게 좋겠어요.」 난 그 양반이 이렇게 내 애간장을 태우는 것을 은근히 즐겼다고 생각한다.

장클로드 로망이 무기형 선고를 받게 된 재판이 끝난 후, 사정은 보다 간단해졌다. 로망은 규정에 따라 자신의 파일 소유자가 되었고, 내가 그것을 마음껏 사용할 수 있게 해주었다. 그는 교도소에서 그것을 가지고 있을 수 없었으므로, 수인들을 방문하는 가톨릭 자원봉사자이며 그의 친구가 된 한 여성에게 맡겼다. 난 리옹 근처에 있는 그녀의 집으로 그걸 받으러 갔다. 난 그 종이 상자들을 내 차 트렁크에 실었고, 파리로 돌아와서는 당시 작업하던 탕플가(街)의 원룸에다 쌓아 놓았다. 5년 후에는 로망 사건을 다룬 나의 책 『적』이 출간되었다. 가톨릭 자원봉사자는 내게 전화를 걸어 말하기를, 자신은 책이 정직하게 써진 것을 높이 평가하지만, 한 가지 디테일은 마음에 걸리는데, 그것은 그녀가 이 으스스한 유품을 내게 넘길 수 있게 되어, 이제 그게 자신의 지붕 밑이 아닌 내 지붕 밑에 있게 되어 안도한 기색이었다고 내가 얘기한 부분이라는 거였다. 「난 그걸 보관하는 게 조금도 불편하지 않아요. 만일 당신이 불편하다면 그걸 내게 가져다주시면 돼요. 우리 집에는 공간이 충분히 있어요.」

나는 기회가 닿는 대로 그렇게 하리라고 생각했지만, 그 기회는 찾아오지 않았다. 난 더 이상 자동차도 없었고, 리옹에 가야 할 특별한 이유도 없었으며, 항상 때가 적당하지 않았다. 결국 나는 파일들을 쟁여 넣은 그 어마어마한 크기의 종이 상자 세 개를 2000년에 탕플가에서 블랑슈가로, 그리고 2005년에 는 블랑슈가에서 프티조텔가로 옮겨야만 했다. 그것을 처분해 버린다는 것은 있을 수 없는 일이었다. 로망이 그걸 내게 맡겼 기 때문에, 그가 출소하여 요구하면 다시 돌려줄 수 있어야 했 다. 그는 25년 형을 받았고 모범수였기 때문에, 2015년부터는 가석방이 가능했다. 그때까지 내가 다시 열어 보아야 할 어떠 한 동기도, 욕구도 느끼지 못하는 이 상자들을 넣어 둘 최적의 장소는 엘렌과 내가 〈장클로드 로망의 방〉이라고 부르게 된 내 서재의 안쪽 벽장이었다. 그리고 만일 내가 자살을 생각했던 때 내 기독교 시기의 노트들을 파기하지 않았다면, 그것들을 넣어 두었을 최적의 장소는 〈장클로드 로망의 방〉의 수사 파일 옆이라는 게 갑자기 명백한 사실처럼 느껴졌다.

제1부

위기
(파리, 1990~1993년)

1

카사노바의 회고록에 내가 아주 좋아하는 구절이 하나 있다. 베네치아의 어둡고도 음습한 피옴비 감옥에 갇힌 카사노바는 탈출 계획을 세운다. 그에게는 이 계획에 필요한 모든 것이 있었지만, 딱 한 가지가 없었는데, 그것은 바로 삼[麻]이었다. 이 삼이 밧줄을 만들기 위해 필요했는지, 아니면 어떤 폭약을 제조하기 위해서였는지 지금은 생각나지 않지만, 어쨌든 중요한 것은 만일 그게 있으면 그는 목숨을 건지고, 없으면 끝장난다는 사실이었다. 삼 같은 것이 감옥 안에 있을 까닭이 없었지만, 카사노바의 머리에 불현듯 떠오른 사실이 하나 있었다. 그는 자신의 재킷을 지을 때 재봉사에게 겨드랑이의 땀을 흡수할 수 있는 안감을 대어 달라고 요구했는데, 그게 무엇이었는지 아는가? **바로 삼이었다!** 그는 감옥의 추위에 아무런 도움이 못 되는 그 조그만 여름 재킷을 저주해 마지않았지만, 이제 자신이 그걸 걸친 채로 체포된 것은 신의 섭리였음을 깨달은 것이다. 그것은 지금 그의 앞, 곰팡이 슨 벽에 박힌 못에 걸려 있었다. 그는 가슴을 두근거리면서 그것을 쳐다보았다. 이제 곧 솔기를 뜯고 안감을 찾아낼 테고, 그러면 자유가 그의 것이 될 터였다. 하지만 재킷에 달려들려는데, 갑자기 어떤 불안감이 엄습했다. 만일 재봉사가 잠시 정신이 나가서 자신의 요구에 따르지 않았다면? 보통 때 같으면 그리 심각한 일이 아니었다. 하지만 지금은 비극적인 결과를 가져올 터였다. 여기에 걸린 것이 너무나도 컸기 때문에 카사노바는 털썩 무릎을 꿇고는 기도하기 시작했다. 제발 재봉사가 재킷 안에 안감을 제대로 넣었기를, 어린 시절 이후로 잊고 있었던 열렬함으로 신에게 기도했다. 이러고 있는 동안 그의 이성 또한 가만히 있지 않았다. 이성은 한 번 일어난 일은 돌이킬 수 없는 법이라고 그에게 말했다. 재봉사가 삼을 넣었든지, 아니면 넣지 않았든지, 둘 중 하나야. 즉 재킷 안에 삼이 있든지, 있지 않든지, 둘 중 하나고, 네가 기도한다고 해서 달라지는 것은 없어. 기도한다고 해서 신이 그 안에 삼을 집어넣지는 않을 거고, 또 정신 나간 재봉사가 정신을 차리게끔 사후에 조치하는 일도 없을 거야. 이러한 논리적인 반론에도 불구하고 카사노바는 미친 듯이 기도를 했고, 이 기도가 정말로 어떤 역할을 했는지의 여부는 영원히 알 수 없지만, 어쨌든 재킷 안에는 삼이 들어 있었다. 그는 탈출에 성공한다.

카사노바의 경우만큼 중대한 게 걸려 있지도 않았고, 내가 그게 거기 있게 해달라고 무릎을 꿇고 기도하지도 않았지만, 어쨌든 내 기독교 시절의 문헌들은 장클로드 로망의 방에 있었다. 일단 상자에서 꺼내 놓은 다음, 난 녹색 혹은 붉은색 판지로 장정된 이 열여섯 권의 노트 주위를 조심스럽게 맴돌았다. 마침내 그 첫 번째 것을 열어 보기로 결심했을 때, 그 안에서 타이핑되고, 반으로 접힌 종이 두 장이 빠져나왔는데, 거기서 난 다음의 글을 읽게 되었다.

1990년 12월 23일 안 D. 와의 결혼식을 위한 엠마뉘엘 카레르의 결혼 의사 확인서

4년 전부터 안과 나는 함께 살아왔습니다. 우리에게는 두 명의 자녀가 있습니다. 우리는 서로를 사랑하며, 이 사랑에 대해 더없이 확신하고 있습니다.

우리가 종교적 결혼식의 필요성에 대해 느끼지 못했던 넉 달 전에도 우리는 마찬가지로 확신하고 있었습니다. 나는 우리가 결혼식을 피함으로써 결혼 서약을 거부하거나, 뒤로 미뤘다고는 생각하지 않습니다. 오히려 우리는 우리가 서로에 대해 묶여 있으며, 기쁠 때나 슬플 때나 함께 살고, 자라고, 늙어 가고, 또 결과적으로 한 사람이 죽을 때 그 옆을 지켜 주게 되리라고 생각하고 있었습니다.

모든 신앙을 벗어나서, 나는 공동생활의 목적은 상대를 발견함으로써 자신을 발견해 나가고, 상대도 그렇게 할 수 있도록 격려하는 것이라고 확신했습니다. 나는 한 사람의 성장은 다른 사람의 성장 조건을 이루며, 안을 행복하게 해주는 것은 결국 나 자신의 행복을 위해 노력하는 것이라고 생각했으며, 물론 그녀의 행복을 항상 염두에 두고 있었습니다. 심지어 나는 이 공동의 성장은 어떤 특별한 법칙들, 세례자 요한께서〈그(여기서는〈그녀〉)는 커져야 하겠고 나는 작아져야 하리라〉라는 말로 묘사한 바 있는 그 사랑의 법칙들에 따라 이루어진다는 것을 어렴풋이나마 깨닫기 시작하고 있었습니다.

나는 이런 식의 표현을 자신을 비하하지 않고는 상대를 높이지 못하는 사람의 일종의 마조히즘으로 여기기를 그치게 되었고, 나를 생각하는 것보다도 더 많이 안과 그녀의 행복과 그녀의 성취를 생각해야 하며, 내가 그녀를 더 생각할수록 나 자신도 더 생각하게 되리라고 믿고 있었습니다. 요컨대 나는 세상의 지혜를 뒤엎는 기독교 역설들 중 하나, 즉 자신의 이익을 경멸하는 게 유익하며, 또한 자신을 사랑하기 위하여 자신을 잊어버리는 게 유익하다는 역설을 발견하게 되었습니다.

이것은 내게는 어려운 일이었습니다. 우리의 모든 불행은 우리의 자기애에 뿌리를 박고 있거니와, 나의 자기애는 내가 하는 일(나는 소설을 쓰는데, 이것은 폴 발레리도 말했거니와, 우리가 자신에 대해 갖고 있는 — 혹은 다른 이들로 하여금 갖게 하는 — 의견에 전적으로 기반을 둔 〈망상적 직업들〉 중의 하나입니다)의 부추김을 받아 특별히도 맹렬합니다. 물론 나는 두려움과 허영과 증오와 자기도취의 늪에서 빠져나오려고 애를 썼지만, 이런 나의 노력들은 진흙 수렁에서 빠져나오기 위해 자신의 머리카락을 잡아당기는 허풍선이 뮌히하우젠 남작의 그것과도 비슷했습니다.

나는 오직 나 자신만을 믿을 수 있을 뿐이라고 늘 생각해 왔습니다. 불과 몇 달 전에 은혜로 나를 찾아온 신앙은 사람을 기진맥진하게 하는 이 환상으로부터 나를 해방해 주었습니다. 나는 우리가 생명과 사망 중에서 하나를 선택할 수 있으며, 생명은 바로 그리스도이며, 그의 멍에는 가볍다는 사실을 불현듯 깨닫게 되었습니다. 그때 이후로 나는 줄곧 이 가벼움을 느끼고 있으며, 안도 그 가벼움에 전염되어, 나처럼 〈항상 기뻐하라〉는 성 바오로의 계명을 지키게 되기를 기다리고 있습니다.

전에 나는 우리의 결합은 오로지 우리에게만 달려 있다고 믿었습니다. 우리의 자유 선택, 우리의 선의에 말입니다. 그것의 영속성은 오직 우리 자신에게만 달려 있다고 믿었습니다. 내가 갈망했던 것은 오직 하나, 안과 사랑의 삶을 이루는 것이었지만, 난 이를 위해 오직 우리의 힘만을 믿었고, 당연히 우리의 힘의 약함에 두려움을 느끼곤 했습니다. 이제 나는 압니다. 우리가 이루는 것을 이루는 이는 우리가 아니요, 우리 안에 있는 그리스도라는 사실을 말입니다.

그렇기 때문에 오늘 나는 우리의 사랑을 그분 손에 맡기고, 그분께 이 사랑을 당신의 은혜로써 자라게 해달라고 간구해야 한다고 느낍니다.

또 그렇기 때문에 나는 우리의 결혼을 내가 별생각 없이 받은 첫 영성체 이후로 멀어져 온 거룩한 삶의 진정한 시작으로 여기고 있습니다.

마지막으로, 그렇기 때문에 나는 내가 회심했을 때 만났던 신부님께서 우리의 결혼식을 집전하는 것에 큰 중요성을 부여하고 있습니다. 나는 그분의 미사에 참석하면서 — 내게는 20년 만에 처음 있는 일이었습니다 — 결혼에 대한 절박한 필요성을 느끼게 되었고, 그때 나는 카이로에서 그분의 주례로 결혼식을 올리면 좋겠다고 생각했었습니다. 난 이제 내가 속한 교구와 주교구에, 비록 감상적이긴 하나, 결코 일시적 변덕에서 나온 게 아닌 이 계획을 이해해 주신 데에 깊은 감사를 드립니다.

2

이 서신을 다시 읽었을 때, 물론 나는 큰 충격을 받았다. 나를 놀라게 한 첫 번째 것은 이 글이 첫 줄부터 마지막 줄까지 뭔가 공허하게 느껴지긴 하지만, 그것의 진정성을 의심할 수 없다는 사실이었다. 두 번째로는 종교적 열정만 뺀다면, 20년 전에 이 글을 쓴 사람은 지금의 나와 크게 다르지 않다는 사실이었다. 문체가 조금 더 엄숙하긴 해도 결국 나의 것과 같다. 이 문장들 중 하나의 첫 부분만 던져 준다면, 난 똑같은 방식으로 문장을 끝맺을 것이다. 특히 헌신적인 관계와 지속적인 사랑의 욕구는 지금의 그것과 다르지 않다. 단지 그 대상만 바뀌었을 뿐이다. 현재의 대상은 내게 더 맞는다. 엘렌과 내가 다정하고도 평화로운 관계 속에서 함께 늙어 갈 거라고 믿기 위해 억지로 노력할 필요가 덜한 것이다. 하지만 지금 내가 믿는, 혹은 믿고 싶어 하는 것, 지금 내 삶의 중추를 이루는 것을, 나는 20년 전에도 거의 똑같은 내용으로 믿거나 믿고 싶어 했었다.

그럼에도 불구하고 이 서신에는 내가 말하지 않은, 그리고 이 글의 저변을 이루는 것이 하나 있으니, 그것은 바로 우리가 몹시 불행했었다는 사실이다. 우리가 서로를 사랑한 것은 사실이지만, 우리는 서로를 제대로 사랑하지 못했다. 또 우리는 우열을 가릴 수 없을 정도로 삶을 두려워했으며, 둘 다 끔찍한 신경증 환자였다. 우리는 술을 많이 마셨고, 물에 빠져 허우적대는 사람들처럼 섹스를 했으며, 둘 다 자신의 불행의 원인을 상대에게 전가하는 경향이 있었다. 3년 전부터 나는 더 이상 글을 쓰지 못하고 있었다 — 당시 나는 글쓰기를 나의 유일한 존재 이유로 여겼다. 나는 자신이 무력하게 느껴졌다. 길고도 음울한 정체 상태에 빠져든 불행한 결혼 생활이라는 삶의 빈민가에 추방된 것처럼 느껴졌다. 난 떠나야 한다고 생각하곤 했으나, 그렇게 함으로써 어떤 재앙을 초래하게 될까 봐 두려웠다. 안을 파괴하고, 우리의 두 어린 아들을 파괴하고, 나 자신을 파괴하게 될까 봐 두려웠다. 나는 꼼짝 못 하고 있는 내 상태를 정당화하기 위해, 지금 내게 일어나고 있는 일은 하나의 시련일 뿐이라고, 나의 삶, 우리의 삶의 성공은 겉보기에 출구가 없어 보이는 이 상황에서, 건전한 상식의 충고에 따라 항복의 타월을 던지는 대신 끝까지 견뎌 내는 나의 능력에 달려 있다고 속으로 되뇌곤 했다. 건전한 상식은 나의 적이었다. 나는 그것보다는 나의 신비한 직감을 선호했고, 이 직감이 언젠가 내게 또 다른 의미를, 훨씬 높은 어떤 의미를 밝혀 줄 거라고 생각하곤 했다.

3

이제 나의 대모(代母) 자클린에 대해 얘기해야겠다. 그녀만큼 내게 영향을 미친 사람은 없었다. 아주 젊은 나이에 과부가 되었고, 대단한 미모를 지닌 그녀는 한 번도 재혼하지 않았다. 1960년대에 그녀는 카트린 포지를 연상시키는 애틋하면서도 신비주의적인 시들로 채워진 시집 여러 권을 유명 출판사들에서 출간했다(폴 발레리의 정부였으며, 시몬 베유[1]와 루이즈 라베를 섞어 놓았다고 할 수 있는 카트린 포지를 잘 모르신다면, 「아베Ave」라는 시를 한번 읽어 보시라). 그 뒤로 나의 대모는 이 세속적인 시들을 내던지고, 오로지 찬송가만을 썼다. 제2차 바티칸 공의회 이후에 프랑스 교회들에서 불리는 찬송가들 중 꽤 많은 곡들이 그녀의 작품이다. 그녀는 앙드레 지드가 살았던 바노가(街)의 건물에 있는 한 고급 아파트에 살았고, 그녀의 주위에는 근면하면서도 거의 엄숙하기까지 한 분위기가 느껴졌는데, 이것은 분명 양차 대전 사이의 NRF[2]의 그것이었을 것이다. 동양적 지혜들이 지금보다는 훨씬 덜 일반화된 시대에 그녀는 그것들에 정통했으며, 꾸준히 요가를 수련해 온 덕분에 아주 고령임에도 고양이 같은 유연성을 지니고 있었다.

내가 열세 살이나 열다섯 살쯤 되었던 어느 날, 그녀는 나에게 그녀의 응접실 양탄자 위에 길게 누워, 눈을 감고 정신을 내 혀뿌리에만 집중해 보라고 말했다. 나로서는 몹시 당황스러운, 아니 거의 충격적인 명령이었다. 난 그 나이로는 지나치게 교양이 많았고, 누가 나를 속이지 않을까 하는 강박적인 두려움에 사로잡혀 있는 소년이었다. 아주 어린 나이 때부터 나는 다른 사람들, 여자들, 삶에 대한 열정 같은, 사실은 나를 매혹하는 동시에 두렵게 하는 모든 것들을 〈재미있다〉고 — 내가 가장

1 Simone Weil(1909~1943). 프랑스의 유대계 철학자. 말년에는 가톨릭 신비주의에 기울었다. 망명지 영국에서 폐결핵으로 사망했다.

2 프랑스의 대표적 출판사 갈리마르가 1909년에 창간하고 앙드레 지드가 주도해 나간 20세기 전반기 프랑스의 대표적인 평론지. NRF는 〈신 프랑스 평론 *La Nouvelle Revue Française*〉의 약자이다.

즐겨 쓰는 형용사였다 — 판단하는 버릇이 있었다. 나의 이상은 모든 것 위에 위치한 이의 우월한 미소를 머금고 세상의 어처구니없는 소란을, 거기에 참여하는 일 없이, 차분히 관찰하는 것이었다. 사실 나는 겁에 질려 있었다. 나의 대모의 시와 신비주의는 나의 끊임없는 빈정거림의 표적이 되었지만, 또한 나는 그녀가 날 사랑한다는 걸 느끼고 있었으며, 그때 내가 누군가를 조금이라도 신뢰할 수 있었다면, 그것은 바로 그녀였다. 물론 그 순간에 나는 방바닥에 드러누워 내 혓바닥을 생각하는 것은 지독하게 우스꽝스러운 짓이라고 생각했다. 그럼에도 불구하고 나는 복종했고, 그녀가 시키는 대로 내 생각을 억제하거나 판단하는 일 없이 자유롭게 흘러가게 놔두었으며, 나중에 나를 각종 무술과 요가와 명상으로 이끌게 될 길에 이날 첫발을 내딛게 되었다.

　이것은 내가 지금까지도 나의 대모에 대해 고마움을 느끼는 여러 가지 이유들 중 하나이다. 그녀에게서 온 무언가가 최악의 방황들로부터 나를 지켜 주었다. 그녀는 시간은 내 편이라는 사실을 가르쳐 주었다. 나의 어머니는 내가 태어났을 때 자신이 교양과 지성의 차원에서는 내게 많은 무기들을 줄 수 있지만, 그녀가 본질적이라고 생각하는 삶의 어떤 차원에 있어서는 그 일을 다른 누군가에게 맡겨야 한다고 느꼈던 듯하다. 그리고 이 다른 누군가는 자신보다 나이가 많으며, 상궤를 벗어났으면서도 스스로 완전히 중심이 잡힌, 어머니가 스무 살이 되었을 때 그녀 자신의 보호자가 되어 준 바로 이 여자였다. 어머니는 이른 나이에 부모를 잃었고, 아주 가난하게 자랐으며, 이 세상에서 아무것도 아닌 존재가 되는 것을 무엇보다도 두려위했다. 이런 그녀에게 자클린은 일종의 멘토이고 완성된 여성의 이미지였으며, 특히 그 차원의 증인이었다. 그 차원…… 뭐라고 표현해야 할까? **영적인** 차원? 나는 이 표현이 썩 마음에 들지는 않지만, 뭐, 그렇게 중요한 것은 아니다. 여러분은 이게 무슨 뜻인지 대충 이해할 것이다. 나의 어머니는 그게 존재한다는 것을 알고 있었다. 아니, 좀 더 정확히 말하자면, 그녀는 그게 존재한다는 것을 **알고 있다.** 이 내석인 왕국은 진정으로 갈망할 만한 유일한 것, 다른 모든 부(富)를 버리고 얻으라고 복음서가 충고하는 바로 그 보물임을 **알고 있다.** 하지만 그녀의 힘들었던 개인사는 이 부 — 성공, 사회적 지위, 만인의 존경 — 가 무한히 더 탐스럽게 느껴지게 했고, 그래서 그것들을 얻기 위해 일생을 바치게 했다. 그녀는 성공했고, 모든 것을 얻었지만, 한 번도 〈이제는 충분해〉라고 말해 본 적이 없다. 이런 어머니에게 나는 결코 돌을 던질 수 없는 처지이다. 나도 그녀와 다를 바 없기 때문이다. 나는 항상 더 큰 영광이 필요하고, 다른 사람의 의식 속에서 더 큰 자리를 차지해야 한다. 하지만 어머니의 의식 속에는 항상 어떤 목소리가 있어, 또 다른 싸움은, 진정한 싸움은 다른 곳에서 이뤄진다는 사실을 늘 상기시켜 왔다고 나는 생각한다. 이 목소리를 듣기 위해 어머니는 평생 동안 남몰래 성 아우구스티노를 읽고, 자클린을 찾아가곤 했다. 또 그녀가 나를 자클린에게 맡긴 것은 바로 이 목소리를 듣게 하기 위해서였다. 그녀는 이에 대해, 아마도 쑥스럽기 때문이었으리라, 이렇게 농담하곤 했다. 「너 최근에 자클린을 보러 갔었니? 그래, 또 네 영혼에 대해 말씀하시든?」 그러면 나 역시 빈정거림과 따스함이 섞인 어조로 대답하곤 했다. 「물론이죠, 자클린하고 다른 무슨 얘기를 하겠어요?」

이게 자클린의 역할이었다. 그녀는 사람들에게 우리의 영혼에 대해 얘기해 주곤 했다. 사람들은 그녀를 찾아가곤 했다. 여기서 〈사람들〉이라는 말은 찾아간 사람이 어머니와 나만이 아니라는 뜻이다. 나의 아버지도 이따금 찾아갔으며, 다양한 연령과 환경에 속한 수십여 명의 사람들이 바노가에 있는 그녀의 집에 찾아가, 마치 정신 분석가나 고해 신부를 만나듯 그녀와 독대하곤 했다. 그녀와 함께 있으면 겉치레는 모두 사라져 버렸다. 그녀에게는 마음을 터놓고 얘기할 수 있었다. 우리는 거기서 나눈 대화 중 단 한 마디도 그녀의 응접실 밖으로 흘러나가지 않는다는 걸 알고 있었다. 그녀는 우리를 물끄러미 쳐다보면서 귀를 기울였다. 우리는 여태껏 한 번도 경험해 보지 못한 방식으로 자신이 주시와 경청의 대상이 되는 것을 느꼈고, 그러고 나서 그녀는 여태껏 아무도 하지 않은 방식으로 우리에 대해 말해 주곤 했다.

말년에 이르러 나의 대모는 종말론적 망상들에 빠져들었고, 이것은 나를 너무나도 슬프게 했다. 그녀의 삶의 논리상 그녀의 마지막은 빛의 절정이 되어야 옳았으나, 그녀는 오히려 어둠에 잠겨 든 것이다. 이것은 내가 별로 생각하고 싶지도 않은 부분이다. 하지만 여든 살이 될 때까지 그녀는 내가 아는 가장 비범한 사람 가운데 하나였으며, 그녀 식의 비범함은 나의 모든 기준들을 흔들어 놓았다. 당시 나는 단 하나의 인간 범주만을 존경하고 부러워했는데, 그것은 바로 창작자들이었다. 나는 위대한 예술가가 되는 것 외에 삶에 있어서 다른 실현을 상상할 수 없었고, 나는 기껏해야 평범한 예술가가 되리라 생각했기 때문에 자신을 혐오했다. 나는 자클린의 시들을 대수롭지 않게 생각했지만, 만일 내 주위에서 완성된 인간으로 간주할 수 있는 사람이 있다면, 그것은 바로 그녀였다. 내가 알고 있던 몇몇 작가들이나 영화인들은 그녀와는 비교가 되지 않았다. 그들의 재능, 그들의 카리스마, 그들의 부러워할 만한 사회적 위치는 특수하고도 협소한 장점들일 뿐이었고, 비록 그게 어떤 길에서인지는 정확히 알 수 없었지만, 자클린이 이들보다 **앞서 있다는 게** 분명한 사실로 느껴졌다. 이것은 단지 그녀가 도덕적으로 우월했다는 뜻만이 아니라, 그녀가 더 많이 알고, 그녀의 의식 속에서 더 많은 것들이 연결되고 있었다는 얘기다. 그렇다, 난 달리 표현할 길이 없는데, 그녀는 더 앞서 있었다고 말할 수 있다. 생물학에서 어떤 생명체가 다른 생명체보다 더 진화되었고, 결과적으로 더 복합적이라고 표현하듯이 말이다.

그녀가 열렬한 가톨릭 신자라는 사실로 인해 내게 그녀는 더욱 신비롭게 느껴졌다. 난 신앙인이 아니었을 뿐 아니라, 내 삶의 대부분은 신앙이 당연시되지 않는 환경 가운데서 흘러왔기 때문이었다. 어렸을 때 나는 주일 학교에 나갔고, 첫 영성체도 받았지만, 이런 기독교적 교육은 너무나 형식적이고도 관습적인 것이어서 내가 어떤 특정한 시점에 신앙을 잃었다고 말하는 것은 별 의미가 없을 것이다. 내 어머니에게 있어서 영혼의 문제는 섹스의 그것만큼이나 대화의 주제가 되지 못했다. 나의 아버지로 말할 것 같으면, 이미 내가 말했듯이 그분은 신앙의 형식들은 존중하면서도, 그것의 바탕을 이루는 생각들을 서슴없이 조롱하곤 했다. 그분은 약간은 볼테르적이고도 약간은 모라스적인, 다시 말해서 마르크스주의와는 반대되는 구식 사상을 가진 분이었지만, 볼테르주의자들과 모라스주의자들이 마르크스주의자들과 공유하는 점이 하나 있다면, 그것은 종교를 인민의 아편으로 여긴다는 점이었다. 그 후로 나는 그 어떤 친구나 연인과도, 심지어 먼 친척이나 지인과도 이 주제에 대해 한 번도 얘기해 본 적이 없었다. 이것은 거부의 대상 이상으로, 우리의 생각과 경험의 영역 밖에 있었다. 나는 신학에 대해 관심을 가질 수 있었지만, 그것은, 보르헤스의 표현을 빌자면, 환상 문학의 한 분야로서의 신학에 대한 관심일 뿐이었다. 누가 그리스도의 부활을 믿는다고 말한다면, 나는 그를 이상하게 여겼을 것이다. 파트리크 블로시에도 얘기했듯이, 그리스 신화의 신들에 관심을 갖는 것에 그치지 않고 그들을 **실제로 믿는** 이만큼이나 이상하게 여겼을 것이다.

그렇다면 나는 자클린의 신앙을 가지고 어떻게 했는가? 아무것도 하지 않았다. 그녀의 인격과 삶의 핵심이었던 것을 나는 내가 무시해 버릴 수 있는 어떤 괴상한 점으로 간주하는 입장을 택했고, 그녀와의 대화 가운데에서 내 마음에 드는 것들만을 취했다. 나는 그녀가 나에 대해 해주는 말을 듣기 위해 그녀를 찾아갔고, 그녀는 그걸 너무 잘해 주었기 때문에 나는 그녀가 중간중간에 〈너의 주님〉 — 그녀는 하느님을 그렇게 불렀다 — 에 대해 얘기하는 것도 그냥 받아들였다. 어느 날 내가 이 점을 지적했더니, 그녀는 그건 결국 같은 얘기라고 대답했다. 자기는 나에 대해 얘기하면서 하느님에 대해 얘기하고, 또 하느님에 대해 얘기하면서 나에 대해 얘기한다는 거였다. 언젠가는 나도 이해하게 될 거란다. 나는 어깨를 으쓱했다. 난 이해

45

하고 싶은 마음이 없었다. 내 친구 가운데 하나였던 아이가 들려준 바에 의하면, 자기 또래의 한 소년이 하느님의 은총을 받아서 나중에 신부가 되었다고 한다. 이 교훈적인 이야기는 그러나 내 친구를 겁에 질리게 했다. 그 애는 너무나 겁에 질린 나머지 자신이 은총을 받아 신부가 되는 일이 없게 해달라고 매일 저녁 기도를 드렸다. 나도 그 애와 같은 심정이었고, 이런 내가 자랑스러웠다. 하지만 자클린은 개의치 않았다. 다만 〈너도 나중에 알게 될 거야〉라고 말하기만 했다.

10대였을 때, 그리고 청년이 되었을 때, 나는 아주 불행했던 것 같다. 하지만 나는 그 사실을 알고 싶지 않았고, 또 실제로도 모르고 있었다. 냉소와 작가로서의 자부심에 기반을 둔 나의 방어 시스템이 꽤 잘 작동했던 것이다. 이 시스템이 고장 난 것은 서른 살이 넘어서였다. 난 더 이상 글을 쓸 수 없었고, 남을 사랑할 수도 없었고, 자신이 사랑받을 만한 존재가 아니라고 느꼈다. 나라는 존재는 말 그대로 견딜 수 없는 것이 되어 버렸다. 내가 이런 극심한 비탄에 잠긴 상태로 나타났을 때, 자클린은 특별히 놀라지 않았다. 그녀는 이것을 하나의 발전으로 간주했다. 심지어 속으로 〈드디어!〉라고 외쳤을지도 모른다. 내가 그럭저럭 버틸 수 있게 해준 허상(虛像)들이 무너져 내렸고, 벌거벗겨져 알몸이 되었고, 심지어 살가죽까지 벗겨진 상태가 되었으니 이제는 〈너의 주님〉께 다가갈 수 있게 되었다는 거였다. 얼마 전 같았더라면 난 맹렬히 항의했을 터였다. 난 나의 주님 따위에는 조금도 관심이 없고, 약자들과 패배자들에 대한 위로 따위는 원치 않는다고 말했을 터였다. 하지만 이제는 고통이 너무도 심하고, 내 몸을 입고서 지내는 매 순간순간이 너무나도 끔찍한 고문이 된 나머지, 나는 무거운 짐에 짓눌려 더 이상 버틸 수 없게 된 모든 이들에게 들려오는 복음서의 말씀들을 경청할 준비가 되어 있었다.

〈이제는 이것을 한번 읽어 보렴〉 하고 자클린은 말했다. 그녀는 이렇게 말하면서 예루살렘 성경판[3] 『신약 성경』(늘 내 책상 위에 놓여 있고, 내가 이 책의 집필을 시작한 이후로 하루에도 스무 번씩 펼쳐 보는 책이다)을 내게 선사했다. 그러고는 이렇게 덧붙였다. 「그리고 너무 똑똑하지 않으려고 노력해 봐.」

4

자클린은 1990년 초에 내게 또 하나의 선물을 했다. 오래전부터 그녀는 자신의 또 다른 대자(代子)에 대해 얘기하면서, 언젠가 우리가 서로 알게 되면 좋을 거라고 말하곤 했다. 하지만 그녀는 이런 말을 꺼내기가 무섭게 고개를 설레설레 흔들면서 의견을 바꾸곤 했다. 아니, 그게 정말 좋을까? 지금 너희들이 서로 나눌 얘기가 있을까? 아닐 거야. 지금은 너무 일러.

그 고통스러웠던 여름, 그녀는 이제는 너무 이르지 않다고 판단하고는, 그에게 전화를 걸어 보라고 권했다. 이틀 후, 레콜드메드신가(街)에 있는 우리 아파트에, 나보다 약간 더 나이 들

[3] 교황 비오 12세가 1943년에 발표한 회칙에 따라 출간되기 시작한 원전 번역 성경. 교황은 이 회칙에서 각국 성경 번역의 원본을 히에로니무스의 라틴어 성경이 아니라 히브리어와 그리스어 원전으로 할 것을 권고하였다. 1956년 프랑스어판이 처음 나왔고 1966년 영어판이 나왔다. 현재 유럽 가톨릭교회에서 공식적으로 사용되고 있으며 북미 개신교회 일부에서도 사용되고 있다.

고, 눈은 파랗고, 머리칼은 흰색에 가까운 옅은 적색인 — 이제는 완전히 백발이 되었으니, 에르베는 얼마 전에 예순 살이 된 것이다 — 한 남자가 찾아와 초인종을 눌렀다. 오랫동안 동안을 유지하다가, 이른 나이에 늙은이가 되어 버린, 어른의 얼굴을 한 번도 가져 보지 못한 유형의 남자였다. 처음에는 특별한 인상을 주지 못하는, 특색도 광채도 없는 투명 인간 같은 유형의 남자였다. 우리는 대화를 나누기 시작했다. 다시 말해서 내가 나 자신과 내가 겪고 있는 위기에 대해 얘기하기 시작했다. 나는 열에 들떠서 두서없이 떠들어 대고 낄낄댔다. 줄담배를 피워 댔다. 한 문장을 시작하기도 전에 그것을 고치고, 뉘앙스를 덧붙이고, 내가 하는 말은 정확하지 않을 거라고, 내가 말해야 할 내용은 훨씬 더 광범위하고 복잡하다고 미리 경고하곤 했다. 에르베는 말수가 적었지만, 말할 때는 스스럼이 없었다. 나는 나중에 그 특유의 유머의 진가를 알아보게 되었지만, 처음 만났을 때 나를 당황시킨 것은 그에게는 은근히 비꼬는 말이 전혀 없다는 사실이었다. 당시 나의 모든 말들과 생각들, 심지어는 가장 진지한 비탄의 표현들까지도 냉소와 빈정거림에 푹 절어 있었다. 이 특색은 내가 살고 있던 작은 세계, 그러니까 1980년대 말의 파리 언론계와 출판계에 확산되어 있었던 것 같다. 우리는 입가에 엷은 미소를 머금지 않고는 말하는 법이 없었다. 피곤하고도 어리석은 짓이었으나, 우리는 그걸 깨닫지 못했다. 나는 에르베와 교분을 맺기 시작하고 나서야 그걸 깨닫게 되었다. 그는 비꼬는 말도 하지 않았고, 남을 헐뜯지도 않았다. 그는 약은 척하지 않았다. 자신의 말이 낳게 될 효과에 대해 신경 쓰지 않았다. 그는 어떠한 사회적 게임도 하지 않았다.

그는 자신이 생각하는 바를 정확하고도 차분하게 말하려고 애썼다. 나는 독자 여러분이 이 글을 읽으면서 그를 삶의 풍파 위에 유유히 떠다니는 어떤 현인으로 상상하는 일이 없기를 바란다. 그는 충분히 많은 고민들과 장애물들과 비밀들을 지녀 왔고, 지금도 그러하다. 아이였을 때 그는 죽고 싶어 했다. 청년이 되어서는 LSD[4]를 다량 복용했고, 이는 그의 현실 인식 방식에 영구적인 영향을 미쳤다. 다행히도 그는 그를 있는 그대로 사랑해 주는 여자를 만나 한 가정을 이룰 수 있었고, 또 직장도 얻을 수 있었다 ─ 그는 평생을 AFP 통신에서 일해 왔다. 이 두 번의 행운이 미소 짓지 않았더라면 완전한 사회 부적응자가 되었을 수도 있다. 그는 사는 데 필요한 최소한에 적응해 왔다. 그의 유일한 관심사 ─ 이 끔찍한 단어와 이에 결부된 그 모든 경건한 어리석음과 공허한 장황함과 또다시 마주치게 됐는데 ─ 는 〈영적인〉 성격의 것이었다. 다시 말해서 에르베는 삶을 당연한 것으로 받아들이지 못하는 사람들 가운데 하나였다. 그는 어렸을 때부터 계속 자문해 왔다. 나는 여기서 무엇을 하고 있지? 그리고 〈나〉는 무엇이지? 〈여기〉는 또 무엇인지?

많은 사람들이 일생 동안 이런 종류의 질문들을 한 번도 제기하지 않고서 살아갈 수 있다. 또 아주 어렴풋이나마 제기한다 하더라도 더 나아가기란 쉽지 않다. 그들은 자동차를 만들고, 운전하고, 섹스를 하고, 커피 머신 옆에 서서 수다를 떨고, 프랑스에 외국인이 너무 많기 때문에, 혹은 너무 많은 사람들이 프랑스에 외국인이 너무 많다고 생각하기 때문에 화를 내며, 바캉스를 준비하고, 아이들 때문에 걱정하고, 세상을 바꾸

4 *Lysergic acid diethylamide* 의 약자. 강력한 환각을 동반하는 향정신성 약물.

기를 원하고, 성공하기를 원하고, 성공하고 나면 그것을 잃게 될까 두려워하고, 전쟁을 벌이고, 자신이 언젠가 죽을 거라는 걸 알지만 가급적 그것을 생각하지 않으려 애쓰는데, 이것들만으로도 그들의 삶은 충분히 채워지는 것이다. 하지만 또 다른 종류의 사람들도 존재하는데, 그들에게는 이것들만으로는 충분치 않다. 혹은 그들에게 이것들은 너무 많다. 어쨌든 그들에게 이런 식의 삶은 마땅치가 않다. 그들이 전자들보다 더 현명한지 덜 현명한지에 대해서는 끝없이 토론해 볼 수 있겠지만, 그들은 왜 자신이 살고 있는지, 만일 이 모든 것에 어떤 의미가 있다면 그것은 과연 무엇인지 자문해 보지 않고는 살 수 없게끔 만드는 일종의 경악으로부터 결코 벗어나지 못했다는 사실만큼은 분명하다. 그들에게 삶은 하나의 의문 부호이며, 그들은 비록 이 질문에 대한 답이 없을 수 있다는 것을 배제하지는 않지만, 자신도 어쩔 수 없는 힘에 이끌려 이 답을 찾아 헤맨다. 그들에 앞서 다른 이들이 그것을 찾아 헤맸고, 또 심지어 어떤 이들은 그것을 찾아냈다고 주장하고 있기 때문에, 그들은 그들의 증언에 관심을 갖는다. 그들은 플라톤과 신비주의자들의 책을 읽고, 이른바 〈종교적 마인드의 소유자〉라고 불리는 사람들이 된다(에르베의 경우는 — 비록 그도 나처럼 우리의 대모(代母) 영향하에 있었고, 그 때문에 기독교를 지향하고는 있었지만 — 그 어떤 교회에도 속하지 않은 종교적 마인드의 소유자라 할 수 있다).

그 첫 번째 점심 식사를 마치고, 에르베와 나는 친구가 되기로 결정했고, 실제로 친구가 되었다. 이 우정은 이 글을 쓰고 있는 이 순간에 이르기까지 23년 동안 지속되었으며, 기이하게도 그 형태는 23년 동안 조금도 변하지 않았다. 그것은 피차 숨기는 게 없는 우정이다. 조금 전에 에르베는 모든 사람과 마찬가지로 비밀들이 있다고 말했거니와, 적어도 내게는 비밀이 없었는데, 내가 그렇게 생각하는 것은 나 자신이 그에게 비밀이 없기 때문이다. 나는 그에게 차마 말할 수 없을 만큼 부끄러운 것은 아무것도 없다. 다시 말해서 그의 앞에서는 무엇을 얘기하든 전혀 부끄럽지 않다. 이렇게 말하는 것이 몹시 놀랍게 느껴질 수 있겠지만 사실이 그렇다. 그것은 위기도 쇠퇴도 겪지 않았고, 모든 사회적 간섭으로부터 벗어나 발전되어 온 차분한 우정이다. 우리의 삶은 서로의 성격만큼이나 다르고, 우리는 언제나 둘이서만 만난다. 우리에게는 공동의 친구가 없다. 사는 도시도 서로 다르다. 우리가 서로를 알게 된 이후로 에르베는 마드리드, 이슬라마바드, 리옹, 헤이그, 니스 등지에서 AFP 통신의 특파원으로, 그리고 지사장으로 일해 왔다. 나는 그의 근무지들을 다 찾아가 보았고, 그는 이따금 나를 보러 파리로 오기도 하지만, 우리 우정의 진정한 장소는 그의 어머니가 한 산장에 아파트를 갖고 있고, 우리가 처음 만났을 때부터 그가 나더러 여름이 끝날 무렵에 자기를 찾아오라고 말했던 스위스 발레 지방의 어느 마을이다.

5

그렇게 에르베와 나는 23년 전부터 매년 봄과 가을에 르 르 브롱이라고 불리는 마을에서 만나곤 한다. 우리는 근방의 골짜기들을 지나는 오솔길들을 죄다 알고 있다. 예전에 우리는 새벽이 채 되기도 전에 산장을 나와 해발 1천 미터가 넘는 곳들을 오랫동안 산행하곤 했다. 지금은 욕심이 줄어 몇 시간 정도 걸으면 족하다. 투우 애호가들은 투우장의 그 끔찍한 소란 속에서 황소가 안전감을 느끼는 한 조각의 공간을 〈케렌시아〉라는 이름으로 지칭한다. 세월이 흐름에 따라 르 르브롱과 에르베의 우정은 나의 〈케렌시아〉들 중 가장 확실한 것이 되었다. 나는 불안한 상태로 그곳에 올라가서는 차분해져서 다시 내려오곤 한다.

우리의 첫 번째 여름이었던 그해 여름, 나는 스트레스에 짓눌린 상태로 거기에 도착했다. 그 직전에 있었던 여름휴가는 그야말로 최악이었다. 나는 자클린의 충고에 따라 모든 글쓰기 계획을 내던지고 대신 아내와 아들에게 전적으로 헌신하기로 결정했었다. 평소에 나의 문학적 작업에 쏟아붓는 모든 에너지를 가족을 배려하고, 세심하고, 상냥한 모습을 보이는 데 사용하기로 한 것이다. 요컨대 형편없이 글을 쓰는 대신에 제대로 사는 데 에너지를 사용한다는 것이었다. 그리하면 내게 변화가 찾아오리라. 이를 위해 매일 복음서를 조금씩 읽으면 도움이 되리라. 나는 시도해 봤지만 잘 되지가 않았다. 안은 임신 중이었고, 더할 나위 없이 다정했지만 마음은 슬프고도 불안했는데, 그도 그럴 것이 우리의 두 번째 아이가 곧 태어난다는 사실에 내가 기겁을 하고, 그런 감정을 공공연히 드러냈던 것이다. 첫 번째 아이 때도 마찬가지였고, 15년 후에 잔이 태어날 때도 똑같을 것이었다. 모든 점을 고려해 볼 때 나는 자신이 나쁜 아버지는 아니라고 생각하지만, 한 아이가 태어난다는 생각은 나를 겁에 질리게 한다. 우리 두 사람은 긴 낮잠에 빠져들곤 했는데, 그럴라치면 세 살 먹은 가브리엘이 시끄럽게 굴면서 우리를 깨우려 했다. 이 우울하고도 혼곤한 잠에서 깨어난 내가 할 수 있는 일이라곤 나의 비참한 상태를 곱씹는 일, 안과 나는 함께 있어서 불행하다는 명백한 사실과 나는 선택을 했고, 내 삶의 성공은 이 선택을 끝까지 밀고 나가는 것에 달려 있다는 확신 사이에서 다시 한 번 갈등하는 일뿐이었다. 여름이 되기 전에 나는 한 여성 정신 분석가를 여러 차례 만났었고, 휴가에서 돌아와서는 본격적인 치료를 시작할 생각이었다. 이러한 전망은 내게 희망을 주어야 옳았다. 하지만 반대로 그것은 나를 한층 괴롭게 할 뿐이었으니, 나의 결심과 나의 실제적인 욕구가 상반된다는 사실을 인정해야 할 거라는 생각이 들었기 때문이다. 복음서는 내가 자클린에게 약속한 대로 억지로 읽어 갔다. 나는 이게 아주 아름다운 일이긴 하지만, 지금 나는 너무나도 불행하기 때문에 어떤 철학적이고 도덕적인 가르침은 내게 도움이 될 수 없고, 어떤 종교적인 믿음은 더 말할 나위도 없다고 생각하고 있었다. 나는 하마터면 8월 말에 예정된 르 르브롱 여행을 취소할 뻔했다. 점심 식사를 한 번 같이 했을 뿐인 어떤 친구를 만나러 스위스에 있는 그의 어머니 집까지 찾아간다는 것은 어처구니없는 일처럼 느껴졌기 때문이다. 또 다른 방안은 어떤 정신 병원에 입원하여 약에 취해 버리는 거였다. 그냥 잠들어 버리리라. 그렇게 이 모든 것에서 벗어나리라. 내가 무얼 더 바랄 수 있겠는가?

결국 나는 르 르브롱에 갔고, 예상 밖으로 거기서 꽤 괜찮게 지냈다. 에르베는 나를 판단하지 않았고, 내게 충고하지도 않았다. 그는 우리 모두가 뭔가 삐걱거리는 절름발이들이며, 우리가 할 수 있는 것을 하지만 할 수 있는 게 별로 없는, 한마디로 형편없이 살아가는 존재들이라는 사실을 너무도 깊이 알고 있었기 때문에, 그와 함께 있을 때면 나는 자신을 정당화하거나 끝없이 자신을 설명하는 일을 멈추게 되었다.

6

마을 위쪽에 있는 오솔길을 따라가다 보니 한 늙은 벨기에 신부의 소유인, 검은 목재로 지어진 아주 조그만 오두막 하나가 나왔다. 그는 자신이 한 가난한 교구를 맡고 있는 카이로의 혹서를 피해 여름마다 이곳에 와서 휴식을 취했고, 나머지 기간에는 자신의 남은 마지막 힘을 그곳 주민들에게 봉사하는 데 사용하곤 했다. 결국 얼마 전에 작고했는데, 내가 그를 처음 만났을 때부터 아주 늙고 병들어 있었다. 깊은 주름살이 팬 얼굴 전체는 검고, 반짝이고, 사람의 마음을 들여다보는 듯한, 거의 냉소적으로까지 느껴지는 두 눈을 둘러싼 다크서클의 그 거무죽죽한 색조를 띠고 있었다. 오두막에는 방이 두 칸 있었는데, 전에 건초 창고였던 아래층의 방은 벽마다 성상(聖像)들로 뒤덮인 조그만 예배당으로 꾸며져 있었다. 그자비에 신부는 가톨릭의 교리와 비잔틴의 의식을 결합하고, 근동 지방에서 갈수록 주변적인 종파가 되어 가고 있는 멜키트회(會)의 사제였다. 발론[5]의 한 대가문의 상속자가 멜키트회의 사제가 된 사연을 나는 한 번 듣기는 했지만, 그 후에 잊어버렸다. 그는 매일 아침 일

5 벨기에의 남부 지역.

찍 미사를 집전했는데, 마을 사람 너덧 명이 참석했고, 그중에서 몽고증에 걸린 — 당시에는 다운 증후군이라는 말 대신 몽고증이라는 표현을 썼다 — 소년 하나가 복사(服事) 역할을 하곤 했다. 소년과 함께 오는 그의 어머니의 말을 통해, 나는 이 소년, 파스칼이 신부가 자기에게 맡긴 임무를 얼마나 자랑스러워하고 있는지 알게 되었다. 그는 매년 여름 신부가 돌아오기만을 기다렸으며, 종을 울리거나 향로를 흔들라고 눈꺼풀을 껌뻑여 신호해 주는 신부의 눈만 목이 빠져라 쳐다보고 있는 그의 모습은 참으로 아름다웠다.

내 어린 시절의 미사들은 내게 답답하고도 지루한 추억만 남겼을 뿐이다. 반면 기진맥진한 한 남자가 몇 명 안 되는 발레의 산골 주민들과, 그 몸짓 하나하나가 자신은 제자리에 있다고, 그리고 이 자리를 세상의 그 어떤 자리와도 바꾸지 않겠다고 말하고 있는 한 다운 증후군 소년을 위해 집전하는 이 미사에 나는 너무나도 감동했고, 그다음 날들에도 계속 참석했다. 예배당으로 개조된 그 건초 창고 안에 있으면 뭔가 보호받는 듯한 느낌이 들었다. 나는 이런저런 상념에 젖기도 하고, 설교에 귀를 기울이기도 했다. 또 여름이 되기 전에 자클린과 나눴던 대화를 떠올리기도 했다. 그때 나는 그녀의 신앙을 원치 않는다고 더 이상 말할 수 없게 되었다. 나는 말했다. 나를 덜 힘들게 해줄 수 있는 것이라면 무엇이라도 해보고 싶다, 다만 그 신앙이 내 능력 밖의 일인 것 같다고. 〈간구해 봐〉라고 그녀는 대답했다. 「간구해 봐, 그럼 알게 될 거야. 이것은 신비이지만, 또한 진리야. 네가 간구하는 모든 것이 이루어질 거야. 문을 두드려 봐. 용기를 내어 한번 두드려 보라고.」 그래, 밑져야 본전 아니겠는가?

그자비에 신부는 「요한 복음서」의 한 대목을 읽어 주었다. 맨 뒷부분이었다. 그것은 예수가 죽고 나서 일어난 일이다. 베드로와 그의 동료들은 티베리아스 호수에서 물고기를 잡는 옛날 직업으로 돌아왔다. 그들은 실의에 빠져 있다. 일생일대의 모험은 고약하게 끝났고, 그 기억마저 흐릿해지고 있다. 밤새도록 그물을 던져 보았지만 아무것도 잡지 못했다. 새벽녘에 호숫가에서 어떤 낯선 이가 소리쳐 그들을 부른다. 「얘들아, 고기 좀 잡았느냐? ― 아뇨 ― 그물을 배의 오른쪽으로 던져 봐라. 그러면 잡힐 것이다.」 그들은 그물을 던진다. 그물을 끌어올리기 위해 세 사람이 달려들어야 했으니, 그물이 물고기로 가득했던 것이다. 〈주님이다!〉라고 예수가 사랑했던 제자, 이 복음서를 쓴 제자가 속삭인다. 「주님이야!」 기절할 듯 놀란 베드로도 이렇게 반복하고는 어떤 아주 귀여운 행동을, 버스터 키튼이나 했을 법한 어떤 행동을 한다. 그때 그는 벌거벗고 있었는데, 허겁지겁 겉옷을 두르고는 해변에 서 있는 예수에게 가기 위해 옷을 입은 채로 호숫물로 첨벙 뛰어든다. 예수는 말한다. 「와서 아침을 먹어라.」 그들은 물고기 몇 마리를 구워서 빵과 함께 먹는다. 〈제자들 가운데에는 《누구십니까?》 하고 감히 묻는 사람이 없었는데, 왜냐하면 그분이 주님이시라는 것을 알고 있었기 때문이다〉라고 복음서 기자는 쓰고 있다. 예수는 베드로에게 자기를 사랑하느냐고 세 번이나 묻는다. 베드로는 그렇다고 맹세하고, 예수는 그에게 자신의 양들을 먹이라고 명한다(목자로서의 소명감이 없는 나에겐 별로 와닿지 않는 명령이다). 하지만 마지막으로 그는 어떤 신비스러운 말을 한다.

〈내가 진실로, 진실로 너에게 말한다.
네가 젊었을 때에는 스스로 허리띠를 매고
원하는 곳으로 다녔다.
그러나 늙어서는 네가 두 팔을 벌리면
다른 이들이 너에게 허리띠를 매어 주고서,
네가 원하지 않는 곳으로 데려갈 것이다.〉

나는 누군가가 기독교로 돌아설 때면 그로 하여금 그렇게 하
게 만든 문장이, 그를 위해 존재하며 그를 기다리고 있는 저마
다의 문장이 있다고 생각한다. 나의 문장은 바로 이것이었다.
그것은 먼저 이렇게 말한다. 너 자신을 내려놓아라. 이제부터
인도하는 것은 더 이상 네가 아니다. 그리고 일단 이 첫걸음을
떼고 나면, 어떤 항복으로 여겨질 수 있는 것이 크나큰 안도감
으로 다가올 수도 있다. 이게 바로 〈포기〉라는 것이며, 내가 간
절히 바랐던 것은 바로 이것, 나 자신을 포기해 버리는 것이었
다. 하지만 이 문장은 또 이렇게 말한다. 네가 자신을 내맡기는
그것 — 네가 자신을 내맡기는 그분 — 은 너를 네가 원하지 않
는 곳으로 데려갈 것이다. 이 문장에서 개인적으로 가장 마음
에 와닿는 부분이 바로 이 부분이었다. 나는 이 말뜻을 잘 이해
하지 못했지만 — 사실 누가 이해할 수 있겠는가? — 이 말이
나를 위한 것이라는 사실을 어떤 설명하기 힘든 확신 가운데서
깨달았다.

7

나는 르 르브롱에서 나의 대모에게 이런 서신을 보낸다.

〈친애하는 자클린,

나는 당신이 날 위해 기도했다는 것을 알고 있고, 이 서신은 당신께 큰 기쁨을 안겨 줄 것입니다. 이번 여름에 나는 문을 두드리면 문이 열릴 거라고 확신하려 애써 왔습니다 ─ 내가 정말로 들어가기를 원하는지는 확실치 않은 상태로 말이죠. 그런데 갑자기, 이 산속, 에르베 곁에서 이 복음서의 말씀이 내게 생생하게 다가왔습니다. 나는 이제 어디에 진리와 생명이 있는지 압니다. 33년간 오직 자신만을 의지하며 살아온 나는 늘 두려움에 사로잡혀 살아왔는데, 오늘 우리가 두려움 없이 ─ 고통 없이가 아니라 두려움 없이 ─ 살 수 있다는 사실을 발견하게 되었고, 나는 이 기쁜 소식에 놀라움을 금할 수 없습니다. 지금의 내 기분은 어떤 식탁보가 주름들과 빵 부스러기들과 제법 맛나 보이는 음식 남은 것들로 어지러이 덮여 있는데 누군가가 갑자기 흔들어 털어 버리고, 지금은 바람에 즐거이 펄럭이고 있는 듯한 느낌입니다. 나는 이 기쁨이 계속 남아 있기를 원하지만 그게 그리 간단치만은 않다는 것을, 다시 어둠이 찾아오고, 노인네의 굳은 껍데기가 다시 나를 휘감아 올 거라는 사실을 알고 있습니다. 하지만 나는 확신이 있습니다. 이제 나를 인도하는 것은 그리스도이십니다. 난 그분의 십자가를 지는 데 아직 서투르지만, 그것을 생각하기만 해도 마음이 너무도 가벼워집니다! 자,

이렇습니다. 나는 당신에게 이 사실을 빨리 알려 드리고 싶었고, 그동안 너무도 참을성 있게 내게 길을 가르쳐 주신 데에 대해 어떻게 감사해야 할지 모르겠습니다. 내 키스를 보냅니다.〉

내 첫 번째 노트에 초고가 들어 있는 이 서신을 나는 까맣게 잊고 있었다. 지금에 와서 다시 읽으니 거북한 기분이 든다. 이 서신 역시 뭔가 솔직하지 않게 느껴지는 것이다. 내가 이 서신을 쓰면서 진지하지 않았다는 뜻이 아니다. 물론 나는 진지했다. 하지만 그때 내 마음속 깊은 곳에 자리한 누군가가 지금 내가 생각하고 있는 것을 생각하지 않았다고는 믿기 힘들다. 이 모든 것은 일종의 자기 암시, 쿠에[6]의 암시 요법, 가톨릭적인 횡설수설일 뿐이며, 이 감탄사들과 대문자들의 범람, 이 바람에 즐거이 펄럭이는 식탁보, 이 모든 것들은 전혀 나를 닮지 않았다는 생각 말이다. 하지만 나를 매혹시킨 것은 바로 그것, 이게 나를 닮지 않았다는 사실이었다. 내가 더 이상 견딜 수 없게 된 그 불안하면서도 킬킬대기 좋아하는 조그만 친구가 이제는 잠잠해졌다는 사실, 내 안에서 또 다른 목소리가 솟아났다는 사실 말이다. 그 목소리가 내 목소리와 다르면 다를수록, 그것이 **진정한** 내 목소리라고 나는 생각했던 것이다.

나는 이제 새로운 삶에 들어왔다고 확신하며 행복한 기분으로 스위스에서 돌아온다. 돌아온 다음 날, 나는 안에게 내용에

6 Émile Coué(1857~1926). 자기 최면으로 병을 호전시키는 방법을 고안한 프랑스의 심리학자.

대해서는 밝히지 않고 얘기할 게 있다고 말하고, 우리가 자주 가는 모베르 광장 근처에 있는 타이 레스토랑의 저녁 식사에 데리고 간다. 내 모습은 뭔가 변해 있고 조금 이상하긴 하지만, 자기 아내에게 〈내가 요즘 누군가를 만났어〉라고 말하려는 사내처럼 어색한 표정을 짓고 있지는 않았을 것이다. 하지만 나는 고백한다. 나는 누군가를, 그 때문에 그녀를 떠나지는 않을 누군가를 만났다고. 오히려 그는 그녀의 편이고, 우리의 편이라고. 안은 깜짝 놀란다. 이것은 전혀 과장이 아니다. 하지만 내 말을 대체로 좋게 받아들인다. 만일 내가 사랑하는 여자가 어느 날 갑자기 찾아와 눈을 반짝이면서, 또 이상한 부드러움이 느껴지는 미소를 머금고서, 자신은 진리와 생명이 어디에 있는지 깨달았으며, 이제부터 우리는 우리의 구주이신 예수 그리스도 안에서 서로를 사랑해야 한다고 선언했다면 내가 그 말을 받아들였을 반응보다는 훨씬 좋게 받아들인다. 만일 이런 일이 일어난다면 나 같으면 기겁할 것 같고, 특히나 그녀에게는 대부분의 사람들보다도 기겁해야 할 훨씬 분명한 이유들이 있다. 나와는 반대로 그녀는 거의 편협하기까지 한 가톨릭을 믿는 가정에서 성장했고, 그녀 부모의 가장 큰 소망은 그녀가 수녀가 되고, 이상적으로는 리지외의 성녀이자 그녀의 수호성인이기도 한 테레즈처럼 — 안이 처음 받은 이름은 테레즈였다 — 아주 젊은 나이에 죽는 것이었다. 그녀는 종교적 신경증과 관련된 모든 것을 겪었다. 극도의 섹스 혐오증, 고통스러운 죄의식, 모든 것을 덮어 버리는 슬픔……. 그녀는 반항할 수 있는 나이가 되자마자 걸음아 날 살려라 하고 이 악몽으로부터 달아났고, 사춘기 때는 매우 관용적인 소녀가, 그리고 성년이 되었을 때는 나이트클럽을 뻔질나게 드나드는 아가씨가 되었다. 우리가 처음 만났을 때 그녀 가까이에 있는 대부분의 친구들은 팔라스나 뱅두슈[7]의 단골들이었는데, 그들과 기독교 사이의 관계는 몬티 파이튼의 기막힌 패러디물인 「브라이언의 일생」을 보면서 배꼽이 빠져라 웃는 것으로 요약되었다. 우리가 같이 살게 된 이후로 그녀는 내게서 많은 것을 비난할 수 있겠지만, 적어도 내가 자기를 어린 시절의 그 음울한 의식(儀式)들로 끌고 간다고 비난할 수는 없다. 나에 관한 한, 적어도 이 점에 대해서는 안심할 수 있었다고 그녀는 생각했다. 아, 그런데 그게 아니었다! 살다 보면 정말이지 별일이 다 일어나는 법이어서, 그 자기중심적이고도 냉소적인 엠마뉘엘 카레르가 예수에 대해서 말하기 시작한 것이다. 〈예수〉의 두 번째 음절을 발음할 때 만들지 않을 수 없는, 그리고 심지어는 내가 가장 독실하게 믿던 시절에도 이것을 발음하는 게 뭔가 음란하게 느껴지게 했던 그 닭 똥구멍 같은 입술을 하고서는 말이다. (〈쥐〉를 달리 발음할 수는 없지 않은가?)[8] 돌이켜 생각해 보니, 내가 회심했다는 소리를 그녀가 비웃지 않고 받아들일 수 있었던 것은, 그녀가 나를 무척 사랑했고, 또 우리 커플을 구할 수 있는 실낱같은 가능성에 매달렸기 때문이었을 것이다. 그녀는 여기에서 뭔가 좋은 게 나오리라는 희망을 품었을 것이다. 처음에는 그렇게 되었다.

7 파리 소재의 유명 나이트클럽들이다.
8 예수Jésus의 프랑스어 발음은 〈제-쥐〉로, 두 번째 음절 〈쥐〉를 발음하기 위해서는 입술을 둥글게 오므려야 한다.

8

나의 갓 시작된 신앙을 다져 주기 위해, 그자비에 신부는 매일 복음서를 한 구절씩 읽고, 그것에 대해 명상하고, 또 내가 작가인 고로 이 명상의 결실을 몇 줄의 글로 요약해 보라고 충고했다. 그래서 나는 생미셸 대로의 **지베르 죈 서점**에서 두툼한 노트 한 권을, 아니 미리 충분히 준비해 놓고 싶어서 — 그 후 2년 동안 나는 열여덟 권을 채웠다 — 두툼한 노트 여러 권을 산다. 복음서는 「요한 복음서」를 공략해 보기로 했는데, 나를 원하지 않는 곳으로 데려간다는 말이 나오는 곳이 바로 이 「요한 복음서」였기 때문이다. 또 나는 네 복음서 중에서 「요한 복음서」가 가장 신비주의적이고도 가장 심오하다는 막연한 생각을 품고 있다. 첫 번째 구절부터 내 판단이 옳음을 증명한다. 〈한처음에 말씀이 계셨다. 말씀은 하느님과 함께 계셨는데, 말씀은 하느님이셨다.〉 이것은 특히나 어떤 번득이는 형이상학적 계시보다는 편리한 행동 규범을 찾는 사람에게는 지나치게 어려운 구절이고, 나는 마사(馬舍)를 나서기 전에 일찌감치 말을 바꾸는 게 좋지 않을까 하는 생각도 해본다. 뒷다리로 몸을 세차게 곧추세우며 나를 맞이하는 이 순종 말에 비하면 「마르코 복음서」, 「마태오 복음서」, 「루카 복음서」는 초보자에게 권고되는 온순한 짐말처럼 느껴진다. 하지만 나는 이 유혹처럼 느껴지는 것을 따르지 않는다. 더 이상 내가 선호하는 것을 따르고 싶지 않고, 내 마음이 자연스럽게 이끌리는 곳 쪽으로 가고 싶지 않다. 내가 「요한 복음서」 앞에서 움찔하는 것은, 바로 이 「요한 복음서」에 매달려야 한다는 증거라고 해석한다.

하루에 한 절씩 읽었고, 더 이상은 읽지 않았다. 어떤 구절들은 굉장한 광채를 발하며, 〈이 사람처럼 말한 이는 아무도 없었다〉라는, 예수를 체포한 로마 병사들의 말이 옳았음을 느끼게 한다. 다른 구절들은 언뜻 보기에 의미가 빈약해 보인다. 단순히 이야기의 진행을 위해 집어넣는 말들, 별로 씹을 거리가 없는 조그만 뼛조각들처럼 느껴진다. 기꺼이 건너뛰고 다음 구절로 넘어갈 수 있는 구절들이지만, 오히려 이것들에 머무르지 않으면 안 된다. 이것은 집중과 인내와 겸허함의 연습이다. 특히나 겸허함을 배우는 연습이다. 왜냐하면 만일, 그해 가을에 내가 인정했던 것처럼, 복음서가 단지 역사적, 문학적, 철학적인 관점에서 흥미로운 텍스트일 뿐 아니라, 또한 하느님의 말씀이라는 사실을 인정한다면, 거기에는 부수적이거나 무의미한 것은 아무것도 없다는 사실을 인정해야 하기 때문이다. 겉으로 보기에 극히 평범해 보이는 조그만 구절 하나도 호메로스와 셰익스피어와 프루스트를 모두 합친 것보다 더 풍요한 의미를 감추고 있다는 사실을 말이다. 예를 들어 요한이 예수께서 나자렛에서 카파르나움으로 가셨다고 우리에게 말한다면, 이것은 하나의 지엽적인 정보가 아니라, 영혼이 벌이는 싸움에 있어서 더없이 귀중한 양식인 것이다. 복음서에서 이 구절 하나만 남는다 해도, 기독교인은 평생을 바쳐도 이 구절의 의미를 다 맛보지 못하리라.

이렇게 무난히 넘어갈 수 있는 구절들 말고도, 얼마 안 가서 나는 완전히 혐오스러운, 내 의식과 내 비판적 정신이 거부감을 느끼는 구절들과 마주치게 된다. 나는 이런 구절들도, 아니 특히 이런 구절들을 소홀히 하지 않겠다고 서약한다. 그것들의 진리가 내게 나타날 때까지 깊이 들여다보겠다고 서약한다. 나는 이렇게 생각한다. 내가 지금 참되고도 극히 중요하다고 믿는 — 아니, 〈믿는〉이 아니라 참되고도 극히 중요하다는 것을 **알고 있는** — 많은 것들이 몇 주 전에는 기괴하게 느껴졌을 거야. 따라서 나는 판단하기를 멈춰야 해. 지금은 내게 닫혀 있는, 심지어 충격적으로까지 느껴지는 모든 것들을, 만일 주님의 은총으로 이 길을 계속 갈 수 있다면, 나중에 이해할 수 있게 되리라고 생각해야 해. 하느님의 말씀과 내 판단 중에서 중요한 것은 하느님의 말씀이고, 내 보잘것없는 판단에 부합하는 것만을 취하는 것은 어처구니없는 일이야. 절대로 잊어서는 안 돼. 복음서가 나를 판단하는 거지, 그 반대는 아니라는 사실을. 내가 생각하는 것과 복음서가 말하는 것 중에서 난 언제나 복음서를 선택함으로써 승리할 수 있어.

9

내가 찾아갔을 때 자클린은 내가 회심했다는 소식에 기뻐하는 데 많은 시간을 허비하지는 않는다. 곧바로 그녀는 내게 경고한다. 그녀는 이렇게 말한다. 「넌 지금 영혼의 봄을 체험하고 있어. 얼음이 쩍쩍 갈라지고, 시냇물이 졸졸 흐르고, 나무마다 새싹이 움트고, 넌 너무도 행복하지. 너의 삶이 지금껏 한 번도 보지 못했던 모습으로 보일 거야. 넌 자신이 사랑받고 있음을, 자신이 구원받았음을 알고 있고, 또 그렇게 생각하는 게 옳아. 이것은 진리이기 때문이지. 이제 이 진리가 밝은 빛 가운데 나타났으니 그걸 충분히 만끽할 필요가 있지. 하지만 이런 상태가 오래가지는 않는다는 걸 알아야 해. 조만간에, 그리고 분명히 네가 생각하는 것보다 빨리, 이 빛은 가려지고 어두워질 거야. 지금 너는 아버지가 손을 붙잡은, 전적인 안전감을 느끼는 어린아이와도 같아. 하지만 아버지가 네 손을 놓을 때가 올 거야. 넌 캄캄한 어둠 속에서 길을 잃은 듯한, 혼자 버려진 듯한 느낌에 사로잡히게 될 거야. 넌 구해 달라고 소리치지만 아무도 대답하지 않지. 거기에 대비해 두는 게 좋겠지. 하지만 아무리 많이 대비해 봐도 그것은 갑자기 찾아오고, 넌 힘이 쭉 빠지게 돼. 이걸 바로 십자가라고 하는 거야. 모든 기쁨 뒤에는 십자가의 그림자가 도사리고 있어. 기쁨 뒤에는 십자가가 있다는 사실을 넌 금방 알게 될 거고, 또 벌써 알고 있기도 해. 네가 더 많은 시간을 들여 발견해야 할 사실, 어쩌면 평생이 걸릴 수도 있지만 그럴 만한 가치가 있는 사실은 십자가 뒤에는 기쁨이, 그 무엇에도 흔들리지 않는 기쁨이 있다는 사실이야. 그 길은 멀어. 겁낼 필요는 없지만, 겁이 날 거라는 것을 알고 있어야 해. 의심과 절망에 사로잡히고, 널 부당하게 대한다고, 네게 너무 많은 것을 요구한다고 주님을 비난하게 될 거라는 것을 알고 있어야 해. 그런 생각이 들 때면 이 이야기를 기억하도록 해. 어떤 남자 하나가 지금 네가 그렇듯이, 그리고 앞으로도 그럴 것이듯이, 자신이 다른 사람들보다도 더 무거운 십자가를 졌다고 화를 내고 또 불평하고 있었어. 한 천사가 내려와서는 그를 자기 날개에 싣고는 천하 만민의 십자가들이 쌓여 있는 하늘의 장소로 올라갔지. 갖가지 크기의 십자가들이 수백만 개, 아니 수십억 개가 쌓여 있었어. 천사는 그에게 말했어. 이 중에서 네가 원하는 것을 골라 보아라. 남자는 그중 몇 개를 들어서 비교해 보고는, 가장 가볍게 느껴지는 것을 골랐어. 천사는 미소를 지으며 말했지. 이게 바로 너의 십자가였어.」

「이 세상 그 누구도,」 나의 대모는 매듭짓는다. 「그가 가진 힘 이상으로 시련을 받는 일은 없어. 하지만 넌 무장하고 있어야 해. 성사(聖事)들을 거쳐야 해.」

그녀는 성찬식에 대한 책 한 권을 찾으러 우리가 있던 살롱에서 자신의 서재로 간다. 나는 그 서재까지 따라가는데, 그녀가 종종 밤늦도록 작업하는 약간 어둑하면서도 아늑한 그 방은 내가 늘 알았던 듯한 느낌이 드는 장소이다. 난 그곳에 있으면 마음이 편안해진다. 그녀가 바닥에서부터 천장까지, 벽들을 빼곡히 덮은 서가들을 뒤지고 있는 동안 나는 디방[9]에 앉아 있다. 그녀의 집에서 물건들이 위치를 바꾸는 일은 거의 없다. 난 30년 동안 현관에서 똑같은 잔 — 아마도 어떤 성합(聖盒)이리라 — 을 보아 왔다. 전축 옆에 놓인 몬테베르디의 「성모의 만도(晚禱)」 음반 한 질과 서재의 선반들을 장식한 이탈리아와 플랑드르의 성모화들도 마찬가지이다. 이들의 변함없음은 내 삶 가운데 그녀의 존재만큼이나 안도감을 준다. 하지만 그날, 내 시선은 그다지 눈에 익지 않은 어떤 이미지에 자석처럼 끌린다. 그것은 검은 얼룩들, 흰 바탕 위에 불규칙하게 흩어져 있고, 나로서는 어떤 얼굴을 이루고 있는 것처럼 느껴지는 검은 점들이다. 아니, 얼굴이 아닐 수도 있다. 그것은 풍경 속에 숨어 있는 사냥꾼을 찾아내야 하는 수수께끼 그림들에서처럼 보는 각도에 달려 있다.

9 쿠션은 있으나 등 받침이나 팔걸이가 없는 긴 소파.

나는 두세 번 눈을 감았다가 다시 뜬다. 그리고 자클린에게
묻는다.「이게 뭐죠?」그녀는 내가 쳐다보고 있는 것을 보았고,
잠시 침묵을 지킨 뒤에 말한다.「참으로 기쁘구나.」

그런 후에 그녀는 이 이미지에 얽힌 이야기를 내게 들려준다.

두 여인이 들판을 걷고 있었다. 한 사람은 믿음이 아주 깊었
고, 다른 사람은 그렇지 않았다. 믿음이 없는 여인은 그녀의 친
구에게 자신도 신앙을 갖고 싶지만, 불행히도 그렇지 못하다고
말했다. 자기가 믿기 위해서는 어떤 표징이 필요하다는 거였
다. 이렇게 말하고 나서 얼마 후에 그녀는 별안간 걸음을 딱 멈
추고는, 한 나무의 우거진 잎사귀들을 손가락으로 가리킨다.
그녀의 시선은 고정되었고, 그녀의 표정은 공포와 황홀경 사이
를 오간다. 산책하던 다른 여인은 이런 그녀를 영문도 모르고
서 쳐다본다. 이때 그녀는 카메라를 가지고 있었는데, 그녀는
자신도 이유를 알지 못한 채 친구가 가리키는 방향으로 카메라
를 대고 셔터를 누를 생각을 한다. 그로부터 몇 달 후, 이 믿음
이 없던 친구는 가르멜 수녀원으로 들어간다.

현상된 사진은 나무의 잎사귀들 가운데 벌어지는 빛의 유희
를 포착하고 있다. 명암이 뚜렷한, 거의 추상적이기까지 한 이
얼룩들에서 어떤 이들은 너무도 갑작스럽게 은총이 임한 이 여
인이 봤던 것을 보게 된다. 자클린은 그것을 보고, 그녀를 방문
한 손님들 중 어떤 이들도 본다. 다른 이들은 아니다. 그 사진의
복제화가 20년 전부터 여기에, 이 서가의 시렁 위에 놓여 있다.
난 이 방에 스무 번은 들어왔으면서도 그걸 보지 못했지만, 자,
이제 내 눈을 덮고 있던 비늘이 떨어져 내렸다. 난 나무 잎사귀

들 사이에 숨어 있는 남자의 얼굴을 보았다. 깡마르고, 수염이 난 남자다. 그는 거의 사진에 가까운 그의 또 다른 초상과 많이 닮았다. 토리노의 수의[10]에서 볼 수 있는 그 얼굴 말이다.

자클린은 〈그래, 잘됐다〉라고만 말한다.

나는 거의 겁에 질린 목소리로 〈이제 그분을 보았으니, 앞으로는 그분을 못 볼 수가 없겠죠〉라고 중얼거리듯 말한다.

「그렇지 않아.」 그녀가 대답한다. 「못 보게 될 수도 있어. 하지만 또 계속 그분을 보게 해달라고, 오직 그분만을 보게 해달라고 기도할 수도 있지.」

나는 묻는다. 「어떻게 기도하죠?」

「네가 원하는 대로, 생각나는 대로 하면 돼. 가장 위대한 기도, 네가 항상 돌아오게 될 기도는 주님 자신께서 우리에게 주신 기도, 바로 주기도문이야. 그리고 『성경』에 포함된 「시편」이 있어. 여기에는 모든 상황들, 영혼의 모든 상태들에 알맞은 기도들이 들어 있지. 예를 들자면……

〈당신 얼굴을 제게서 감추지 마소서.
제가 구렁으로 내려가는 이들과 같아지리이다.〉

나는 이 구절에서 내 모습을 발견하며 고개를 끄덕인다. 나 역시 구렁으로 내려가는 자들 중의 하나이다. 사실 구렁은 나의 자연스러운 서식지인 것이다.

10 이탈리아 토리노의 한 성당에 보관되어 있으며, 십자가에서 처형당한 예수의 시신을 감싼 수의로 알려져 온 기다란 천.

하지만 하느님은 또 다른 「시편」에서는 인간에게 이렇게 말한다.

〈네가 더 이상 나를 못 보게 되었을 때, 나는 가장 가까이에 있다.〉

10

나는 자클린이 만일의 경우에 대비하여 항상 복제화 여러 장을 지니고 있는 그 신비스러운 사진 한 장을 얻어 가지고 그녀의 집에서 나온다. 그리고 그것을 마치 제단 위에 올려놓듯, 내가 작업실로 사용하는 탕플가(街) 원룸의 한 선반 위에 올려놓는다.

그 방은 내가 하루 중 가장 많은 시간을 보내는 곳이다. 나는 항상 글을 쓰며 살아왔다. 처음에는 기자로, 그다음에는 책과 TV 시나리오를 쓰는 작가로 일해 왔고, 아무에게도 종속되지 않고 내 시간의 유일한 주인으로서 내 삶과 내 가족의 삶에 필요한 돈을 벌 수 있다는 데에 모종의 자부심을 느끼고 있다. 나는 자신이 예술가이기를 바라면서도, 또한 스스로를 작업대에 붙어 앉아 열심히 일하며 주문받은 것을 정확한 시간에 인도함으로써 고객들을 만족시키는 장인으로 여기는 것도 좋아한다. 지난 2년 사이에 이러한 유쾌한 자아 개념이 허물어져 버렸다. 난 더 이상 소설을 쓸 수 없게 되었고, 또 이제는 결코 소설을 쓸 수 없을 것이라고 생각했다. 비록 시나리오들 덕분에 아직도 입에 풀칠을 하고 있긴 하지만, 내 삶은 무기력과 실패의 늪

속에 잠겨 들었다. 난 자신을 실패한 작가로 여겼으며, 이 모든 것을 나의 불행한 결혼 생활의 탓으로 돌리며, 〈삶을 춤추게 할 수 있는 음악을 더 이상 자기 안에서 찾아볼 수 없을 때……〉라 는 루이페르디낭 셀린의 끔찍한 문장을 되뇌었다. 난 내 삶을 우아하게 춤추게 해본 적이 한 번도 없었지만, 그래도 내게서 는 약간의 음악이, 그렇게 황홀하지는 않지만 그래도 나의 음 악이 가냘프게나마 흘러나왔었다. 그러나 이 모든 것은 끝나 버렸다. 뮤직 박스는 부서진 것이다. 원룸에서의 나날은 한없 이 늘어지기만 했다. 난 단지 먹고살기 위해, 별 확신 없이 일했 다. 간간히 자위행위로 끊어지는, 축 늘어진 시간들…… 스스로 를 마취시키기 위해, 더는 이곳에 있지 않기 위해 마치 마약을 하듯 읽은 소설들…….

이 모든 것은 내가 르 르브롱에 가기 전의 일이었다. 내가 회 심하기 전의 일이었다. 이제 나는 즐거운 마음으로 일어나, 가 브리엘을 학교에 데려다주고, 풀장에 가서 한 시간 동안 수영 을 한 뒤, 7층까지 계단을 걸어 올라가서는, 내 조용한 작업실 에서 나를 기다리고 있는 작업 앞에서 마치 콜베르[11]처럼 — 이 런 콜베르의 이미지를 알고 있는 것은 아마도 우리가 마지막 세대이리라 — 느긋이 두 손을 비빈다.

첫 번째 시간은 「요한 복음서」에 바쳐진다. 한 번에 한 절씩 읽어 나가는데, 거기에 가하는 내 논평이 나의 개인적인 자기 성찰과 내 삶의 자취를 보존하려는 염려로 채워진 일기가 되어 버리지 않도록 조심한다. 아니, 나는 언제나 그래 왔던 것처럼

11 루이 14세 시대의 부지런한 재상(宰相)으로 알려진 Jean-Baptiste Colbert.

내게 일어난 것들에서 책이 한 권 나와야 한다는 강박 관념 없이, 하느님의 말씀의 인도하에 대담하게 나아가고 싶다. 나는 도래할 책에 대한 생각을 최선을 다해 쫓아 버리고, 단호하게 복음서에만 집중한다. 설사 여기서 그리스도가 나에 대해 말해 준다 해도, 나는 이제 내가 아니라 오직 그에게만 관심을 가지려 한다.

(이 노트들을 다시 읽어 보고 있는 지금, 나는 내가 그토록 중요성을 부여했던 신학적인 성찰들을 마치 쥘 베른의 소설에서 지리학적 설명들을 건너뛰듯이 건너뛴다. 내 흥미를 끌고 종종 나를 질겁하게도 하는 것은 물론 내가 나에 대해 말하는 부분들이다.)

그다음에 하는 것은 기도인데, 나는 이것을 복음서를 읽은 후에 하는 게 좋은지, 아니면 읽기 전이 좋은지를 종종 자문해 보곤 했다. 그로부터 몇 년 후, 명상을 요가 체조 후에 하는 게 좋은지, 체조 전에 하는 게 좋은지를 자문해 보게 되듯이 말이다. 사실 기도는 명상과 비슷한 점이 많다. 첫째, 같은 자세를 취한다. 책상다리를 하고 등을 곧게 편다. 둘째, 무엇보다도 정신을 집중시켜야 할 필요가 있다. 셋째, 끊임없이 피어나는 잡념을 지우고, 잠시나마 평정 상태에 도달하고자 노력한다 — 헛된 노력이긴 하지만, 노력한다는 사실 자체가 중요하다. 차이점이 하나 있다면, 기도를 할 때는 누군가를 향해 한다는 점이다. 예를 들어 나는 선반 위에 올려놓은 그 신비스러운 사진에서 보이는 이를 향해서 한다. 기분에 따라서 나는 그를 향해 「시편」이라고 불리며, 나의 대모 덕분에 발견하게 된 그 주문을 낭송하기도 하고, 혹은 그에게 자유롭게 말하기도 한다. 그분 — 나는 노트에서 그를 〈그분〉이라고 쓴다 — 과 나에 대해서 말한다. 난 그분에게 당신을 더 잘 알게 해달라고 간구한다. 또 그분에게 난 당신의 뜻대로 행할 것이며, 만일 당신의 뜻이 내 뜻과 어긋난다면 더욱 좋다고 말한다. 난 이게 그분이 자신이 선택한 이들을 가르치는 방식임을 알고 있다.

나는 전에는 종종 바깥에서, 내 친구 중 하나와 함께 점심 식사를 하곤 했다. 이런 점심 식사 때는 보통, 위대한 작품들에 대한 논평에서부터 최근의 출간물들에 대한 가십에 이르기까지 이런저런 문학적 토론을 나눴고, 그럴 때면 항상 와인을 과도하게 마셨다. 처음에는 적당히 마시려고 잔으로 주문하지만, 그 잔이 몇 잔 이어지면 곧바로 그냥 병째 주문하는 게 낫지 않겠냐고 말한다. 점심 식사가 끝날 즈음에는 세상이 다 내 것인 양 한껏 달아오르지만, 이런 주정뱅이의 들뜬 상태는 작업실로 돌아오는 순간 다시 고통스러운 우울함으로 바뀌곤 했다. 나는 다시는 이러지 않으리라 다짐하며 오후를 보내지만, 이틀 후에는 똑같은 짓을 반복했다. 이런 한심한 습관을 나는 하루아침에 끊어 버렸다. 이제 나는 점심 식사 제의를 정중히 거절하고는, 암자 같은 내 작업실에서 쌀밥 한 공기로 만족하는데, 한 입 한 입 일곱 번씩 정성껏 씹으려고 노력하며 천천히 식사한다. 그러면서 그토록 탐욕스러운 다독가였던 내가 밥 먹는 것만큼이나 정신을 집중하여 성 아우구스티노의 『고백록』, 프란치스코 살레시오의 『한 러시아 순례자의 이야기』, 『신심 생활 입문』 같은 교화적인 책들을 읽는다. 아우구스티노의 어떤 문장들은 내 등짝에 바르르 전율이 일게 한다. 난 그 문장들을 마치 내 귀에 대고 속삭이듯 중얼거려 본다. 「주여, 내가 당신을 생각하지 않을 때 무엇을 생각하고 있었습니까? 내가 당신과 함께 있지 않을 때 어디에 있었습니까?」 몽테뉴와 루소의 선구자 격이라 할 수 있는 이 책, 한 인간이 자신이 어떠했는지를, 무엇이 이 유일무이한 자신을 만들었는지를 말하려고 애쓴 최초의 책인 이 책은 전체가 호격(呼格)으로 써져 있는데, 언젠가는 3인칭 단수에서 1인칭 단수로 넘어가야 할 필요성을 여러 해 전부터 어렴풋이 느껴 왔던 내게 이 전격적인 2인칭의 사용은 하나의 계시로 다가왔다. 이 모범에 용기를 얻은 나는 내 노트에서 주님에게 얘기하는 방식으로만 글을 쓰게 된다. 난 그에게 친밀한 어조를 사용하고, 그를 소리쳐 부르기도 한다. 그 결과, 내가 매일 쓰는 복음서에 대한 성찰들은 갈수록 기도와 비슷해진다 — 하지만 그것은 지금 불신자의 관점에서 다시 읽어 볼 때 낯 뜨겁게 느껴지는 과장적이고도 인위적인 어조이기도 하다.

오후에는 진행 중에 있는 시나리오를 작업한다. 난 이것을 별다른 일이 없어 어쩔 수 없이 하는 하찮은 일이 아닌, 즐거운 마음으로 성심껏 수행하는 일종의 사회적인 의무로 여긴다. 만일 하느님께서 어느 날 내게 은총을 내려 책을 쓸 수 있게 해주신다면, 그렇다면 즐거이 책을 쓰리라. 그것은 내게 달린 일이 아니다. 만일 그분이 원하시는 게 내가 TV 시나리오를 쓰는 거라면, 난 그저 좋은 TV 시나리오를 쓰기만 하면 된다. 얼마나 홀가분한가!

11

사실은 일이 그렇게 간단치가 않다. 내 두 번째 노트의 몇 페이지, 라 프로퀴르 서점을 방문한 이야기가 적혀 있으며, 기도들로 끝없이 이어지는 다른 페이지들과 확연히 대조되는 몇 페이지가 그것을 증언한다. 더 이상 글을 쓸 수 없게 된 작가에게 서점들은 위험한 장소이다. 이 위험을 의식하는 나는 회심한 이후로 출판사의 칵테일파티, 신문의 문학 특집 부록, 그리고 신간 소설들에 대해 나누는 대화 등 내 마음을 아프게 하는 모든 것들과 마찬가지로 서점들을 피한다. 하지만 생쉴피스 성당 맞은편에 있는 라 프로퀴르 서점은 종교 전문 서점이고, 나는 거기서 성 요한에 대한 책 한 권을 사고 싶을 뿐이어서, 위험할 게 전혀 없는 곳이다. 나는 성경과 주해서들과 교부(敎父) 관련 서적들이 진열된 코너에서 잠시 시간을 보내면서, 이른바 〈요한 공동체〉[12]를 다룬 두툼한 책들을 몇 권 훑어본다. 그러다가 진열대 저쪽에서 같은 종류의 책들을 뒤적이고 있는 한 신부와 눈이 마주치는데, 그 순간 안도감이 느껴지면서, 나 역시 아무도 모르게 〈요한 공동체〉에 관심을 갖는 저 엄숙하면서도 열렬한 신앙의 친구처럼 되고 싶다는 생각이 든다. 나는 성 요한에 대한 해설서 한 권에 곁들여, 자클린이 추천한 테레즈 드 리지외의 서한 및 일기 모음을 고른다. 기분 내키는 대로였다면 테레사 다빌라 쪽으로 갔을 거였다. 나로서는 테레사 다빌라는 신비주의의 절정으로 여겨지는 반면, 테레즈 드 리지외는 나의

---

12 유대교와 기독교(팔레스타인 원시 교회)로부터 분리된 종파적 집단으로 사도 요한의 가르침을 받아들이고, 교리를 전수했다고 전해진다.

장인과 장모, 19세기 말의 따분한 기독교, 한마디로 〈생쉴피스적인〉이라는 형용사가 포괄하는 모든 것을 연상시키기 때문이다. 하지만 내가 이런 생각을 얘기했을 때, 자클린은 그녀가 이따금 보이는 그 측은한 눈빛으로 나를 쳐다보면서 말했다. 〈이 불쌍한 사람아, 어떻게 그런 끔찍한 소리를 할 수 있지? 성 테레즈 드 리지외보다 아름다운 것은 없다고.〉 그렇다고 해서 자클린이 테레사 다빌라를 좋아하지 않았다고 생각하지 않기를 바란다. 오히려 그녀는 이 성녀를 너무나도 좋아했고, 기도 중에 스페인어로 그녀와 친밀한 대화를 나눌 정도였다. 하지만 그녀에 따르면 가장 순수한 복종과 겸손함을 보여 주는 〈작은 길〉 테레즈 드 리지외는 모든 것을 위에서 내려다보며 판단하는 나의 지식인적 오만을 완화할 수 있는 이상적인 처방이라는 거였다. 테레즈 드 리지외도 좋고, 어쩌면 루르드 순례도 좋을 수 있다는 거였다. 심미가라면 누구라도 좋아할 수 있는 렘브란트나 피에로 델라 프란체스카를 보며 황홀해하기보다는 가장 볼품없는 석고 성모상 속에 감추어진 하느님의 광휘와 사랑을 발견하는 게 내게는 더 나을 거라는 말이었다. 결국 나는 성 테레즈 드 리지외와 성 요한을 옆에 끼고 계산대로 향한다. 문제는 거기에 이르기 위해서는 비종교 서적 코너를 가로지르고, 신간 소설들로 가득 덮인 테이블 하나를 마주해야 한다는 점이다. 예상치 못했던 일이었다. 나는 마치 정욕에 시달리는 신학생이 포르노 영화 포스터 앞을 지나치듯 그 앞을 재빨리 지나치려 하지만, 유혹이 너무 강하다. 나는 걸음을 늦추고, 슬쩍 눈길을 던지고, 손을 뻗고, 결국에는 책들을 뒤적거리면서, 뒤표지의 소개 글들을 읽으면서, 우스꽝스럽기 때문에 더욱 끔찍한 그 지옥으로 황급히 뛰어들고 있다. 내가 그토록 간절히 하고 싶어 하는 것, 내가 전에는 할 수 있었지만 지금은 더 이상 할 수 없게 된 것을 하고 있는 이 사람들 앞에서 느껴지는 무력감과 분함과 맹렬하면서도 굴욕적인 부러움이 뒤섞이는 감정, 이것은 나의 개인적 지옥이었다. 난 최면에 걸린 사람처럼 거기서 한 시간을, 아니 두 시간을 보낸다. 그리스도의 관념, 그리스도 안의 삶의 관념은 비현실적인 것이 된다. 그리고 만일 이것이 현실이라면? 이 허망한 분주함, 이 부질없는 야심들이 바로 현실이라면? 만일 『고백록』의 〈당신〉과 기도의 열렬함이 한낱 환상에 불과하다면? 너무나도 미약한 나의 열정만이 아니라, 두 테레즈 성녀와 아우구스티노와 러시아 순례자의 열정 또한 환상에 불과한 거라면? 환상은 바로 그리스도라면?

나는 힘이 쭉 빠진 얼굴로 라 프로퀴르 서점을 나온다. 거리를 걸으며 마음을 추스르고, 상처를 다독이려 해본다. 속으로 이렇게 말해 본다. 방금 전 나를 그토록 아프게 만든 책들은 대부분 형편없는 것들이야. 그리고 내가 더 이상 작품을 쓸 수 없다면, 그것은 내가 다른 일을 위해, 더 높은 무언가를 위해 부름을 받았기 때문이야……. 이 더 높은 무언가를 나는 어떤 위대한 책으로 상상해 본다. 이 잔인하게 침잠한 세월의 결실이요, 모든 이들을 깜짝 놀라게 하고, 지금은 내가 다만 부러워할 뿐인 그 모든 책들을 허섭스레기로 만들어 버릴 더 높은 책 말이다. 하지만 어쩌면 하느님의 뜻은 이게 아닌지도 모른다. 어쩌면 그분은 내가 정말로 작가를 그만두고, 그분을 더 잘 섬기기 위해 이를테면 루르드에서 환자들에게 봉사하는 들것꾼 같은 것이 되기를 원하시는지도 모른다.

이 점에 있어서는 모든 신비주의자들의 말이 일치하거니와, 그분이 우리에게 요구하는 것은 우리가 가장 주기를 싫어하는 것이다. 희생하기 가장 고통스러운 것을 우리 안에서 찾아야 한다. 맞다, 바로 그거다. 아브라함에게 있어서 그것은 그의 아들, 이삭이었다. 내게 있어서 그것은 작품이고, 영광이고, 다른 이들의 의식 가운데 내 이름을 드날리는 일이다. 만일 얻을 수만 있었다면 악마에게 기꺼이 내 영혼을 팔아넘겼을 바로 그것이다. 하지만 악마는 내 영혼을 원하지 않았고, 이제 나는 주님께 내 영혼을 대가 없이 드리기만 하면 된다.

하지만 나는 달갑지가 않다.

나는 집에 들어가기 전에 마지막으로 들르곤 하는 곳인 생세브랭 교회를 도피처로 삼는다. 거기서 매일 저녁 7시 미사에 참석한다. 참석자가 그다지 많지 않으므로 미사는 중앙 홀이 아닌 측면에 붙은 조그만 예배당에서 열린다. 참석자들은 일요일 미사에만 참석하는 이들과는 사뭇 다른 열성적인 신자들이다. 거의 모두가 영성체를 하는데, 나만은 예외이다. 하지만 자클린은 영성체의 신비에 참여할 때 주님의 내밀한 속으로 훨씬 더 빠르고 깊게 들어갈 수 있다고 단언한 바 있다. 넌 깜짝 놀라게 될 거야, 하고 그녀는 말한다. 나는 대모님의 말씀을 믿지만, 아직은 준비되지 않은 것 같아요. 나의 이런 조심스러운 태도에 그녀는 짜증을 낸다. 만일 그분께 마음을 열기 위해 준비되어 있어야 한다면, 그럴 수 있는 사람은 아무도 없어. 그리고 이것은 이 신비로운 의식을 거행할 때 사람들이 인정하는 사실이

기도 하다. 〈주여, 난 당신을 받아들일 자격이 없지만, 한 말씀만 해주신다면 난 치유될 것입니다.〉 어쨌거나 나는 진정으로 그런 욕구가 생길 때까지 기다리는 편을 택한다. 난 때가 되면 내게도 그런 욕구가 생길 거라는 걸 알고 있다. 나는 조금 떨어져서 한 기둥 근처에 서 있다. 어떻게 전에는 이게 지루하게 느껴졌지, 하고 속으로 자문한다. 지금은 이것이 그 어떤 책, 어떤 영화보다도 훨씬 흥미롭게 느껴진다(혹은 훨씬 흥미롭다고 확신한다). 그것은 매번 똑같은 것 같지만, 매번 다른 느낌으로 다가온다.

12

그해 가을 내가 상담 치료를 받기로 한 C 여사를 만나기 전에 나는 다른 정신 분석가들을 여럿 찾아갔었는데, 그들의 사무실들은 마음에 들지 않는 점이 적어도 한 가지씩은 있었다. 한 사람은 자기 성(姓) 뒤에다 이름까지 새겨 넣은 ─ 〈L., 장폴 박사〉라는 식으로 ─ 명판을 건물 입구에다 떡하니 붙여 놓았고, 다른 사람은 사무실 벽에다 입이 딱 벌어질 정도로 형편없는 그림들을 걸어 놓았으며, 세 번째 사람의 대기실에는 창피해서 우리 집에다가는 차마 두지 못할 책들이 굴러다니고 있었다. 이런 취향상의, 혹은 교육상의 결함들은 정신 분석가의 전문적 능력과 아무런 관계가 없다고 생각할 수 있겠지만, 난 그렇게 생각하지 않았고, 내게는 촌뜨기처럼 느껴지는 누군가와는 어떤 긍정적인 전이 분석이 이뤄질 수 있을 것 같지 않았다. 반면 C 여사를 둘러싼 배경이나, 그녀의 말하는 방식이나, 그

녀의 겉모습에서는 어떠한 결점도 발견할 수 없었다. 그녀는
온화하고, 마음이 놓이게 하고, 기분 좋은 중립성을 지닌 60대
여성이다. 하지만 우리의 진정한 첫 번째 상담 치료 날이 다가
옴에 따라, 나는 그것을 취소하고 싶은 마음이 점점 커져 간다.
내가 그러지 않은 것은 조금은 예의 때문이었지만, 가장 큰 이
유는 에르베가 만류했기 때문이다. 그는 이렇게 말했다. 왜 자
네에게 유용할 수도 있는 일을 한번 시험해 보지도 않고 안 하
겠다는 건가?

나는 원래 디방에 드러누워야 옳았지만, 그렇게 하지 않고
예비 상담 때 C 여사를 마주 보고 내가 앉았던 안락의자에 다
시 자리를 잡는다. 그녀는 이런 도전적인 제스처에 개의치 않
고 내가 하고 싶은 대로 놔둔다. 나는 포문을 연다. 자, 지
난번 우리가 만났던 이후로 내게 어떤 일이 일어났어요. 난 그
리스도를 만났어요.
　이렇게 말한 뒤 나는 이제 공이 그녀 쪽으로 넘어갔다고 생
각한다. 나는 기다리면서 그녀의 표정을 살핀다. 그녀는 담담
하다. 잠시 침묵을 지킨 후, 그녀는 조그맣게 〈으흠?〉 하고 대
꾸한다. 정신 분석가들의 전형적인 〈으흠?〉 소리이고, 나는 이
에 대해 공격적으로 논평한다.
　나는 이렇게 말한다. 「정신 분석가들은 이게 바로 문제예요.
성 바오로 자신이 박사님께 와서 다마스쿠스로 가는 길에 자신
에게 어떤 일이 일어났는지 말한다 해도, 박사님은 그게 사실
인지 아닌지 생각해 보지도 않고, 단지 이게 무슨 증상인가만
을 생각하고 있을 거예요. 물론 지금도 그렇게 생각하고 계시

겠죠, 안 그래요?」

대답이 없다. 예상했던 바다. 나는 말을 잇는다. 나는 정신 분석이 우리 커플의 관계를 개선해 주는 대신, 나로 하여금 우리 관계가 실패였음을 인정하지 않을 수 없게 할까 봐 여름 내내 두려웠다고 설명한다. 이제 사정은 바뀌었다. 난 자신이 치유되었다고 생각하기 때문에 정신 분석이 더 이상 소용이 없다고 생각한다. 아니, 치유되었다고는 말하지 않겠다. 그렇게까지 건방을 떨지는 않겠다. 그냥 치유되고 있는 중이라고 해두자. 당신을 만나러 이곳에 오기 전, 나는 매일 그렇듯 「요한 복음서」를 읽다가 마음에 드는 구절 하나를 발견했다. 그것은 예수가 호기심에 이끌려 그분의 말씀을 들으려 찾아온 나타나엘이라는 사람에게 하신 〈네가 무화과나무 아래 있을 때, 내가 너를 보았다〉라는 말씀이다. 우리는 나타나엘이 무화과나무 아래서 무엇을 하고 있었는지 모른다. 어쩌면 자위행위를 하고 있었을 수도 있고, 어쩌면 그가 거기서 한 일이 그의 모든 비밀들과 모든 부끄러운 것들, 지니고 있기에 괴로운 모든 것들을 요약하고 있었을 수도 있다. 이 모든 것을 예수는 보았고, 나타나엘은 그게 기뻤다. 하여 그는 예수를 따르기로 결심했다.

난 C 여사에게 말한다. 「난 말이죠, 난 나타나엘과 같아요. 그리스도는 무화과나무 아래에 있는 나를 보셨어요. 그분은 나에 대해 나보다도 훨씬 잘 아세요. 정신 분석이 내게 알려 줄 수 있는 것보다도 훨씬 많은 것을 알고 계시죠. 그러니 이 정신 분석이 무슨 소용이 있죠?」

C 여사는 아무 말도 하지 않는다. 심지어는 〈으흠?〉이라고 하지도 않는다. 그녀는 약간 슬픈 기색인데, 하지만 이것은 그

80

녀가 평소에 짓는 표정이고, 다시 입을 연 나 역시 약간 슬프게 말하고 있다는 것을 깨닫는다. 처음의 공격적인 어조는 어디론가 사라져 버렸다.

「물론 박사님은 아무 말씀도 안 하시겠죠. 박사님은 자신이 무슨 생각을 하고 있는지 내가 알 수 없도록 해야겠지만, 난 박사님이 무슨 생각을 하는지 짐작해요. 난 그리스도가 진리이고 생명이라고 믿어요. 박사님은 그것은 하나의 환상, 우리를 위로해 주는 하나의 환상이라고 믿죠. 그리고 만일 내가 여기에 머문다면, 박사님은 나를 이 환상으로부터 치료해 주려고 하겠죠. 더없이 좋은 의도를 가지고, 그리고 아마도 상당한 전문적 능력을 발휘해서 말이죠. 하지만 말입니다, 난 박사님의 치료를 원하지 않아요. 심지어 박사님이 그게 하나의 병이라고 증명한다 할지라도, 난 그리스도와 함께 있는 편을 택하겠어요.」

「누가 당신에게 한쪽을 선택해야 한다고 하던가요?」

난 그녀가 입을 열리라고 예상하지 못했다. 그리고 그녀가 한 말은 나를 놀라게 한다. 좋은 의미로 놀라게 한다. 나는 마치 체스에서 적수가 교묘한 수를 두었을 때 경의를 표하듯이 미소 짓는다. 난 어떤 일화를 하나 생각하고, 그것을 그녀에게 들려준다. 그것은 테레즈 드 리지외의 일화이다. 그녀가 어린 소녀였을 때, 누군가가 여러 가지 성탄절 선물 중에서 하나를 고르라고 말하자, 그녀는 이렇게 — 이 말은 응석받이의 말처럼 들릴 수도 있겠지만, 가톨릭 논평가들은 그녀의 억누를 수 없는 영적 욕구의 표시로 해석한다 — 대답한다. 「난 고르고 싶지 않아요. 난 다 원해요.」

「**난 다 원한다**…….」 C 여사가 생각에 잠긴 표정으로 되풀이해 본다.

　그녀는 내게 디방을 가리킨다.

　난 거기에 드러눕는다.

　그로부터 5년 뒤, 내가 나중에 〈나의 제1차 정신 분석 기간〉
이라고 부르게 될 과정이 끝났을 때, C 여사는 첫 번째 상담 안
에 치료 전체가 요약되어 있다는 경험 법칙을 언급하게 될 것
이다. 나의 첫 번째 상담이 그 현저한 예라는 거였다. 나는 그것
을 재구성해 보기 위해 기억을 더듬어야 했는데, 이 분석 기간
의 첫 두 해 동안 빽빽이 채워 나간 열여덟 권의 노트 안에 이
분석에 대한 얘기는 한 마디도 없기 때문이었다. 그 시기에 나
는 매주 두 번씩 파리 19구의 빌라 뒤 다뉘브가에 있는 그녀의
집으로 찾아가, 정확히 45분 동안(C 여사는 구식 프로이트학
파이다)[13] 내 머리에 떠오르는 모든 것을 얘기했다. 동시에 나
는 매일 적어도 한 시간씩 복음서와 내 영혼의 움직임들에 대
해 글을 썼다. 이 두 개의 활동은 내게 극히 중요한 것들이었으
나, 난 그것들 사이에 벽을 세워 양자를 완전히 분리했는데, 지
금 돌이켜 보니 왜 그랬는지 알 것 같다. 나는 정신 분석이 내
신앙을 파괴할까 봐 너무나도 겁이 났던 거고, 그래서 내 신앙
을 보호하기 위해 나름의 방법을 사용했던 거였다. 한번은 내
가 C 여사에게 우리의 상담 시간 중에 나의 회심에 대해서는
절대로 얘기하고 싶지 않다고 못 박았던 것으로 기억한다. 나
머지는 다 좋지만, 그것만은 안 된다고 했다. 아마 이렇게 말했

　13 구식 프로이트학파는 상담 시간을 45분 또는 50분으로 준수하며 이는 대
개 불규칙하고 짧은 시간을 쓰는 라캉학파와의 중요한 차이점이다.

을 수도 있다. 좋아요, 박사님이 원하시는 대로 다 얘기하자고요. 하지만 내 사생활에 대해서는 얘기하고 싶지 않아요.

만일 이 일을 그녀의 관점에서 고찰해 본다면, 난 그때 그녀를 아주 난감하게 만들었으리라 생각한다. 특히나 내가 끔찍하게도 똑똑한 인간이기에 더욱 그러했을 것이다. 하지만 여기서 오해는 않기를 바란다. 이렇게 말하는 것은 내가 교만해서가 아니다. 오히려 나는 씁쓸한 심정으로 이렇게 말하고 있다. 나의 대모가 사용하곤 하던 의미로, 그리고 C 여사가 내 뒤의 안락의자에 앉아 절망적인 어조로 〈왜 당신은 항상 그렇게 똑똑해야만 하죠?〉라고 푸념했을 때 사용했던 의미로 말하고 있다. 그녀는 내가 단순하지 못하며, 생각이 배배 꼬였고, 항상 복잡하게 생각하고, 아무도 제기할 의도가 없는 반론을 미리 앞질러 생각하고, 무언가를 생각할 때는 꼭 그것의 반대 항을, 또 반대 항의 반대 항을 생각하고, 이런 정신적 쳇바퀴 속에서 아무 소득 없이 고갈되어 가는 인간이라고 말하고 싶었던 것이다.

13

우리의 둘째 아들 장 바티스트는 그해 가을에 태어났다. 안은 그 애에게 광야에서 금욕 생활을 하면서 아주 거칠게 살았고, 잔인한 헤로데왕의 감옥에 갇혀 지냈으며, 마지막으로는 목이 잘려 죽은 인물로 알려진, 그 텁수룩한 독설가의 이름을 붙이는 걸 그리 달가워하지 않았다.[14] 게다가 이 이름은 끔찍이도 가톨릭적인 냄새를 풍겼다. 당사자는 성인이 되었을 때 제 어머

14 장 바티스트Jean Baptiste는 프랑스어로 〈세례자 요한〉이라는 뜻이다.

니 편을 들었다. 녀석은 가족을 제외한 모두에게 자신을 〈장〉이라고 부르게 했다. 그러나 난 흔들리지 않았다. 그때 나는 「요한 복음서」를 읽어 가던 중에, 이스라엘의 마지막 예언자이자 예수의 선구자인 세례자 요한을 기술하는 부분에 딱 와 있었다. 『구약』에서는 가장 큰 자요, 『신약』에서는 가장 작은 자였다. 그리스도식 사랑을 〈그는 커져야 하겠고, 나는 작아져야 하리라〉라는 충격적인, 거의 받아들일 수도 없는 표현으로 요약한 사람이었다. 나는 아이의 세례식 날에 녀석의 대부 에르베가, 세례자 요한이 할례받은 날에 그의 늙은 아버지 즈카르야가 읊조린 감사의 노래를 낭독하기를 원했다. 「루카 복음서」에 나오는 것으로, 흔히 〈베네딕투스〉라고 불리는 것 말이다.

〈아기야,
너는 지극히 높으신 분의 예언자라 불리고
주님을 앞서가
그분의 길을 준비하리니,
이는 어둠과 죽음의 그늘에
앉아 있는 이들을 비추시고
우리 발을 평화의 길로
이끌어 주시기 위함이다.〉

14

이 세례식이 있고 나서 며칠 후, 집안일을 돕는 아가씨가 예고도 없이 그만뒀다. 골치 아픈 일이었다. 안은 일을 많이 하고,

나 역시 나름대로 바쁘기 때문에 우리는 둘 다 바깥에서 시간을 보냈다. 어린이집에 가서 가브리엘을 데려오고, 또 이제는 장 바티스트를 돌보는 일까지 해줄 사람을 반드시 구해야 했다. 우리는 황급히 광고를 내고, 지원자들을 받기 시작한다. 학기가 이미 시작되었으므로, 우리는 너무 까다롭게 굴 수 없다. 매력적이고도 역동적인 여학생들은 모두가 일자리를 잡았고, 시장에는 아직 고용주를 찾지 못한 아가씨들만 남았다. 어깨가 축 처져 있고, 별다른 수가 없어 아이 돌보는 일을 고려하고 있으며, 기회만 나면 예고도 없이 사라져 버릴 궁리만 하고 있는 아가씨들 말이다. 이렇게 사람을 맥 빠지게 하는 지원자들의 행렬이 이어지고, 우리는 더 이상 내려갈 수 없는 데까지 내려왔다고 느끼고 있는데, 12월의 어느 음산한 오후, 제이미 오토마넬리가 우리 집을 찾아온다.

〈집안일 돕는 아가씨〉 일에 지원한 다른 여자들은 그녀에 비해 적어도 한 가지 장점이 있었다. 다시 말해서 그녀들은 모두가 아가씨였다. 이 여자는 나이가 쉰이 넘었고, 장승같이 키가 크고 뚱뚱하며, 머리는 기름기로 떡이 져 있고, 그다지 상쾌하지 못한 냄새를 풍기는 추리닝 차림이다. 한마디로 말해서 노숙자 같은 모습이다. 나와 안은 우리가 받은 인상을 은밀히 교환하고, 면접을 쓸데없이 길게 끌지 않기 위해 사전에 일종의 암호를 정해 놓았다. 이 지원자에 대한 판결은 명확했다. 절대 불가다. 하지만 대화 비슷한 것도 해보지 않고 그녀를 비가 내리는 바깥으로 쫓아낼 수는 없는 노릇이다. 우리는 그녀에게 차 한 잔을 대접한다. 그녀는 벽난로 근처의 안락의자에 자리 잡았는데, 마치 오늘의 남은 시간은 여기서 보내겠다는 듯 그

퉁퉁한 두 다리를 쫙 벌리고 앉아 있다. 잠시 침묵이 흐른 후, 그녀는 티 테이블에 놓인 책 한 권을 보더니, 강한 미국 억양이 섞인 프랑스어로 이렇게 중얼거린다. 「오, 필립 K. 딕……!」

내 눈썹이 꿈틀 올라간다. 「아니, 이 작가를 아세요?」

「옛날에 샌프란시스코에서 알았었죠. 난 이분 따님의 베이비시터였어요. 지금은 돌아가셨죠. 난 종종 이분의 가엾은 영혼을 위해 기도드리곤 해요.」

나는 청소년기 때 딕을 열정적으로 읽었고, 청소년기의 대부분의 열정들과는 달리 이 작가에 대한 열정은 이후로 조금도 수그러들지 않았다. 나는 『유빅』, 『파머 엘드리치의 세 개의 성흔』, 『스캐너 다클리』, 『화성의 타임슬립』, 『높은 성(城)의 사내』를 정기적으로 다시 읽곤 한다. 난 이 작가를 우리 시대의 도스토옙스키 같은 존재로 여겼고, 지금도 그러하다. 하지만 그의 대다수 팬들과 마찬가지로, 나는 마지막 시기의 작품들에 대해서는 ― 도스토옙스키의 팬들이 『작가 일기』에 대해, 톨스토이의 팬들이 『부활』에 대해, 고골의 팬들이 『친구들과의 서신 교환선』에 대해 그러하듯이 ― 당혹감을 느끼고 있었다. 결론부터 말하자면 딕은 그의 혼란스러웠던 생의 말엽에 이르러 일종의 신비적 체험을, 이게 **진정한** 신비적 체험인지, 아니면 그의 전설적인 편집증의 마지막 표현인지 그로서도 알 수 없는 신비적 체험을 하게 된다. 그는 이것을 성경과 교부(教父)들에 대한 인용들로 가득 채워진 일련의 기묘한 책들에서 다루고 있는데, 나는 오랫동안 이것을 어떻게 받아들여야 할지 모르고 있다가 몇 달 전부터 새로운 눈으로 다시 읽어 오던 터였다. 그런데 나는 다른 것은 몰라도 가사 도우미 지원자 면접이 딕에 대한 토론으로 둔갑하게 될지는 정말이지 꿈에도 상상치 못했다.

이 토론이 진행됨에 따라, 딕처럼 버클리에서 태어난 제이미는 한 히피 공동체에서 성장했고, 섹스, 마약, 로큰롤, 그리고 특히 각종 동양 종교 등 1960~1970년대의 모든 환각 체험들을 실험해 보았다는 사실이 밝혀진다. 그녀가 길게 늘어놓지는 않은 일련의 시련들을 겪은 후, 그녀는 기독교로 돌아섰다. 그녀는 수녀가 되고자 했고, 수녀원들에서 오래 머물렀고, 수녀가 자신의 소명이 아니라는 사실을 발견했고, 20년 전부터는 하늘의 새들은 그들의 필요를 채워 주시는 아버지를 신뢰하며 집을 짓지도 않고, 먹을 것을 쌓아 놓지도 않는다는 복음서 말씀에 따라 여기저기 떠돌며 살아왔다. 그런데 아버지께서는 그녀의 필요를 아주 빈약하게 채워 주셨다. 제이미는 매우 가난하고, 심지어는 경제적으로 궁지에 몰려 있기까지 했다. 그리고 그녀가 우리를 찾아온 것은 바로 이 때문이었다. 우리가 낸 구인 광고는 열쇠를 잠글 수 있는 방을 제공한다고 제안했는데, 자기는 여기에 구미가 당긴단다. 이 순진한 고백은 안으로 하여금 벌써 한 시간 전부터 필립 K. 딕과 주역(周易)과 아시시의 성 프란치스코 주위를 맴돌고 있던 대화의 방향을 바꾸게 한다. 지금 거처할 곳을 절실하게 필요로 한다는 사실은 차치하더라도, 제이미는 아이들을 돌봐 본 적이나 있는지?

아, 물론이란다. 자주 있단다. 최근에도 어떤 미국 외교관의 자녀들을 돌보았단다. 〈아, 그럼 완벽하네요!〉라고 나는 활기차게 외친다. 나는 당장 그녀를 고용하고 싶지만, 안은 숙고해 볼 것을 단호하게 요구하고, 제이미로부터는 미국 외교관의 전화번호를 얻어 낸다. 그리고 그녀가 떠난 후, 우리는 저녁 내내 토론을 벌인다. 나는 완전히 마음이 빼앗겼지만, 안은 제이미가 나름의 매력도 있고 독특한 것도 사실이지만, **너무** 망가진 듯한 느낌이 든단다. 사실 나는 필립 K. 딕의 가엾은 영혼을 위해 기도하는 이 여자는 신이 우리에게 보낸 사람이라고 생각했지만, 신중하게도 이런 생각을 적나라하게 털어놓지는 않는다. 대신 안에게 내가 어렸을 때 나와 내 누이들을 보살폈던 〈냐냐〉에 대해서 얘기해 준다. 러시아인들에게 있어서 냐냐는 하녀와는 전혀 다른 존재이다. 그는 가족의 일원이며, 일반적으로 죽을 때까지 가족과 함께 지내는 일종의 유모 겸 가정 교사이다. 나는 나의 냐냐를 무척이나 좋아했다 — 내 누이들은 덜 좋아했는데, 그녀가 나를 노골적으로 편애했기 때문이다. 나는 삶에 채여 상처투성이가 되었지만, 천진하고도 솔직한 이 푸른 눈의 제이미가 내 아들들에게 과거의 나의 **냐냐**와 같은 존재가 되어 주리라고 확신한다. 그녀는 우리 모두에게 기쁨과 무사무욕의 귀중한 교훈들을 안겨 줄 거라고 말이다. 이런 나의 확신에 마음이 흔들린 안은 미국 외교관에게 전화를 걸어 봤는데, 이 미국인은 입에 침이 마르게 그녀를 칭찬한다. 제이미는 한마디로 놀라운 여자라는 거다. 자기들에게 그녀는 단순한 고용인 이상의 존재로, 오래된 벗이란다. 아이들은 그녀를 너무도 좋아하고, 그녀가 떠난 이후로 저녁마다 운단다. 하지만 그녀는 왜 거기를 떠나게 됐나요? 이 질문에 미국 외교관은 대답하기를, 왜냐하면 자신들이 떠나게 되었기 때문이란다. 파리에서 4년간의 직무를 마치고, 이제 미국으로 돌아간다는 거였다.

15

제이미는 더 이상 미국 외교관의 집에 살지 않지만, 거기다 그녀의 물건을 놓고 왔기 때문에 내가 그녀와 함께 찾으러 간다. 파리 7구에 위치한 오스만풍 고급 아파트의 여자 수위는 우리를 극도로 퉁명스럽게 맞고, 마치 우리가 무슨 도둑이기라도 한 것처럼 제이미의 물건들이 보관되어 있는 지하실까지 뒤에 바짝 붙어서 따라온다. 그 물건들은 어마어마하게 큰 철제 트렁크 하나 속에 들어 있고, 우리는 그것을 차에 싣고 와서는 우리의 하녀 방까지 올리는데, 엄청나게 무거워서 고생깨나 한다. 그녀 혼자서 방을 정리할 수 있게끔 내가 물러가기 전에 그녀는 트렁크를 연다. 그 안에 옷가지는 몇 개 없고, 주로 종이 뭉치들, 찢어지고 누렇게 색이 바랜 사진들, 화구 — 그녀의 말로는 자기는 성화(聖畵)를 그린단다 — 따위가 들어 있다. 그녀는 거기에서 두툼한 원고 하나를 꺼낸다. 내가 작가이니 흥미를 느낄지도 모르겠단다.

그날 오후는 그녀가 이사하는 날이므로 나는 장 바티스트와 놀아 주고, 녀석이 잠들었을 때는 『어느 하느님 자녀의 고난(제이미 O. 지음)』을 훑어보며 시간을 보낸다. 그것은 정확히 말해서 자서전이라고는 할 수 없고, 차라리 1970년대를 연상시키는 온갖 종류의 그림, 사진을 콜라주한 것, 광고를 패러디한 것 따위를 삽화처럼 집어넣어 꾸민 시들로 중간중간 끊기는 일종의 일기에 가깝다. 사이키델릭한 음반 커버 스타일의 그림들은 유치하고도 끔찍하지만, 자클린은 내게 예술에 있어서의 순수한 마음의 중요성과, 〈전문가〉를 자처하는 자들이 지닌 정신의 협소함에 대해 엄한 설교를 늘어놓은 바 있었다. 그녀는 미소를 지으며, 이런 자들이 지옥에서 받게 될 형벌은 그들이 이 땅에서 멸시해 마지않았던 서툰 그림들에 둘러싸여, 그것들의 놀라운 아름다움에 황홀해하기를 영원히 반복하는 일이 될 거라고 단언했다. 일련의 즉석 사진들은 지금보다는 젊지만 벌써 뚱뚱해진 제이미가 해골처럼 비쩍 마르고 둥근 안경을 썼으며 수염을 기른 어떤 사내와 함께 있는 모습을 보여 주고 있다. 나는 이 수염쟁이가 그녀의 죽은 남편임을 이해한다. 원고 전체는 혼란스럽고, 극도로 난삽하며, 온 세상에 대한 분노가 은은히 느껴져 나를 약간 불안하게 만든다.

그 전날, 친구들을 초대한 저녁 식사 중에 우리는 너무나도 독특한 우리의 새 보모에 대해 얘기했다. 그런데 나는 바보같이 그녀가 영화 「미저리」에 출연한 여배우 캐시 베이츠를 쏙 빼닮았다고 말했고, 이에 모두가 재미 삼아서 우리의 이야기를 스티븐 킹 버전으로 상상해 보았다. 한 사랑스러운 뚱뚱한 부인이 그 친절함과 상냥함으로 젊은 부부에 대한 폭군과도 같고 괴물과도 같은 영향력을 점차로 키워 나간 끝에 결국에는 그들을 파멸시켜 버린다는 식으로 말이다. 나는 이 섬뜩한 시나리오를 꾸미는 작업에 기꺼이 동참하면서도, 다른 한편으로는 제이미는 일종의 성녀라고, 삶의 피치 못할 상황들에 의해, 그리고 아마도 어떤 은밀한 소명에 의해 가진 것들을 하나하나 박탈당한 끝에 자신의 자아를 내려놓고, 자신의 운명을 신의 손에 온전히 맡기게 된 사람이라고, 보다 심각한 어조로 — 손님들은 아직 내가 회심한 사실을 전혀 몰랐으므로 이 심각함을 그다지 진지하게 받아들이지 않았을 것이다 ── 주장했다. 사실 그녀의 그 한심한 원고를 한 번 들여다보기만 하면 이 불쌍한 여자가 자신의 자아를 다 내려놓지 않았으며, 오히려 이 자아는 악마 새끼처럼 발버둥치고 있다는 사실을 금방 깨달을 수 있다. 그녀는 내가 말한 그 성 프란치스코적인 기쁨에 이르기는커녕, 삶이 끊임없이 부과하는 모욕들과, 자신의 문학적, 사진적 시도들에 대한 세상의 거부와, 거울에서 발견하는 너무나도 비대하고 볼품없는 자신의 충격적인 모습을 잔인하게 느끼고 있다는 사실을 말이다. 하지만 그녀의 삶과 우리의 삶에 걸어 들어온 그녀의 등장을 기어코 어떤 영적인 각도로 고찰하고 싶은 나는 그녀의 비통하고도 원한에 찬 웅얼거림들 속에서 이스라엘이 현재의 부당함에 대해 한탄하면서 권세자들의 코를 납작하게 하고 가난한 자들, 멸시받는 자들, 언제나 푸대접받는 이들을 일으켜 세우실 메시아에 대한 믿음을 표현하고 있는 그 많은 「시편」들의 메아리를 발견하는 편을 택한다. 동시에 나는 약간 난감한 심정이다. 그녀는 내게 작가 대 작가로서 자기 원고를 맡기고 어떤 반응을 기다리고 있는데, 어떻게 말해야 너무 위선적이지 않으면서 그녀를 격려해 줄 수 있을지 알 수 없는 것이다.

16

제이미 혼자서 아이들을 돌보게 한 첫 번째 날, 아파트에 들어온 우리는 사방에 알록달록한 꽃 줄들이 길게 걸려 있는 것을 발견한다. 색종이를 오려 이것들을 만드는 작업에 가브리엘

91

도 일조했다는데, 녀석은 이렇게 하루를 보내고 나서 아주 만족한 기색이다. 이건 괜찮다. 그런데 덜 괜찮은 것은 아이들의 방뿐 아니라 집 안의 모든 방들이 말도 못하게 어질러져 있고, 장 바티스트는 몇 시간 전부터 기저귀를 갈아 주지 않아 목이 터져라 울부짖고 있다는 사실이다. 이날 저녁 우리는 그녀를 환영하는 의미에서 저녁 식사를 같이 하기로 했고, 제이미에게는 아무것도 하지 말라고 말해 두었다. 그녀는 이 말을 문자 그대로 받아들였고, 우리를 돕기 위해서는 손 하나 까딱하지 않고 차려 주는 것을 받아먹기만 한다. 우리가 귀가했을 때 집 안상태가 어떻게면 좋겠다고 조심스럽게 말하자 — 우리는 책망하지도, 지적하지도 않고 그저 넌지시 제안하기만 했다 — 그녀는 자애로운, 거의 부처님 같은, 속세의 잡사에 초연한 듯한, 하지만 안이나 나의 취향으로는 좀 지나치다고 여겨지는 초연한 미소를 지어 보인다. 그녀가 설거지를 우리에게 맡기고서 자기 방에 자러 올라갔을 때, 우리는 언쟁을 벌이기 시작한다. 난처해지고 또 책임감을 느낀 나는 보다 적절한 태도를 취해야 한다는 점을 인정한다. 그녀를 친구로 대하되, 그 정도가 지나쳐서는 안 된다. 물론 그녀에게 상을 차리라고 요구하지는 않겠지만, 그렇다고 해서 우리가 그녀에게 상을 차려 주는 터무니없는 상황이 벌어져서는 안 된다. 이 점에 대해 예수가 뭐라고 말했든 간에 말이다. 나는 내가 그녀에게 얘기하겠다고 약속했다. 다음 날은 그녀에게 늘어놓을 짤막한 훈시 내용을 온종일 연습한다. 오후 5시, 내 작업실로 어린이집에서 전화가 걸려 온다. 보모가 가브리엘을 데리러 오지 않았다는 것이다.

난 눈썹을 찌푸린다. 대체 무슨 말인지 이해할 수 없었다. 바로 이날 아침, 나는 제이미에게 미리 어린이집 위치도 알려 주고, 그곳 직원들에게 소개도 해준 터라, 일이 잘못될 리가 없다. 일이 잘못될 리 없지만, 여기에 팩트가 있다. 그녀는 오지 않은 것이다. 나는 집에 전화를 걸어 본다. 아무도 받지 않는다. 직장에 있는 안도 전화를 받지 않는다(아직 휴대폰이 보급되지 않은 아주 오래전에 일어난 일이다). 나는 가브리엘을 데리러 헐레벌떡 어린이집에 달려가고, 녀석과 함께 집으로 돌아온다. 장 바티스트와 제이미는 거기 없었다. 그녀가 아기를 데리고 공원에 가기에는 날씨가 너무 나쁘다. 마음이 불안해진다.

나는 하녀 방들이 있는 층까지 올라가 봤고, 우리 소유인 하녀 방의 문이 활짝 열려 있는 것을 발견한다. 장 바티스트는 요람에서 평화롭게 잠들어 있다. 나는 안도의 한숨을 내쉰다. 아이가 무사하니 된 것이다. 한편 제이미는 아마도 「최후의 심판」을 표현한 것인 듯한 일종의 프레스코화로 벽을 더럽히느라 정신이 없다. 자기 방에다는 낙원을 그려 놓았고, 지옥과 영벌(永罰)받는 자들의 행렬은 복도까지 이어지고 있다. 난 평소 화를 내는 사람이 아니다. 그렇게 화를 잘 내는 사람은 아닐 것이다. 하지만 이번에는 폭발하고 만다. 내가 생각하고 있던 엄하면서도 부드러운 훈시는 폭포수처럼 쏟아지는 거센 비난으로 바뀐다. 자기에게 맡겨진 아이들 중 하나를 마치 미수령 소포처럼 잊어버리다니! 그것도 첫째 날부터! 나는 두 번째 불만 사항으로 넘어갈 시간이 없었다. 다시 말해서, 우리도, 또 이 건물의 소유주도 그녀에게 이곳의 공동 부분을 장식하는 일을 맡긴 적이 없다는 점을 지적할 시간이 없었다. 왜냐하면 놀랍게도 제이미는 고개를 푹 숙이는 대신에, 자신의 잘못을 인정하거나 어떤 사과의 말을 웅얼거리는 대신에 나보다도 훨씬 더 큰 소리를 질러 대면서, 나를 못된 인간이라고, 아니 그보다 더 고약하게도 다른 사람들을 화나게 하는 것을 삶의 낙으로 여기는 인간이라고 비난하기 시작했기 때문이다. 그 낡은 추리닝 속의 거대하고도 육중한 체구를 벌떡 일으켜 세우고, 두 눈에서는 불똥을 튀기고 입에서는 침을 튀겨 대면서 그녀는 탁자 위에 놓인 내 소설 『콧수염』 한 권을 집어 들고 흔들어 대면서 소리친다. 「난 당신이 무슨 짓을 하는지 알아! 난 이 책을 읽었다고! 난 당신이 재미 삼아 무슨 사악한 장난을 치고 있는지 안단 말이야! 하지만 나한테는 안 통해! 난 당신보다 훨씬 큰 악마들을 겪어 온 사람이야! 당신은 날 절대로 미치게 만들지 못한다고!」

영화 「이상한 드라마」에서 배우 미셸 시몽이 말했듯이, 〈끔찍한 일들만 쓰다 보니, 결국에는 끔찍한 일들이 일어났다.〉

17

가장 현명한 길은 일을 이 정도로 매듭짓고, 가급적 원만하게 헤어지는 것이리라. 문제는 그녀의 트렁크와 그녀 자신을 위한 몇 제곱미터의 공간을 찾아낸 제이미가 떠날 뜻이 전혀 없다는 사실이다. 그녀는 우리 집에 내려오지 않았고, 안과 내가 그녀를 찾아 올라간다. 굳게 잠겨 버린 그녀의 방문 뒤, 그 악마 새끼들이 그려진 복도에 서서 우리는 그녀를 설득하려 해 보지만 허사이다. 우리는 그녀의 양식에 호소해 보기도 하고,

새 보모를 구해 그녀에게 방을 내줘야 할 필요성을 설명해 보기도 하고, 또 그녀에게 한 달 치, 두 달 치, 아니 석 달 치의 봉급을 제의해 보기도 한다. 아무 소용이 없다. 대부분의 경우에 그녀는 대답하지도 않는다. 우리는 그녀가 방에 있는지 없는지조차 알 수 없다. 어떨 때에는 우리보고 꺼지라고 소리치기도 한다. 그녀는 자기를 가장 화나게 하는 사람은 안이 아니라 나라고 말한다. 안은 자신의 이해관계를 의식하는 사장처럼 행동하고 있단다. 내가 돈을 주니까 내게 봉사하라, 이것은 일관성 있는 태도란다. 우리 둘 중에서 진짜 쓰레기는 바로 나란다. 나는 친절한 척하는 위선자이고, 바리사이이며, 한겨울에 사람들을 밖으로 내쫓을 뿐 아니라, 그러고 나서 자신의 섬세한 양심이 부과하는 고뇌를 한껏 즐기겠다는, 다시 말해서 도랑 치고 가재 잡겠다는 가증스러운 심보를 가진 인간이다.

사실 정곡을 찌른 말이고, 나의 노트들은 내 양심을 고통스럽게 돌아보는 내용들로 가득 채워진다. 난 거기에 〈왜 그대들은 주여, 주여, 하고 나를 부르면서, 내가 말하는 것은 행하지 않는가?〉 같은 구절들을 베껴 쓴다. 나는 나 자신이 예수가 다음과 같이 책망한 사람들 가운데 하나처럼 느껴진다. 「내가 굶주렸지만, 너희는 내게 먹을 것을 주지 않았다. 내가 목말랐지만, 너희는 내게 마실 것을 주지 않았다. 내가 나그네였지만, 너희는 나를 따뜻하게 맞아 주지 않았다. 내가 헐벗었지만, 너희는 나를 옷 입혀 주지 않았다. 내가 감옥에 갇혀 병들어 있었지만, 너희는 나를 찾아 주지 않았다.」 사람들은 소리친다. 「뭐라고요? 뭐라고요? 당신이 굶주리고, 목마르고, 헐벗고, 감옥에 갇힌 것을 우리가 언제 보았단 말입니까?」 예수가 대답한다.

「너희가 이 가장 작은 이들에게 하지 않은 일이 바로 나에게 하지 않은 것이다. 그리고 너희가 이 가장 작은 이들에게 해준 일이 바로 나에게 해준 것이다.」

부인할 수 없는 복음서의 논리다. 하지만 나는 자신을 정당화하려고 한다. 우리는 지금 누군가 믿을 만한 사람이 필요하다. 상황이 힘들어지고 있다. 게다가 이 힘든 상황은 나보다도 안을 더 짓누르고 있다. 따라서 내 아내를 보호하기 위해 나는 단호한 태도를 취해야 하고, 필요하다면 거친 모습도 보여야 한다. 하지만 이것은 세상의 지혜이다. 돈을 지불하고 그만큼 봉사받기를 원하는 사장의 그것이다. 그리스도는 다른 것을 요구한다. 자신의 이익이 아닌 다른 사람의 이익을 보라고 명한다. 저 가난하고, 횡설수설하고, 점점 더 광기에 빠져드는 제이미 오토마넬리에게서 그리스도, 그 자신을 보라고 말이다. 나는 그녀가 저기 세 층 위에서, 자신의 골방에서 농성하며 기도하고 있음을 알고 있고, 이렇게 기도하고 있는 그녀는 나보다 그리스도 가까이에 있다고 생각한다. 예수는 말한다. 「하느님의 왕국을 구하라, 그리하면 이 모든 것들을 더하시리라.」 이 일에 있어서 하느님의 왕국을 구한다는 것은 애초에 우리로 하여금 제이미를 고용하게 한, 그 사람을 믿는 마음을 이성의 이름으로 배반하는 것보다는, 계속 변함없이 따르는 것이 아닐까? 복음서의 말씀에 따라 살기를 원한다면, 누군가를 아무리 믿어도 지나치지 않은 것 아닌가?

이렇게 내가 양심의 가책으로 흔들리며 고민하고 있을 때, 안은 좀 더 구체적으로 움직인다. 절망에 빠진 그녀는 경찰의 도움을 받을 준비가 되어 있다. 하지만 우리는 그녀를 불법으로 고용할 생각으로 정식 계약서를 쓰지 않았기 때문에 상황이 미묘하다. 안은 미국 외교관과의 접촉을 시도하지만, 연락이 되지 않았다. 그녀는 그의 자택과 사무실에 점점 강해지는 어조로 음성 메시지들을 남기지만 그는 전화를 걸어 오지 않는다. 미국으로 떠나 버린 것일까? 대사관을 통해 조금 놀라운 얘기를 듣게 된다. 그가 미국으로 돌아갈 일은 전혀 없다는 거다. 결국 외교관의 부인이 전화를 걸어 오고, 한 카페에서 안과 만날 약속을 정했으며, 선글라스를 끼고 나타나서는 — 12월이었고, 비가 내렸다 — 진실을 털어놓는다.

맞다, 제이미는 일종의 친구다. 자기 남편 로저는 그녀를 대학교에서 알게 되었다. 그들 부부는 파리에서 그녀와 우연히 마주쳤다. 그녀는 완전히 망가져서 떠돌고 있었지만, 뭔가 특이하고도 가슴 뭉클한 점도 없지 않아서, 로저는 좋았던 옛 시절을 생각해서라도 조금이나마 도와줄 생각을 했다. 그들은 집에 들르는 친구들을 재우는 데 사용하는 원룸을 그녀에게 내주었고, 그 대가로 딸의 숙제를 돕도록 했다. 「사실 배울 만큼 배운 사람이라 그럭저럭 괜찮은 삶을 살 수도 있었겠죠. 하지만 어쩌다가 불행한 일들을 많이 겪은 모양이에요…… 며칠이 지나자 우린 더 이상 견딜 수 없게 됐어요. 이에 대해 자세히 얘기할 필요도 없겠죠, 두 분께서 겪은 일과 똑같았으니까요. 누구네 집에 가서도 마찬가지일 거예요.」 수전은 로저에게 어떤 대가를 치르서라도 제이미를 쫓아내라고 다그쳤다. 그리고 그가 치러야 할 〈대가〉는 한 가지 엿 같은 일을 하는 거였다. 즉 제이미가 어떤 구인 광고를 보고 지원하면, 그녀를 그냥 추천하는

거였다. 〈정말로 역겨운 일이었어요!〉라고 수전은 미국식 억양
이 섞인 프랑스어로 되풀이하는데, 안으로서는 이 미국 여자가
자기가 장뤼크 고다르의 영화 「네 멋대로 해라」에서의 진 세버
그를 흉내 내고 있다는 사실을 의식이나 하고 있는지 알 수 없
다. 그들은 제이미를 떨쳐 버리기 위해 무슨 짓이라도 할 각오
가 되어 있었지만, 지금은 괜찮아 보이는 한 젊은 커플을 이런
상황에 몰아넣은 것을 통탄하고 있단다. 뭐, 적어도 자신은 통
탄하고 있단다. 로저는 남자들이 다 그렇듯 약간 비겁하단다
(이 대목에서 안은 고개를 끄덕였으리라). 수전은 자기가 로저
에게 뭔가를 하라고, 어떻게든 이 일을 해결하라고 요구할 거
란다. 그래도 제이미를 움직일 수 있는 사람이 있다면, 그것은
바로 로저니까.

안은 수전의 솔직함에 감명받긴 했지만, 회의적인 심정으로
집에 돌아왔다. 사흘 후, 로저가 어떻게 했는지는 모르겠지만,
내가 다시 한 번 그녀와 담판 지어 보려고 올라가 보니 방이 비
어 있다. 바닥은 빗자루로 쓸어 놓았고, 문 앞에는 열쇠가 놓여
있다. 제이미가 거쳐 간 유일한 흔적은 벽에 그린 〈최후의 심
판〉으로, 우리는 그것을 닦아 내며 주말을 보낸다. 우리는 카보
베르데[15] 출신 아가씨를 채용하는데, 발가락 끼우는 슬리퍼를
질질 끌고 다니고, 프랑스어를 전혀 못 하고 영어는 간신히 하
는 정도인 무기력한 여자다. 하지만 방금 전에 악몽을 빠져나
온 우리에게 그녀는 보석처럼 느껴진다. 안은 감사의 말을 전
하러 수전에게 전화를 건다. 수전은 전화를 받지도 않고, 전화

15 서부 아프리카의 조그만 섬나라로 정식 명칭은 카보베르데 공화국이다.

를 걸어 오지도 않는다. 임무가 완수되면 흔적을 남기지 않고 사라져 버리는 그 FBI 요원들처럼 말이다. 나는 만일 우리가 미국 대사관에 전화를 걸어 보면, 로저 X.라는 이름의 외교관은 존재하지 않으며, 지금까지 한 번도 존재한 적이 없었다는 대답을 듣게 될 거라고, 농담 반 진담 반으로 말한다.

18

성탄절 방학 동안에 안과 나는 이집트 카이로에 가서, 그자비에 신부의 가난한 교구에서 결혼식을 올린다. 나는 이런 경우에 흔히 독송되는 구절들 중에서 가장 고전적인 것, 즉 「코린토 신자들에게 보낸 첫째 서간」에 나오는 사랑의 찬가를 택했다. 나는 내가 정신 분석 상담 시간에 오랫동안, 하지만 별 소득 없이 토론해 온 이유들로 양가 가족들이 결혼식에 참석하는 것을 원치 않았다. 결혼식은 교회 관리인과 한 청소부만이 증인으로 참석한 가운데 거행된다. 우리는 심지어 그들에게 제공할 와인 한 병 가져온 게 없으므로, 그자비에 신부는 자기 방으로 가 교구 여신자가 선물한 김빠진 포트와인 한 병을 들고 온다. 처량한, 거의 불법적으로까지 느껴지는 분위기가 감돈다. 우리는 마치 결혼하는 게 부끄러운 사람들처럼 결혼한다. 그날 저녁 안은 흐느낀다. 우리는 차를 타고 시나이 광야를 횡단하고, 성 카타리나 수도원에서 일출을 구경한다. 난 「탈출기」를 읽는다. 나는 이집트에서는 탈출했지만 아직 약속의 땅에는 이르지 못하고, 이 자갈 광야에서 40년 동안 방황한 이스라엘 백성을 상상해 봤고, 그들의 시련을 나의 시련에 연결시킨다. ⟨광야 건너기〉라는 표현은 나를 위로해 준다. 나는 신의 뜻에 자신을 온전히 맡겼음에도 불구하고, 과연 내가 새 책을 쓸 수 있을까, 그렇다면 그것을 언제 쓸 수 있을까를 계속 생각해 왔다. 어떤 어렴풋한, 아주 어렴풋한 아이디어 하나가 머릿속에 떠오른다. 그것은 필립 K. 딕과 제이미 오토마넬리를 조금씩 닮은 일종의 거친 신비주의자를 그린다는 생각이다. 마약과 불행으로 망가져 버린 어떤 늙은 히피 사내, 아니 그보다는 어떤 늙은 히피 여자가 어느 날 신비한 계시를 체험하고, 자신이 신을 본 것인지 아니면 미친 것인지, 이 둘 사이에는 차이가 있는 것인지를 생의 마지막 날까지 자문한다는 이야기를 써보면 어떨까?

우리가 이집트에서 돌아온 직후, 생미셸 대로에서 한 사내가 그가 〈아레스의 계시〉[16]라고 부르는 것의, 내용이 엉성하게 인쇄된 전단지 한 장을 내게 건네준다. 광신적인 얘기들을 횡설수설 늘어놓고 있는 그 글을 나는 마이스터 에크하르트와 교부들의 글에 익숙한 이의 연민 섞인 경멸의 눈으로 몇 줄 읽어 본다. 그중 한 구절은 나로 하여금 쓴웃음을 짓게 한다. 〈만일 이 사람이 20세기의 인간들에게 보내어진 예언자, 아브라함, 모세, 예수, 마호메트와 동등한 예언자가 아니라면, 「아레스의 계시」에 담겨 있는 모든 내용은 허위일 것이다. 이것은 있을 수 없는 일이다.〉 나는 어깨를 으쓱한다. 그런데 다음 순간, 이런 식의 논리는 성 바오로의 그것과 똑같다는 사실을 깨닫는다.

16 미셸 포테Michel Potay가 프랑스의 아레스Arès시에서 1974년에 예수를, 1977년에 하느님 자신을 직접 만나서 받았다고 주장하는 메시지로, 그 내용은 1974년에 〈아레스에서 받은 복음서〉라는 제목으로 처음 출간되었다.

〈그리스도께서 죽은 이들 가운데에서 되살아나셨다고 우리가 이렇게 선포하는데, 여러분 가운데 어떤 사람들은 어째서 죽은 이들의 부활이 없다고 말합니까? 죽은 이들의 부활이 없다면 그리스도께서도 되살아나지 않으셨을 것입니다. 그리스도께서 되살아나지 않으셨다면, 우리의 복음 선포도 헛되고 여러분의 믿음도 헛됩니다.〉나는 마음이 동요된다. 나는 가만히 따져 본다. 나처럼 하느님이 존재한다고 믿는 사람에게는, 성 바오로가 말한 것과 「아레스의 계시」를 쓴 그 친구나, 심지어 말년에 그 신비주의적 망상에 빠져 헤맸던 필립 K. 딕이 말하는 것 사이에 뛰어넘을 수 없는 간극이 존재한다는 것은 의심의 여지가 없는 사실이야. 바오로는 진정한 계시를 받은 거고, 다른 둘은 명백히 길을 잃은 거지. 한 사람은 진짜를 얘기하고 있고, 다른 둘은 형편없는 짝퉁을 얘기하고 있는 거야. **하지만 만일 진짜가 존재하지 않는다면?** 만일 하느님이 존재하지 않는다면? 만일 그리스도가 부활하지 않았다면? 우리는 기껏해야 바오로의 기업이 더 성공했고 문화, 철학적으로 보다 더 가치가 있다고 말할 수는 있겠지만, 결국 둘 다 똑같이 웃기는 헛소리가 아닐까?

19

어느 날 저녁 안이 몹시 불안한 얼굴로 집에 들어온다. 아파트 건물 층계에서 제이미와 마주쳤단다. 그렇다, 그 후줄근한 추리닝 차림에 슈퍼마켓 비닐봉지를 든 제이미 말이다. 대체 여기서 무얼 하고 있단 말인가? 마치 어떤 유령을 본 사람처럼 충격을 받은 안은 이걸 그녀에게 물어볼 정신도 없었는데, 상대방은 시선을 돌리며 도망가 버렸다고 한다. 우리의 대화를 듣고 있던 가브리엘도 끼어든다. 자기도 제이미를 봤단다. 「우리 건물에서?」 「응, 우리 건물에서. 그런데 아줌마가 다시 돌아와서 우리하고 같이 살 거야?」 녀석은 기대에 찬 표정으로 되묻는다. 색종이를 오려 꽃 줄을 만드는 놀이는 녀석에게 굉장한 추억을 남긴 모양이다.

나는 올라가서 하녀 방들이 있는 층을 조사해 본다. 복도 맨 끝 쪽, 우리가 고용하는 아가씨에게 너무 흉하지 않은 편의 시설을 제공하기 위해 몇 달 전에 칠을 다시 해놓은 화장실을 지난 곳에서, 나는 일종의 지붕 밑 골방 같은 것을 발견한다. 방은 아니고 어떤 광에 가까운 그 공간의 존재를 나는 모르고 있었는데, 그 이유는 간단히, 거기까지 한 번도 가본 일이 없었기 때문이다. 그렇게 실용적이지 못한 이 오래된 건물에 사는 그 누구도 거기까지 가야 할 이유가 전혀 없다. 거기에는 심지어 문도 없고, 압정으로 고정시킨 천 쪼가리 하나만으로 가려져 있었다. 이게 만일 스티븐 킹의 소설을 각색한 영화였다면, 배경 음악이 점점 급박해지는 가운데, 관객은 신중치 못한 방문객에게 커튼을 들춰 보는 대신 걸음아 날 살려라 도망가라고 소리치고 싶지만, 물론 그는 커튼을 들춰 볼 거고, 나 역시 그렇게 한다. 그리고 『레 미제라블』에서 테나르디에 집안 사람들이 코제트를 재운 다락방과 비슷한 이 콧구멍만 한 공간 안에, 여러분도 이미 눈치챘겠지만, 제이미의 트렁크가 보인다. 이 트렁크 위에는 먹다 남은 테이크아웃 음식 찌꺼기가 든 판지 상자 하나가 놓여 있다. 제이미의 성화들 앞에는 다행스럽게도 불이 꺼진 양초 하나가 서 있다. 그녀의 화구들도 보이고, 곰팡이 슨 벽에는 그녀의 그 사이키델릭한 스타일의 역겨운 벽화들 중 하나가 벌써 반쯤 그려져 있다.

낄낄대는 악마의 얼굴이 줌 인 된다. **디에스 이라이**의 팀파니들이 요란하게 울려 대는 가운데, 카메라가 그의 어두운 입 속으로 빨려 들어간다. 이게 시퀀스의 끝이고, 물론 관객들은 새파랗게 질려 있다.

우리는 이 이야기의 내막을 전혀 알 수 없었다. 오래전에 이 전략적 후퇴의 장소를 발견해 낸 제이미가 로저의 명령에 따라 떠났다가 다시 슬그머니 돌아온 걸까? 혹은 우리의 방을 비워 주겠다고 아내에게 약속한 로저가 이 약속을 가장 좁은 의미로 해석하고 제이미에게 15미터 떨어진 곳, 아무에게도 쓸모없는 그 쥐구멍에 숨어 있으라고 충고하고는, 그러고 난 다음에는 됐어, 난 내가 할 수 있는 것을 했으니 더 이상 내게 아무것도 요구하지 마, 하고 생각하고 있는 걸까? 어찌 됐든 간에 지금 그녀는 우리의 3층 위에서 불법으로 거주하고 있고, 제정신이 아니고, 궁지에 몰려 있으며, 우리를 죽도록 원망하고 있다. 한마디로 끔찍하게 불안스러운 상황이다. 어떻게 해야 하나? 경찰을 부른다? 건물 주인에게 알린다? 우리가 그녀를 이 건물에 끌어들인 당사자이므로, 그리하면 도리어 우리에게 불똥이 튈 수도 있다. 더 고약하게는 그녀의 칼날이 우리에게 향할 수 있다. 복수할 생각을 품을 수 있다. 우리 아이들을 노릴 수 있다. 장 바티스트를 요람째 훔쳐 가 버릴 수 있다. 그녀를 몹시 좋아하는 가브리엘을 자기 소굴로 유인할 수 있다. 그 애를 데리고 도망쳐 버려 우리가 그 애를 영영 못 보게 될 수도 있다. 불쌍한 우리 아이는 아무도 모르는 곳에서 자라나게 되리라. 녀석은 그 미친 여자에 의해 키워지고, 그녀와 함께 거리의 쓰레기통을 뒤지고, 음식을 차지하려고 개들과 싸우고, 야만인 상태로 돌아가리라. 우리는 카보베르데 출신 아가씨에게 경각심을 주기 위해 중증 편집증 환자들이나 할 법한 갖가지 지시를 내렸다. 가브리엘에게는 제이미와 얘기하지 않고, 그녀가 무슨 말을 하든 받아들이지 않고, 그녀를 따라 아무 데도 가지 않을 것을 약속시킨다.

「하지만 왜? 아줌마가 나빠?」 가브리엘이 되묻는다. 「아냐, 아줌마는 나쁘지 않아. 꼭 그렇진 않아. 하지만 말이야, 아줌마는 아주 불행하단다. 그리고 아주 불행한 사람들은 이따금…… 글쎄 뭐라고 말해야 할까…… 해서는 안 될 일들을 하곤 하지…….」 「어떤 종류의 일들이야?」 「글쎄다…… 너한테 해를 끼칠 수 있는 일들이지.」 「그렇다면 아주 불행한 사람들과는 말하지 말아야겠네? 그 사람들한테서는 아무것도 받지 말고?」

나는 내 아들을 타인들에 대한 신뢰와 열린 마음 속에서 자라나게 하고 싶었다. 이 대화의 한 마디 한 마디가 내게는 고문처럼 느껴진다.

이 **클라이맥스**가 있고 나서 영화는 금방 끝난다. 독자들로서는 실망스러운 결말이겠지만, 점점 더 무서운 일들이 이어지리라고 예상하던 우리들로서는 안도의 한숨을 내쉰다. 제이미는 우리를 괴롭히기는커녕, 우리를 피한다. 아마 그녀는 새벽에 건물을 나오고, 밤이 되면 돌아오는 식으로, 사람들이 가장 적게 다니는 시간에 출입했을 것이다. 그 육중한 체구에도 불구하고, 그녀는 일종의 흐릿한 유령이다. 너무도 조심스럽게 행동해서 우리는 그녀를 꿈꿨던 게 아닌가 자문할 정도다. 아니, 그녀의 트렁크는 여전히 거기에 있다. 나는 건물 안에 불행이 배회하고, 우리 위에 어떤 위협이 드리워져 있다고 느끼지만, 이 느낌은 점차로 옅어져 간다. 전에는 그녀가 일종의 강박 관념이었다면, 이제 우리는 그녀를 생각하지 않고서 몇 시간을, 그리고 얼마 후에는 며칠을 보낼 수 있게 된다. 어느 날 저녁, 난 생세브랭 성당의 미사에서 그녀의 모습을 발견한다. 난 그녀가 내게 달려들까 봐 겁이 났지만, 우리의 눈길이 마주쳤을 때 난 그녀에게 가볍게 목례를 보내고, 그녀도 거기에 응답한다. 그녀는 내가 아직 참여하지 않고 있던 영성체에 참여하려는 모양이다. 이때 그리스도의 말씀이 떠오른다. 〈네가 제단에 예물을 바치려고 하다가, 거기에서 형제가 너에게 원망을 품고 있는 것이 생각나거든, 예물을 거기 제단 앞에 놓아두고 물러가 먼저 그 형제와 화해하여라. 그런 다음에 돌아와서 예물을 바쳐라.〉 나는 성당을 나오면서 그녀에게로 간다. 우리는 적의 없이 몇 마디 대화를 나눈다. 난 그녀에게 잘 지내냐고 묻고, 그녀는 힘들다고 대답한다. 난 한숨을 내쉬며, 충분히 이해가 된다고 말한다. 혹시 우리가 뭔가 도와줄 일이라도 있느냐고 묻는다. 나는 그 일이 어떻게 끝났는지 잘 생각나지 않지만, 우리가 교구에다 그녀를 도와 달라고 부탁했고, 그녀에게 약간의 돈을 주었으며, 심지어는 떠나기 전에 그녀가 찾아와 우리와 작별의 볼 키스까지 나눴던 기억이 흐릿하게 남아 있다. 그 후로 나는 그녀를 한 번도 보지 못했고, 그녀가 아직 살아 있는지도 알지 못한다.

20

이 명백한 위기의 순간이 지나고 나서, 내 노트들에서는 더 이상 그녀에 대한 언급이 없다. 아니, 있다고도 할 수 있지만, 그것은 제이미 오토마넬리 자신보다는, 내가 그해 겨울 내내 구상하고 있던 책에 들어갈 캐릭터에 관한 것이다. 사실 난 그 책을 구상만 하고 있었던 게 아니라, 실제로 작업을 착수하기까지 했는데, 문제는 그 흔적이 전혀 남아 있지 않다는 사실이다. 사람들이 글을 쓰고 읽는 일에 있어서 갈수록 컴퓨터 화면을 선호하고 종이를 멀리하는 오늘날, 내게는 이 두 매체 중 후자를 옹호하는 강력한 이유가 하나 있다. 내가 각종 컴퓨터들을 사용해 온 지 20년이 지났는데, 예를 들어 이 회고록의 자료를 얻고 있는 노트 등, 손으로 쓴 모든 것들은 아직 내 수중에 있는 반면, 컴퓨터 화면에 직접 쓴 것들은 예외 없이 사라져 버렸다. 나는 사람들의 요청에 따라 모든 종류의 백업을 해놓았다. 심지어 백업의 백업까지 해놓았지만, 종이에 인쇄된 것들만 살아남았다. 다른 것들은 디스켓이나 USB나 외장형 하드디스크처럼, 훨씬 더 안전하다고 알려졌지만, 실상은 하나하나 구식이 되어 우리 젊은 시절의 카세트테이프만큼이나 읽을 수없게 된 것들에 써져 있다. 자, 어쨌든 간에, 오래전에 운명하신 한 컴퓨터의 배 속 깊은 곳에는 만일 다시 찾아낼 수만 있다면 내 노트들의 내용을 멋지게 보충해 줄 수 있는 소설의 초고 하나가 들어 있었다. 그 소설의 제목은 프랑스의 사샤 기트리[17]만

17 Sacha Guitry(1885~1957). 프랑스의 유명 연극배우이자 영화배우, 시나리오 작가이자 영화감독이다.

큼이나 미국에서는 재치 있는 명언들을 많이 남긴 이로 유명한 영화인 빌리 와일더에게서 빌려 왔다. 영화 「안네 프랑크의 일기」가 개봉되었을 때, 와일더는 이 작품에 대해 어떻게 생각하느냐는 질문을 받았다. 「아주 멋집니다.」 그는 엄숙한 얼굴로 대답했다. 「정말로 아주 멋져요…… 아주 감동적이고요. (잠시 멈췄다가) 하지만 적(敵)의 관점도 알았으면 좋겠다는 마음도 있네요.」

내가 기억하는 바로는 이 〈적의 관점〉은 그 다락방, 쓰레기 더미 위에서 욥처럼 혼잣말을 웅얼대고 있는 제이미를 등장시킨다. 그녀는 욥과 같이 고름이 흐르는 상처들을 벅벅 긁어 대면서 똑같은 얘기들을 강박적으로 늘어놓는다. 착한 사람이 불행해지고 악인들이 승리하고 호강하는 불공평한 운명, 공의롭다고 찬양받지만 이 끔찍스럽게 부당한 일들을 용인하는 신에 대한 반감, 그럼에도 불구하고 신의 뜻에 복종하고, 이 모든 혼돈에 어떤 의미가 있으며, 언젠가 그 의미가 밝혀지리라고, 결국에는 의인들이 기뻐하고 악인들은 이를 갈게 될 날이 오리라고 믿으려는 노력 등등.

나는 이 독백을 쓰기 위해 제이미의 자서전 『어느 하느님 자녀의 고난』에서 내가 기억하는 부분들과 『구약』의 「시편」과 예언서들에서 인용한 구절들을 결합시켰다. 이런 몽타주 방식의 작업은 효과 만점이었으니, 「시편」의 기원(祈願)들은 보편적 성격을 지녔고, 또 예언자들은 후에 히브리인들의 숭배 대상이 되긴 했지만 당대에는 끊임없이 화를 내고, 지저분하게 자신의 상처들을 내보이고, 터무니없는 요구와 비참한 몰골로써 주변 사람들을 괴롭히는 — 예레미야Jérémie라는 이름이 〈징징대기 jérémiade〉라는 일상적 단어의 어원이 된 것도 결코 우연이 아니다 — 제이미 같은 유의 골치 아픈 광신자들이었을 것이기 때문이다. 그런데 나의 야심 찬 아이디어는 단지 제이미를 예수가 하늘의 왕국을 약속한 그 가난하고 멸시받고 슬피 우는 이들 중의 하나로 묘사하는 것으로 그치지 않고, 그녀 눈에 비친 나 자신의 모습도 함께 그린다는 것이었다. 그리고 비록 내가 이 텍스트를 잃어버렸고, 그것에 대해 거의 아무것도 기억하지 못하게 되었지만, 이런 작업을 하면서 나의 자학 취미가 물 만난 고기처럼 신바람을 냈으리라는 것은 안 봐도 뻔하다. 그것은 비록 성경에 대한 직간접적 언급들로 짜여 있긴 했지만, 1960년대의 캘리포니아 — 제이미가 필립 K. 딕과 마주치곤 하던 곳 — 에서부터 그녀가 선의는 가지고 있지만 가증스럽기 짝이 없는 한 젊은 인텔리 커플에게 봉사하게 된 1990년대의 파리에 이르는 동안 서서히 몰락해 간 그녀의 도정을 재구성해 본 사실적인 이야기였다. 이 커플 중에서 여자는 걸핏하면 흥분하고, 도무지 차분하게 있을 때가 없으며, 끊임없이 걱정에 사로잡히는 타입이다. 방에 같이 있기만 해도 진이 빠져 버리는 인물이지만, 그녀의 남편에 비하면 정말 아무것도 아니다. 아, 그 남편! 머리 모양을 로맨틱한 스타일로 꾸미고, 항상 자기 속만 들여다보고 있고, 자신의 신경증을 애지중지 보살피고, 자신의 대단함에 취해 있는, 그리고 얼마 전부터는 — 이거야말로 최악인데 — 자신의 겸허함에 취해 있는 젊은 작가이다. 이 글쟁이는 스스로의 눈에 자신을 제법 괜찮은 존재로 만들 수 있는 새로운 방법을 하나 찾아냈다. 즉 기독교인이 되어 복음서에 대해 경건하게 논평하고, 부드럽고도 너그럽고도 이해심 많은 인간인 척한다. 그렇다고 하여 경찰을 불러 이 엄동설한에 뚱뚱하고 갈 곳 없는 불쌍한 늙은 나그네를 복도에 공동 화장실이 있는 8제곱미터짜리 다락방에서 쫓아내려는 음모를 자기 마누라와 함께 꾸미지 않은 것은 아니다. 그리고 그들이 이 계획을 포기한 것은 자비심 때문이 아니라, 자기네 집주인의 주의를 끌지 않기 위해서였다. 책들로 가득한 그들의 예쁜 아파트는 전대(轉貸)한 것이므로 여기에 추문이나 잡음이 있어서는 아니 되기 때문이다. 만일 그녀가 독일 점령기 시대의 유대인이었다면 이 커플이 무슨 짓을 했을지 심히 궁금하다……

〈주님, 언제까지 마냥 저를 잊고 계시렵니까?
언제까지 당신 얼굴을 제게서 감추시렵니까?
언제까지 고통을 제 영혼에,
번민을 제 마음에 날마다 품어야 합니까?
언제까지 원수가 제 위에서 우쭐거려야 합니까?

제 영혼은 불행으로 가득 차고
제 목숨은 저승에 다다랐습니다.
저는 죽은 자들 사이에 버려졌습니다.
주님, 어찌하여 저를 버리십니까?
어찌하여 당신 얼굴을 제게서 감추십니까?
저는 어릴 때부터 고난을 당하여 죽게 되었사오며,
더 이상 주님이 내리시는 재난들을 견뎌 낼 수가 없으며,

저의 유일한 벗은 어둠입니다.

주님, 제 마음은 오만하지 아니하고
제 눈은 높지 않습니다.
저는 거창한 것을 따라나서지도
주제넘게 놀라운 것을 찾아 나서지도 않습니다.
오히려 저는 제 영혼을 가다듬고 가라앉혔습니다.
어미 품에 안긴 젖 뗀 아기 같습니다.
제 영혼은 젖 뗀 아기 같습니다.〉[18]

21

내가 1991년에 쓴 노트들의 주된 내용은 당시 내가 열정적
으로 준비하고 있었던 영성체에 관한 것이다. 나의 「요한 복음
서」 논평 작업은 제자들에게 빵을 나눠 주는 이야기와 〈생명의
빵〉에 대해 예수가 설교하는 부분에 이르러 있다. 거기에는
〈나를 먹는 자는 내 안에 살겠고〉 혹은 〈너희가 내 살을 먹고
내 피를 마시지 않으면, 너희 안에 생명이 없다〉 같은 어안이
벙벙해지는, 그리고 정말로 충격적인 구절들이 있다. 자기 안
에 생명을 갖는다는 게 대체 무슨 뜻인가? 나는 알 수 없지만,
내가 그런 상태를 갈망한다는 것은 알고 있다. 나는 세계와 타
인들과 나 자신에 대한 다른 존재 방식을 갈망하고 있다. 이 두
려움과 무지와, 협소한 이기심과, 선을 원하지만 악에 이끌리

18 이 부분은 「시편」의 인용이나, 정확한 인용이 아니고, 여러 곳에서 구절들
을 가져와 작가 임의로 짜깁기하고 약간 바꿔 놓은 것이다.

는 성향의 혼합, 한마디로 우리 모두의 병이며 교회가 〈죄〉라는 단 하나의 단어로 총칭하는 것이 아닌 또 다른 존재 방식을, 그게 무엇인지는 모르지만, 갈망해 오고 있었다. 얼마 전부터 나는 이 죄에 대한 치료제, 두통에 직방인 아스피린만큼이나 효과적인 치료제가 존재한다는 것을 알고 있다. 적어도 「요한 복음서」에서는 그리스도가 그게 존재한다고 단언하고 있다. 자클린도 끊임없이 내게 그것에 대해 말해 주었다. 그게 사실이라면 왜 모두가 이걸 얻으려고 몰려들지 않는지 이상할 뿐이다. 어쨌든 난 받아들일 용의가 있다.

그게 어떤 식으로 이뤄지는지는 다 알고 있다. 그것은 2천 년 전에 시작되어, 결코 중단된 적이 없다. 옛날에는, 그리고 오늘날에도 어떤 의식들에서는 그게 정말로 빵으로 실행된다. 제빵사가 반죽하여 만든, 가장 평범한 진짜 빵으로 말이다. 오늘날 가톨릭에서는 질감이나 맛이 꼭 뻣뻣한 종이 같고, 사람들이 〈성체(聖體)〉라고 부르는 그 둥글고 하얀 조그만 조각들을 사용한다. 미사의 어느 순간에 이르면, 사제는 그것들이 그리스도의 몸이 되었다고 선언한다. 신자들은 길게 줄을 서서 혀 위에나 손바닥 위에 저마다 하나씩 받는다. 그리고 각자 자리로 돌아가는데, 눈을 아래로 내리깔고 생각에 잠긴 표정을 짓고 있으며, 만일 그것을 믿는다면 내적인 변화를 얻게 된다. 서기 30년경에 일어난 어떤 사건에 따른 것이며, 기독교의 핵심이라 할 수 있는 이 기이하기 짝이 없는 의식은 아직도 전 세계적으로, 파트리크 블로시에의 표현을 빌자면 다른 점들에 있어서는 정신이 멀쩡한 수억 명의 사람들에 의해 거행되고 있다. 나의 장모나 나의 대모 같은 이들은 하루도 빠짐없이 그걸 실행하며, 어쩌다 몸이 아파 그걸 받으러 교회까지 가지 못하게 되면 성체를 자기 집까지 가져오게 한다. 가장 괴이한 점은 이 성체가 화학적으로 보자면 하나의 빵에 불과하다는 사실이다. 그게 만일 환각 작용을 일으키는 어떤 버섯이거나 LSD가 배어 있는 압지 같은 거라면 차라리 이해가 되리라. 하지만 아니다, 그것은 단지 빵일 뿐이다. 그런데 동시에 그리스도이기도 하다는 것이다.

물론 이 의식을 일종의 상징으로, 어떤 기념을 위한 행위로 볼 수도 있다. 예수 자신도 이렇게 말했다. 〈너희는 나를 기념하여 이것을 행하라.〉 이것은 이성에 충격을 주지 않는, 이를테면 이 일의 **라이트한** 버전이라 할 수 있다. 하지만 **하드한** 기독교인들은 실체 변화(實體變化)[19] — 가톨릭교회는 이 초자연적 현상을 이렇게 부른다 — 가 **사실이라고** 믿는다. 그들은 성체 안에 그리스도가 **실제로** 존재한다고 믿는다. 바로 이 부분에서 두 진영이 나뉜다. 영성체가 하나의 상징에 불과하다고 믿는 것은 예수는 한 명의 지혜로운 스승일 뿐이고, 은총은 일종의 자기 암시 요법일 뿐이며, 하느님은 우리 내부에 존재하는 어떤 윤리적 감각에 부여하는 명칭일 뿐이라고 믿는 것이다. 이 시점에서, 나는 이런 생각들을 받아들일 수 없다. 나는 다른 진영에 속하고 싶다.

나의 그것과 상당히 닮은 그의 삶 — 그는 나와 같은 나이였고, 나의 안과 같은 이름을 가진 여자와 결혼했으며, 글을 쓸 수

19 가톨릭 용어로, 영성체의 빵과 포도주가 예수의 살과 피가 되는 것을 뜻함.

가 없었고, 자신이 미쳐 버리지 않을까 두려워했다 — 의 어느 시점에 이르러, 필립 K. 딕 역시 기독교에 귀의했고, 나처럼 전적으로 신앙생활에 뛰어들었다. 그는 그의 앤[20]을 설득하여 교회에서 결혼식을 올렸고, 자녀들은 세례를 받게 했으며, 성경을 탐독했다(정경에 대해 거의 아는 게 없으면서 외경을 선호했다). 나는 나중에 그의 전기를 썼는데, 지금에 와서는 내가 이 시기에 대해 쓴 장(章)의 내용이 정말로 그의 삶의 이야기인지, 아니면 나 자신의 경험을 투사한 것인지 명확히 분간할 수가 없다. 어쨌든 거기에는 내가 아주 좋아하는 장면이 하나 포함되어 있는데, 그것은 영성체가 무엇인지에 대해 그가 설명하는 장면이다.

그의 아내 앤의 딸들은 그 원리를 잘 이해할 수 없었다. 아이들은 충격을 받았다. 예수는 자신의 몸을 먹고, 자신의 피를 마시라고 했는데, 그들한테는 이게 끔찍하게 느껴졌다. 이것은 일종의 식인 행위 아닌가? 어머니는 그들을 안심시키기 위해 이것은 〈누군가가 하는 말을 덥석 삼키다〉 같은 표현에서처럼, 그저 하나의 비유일 뿐이라고 설명했다. 이 말을 들은 필[21]은 항의했다. 세상의 신비스러운 일들을 모두 그런 식으로 평범하게 합리화해 버리려면 굳이 가톨릭 신자가 될 필요가 없다는 거였다.

「사돈 남 말 하고 있네.」 앤은 신랄하게 쏘아붙였다. 「종교를 당신이 쓰는 그 SF 소설들 같은 식으로 취급하려면 굳이 가톨

---

20 안Anne의 영어식 발음.
21 딕의 이름인 필립의 애칭.

릭 신자가 될 필요가 없다고.」

「내가 바로 그 얘기를 할 참이었어.」 필이 맞받았다. 「만일 우리가 『신약』이 얘기하는 것을 진지하게 받아들인다면, 열아홉 세기 조금 넘는 시간 전부터, 다시 말해서 그리스도가 죽은 이후로, 인류는 일종의 돌연변이를 겪어 왔다는 사실을 인정해야만 해. 어쩌면 그렇게 느껴지지 않을 수도 있겠지만 이건 사실인 거고, 만일 당신이 내 말을 믿지 않는다면 당신은 더 이상 그리스도인이 아니야. 이렇게 말하는 것은 내가 아니고 사도 바오로이고, 이게 정말로 어떤 SF 이야기처럼 느껴진다면, 뭐, 난들 어쩌겠어? 영성체 성사는 이러한 돌연변이의 동인(動因)인 거고, 따라서 당신의 불쌍한 딸들에게 그것이 일종의 멍청한 기념 행위라고 설명하지는 말라고. 자, 애들아, 내가 이야기를 하나 해줄게. 한 가정주부가 저녁 식사에 손님들을 초대했어. 그녀는 아주 훌륭한 5파운드짜리 등심 한 덩이를 주방 선반 위에 올려놓았어. 손님들이 도착했고, 그녀는 응접실에서 식전주로 마티니를 조금 마시며 그들과 담소를 나눴지. 그러다가 양해를 구하고는 등심을 요리하러 주방으로 갔는데…… 그게 어디론가 사라져 버린 것을 발견한 거야. 그런데 그녀가 무얼 봤는지 알아? 한쪽 구석에서 혀로 주둥이를 느긋하게 핥고 있는 것은…… 바로 그 집 고양이였어.」

「난 무슨 일이 일어났는지 알겠어요!」 딸 중에서 가장 큰 아이가 끼어들었다.

「좋아! 무슨 일이 일어났지?」

「그 고양이가 등심을 먹어 치웠어요.」

「오, 그렇게 생각하니? 넌 그렇게 멍청하지가 않구나. 하지만내 얘기 좀 들어 봐. 손님들이 몰려왔어. 그들은 토론을 벌였지. 등심 5파운드는 증발해 버렸고, 고양이는 아주 만족하고도 배부른 기색을 하고 있었어. 모든 사람이 이 사실에서 너와 똑같은 결론을 이끌어 냈지. 그런데 손님 하나가 이렇게 제안하는 거야. 〈우리, 확실히 알아보기 위해 이 고양이의 무게를 재어 보는 게 어떻겠습니까?〉 그들은 모두 조금 취해 있었고, 이게 아주 굉장한 생각이라고 생각했지. 그들은 고양이를 욕실로 데려가서는 저울 위에 올려놓았어. 녀석은 무게가 정확히 5파운드였지. 고양이의 무게를 재보자고 제안한 손님은 말했어. 〈자, 됐어. 계산이 딱 맞는군!〉 이제 사람들은 무슨 일이 일어났는지 확실히 알게 되었다고 느꼈어. 이때 또 다른 손님 하나가 머리를 긁적이면서 이렇게 말하는 거야. 〈좋아요, 그 등심 5파운드가 어디 있는지 알겠네요. 그런데 **고양이는 어디 있죠?**〉」

블레즈 파스칼은 짜증을 내며 말했다. 「영성체의 신비를 믿기 위해 꼬치꼬치 따지고 드는 그 어리석은 인간들은 정말이지 지긋지긋하다! 만일 예수 그리스도가 정말로 하느님의 아들이라면, 도대체 문제될 게 뭐가 있는가?」

(우리는 이것을 〈이왕 여기까지 온 김에……〉 논리라고 부를 수 있으리라.)

그리고 시몬 베유는 이렇게 말한다. 〈이런 종류의 확신들은 실험적인 것이다. 하지만 만일 그것들을 실험해 보기 전에 믿지 못한다면, 적어도 그것들을 믿는 것처럼 행동하지 않는다면, 우리는 결코 그러한 확신들에 이르는 체험을 할 수 없을 것이다. 영적인 진보에 쓸모 있는 인식들은 모두 다 그렇다. 만일 이러한 인식들을 확인해 보기 전에 행동 규범으로 받아들이지 않는다면, 단지 믿음에 의해, 처음에는 잘 이해가 되지 않는 믿음에 의해 그것들을 오랫동안 고수하지 않는다면, 우리는 결코 그것들을 확신으로 변화시킬 수 없을 것이다. 믿음은 필요 불가결한 조건이다.〉

내가 그 무렵 아주 많이 읽었고, 어떤 페이지들은 내 노트에 통째로 베껴 놓기까지 한 시몬 베유는 영성체에 대한 강렬한 욕구를 느끼고 있었다. 하지만 그리스도인들 중 가장 작은 자도 자신은 주님의 식탁에 초대되었다고, 작기 때문에 더욱 뜨거운 환영을 받게 될 거라고 생각하지만, 또 나 자신도 이것을 진정한 마음의 원함으로 하게 해달라고 기도할 뿐, 다른 이들에 대한 아무런 죄책감 없이 거기에 다가갈 준비를 하고 있었지만, 천재적인 인물일 뿐 아니라 성녀이기도 한 이 여자는 자신의 소명은 영성체에서 떨어져 있는 것이라고 죽는 날까지 생각했다. 그것은 거기에 접근할 수 없는 이들과 함께하기 위해서였다. 그녀의 표현을 빌자면 〈어마어마하게 많은, 불행한 불신자들의 무리〉와 말이다.

22

그렇긴 하지만…… 우리는 먼저 예수가 한 몇 가지 번득이는 말에 사로잡힌다. 그를 체포하는 임무를 띠었던 로마 병사들처럼 〈이 사람처럼 말한 사람은 아무도 없었다〉고 인정한다. 여기서부터 출발하여 우리는 그가 사흘 만에 부활했다고, 심지어는 어떤 처녀의 몸에서 태어났다고 믿어 버린다. 그리고 〈절대적 진리가 2천 년 전 갈릴래아 땅에서 육신을 입고 오셨다〉라는 미치광이 같은 믿음에 자신의 삶을 맡기기로 결심한다. 우리는 심지어 이 광기를 자랑스럽게 생각하는데, 이것은 우리와 닮지 않았기 때문이고, 이것을 채택함으로써 자신을 놀라게 하고 또 자신을 포기하기 때문이며, 주변의 그 누구도 이것을 공유하지 않기 때문이다. 우리는 복음서에 그다지 중요하지 않은 내용들이 포함되어 있고, 그리스도의 가르침들과 네 복음서 기자가 전하는 말들은 옥석을 가려서 받아들일 필요가 있다는 생각을 불경하다고 여긴다. 그리고 내친김에 — **이왕 여기까지 온 김에** — 삼위일체와 원죄와 무염 시태와 교황 무오설까지 통째로 믿어 버린다……? 이게 바로 내가 그 계절에 자클린의 영향 하에서 노력했던 것들이며, 지금은 내 노트들에서 다음과 같은 어처구니없는 생각들을 발견하며 깜짝깜짝 놀라곤 한다.

〈예수께서 진리이시요 생명이시라는 사실을 우리로 하여금 받아들이게 할 수 있는 유일한 논거는 그분이 그렇게 말씀하셨기 때문이며, 그분께서 진리이시요 생명이시기 때문에 그분 말씀을 믿어야 하기 때문이다. 믿은 사람은 믿게 되리라. 많이 가진 자는 더욱 많이 받게 되리라.〉

〈무신론자는 하느님이 존재하지 않는다고 **믿는다.** 믿는 이는 신이 존재한다는 것을 **안다.** 전자가 지닌 것은 하나의 의견일 뿐이고, 후자의 것은 하나의 지식이다.〉 (그 옆 여백에 내 글씨로 〈글쎄……〉라는 메모가 적혀 있는데, 이걸 언제 써놓은 건지 나도 궁금하다).

〈믿음은 우리가 믿지 못하는 것을 믿는 것이고, 우리가 믿는 것을 믿지 않는 것이다.〉(이 문장은 내가 한 말이 아니라, 당시 내가 많이 읽던 간디의 기독교도 제자인 란자 델 바스토의 말이다. 난 이 구절을 정성스레 베껴 놓았다. 지금 나는 이 말이 〈신앙이란 참이 아님을 알고 있는 무언가를 믿는 것이다〉라는, 그에 못지않게 기묘한 마크 트웨인의 말과 비슷하다는 것을 느낀다.)

자, 내친김에 하나 더 보자. 〈나는 진정한 가톨릭 교인이 되는 법을, 다시 말해서 그 어떤 것도 배제하지 않는 법을 배워야 한다. 심지어 가톨릭의 가장 마음에 안 드는 교리들까지, 심지어 이 교리들에 대한 반항까지 배제하지 말아야 한다.〉(이 구절의 마지막 부분은 꽤나 꼬여 있다. 이것은 나머지 부분보다 나와 닮아 있으며, 그래서 나를 조금 안심시켜 준다.)

나는 열렬한 기독교인이며, 동시에 늙은 자유주의자이기도 한 앙리 기유맹의 책 한 권을 읽는다. 그는 마치 베르나노스처럼 〈복음서의 그것 같은 프로그램을 가지고서 가난한 이들과 자유주의자들의 혐오 대상이 되었다는 것, 이것은 정말이지 웃기는 일이 아닌가?〉라는 식으로 말하는 인물이었다. 그는 그리스도에 대한 사랑으로, 바티칸과 경직된 가톨릭과 모든 종류의 교리 문답에 맞서 끝없이 언쟁을 벌였다. 예를 하나만 들자면, 그는 삼위일체 교리라는 것은 차후에 만들어진 어떤 발명품, 그 어떤 복음서적 근거도 없으며, 그 영적인 가치라는 게 사회당 의총에서 간신히 표결된 어떤 통합 결의안의 그것에 비해 그다지 크다고 할 수 없는 것에 불과하다고 썼다. 나는 이 말에 자연스럽게 동의한다. 심지어 동의한 데에 만족스럽기까지 하다. 하지만 나는 며칠 후 자클린이 추천해 준 20세기의 가르멜회 수녀인 엘리자베트 드 라 트리니테의 글을 읽게 되고, 이 독서로부터 기유맹과 나의 생각은 틀렸다는 결론을 이끌어 낸다. 나는 이렇게 쓴다. 〈이것은 마치 어떤 부인이 이렇게 말하는 것과 같다. 「나는 현대 미술은 완전히 제로라고 생각해요. 뷔페와 달리만 빼놓고요.」 그녀는 현대 미술에 대해서는 아무것도 말하지 않는다. 단지《난 지금 내가 무슨 말을 하고 있는지도 몰라요》라고 순진하게 말하고 있을 뿐이다. 양식과 사상의 자유라는 이름으로 모든 신비들을 뭉개 버리는 이른바 비판적 정신들 중 많은 이들이 이런 식으로 말한다. 그들은 자신이 무슨 말을 하는지 모른다. 엘리자베트 드 라 트리니테는 자신이 무슨 말을 하는지 안다. 모든 신비주의자들이 그렇다. 그리고 나는 그것을 믿고 싶다. 신성한 실체로서의《교회》를 말이다.〉

내가 에르베에게 가톨릭 교리를 옹호하기 시작했을 때, 그는 비웃지도 않고, 어깨를 으쓱하지도 않는다. 이것은 그의 스타일이 아니다. 아니, 그는 내 말을 경청하고, 한 마디 한 마디를 신중하게 따져 보고, 내가 말한 얘기 중에서 어떤 긍정적인 부분이 있으면 그것을 그 불관용적 껍데기로부터 추출해 보려고 애쓴다. 그는 비판을 위한 비판을 좋아하지 않고, 논쟁은 더욱 좋아하지 않지만, 나의 거의 근본주의적인 열광 앞에서 하느님의 진정한 친구라 할 수 있는 이 사람은 회의론자의 역할을 떠맡는다. 그는 에드문트 후설이 제자 에디트 슈타인[22] ─ 그녀도 가르멜회 수녀였고, 신비주의자였으며, 아우슈비츠에서 사망했다 — 에게 했던 말을 그대로 할 수 있었을 것이다. 〈여보게, 약속해 주게. 다른 사람들이 자네보다 먼저 생각했다고 해서 그들처럼 생각하는 일은 절대로 하지 않겠다고 말이야.〉 내가 회심한 데 흥분하여 오래전에 잡아 놓은 정신 분석가와의 상담 약속을 취소하려고 했을 때, 그러지 말라고 만류한 사람이 바로 에르베다. 왜 자네에게 도움이 될 수 있는 일을 안 하려고 하는가? 만일 자네 안에 진정으로 은총이 역사하고 있다면, 정신 분석이 그것의 장애물이 되지는 못할 거야. 그리고 만일 정신 분석 덕분에 자네가 어떤 환상에서 벗어날 수 있다면, 그것은 더욱 좋은 일이고. 바로 이런 매우 스위스적인 차분함으로 그는 교조주의적으로 치달리려 하는 내게 제동을 걸어 준다. 그는 광신과는 가장 거리가 멀고, 선입견들에서 가장 벗어나 있는 사람이다. 그는 조금의 거리낌도 없이 복음서에서 자신에게 적합한 것을 취하여, 예수의 말들이 노자나 『바가바드기타』의 구절들과 공존하는 개인 수첩을 만들어 그것을 마음의 지주로 삼았다. 20년 전부터 나는 그가 산행을 떠나기 전에 이걸 자기 배낭에 집어넣고는, 휴식을 취할 때마다 꺼내어 몇 줄씩 읽는 모습을 봐왔다. 매번 그 조그만, 거의 정사각형에 가까운 파란 책이다. 그게 너덜너덜해지면 그는 자신의 비염 때문에 클리넥스를 저장해 놓은 것처럼, 같은 수첩들을 20여 권 쌓아 놓은 책장에서 또 한 권을 꺼내어 사용하곤 한다.

우리의 대모 자클린은 얼마 전부터 메주고레를 가지고 우리

22 Edith Stein(1891~1942). 유대계 독일 철학자. 가톨릭으로 개종하여 가르멜회 수녀가 되었다. 훗날 성녀로 추대되었다.

를 성가시게 한다. 메주고레는 유고슬라비아의 한 촌락이다. 당시에 유고슬라비아는 아직 존재했고, 거기서 끔찍한 일들이 벌어지기 시작하고 있었지만, 나는 개인적으로 별로 신경 쓰지 않았다. 세르비아인들과 크로아티아인들과 보스니아인들이 자기네끼리 죽이든지 말든지, 나는 「요한 복음서」나 읽으리라. 1970년대에 이 메주고레에 성모 마리아가 나타났다고들 하는데, 이 성모께서는 그녀의 출현을 최초로 목격한 농사꾼 아이들의 입을 통해 세상이 멸망을 향해 달려가고 있다고 경고했단다. 이 아이들은 그 후 아주 인기 있고 잘나가는 설교자들이 되어 세계 각지를 돌아다니며 강연회를 열고 있다. 이런 강연회 중 하나가 파리에서도 열릴 예정이었고, 자클린은 우리도 그 자리에 참석하기를 원한다. 내가 내보인 첫 번째 반응은 선입견 ─ 혹은 이성? ─ 의 그것이다. 그래, 난 복음서는 기꺼이 읽고 싶지만, 이런 종류의 엉터리 신앙에는 빠지고 싶지는 않아! 아무리 그래도 어떤 한계는 있어야 하지 않겠어? 그렇지 않으면 조금씩 타락해서 결국 노스트라다무스나 성전 기사단의 신비 등에 관한 책들을 찾아 비의(秘儀) 서적 전문 서점들을 전전하는 꼬락서니가 될 거라고. 그러니까 여기서 스톱! 하지만 그 다음에 이어진 생각은 다르다. 그런데 혹시 그게 진짜라면? 그렇다면 이것은 엄청나게 중요하지 않을까? 만사를 제치고 그리로 달려가야 하지 않을까? 다른 모든 것을 내던지고 메주고레의 메시지를 전파하는 데 인생을 바쳐야 하지 않을까?

내 노트의 적어도 10여 페이지는 이렇게 오락가락하는 생각들로 채워져 있다. 에르베는 전혀 그렇지 않았다. 그는 워낙에 신중한 사람이지만, 또 호기심도 많다. 우리가 그 강연회에 가서 한 시간쯤 보낸다고 해서 손해날 것 없지 않은가? 이런 점에서 그는 「요한 복음서」에만 등장하는 그 기묘한 인물과 비슷하다. 바로 니고데모 말이다. 니고데모는 바리사이파 사람이었고, 그래서 예수에 대한 선입견이 많을 수밖에 없었다. 사람들이 이 예수에 대해 하는 말들에서는 뭔가 미신 같은 것이, 의심쩍은 신흥 종파 같은 것이 강하게 느껴졌다. 어쩌면 사기꾼일 수도 있었다. 하지만 니고데모는 사람들이 하는 말에 만족하지 않고, 자신이 직접 이해하고 싶었다. 그는 밤중에 예수를 찾아간다. 『예루살렘 성경』의 주석 하나는 그가 자신의 평판을 더럽히지 않기 위해 밤중에 찾아간 것이 비겁한 행위였다고 암시한다. 하지만 내게는 이러한 조심스러움이 전혀 충격적으로 느껴지지 않았다. 오히려 이 유력 인사의 열린 마음이 인상적으로 느껴졌다. 그는 예수에게 질문하고, 잘 이해되지 않는 부분이 있으면 말을 중단시키고 다시 해달라고 부탁했다 —「요한 복음서」에서 예수가 하고 있는 말들은 이해하기 쉽지 않은 게 사실이다. 니고데모는 개종까지는 안 했지만 적어도 생각에 잠겨서 자기 집으로 돌아갔다. 〈와서 보라〉 하고 예수는 종종 말했다. 적어도 그는 가서 보았다.

에르베와 나는 결국 성모의 대변인인 유고슬라비아인을 보러 갔다. 그가 하는 말들은 우리에게는 위협적인 동시에 무미건조하게 느껴졌다.

23

자클린이 〈거룩한 삶〉이라고 부르는 것으로 들어가기 위해서는 총고해 성사를, 또 총고해 성사 전에는 양심에 대한 심층적인 검토를 행해야 한다. 우리가 자신의 삶 가운데 역사하는 은총을 보기로 작정하면, 마치 그 은총처럼 보이는 일들이 마치 토끼들처럼 연달아 나타나는 법이다. 이런 우연의 일치들 중 하나로, 가브리엘이 내게 묻는다. 「아빠, 아빠가 태어난 이후에 한 가장 악한 일이 뭐야?」 사실 난 엄청나게 악한 일을 한 것 같지는 않다. 만약 〈악한 일〉이라는 것이 고의로 저지른 어떤 사악한 행위들을 뜻한다면 말이다. 내가 악한 일을 했다면 그것은 주로 나에 대해, 나 자신도 모르는 사이에 나 자신에 대해 행했고, 따라서 나는 나 자신이 죄인이라기보다는 병자라고 느껴진다. 이런 식의 관점 앞에서 자클린이 내게 소개해 준 신부는 전혀 흥이 나지 않는다. 그것은 단지 나의 관점, 지극히 협소한 나의 심리적 관점일 따름이며, 총고해의 목적은 바로 이런 관점을 벗어나 하느님의 눈 아래에 서는 것이란다. 이를 위해 십계로 돌아가야 한단다. 그렇다, 『구약』의 그 열 가지 계명 말이다. 나는 이 십계명의 빛에 비추어 일주일 동안 내 삶 전체를 검토한다.

나는 또한 내 삶을 믿음, 소망, 사랑이라는 향주 삼덕(向主三德)의 각도에서도 검토해 본다. 첫 번째 신덕인 믿음은 최근에 뜻밖의 은총으로 내게 주어졌다. 지금으로서는 언제고 가시덤불 속에서 말라죽을 수 있는 작고 연약한 씨앗에 불과하다. 하지만 나는 이 씨앗이 커다란 나무가 되고, 그 나무의 가지들에 하늘의 새들이 날아와 둥지를 틀게 될 거라고 믿는다. 이러한 성장의 가능성을 믿는 것, 이게 바로 소망이 아니겠는가? 그렇다면 나는 〈소망〉도 가지고 있다는 얘기다. 아니, 너무 많은 것이 오히려 수상쩍다. 나는 개인적인 희망 사항들에 불과한 것에다 이 〈소망〉이라는 고귀한 이름을 붙였을 수도 있다. 비록 지금은 불쾌한 일들을 거치고 있을지라도 결국에는 모든 것이 내게 유리하게 되리라는, 가뭄의 시련 끝에 마침내 열매를, 보다 구체적으로는 어떤 가치 있는 책을 쓰게 되리라는 막연한 확신을 나는 〈소망〉으로 착각하고 있는 것은 아닐까? 내 안에 진정한 소망이 태어날 수 있기 위해서는 이 천박한 희망을 뿌리째 뽑아낼 필요가 있으리라. 마지막으로는 성 바오로가 향주 삼덕 중에서 가장 중요하다고 말한 사랑인데, 이것은 조금도 없다. 내게 사랑이라고는 그야말로 눈곱만큼도 없다. 아주 작은 따스한 제스처 — 작지만 산을 움직이는 것보다도 가치 있는 제스처 — 조차 보여 줄 수 없는 인간이다. 하느님과의 만남은 내 정신과 내 생각들을 바꿔 놓았지만, 내 마음만은 바꿔 놓지 못했다. 난 여전히 나 자신만을 사랑하며, 그것도 아주 형편없이 사랑한다. 하지만 심지어 이것마저 예정된 것이다. 내게 필요한 기도는 「에제키엘서」에 있다. 나는 그 구절을 끊임없이 되뇐다.

〈주여, 나의 돌 같은 마음을 피가 통하는 마음으로 바꿔 주소서.〉

나는 이렇게 쓴다.

〈주여, 나는 당신을 영접할 자격이 없지만, 내 안에 당신의 거처를 지으시기를 간구합니다. 그렇습니다, 당신에게 자리를 내어 주기 위해, 난 작아져야 합니다. 난 이것을 열망하는 만큼 또 거기에 저항하기도 합니다. 나 혼자서는 거기에 이를 수가 없습니다. 우리는 혼자서는 작아질 수 없으니까요. 우리는 혼자 있으면 자리를 온통 차지하려고 합니다. 당신이 내 안에서 자라날 수 있기 위하여 내가 작아지도록 도와주소서.

주여, 어쩌면 당신은 내가 위대한 작가가 되는 것도, 안락하고 행복한 삶을 사는 것도 원치 않으실지 모르겠지만, 난 당신이 내게 사랑을 주시려 한다는 것은 확실히 알고 있습니다. 나는 여러 가지 딴생각들을 가지고서, 그리고 내가 분석하느라 너무 많은 시간을 허비하는, 망설이고 거리끼는 감정들을 품고서 당신께 사랑을 구하지만, 어쨌든 난 당신께 그것을 구합니다. 내 마음을 조금씩 사랑에 대해 열어 줄 시련들과 은혜들을 내게 내려 주소서. 그 시련들을 견뎌 내고 그 은혜들을 붙잡는 용기를, 동일한 사건이 시련인 동시에 은혜일 수도 있다는 것을 인정하는 용기를 내게 주소서. 나는 다른 것은 아무것도 원치 않는다고 감히 말할 수 없습니다. 그건 사실이 아닐 것입니다. 나는 사랑보다도 내 탐욕의 대상들을 훨씬 많이 갈망합니다. 나는 작은 자보다는 큰 자가 되기를 갈망합니다. 하지만 나는 내가 갈망하는 것을 당신께 구하지는 않습니다. 나는 내가 갈망하기를 갈망하는 것을, 당신이 내게 그 갈망을 주시기를 갈망하는 것을 당신께 구합니다.

나는 미리 모든 것을 받아들입니다. 이렇게 말하면서 나는 당신을 부인하지 않으리라고 너무나 확신했지만 결국 그렇게 한, 당신의 제자 베드로처럼 말하고 있다는 것을 알고 있습니다. 이렇게 말하면서 당신을 부인하게 될 자리를 준비할 뿐이라는 것을 잘 알지만, 그래도 난 이렇게 말하겠습니다. 당신이 내게 주고자 하시는 것을 주시고, 당신이 내게서 빼앗고자 하시는 것을 빼앗으시고, 당신의 원대로 나를 처분하소서.〉

시몬 베유는 말한다. 〈영적인 영역에서는 모든 기도가 이루어진다. 우리가 덜 받는 것은, 덜 구하기 때문이다.〉
또 플랑드르의 신비주의자 뤼스브로크는 이렇게 말한다. 〈우리는 우리가 원하는 만큼 신성해진다.〉

나는 내가 악을 행한 사람들의 명단을 뽑아 본다. 제일 먼저 떠오른 사람은 고등학교 때의 급우다. 바짝 마르고 키가 지나치게 큰 친구였는데, 지능이 모자라지는 않았지만 조금 이상한 면이 있어서 모두가 그를 놀렸으며, 나는 다른 사람들보다 보다 세련된 방식으로 놀렸다. 나는 그에 대해 캐리커처까지 곁들인 짤막한 글들을 써서 친구들에게 돌렸다. 그는 이 사실을 알고 있었다. 그는 첫 번째 학기가 끝나고서 학교를 떠났고, 나는 그가 어떤 요양원에 보내졌다는 사실을 듣게 되었다. 나의 글쓰기 재능은 내가 기억하는 최초의 악한 행위의 근원이 된 셈이며, 곰곰이 생각해 보면 이후에 있은 많은 다른 악행들의 근원이 되기도 했다. 당시 내가 마지막으로 출간했던 소설『닿을 수 없는?』[23] 에서 나는 나를 사랑했으며 내가 사랑했던 어떤 여자를 그렸는데, 그것은 참으로 잔인하고도 졸렬한 방식으로

23 원제는 〈Hors d'atteinte?〉로 1988년에 발표된 카레르의 소설이다.

그린 초상이었으며, 나는 내가 3년 전부터 겪고 있는 이 문학적 무력함은 바로 내 재능을 악하게 사용한 데에 대한 벌이 아닌가 생각하지 않을 수 없었다. 나는 성찬 테이블에 다가가기 전에 먼저 내 악행의 희생자들과 화평을 이루고 싶었다. 고교 시절에 내가 놀려 먹던 그 친구는 아마도 다시 찾아낼 수 있을 것이다. 그는 그 자신만큼이나 괴상하고, 전화번호부에 줄줄이 실려 있지는 않을 복잡하고도 기다란 성(姓)을 가지고 있었지만, 이제는 너무 늦어 버렸다. 또 나는 그가 죽었다는, 그것도 학교를 떠나고 나서 얼마 안 되어, 다시 말해 내 잘못으로 죽어 버렸다는 사실을 알게 될까 봐 너무나 두렵다. 반면 카롤린의 주소는 내게 있었다. 나는 그녀에게 사과를 구하는 장문의 서신을 보냈지만 답장을 받지 못했다. 하지만 몇 해 후 그녀를 다시 만나게 됐는데, 그녀는 〈이 가톨릭적 죄의식으로 가득한 장광설〉— 이것은 그녀의 표현인 바, 문제의 그 편지를 여기에 소개하지 못하는 게 유감이다 — 을 읽으면서 자신이 얼마나 큰 경악과 연민을 느꼈는지 몰랐노라고 털어놓았다.

어느 날 저녁, 그날은 성 바오로의 개종일[24]이었는데, 나는 평소처럼 생세브랭 성당의 7시 미사에 참석했고, 이번에는 영성체하기를 원하는 다른 이들과 함께 벤치들 사이로 나아갔다. 나는 기분이 무덤덤하지만, 이런 내 상태에 별로 놀라지도 않는다. 아무런 감흥이 없다. 당연하지 않은가? 왕국은 우리가 모르는 사이에 땅 밑 어둠 속에서 조용히 자라나는 겨자씨 같은 것이니 말이다. 중요한 것은 이제 그게 내 삶의 일부가 되었다

24 〈바오로 사도 대축일〉로 1월 25일이다.

는 사실이다. 1년이 넘는 시간 동안, 나는 매일 영성체를 한다. 매주 두 번씩 정신 분석가를 보러 가듯이.

24

영성체와 그것이 내게 주기로 되어 있는 기쁨에도 불구하고, 나는 C 여사의 디방 위에서 괴로워한다. 나는 푸념하고, 비난하고, 투덜거린다. 내 노트에는 여기에 대해 아무것도 써놓지 않았다. 마치 글 쓰는 이가 이 모든 것들을 초월해 있는 것처럼 말이다. 하지만 예외가 한 번 있었다. 어느 날 아침, 상담 치료에 오기 전에 나는 『리베라시옹』지에서 기사를 한 편 읽었는데, 이 짧막한 기사는 내게 충격을 주는 것 이상으로 그야말로 가슴을 산산이 부숴 놓는다. 그것은 우리 가브리엘처럼 네 살이 된 어느 사내아이의 이야기이다. 아이는 어떤 사소한 수술을 받으려 입원했는데, 모종의 마취 사고가 발생하여 전신 마비에, 듣지도, 말하지도, 보지도 못하는 상태로 평생을 살아야 하는 몸이 되고 말았다. 지금은 여섯 살이다. 그는 2년 전부터 완전한 어둠 속에 있다. 산 채로 벽 속에 갇혀 버린 것이다. 절망에 빠진 부모는 아이의 침대 옆에 붙어 지낸다. 그들은 아이에게 말을 하기도 하고, 그를 만지기도 한다. 사람들은 그들에게 아이가 아무 소리도 듣지 못한다고 말하지만, 손으로 살갗을 만져 주면 기분이 좋아질지도 모를 일이다. 그 외에는 어떤 소통도 불가능하다. 아이가 혼수상태에 있지는 않다는 게 그들이 아는 전부이다. 아이는 의식이 있다는 것이다. 그의 의식 속에서 어떤 일들이 일어나고 있는지, 그가 자신에게 일어나는 일들을 어떻게 해석하고 있는지는 아무도 모른다. 이런 상황을 제대로 표현할 수 있는 말은 존재하지 않는다. 나 역시 아무 말도 할 수 없다. 그토록 말재주가 있고, 그토록 생각하기 좋아하는 나조차 내가 읽은 그것이 내 속을 휘저어 놓은 그 상태를 도저히 표현할 수가 없다. 나는 떨리는 목소리로 읽어 내려가기 시작하지만 한 문장 한 문장 제대로 끝맺을 수가 없다. 결국 엄청난 흐느낌이 아랫배에서부터 차오르더니 마침내는 터져 버리고, 나는 태어나서 한 번도 경험해 본 적 없는 그런 울음을 울기 시작한다. 멈추지 못하고 울고 또 울었다. 이 울음에는 그 어떤 달콤함도, 위안도, 긴장의 풀어짐도 없었고, 단지 공포와 절망만이 가득하다. 얼마 동안이나 그렇게 울었는지 모르겠다. 10분? 15분? 그러고는 간신히 말을 할 수 있게 된다. 아직 진정되지 않은 상태이고, 더듬거리며 하는 말은 터져 나오는 흐느낌으로 계속 끊긴다. 나는 나처럼 신을 믿고 싶어 하지만, 이런 이야기를 읽게 된 사람의 기도가 대체 무슨 의미가 있느냐고 묻는다. 아들 예수가 〈너희들이 그분께 무엇을 구하든지, 그분이 다 너희에게 주리라〉라고 말한 그 아버지에게 대체 무얼 구할 수 있느냐고 묻는다. 어떤 기적을요? 이 이미 일어난 일을 취소해 달라고요? 벽 속에 갇혀 버린 이 아이를 당신의 부드럽고도 다정하고도 믿음직한 존재로 채워 달라고요? 아이의 칠흑 같은 어둠에 빛을 비춰 달라고요? 그 상상할 수 없는 지옥을 당신의 왕국으로 바꿔 달라고요? 그게 아니라면 대체 무엇이죠? 그게 아니라면, 현실의 실상은, 존재의 밑바닥은, 모든 것의 최종 결론은 무한한 사랑이 아니라, 영원한 암흑 속에서 의식을 되찾은 네 살배기 꼬마의 그 절대적 공포, 그 형언할 수 없는 무서움이라는 것을 인정해야 하지 않을까요?

「오늘은 이만하죠.」C 여사가 말한다.

사흘이 흐른다. 내가 기억하는데, 난 화요일과 금요일마다 빌라 뒤 다뉘브가에 갔는데, 그다음 상담이 있었던 금요일은 성(聖)금요일이었다. 이 사흘 동안 C 여사는 내 생각을 많이 했던 모양이다. 우리는 내가 격렬하게 울음을 터뜨렸던 일과, 그 갇혀 버린 아이의 끔찍한 이야기에 대해 다시 얘기를 나누지만, 그녀가 가장 관심을 보인 부분은 내가 〈아버지〉에 대해 했던 말이다. 나는 마음이 내키지 않는다. 지난번에 신중치 못하게도 열어 버린 문을 다시 닫아 버리고 싶을 뿐이다. 하지만 그녀는 물러서지 않는다. 오케이, 나는 아버지에 대해 얘기한다. 하지만 이런 장소, 이런 상황에서 그런 얘기를 하는 것은 내게는 거의 외설적으로 느껴진다. 우리는 모종의 암묵적 동의에 의해 그 이상했던 첫 번째 상담 이후로 내 신앙만큼은 결코 도마에 올리지 않았던 터였다. C 여사는 거기에 대해 자기가 생각하는 바를 결코 말하지도, 내비치지도 않았다. 그런데 이번에는 아주 조심스럽게 다음과 같은 가설을 한번 생각해 보라고 말하는 거였다. 이 전능하시고, 모든 사람을 사랑하시고, 모든 병을 고치시는 아버지, 내가 정신 분석 치료를 시작한 바로 그때에 내 삶에 들어왔으며, 내가 첫 번째 상담 시간에 일종의 거추장스러운 조커 패로 들고 와서는 버리기를 거부하고 있는 이 아버지는 정신 분석 과정에 있어서 잠시 필요한 하나의 지나가는 단역에 불과할 가능성은 없겠는가? 나 자신의 아버지가 내 삶에서 차지하는 위치를 이해하기 위한 여행 중에 사용하는 하나의 목발일 가능성은?

이런 생각은 나를 불편하게 만들지만, 여섯 달 전에 그랬을 만큼 이 생각을 확신 있게 물리칠 수 없다. 나도 모르는 사이에 내 안에서 비슷한 생각이 생겨났던 모양이다. 나는 어깨를 으쓱하며 궁지에서 빠져나온다. 마치 이 모든 것을 벌써 다 생각해 본 것처럼, 마치 이것은 이미 오래전에 해결된, 정말이지 재론하기가 너무도 지겨운 문제인 듯이 말이다. 나는 말한다. 그래서요? 물론 신앙에는 심리적인 기반들이 있죠. 물론 은총은 우리에게 도달하기 위해 우리의 결함들과, 우리의 약함과, 위로받고 보호받고 싶어 하는 우리의 어린아이 같은 욕구를 이용해요. 그렇다고 해서 뭐가 달라지죠?

C 여사는 아무 말도 하지 않는다.

돌아오는 전철 안에서 나는 속이 몹시 불안하다.

내 글을 읽는 독자들 중 많은 이들에게, 내가 여기서 묘사하고 있는 의혹들이 완전히 추상적이고 사변적이며 삶의 진정한 문제들과는 동떨어진 것으로 느껴질 것이다. 하지만 당시 그것들은 내 마음을 갈가리 찢어 놓았고, 내가 이 글을 쓰는 것은 바로 그 사실을 상기하기 위해서다. 나는 과거의 나 자신에 대해 냉소적이고 싶은 유혹도 느끼지만, 그러고 싶지가 않다. 나는 내 삶을 바꾸고 있었던 그 신앙, 내가 무엇보다도 집착했던 그 신앙이 위협받는 것을 느꼈을 때의 그 불안감과 공포를 다시 한 번 떠올려 보고 싶다. 그날이 예수가 〈아버지여, 아버지여, 왜 나를 버리시나이까?〉라고 부르짖은 날인 성금요일이었다는 사실은 결코 우연만은 아니다.

지적으로 보자면 새로운 것은 전혀 없었다. 내가 그렇게 순진한 사람은 아니었다. 나는 도스토옙스키를 읽었고, 이반 카라마조프가 어떤 말을 했는지 알고 있었으며, 그에 앞서 욥이 죄 없는 이들의 고통에 대해, 우리로 결코 신을 믿을 수 없게 만드는 그 말도 안 되는 현실에 대해 말한 것을 알고 있다. 나는 프로이트를 읽었고, 그가 한 생각과 C 여사가 분명히 가지고 있을 생각, 즉 전능한 아버지와 우리 각 사람을 보살피는 섭리가 존재한다는 것은 물론 아주 멋진 일이긴 하지만, 그래도 이러한 구조가 우리가 아이였을 때 갈망할 수 있는 것과 너무도 정확하게 일치한다는 사실은 조금 이상하지 않은가, 하는 생각을 알고 있다. 또 그들이 생각하는 종교적 욕구의 뿌리는 아버지에 대한 향수와, 세계의 중심이고 싶은 유아적 판타지라는 것도 알고 있다. 나는 니체를 읽었고, 종교의 가장 큰 이점은 우리를 우리 자신의 눈에 그럴듯한 존재로 만들어 주고, 또 현실을 도피할 수 있게 해주는 것이라고 그가 말했을 때, 이것이 나를 겨냥한 말이라는 사실을 부인할 수 없었다. 하지만 나는 이렇게 생각한다. 그래, 물론 하느님은 우리가 자신의 불안감에게 주는 대답이라고 말할 수 있겠지만, 또한 우리의 불안감은 하느님이 우리로 하여금 당신을 알게 하려고 사용하시는 수단이라고 말할 수도 있어. 그래, 물론 나는 내가 절망했기 때문에 회심했다고 말할 수 있겠지만, 또 하느님은 내 마음을 돌리시려고 내게 절망이라는 은총을 내리셨다고 말할 수도 있다고. 이게 바로 내가 온 힘을 다해 생각하고 싶은 거였다. 진짜 환상은 프로이트가 **믿는 것처럼** 신앙이 아니라, 신비주의자들이 **알고 있는 것처럼** 신앙을 의심케 하는 것이라고 말이다.

나는 이렇게 생각하고 싶고, 이렇게 믿고 싶지만, 다른 한편으로는 어느 순간 더 이상 믿지 못하게 될까 봐 두렵다. 이렇게 간절히 믿고 싶어 한다는 사실 자체가 그것을 믿지 않고 있다는 증거가 아닌가, 하고 자문해 본다.

25

우리는 부활절 주말을 노르망디에 있는 나의 장모님 댁에서 보낼 예정이다. 늦은 저녁 시간에 TV에서 베아트릭스 베크에 대한 다큐멘터리 한 편이 방영된다. 그녀는 내가 아주 좋아했던 작가이며, 나는 전에 그녀의 소설 『레옹 모랭 신부』를 각색까지 했었다. 이 『레옹 모랭 신부』는 그녀의 회심에 관한 자전적 작품이다. 이미 장피에르 멜빌 감독이 장폴 벨몽도와 에마뉘엘 리바와 함께 이것으로 영화를 만든 바 있었다. 매우 훌륭한 영화였지만 사람들은 전혀 개의치 않고 또다시 제작했는데, 뭐, 나로서는 잘된 일이었으니, 이것을 시나리오로 쓰는 작업이 즐거웠기 때문이다. 그때 일을 회상하며 나는 나 자신의 회심이 있기 1년 전에 이루어진 이 작업을 은밀히 진행되어 온 어떤 과정의 한 단계로, 그리고 내게 작업을 제안한 제작자를 내 삶 가운데서 역사하시는 은총의 한 대리인으로 여기려고 한다. 그것은 1950년대에 나온 책이었는데, 모든 점이 괜찮다. 여주인공이 겪는 깊은 변화는 그것이 기독교식의 작위적인 문체가 아니라 담담한, 가끔은 아주 우습기조차 한 방식으로 써졌기 때문에 더욱 설득력 있게 다가온다. 이제 베아트릭스 베크는 자유로우면서도 약간은 당황스러운 아주 늙은 노부인이 되어 있다. 어느 순간 그녀는 〈당신은 여전히 신앙을 갖고 있습니까?〉라는 질문을 받게 됐는데, 그녀는 아니라고 대답한다. 그것은 한때의 일, 이제는 지나간 일이라는 것이다. 그녀는 그 일에 대해 마치 공산주의자였던 누군가가 과거 자신이 그 운동에 참여한 일에 대해 말하듯이, 혹은 어떤 사람이 젊은 날의 불같은 사랑에 대해 말하듯이 얘기한다. 그렇게 후회스럽지는 않은 지난날의 어떤 격렬한 열정에 대해 말하듯이 말이다. 하지만 이것은 먼 과거사이다. 그녀는 질문을 받았기 때문에 그 문제를 다시 생각해 본 거고, 사실은 더 이상 거기에 대해 생각하지도 않고 있다.

나는 이게 끔찍하게 느껴진다. 그녀는 아무렇지도 않은 것같이 보이지만, 나는 열렬했던 신앙이 지나가 버릴 수도 있고, 그래도 별일 없을 수 있다는 사실이 너무나 끔찍하게 느껴진다. 나는 우리가 놓쳐 버린 은총은 삶을 파괴한다고 생각했었다. 만일 은총이 우리의 삶을 완전히 바꿔 놓지 않는다면, 그 대신 망쳐 버린다고 말이다. 은총이 찾아온 것을 보았음에도 불구하고 그것을 거부하거나, 그것으로부터 멀어지는 것은 자신을 지옥 같은 삶에 떨어뜨리는 것이나 마찬가지라고 생각했었다.

하지만 어쩌면 그게 아닐 수도 있다.

그다음 날은 부활절 일요일이다. 우리는 아이들과 함께 정원에 숨겨 놓은 달걀들을 찾으며 즐길 참이다. 또 인근의 수많은 가톨릭 가정들이 감색 블레이저 재킷과 파스텔 색조의 드레스를 차려입고 삼삼오오 몰려들, 크고 아름다운 수도원에서 열리는 미사에도 참석할 예정이다. 나도 거기에 갈 생각이다. 빠진다는 것은 있을 수 없는 일이다. 하지만 의심 같은 것은 찾아볼 수 없는 그 부르주아적이고도 편협한 시골의 기독교, 내가 약간 냉소적이면서도 관용적인 시선으로 보게 된 그 약사들과 공증인들의 기독교가 별안간 역겹게 느껴진다. 나는 밤새도록 눈을 붙이지 못하고 잠든 안 옆에서 몸을 뒤척이던 침대에서 새벽에 슬그머니 빠져나온다. 아무도 깨우지 않고 집을 나온다. 그리고 바로 근처에 있어서 나의 장모님이 종종 미사에 참석하곤 하던 수녀 공동체가 있는 곳으로 향한다. 나는 이따금 그분과 동행하곤 했었다. 아침 7시였고, 새벽 기도가 열리고 있었다. 예배당은 칙칙하고 보기 흉하고, 불빛은 흐릿하며, 두꺼운 석벽들에는 노르망디 특유의 습기가 줄줄 흘러내리고 있다. 수녀 공동체에는 수녀가 이제 10여 명밖에 남지 않았고, 모두가 몸을 가누기 힘들 정도로 늙어 빠졌다. 그중 하나는 난쟁이다. 이들이 부르는 찬송은 불안하게 떨리고 음정을 이탈하기 일쑤며, 이들에게 성체 성사를 해주려고 온, 꼭 동네 바보 같이 생긴 젊은 신부의 염소 울음 같은 목소리도 이보다 낫다고 할 수 없다. 어떻게 부활절 아침에 막달라 여자 마리아가 부활하신 그리스도를 동산지기로 착각했는지를 들려주는 「요한 복음서」의 그 장엄한 텍스트도 그의 입에서 흘러나오면 — 정말 말하기도 끔찍한데 — 너무나도 어리석게 느껴진다. 아무도 그의 설교를 정말로 듣고 있는 것 같지 않다. 눈들에 뿌옇게 어린 침울한 몽상, 입가에 길게 흘러내리는 침 줄기들은 필경 아침 식사의 기대와 연관된 것이리라. 신앙이 돈독한 나의 장모님은 거의 쾌활하기까지 한 어조로 인정하곤 했다. 수녀님들 집에서의 미사는 그리 명랑한 분위기는 아니라고. 그것은 내 가슴을 답답하게 만들고, 만약 전에 거기에 발을 들여놓았더라면 걸음 아 날 살려라 도망가게 만들었을, 그런 종류의 처량함이다. 이 양로원의 그늘에서 성장한 안은 기저귀와 소독약 냄새를 킁킁 대기 위해 이곳을 찾는 나를 변태스럽게 여겼다. 하지만 나는 속으로 이렇게 중얼거렸다. 자, 이게 바로 왕국이라고. 약하고, 멸시받고, 결함 있는 것들이 모두 모여 있는 곳, 하지만 그리스도의 거처인 곳.

지루한 미사가 이어지고 있을 때, 나는 「시편」의 한 구절을 마치 염불하듯 되뇐다.

〈주여, 나는 한평생 당신의 집에서
살기를 갈망하나이다.〉

하지만 만일 내가 이 집에서 쫓겨난 거라면? 만일, 이는 더욱 끔찍한 일인데, 내가 이 집에서 나온 것을 만족하고 있다면? 만일 내가 한평생 주님의 집에 살고 싶어 하고 있는 이 시간을, 그 4분의 3이 치매 걸린 늙은 수녀들에 둘러싸여 미사에 참석하는 것만큼 세상에 아름다운 일이 없다고 생각하고 있는 이 시간을 내 인생의 한 에피소드로, 어떤 점에 있어서는 음울하고, 또 어떤 점에 있어서는 약간 코믹한, 어떤 당황스러운 에피소드로 다시 떠올리게 되는 날이 온다면? 내가 다행히도 벗어나게 된 어떤 엉뚱한 생각으로 기억하게 되는 때가 온다면? 아니, 어떤 엉뚱한 생각이 아니라, 어떤 — 거기서 빠져나온다는 조건으로 — 흥미로운 경험으로 기억하게 되리라. 나는 이 기독교적 시기를 어떤 화가가 자신의 장밋빛 시대, 혹은 청색 시대에 대해 말하듯이 얘기하게 되리라.

끔찍한 일이고, 나는 거기에 대해 생각하고 싶지도 않았다.

재미있는 일이 하나 있었다. 이 장(章)을 쓰던 중에 나는 한 시골집에서 내가 지금 얘기하고 있는 시절에 읽을 수도 있었을 책 한 권과 우연히 마주쳤다. 가톨릭계 출판사인 데클레 브루 웨르에서 1962년에 출판된 『영적인 삶으로의 초대』라는 책으로, 로마 가톨릭 당국이 이 책의 출판에 반대하지 않는다는 뜻인 **니힐 옵스타트** 표식이 찍혀 있다. 하기야 반대할 이유가 뭐가 있겠는가? 이 책은 성령이 자신의 마음을 정확히 표현하는 통로이며, 따라서 언제나 옳은 가톨릭교회의 무한한 지혜에 대한 긴 장광설인데 말이다. 저자는 어떤 예수회 신부로, 이름은 프랑수아 루스탕이라고 한다. 나는 처음에는 이게 우연의 일치이겠거니 생각하다가, 이내 확인할 수 있었다. 그것은 이 책이 발간되고 나서 43년 후에 내가 그리도 유익하게 참고했으며, 그 동안에 프랑스의 가장 비정통적인 정신 분석가들 중 하나가 된 바로 그 프랑수아 루스탕이었다. 이 『영적인 삶으로의 초대』는 그의 최근 저작들에 실려 있는 〈이 작가의 다른 저서들〉 난에 적혀 있지 않다. 나는 늙은 루스탕이 이 책을 조금 창피하게 여기리라고, 사람들이 자신의 삶의 이 시기를 상기하는 것을 별로 좋아하지 않으리라고 상상한다. 또 나는 이 너무나도 교조적이고, 진실을 알고 있다는 확신으로 가득한 이 책을 쓴 젊은 루스탕도 한번 상상해 본다. 그때 만일 누군가가 당신은 나중에 회의주의자가 될 거요, 하고 말했더라면 그는 깜짝 놀랐으리라. 아니, 그냥 놀라는 것만이 아니라 공포에 사로잡혔으리

라. 내가 확신하건대, 그는 제발 그런 일이 일어나지 않게 해달라고 온 힘을 다해 기도했을 것이다. 그리고 지금은 실제로 그런 일이 일어났음을 기뻐하고 있을 것이다. 어른이 되어서도 매일 밤 대학 입학시험 보는 것을 계속 꿈꾸는 사람들처럼, 이 도교적 성향의 노대가는 자신이 여전히 예수회 신부고, 여전히 죄와 삼위일체에 대해 엄숙한 설교를 늘어놓는 꿈을 꾸다가 깨어나서는 〈휴우, 정말로 끔찍한 악몽이었어!〉라고 안도할 것임에 틀림없다.

26

회심한 다음 날, 나는 내가 방금 산 노트에다 이런 말을 써놨다. 〈그리스도는 진리와 생명이라는 사실, 이것은 우리의 눈을 찢는다 — 때로는 보기 위해 눈이 찢어질 필요가 있다. 문제는 많은 사람들이 이 사실 앞에서도 눈이 찢어지지 않는다는 점이다. 그들은 눈이 있으나 보지 못한다. 그걸 알고 있다. 나 역시 그런 이들 중 하나였기 때문이다. 그리고 지금은 멀어져 가고 있는 몇 주일 전의 그 조그만 나와 대화를 한번 나눠 보고 싶다. 난 진리를 더 잘 보기 위해 그의 무지함을 들여다보고 싶다.〉

당시 나는 자신이 우위에 있다고 느꼈다. 나머지 부분을 요구하지도 않고 멀어져 가고 있는 그 〈조그만 나〉는 내가 느끼기에 그리 무서운 상대가 아니었다. 하지만 이제 무시무시한 상대 하나가 나타나려 하고 있었다. 그것은 더 이상 지나가고 극복된 〈나〉가 아니라, 장차 오게 될 나, 어쩌면 곧 오게 될 나, 더 이상 그리스도를 믿지 못하고, 더 이상 믿지 못하여 아주 만족해할 나였다. 그를 경계시키기 위해 내가 그에게 무슨 말을 해줄 수 있는가? 그가 생명의 길을 떠나 사망의 길로 빠져드는 것을 막기 위해 어떤 말을 해줄 수 있는가? 그가 나보다 우위에 있다는 것을 이미 너무나도 확실히 알고 있는데, 어떻게 그로 하여금 내 말을 듣게 할 수 있단 말인가?

그 부활절 주말부터 나는 내 신앙이 큰 위난에 처해 있다고 판단한다(나는 그 무렵에 〈위험〉보다는 〈위난〉이라는 표현을, 〈끈덕진〉보다는 〈집요한〉이라는 표현을 즐겨 사용했다. 이 신앙은 뭔가 화려하고도 장중하게 무게 잡는 면이 없지 않다). 나는 내 신앙을 보호하기 위해 계엄령을 선포한다. 통행금지와 세뇌 작업을 시행한다. 일주일 동안 부르고뉴 지방 피에르키비르에 있는 베네딕토 교단 수도원에 들어가 지낸다. 새벽 2시 야간 기도, 6시 새벽 기도, 7시 아침 식사, 9시 미사, 10시 내 방에서 요가 수행, 11시「요한 복음서」를 읽고 메모하기, 오후 1시 점심 식사, 2시 숲속 산책하기, 6시 저녁 기도, 7시 저녁 식사, 8시 종과(終課), 9시 취침……. 강박증 성향이 있는 나로서는 기쁠 따름이다. 나는 아무것도 빼먹지 않는다. 얼마 안 가서 야간 기도를 위해 새벽 2시 15분 전에 잠에서 깨기 위해 알람을 맞춰 놓을 필요도 없게 된다. 파리로 돌아온 후에도 나는 성 베네딕토의 규칙을 도시에서의 삶에 적용하려 노력한다. 가브리엘을 어린이집에 데려다주고 나서 커피와 함께 신문을 읽는 일은 그만두었다. 신문 읽기는 시간 낭비로 느껴진다. 탕플가(街)의 작업실에 도착하자마자 한 시간 동안 요가를 하고, 30분 동안 기도를 하고, 한 시간 동안「요한 복음서」를 읽고, 또 한 시간 동안 현미와 요플레를 먹으며 신앙 서적을 읽는다. 그러고 나서 오후에는 네 시간 동안 열심히 작업한다(그 내용에 대해서는 잠시 후 밝히겠다). 7시에는 생세브랭 성당의 미사에 참석하고, 8시에 귀가한다. 이때부터가 가장 어려운데, 나는 내 선한 결심들을 실행에 옮기려 노력한다. 절대로 한 번에 두 가지 일을 하지 말 것. 내 고민들은 작업실에 내려놓고, 유쾌한 마음으로 가족들과 함께 시간을 보낼 것. 일상생활 자체를 깨어 있음과 풀어져 있음, 사랑과 이기심, 실재와 부재, 생명과 사망 등의 대립 항들 사이에서 한쪽을 선택하는 기회들의 연속으로 여길 것. 그리고 나는 불면증 성향이 있기도 하므로, 시간이 몇 시가 됐든 잠에서 깨자마자 침대에서 뛰어내려 작업을 시작하곤 했던 샤를 드 푸코[25]를 본받을 것.

이런 철저한 프로그램이 나를 더 괜찮은 남편과 아버지로 만들어 주었는지에 대해서는 별로 확신이 없다. 확신이 있다면 오히려 그 반대쪽이다. 나의 가정생활을 내가 용기 있게 짊어져야 할 십자가로 간주하고 있는 불안스러운 메모들은 내가 분명히 가족들의 영혼을 위한답시고 그들을 지옥 같은 일상으로 몰아넣는, 너새니얼 호손의 소설들에 나오는 그 청교도적 인물들처럼 행동했을 거라는 생각이 들게 한다.

나는 책을 많이 읽는다. 특히 페늘롱, 프란치스코 살레시오, 예수회 신부 장피에르 드 코사드 같은 17세기의 프랑스 작가들을 선호한다. 세련된 문체를 구사하는 이 감미롭고도 교묘한

25 Charles de Foucauld(1858~1916). 알제리의 사하라에서 원주민들과 더불어 살며 복음을 전파하여 〈사막의 성자〉로 불리는 프랑스의 신부.

영혼의 지도자들은 입 모아 말하기를, 내게 일어나는 모든 일들은 미리 계획되고, 목록에 정리되고, 프로그램에 속한 것들이라는 것이다. 안도감을 주는, 그리고 정신 분석과 크게 다르지 않은 말들이다. 만일 내가 믿음을 잃고 있다고 생각한다면, 그것은 내 믿음이 보다 성숙해졌기 때문이란다. 만일 지난가을에 내가 영적인 삶에 있어서 알렉상드라 다비드네엘이 얘기한 바 있는 그 티베트 고승들처럼 한 번에 산 위 3백 미터씩 뛰어오르듯이 발전하는 느낌을 주었던 그 하느님의 존재가 더 이상 느껴지지 않는다면, 그것은 지금 하느님께서 나를 교육하고 계시기 때문이란다. 영혼이 메말랐다는 것은 그것이 발전하고 있다는 신호란다. 부재는 실재의 자승(自乘)이란다. 나는 이런 주제의 다양한 구절들을 여남은 개 베껴 놨는데, 그중 몇을 여기에 소개한다.

〈하느님은 영혼을 이리저리 뒤틀어 유연하고 다루기 쉬운 것이 될 때까지 결코 가만히 놔두지 않으신다. 우리가 이런 것들을 더 두려워할수록, 그것들이 우리에게 더 필요하다는 뜻이다. 우리의 지혜와 우리의 자기애가 그것들에 대해 보이는 혐오감은 그것들이 은총으로부터 왔다는 증거이다.〉(페늘롱,『슬픔의 치료제』)

〈우리는 이 영혼의 전쟁에서 한 가지 다행스러운 조건을 가지고 있으니, 그것은 우리가 싸우고자 하는 한, 항상 승리할 수 있다는 사실이다.〉(프란치스코 살레시오,『신심 생활 입문』)

〈하느님은 박탈처럼 느껴지는 것들을 통해 믿는 영혼들에게 은총과 특혜를 내리신다. 그분은 생각이 아닌 고통과 역경을 통해 영혼을 훈육하신다. 우리가 무엇에 집착하든 간에, 그분은 우리의 계획들을 좌절시키시고, 성공하는 대신에 모든 일에서 혼란과 문제와 공허와 광기만을 만나게 하신다. 그러므로 어둠은 우리를 이끄는 빛이 되고, 회의는 최고의 확신이 된다.〉(장피에르 드 코사드, 『자기 포기』)

나는 이 구절들을 다시 읽으며 상반된 감정을 느끼지만, 처음 읽을 때도 그랬다. 이 구절들은 지금도 여전히 멋지게 느껴지지만, 이미 처음 읽을 때부터 말도 안 되는 헛소리처럼 느껴졌다. 나는 이 구절들이 명백히 경험에서 비롯된 것처럼 느껴진다. 무슨 말인가 하면, 이 구절들을 쓴 사람들은 아무렇게나 지껄이는 게 아니라는 뜻이다. 이들은 자신이 무슨 말을 하는지 알고 있다. 동시에 이들은 경험과 감각의 증언과 상식을 멸시할 것을, 〈진정한 공산주의자라면 당이 명하면 검은색 대신 흰색을, 흰색 대신 검은색을 볼 수 있어야 한다〉라는 볼셰비키 피야타코프의 그 불멸의 문장만큼이나 과격하게 그것들을 경멸할 것을 가르친다.

27

하느님께서 내 신앙을 시험하시기를 기뻐하시는 고로, 나는 이 시험을 회피하지 않기로 결심한다. 나는 이 시험을 끝까지 통과하고 싶다. 그리스도와 유혹하는 자의 대결이 내 안에서 새로이 벌어지기를 원한다.

니체는 유혹하는 자 역으로 적격이다. 아니, 최고라고 할 수 있다. 그의 편이 되고 싶을 정도이다. 그는 내 귀에 대고 속삭이며 나를 오싹하게 하는 동시에 매혹시킨다. 넌 영광과 권력을 얻고 싶어 하고, 다른 이들로부터 존경받고 싶어 하고, 억만장자가 되고 싶어 하고, 혹은 세상 모든 여자들을 유혹하고 싶어 하면서, 이런 생각들을 품는 자기 자신을 책망하지. 그래, 어쩌면 이것들은 천박한 열망들일지 모르지만, 적어도 실제적인 것들을 목표로 삼고 있다고. 이것들은 우리가 이기거나 질 수 있는, 승리하거나 패배할 수 있는 영역에서 펼쳐지는 반면 기독교적 모델에 따른 내적인 삶은 반박받을 위험이 전혀 없는 이야기들을 스스로에게 들려주기 위한, 그리고 어떠한 상황에서도 스스로가 보기에 존경할 만한 존재가 되기 위한 확실한 테크닉이라 할 수 있어. 우리에게 일어나는 모든 일에 어떤 의미가 있다고 믿는 것은 순진하고 비겁하고 헛된 생각일 뿐이야. 모든 것을, 각 사람의 구원을 일종의 장애물 경주로 설정해 놓은 신이 마련한 시련들로 해석하는 것은 웃기는 망상일 뿐이라고. 사람들은 자신에게 헛된 이야기들을 들려주지 않는 능력으로 심판되어야 해 — 그리고 우리는 예수의 말과는 반대로 사람들을 **심판해야 해.** 현실을 대신하는 허구들, 위안이 되는 허구들이 아니라 현실 자체를 사랑하는 능력으로 심판되어야 해. 사람들은 **각자가 감당할 수 있는 진실의 양으로** 심판되어야 한다고.

시몬 베유는 이렇게 말한다. 〈그리스도께서는 사람들이 그리스도보다 진실을 더 사랑하기를 바란다. 왜냐하면 그는 그리스도이기 이전에 진실 그 자체이기 때문이다. 우리가 진실을 향해 가기 위해 그에게서 멀어진다 할지라도, 얼마 안 가서 다

시 그의 품 안으로 들어가게 될 것이다.〉

좋다. 그렇다면 한번 해보리라. 한번 모험을 해보리라. 나는 새 파일을 하나 만들고 — 첫 번째 것과 마찬가지로 이것 역시 나중에 분실했다 — 거기에 내가 좋아하는 〈적의 관점〉이라는 제목을 붙인다. 그리고 여기에 매일 오후 다섯 시간씩을 투자한다.

1년 전, 나는 내 친구 뤼크 페리와 대화하면서, 우리는 미래에 어떤 일들이 일어날지 모를 뿐 아니라, 우리가 어떤 사람이 될지, 어떤 생각을 하게 될지 절대로 알 수 없다고 주장했다. 뤼크는 반박하기를, 예를 들어 자신이 절대로 극우파 국민 전선의 당원이 되지 않는다는 것만큼은 확실하다고 했다. 나는 대답하기를, 나 역시 그렇게 될 것 같지는 않다, 하지만 난 그처럼 그렇게 확신할 수는 없고, 이게 좀 불쾌한 얘기이기는 하지만, 이 불확실성은 내 자유의 대가라고 생각한다고 말했다. 당시 나는 기독교 신앙에 대해 이 국민 전선만큼 적의를 느끼지는 않았지만, 만일 내가 언젠가 기독교에 귀의할 거라는 말을 들었다면, 국민 전선에 들어간다는 말을 들은 것만큼이나 놀랐을 것이다. 하지만 이 일은 실제로 일어났다. 마치 내가 — 나는 전혀 그 위험군에 속하지 않았음에도 불구하고 — 어떤 질병에 걸린 것 같고, 그 첫 번째 증상은 내가 이것을 어떤 치유로 여긴다는 사실이다. 그래서 나는 이 질병을 한번 관찰해 보자고 생각한다. 최대한 객관적으로 그것의 일지를 써보자고 말이다.

파스칼은 말한다. 〈인간들 사이에 공공연히 벌어지고 있는

144

이 전쟁을 보라. 여기서 각자는 자신의 진영을 정하고, 교조주의와 피론주의 중에서 반드시 한쪽에 서야 한다. 자신이 중립의 위치에 서 있다고 생각하는 사람이야말로 대표적인 피론주의자이다.〉

피론주의자는 철학자 피론의 제자, 즉 회의주의자를 뜻한다. 오늘날에는 상대주의자라고 부른다. 다시 말해서, 예수가 자신이 진리라고 단언했을 때, 본시오 빌라도가 그랬듯이 어깨를 으쓱하면서 〈진리가 대체 무엇인가?〉라고 반문하는 사람이다. 여러 가지 의견들이 있는 만큼, 여러 가지 진리들이 있다는 얘기다. 그렇다면 좋다. 나는 중립성을 표방하지 않겠다. 대신, 내 교조주의에 피론주의적 시선을 던지리라. 플로베르가 보바리 부인의 열망들을 묘사한 방식으로 내 회심을 이야기하리라. 나는 무엇보다도 행여 될까 봐 두려운 존재, 즉 신앙으로부터 돌아와서 그것을 초연한 눈으로 검토하는 자의 몸 안으로 들어가리라. 나는 실패들과, 나 자신에 대한 증오와, 나를 신앙으로 이끈 삶에 대한 극심한 공황감 등이 얽히고설켜 있는 미로를 재구성해 보리라. 그럴 때 어쩌면, 아니 오직 그럴 때만이 나는 더 이상 쓸데없는 이야기들을 지어내지 않게 되리라. 어쩌면 도스토옙스키처럼 다음과 같이 말할 권리를 얻게 되리라. 〈설사 누군가가 그리스도가 틀렸다고, 내게 확실히 증명해 보인다 하더라도, 나는 그리스도와 함께 있는 편을 택하리라.〉

28

내 에이전트 프랑수아 사뮈엘송이 어느 날 말한다. 「자넨 3년 전부터 글을 한 줄도 못 쓰고 있어. 너무나도 불행해 보인다고. 뭔가를 해야 해. 전기를 한 편 써보는 것도 괜찮지 않을까? 문제가 생긴 작가들은 다들 그렇게 해. 슬럼프에서 벗어나는 데 도움이 될 수도 있다고. 물론 주제가 무엇이냐에 따라 달라지겠지만, 난 분명히 자네에게 좋은 계약을 따줄 수 있어.」

뭐, 안 될 것도 없지 않은가? 전기를 한 편 쓴다는 것, 그것은 내가 완전히 미련을 끊지 못한 위대한 소설보다는 겸허하지만, TV 시나리오보다는 흥분되는 프로젝트다. 그것은 어쩌면 주님께서 내게 주신, 그리고 우리가 꽁꽁 싸두느니 차라리 낭비하는 것을 보고 싶어 하실 재능을 사용할 수 있는 좋은 방법일 수도 있다. 나는 노트에다 〈너희의 손으로 할 수 있는 것을 하라〉(지금 와서 든 생각인데, 이 문장은 자위를 권하는 말로 읽힐 수도 있겠다)라는 성경 구절을 적었고, 프랑수아에게는 필립 K. 딕의 생애에 관심이 있는 출판사를 찾아보라고 했다.

나는 다음처럼 끝나는 취지문을 쓴다. 〈우리는 필립 K. 딕을 길 잃은 신비주의자의 한 예로 간주하고 싶은 유혹을 느낀다. 하지만 〈길 잃은 신비주의자〉라는 말 속에는 이 세상에는 진정한 신비주의자들이 존재하며, 따라서 신비주의적 인식의 진정한 대상이 존재한다는 뜻이 깔려 있다. 이것은 하나의 종교적 관점이다. 만일 이런 게 싫어서 불가지론적인 관점을 채택한다면, 성 바오로, 마이스터 에크하르트, 혹은 시몬 베유 같은 이들과 딕 같은 불쌍한 신비주의적 히피 사이에는 비록 어떤 인간적, 문화적 높이나 청중이나 품위에 있어서의 차이는 있을지언정, 본질적 차이는 없다는 사실을 받아들여야 한다. 딕 자신도 이 문제를 명확히 인식하고 있었다. 픽션, 그것도 더없이 자유분방한 상상력으로 채워진 픽션을 쓰는 작가였던 그는 자신은 〈보고서들〉을 쓸 뿐이라고 확신했다. 생애 마지막 10년 동안, 그는 그가 자신의 〈해설서〉라고 부른, 한없이 길고도 분류가 불가능한 어떤 〈보고서〉를 쓰느라 고심참담했다. 이 〈해설서〉는 그가 그때그때의 기분에 따라 신과의 만남(〈살아서 하느님의 손안에 들어가는 것은 정녕 무서운 일이다〉라고 성 바오로는 말한 바 있다), 과거에 복용한 마약의 뒤늦은 후유증, 혹은 외계인이나 어떤 순수한 망상적 존재에 의해 정신이 점령된 것 등으로 해석한 어떤 경험을 전하려고 애쓰고 있다. 모든 노력에도 불구하고 딕은 개인적 환상과 신에게서 온 계시 사이의 경계선을 그을 수 없었다. 그런데 그런 경계선이 과연 존재할까? 이것은 엄밀히 말해서 확정할 수 없는 문제이며, 따라서 난 확정하고 싶지 않다. 하지만 딕의 삶에 대해 얘기한다는 것은 어쩔 수 없이 이 문제에 접근해야 한다는 것을 의미한다. 최대한 주의 깊게 이 문제 주위를 맴돌아야 한다. 이게 바로 내가 하고 싶은 작업이다.〉

내가 이 책을 쓰는 데는 1년이 조금 넘는 시간이 들었는데, 이 책의 두께나 다루어진 엄청난 양의 정보를 감안해 볼 때, 지난 일이지만 대단한 쾌거로 느껴진다. 난 마치 짐승처럼 작업했으며, 그렇게 일하는 게 너무나 좋았던 기억이 난다. 일한다는 것, 일할 수 있다는 것, 세상에 이보다 좋은 게 없었다. 특히나 오랫동안 글을 쓸 수 없었던 사람에게는 그랬다. 이 고통스러운 휴경(休耕) 기간에 내가 헛되이 시도했던 모든 것들이 마침내 의미를 갖게 되었다. 그동안 나는 〈적의 관점〉이라는 제목의 파일 두 개를 잃어버렸다. 하나는 제이미의 삶에 대한 것이고, 다른 하나는 신앙을 잃은 미래의 내가 얘기하는 나의 회심에 관한 것이었다. 하지만 그것들을 포기한 것은 아니었으며, 이 유산된 시도들에서 다루려 했던 모든 문제들이 딕의 전기에서 아주 자연스럽게 제자리를 찾게 되었다. 나는 이런 문제들을 다루는 게 고통스럽지 않았고, 오히려 아주 흥미롭게 느껴졌으며, 때로는 재미있기까지 했다. 딕의 삶은 그 주체하기 힘든 천재성에도 불구하고 — 혹은 바로 그것 때문에 — 완전히 망가진 삶, 과잉 행동들과 이혼들과 입원들과 심리적 문제들로 점철된 삶이었지만, 나는 한 번도 그에 대한 애정을 잃은 적이 없었다. 그는 죽은 지 10년이 지났지만, 내가 하는 작업을 어깨너머로 내려다보고 있을 거야, 내가 이런 식으로 자기에 대해 말하는 것을 아주 흡족하게 여기고 있을 거야, 하고 생각하지 않은 적이 없었다.

이 작업을 하는 내내 나와 함께 해준 또 하나의 믿을 만한 충고자는 『역경(易經)』이었다. 공자와 내 세대의 히피들이 너무나도 사랑했던 고대 중국의 지혜와 점술의 책 말이다. 아니, 내 세대보다는 내 전 세대가 더 좋아했지만, 난 늘 나보다 나이 많은 사람들 편이었다. 딕도 그의 소설 『높은 성의 사내』를 쓸 때 이 책을 이용했다. 이야기를 풀어 나가다가 막히게 되면 『역경』을 참고했고, 그러면 『역경』은 그를 궁지에서 꺼내 주곤 했다. 나도 그렇게 했고, 역시 혜택을 입었다. 어느 날, 내가 모든 것을 조화롭게 짜맞춰야 하는 상황에 처해 어쩔 줄 몰라 하고 있는데, 『역경』은 아직도 내가 시학의 원칙으로 삼고 있는 다음 문장을 선물로 준 것이다. 〈최상의 우아함은 재료들의 외부를 장식하는 것이 아니라, 그것들에 단순하고도 편리한 형태를 부여하는 것이다.〉

29

이렇게 나는 하나의 돌파구를 찾은 셈이었으나, 내 성경 공부 노트들에는 당연히 그 여파가 남게 되었다. 난 그것들을 완전히 내팽개치지는 않았지만, 리듬은 약해졌다. 회심한 다음 해에는 열다섯 권이나 채웠지만, 딕에 대한 책을 쓰느라 시간을 보낸 해에는 세 권밖에 채우지 못했고, 이 세 권도 한번 훑어보면 더 이상 열정도 없고 마음이 딴 곳에 가 있다는 게 느껴진다. 나는 복음서에서 내 책에 도움이 될 수 있는 것들만을 취한다. 여전히 미사에는 참석하지만, 매일 저녁 가지는 않는다. 여전히 영성체는 하지만, 약간 억지로 하는 감이 있다. 생각이 긍정적인 날들에는 이 모든 게 다 괜찮다고 생각한다. 하느님 아버지는 자식들을 혼내기만 하는 분은 아니잖아? 내가 가브리엘과 장 바티스트를 뤽상부르 공원에 데려갈 때면, 나는 녀석들이 뛰어다니고, 기어오르고, 미끄럼틀 타는 모습을 보는 게 좋아. 녀석들이 이렇게 하는 대신에 항상 내 곁에 붙어 내 얼굴만 쳐다보면서 〈아빠가 무슨 생각을 하고 있을까, 지금 아빠가 나에 대해 만족하고 있을까〉라는 생각만 하고 있다면 오히려 걱정이 될 거야. 난 녀석들이 날 잊어버리고, 아이들답게 살았으면 해. 그리 좋은 아빠가 못 되는 나도 내 아이들에 대해 이런 따스한 마음을 가지고 있거늘, 하물며 나에 대한 하느님 아버지의 마음은 어떻겠어……? 하지만 의혹과 죄책감이 밀려드는 날들도 있었고, 그럴 때면 나는 즐거워하면서, 심지어는 열광해 가면서 딕의 전기를 작업한다는 것은 나를 진리에서 멀어지게 하는 헛된 자만에 빠지는 것이라고 중얼거린다. 그것은 마음이 부자가 되는 것이고, 따라서 불행해지는 짓이다. 예수는 그의 가르침의 핵심이라 할 수 있는 산상 설교에서 이렇게 말하는 것 같았다. 나는 팔복의 진리에 대해 더 이상 확신이 없었다. 이 모든 것을 체계적으로 뒤집는 것이 대체 무슨 의미가 있는지 알 수 없었다. 구덩이 밑바닥에 떨어졌을 때 이게 우리에게 일어날 수 있는 가장 좋은 일이라고 생각하는 것, 이것은 어쩌면 잘못된 생각일 수도 있지만, 어쨌든 우리에게 도움이 되는 것은 사실이다. 하지만 우리가 조금이라도 행복해지기가 무섭게 **사실** 이것은 아주 나쁜 일이다, 아주아주 나쁜 일이다, 하고 믿는 것이 대체 우리에게 무슨 유익이 있는지 알 수 없었다. 나는 이와 아주 비슷하면서도 동시에 아주 다른 말을 하고 있는『역경』이 더 좋았다. 그 요점은 육각 그래프의 모양이 아주 좋게 나오더라도 너무 흥분할 필요는 없다는 얘기였다. 우리가 정상에 있다면 필연적으로 다시 내려갈 것이고, 아래에 있다면 어쩌면 다시 올라갈 수도 있다. 양지바른 곳으로 언덕을 오르면, 그늘진 곳으로 내려오게 된다. 낮이 가면 밤이 오고, 밤이 가면 또 낮이 오며, 좋은 주기들과 나쁜 주기들이 번갈아 찾아온다. 이것은 그냥 맞는 말, 니체의 표현을 빌자면 도덕으로 더럽혀지지 않은, 있는 그대로의 **진실이다**.『역경』은 행복할 때는 불행에, 불행할 때는 행복에 대비하는 게 지혜라고 말할 뿐, 행복한 것은 **나쁜 것이고**, 불행한 것은 **좋은 일**이라고 말하지는 않는다.

르 르브롱에는 에르베의 어머니가 방문객들이 저마다 이곳을 거쳐 간 흔적을 남기기를 바라는 방명록이 한 권 있다. 나 역시 그것을 좋아한다. 20년 전, 나는 20년 후에 이 방명록을 뒤적이면서 내가 거기 머물렀던 때들을 떠올려 보는 내 모습을 상상해 보곤 했다. 그 20년이, 아니 심지어 그보다 더 많은 세월이 흘렀고, 나는 과거에 내가 거기 머물렀던 때들을 떠올려 보곤 한다. 난 우리 우정이 그 세월 동안 이어져 온 것이 기분 좋다. 난 마치 등산 중에 가장 높은 지점에 이르러 우리가 지나온 길 ─ 우리가 출발한 골짜기 아래, 전나무 숲, 발목을 삔 돌비탈, 도저히 건널 수 있을 성싶지 않던 눈밭, 그리고 어느덧 그림자가 깔리기 시작하는 목초지 ─ 을 되돌아보듯이 우리의 지난 삶을 되돌아보기를 좋아한다. 1992년 가을에 나는 르 르브롱에 혼자 와서 열흘 동안 열심히 작업했고, 뒤이어 에르베가 합류했다. 방명록이 그 일을 증언하고 있고, 내 성경 공부 노트도 마찬가지인데, 당시 내가 소홀히 하던 그 노트에는 우리가 나눈 대화 한 토막이 적혀 있다.

늘 그렇듯 여기서도 나는 한탄을 늘어놓는다. 전에는 글을 쓰지 못하는 것을 한탄했지만, 지금은 글을 쓰면서 너무 즐거워하고, 그리스도에게서 멀어지는 것을 한탄한다. 꺼림칙한 느낌들, 죄책감들, 걸핏하면 솟아나는 불안감. 평온함에 대한 욕구가 오히려 나를 심란케 한다. 복음서는 죽은 문자가 돼가고 있다. 유일한 실체로 느껴졌던 것이 흐릿하게 보이는 추상물이 되어 가고 있다. 땡볕 아래 아주 길고도 가파른 사면을 오른 끝에, 우리는 고지에 형성된 한 호수에 이르고, 피크닉을 위해 그 물가에서 잠시 머문다. 우리는 눈밭 한가운데 난 조그만 풀밭에 앉아 샌드위치를 꺼내고, 에르베는 그의 『바가바드기타』를 꺼낸다. 우리는 한동안 말이 없는데, 그가 불쑥 입을 열더니 어린 시절에 자기를 무척 놀라게 한 일이 하나 있었다, 자기 할머니의 앵무새가 새장을 열어 주었는데도 도망가지 않아서 정말 놀랐다고 말한다. 앵무새는 날아가지 않고 바보처럼 그냥 거기 남아 있었단다. 할머니는 그 비결을 설명해 주었다. 새장 안쪽에다 조그만 거울을 하나 놓아두면 된다는 거였다. 앵무새는 거울에 비친 자기 모습을 보는 게 너무 좋아 거기에 홀딱 빠져든 나머지, 활짝 열린 새장 문도, 날갯짓 한 번이면 도달할 수 있는 바깥과 자유도 보지 못한다는 거였다.

에르베는 근본적으로 플라톤주의자이다. 그는 우리가 어떤 새장에, 어떤 동굴에, 어떤 미궁에 갇혀 살고 있으며, 게임의 목적은 거기서 빠져나오는 것이라고 믿는다. 나로서는 날갯짓을 해서 날아가야 할 어떤 바깥이 존재한다는 게 그렇게 확실치가 않다. 그래, 확실하지 않지, 하고 에르베가 고개를 끄덕인다. 하지만 어떤 바깥이 있다고 가정한다면, 그걸 보러 가지 않는다면 정말 유감스러운 일이 되겠지. 그리고 거기에 어떻게 가냐고? 기도를 통해서야. 1년 전만 해도 나의 가톨릭적 낙관주의에 완전히 도교적인 성격의 유연함으로 대응하고, 마음의 자연스러운 움직임들을 따르며 살아야 한다고 말하던 에르베가 지금은 기도의 필요성에 대해 역설하고 있는 것이다. 심지어 마음이 내키지 않는다 해도, 그로 인해 얻는 게 없다 해도 기도해야 한단다. 비록 우리의 마음이 곧바로 잡념에 휩쓸려 떠내려

갈지라도 — 불교도들은 이 잡념을 끊임없이 이 가지에서 저 가지로 펄쩍펄쩍 뛰어 대는 작은 원숭이들에 비유한다 — 기도하는 매 순간은, 기도하기 위한 모든 노력들은 그날 하루를 정당화해 준다. 컴컴한 터널 속의 한 줄기 빛, 허무 가운데서 얻은 실낱같은 영원의 도피처란다.

20년이 지난 후, 에르베와 나는 여전히 같은 산길들을 걷고 있고, 대화는 여전히 똑같은 주제들을 맴돈다. 우리는 전에 우리가 기도라고 불렀던 것을 명상이라고 부르지만, 여전히 같은 산을 향하고 있으며, 그 산은 내게는 여전히 멀게만 느껴진다.

30

나는 이 노트들의 끝부분에 이른다. 딕에 대한 내 책은 출간되었다. 이 책은 내가 바랐던 것만큼 성공을 거두지는 못했다. 아마도 난 실망했을 것이나, 거기에 대한 언급은 없다. 나는 다시 할 일이 없어지고, 우울한 기분에 빠진다. 나는 복음서와 기도에 돌아오려고 해본다. 이제는 하느님이라고, 심지어 그리스도라고 부르는 게 꺼려지는 것 앞에 적어도 하루의 몇 순간만큼은 있으려 해본다. 더는 이 이름들을 사랑하지 않지만, 이 이름들이 내 안에서 환기시키는 것은 아직도 사랑하고 싶은 마음이 있다. 늘 그렇듯 이러한 욕구는 내 불안감에서 나온 것이다. 내 삶이 소실되고 있다는 느낌, 시간은 흐르고, 내가 잠깐 보여 준 재능을 충분히 꽃피우지 못한 채로 서른다섯, 서른여섯, 서른일곱 살이 되었다는 느낌. 내가 기도를 한다면, 그것은 겉으로 보기와는 달리 모든 것이 신비스럽게도 최선을 향해 가고 있다는 확신을 갖기 위해서다. 하지만 그러기가 점점 더 힘들어진다.

나는 「요한 복음서」를 끝내고 「루카 복음서」로 넘어갔다. 나는 큰 확신 없이 산상 설교에 대해 논평을 적는다. 이렇게 마음이 소원해지고 쓴맛만이 남은 상태에서 이런 말들이 내게 무슨 의미가 있단 말인가?

나는 굳이 부정하지 않는다. 그냥 어깨만 으쓱한다.

난 잎사귀들 가운데 그리스도가 숨어 있는 그 신비스러운 사진을 선반에서 치워 버린다. 그분의 얼굴이 더 이상 보이지 않아서가 아니라, 어떤 방문객이 그것을 보고 이게 무엇이냐고 물을까 봐, 그래서 내가 창피해질까 봐 두려워서이다. 나는 몽테뉴가 말한 바 있는 나의 〈천성적 결함들〉, 도저히 고칠 수 없는 그 결함들을 자책한다. 내게는 소질도 없고, 힘도 없다. 난 치사하고, 비열하고, 가진 게 하나도 없고, 심지어 가난한 마음조차도 없는 인간이다. 원래가 이렇게 되어 먹은 인간인데, 어떻게 마음을 다잡고 다시 일어설 수 있단 말인가? 붙잡을 게 하나도 없는데, 모든 게 미끄러져 내려가고만 있는데 말이다.

1993년의 부활절에, 내 마지막 노트의 마지막 페이지는 이렇다.

〈신앙을 잃는다는 게 바로 이런 것일까? 신앙을 간직하게 해 달라고 기도하고 싶은 마음조차 나지 않는 것? 이렇게 매일매일 마음이 시들해지는 것을 이겨 내야 할 시련으로 보지 않고, 오히려 당연한 과정으로 여기는 것? 환상의 끝으로 여기는 것이?

신비주의자들은 말한다. 지금이 바로 기도할 때라고. 우리가 본 빛을 기억해야 할 때는 바로 한밤중이라고. 하지만 지금은 신비주의자들의 충고들도 일종의 세뇌 작업으로 보이고, 이 충고들을 따르는 것을 포기하고 현실을 직시하는 게 진정한 용기처럼 느껴진다.

그리스도가 부활하지 않았다는 게 현실이 아닐까?

나는 이 글을 성금요일에, 그 가장 깊은 의혹의 시간에 쓰고 있다.

난 내일 저녁 안과 나의 부모님과 함께 정교식의 부활절 미사에 참석할 것이다. **흐리스토스 보스크레스**, 즉《그리스도께서 부활하셨네》라고 외치며 그들에게 키스할 것이지만, 더 이상 이 말을 믿지 않을 것이다.

주여, 이제 난 당신을 포기합니다. 그러나 당신은 날 버리지 마소서.〉

제2부

바오로
(그리스, 50~58년)

1

나는 행여 그렇게 될까 봐 너무나도 두려웠던 사람이 되고 말았다.

회의론자 말이다. 불가지론자. 무신론자가 될 믿음조차 없는 불가지론자가 된 것이다. 진실의 반대는 거짓이 아니라 확신이라고 믿는 사람이 된 것이다. 그리고 최악은, 과거의 내 관점에서 볼 때 최악은, 그러고도 내가 꽤 잘 지내고 있다는 사실이다.

그렇다면 사안은 완전히 종결된 것일까? 내 성경 공부 노트들을 종이 박스 하나에다 집어넣고 나서 15년 후에 우리 모두의 역사, 그리고 나 자신의 역사에서 그 중추적이고도 신비스러운 지점을 탐색해 보고 싶은 욕구가 다시 일어난 것을 보면 완전히 종결된 것 같지는 않다. 텍스트들로, 다시 말해서 『신약』으로 돌아와 보고 싶은 마음이 생긴 걸 보면 말이다.

과거에 내가 신앙인으로서 가봤던 이 길을, 이제는 소설가로서 가봐야 할 것인가? 아니면 역사가로서? 난 아직은 알 수 없다. 명확히 선을 긋고 싶지는 않다. 타이틀은 그렇게 중요하다고 생각하지 않는다.

　그냥 일종의 조사원이라고 해두자.

2

　예수라는 인물은 우리에게 계시의 빛을 비추거나, 아니면 눈을 멀게 하거나 둘 중 하나이다. 나는 그것을 정면으로 접근하고 싶지 않다. 나중에 근원을 향해 거슬러 올라가야 할 필요가 있을지라도, 우선은 이 조사를 하류에서부터 착수하여, 바오로의 서신들과 「사도행전」을 최대한 주의 깊게 읽어 나가는 것부터 시작하고 싶다.

　「사도행전」은 성 루카가 썼다고 전해지는 이야기의 두 번째 부분이며, 첫 번째 부분은 그의 이름이 붙은 복음서이다. 정상대로라면 정경(正經)이 분리시킨 이 두 책을 이어서 읽어야 마땅할 것이다. 「루카 복음서」는 예수의 생애를 이야기하고, 「사도행전」은 그가 죽고 나서 30년 동안 일어난 일들에 대해, 다시 말해서 기독교의 탄생을 이야기한다.

　루카는 예수의 벗이 아니었다. 그는 예수를 만난 적이 없다. 그는 그의 복음서에서 한 번도 〈나〉라는 말을 쓰지 않는다. 이 책은 그가 이야기하는 사건들이 있은 지 반세기 후에, 남들의 증언을 듣고 쓴 2차적인 이야기인 것이다. 하지만 루카는 바오로의 동료였고, 「사도행전」의 대부분은 바오로의 전기인데, 이 전기의 어느 순간에 이르러 놀라운 일이 벌어진다. 별안간, 아무런 예고도 설명도 없이, 3인칭에서 1인칭 시점으로 넘어간 것이다.

이것은 언뜻 흘러가는 순간이어서 제대로 알아채지 못할 수도 있지만, 난 그것을 발견하고는 거기서 딱 멈췄다.

그것은 「사도행전」 16장에 나오는 다음 구절이다.

〈어느 날 밤 바오로가 환시를 보았다. 마케도니아 사람 하나가 바오로 앞에 서서,《마케도니아로 건너와 저희를 도와주십시오!》하고 청하는 것이었다. 바오로가 그 환시를 보고 난 뒤, 우리는 곧 마케도니아로 떠날 방도를 찾았다. 마케도니아 사람들에게 복음을 전하도록 하느님께서 **우리를** 부르신 것이라고 확신하였기 때문이다. **우리는** 배를 타고 트로아스를 떠나 사모트라케로 직행하여 이튿날 네아폴리스로 갔다.〉

여기서 〈우리〉가 정확히 누구를 말하는지는 분명치 않다. 어쩌면 화자와 그가 이름을 밝히기에는 그다지 중요하지 않다고 생각하는 동료들로 이루어진 어떤 그룹일 수도 있다. 열여섯 장 전부터 우리는 바오로의 행적을 전하는 비인칭적인 연대기를 읽어 왔는데, 여기에 갑자기 **누군가가** 불쑥 튀어나와 말하고 있는 것이다. 그리고 이 누군가는 몇 페이지 뒤에 슬그머니 모습을 감춘다. 이렇게 이야기의 무대 뒤로 퇴장한 이 누군가는 몇 장 후에 다시 튀어나와서는 이 책이 끝날 때까지 무대를 떠나지 않는다. 이 누군가는 나름의 방식으로, 다시 말해서 갑작스러우면서도 은근한 방식으로, 복음서 기자는 한 번도 하지 않았던 말, 즉 〈내가 현장에 있었소〉라는 말을 우리에게 하고 있는 것이다. 내가 여러분에게 얘기하는 것은 내 눈으로 직접 본 것이오!

나는 누군가가 내게 어떤 이야기를 들려줄 때, 누가 그것을 내게 들려주는지 알고 싶어진다. 이 때문에 나는 1인칭 이야기들을 좋아하고, 또 이 때문에 나는 그런 이야기들을 쓰며, 심지어 다른 방식으로는 그 어떤 것도 쓸 수 없을 것이다. 누군가가 〈나〉라고(〈우리〉도 괜찮다) 말하는 순간, 나는 그를 따라가 보고 싶고, 이 〈나〉 뒤에 누가 숨어 있는지 알아보고 싶다. 나는 내가 루카를 따라가게 되리라는 것을, 내가 쓰게 될 것은 주로 루카의 전기라는 것을, 이 「사도행전」의 몇 줄은 내가 『신약』으로 들어가기 위해 찾고 있던 문이라는 것을 깨달았다. 중앙 회랑을 향해 열려 있고 제단을 마주한 큰 문이 아니라, 성당 측면에 은밀하게 난 조그만 문이었다. 바로 내게 필요한 것이었다.

나는 「사도행전」에서 〈우리〉라고 말하는 이 인물이 불쑥 나타나는 시공간상의 정확한 지점을 마치 구글맵에서 하듯이 줌인하려고 해보았다. 시간에 대해 말하자면, 그리고 그때에는 아직 아무도 상상조차 못 하고 있던 역법[1]을 적용해 보면, 때는 1~2년의 오차는 있겠지만 대략 서기 50년 전후이다. 장소는 당시 소아시아라고 불리던 터키의 서부 해안에 위치한 한 항구, 트로아스이다. 이 시공간상의 정확한 지점에서 두 남자가 만난다. 후에 성 바오로와 성 루카로 불리게 될 터이지만, 아직은 그냥 바오로와 루카로 불리는 두 남자가 말이다.

1 예수의 탄생을 원년으로 삼는 서력(西曆)을 말함.

3

우리는 20세기에 걸친 서양 역사에 어쩌면 예수보다도 좋은 식으로든 나쁜 식으로든 더 큰 영향을 미쳤을 바오로에 대해 많은 것을 알고 있다. 예수와는 달리, 그가 무엇을 생각했는지, 자신의 생각을 어떻게 표현했는지, 그의 성격은 어떠했는지를 분명히 알고 있는 바, 진본임에 논의의 여지가 없는 그의 서신들이 남아 있기 때문이다. 또 우리는 예수의 외모에 대해서는 아무것도 모르지만, 바오로가 어떻게 생겼는지는 알고 있다. 그의 생전 모습을 그린 사람은 아무도 없지만, 그를 그린 모든 화가들은 자신이 용모가 추하고, 체격은 단단하지만 볼품없으며, 강건하지만 동시에 병을 앓고 있다는 그 자신의 고백을 참고했다. 그들은 하나같이 그를 대머리에 수염이 덥수룩하고, 이마는 불룩 튀어나오고, 두 눈썹은 코 위에 서로 맞닿아 있는 모습으로 묘사하고 있는데, 이 얼굴은 일반적인 미적 규범과는 너무나 거리가 먼 것이라서 우리는 그저 바오로가 정말로 이렇게 생겨서 그런 것이겠거니 생각하고 만다.

루카에 대해서는 아는 것이 훨씬 적다. 사실은 거의 없다고 할 수 있다. 이후에 형성된 한 성전(聖傳) — 이에 대해서는 다시 언급하겠다 — 은 그를 화가들의 수호성인으로 삼고 있지만, 그의 외모적 특징과 관련된 명확한 회화 전승[2]은 존재하지 않는다. 바오로는 서신들에서 그의 이름을 세 차례 언급한다.

2 전승은 초기 기독교 공동체 내에서 말로 전해지거나, 성경이 아닌 다른 문서들로 기록된 것들의 총칭.

〈우리의 사랑하는 의사, 루카〉 물론 그때 사람들은 〈루카〉라는 이름이 아닌 그리스어 〈루카스〉와 라틴어 〈루카누스〉라는 이름을 사용했다. 마찬가지로 〈사울〉이라는 유대 이름을 가지고 있었던 바오로도 로마 시민으로서 〈작은 사내〉라는 뜻인 〈파울루스〉라는 이름을 사용했다. 한 전승은 루카를 안티오키아에서 태어난 시리아인으로 여기고 있지만, 바오로를 만난 장소가 유럽과 소아시아 사이에 있다는 점, 그리고 그에게 친숙한 마케도니아의 도시들에서 바오로의 가이드 역할을 했다는 점은 그가 마케도니아 사람이 아니었을까 하는 생각이 들게 한다. 마지막 힌트는 그가 두 책을 쓰는 데 사용한 언어가 전문가들에 의하면 『신약』에서 가장 세련된 그리스어라는 사실이다.

요약하자면, 우리가 다루게 될 인물은 어떤 유대인 어부가 아니라, 그리스어를 사용하고 그리스 문화를 지닌 어느 유식한 의사이다. 하지만 이 그리스인은 유대인들의 종교에 이끌렸던 모양이다. 그렇지 않았다면 그는 바오로를 접촉하지도 않았을 거고, 바오로가 말하는 것을 이해하지도 못했을 것이다.

4

유대인들의 종교에 이끌린 그리스인, 이것은 무엇을 의미하는가?

우선, 당시에 그것은 흔한 일이었다. 로마 철학자 세네카는 경멸적인 어조로, 유대인 역사가 플라비우스 요세푸스는 만족스러운 어조로 이를 확인하고 있다. 로마 제국의 도처에, 다시 말해서 세계의 도처에 안식일을 지키는 사람들이 있었는데, 이들은 단지 유대인들만은 아니었다.

　두 번째로, 나는 너무 쉽게 연결 짓는 것은 경계해야 한다는 것을 잘 알고 있지만, 1세기에 지중해 연안에 아주 광범위하게 퍼져 있던 유대교에 대한 이러한 열광은 우리 시대에 있어서의 불교에 대한 그것과 약간 비슷하다고 느낀다. 그것은 보다 인간적이고도 순수한, 게다가 꺼져 가는 이교(異敎)에는 없는 영혼의 개념까지 갖춘 종교였다. 나는 페리클레스 시대의 그리스인들이 얼마만큼 자신들의 신화를 믿었는지는 모르겠지만, 5세기 후에 그들과 그들을 정복한 로마인들은 더 이상 그것을 믿지 않았다는 것만은 확실하다. 어쨌든 그들 중 대부분은 마치 우리가 더 이상 기독교를 믿지 않듯이 그들의 신화를 믿지 않았다. 그렇다고 해서 의식들을 행하고, 신들에게 제물을 바치지 않은 것은 아니었으나, 그것은 오늘날 우리가 성탄절, 부활절, 승천절, 오순절, 혹은 성모 승천절을 지키는 것과 같은 식이었다. 그들은 불벼락을 휘두르는 제우스를 요즘 아이들이 산타클로스를 믿는 것처럼, 다시 말해서 어렸을 때만, 반신반의하며 믿었다. 키케로가 한 유명한 글에서 〈두 신관(神官)은 서로 킥킥대지 않고는 마주 볼 수가 없다〉라고 썼을 때, 그가 표현한 것은 자유사상가로서의 대담한 얘기가 아니라, 당시의 일반적인 생각일 뿐이었다. 이 생각은 우리 시대의 것보다도 더 일반적이었을 거라고 느껴지는데, 왜냐하면 오늘날 우리가 아무리 탈기독교화되었다고 해도 어느 두 주교에 대해서 이런 식으로 말하지는 않기 때문이다. 우리는 그들이 말하는 것을 꼭 믿지는 않는다 해도, 최소한 그들은 그것을 믿고 있다고 믿는 것이다. 어쨌든 이런 이유로 오늘날과 마찬가지로 이 시대에도 사람들은 동방의 종교들에 매력을 느꼈는데, 시장에 나온 동방의 종교들 중 최고의 것은 바로 유대인들의 종교였다. 그들의 유일신은 올림포스의 신들만큼 다채롭지는 않았지만, 더 높은 열망들을 채워 주었다. 이 신을 숭배하는 사람들은 스스로의 본을 통해 선교했다. 그들에게 엄숙하고, 부지런하고, 경박한 면은 전혀 없었다. 심지어 가난할지라도 — 그들 중에는 가난한 사람이 많았다 — 그들의 가정 가운데서 표현되는 강하면서도 뜨거운 사랑은 그들을 닮고 싶은 마음이 들게 했다. 그들의 기도는 진정한 기도였다. 자신의 삶에 만족하지 못하는 사람에게는 그들의 삶이 보다 밀도와 무게가 있다고 느껴졌다.

유대인들은 모든 비유대인들을 〈이방인〉으로 번역되는 **고임**이라고 불렀으며, 유대교에 경도된 사람들은 〈프로셀리테스〉라고 불렀다. 유대인들은 이 프로셀리테스들을 환대했다. 만일 정말로 유대인이 되고 싶다면 그들은 할례를 하고, 율법 전체를 지켜야 했는데, 이것은 오늘날과 마찬가지로 결코 쉬운 일이 아니라서 이 길을 택하는 사람은 드물었다. 많은 이들이 율법의 축약 버전이라 할 수 있는 노아의 계율만을 지켰다. 이 노아의 계율은 율법을 몇 가지 중요한 계율들로 축소하고, 무엇보다도 이스라엘의 자손들을 다른 민족들로부터 분리하는 데 사용되는 전례상의 규정들을 덜어 낸 것이었다. 이 최소한의 율법은 프로셀리테스들로 하여금 유대교 회당에 드나들 수 있게 해주었다.

회당은 도처에 있었다. 어느 정도 규모가 있는 모든 항구, 모든 도시에 있었다. 그것은 대단치 않은 건물들이었고, 개인의 가옥인 경우가 많았으며, 교회나 신전이 아니었다. 유대인들에

게는 신전이 단 하나 있었다. 그들에게 단 하나의 신이 있듯이
말이다. 이 신전, 즉〈성전(聖殿)〉은 예루살렘에 있었다. 그것은
파괴되었다가 다시 세워진 것으로, 웅장한 것이었다. 전 세계에
흩어진 유대인들, **디아스포라**라고 불리는 이 유대인들은 성전의
유지를 위해 매년 기부금을 보냈다. 그들은 이 성전에 반드시
순례를 가야 한다고 느끼지 않았다. 그렇게 하는 이들도 있었지
만, 다른 이들에게는 회당으로 충분했다. 바빌론에 포로로 잡혀
갔을 때부터 유대인들은 그들과 그들의 신의 관계가 웅장하고
도 멀리 떨어진 어떤 건물이 아니라, 어떤 책에 담긴 말씀들로
구체화하는 것에 익숙해져 있었고, 회당은 그들이 안식일마다
어떤 궤에서 성서나 구약이라고 부르지 않고, **토라**[3]라고 부른
그 책의 두루마리들을 꺼내던 그 가깝고도 소박한 장소였다.

이 책은 유대인들의 고대어이며, 그들의 신이 그들에게 말할
때 사용했던 언어인 히브리어로 써져 있었지만, 심지어는 예루
살렘에서도 이 언어를 이해하지 못하는 사람이 많아서, 이것을
그들의 현대어인 아람어[4]로 번역해야 했다. 다른 곳들에서는
유대인들이 당시의 모든 사람들과 마찬가지로 그리스어를 사
용했다. 심지어 그리스인들을 정복한 로마인들조차 그리스어
를 썼다(가만히 생각해 보면 이것은 영국인들이 인도인들을
정복하고 나서 산스크리트어를 배우고, 이 산스크리트어가 전

3 유대인의 율법서. 모세 오경인 「창세기」, 「탈출기」, 「레위기」, 「민수기」, 「신
명기」, 이 다섯 권의 책을 가리키나 좀 더 넓은 의미에서 성경(구약) 말씀 전체를
가리키기도 한다.
4 예수가 사용했다는 고대 시리아 지방의 언어로 히브리어와 밀접한 관련을
맺고 있으며 갈릴래아의 많은 유대인들이 썼다.

세계의 지배적인 언어가 되는 것만큼이나 기묘한 사실이다).
스코틀랜드에서 코카서스에 이르는 로마 제국 전체에서 교양
있는 사람들은 그리스어를 유창하게 구사했고, 평민들은 이 언
어에 서툴렀다. 그들은 **코이네** 그리스어를 썼는데, **코이네**는 〈통
상적인〉과 〈저속한〉이라는 이중적 의미로서의 〈상스러운〉이
라는 뜻이며, 이 코이네 그리스어는 오늘날 브로큰잉글리시의
정확한 등가물이라 할 수 있다. 기원전 3세기부터 알렉산드리
아의 유대인들은 그들의 신성한 글들을 이제는 보편어가 된 이
언어로 번역하기 시작했으며, 전승에 따르면 이집트의 그리스
인 왕 프톨레마이오스 필라델포스는 이 최초의 시도들에 너무
도 매혹된 나머지 자신의 도서관을 위해 그것의 완역을 주문했
다고 한다. 그의 요구에 예루살렘 성전의 대사제는 이스라엘
열두 지파의 대표자를 각기 여섯 명씩 차출하여 도합 일흔두
명의 학자를 이집트 근해에 위치한 파로스섬에 파견했고, 이
학자들은 따로따로 작업을 착수했지만, 그 결과 열두 개의 번
역본이 완전히 똑같았다고 한다. 유대인들은 이것은 학자들이
하느님의 영감을 받은 증거라고 믿었고, 이 때문에 이 그리스
어 성경에는 〈70인 역 성경〉이라는 이름이 붙게 되었다.

바로 이 성경을 루카는 읽었을 것이다. 아니, 읽었다기보다
는 회당에 갈 때마다 낭독하는 것을 들었을 것이다. 그는 특히
나 가장 신성한 처음의 다섯 책, **토라**라고 불리는 그 부분을 알
고 있었다. 그는 아담과 하와, 카인과 아벨, 모세와 파라오, 그
리고 이집트에 닥친 재앙들과 광야에서의 유랑과 갈라진 바다
와 약속의 땅에 도착한 것과 약속된 땅을 차지하기 위한 전투

들에 대해 알고 있었다. 그러고 나서 모세 이후의 왕들의 이야기 부분에서는 약간 헤맸다. 다윗과 그가 돌팔매질한 이야기, 솔로몬과 그가 재판한 이야기, 사울과 그가 우울해진 이야기……. 루카는 어떤 초등학생이 프랑스 왕들에 대해 아는 식으로 — 루이 14세가 앙리 4세보다 나중의 왕이라는 사실을 아는 것만 해도 대단한 일이다 — 이들을 알고 있었다. 비록 그는 이런 이야기들을 경청하고, 거기서 뭔가 유익한 것을 얻어 내려고 애쓰긴 했지만, 회당에 들어설 때면 늙은 유대인들이 마치 꿈속에 잠긴 듯 지그시 눈을 감고 고개를 끄덕이며 듣는 그 끝없는 족보 이야기들 가운데 하나에 걸리지 않기만을 바랐을 것이다. 이 유대 이름들의 지루한 열거는 유대인들에게는 어린 시절에 듣던 자장가와 같은 것이었지만 루카에게는 그렇지 않아서, 그는 자신의 민족의 민속에 대해서도 흥미가 없는데, 왜 다른 민족의 옛날 옛적 민속에 대해 흥미를 느껴야 하는지, 이유를 찾을 수 없었다. 그는 낭독에 이어지는 논평을 참을성 있게 기다렸고, 이 이국적이면서도 유치한, 그리고 종종 야만스럽기도 한 이야기들에서 어떤 철학적 의미를 끄집어내곤 했다.

5

이 이야기들을 관류하는 내용은 유대인들과 그들의 신 간의 격정적인 관계이다. 이 신은 그들의 언어로는 〈야훼〉, 〈아도나이〉 혹은 〈엘로힘〉으로 불리지만, 디아스포라의 유대인들은 프로셀리테스들이 그를 〈주(主)〉를 뜻하는 그리스어 〈키리오스〉, 혹은 〈신〉을 의미하는 〈테오스〉라고 불러도 전혀 개의치 않는다. 이 신은 유대판 제우스라 할 수 있었지만, 제우스처럼 난봉꾼은 아니다. 그는 여자들에게는 관심이 없고, 오직 자신의 백성, 이스라엘에만 관심이 있다. 그는 전적으로 자기 백성만을 사랑하고, 그리스나 로마의 신들보다 훨씬 더 자기 백성의 일들에 관심을 기울인다. 그리스와 로마의 신들은 자기네끼리 살고, 자신들끼리 서로 음모를 꾸민다. 그들은 마치 인간이 개미에 대해 관심을 갖듯 인간들에 대해 관심을 가진다. 그들과의 관계는 그리 어렵지 않게 해치울 수 있는 몇몇 의식들과 희생제들로 국한되었고, 그 의무만 다하고 나면 아무 문제가 없다. 반면 유대인들의 신은 유대인들에게 자기를 사랑하라고, 끊임없이 자기를 생각하라고, 자신의 뜻을 이루라고 요구하는, 매우 까다로운 신이다. 그는 이스라엘 백성에게 가장 좋은 것을 주기 원하는데, 그 가장 좋은 것은 언제나 보면 가장 어려운 것이기도 하다. 그는 그들에게 다른 족속들과 어울리는 것을 막는 금제들로 가득한 율법을 주었다. 그는 그들이 가파른 오솔길들을, 다른 족속들이 편안히 살고 있는 쾌적한 평원에서 멀리 떨어진 산과 광야를 걷기를 원한다. 이스라엘 백성은 반항하기를 반복하고, 좀 쉬고 싶어 하고, 다른 족속들과 어울리고, 그들처럼 편안한 삶을 영위하고 싶어 한다. 그럴라치면 그들의 신은 화를 내면서, 그들에게 시련을 내리거나, 계시를 받은 까다로운 사람들을 보내어 그들의 소명을 상기시키곤 한다. 그들은 호세아, 아모스, 에제키엘, 이사야, 예레미야 등으로 불린다. 이들은 채찍과 당근을 번갈아 사용하는데, 특히 채찍을 애용한다. 그들은 왕들에 맞서 일어나 그들로 하여금 자신의 행실을 부끄러워하게 만든다. 그들은 신에게 거역하는 백성에게 곧바로 끔찍한 재앙들이 닥치리라고 경고하며, 나중에 올바른 길로 돌아올 경우 다른 모든 족속들 위에 이스라엘이 군림하는 것으로 요약되는 **해피엔드를** 약속한다.

이 군림은 단지 회복일 뿐이야, 하고 그들의 왕국이 강성했던 전설적 시대에 대한 기억 속에 살고 있는 유대인들은 생각한다. 루카 같은 그리스인은 이런 그들을 이해할 수 있다. 유대인들과 그리스인들은 서로가 너무도 다르지만, 로마의 굴레 아래 같은 배를 타고 있는 처지이다. 과거에 영광을 누렸던 그들의 도성들은 로마의 식민지로 전락했다. 그리스인들의 아고라도, 유대인들의 성전도 더 이상 아무런 힘이 없다. 하지만 그들의 지나간 영광에서 뭔가가 살아남았으니, 그들의 영광은 다른 차원의 것이기 때문이다. 로마인들은 알렉산드로스 대왕 이후 세상에 나타난 최고의 정복자들이고, 그들이 정복한 것을 대제보다 훨씬 잘 통치한다. 하지만 그리스인들과 유대인들은 그들의 영역, 오늘날 우리가 〈문화〉와 〈종교〉라고 부를 수 있는 영역에서 여전히 최고의 위치에 있다. 로마인들은 그리스인들의 진가를 제대로 알아본다. 그들은 그들의 언어를 사용하고, 그들의 조각상들을 복제하고, 그들의 세련된 방식들을 졸부의 열성으로 모방하기 시작한다. 반면 로마인들은 그들이 복속시켰으나 같이 어울리지는 않는, 서로 싸우거나 좋아하는 잡다하고도 괴상한 동방의 족속들 가운데서 유대인들을 잘 구별해 내지 못한다. 그러나 유대인들은 이에 대해 코웃음을 친다. 자신들이 우월한 민족임을, 진정한 신이 선택한 백성임을, 이 신에 대한 사랑에 있어서는 세계 챔피언임을 알고 있기 때문이다. 그들은 그들이 처한 현재 상황의 어두움과 그들을 기다리고 있는 측량할 수 없는 위대함 사이의 대비에 황홀해한다. 그리스인들 중에는 루카처럼 그들의 이런 모습에 깊은 인상을 받는 사람들이 있었다.

한 가지 주의할 것이 있다! 내가 여기서 〈그리스인들〉이라고 말하고, 성 바오로가 〈그리스인들〉이라고 말할 때, 이것은 기원전 5세기에 민주주의를 발명한, 귀족들로 이루어진 그 작은 민족만을 지칭하지 않는다. 이 말은 2백 년 후에 알렉산드로스 대왕에 의해 정복되었고, 그리스어를 사용하는 나라들에 살았던 사람들 전체를 가리킨다. 기원전 3세기부터 이들은 혈통이나 지역과 아무런 관계가 없는 문화적 동화에 의해 그리스인이 되었다. 마케도니아에서, 터키에서, 이집트에서, 시리아에서, 페르시아에서, 그리고 인도에 이르기까지, 지금 우리의 문명과 여러 가지 점에서 닮았으며, 우리의 그것처럼 세계화되었다고 말할 수 있는 이른바 〈헬레니즘 문명〉이 발전되어 왔다. 그것은 예속되고, 경박하고, 불안에 차 있고, 모든 이상을 상실한 문명이었다. 페리클레스 시대에 그리스를 위대하게 만들었던 도시 국가의 이상은 이미 오래전에 한물갔다. 사람들은 더 이상 신들을 믿지 않았고, 점성술, 마술, 흑마법의 인기는 하늘 높은 줄 몰랐다. 사람들은 여전히 제우스의 이름을 부르곤 했지만, 민중들은 매우 **뉴에이지적인** 제교 통합주의에 의해 그를 동방의 신들 아무나와 뒤섞었고, 이것을 교양인들은 어떤 순수한 추상적 관념으로 만들었다. 3세기 전에는 국가를 다스리는 최선의 방법이 무엇인가를 논의하던 철학은 이제 이 문제에 대해 아무런 할 말이 없게 되었다. 이제 철학은 개인적 행복을 위한 하나의 처방일 뿐이었다. 국가는 더 이상 자율적일 수가 없으므로, 각 개인이 자율적이 되거나, 그렇게 되려고 노력해야 했다. 이 시대의 지배적 이념이었던 스토아주의는 그 추종자들에게 세상으로부터 자신을 보호하라고, 자신을 하나의 섬으로 만들라고, 고통에서 벗어난 상태를 의미하는 초탈함, 그리고 번뇌가 없는 상태를 의미하며, 내가 한때 과다 복용했던 진통제가 그 이름 — 아타락스 — 을 따온 아타락시아 같은 소극적인 미덕들을 키우라고 권유했다. 욕망의 부재만큼 바람직한 것은 없으니, 그럴 때만이 영혼의 평화를 얻을 수 있기 때문이라고 스토아주의는 말한다. 불교와 크게 다르지 않은 가르침이다.

만일 루카가 이스라엘 백성이 그들의 신과 벌이는 기나긴 부부 싸움 — 게으르고 변덕스럽고 산만한 — 을 인간과 그의 안이나 바깥에 존재하는, 그리고 그보다 더 큰 무언가가 맺는 관계의 알레고리로 해석하지 않았다면, 그가 이것에 흥미를 느낄 이유는 전혀 없었으리라. 고대의 작가들은 이 무언가를 신들 혹은 신, 자연, 숙명, **로고스** 등의 명칭들로 구별 없이 불렀으며, 각 사람의 삶을 은밀히 결정하는 운명이라는 것은 바로 그가 이 힘과 맺는 관계일 뿐이었다.

알렉산드리아에는 필론이라는 아주 유명한 랍비가 있었는데, 그의 특기는 유대 민족의 경전들을 플라톤의 시각으로 읽고, 그것을 하나의 철학적 서사시로 해석하는 것이었다. 이 필론은 「창세기」 첫 번째 장에서 정원을 거닐며 엿새 동안 우주를 창조하는 어떤 수염 난 신을 상상하는 대신에, 6이라는 숫자는 완벽을 상징하며, 이 「창세기」에 상충되는 두 개의 창조 이야기가 존재하는 것은 논리에 어긋나는 것처럼 보일지 모르지만 거기에는 다 이유가 있다고 주장했다. 첫 번째 것은 로고스의 탄생을 이야기하고 있으며, 두 번째 것은 플라톤이 『티마이오스』에서도 말한 바 있는 창조주에 의한 물질적 우주의 조성을 이야기하고 있다는 거였다. 카인과 아벨의 잔인한 이야기는 자신에 대한 사랑과 신에 대한 사랑 사이의 영원한 갈등을 극화한 것이었다. 또 이스라엘 백성과 그들의 신의 파란만장한 관계는 각 사람의 영혼과 신성한 원리 사이의 보다 내밀한 차원의 이야기로 해석되었다. 이집트에 유배된 영혼은 나날이 시들어 갔다. 모세에 의해 광야로 인도된 영혼은 갈증과 인내와 실의와 환희를 배우게 되었다. 그리고 약속의 땅이 보이는 곳에 이르렀을 때에는 그들에 앞서 거기에 정착한 다른 족속들과 싸움을 벌이고, 그들을 잔인하게 학살해야 했다. 필론에 의하면 이 족속들은 실제의 족속들이 아니라 영혼이 제압해야 할 사악한 정욕들이라는 거였다. 마찬가지로 아브라함이 아내 사라와 함께 여행을 하다가 포악한 베두인족의 집에서 묵게 되었을 때, 그들과 문제를 일으키고 싶지 않아 그들에게 자기 아내와 동침하라고 제의하는 부분이 있는데, 필론은 아브라함의 이 포주 같은 행동을 옛적의, 혹은 사막 지방의 거친 풍습의 탓으로 돌리지 않았다. 아니, 사라는 오히려 정절의 상징이며, 아브라함이 이것을 자기 혼자만 간직하려 하지 않은 것은 참으로 아름다운 일이었다고 필론은 주장했다. 이런 식으로 읽는 방식을 수사학자들은 〈우의(寓意)〉라고 불렀지만, 필론은 통과, 이주, 탈출 등의 의미를 지닌 **트레파인**이라는 표현을 선호했는데,

만일 독자의 정신이 충분히 끈기 있고 순수하다면 이 독서를 통해 변화되어 나올 것이기 때문이었다. 자신의 영적인 탈출을 실현하는 것은 각자의 몫이며, 이를 통해 육에서 영으로, 물질적 세상의 어둠에서 로고스의 빛나는 공간으로, 이집트의 노예 상태에서 가나안의 자유로 넘어와야 했다.

필론은 아주 고령에 죽었다. 분명히 그가 이름을 들어 보지 못했을 예수보다 15년 후에, 그리고 루카가 트로아스 항구에서 바오로를 만나기 5년 전이었다. 루카는 그의 글을 읽었을까? 나는 이에 대해서는 전혀 모르지만, 루카는 지도에도 잘 나오지 않는 이 이국적인 작은 민족의 역사를 지혜라는 그리스적 이상에 맞닿을 수 있는 개념들로 옮기려는 경향이 있는 매우 헬레니즘화된 버전의 유대교를 알고 있었다고 생각한다. 그는 회당에 출입하면서 어떤 종교를 받아들인다는 느낌은 전혀 없었고, 차라리 어떤 철학 유파와 접촉한다는 느낌이었다. 마치 우리가 요가나 명상을 할 때, 반드시 티베트 신들을 믿거나 마니차[5]를 돌려야 할 의무는 없다고 생각하면서 불경에 관심을 가지듯이 말이다.

6

이것은 트로아스의 회당에서 벌어지는 일이다. 루카는 아마도 그의 직업과 관계가 있는 어떤 일로 여행 중이다. 어떤 낯선 도시를 들르게 됐을 때, 안식일에 회당에 가는 것은 그의 평소

---

5 마니차(摩尼車). 티베트 불교에서 주로 사용되는 원통형 법구로, 안에 불경을 넣거나 불경이 새겨진 마니차를 돌리며 기도한다.

습관이다. 거기에 아는 사람은 아무도 없지만, 회당들은 어느 도시에 있든지 다 똑같아서 낯설다는 느낌이 들지 않는다. 단순하면서도, 거의 아무것도 없는 방 하나. 조각상도 없고, 벽화도 없고, 장식도 없다. 이런 점도 그의 마음에 든다. 마음이 차분해지기 때문이다.

통상적인 〈율법서와 예언서〉[6]의 독송(讀誦)이 있은 후, 회당의 우두머리는 누군가 발언하고 싶은 사람이 있느냐고 묻는다. 관습에 따라 그는 먼저 회당에 처음 온 사람들에게 제의한다. 루카는 처음 온 사람이기는 하지만, 사람들 앞에 나서는 것은 그의 스타일이 아니다. 심지어 나는 그가 사람들의 눈에 띌까 봐, 회당장의 시선이 자기에게 꽂힐까 봐 걱정했을 거라고 생각하지만, 염려할 필요가 없었으니, 한 사내가 벌떡 일어나 홀 한가운데로 뚜벅뚜벅 걸어 나온다. 그는 타르수스시에서 온 랍비, 바오로라고 자신을 소개한다.

그렇게 신뢰감을 불러일으키는 외모는 아니다. 허름한 옷차림, 땅딸막한 체구, 벗어진 머리, 콧등 위에 맞붙은 시커먼 눈썹……. 그는 마치 검투사가 싸움을 시작하기 전 관중을 둘러보듯이 사람들을 쭉 한 번 둘러본다. 그는 나지막한 목소리로 천천히 얘기하다가, 열이 오름에 따라 말이 빨라지고, 급해지고, 격렬해진다.

「이스라엘 사람들이여!」 바오로는 연설을 시작한다. 「그리고 당신들 프로셀리테스들이여, 내 말을 들어보십시오! 이스라엘의 하느님께서 우리의 조상들을 선택하셨습니다. 그분은

6 『구약』을 유대인들이 부르는 말.

당신의 백성이 이집트 땅에 머물 때에 그들을 강대한 민족으로 키우셨습니다. 그리고 당신의 강한 팔을 들어 그들을 파라오의 노예로 사는 삶에서 벗어나게 해주셨고, 광야로 인도하여 거기서 40년을 보내게 하셨습니다…….」

청중은 고개를 주억거린다. 루카도 마찬가지다. 그들이 알고 있는 내용이다. 그들은 그다음 내용도 익히 알고 있지만, 생략법에는 별로 소질이 없어 보이는 연사는 연대순에 가상할 정도로 신경을 써가며 역사적 사건들을 하나하나 상기시킨다. 광야에서의 40년을 보낸 후에 열두 지파가 가나안 땅에 진출한 일, 그리고 판관들이 백성을 다스리게 된 일, 그리고 왕들이 다스리게 되었는데 그중에서 가장 위대한 왕은 이사이의 아들이며, 하느님이 가장 기뻐하시는 자인 다윗이었으며…….

「주님은 약속하셨습니다.」 바오로는 계속해 나간다. 「다윗의 후손들 가운데 한 아이를 태어나게 할 터인데, 이 아이는 어른이 되어 당신 백성의 큰 빛이 될 것이라고요.」

다시 고개들을 주억거린다. 이 역시 다들 아는 얘기이다.

「그리고 이제,」 연사는 말을 잇는다. 「이스라엘 사람들이여, 이제 내 말을 잘 들으십시오! 주님께서 약속을 지키셨습니다. 그분께서 당신의 백성에게 그들이 기다리던 구세주를 보내 주셨고, 이 구세주의 이름은 바로 예수입니다!」

바로 이 지점에서 바오로는 침묵하며 청중을 뚫어지게 쳐다 보고, 청중은 잠시 시간을 들여서야 방금 들은 말의 의미를 완전히 이해하게 된다.

어느 날 이 땅에 와서 착한 자들에게 상을 내리고, 악한 자들을 벌주며, 이스라엘 왕국을 재건하게 될 구세주를 언급하는 것은 전혀 특별한 일이 아니다. 루카 같은 프로셀리테스들은 구세주, 메시아, 혹은 기름 부음을 받은 자라는 의미의 이 **크리스토스**라는 이름을, 아니 명칭을 종종 들어 보았다. 그리스인으로서 루카는 여기에 별다른 흥미를 느끼지 못했다. 회당에서 이에 대한 얘기가 나오면 그는 한 귀로 듣고 한 귀로 흘려보냈다. 그는 이것을 철학적이라기보다는 민속적 성격이 짙고, 유대인들에게만 의미가 있는 유대교의 그 잡다한 얘기들 중 하나로 치부해 버렸다. 어쨌든 그들이 노상 하는 얘기는 그분이 **오셔야 한다**는 것이었다. 그런데 지금 바오로는 전혀 다른 소리를 하고 있으니, 그분이 **오셨다**는 것이다. 그분은 크리스토스와는 완전히 다른 이름, 너무나 평범한 유대 이름이며, 그 원래 버전은 〈예슈아〉인 〈예수〉라는 이름을 가졌다. 장엄하게 이어지는 사무엘, 사울, 베냐민, 다윗 같은 이름들 뒤에 놓으면, 프랑스 국왕 목록을 길게 늘어놓은 다음에 마지막 왕은 제라르나 파트리크라고 말하는 것만큼이나 기묘한 느낌을 주는 이름이다.

예수? 예수라니, 그게 누구지?

사람들의 눈썹이 꿈틀 올라가고, 찌푸려진다. 어안이 벙벙한 시선들을 서로 나눈다. 하지만 아직 끝나지 않았다. 이것은 시작에 불과하다.

「예수는 그리스도이십니다!」 바오로는 다시 말을 잇는다. 「하지만 예루살렘의 주민들과 그들의 우두머리들은 이 사실을 인정하지 않았죠. 그들은 자신도 모르는 사이에 여러분이 안식일마다 읽는 예언자들의 말씀을 실현했습니다. 그들은 그분이 하는 말씀을 들으려고 하지 않았어요. 도리어 그분을 조롱했습니다. 그분을 조롱하는 것으로 그치지 않았죠. 그들은 아무런 근거 없이 그분을 유죄 판결하고, 십자가에 매달아 죽게 했습니다.」

청중 사이에 술렁임이 인다. 「십자가에!」

십자가는 참혹한 형벌이고, 무엇보다도 치욕적인 형벌이다. 그것은 노상강도, 도망간 노예 같은 질 나쁜 부류들이나 받게 되는 형벌이다. 계속 비유를 들어 보자면, 이는 마치 이 세상의 구원자가 이름이 제라르 혹은 파트리크인 것도 모자라서, 아동 성추행 혐의로 유죄 판결을 받은 거나 마찬가지이다. 바오로는 서투른 연사가 하듯이 목소리를 높이는 대신에 한층 목소리를 낮춘다. 청중은 어쩔 수 없이 입을 다물게 되고, 심지어 잘 듣기 위해 가까이 다가오게 된다.

「그들은 그분을 무덤 속에 넣었습니다.

그리고 사흘이 지난 후에, 성경에 기록된 대로 주님께서는 그분을 부활시키셨습니다.

그분은 먼저 가장 가까운 열두 명의 벗에게 나타나셨고, 그러고 나서는 다른 많은 이들에게도 나타나셨습니다. 그들 대부분은 아직 생존해 있고, 그 일을 증언할 수 있습니다. 나 역시 증언할 수 있습니다. 왜냐하면 비록 내가 이렇게 팔삭둥이처럼 볼품없는 자이고, 생전에 그분을 뵌 일도 없지만, 그분께서 마지막으로 내게 나타나셨기 때문입니다. 그들도 보았고, 나도 보았습니다. 돌아가신 그분께서 숨을 쉬고 말씀하시는 것을 말입니다! 그런 놀라운 일의 증인이 된 사람은 그것을 증언하는 것 외에 다른 일을 할 수 없는 법입니다. 그래서 나는 지금 여러분께 말씀드린 것을 얘기하면서 온 세상을 돌아다니고 있는 것입니다. 주님께서는 우리의 조상들에게 하신 약속을 이루셨습니다. 그분은 예수를 다시 살리셨고, 우리도 다시 살리실 것입니다. 이 모든 것은 곧 일어날 것입니다. 여러분이 생각하는 것보다 훨씬 빨리 일어날 것입니다. 나는 이게 믿기 힘든 얘기인줄 압니다. 하지만 여러분은 이것을 믿어야 합니다. 여러분들, 아브라함의 자녀들인 여러분들, 주님께서 약속을 이뤄 주신 여러분들은 믿어야 하지만, 단지 여러분들만이 아닙니다. 지금 내가 말하는 것은 그리스인들, 프로셀리테스들에게도 적용됩니다. 이것은 천하 만민에게 적용됩니다.」

7

나는 바오로가 말한 내용을 재구성하려고 시도해 보았다. 이것은 서기 50년경 그리스나 소아시아의 회당들에서 아직은 〈기독교〉라고 불리지 않았던 어떤 신앙에 개종한 사람들이 들었던 말들을 전형화한 담론이다. 나는 가장 오래된 원전들을 취합하고, 표현을 조금씩 바꾸었다. 혹시 이 칵테일이 어떤 식으로 만들어졌는지 궁금한 분들이 있다면, 그 재료는 「코린토 신자들에게 보낸 첫째 서간」에 나오는 바오로의 그 웅장한 신앙 고백에서 약간, 그리고 40년 후에 루카가 「사도행전」 13장에서 바오로로 하여금 지껄이게 한 그 긴 장광설에서 많이 취해졌다. 이 재구성이 자구 하나 틀리지 않고 정확하다고 주장할 수는 없지만, 나는 이것이 매우 진실에 가깝다고 믿는다. 바오로는 모두가 아는 사실부터 얘기를 시작했다. 유대인의 역사를 전체적으로 되짚어 보고, 그 역사가 지향하는 약속을 상기하더니 갑자기 이 약속이 이루어졌다고 단언한 것이다. 메시아께서, 그리스도께서 〈예수〉라는 이름으로 오셨다는 거였다. 그분은 치욕스럽게 돌아가셨다가 다시 부활하셨고, 이 사실을 믿는 자들도 함께 부활할 거라는 거였다. 친숙하고, 심지어 진부하기까지 한 어떤 기존의 담론에서부터, 이 기상천외한 이야기에 익숙해져 있는 우리로서는 그 충격적인 성격을 제대로 실감하기 어려운 어떤 것으로 느닷없이, 아무런 경고 없이 넘어간 것이다.

바오로의 설교에 대한 반응들이 어떠했는지를 전하는 루카의 이야기는 항상 똑같은 시나리오를 따른다. 모두가 경악하는 순간이 잠시 흐르고 나면, 청중의 일부는 열광하고, 또 다른 일부는 분개하며 신성 모독이라고 외친다. 이런 완전히 상반된 반응에 바오로는 조금도 놀라지 않는다. 그가 알린 사실은 마치 도끼날처럼 사람들을 완전히 두 쪽으로 쪼개곤 했었다. 믿는 이들과 믿지 않는 이들, 인류는 두 쪽으로 나뉜 것이다.

루카는 분개하지 않았다. 하지만 그는 바오로가 한 말을 곧바로 믿었을까? 난 좀처럼 그렇게 상상이 되지 않는다. 하지만 마치 슬쩍 혼잣말을 흘리듯이, 그는 「사도행전」의 한 문장을 통해 세 번째의 반응이 있었음을 암시한다. 회당에서 나와 사도와 함께 잠시 걸으면서 몇 가지 질문을 던진 사람들이 있었다는 것이다. 아마 나도 같은 반응을 보였을 것이기 때문이겠지만, 난 루카가 이 세 번째 그룹에 속했을 거라고 생각한다. 분개의 표시로 자신의 옷을 찢지도 않고, 그렇다고 하여 바오로 앞에 무릎을 꿇지도 않은 사람들, 설교자의 확신에 놀라고 호기심을 느끼고, 당장에 한편이 되지는 않았지만 좀 더 알고 싶은 마음이 든 사람들 말이다.

오늘날 같았으면 카페에서 토론이 이어졌을 것이고, 어쩌면 루카는 트로아스 항구의 한 선술집에서 탁자를 사이로 바오로와 그의 두 동료와 마주 앉았을지도 모른다. 원경에 보이는 작은 범선들, 햇볕에 말리는 그물들, 접시에 담겨 온 구운 문어, 수지 향이 풍겨 나는 포도주……. 여러분도 머리에 그림이 그려질 것이다. 얼마 안 있어 다른 두 사람은 자러 들어간다. 루카 혼자만 바오로와 남는다. 그들은 새벽까지 얘기를 나눈다. 아니, 그보다는 바오로 혼자 말하고, 또 말하고, 루카는 듣기만 한다. 아침이 되었을 때, 그에게는 모든 것이 달라 보인다. 하늘은 더 이상 같은 하늘이 아니고, 사람들도 더 이상 같은 사람들이 아니다. 그는 한 사람이 죽은 자들 가운데서 돌아왔으며, 이제 자신의 삶, 루카의 삶은 더 이상 전과 같지 않을 것임을 안다.

아마도 일이 이런 식으로 이뤄졌으리라. 그게 아니라면…….

내게 더 나은 생각이 있는 것 같다.

8

루카는 의사였다. 바오로는 병자였다. 바오로는 그의 서신들에서 자신의 병에 대해 여러 차례 언급한다. 「갈라티아 신자들에게 보낸 서간」에서 그는 이 병 때문에 오랫동안 그들과 함께 머문 사실을 환기하면서, 장애를 가진 자신의 몸에 대해 — 이게 결코 쉽지 않은 일인데도 불구하고 — 경멸감도, 역겨움도 표시하지 않은 그들에게 감사하고 있다. 그는 이 사실을 몹시 강조하는데, 괜찮은 사람이 아니면 자기 같은 사람에게 선뜻 다가올 수 없다는 것이다. 또 다른 서신에서 그는 〈내 몸속의 가시〉에 대해 한탄한다. 그는 여러 차례에 걸쳐 하느님에게 자신을 그것에서 해방시켜 달라고 간청하지만, 하느님은 들어주지 않는다. 하느님은 그냥 이렇게 대답하고 만다. 〈너는 내 은총을 넉넉히 받았느니라.〉

이 〈몸속의 가시〉에 대해 지금까지 헤아릴 수 없이 많은 글들이 써졌다. 일단 발작하게 되면 바오로의 몸을 남이 보기에 너무나도 흉측하게 만들고, 그 자신에게는 너무도 큰 고통을 안겨 주어, 이에 대해 하느님께 계속 간청하게 만든 그 신비스러운 질병은 과연 무엇이었을까? 이에 대해 그가 하는 말들은 피가 날 때까지 살갗을 긁어 대게 만드는 — 습진이나 건선 같은 — 모종의 피부 질환을 생각하게 한다. 또 도스토옙스키가 자신의 간질 발작에 대해 하는 말들이나, 혹은 버지니아 울프가 자신이 갑자기 빠져들곤 하는 극심한 우울증에 대해 하는 말들도 — 나는 그녀의 일기를 시작하는 그 간단하고도 비통한 문장, 〈오늘 공포가 되돌아왔다〉를 생각하고 있다 — 생각난다. 우리는 바오로의 병이 무엇이었는지 영원히 알 수 없겠지만, 그의 글을 읽으면 그게 끔찍하게 고통스럽고, 심지어는 수치스럽기까지 한 어떤 것이었음을 짐작할 수 있다. 항상 돌아오는 어떤 것, 심지어 오랫동안 잠잠하여 이제는 드디어 벗어났다고 믿을 때에도 돌아오는 어떤 것이었다. 그의 몸과 영혼을 꼼짝 못 하게 만드는 어떤 것이었다.

자, 그렇다면 두 번째 버전은 무엇일까? 루카는 회당에서 일어난 소동을 목격한다. 그는 깊은 생각에 잠겨 여관으로 돌아온다. 그리고 의사로서의 자신의 일을 한다. 이튿날, 몇몇의 사람들이 다른 나그네 하나가 병이 났다고 그를 부르러 온다. 이 다른 나그네는 다름 아닌 바오로이다. 열이 펄펄 끓고 고통으로 경련하는 몸이, 그리고 어쩌면 얼굴까지도 고름과 피로 얼룩진 이불에 덮여 있다. 루카는 그가 죽을 것이라고 생각한다. 그는 환자 곁에 머물며 자기가 할 수 있는 범위 내에서 고통을 덜어 주려고 애써 보지만, 아무것도 소용이 없는 듯하다. 이렇게 루카는 반쯤 정신이 나가서는 가늘고도 쉰 목소리로 회당에서 전한 것보다도 한층 더 이상한 얘기들을 지껄이는 빈사자 옆을 이틀 동안 지키는데, 결국 사내는 죽지 않는다. 그러고 나서 우리는 이 이야기의 첫 번째 버전, 즉 두 남자가 지금까지 있었던 일로 인해 훨씬 내밀하고도 솔직해진 대화를 나누는 장면으로 돌아오게 되는데, 이제 이 두 사람만의 대화에서 바오로가 무슨 얘기를 했을지 한 번 생각해 보자.

9

프랑스의 68년 혁명 뒤에 이어진 그 지루한 정치적 논쟁들을 알고 있는 이들은 〈당신은 어떤 입장에서 그렇게 말하는 겁니까?〉라는 그 의례적인 질문을 기억할 것이다. 난 이 질문은 언제나 타당하다고 생각한다. 어떤 생각이 내 마음에 와닿기 위해서는, 그 생각이 어떤 목소리에 실려야 하고, 어떤 사람에게서 나와야 하며, 또 어떻게 그의 안에 들어가게 되었는지 아는 것이 필요하다. 심지어 어떤 논쟁에 있어서 무게를 가질 수 있는 유일한 논리는 상대방의 감정, 편견, 이해관계 등을 파고드는 〈인신공격적〉 논리라고 생각하기까지 한다. 그런데 바오로는 당신이 어떤 입장에서 이런 말을 하는지 설명해 달라고, 다시 말해서 당신 자신에 대해 먼저 얘기해 달라고 요구할 필요가 없는 사람이었고, 루카는 얼마 안 있어 그의 설교만큼이나 당황스러운 그의 개인사에 대해 알게 되었다.

바오로는 전에는 자신의 이름이 이스라엘의 첫째 왕과 같은 〈사울〉이었다고 털어놓는다. 그는 지극히 신앙이 독실한 유대 청년이었다. 동방의 대도시 타르수스의 번창하는 상인이었던 그의 부모는 아들이 랍비가 되기를 원했고, 그를 예루살렘의 유명한 바리사이파 율법학자인 가말리엘 밑으로 유학을 보냈다. 바리사이파 사람들은 이슬람에서 **울라마**들의 의견이 그렇듯 그 의견이 곧 법이 되는 율법 전문가요, 학자요, 종교인들이었다. 사울은 제2의 가말리엘이 되기를 꿈꿨다. 그는 토라를 읽고 또 읽었고, 한 단어 한 단어 열정적으로 연구했다.

어느 날, 그는 갈릴래아 사람들의 신흥 종파가 하나 있는데, 이들은 스스로를 〈길을 따르는 자들〉이라고 칭하고, 어떤 이상한 신앙으로 자신들을 다른 유대인들과 구별한다는 얘기를 들었다. 그들의 스승은 몇 해 전에 아주 모호한 이유들로 십자가형에 처해졌는데, 이 자체만 해도 벌써 충격적인 사실이건만 그들은 이를 굳이 숨기려 하지 않을 뿐 아니라, 오히려 공공연히 내세우고 다닌다는 거였다. 더 충격적인 사실은 그들은 그의 죽음을 믿지 않는다는 거였다. 그들은 그가 무덤에 넣어지는 것을 보았고, 그러고 나서는 다시 살아서 말하고 음식을 먹는 모습을 보았다고 한다. 그가 부활했다는 것이다. 그들은 모든 사람들이 그를 메시아로 숭배하기를 원한단다.

이 얘기를 듣고 사울은 그냥 어깨만 으쓱하고 말 수도 있었겠지만, 그는 이제 그의 청중 중 가장 경건한 이들이 하는 것과 똑같은 방식으로 반응했다. 즉 이것은 신성 모독이라고 외쳤는데, 그는 이 신성 모독에 대해서는 웃어넘기는 사람이 아니었다. 그의 경건함은 광신적 행동으로까지 나아갔다. 그는 십자가의 추종자들 중 하나를 자기 눈앞에서 돌로 쳐 죽이는 것을 용인하는 것으로 만족하지 않았다. 그는 자신이 직접 나서서 행동하고자 했다. 그는 〈길〉의 추종자들이 모인다고 보고받은 집들을 감시했다. 그들 중 일원이라고 의심되는 사람이 있으면 그를 대사제들에게 고발하여 체포하여 감옥에 처넣게 했다. 그 자신도 고백하고 있거니와, 그는 살기등등한 모습으로 돌아다녔다. 어느 날, 그는 다마스쿠스에 그 이단 종파 교도들이 있다는 말을 듣고는, 그들을 쇠사슬에 묶어 예루살렘에 끌고 오기 위해 그곳에 가기로 결심한다. 하지만 그가 한낮에 자갈이 깔린 도로를 걷고 있는데, 어떤 강렬한 빛이 갑자기 그의 눈을 멀게 하고, 어떤 보이지 않는 힘이 그를 타고 있던 말 아래로 내동댕이쳤다. 그리고 어떤 목소리가 귀에 대고 속삭였다. 「사울아, 사울아! 나는 네가 박해하는 자다. 왜 너는 나를 박해하는가?」

그가 다시 몸을 일으켰을 때, 더 이상 아무것도 보이지 않았다. 마치 술 취한 사람처럼 몸이 비틀거렸다. 이렇게 눈이 멀고 비틀거리는 그를 동행하던 사람들은 어느 낯선 집까지 데리고 갔고, 거기서 그는 사흘 동안 먹지도, 마시지도 못하고 혼자 방 안에 틀어박혀 있었다. 그는 두려웠다. 그를 두렵게 하는 것은 어떤 외부적인 위험이 아니라, 그의 영혼 안에서 어떤 짐승처럼 꿈틀대고 있는 어떤 것이었다. 어렸을 때 그는 종종 불안스러운 환상들에 빠져들곤 했는데, 그럴 때면 어떤 거대하고도 위협적인 무언가가 자기 주위를 배회하는 게 느껴졌었다. 이제 그것은 더 이상 주위에 있지 않았다. 그것은 그의 속 깊은 곳에 웅크리고서 그를 안에서부터 삼켜 버릴 준비를 하고 있었다. 사흘이 지났을 때, 그는 방문이 열리고 누군가가 다가오는 소리를 들었다. 그이는 조용히, 오랫동안 그의 곁에 서 있었다. 사울은 그이의 심장이 뛰고, 피가 맥동하는 것까지 느낄 수 있었다. 마침내 그이가 입을 열었다. 그이는 이렇게 말했다. 「바오로여! 내 형제여! 주님께서 나를 보내셨네. 그분은 자네의 마음이 깨어나기를 원하시네.」

낯선 이가 이렇게 말하고 있을 때, 아직 사울이라고 불리던 남자는 저항해 보려고 애썼다. 그 거대하고도 위협적인 무언가가 자기 속에서 점점 커지는 데에 겁에 질려, 있는 힘을 다해 몸부림치며, 그것을 밖으로 밀어내려 해보았다. 그는 자기 자신으로 남아 있고 싶었다. 계속 사울이라는 이름으로 불리고 싶었다. 그것에 점령되고 싶지 않았고, 항복하고 싶지 않았다. 그는 온몸을 덜덜 떨며 흐느꼈다. 그러고 나서 모든 게 한꺼번에 탁 풀려 버렸다. 그는 점령을 받아들였다. 그러자 그 거대하고도 위협적인 무언가는 그를 파괴하는 대신에 어린아이처럼 달래주기 시작했다. 그가 너무나도 두려워했던 것이 이제는 더없이 큰 행복으로, 조금 전까지만 해도 상상도 할 수 없었지만, 지금은 확실하고, 견고하고, 영원한 행복으로 느껴졌다. 그는 더 이상 박해자 사울이 아니라, 바오로였다. 언젠가 박해받게 될, 그리고 박해받는 것을 기뻐하게 될 바오로였다. 그리고 그처럼 박해받게 될 형제들이 하나둘 방으로 들어와 그를 둘러쌌다.

그들은 그를 껴안으며, 그와 함께 기쁨의 눈물을 흘렸다. 그들 사이에는 더 이상 말이 필요치 않았다. 그들의 심장은 조용히, 더없는 기쁨 속에 서로 화답했다. 그들 간에는 더 이상 벽도, 불투명함도, 오해도 없었다. 사람들을 서로 나눠 놓는 모든 것이, 그들을 그들 자신의 가장 비밀스러운 부분으로부터 떨어뜨려 놓는 모든 것이 사라졌다. 이제는 모든 것이 투명함과 빛일 뿐이었다. 그는 더 이상 그 자신이 아니었고, 그는 마침내 그 자신이 되었다. 그의 눈에서부터 어떤 두꺼운 막 같은 게 떨어져 내렸다. 그는 다시 보게 되었지만, 그것은 전의 시각과는 아무런 공통점이 없었다. 그는 해방되기 전까지 자신의 모습이 어떠했는지를, 자기가 현실이라고 믿으며 살았던 세상이 얼마나 깊은 어둠에 잠겨 있는지를 아주 짧은 순간 보게 되었을 때, 끔찍한 마음과 연민의 감정에 사로잡혔다. 이 끔찍한 마음과 연민의 감정은 그가 아직 이 어둠에 잠긴 세상 속에서, 이 사실을 꿈에도 모르는 채로, 방황하고 있는 너무도 많은 사람들을 생각할 때도 그를 사로잡았다. 이제 달려가 그들을 구조하리라, 그들 중 하나도 포기하지 않으리라, 이러한 변신에 대한 그들의 두려움을 이기고 승리하리라 맹세했다. 예수 자신이 당신의 두려움을 이기고 승리하셨듯이 말이다.

다마스쿠스 형제들의 축복을 받은 사울은 예루살렘으로 돌아왔다. 이제 바오로라는 새 이름을 지닌 그는 회당들을 찾아다니며 몇 해 전에 십자가형에 처해진 남자가 바로 이스라엘이 기다리던 그리스도요, 메시아라고 선언했다. 그의 바리사이파 스승들과 벗들은 그를 부인했다. 그가 증오하며 박해하던 사람들은 이게 무슨 술수가 아닌가, 하며 그를 경계했다. 결국 그는 그들에게 자신의 회심의 진정성을 납득시키기에 이르렀고, 그들은 그를 이스라엘의 경계 밖으로 보내어, 온 인류의 죽음과 부활의 전주곡인 그리스도의 죽음과 부활의 소식을 유대인들뿐만 아니라 이방인들에게도 알리게 한 것이다.

바오로가 한 일은 새로운 독트린의 정당성과 자격을 성경을 근거로 논증하는 것과는 전혀 다른 것이었다. 그는 이렇게 말했다. 당신은 잠들어 있다. 깨어나라! 당신의 마음으로 하여금 내 말을 듣게 하라, 그러면 당신은 깨어날 것이다. 당신의 삶은 완전히 뒤바뀔 것이다. 당신은 자신이 어떻게 이런 무겁고도 어두운 삶을 살 수 있었는지 이해할 수 없을 것이다. 어떻게 다른 이들은 그게 마치 진짜 삶이기라도 한 듯이, 아무런 의심도 없이 계속 그런 삶을 살고 있는지 도무지 이해할 수 없을 것이다. 당신은 애벌레, 나중에 나비가 될 애벌레이다. 만일 누군가가 애벌레에게 무엇이 녀석을 기다리고 있는지 설명해 준다면, 분명히 녀석은 잘 이해하지 못할 것이다. 두려움을 느낄 것이다. 자신이기를 멈추기로, 자신이 아닌 다른 것으로 되기로 쉽사리 결심할 수 있는 사람은 아무도 없다. 하지만 길은 바로 이것이다. 일단 다른 편으로 건너가면, 과거의 자신이 누구였는지 기억조차 못한다. 조롱했던 사람이, 혹은 두려워했던 사람이 — 이 둘은 결국 같은 것이지만 — 누구였는지 더 이상 기억하지 못한다. 그들 중에서 어떤 이들은 기억하는데, 그들이 바로 최고의 안내자들이다. 이런 이유로 나, 바오로는 당신에게 이 모든 일들을 들려주는 것이다.

10

또 바오로는 시간의 종말이 가까워졌다고 말하곤 했다. 그는 여기에 대해 너무도 확신이 있었고, 이것은 그가 대화 상대들에게 먼저 확실히 해두는 점들 중의 하나였다. 그가 그리스도라고 부르는 그 사내가 부활했기 때문에 시간의 종말이 가까운 것이며, 또한 그가 그리스도라고 부르는 사내가 부활한 것은 시간이 종말에 가까워졌기 때문이었다. 이 종말은 〈죽음은 어느 순간엔든 우리 모두에게 가까이 있다〉라고 말하는 것처럼, 추상적으로 가까운 게 아니었다. 〈아니, 종말은 우리가 살아 있을 때 올 것입니다, 지금 이렇게 얘기하고 있는 우리가 살아 있을 때 말입니다〉라고 바오로는 말하곤 했다. 여기 있는 우리들 중에서, 구세주께서 하늘을 자신의 권능으로 채우시고, 선한 자들과 악한 자들을 나누는 것을 보지 못하고 죽을 자는 아무도 없을 것입니다! 만일 상대방이 어깨를 으쓱하면, 더 이상 얘기를 계속할 필요가 없었다. 만일 상대방이 석가모니의 고귀한 진리들 중 첫 번째의 것 — 인생의 모든 것이 변화와 고통일 뿐이다 — 과 이에 논리적으로 이어지는 질문 — 이 변화와 고통의 연속에서 벗어날 방법이 존재하는가? — 에 무관심한 태도를 보인다면, 그에게 석가모니의 길을 열심히 설명해 봤자 아무 소용 없을 것이다. 이런 진단에 동의하지 않고, 그 치료법에 대해 질문하지 않는 사람, 지금의 삶이 아주 좋다고 생각하는 사람은 불교에 관심을 가질 이유가 전혀 없기 때문이다. 마찬가지로 서기 1세기에 세상이 곧 종말을 맞게 된다고 믿고 싶지 않은 사람은 바오로에게는 좋은 고객이 아니었다.

이러한 생각이 당시에 얼마나 퍼져 있었는지, 나는 잘 모른다. 오늘날에는 상당히 퍼져 있는 것 같다. 적어도 내가 아는 범위 — 나의 나라, 나의 조그만 사회 문화적 환경 — 에 있어서는, 많은 사람들이 우리는 갖가지 이유들로 벽을 향해 돌진하고 있다고 막연하지만 집요하게 생각하고 있는 듯하다. 왜냐하면 우리는 우리에게 할당된 공간에 비해 너무 숫자가 많아지고 있기 때문이다. 왜냐하면 이 공간에서, 우리가 거덜 내는 정도에 따라 사람이 살 수 없는 곳이 되어 가는 부분들이 갈수록 많아지고 있기 때문이다. 왜냐하면 우리는 스스로를 파괴할 수 있는 수단들을 지녔고, 그것을 사용하지 말란 법이 없기 때문이다. 이런 사실 확인에서부터 두 계열의 사고방식이 생겨나는데, 우리 집에서는 엘렌과 내가 그 각각의 대표자들이다. 내가 그 온건파에 속해 있는 첫 번째 계열은 우리는 어쩌면 세계의 종말까지는 아닐지라도, 인류의 상당수 소멸을 포함한 중대한 역사적 파국을 향해 가고 있다고 생각한다. 이 계열의 사람들은 그 일이 어떤 식으로 이뤄지고, 구체적으로 어떤 결과에 이르게 될지에 대해서는 아무것도 모르지만, 그들 자신이 아니라면 적어도 그들의 자녀들이 재앙을 맞게 되리라고 생각한다. 그럼에도 불구하고 이들이 아이들을 낳고 있다는 사실은 얼마나 이 두 계열의 사람들 — 숫자가 압도적으로 많은 온건파를 통해 — 이 쉽게 공존할 수 있는지를 보여 준다. 내가 주방의 식탁에서, 기후 변화가 분명히 촉발하게 될 악몽과도 같은 전쟁들에 관한 어느 독일 사회학자의 책에서 읽은 내용을 되풀이할라치면, 두 번째 계열의 일원인 엘렌은 이렇게 맞받는다. 맞아, 물론 역사적인 재앙들이 있었어. 페스트, 스페인 독감, 양차대전⋯⋯. 그래 맞아, 대격변들이, 문명의 바뀜들이, 그리고 요즘 흔히 하는 말로 패러다임의 변화들이 있었던 게 사실이야. 하지만 인류가 존재한 이래로 우리가 항상 뭘 하면서 시간을 보내 온 줄 알아? 그것은 세상의 종말을 두려워하고 예고하는 일이었어. 그리고 그 종말이 자기 같은 성향의 사람들에게 확실해 보였던 상황이 수천 번 있었던 과거가 아니고, 특별히 오늘이나 내일에 일어나야 할 이유는 없다고!

얼마 전에는 못 말리는 미치광이 칼리굴라가 로마를 다스렸고, 조금 있으면 또 다른 미치광이 네로가 등장할 거였다. 지진이 빈발했으며, 화산들은 용암으로 도시들을 완전히 덮어 버리곤 했고, 사람들은 돼지들이 매의 발톱이 달린 괴물들을 낳는 것을 흥조로 여겼다. 그렇다고 해서 1세기가 그 어떤 시대보다 종말론적 믿음들로 요동치던 때였다고 결론지을 수 있을까? 이스라엘은 아마도 그랬을 거였다. 하지만 제국이 그 힘이나 안정성에 있어서 절정에 달해 있던 그리스 로마 세계에서는? 루카 같은 사람이 속해 있던 세계에서는?

나는 잘 모르겠다.

11

당시 바오로는 두 사람과 함께 여행 중이었는데, 「사도행전」이 우리에게 전하는 바에 의하면 그들의 이름은 실라스와 티모테오였다고 한다. 지금으로서는 나는 이 조연들을 어떻게 다뤄야 할지 잘 모르겠지만, 아무튼 중요한 것은 이 3인조가 트로아스까지는 〈그들〉로 지칭되다가, 트로아스를 떠날 때는 〈우리〉가 되었다는 사실이다. 여기서 루카가 등장한 것이다.

또 「사도행전」은 그들이 만났을 때 바오로는 자신의 행로에 대해 망설이고 있었다고도 전한다. 그는 시리아에서 출발하여 5년에 걸쳐 킬리키아, 갈라티아, 팜필리아, 리카오니아, 프리기아, 리디아 등을 거쳐 온 터였다. 이 이국적인 지명들은 로마 제국의 먼 변경 지방들이 된 고대 헬레니즘 왕국들의 이름들이다. 이곳들을 동서로 이으면 대략 터키의 현 영토와 일치한다. 바오로는 인구가 밀집된 해안들과 항구들에서 벗어나 내륙 지방으로 깊숙이 들어갔다. 그는 강도들이 들끓는 험한 길들을 두 발로 걸어서, 운수가 좋은 날에는 노새를 타고서, 여기저기 돌아다녔다. 가진 것을 자루 하나에 모두 넣어 다녔고, 외투는

텐트로도 사용했다. 아직 지도가 존재하지 않은 때라서 아는 곳은 다음 마을까지였고, 그 너머는 미지의 땅이었다. 바오로는 그 미지의 땅을 향해 나아갔다. 그는 가파른 산들을 오르고, 고개들을 넘고, 오늘날까지 카파도키아를 방문하는 관광객들을 황홀하게 만드는 그 기이한 바위산들을 보았으며, 광활한 아나톨리아 고원 위에 잠들어 있는 촌락들에까지 이르렀다. 이런 곳들에도 유대인 식민들이 정착해 있었는데, 모든 것들로부터 떨어져 살아온 탓에 너무도 투박하고 순진한 이들은 대도시의 유대인들과는 달리 바오로의 설교를 기쁘게 받아들이고, 쑥덕대지 않고 예수를 그리스도로 영접했다. 이렇게 5년을 보낸 바오로는 이 공동체들이 자기 없이도 그들끼리 잘해 나갈 수 있을 만큼 신앙이 공고해졌다고 판단하고는, 좀 더 문명화된 지역들로 돌아오고 싶어졌다. 그의 계획은 현 터키의 서부 해안 지역에 해당하는 소아시아에서 선교를 계속해 나간다는 것이었다.

이때 하느님의 영이 그의 길을 막으셨다.

루카는 고개를 갸우뚱하지도, 성령이 어떤 형태로 개입했는지 명확히 밝히지도 않고 그냥 이렇게 쓰고 있다. 따라서 이 장면은 상상하기가 매우 어려워진다. 난 이 부분에 대해 좀 더 알아보고자, 『예루살렘 성경』과 『에큐메니칼 번역 성경』의 주(註)들을 참조했다. 이 두 번역본은 내가 작업 테이블 위에 항상 비치해 놓는 책들이다. 또 언제든 꺼내 볼 수 있게끔 한 선반에 모아 둔 것들도 있는데, 루이 스공의 개신교 성경과 이른바 『포르루아얄 성경』이라고 하는 르메트르 드 사시의 것, 그리고 가장 최근에 나온 『작가들의 성경』로 바야르 출판사의 것인데, 이 마지막 성경에 대해서는 나 자신이 번역에 참여했으므로 나중에 다시 언급할 기회가 있을 것이다. 『예루살렘 성경』과 『에큐메니칼 번역 성경』의 주들은 그 양이 풍부하고, 대체적으로 매우 잘되어 있긴 하지만, 하느님의 영이 어떤 식으로 바오로의 길을 막았는지 알기를 원한다면 실망스러운 게 사실이다. 이 두 성경은 사도의 도정에 대해 약간 다른 가설들을 제시하고는 있지만, 둘 다 〈하느님의 영은 바오로로 하여금 유럽으로 가게 하려는 뜻을 품고 계셨으므로 소아시아로 가는 것을 막았다〉라는 말 이상은 하고 있지 않다.

다행스럽게도 이 일을 보다 합리적으로 설명한 사람이 있다. 바로 르낭이다. 그에 따르면, 사도들은 표징(標徵)과 이적(異蹟)의 세계에 살았고, 자신들은 그 어떤 상황에서도 하느님의 영감을 따르고 있다고 믿었으며, 그들의 꿈들과 우연한 사건들과 여행 중에 끊임없이 발생하는 불의의 사고들을 성령의 명령으로 해석했다. 이 르낭의 버전에 따르면, 바오로는 루카에게 지금 자신은 갈림길에 서 있는 것처럼 느껴지며, 어디로 가야 할지 잘 모르겠다고 고백한다. 마케도니아에 있는 자기 고향으로 돌아가는 중이었던 루카는 자기가 가이드가 되고, 바오로의 설교에 관심을 느낄 만한 사람들을 소개해 주겠다고 제의한다. 여기서 바오로는 루카는 성령이 자신에게 보낸 사람이라는 결론을 내린다. 그리고 어쩌면 그다음 밤에 루카가 나오는 꿈을 꿨을지도 모른다. 나로 하여금 이 이야기에 들어갈 수 있게 해준 작은 틈새를 제공한 「사도행전」의 구절은 바오로에게 나타나 자기 나라 사람들을 위해 바다 건너편으로 가달라고 청하는 한 마케도니아인에 대해 말하고 있다. 이 신비스러운 마케도니아인은 바로 루카 자신이 아니었을까? 나는 이런 식으로 얘기해서 이 이야기가 잃을 것이 하나도 없다고 생각한다.

12

나는 지금 르낭의 권위에 의지했거니와, 앞으로도 하게 될 것이다. 그는 『신약』이라는 나라를 여행하는 데 있어서 내 길벗 중 하나이다. 지금 내 성경들 옆에는 그의 두툼한 저서 두 권이 놓여 있는데, 이제 그를 잘 모르거나 전혀 모르는 독자에게 그를 소개하고 싶다.

에르네스트 르낭은 열렬한 가톨릭 가정에서 자라났고, 나중에 신부가 될 생각이었던 작달막한 브르타뉴 사람이다. 그런데 신학교에서 공부하던 중에 그의 신앙이 흔들리기 시작했다. 길고도 고통스러운 내적 갈등 끝에 자기가 믿고 있는지 더 이상 확신할 수 없는 신을 섬기는 것을 포기했다. 그는 역사가, 문헌학자, 동양학자가 되었다. 그는 어떤 종교의 역사를 쓰려고 할 때, 그 최적의 조건은 그것을 믿었다가 더 이상 안 믿게 되는 것이라고 생각했다. 그는 이런 입장에서 대작을 착수했는데, 그 첫 번째 권인 『예수의 생애』는 1863년에 엄청난 스캔들을 일으켰다. 순수한 지식욕으로만 가득한 온화한 학자였던 르낭은 당시에 가장 미움받던 인물 가운데 하나가 되었다. 가톨릭에서 파문당했고, 콜레주 드 프랑스 원장 자리에서도 쫓겨났다. 바르베 도르비이, 레옹 블루아, J. K. 위스망스 등, 모든 가톨릭 우파의 논객들은 그를 진흙탕으로 끌어내렸다. 그들의 어조가 어땠는지 보기 위해 블루아의 글을 몇 줄 읽어 보자. 〈르낭, 비겁자들의 신이요, 배불뚝이 현자요, 자기가 태어난 화장실 밖으로 내던져진 영혼의 느끼한 냄새가 뿜어져 나오는, 교활한 과학적 똥통이라 할 수 있는 인간.〉

내가 존중은 하되 공유하지는 않는 취향을 가진 몇몇 사람들은 블루아를 아주 위대한 작가로 여긴다. 이들은 무엇보다도 하느님은 〈미지근한 자들을 뱉어 버리신다〉라고 말하는 「요한묵시록」의 그 구절을 내세운다. 솔직히 르낭은 그런 희화화를 당할 만도 한 게 사실이다. 뚱뚱하고 사람 좋게 생긴 그가 쿠션을 댄 푹신한 안락의자에 몸을 편안히 묻고 있는 모습은 어느 주교좌성당 참사원을 연상시키며, 교황 베네딕토 16세에게 몹시 불리하게 작용한 바 있는 그 위선자 같은 인상마저 준다. 그런데 여러 세대 동안 그를 — 어느 서점 진열창에서 그의 책 한 권을 보게 될라치면 뱀이라도 본 듯이 부리나케 달려가 고해성사를 할 정도로 — 적그리스도로 간주하게 만든 점이 내게는, 내 독자들 중 꽤 많은 분들에게도 그러하리라고 생각하는데, 학자에게 요구되는 최소한의 엄격함과 이성으로 느껴진다.

(물론 이것은 내가 지금 생각하는 것이다. 만일 르낭을 내가 교조적인 가톨릭 신자였던 20년 전에 읽었더라면, 그를 몹시 미워했을 거고, 심지어 그러는 것을 자랑스러워하기까지 했을 것이다.)

르낭의 프로젝트 전체는 초자연적이라 여겨지는 사건들에 어떤 자연적 설명을 부여하고, 신성한 것들을 인간적 차원으로 끌어내리며, 종교를 역사의 영역에 위치시키는 것일 뿐이다.

그는 남들이 원하는 대로 생각하고, 원하는 대로 믿는 것을 가지고 뭐라 하지 않는다. 그는 결코 당파주의자가 아니고, 단지 각자에게 각자의 일이 있다고 생각할 뿐이다. 그는 사제가 아닌 역사가가 되기를 선택한 것이며, 역사가의 역할은 예수가 부활했다고, 그는 신의 아들이라고 말하는 게 아니고, 단지 한 무리의 사람들이 예수는 부활했고 신의 아들이라는 생각을 어느 순간, 그리고 상세히 이야기할 만한 가치가 있는 상황들 가운데서 품게 되었고, 심지어는 다른 사람들까지 이 생각을 믿게끔 만들었다고 말하는 것이다. 르낭은 부활과 더 넓게는 기적들을 믿기를 거부하면서, **실제로, 역사적으로 일어났을 수 있는,** 그러나 최초의 이야기들이 그들의 믿음에 따라 왜곡시킨 사실들을 알아내려 애쓰면서 예수의 삶을 얘기한다. 그는 복음서의 일화마다 선별 작업을 행한다. 이건 사실이야, 이건 아니야, 이건 그럴 수 있어. 그의 펜 끝에서 예수는 이 땅에 산 사람들 중에 가장 훌륭하고도 영향력 있는 인물, 윤리적 혁명가, 석가모니와 같은 지혜의 스승이 된다 — 하지만 신의 아들은 아니니, 그 이유는 간단히, 신이 존재하지 않기 때문이다.

『예수의 생애』는 매년 같은 주제로 계속 출간되는 99퍼센트의 서적들보다 아직도 훨씬 유익하고도 읽기에 유쾌한 책이긴 하지만, 그다지 아름답지 못하게 늙어 버렸다. 과거에 참신했던 점은 더 이상 참신하지 않고, 매우 제3공화국[7]적인 우아하고도 유려한 문체는 느끼함이 되어 버렸으며, 르낭이 〈예수는 《신사(紳士)》의 원형이다, 그는 우리가 뛰어난 인물의 핵심적

7 프랑스의 정치 체제로 1870~1940년 시기를 가리킨다.

자질로 간주하는 것, 즉 자신이 한 일들을 미소 지으며 바라볼
수 있는 능력을 가장 높은 정도로 지니고 있다〉라고 칭송할 때,
혹은 예수의 회의주의적인 〈세련된 조소들〉을 그의 혐오의 대
상 바오로의 투박하고도 광신적인 신앙에 대비시킬 때, 이런
이야기들을 수없이 들어 온 현대의 독자로서는 다만 짜증이 날
뿐이다. 그렇지만『예수의 생애』는 빙산의 일각일 뿐이다. 가
장 흥미로운 부분은『기독교 기원의 역사』의 다음 여섯 권인
데,[8] 여기서 르낭은 우리에게 훨씬 덜 알려진 이야기, 즉 정신
이 멀쩡한 사람이라면 단 1세스테르티우스[9]도 투자하지 않았
을 이상야릇한 신앙으로 결속된 무식한 어부들에 의해 세워진
한 조그만 유대교 신흥 종파가 어떻게 3세기도 안 되는 시간에
로마 제국을 안으로부터 집어삼켜 버리고, 모든 예상을 뒤엎고
오늘날까지 지속되어 왔는지를 상세히 들려주고 있는 것이다.
그리고 흥미로운 것은 단지 르낭이 들려주는 그 자체로서 놀라
운 이 이야기뿐만이 아니라, 또한 그가 이것을 이야기하는 놀
라울 정도로 정직한 태도, 다시 말해서 자신이 역사가로서 어
떻게 작업하고 있는지를 독자에게 설명하는 방식이기도 하다.
그는 자신이 어떤 자료들을 확보하고 있는지, 그것들을 어떻
게, 그리고 어떤 전제들에 따라 사용하고 있는지를 숨김없이
밝힌다. 나는 르낭이 역사를 쓰는 방식, 그의 표현을 빌자면 **아
드 프로반둠**이 아닌 **아드 나란둠**, 즉 무엇을 증명하기 위해서가

---

8 『예수의 생애*La Vie de Jésus*』는 에르네스트 르낭이 1863년에서 1883년에
걸쳐 썼으며, 총 일곱 권으로 이루어진『기독교 기원의 역사*Histoire des origines
du christianisme*』의 첫 번째 권이다.
9 대로마의 화폐 단위로 1/4 데나리우스.

아니라 단지 일어난 일을 이야기하기 위해 쓴다는 그의 방식이 좋다. 나는 그의 고집스러운 선의가, 확실한 것과 개연성 있는 것을, 개연성 있는 것과 가능한 것을, 가능한 것과 의심스러운 것을 구별하려는 그의 양심적인 세심함이, 그리고 자신을 극렬하게 비판하는 이들에게 그가 보이는 차분한 태도가 좋다. 〈자신이 믿는 바를 위해 나를 무지한 자, 사이비 학자, 혹은 위선자로 여겨야 할 필요가 있는 사람들에 대해 말하자면, 나는 굳이 그들의 의견을 바꾸려 하지 않는다. 만일 그게 그들의 휴식을 위해 필요하다면, 난 그들을 미망에서 벗어나게 한 것을 자책할 것이다.〉

13

소아시아와 유럽의 양쪽 해안을 연결하는 배는 바오로와 그의 동료들을 네아폴리스항(港)에 내려 주었고, 거기서 그들은 마케도니아의 필리피로 향한다. 필리피는 과거의 알렉산드로스 대왕의 왕국을 2세기 전부터 점령해 온 로마인들에 의해 새로 건설된 도시다. 스페인에서 터키까지, 제국의 한쪽 끝에서 다른 쪽 끝에 이르기까지 로마의 도로들은 너무도 튼튼하게 포장된 덕에 아직도 많은 수가 남아서 도시들을 서로 연결해 주고 있다. 이 로마의 도시들은 모두가 똑같은 모델에 따라 건설되었다. 바둑판 형태로 쭉쭉 뻗은 널찍한 대로, 체육관, 온천장, 광장…… 라틴어 명문(銘文)들, 그러나 그리스어를 사용하는 주민들…… 사방에 보이는 하얀 대리석 건물들…… 아우구스투스 황제와 그의 아내 리비아에게 바쳐진 신전들……. 순전히 형식적이며, 프랑스 대혁명 기념일 혹은 제1차 대전 종전 기념일 행사만큼이나 개인의 선택에 맡겨지는 이들에 대한 숭배는 각 지역 토속 신들과 평화롭게 공존하고 있다. 세계화는 이미 알렉산드로스 제국 시대에 존재했기 때문에 로마인들이 발명했다고는 할 수 없지만, 그들은 이것을 이후 5세기 동안이나 유지된 완벽한 상태로까지 끌어올렸다. 그것은 오늘날의 맥도널드, 코카콜라, 쇼핑몰, 애플 대리점 등과 같은 것이다. 어디를 가든지 똑같은 게 보인다. 물론 정치적일 뿐만 아니라 문화적이기도 한 이런 제국주의를 개탄하는 까다로운 사람들도 있지만, 대부분의 사람들은 어디든 마음대로 갈 수 있고, 어디를 가든 자기 나라처럼 느껴지고, 먼 국경 지역에서 싸우는 직업 군인들 외에는 더 이상 전쟁을 하지 않으며, 그 먼 곳의 싸움들도 승리했을 경우에 벌이는 축제와 개선식의 형태들로밖에는 각자의 생활에 아무런 영향을 주지 못하는 이런 평화로운 세계에 사는 것을 만족하고 있다.

 필리피 같은 도시는 반쯤은 토착민인 마케도니아인들로, 반쯤은 식민인 로마인들로 채워져 있다. 유대교 회당이 없는 것을 보면 아마 유대인은 별로 없었을 것이다. 반면 성벽 바깥, 어느 강변 같은 곳에 모여 비공식으로 안식일을 기념하는 이들도 존재한다. 그 멤버들은 유대인들이 아니고, 그들은 토라에 대해 매우 흐릿한 개념만을 지니고 있다. 내가 상상하는 그들은, 전문 강사는 없지만 그래도 어떤 책이나 비디오를 통해, 혹은 어떤 강습을 받았거나 연수에 참여한 개인의 지도하에 자기네끼리 수련해 나가는 요가나 태극권의 애호가 같은 사람들이다.

이런 종류의 그룹은 여성들이 대다수를 차지하는 게 보통인데, 의식이 거행되기 위해서는 남성이 적어도 열 명은 있어야 하는 유대교의 관점에서는 매우 비정통적인 일이긴 했지만, 어쨌든 이것은 필리피 그룹의 경우였다. 루카는 그의 이야기에서 여자들만을 언급한다. 그는 이미 그들을 알고 있었을 가능성이 있다. 벌써 그들 모임에 참석한 적이 있고, 새로이 사귄 세 명의 친구를 그들에게 데려가는 것이 어떤 의미인지 잘 알고 있었을지도 모른다.

〈제자가 준비되면 스승이 나타난다.〉 이것은 무술 세계에서 널리 알려진 격언이다. 이 여성들이 곧바로 바오로에게서 그들이 기다리던 스승을 알아본 것을 보면, 제자들은 충분히 준비되어 있었던 모양이다. 루카는 특히 그룹의 리더인 듯한 리디아라는 여자에 대해 언급한다. 그는 이렇게 쓰고 있다. 〈그녀는 귀를 쫑긋 세웠다. 그리고 마음을 열어 바오로의 말을 귀담아들었다.〉

리디아는 유대교에 심취해 있긴 했지만, 자기 남편과 아들들을 할례받게 할 생각은 하지 않는다 — 또 아무도 그녀에게 그렇게 하라고 요구하지 않았다. 하지만 바오로가 자신이 전하는 신앙을 받아들였다는 사실을 확증할 수 있는 어떤 특별한 의식에 대해 얘기하자마자, 그녀는 자기도 그것을 받게 해달라고 간청한다. 사실 그것은 할례와 달리 고통스럽지도 않고, 흔적도 남기지 않는 의식이다. 당신이 물에 들어가 무릎을 꿇으면, 의식을 집전하는 사람이 잠시 동안 당신의 머리를 물속에 처박고는 내가 그리스도의 이름으로 그대를 물로 적시노라, 하고 큰 소리로 외치면 의식이 끝나고, 당신은 더 이상 같은 사람이 아니다. 이것은 세례라고 불린다. 리디아는 세례를 받은 후에 자기 가족도 받기를 원했다. 또 새 영적 스승과 그의 동료들이 자기 집에 와서 머물기를 원했다. 아무에게도 의지하지 않는다는 원칙을 가진 바오로는 처음에는 거절하지만, 리디아가 너무나도 간절하고 진심 어린 태도여서 결국 받아들인다.

루카의 설명에 따르면, 그녀는 자색 옷감 장수, 다시 말해서 그 지방 특산물이며, 날개 돋친 듯 수출되고 있는 날염 직물을 파는 장수이다. 상인의 아내가 아니라, 그녀 자신이 상인이다. 여기서는 뭔가 번창하는 기업, 모권적인 환경, 에너지 넘치는 여성 같은 것들이 느껴진다. 이 정력적인 여자의 안락한 거처에서 기숙하고, 가족 전체를 개종시킨 네 명의 종교 지도자……. 만일 이런 일이 오늘날 프랑스의 어느 지방 도시에서 일어났더라면, 사람들이 입방아깨나 찧어 댔으리라. 그리고 나는 1세기 마케도니아의 어느 지방 도시에서도 사람들이 입방아를 찧어 대지 않았을 이유가 없다고 본다.

리디아의 집에서 바오로와 그의 동료들 주위에 조그만 동아리가 형성된다. 몇 년 뒤, 바오로는 필리피 주민들에게 서신을 한 통 보내며 특별히 에우오디아와 에파프로디토스와 신티케에게 안부를 전하는데, 나는 20세기를 가로질러 우리에게까지 전해진 이 에우오디아, 에파프로디토스, 신티케라는 단역들의 이름들을 쓰는 게 너무나도 즐겁다. 거기에는 다른 이들도 있었을 것이다. 나는 약 10여 명, 혹은 20여 명이 있었으리라고 본다. 바오로의 카리스마와 리디아의 권위는 너무도 훌륭하게 작용한 나머지, 모두가 며칠 전만 해도 이름도 모르던 이 예수의 부활을 믿기 시작한다. 그리고 모두가 세례를 받는다. 그들은 이렇게 하는 것이 자신들이 그 내용도 제대로 알지 못하면서 열성적으로 추구했던 유대교를 배신하는 행위라고는 결코 생각하지 않는다. 오히려 그들은 자신들을 인도해 주고, 영과 진리 가운데서 경배하는 길을 가르쳐 주는 이 너무나도 박식한 랍비를 보내 주신 하느님께 감사를 드린다. 물론 그들은 계속 안식일을 지키고, 그날만 되면 만사를 내려놓고 촛불을 밝히고 기도드리지만, 바오로는 여기에 덧붙여 새로운 의식 하나를 가르친다. 그것은 안식일이 아닌 그다음 날에 갖는 식사로, 바오로는 이를 〈애찬(愛餐)〉이라 부른다.

애찬은 진짜배기 식사, 잔칫날의 식사이다. 비록 바오로가 이때 너무 많이 먹지 말고, 특히 과음하지 말 것을 강조하고 있지만 말이다. 각자 집에서 음식을 한 가지씩 준비하여 가지고 오게 되어 있다. 하지만 필리피에서 이 수칙은 잘 지켜지지 않았을 것 같은데, 왜냐하면 애찬은 리디아의 집에서 열렸으며, 내가 상상하기로 이 리디아는 언제나 자기가 모든 것을 하려 하고, 늘 실제로 먹을 양보다 세 배나 많이 준비를 하고, 만일 누군가가 자기를 도와주려고 할라치면, 아니 괜찮아, 너무 고맙긴 한데 그렇게 하는 게 아니야, 하고 말하는 너그러운 동시에 폭군적인 유형의 안주인이었기 때문이다. 「놔둬, 놔둬, 내가 다 알아서 할 테니까. 가서 다른 사람들과 함께 앉아 있어.」 애찬의 어느 순간에 이르면 바오로는 자리에서 일어나, 빵 한 조각을 떼어 내어 이것이 그리스도의 몸이라고 말한다. 그리고 포도주로 채워진 잔을 쳐들고는 이것은 그분의 피라고 말한다.

사람들은 묵묵히 빵과 잔을 식탁 주위로 돌리고, 각자 빵을 한 입씩 먹고, 포도주를 한 모금 마신다. 이것은 구세주께서 십자가에 매달리시기 전, 이 땅에서 마지막으로 가지셨던 식사를 기념하는 일이라고 바오로는 설명한다. 그러고 나서 사람들은 그리스도의 죽음과 부활에 관한 일종의 찬송가를 부른다.

14

⟨어느 날,⟩ 루카는 이야기를 계속한다. ⟨우리가 기도를 하러 가는데, 비단뱀 귀신이 들린 여자 노예 하나가 우리에게 다가왔다.⟩ ⟨비단뱀 귀신이 들렸다⟩라는 말은 — 이에 대해 여러 성서 번역본들과 르낭의 의견은 일치하는데 — 악령에 사로잡혔다는 뜻으로, 델피 신전의 무녀와 마찬가지로 예언과 점술 능력이 있다는 뜻이다. 여자 노예는 바오로, 티모테오, 실라스, 루카, 그리고 어쩌면 이들과 함께 있었을지도 모르는 필리피의 신자 몇 사람들에게 다가온다. 그녀는 이들을 부르고 또 따라오면서, ⟨이 사람들은 지극히 높으신 하느님의 종들이고, 구원의 길을 선포하고 있소⟩라고 고래고래 외친다. 그렇게 다음 날도, 또 그다음 날들에도 계속 이렇게 한다. 바오로는 보다 은근한 홍보 방식을 선호하는 터라, 처음에는 외면하면서 여자 노예를 지나쳐 버린다. 하지만 자신들에 대한 경의가 점점 더 소란스럽게 표현되자 인내심을 잃어버리고는, 아예 여자에게서 예수 그리스도의 이름으로 귀신을 쫓아 버린다. 귀신이 여자에게서 나온다. 경련을 일으키고, 펄떡펄떡 몸을 뒤틀고, 결국에는 축 늘어진다. 이렇게 히스테리 발작이 끝난다.

루카의 말을 믿을 것 같으면 바오로는 이런 종류의 쾌거를 종종 보여 주었다는데, 하지만 자신의 능력을 발휘하기 전에 신중히 숙고했다. 이것은 사람들에게 깊은 인상을 주고 또 고통을 덜어 주기도 하지만, 여기에서 비롯되는 개종들은 그다지 질이 좋지 못했기 때문이다. 많은 경우, 골치 아픈 일들만 생긴다.

「사도행전」에는 이런 종류의 이야기가 하나 더 있다. 루카가 직접 목격한 것은 아니다. 아마도 티모테오가 그에게 들려준 이야기일 텐데, 왜냐하면 이것은 리카오니아 산지에 위치한 티모테오의 고향 마을 리스트라에서 2년 전에 벌어진 일이기 때문이다. 거기서 바오로는 한 마비 환자의 병을 고쳤는데, 이 기적을 본 리스트라의 주민들은 땅바닥에 납작 엎드렸다. 그들은 바오로와 그의 조수를 땅에 내려온 제우스 신과 헤르메스 신으로 여겼다.

이 구절을 읽게 되었을 때, 내 머릿속에는 러디어드 키플링의 그 기막힌 이야기 「왕이 되려 한 남자」와 이를 바탕으로 존 휴스턴이 제작한 영화가 떠올랐다. 인도군의 장교였던 두 남자, 숀 코너리와 마이클 케인은 황금을 찾아 1세기의 리카오니아 못지않게 미개한 지역인 힌두쿠시의 오지로 들어간다. 원주민들은 백인을 한 번도 본 적이 없었으므로, 옳거니, 그들은 신처럼 숭배된다. 이 이야기에서 산초 판사 역을 맡은 마이클 케인은 이러한 착각을 이용하여 신전의 보물을 훔쳐서 부리나케 도망치고 싶어 한다. 돈키호테 격인 숀 코너리는 이 산골 사람들은 사람 보는 눈이 있어, 하고 흥분하면서 자신을 정말로 신으로 여기지만, 일은 아주 고약하게 끝난다. 마지막 장면은 마을 아이들이 공놀이하는 광경을 보여 주는데, 먼지 속에서 구르는 공은 피 묻은 넝마로 둘둘 만 숀 코너리의 머리통이다.

마이클 케인과는 달리 바오로는 리카오니아 사람들의 순진함을 악용할 생각이 없었다. 적어도 그와 같은 방식으로 이용하고 싶지는 않았다. 그가 관심이 있는 것은 오직 그들의 영혼일 뿐, 그들의 황금이 아니었던 것이다. 하지만 그는 자신의 발밑에 군중들이 납작 엎드렸을 때는 숀 코너리가 느꼈던 현기증을, 또 자기들이 숭배하는 이가 한낱 인간에 불과하다는 사실을 알았을 때 폭발한 그들의 분노를 체험할 수 있었다. 리스트라에서 바오로는 돌팔매질을 당하여 거지반 죽은 상태로 구덩이에 던져졌는데, 그 일이 이 필리피에서 재연되려 하고 있었으니, 귀신 들린 여자 노예의 주인들이 바오로의 개입을 아주나쁘게 받아들인 것이다. 그들은 지금까지 그 불쌍한 여자의 능력을 악용하여, 그녀가 귀신에게 물어 점을 칠 때마다 중간에서 돈을 챙겨 온 터였다. 그런데 바오로가 귀신을 쫓아낸 그녀는 이제 보기에는 역겹지만 돈이 되었던 신체장애가 치유된 어떤 인도 거지나 다름없다. 이제 그녀는 아무짝에도 쓸모없는 존재가 된 것이다. 자신들의 일에 남이 끼어든 데에 불같이 화가 난 주인들은 바오로와 실라스를 붙잡아 치안관들 앞으로 끌고 와서는, 그들이 공공질서를 어지럽히고 있다고 고발했다. 「이자들은 우리 도시에 혼란을 일으키고 있습니다. 이들은 유대인들인데, 우리 로마 시민들의 것이 아닌 풍속을 퍼뜨리고 있습니다.」

이들이 유대교도인지 기독교도인지, 고소인들은 구별하지 않았고, 관리들도 마찬가지다. 그들은 그런 것에는 신경도 쓰지 않는다. 로마 제국은 정복된 나라들에서 모범적인 정교분리 정책을 시행했다. 거기에는 완전한 종교와 사상의 자유가 있었다. 로마인들이 **렐리기오**religio라고 불렸던 것은 지금 우리가 **종교**라고 부르는 것과는 아무런 관계가 없다. 이것이 요구하는 것은 어떤 신앙 고백이나 영적 감정의 토로가 아니라, 단순히 국가 제도들 — 특정 의식들을 통해 표시되는 — 에 대한 존중 어린 태도일 뿐이었다. 우리가 의미하는 바의 종교, 그 괴상한 관행들과 그 부적절한 열정으로 가득한 종교를 그들은 **수페르스티티오**superstitio[10]라고 불렀다. 이것은 동방인들과 야만인들의 일이고, 그들이 공공질서를 어지럽히지 않는 한 그것을 자유롭게 믿게 놔두었다. 그런데 바오로와 실라스에 대해 고발된 내용은 바로 이 공공질서를 어지럽혔다는 거였고, 이 때문에 필리피의 관용적인 관리들은 그들의 옷을 벗기고 매질한 다음, 발에 족쇄를 채워 감옥에 가두라고 명한다.

이 동안에 루카와 티모테오는 무엇을 하고 있었는가? 「사도행전」은 이에 대해 말이 없다. 아마도 신중하게 어디선가 납작 엎드려 있었으리라. 반면 「사도행전」은 감옥에 갇힌 바오로와 실라스가 한밤중에 큰 소리로 기도하고 하느님을 찬양했으며, 다른 죄수들은 이런 그들을 경이롭게 바라봤다는 얘기를 하고 있다. 그런데 갑자기 큰 지진이 일어나 건물을 기초부터 흔들어 놓는 통에 감방 문들이 열리고, 심지어는 잠가 놓은 족쇄까지 풀려 버렸다는 거였다. 죄수들이 도망갈 수 있는 절호의 기

10 *religion*과 *superstition*은 현재 프랑스어에서 각각 〈종교〉와 〈미신〉이라는 뜻이다.

회였고, 실제로 다른 죄수들은 다 그렇게 한 것 같은데, 바오로와 실라스는 그러지 않는다. 간수는 이 일에 너무도 감명받은 나머지 스스로도 예수 그리스도를 믿기에 이르렀고, 두 남자를 자기 집에 초대하기까지 한다. 그는 그들의 상처를 씻어 주고 음식을 대접했으며, 온 가족으로 하여금 세례를 받게 한다.

다음 날, 도시의 관리들은 숙고 끝에 이 껄끄러운 두 수인을 슬그머니 풀어 줄 것을 지시한다. 그러자 바오로는 아주 고자세로 나온다. 그는 이렇게 호통친다. 「아, 내게 사면 같은 것은 필요 없소! 나도 어엿한 로마 시민인데, 당신들은 재판도 없이 나를 매질하고 감옥에 처넣었소. 이것은 법에 어긋나는 일이고, 당신들이 잘못했는데, 내가 무슨 도둑놈처럼 여기서 슬그머니 나간다는 것은 있을 수 없는 일이오. 싫소! 당신들이 직접 와서 사과하지 않는 한, 난 여기에 남아 있겠소. 난 여기서 아주 잘 지내고 있소.」

이 희극적인 장면을 움직이는 힘은 바오로가 로마 시민이라는 사실이다. 필리피의 관리들은 처음에는 이 사실을 몰랐다가, 그걸 알게 되고는 자신들이 골치 아픈 일에 휘말렸음을 깨닫는다. 어디서 굴러 들어왔는지 알 수 없는 일개 유대인이야 재판 없이 매질할 수도 있는 일이지만, 로마 시민은 그렇지 않다. 그가 상급 관리에 하소연하여 그들을 곤경에 몰아넣을 수도 있는 일이다. 기독교의 기원을 다룬 유명한 다큐멘터리 시리즈 「코르푸스 크리스티」를 제작한 제롬 프리외르와 제라르 모르디야는 관리들에게 부당하게 당하던 바오로가 이 로마 시민권을 빨리 밝혔다면 매질당하고 하룻밤 감옥에 갇히는 일을 피할 수 있었을 텐데 그러지 않았다는 점에 대해 정당한 의심을 품는다. 또 의심 얘기가 나왔으니 하는 말인데, 이 프리외르와 모르디야는 바오로가 기독교 박해자로서 처음 벌인 활약들에 대해 루카뿐 아니라 바오로 자신이 한 말, 즉 예루살렘의 대사제로부터 서명이 적힌 허가장을 받아 〈남녀를 가리지 않고 사슬에 묶어 감옥에 처넣었다〉는 얘기는 1세기 유대교의 맥락에서 볼 때 결코 있음직하지 않은 일이라고 지적한다. 당시 유일하게 치안권을 쥐고 있었고, 종교적 다툼들에 있어서 중립적 태도를 유지하려고 애썼던 로마 당국이 한 광신적인 젊은 랍비로 하여금 그의 신앙의 이름으로 양민들을 투옥하는 것을 허용했을 리 없다는 것이다. 만일 그가 그리하려고 했다면, 도리어 자신이 투옥되는 신세가 됐을 거였다. 만일 바오로의 말을 진지하게 받아들이고 싶다면, 여기서 전혀 다른 시나리오를 상상해 봐야 할 것이다. 즉 바오로는 정복군에 협력하는 일종의 의용대원이었다는 시나리오 말이다. 내가 뒤에서 다시 언급하게 될 한 역사가는 이런 식의 대담한 가설을 내놓은 바 있지만, 굳이 그렇게 멀리까지 나아가지 않아도, 지금 우리가 확인한 사실만 가지고도 바오로의 이 날조 행위로부터 그의 심리와 극적 효과를 즐기는 성향에 대한 유익한 결론을 이끌어 낼 수 있다. 그는 아마도 나중에 자신이 목자가 될 교회를 떨게 만들었던 그 유대판 터미네이터가 아니었을 거고, 단지 이런 식으로 얘기될 때 이야기가 더 흥미로워지고, 대조의 효과가 더 커진다는 것을 알고 있었을 것이다. 사도 바오로는 악랄한 종교 재판관 사울이었기 때문에 더 위대한 것이며, 내가 느끼기에 바오로의 이런 특징은 필리피의 에피소드가 보여 주는 그것과도 부합한다. 여기서도 그는 한마디만 하면 풀려날 수 있는데 마치 즐기듯이 매질을 당하고 있는 바, 이 말을 내뱉기 전에 온몸이 피와 멍으로 덮이고, 자신을 때린 자들의 과오가 목까지 차오를 때까지 기다리고 있는 것이다.

뚝심 대결에서 승리를 거둔 바오로는 감옥에서 당당히 걸어 나왔지만, 관리들은 그에게 도시를 떠나 달라고 부탁한다. 그는 리디아와 그녀의 가족들과 작별 인사를 나누고, 그들이 받은 세례에 걸맞은 모습을 보이라고 권고하고는 실라스와 티모테오와 함께 다시 여행을 시작한다. 그들의 계속되는 모험은 「사도행전」에서 이야기되고 있지만, 나중에 「사도행전」의 저자가 될 루카는 이야기의 이 지점에서 어디론가 사라져 버린다. 그가 바오로를 따라가고 싶지 않았던 것인지, 혹은 바오로가 동행을 바라지 않았던 것인지 모르겠지만, 어쨌든 루카는 무대 뒤편으로 퇴장해서는 세 장(章) 뒤에, 다시 말해서 7년 후에야 다시 등장한다. 그때서야 그는 인물들과 같은 지역에 있으면서 그들을 직접 눈으로 보는 증인인 〈우리〉로 돌아올 것이다. 이러한 사실은 나로 하여금 — 르낭과 마찬가지로 — 루카는 마케도니아 사람이며, 그가 7년 동안 필리피에 남아 있었다는 생각을 하게 했다. 그리고 이제 내가 하고 싶은 것은, 테오 앙겔로풀로스의 느릿하고도 안개 낀 분위기의 영화들이 펼쳐지는 그 발칸 냄새가 물씬한 북부 그리스에서, 다시 말해서 선교의 중심 무대에서 멀리 떨어진 이곳에서 흘러간 이 7년에 대해 상상해 보는 것이다. 바오로가 길을 가면서 마치 조약돌처럼 뿌려 놓은 그 조그만 교회들 중 하나가 그가 없는 동안 어떻

게 발전했을지를 한번 상상해 보자는 것이다. 바오로의 여행들
에 대해 그들은 무엇을 알았으며, 그가 보내온 서신들은 거기
서 어떤 반향을 일으켰을까? 그가 뿌려 놓은 씨앗은 그 긴 겨울
동안 어떻게 싹을 틔웠을까?

15

당시에 〈교회〉란 어떤 것이었을까? 그때 벌써 이런 표현을
사용했을까? 그렇다, 분명히 그랬을 것이다. 바오로는 그의 서
신에서 그의 〈교회들〉 — 이 말이 풍기는 성직자적 냄새를 덜
고 싶다면 그냥 간단히 그를 추종하는 〈그룹들〉이라고 부를 수
도 있으리라[11] — 에 대해 말하고 있다.

그렇다면 〈기독교도〉[12]라는 말은? 이 또한 마찬가지다. 이
단어는 예수가 죽고 나서 10여 년 후에 바오로가 전도하기 시
작했던 안티오키아와 시리아에서 형성되었다. 그가 이끄는 가
운데 개종자의 수는 나날이 증가했으며, 로마 당국을 비롯한
많은 이들이 아직 살아 있는 저항 세력의 리더로 여기던 이 **크
리스토스**_Khristos_의 추종자들은 사람들 사이에서 **크리스티아노
스**_Khristianos_라고 불리기 시작했다. 이 도시형 전설[13]은 로마
에까지 흘러들어 갔으며, 서기 41년에 클라우디우스 황제는 뭔
가 조치를 취해야겠다고 생각하고는, 그들의 리더 **크레스토스**

11 〈교회〉는 프랑스어로 _église_이고, 이는 〈시민들의 모임, 회중〉이라는 뜻을
가진 그리스어 에클레시아_ekklēsia_에서 왔다. 바오로가 그의 서신들에서 사용하
는 표현은 바로 이 〈에클레시아〉이다.
12 프랑스어로 기독교도는 _chrétien_이고, 영어로는 _christian_이다.
13 확실한 근거가 없으나 사실인 것처럼 사람들 사이에 퍼지는 놀라운 이야기.

*Chrestos*의 이름을 내걸고 문제를 일으키는 유대인들을 로마에서 추방하는 칙령을 선포했다.

로마와 안티오키아와 알렉산드리아는 세계의 수도들이었다. 하지만 루카가 살고 있는 마케도니아처럼 제국의 후미진 곳에 위치한 몇몇 마을에도 스스로를 그리스도의 교회로 여기는 사람들이 몇십 명 있었다.

이 몇십 명의 사람들은 그들이 전혀 모르는 발원지 갈릴래아에서처럼 가난하고 무식한 어부들이 아니었다. 또 힘 있는 사람들도 아니었다. 그보다는 자색 옷감 장수 리디아 같은 상인들, 장인(匠人)들, 노예들이었다. 루카는 지위가 높은 — 특히 로마인 — 새 신자 몇 사람을 거론하고 있지만, 이 루카는 약간 속물기가 있어 **네임드로핑**[14]을 하는 경향이 있고, 예수는 단지 신의 아들일 뿐 아니라, 그녀의 어머니 쪽으로 아주 훌륭한 가문 출신이라는 점을 강조하는 유형임을 감안해야 한다.

그중 몇 사람은 그리스화된 유대인이고, 대부분은 유대교에 경도된 그리스인들이었다. 하지만 유대인과 그리스인을 막론하고 모두가 바오로를 만난 후에 자신이 이스라엘의 종교, 즉 유대교에 대한 어떤 반대 운동이 아니라, 그것의 특별히 순수하고도 진정한 한 분파에 가입했다고 생각했다. 그들은 유대교 회당에서 너무 심한 저항에 부딪히지 않는 한, 계속 그곳을 드나들었다. 그런데 만일 그곳이 **진짜** 회당이라면, 다시 말해서 할례받은 유대인들로 이루어진 **진짜** 유대인 공동체라면, 저항

14 *name-dropping.* 유명 인사와의 친분을 과시하기 위해 대화 중에 슬그머니 그의 이름을 흘리는 행위.

은 어김없이 일어났다. 필리피는 이 경우가 아니었지만, 바오로가 필리피에서 바로 다음으로 향한 테살로니카는 그랬다. 그곳의 유대인들은 어디선가 새로 나타난 자가 자기네 신자 중 일부를 끌어들이는 것을 못마땅하게 생각했다. 결국 그들은 바오로를 사람들을 선동하여 소란을 일으킨 자로 로마 당국에 고발했다. 그는 도망칠 수밖에 없었고, 이 시나리오는 이웃 도시 베로이아에서도 재연된다. 이때 바오로가 개종시킨 이들이 할 수 있는 일은 무엇이었겠는가? 새 구루[15]가 남긴 지침을 따르기 위해 전과 같이 회당에 나가서 자기네끼리 은밀히 만나는 것이다. 그게 아니면 아예 또 다른 회당을 열어 버리는 것이다.

정말로? 그게 그렇게나 간단한 일이었을까? 우리로서는 약간 납득하기 힘들다. 우리는 곧바로 〈교회 분리〉, 〈이단〉 같은 말들을 생각하게 된다. 그것은 우리가 모든 종교를 다소 전체주의적인 것으로 간주하는 데 익숙해져 있기 때문인데, 사실 고대에서는 전혀 그렇지가 않았다. 그리스 로마 문명에 관련된 다른 많은 것들에 대해서도 마찬가지지만, 이 점에 있어서 나는 단지 탁월한 역사가일 뿐 아니라, 뛰어난 작가이기도 한 폴 벤의 권위에 기대고자 한다. 르낭처럼 그는 이 책을 쓰는 데 보낸 몇 년 동안 나와 함께해 주었고, 난 항상 그와의 동행이 즐거웠다. 그의 쾌활함과 익살, 그리고 세부에 대한 그의 끝없는 욕심이 마음에 들었다. 그런데 이 폴 벤의 말로는 그리스 로마 세계에서 예배 장소들은 제각각 조그만 사기업들이었다고 한다. 어떤 도시의 이시스 사원은 다른 도시의 이시스 사원과, 이를

---

15 원래는 힌두교나 불교 등의 영적인 스승을 뜻하는 말이었지만, 지금은 일반적으로 어떤 신흥 종파의 우두머리, 영적 지도자를 가리키는 말로 사용된다.

테면 두 개의 개인적인 빵집만큼도 서로 관계가 없었다는 것이다. 외국인은 자기 나라의 어떤 신을 위한 사원을, 마치 오늘날 외국 음식 전문 식당들을 열듯이 자유로이 열 수 있었다. 대중은 거기에 가든지 안 가든지 함으로써 자신의 선택을 보여 주었다. 만일 어떤 경쟁자가 등장했을 때, 최악의 상황은 그가 남의 고객을 빼돌리는 것인데, 이게 바로 바오로가 비난받았던 점이다. 사실 이런 문제에 있어서는 유대인들부터가 너그럽지 못했지만, 위계질서, 모든 신자를 한데 묶는 신경(信經),[16] 그리고 떨어져 나가는 이들에 대한 각종 징계 등과 함께 종교적 중앙 집권 체제를 발명한 것은 바로 기독교인들이다. 어쨌든 우리가 얘기하고 있는 시대에는 이 발명이 아직 걸음마 단계에도 있지 않았다. 내가 지금 묘사하려 하는 것은 고대인들에게 그 간단한 개념조차 없었던 어떤 전면적인 종교 전쟁보다는, 오늘날 요가 학원이나 무술 학원에서 종종 볼 수 있는 — 물론 다른 곳들에서도 볼 수 있겠지만 내가 아는 것만을 말하겠다 — 어떤 현상과 더 비슷하다. 상급에 이른 어떤 제자가 같은 제자들 중 일부를 스스로 가르치려 하거나, 혹은 외부로 끌고 나간다. 스승은 공개적으로 혼을 낸다. 어떤 제자들은 원만하게 처신코자 이쪽에서 한 시간, 저쪽에서 한 시간 수업을 들으면서, 자, 이렇게 양쪽의 장점을 취하는 거야, 하고 말한다. 하지만 대부분은 둘 중 하나를 선택한다.

---

16 신앙 고백에 쓰이는, 가톨릭교의 요체를 간추려 쓴 공식적이고 권위 있는 진술.

16

바오로가 떠난 후 여러 해 동안 마케도니아에서 발전해 간 이 작은 교회들은, 예루살렘에서 예수의 제자들과 가족들이 했던 것처럼, 공동체를 이루어 살지는 않았다. 사도가 내린 지침은 각자가 자기 자리에 머무르고, 삶의 외적인 조건들에서 아무것도 바꾸지 말라는 것이었다. 그 이유는 우선, 세계의 종말이 가까워졌으므로, 그때까지 부산을 떤다거나 어떤 계획을 세우는 것은 아무 소용 없는 일이기 때문이었다. 두 번째로는, 진정한 변화는 다른 곳, 즉 영혼 안에서 이뤄지기 때문이었다. 바오로는 이렇게 말하곤 했다. 만일 그대가 노예라면 해방되려고 애쓰지 말라. 주님께서는 그대를 불러 그대를 해방시키셨고, 자유인들은 그분의 노예가 되었다. 만일 그대가 기혼자라면, 기혼자로 남아 있어라. 기혼자가 아니라면 군이 여자를 찾으려 하지 말라. 만일 그대가 그리스인이라면, 할례를 받지 말라. 만일 유대인이라면 할례받은 상태로 남아 있어라(나도 알고 나서 깜짝 놀란 사실인데, 어떤 그리스화된 유대인들은 거리낌 없이 공중목욕탕에 드나들기 위해 포피를 복원하는 수술을 받았다고 한다. 이 수술의 명칭은 프랑스어로는 에피스파슴*épispasme*이다.)

우리는 그들이 서로를 〈형제〉, 〈자매〉라고 불렀다는 것을 읽고도 별로 놀라지 않는다. 이것은 우리가 잘못된 것이다. 우리는 놀라야 한다. 수 세기 동안 성당의 설교가 〈나의 사랑하는 형제들이여〉라는 말로 시작되었던 까닭에 우리는 이런 표현에 익숙해져 있지만, 고대에는 엉뚱하기 짝이 없는 말이었다. 어떤 관계의 친밀한 성격을 강조하기 위해 넓은 뜻으로, 혹은 은유적 의미로 누군가를 〈형제〉라고 칭할 수는 있었지만, 모든 사람이 형제라는 생각은 이 작은 신흥 종파가 찾아낸 새로운 아이디어였고, 처음에는 매우 쇼킹한 말이었을 것이다. 오늘날 어떤 신부가 자기 신자들을 〈우리 남편님들과 아내님들〉이라고 칭하며, 마치 모든 남자가 모든 여자들의 남편이고, 또 모든 여자가 모든 남자들의 아내인 듯 말한다고 한번 상상해 보라. 하지만 이것도 바오로의 교회에서 사용된 〈형제님들과 자매님들〉이라는 표현보다 더 이상하다고 할 수 없으며, 따라서 그들의 모임이 종종 근친상간이나 문란함의 장소로 여겨졌던 것은 결코 놀라운 일이 아니다.

이 점에 있어서 사람들은 잘못 생각한 것이었다. 최초의 기독교회들은 문란함과는 전혀 상관이 없는 장소였다. 2세기 초, 흑해 연안의 머나먼 땅, 비티니아의 총독으로 임명된 소(小)플리니우스는 트라야누스 황제에게 글쓴이의 난감함이 느껴지는 서신을 한 통 보내는데, 이는 기독교인들에 대해 이교도가 쓴 최초의 문헌 중 하나이다. 총독직에 취임한 플리니우스는 로마의 시민 종교는 방기되었고, 신전들은 텅텅 비었으며, 시장에서는 더 이상 아무도 신들을 위해 희생된 고기를 사려 하지 않는다는 사실을 발견한다. 사람들이 말하는 바에 의하면, 이 개탄스러운 상황의 주된 원인은 그가 지금까지 한 번도 들어본 적이 없는 〈크리스투스의 제자들〉이라는 신흥 종파의 인기 때문이라는 거였다. 그들은 은밀히 대책 회의를 여는데, 플리니우스 휘하의 총리 격인 관리는 그들이 모이는 것은 난잡한 짓들을 벌이기 위함이라고 주장한다. 플리니우스는 이런 소문들에 만족하지 못한다. 그는 정확히 알아보고자 누군가를 보내는데, 조사 결과는 당혹스러운 것이었다. 이 사람들이 모여서 하는 일이라곤 소박한 음식을 함께 나누고, 미소 지으며 서로를 쳐다보고, 찬송가를 부르는 것뿐이란다. 차라리 난잡한 짓들을 벌였다는 소리를 듣는 게 낫지, 이처럼 지나칠 정도의 온건함은 오히려 불안스럽게 느껴졌지만, 아무튼 사실을 받아들이는 수밖에 없었다. 누구와 같이 잔 사람은 아무도 없었단다!

거의 불안스럽기까지 한 이런 깨끗한 도덕성은 우리를 불편하게 만든다(정확히 말하자면 나는 플리니우스만큼이나 불편하다). 현대에 들어서 바오로는 〈흥을 깨버리는 재미없는 인간〉이라는 악명이 높았는데, 몇몇 작가들은 좋은 의도를 가지고 이런 평판을 고쳐 보려고 시도했다. 바오로의 서신들에 근거하여, 이 인간은 새침데기다, 마초다, 동성애 혐오자다, 하는 식으로 비처럼 쏟아지는 비난들에 대해 그를 방어해 주고자, 이 작가들은 그를 인간 육체를 타락시키는 데 혈안이 된 세계에서 그것에 대한 진정한 사랑을 권유했던 윤리적 혁명가로 그리려고 애를 쓴다. 나 역시 그렇게 믿고 싶지만, 솔직히 이런 식의 방어 전략은 얼굴을 완전히 가려 버리는 이슬람의 베일을 서구식 포르노그래피에 의해 비하된 여성에 대한 존중의 표현이라고 주장하는 이들의 그것과 다를 바 없다. 바오로는 단지 독신자인 것만이 아니었다 — 이것부터가 결혼하지 않으면 불완전한 남자로 여기는 유대인의 윤리에 어긋나는 것이다. 그는 순결했다. 그는 자신이 동정인 것에 자부심을 느꼈으며, 이것이 최상의 선택이라고 공언하곤 했다. 그는 한 서신에서 〈불길에 타오르는 것보다는 결혼하는 게 낫다〉라고 마지못한 듯이 인정하고(여기서 〈불길에 타오른다〉라는 표현으로 바오로가 의미하고자 하는 바는 그가 포르네이아*porneia* — 그렇다, 여러분이 생각하는 바로 그 뜻이다 — 라고 부르는 것이다), 이런 문제들에 대해 〈말하는 이는 나고, 주님이 말씀하시는 것은 아니다〉라고 덧붙인다. 그가 적용하는 기준들이 무엇인지 가끔 궁금해질 때도 있지만, 어쨌든 바오로는 자신이 주님의 대변인으로서 의견을 표명하는 문제들과 자신의 개인적 의견을 내놓는 것으로 만족하는 문제들을 명확히 구별한다. 따라서 〈우리가 현재 겪고 있는 재난을 생각해서〉 그냥 독신으로 지내는 게 더 좋다고 판단하는 사람은 단지 바오로일 뿐이다. 주님은 그보다는 덜 까다롭다. 그분은 단지 우리가 부름을 받았을 때의 상태로 머물러 있으라고 말할 뿐이다. 결혼한 상태였다면 결혼한 상태로…… 등등. 반면 바오로는 이렇게 명확히 요구한다. 〈아내가 있는 사람은 아내가 없는 사람처럼 사십시오. 슬픔이 있는 사람은 슬픔이 없는 사람처럼 지내고, 기쁜 일이 있는 사람은 기쁜 일이 없는 사람처럼 사십시오. 또 재산이 있는 사람은 재산이 없는 것처럼 생각하십시오. 왜냐하면 우리가 보는 세상은 다 지나갈 것이기 때문입니다. 그리고 내가 무엇보다도 바라는 것은 여러분 모두가 근심 없이 살아가는 것입니다.〉

17

이미 안식일에 모이고 있었던 이 사람들은 이제 안식일 다음 날에 열리는 주님의 애찬을 위해서도 모였고, 또 점차로 매일

같이 모이기 시작했다. 피차 얘기할 게 너무 많았다! 서로 고백하고, 서로 비교해 볼 새로운 체험들로 넘쳐 났다! 하지만 겉으로 볼 때 그들이 하는 일은 회당에서 하던 것과 다를 바 없었다. 성경을 읽고 해석하는 것 말이다. 하지만 이제 그들에게는 새로운 독서의 틀, 새롭고도 기가 막히게 짜릿한 해석의 틀이 있었다. 종종 애매모호하게 느껴지는 예언자들의 말들에서 그들은 그리스도의 죽음과 부활, 그리고 임박한 시간의 종말의 예고들을 찾아보았고, 그렇게 찾으면 물론 발견하게 되었다. 그들은 읽고, 해석하고, 서로를 격려했다. 무엇보다도 기도했다. 마치 전에 한 번도 기도해 본 적이 없는 것처럼 기도했다.

나는 여기서 독자가 〈기도〉란 단어가 자신에게 무엇을 의미하는지 한번 자문해 봤으면 한다. 1세기의 어떤 그리스인이나 로마인에게, 기도는 아주 형식적인 무엇이었다. 그것은 누군가가 어떤 의식 중에, 그가 믿지 않는다고 하면 틀린 말이겠지만, 그냥 어느 보험 회사를 믿듯이 믿는 어느 신에게 큰 소리로 외치는 기원의 말이었다. 그때에는 이를테면 밀의 곰팡이병과 관련하여 신과 맺는 계약처럼, 특수한 계약들이 있었다. 사람들은 신의 보호를 간청하고, 그것을 들어준 데 대해 감사드렸고, 만일 밀에 곰팡이병이 생기면 신의 무관심을 비난했으며, 일단 제단에 등을 돌리고 나면 이제 피차 빚진 게 없으니, 더 이상 거기에 대해 생각할 필요가 없었다. 많은 이들에게 있어 신과는 이런 최소한의 거래로 충분했다.

시대들 중에는 보다 더 종교적인 시대들이 있고, 또 덜 종교적인 시대들이 있는 것처럼(나는 내가 얘기하고 있는 시대가 우리 시대보다 더 종교적이라고 할 수는 없지만, 약간은 비슷한 방식으로 종교적이었다고 생각한다), 좀 더 종교적인 기질도 있고 덜 종교적인 기질도 있다. 마치 음악에 대한 취향과 재능을 가진 사람들이 있는 것과 마찬가지로 이런 것들에 대한 취향과 재능을 가진 사람들이 존재하고, 또 자신은 그런 것들 없이도 잘 살 수 있다고 좋아하는 사람들도 존재한다. 1세기의 그리스 로마 시대에는 신앙심 강한 영혼들이 열정을 발산할 대상이 별로 없었고, 이 때문에 그들은 유대교를 그토록 좋아했던 것이다. 단순한 낭송에 불과했던 기도는 유대인들에게는 마음속의 모든 것을 쏟아 내는 일종의 대화가 되었다. 그들의 신은 어떤 대화 상대, 그것도 모든 종류의 대화 상대였다. 속내를 털어놓는 이, 친구, 부드러우면서도 엄한 아버지, 그리고 아무것도 감출 수 없는 — 때로는 감추고도 싶었으리라 — 질투심 많은 남편……. 그들은 눈을 들어 그를 보면서 자신의 보다 내밀한 속으로 들어가곤 했다. 이것만 해도 벌써 대단한 것이었으나, 바오로는 한층 더 요구한다. 쉬지 않고 기도하라고 요구한 것이다.

19세기 말엽에 쓰인 『한 러시아 순례자의 이야기』라는 조그만 책자가 있다. 난 내 기독교 신앙 시절에 이 책을 읽고 또 읽었으며, 요즘도 이따금 꺼내 읽곤 한다. 화자는 한 가난한 러시아의 무지크[17]인데, 글도 제대로 읽을 줄 모르고 한 팔이 다른 팔보다 짧은 이 농부는 어느 날 교회에서 신부가 〈쉬지 말고 기도하라〉라는 바오로의 말을 읽는 것을 듣게 된다. 그는 벼락을

17 러시아 혁명이 일어나기 이전의 러시아 농민을 일컫는 말.

맞은 듯한 충격을 느낀다. 그는 이게 중요한 말임을, 아니 중요한 것을 넘어서서 핵심적인 말임을 깨닫는다. 핵심적인 것 이상으로, 사활이 걸린 것이었다. 중요한 것은 오직 이것뿐이었다. 하지만 그는 자문한다. 어떻게 사람이 쉬지 않고 기도할 수 있단 말인가? 그리하여 이 농부는 자기보다 더 배운 게 많고 신앙심이 깊어서 자신이 어떻게 해야 할지 가르쳐 줄 수 있는 사람들을 찾아 러시아 방방곡곡을 헤맨다.

『한 러시아 순례자의 이야기』는 15세기 전부터 러시아 정교 내에 존재해 왔으며, 신학자들이 〈헤시카스모스〉, 혹은 〈마음의 기도〉라고 부르는 신비주의적 흐름을 기가 막히게 통속화한 이야기이다. 이 이야기는 현대에 와서 뜻밖의 후손을 얻게 되니, 내가 어린 시절에 가장 열정적으로 읽은 문학 작품 중 하나였던 J. D. 샐린저의 『프래니와 주이』에 포함된 두 단편소설이다. 신경 쇠약 증세가 있는 섹시한 여대생 주인공은 1950년대의 자유분방한 뉴욕에서 이 작자 미상의 러시아 소책자를 우연히 접하고는 마찬가지로 감전된 듯한 느낌을 받으며, 아침부터 저녁까지 〈주 예수여, 나를 불쌍히 여기소서〉라고 중얼거려 온 집안을 경악하게 한다. 오만하면서도 총명한 배우인 그녀의 오빠가 어떤 식으로 그녀를 이 엉뚱한 생각에서 꺼내 주고, 동시에 그 생각을 인정해 주어 그 궁극적 결과들에 이르게 하는지는 샐린저의 이 두 단편을 읽으면 알 수 있다. 요컨대 이 두 단편 역시, 「테살로니카 신자들에게 보낸 첫째 서간」에 나오며, 서기 50년경 마케도니아와 아나톨리아의 그 외딴 교회들에서 처음으로 문자 그대로의 의미로 받아들여졌던 〈쉬지 말고 기도하라〉라는 이 바오로의 말에서 나온 것이다.

테살로니카와 필리피와 베로이아의 형제와 자매들은 처음에는 이 무지크처럼 불안에 사로잡혔다. 「하지만 우리는 어떻게 말해야 할지 알지 못합니다. 무엇을 구해야 할지도 알지 못합니다.」

바오로는 그들에게 대답했다. 「걱정 마십시오. 주님께서는 여러분에게 무엇이 필요한지 여러분 자신보다 더 잘 알고 계십니다. 재물을 구하지 마십시오. 여러분의 사업이 원하는 대로 되게 해달라고 구하지도 마십시오. 심지어 덕(德)들을 구하지도 마십시오. 다만 기도의 은사를 달라고 주님께 구하십시오. 이것은 마치 아이 낳기를 원하는 것과 마찬가지입니다. 아이를 낳기 위해서는 먼저 어머니를 구해야 하는데, 기도가 바로 모든 덕의 어머니인 것입니다. 여러분은 기도하면서 기도하는 법을 배우게 될 것입니다. 기도할 때는 장황한 말들을 늘어놓지 마십시오. 다만 〈주여, 어서 오시옵소서〉라는 뜻인 **마라나타**를 온 마음을 다해 되풀이하십시오. 내가 약속하거니와, 그분은 반드시 오실 것입니다. 그분은 여러분 위에 내려오시고, 여러분을 당신의 거처로 삼으실 것입니다. 이제 사는 것은 더 이상 여러분이 아니고, 여러분 안에 사시게 될 그리스도이십니다.」

만일 누군가가 〈좋아요, 한번 해보겠습니다〉라고 말하면, 그는 고개를 흔들며 이렇게 대답했다. 「한번 해보지 말고, 하세요!」

바오로는 테살로니카, 필리피, 베로이아에 오래 머무르지는 않았지만, 거기에 지침들과 〈마라나타〉라는 주문(呪文)을 남겼다. 이렇게 무장된 형제들과 자매들은 열심히 훈련하면서, 저마다 실행한 바를 서로 비교했다. 어떤 이는 평소보다 일찍 일어나고 늦게 잠자리에 들었고, 조금이라도 틈이 나면 가게 뒤편으로 가 책상다리를 하고 앉아서는, 혼자 나직한 목소리로 **마라나타**를 되풀이했다. 그러고 있노라면 관자놀이가 맥동하기 시작하고 배가 뜨뜻해지면서, 지금 자기가 하는 말의 의미도 기억하지 못하게 되었다. 또 어떤 이는 이 말을 입 속으로 되풀이했고, 따라서 혼자 있어야 할 필요가 없었다. 언제 어디서나, 심지어는 군중 속에서도 실행할 수 있었다. 그는 걸으면서, 씨앗을 고르면서, 고객들과 얘기를 나누면서 기도했다. 그는 첫번째 형제, 그러니까 책상다리를 하고 앉아야 할 필요가 있는 사람에게 말했다. 「자네는 숨을 쉬려면 꼭 방에 갇혀 있어야만 하나? 아니야. 자네는 일할 때 숨쉬기를 멈추나? 아니지. 그렇다면 왜 숨 쉬듯 기도하지 않는 건가? 자네의 호흡이 곧 기도가 될 수 있다고. 숨을 내쉬면서 그리스도를 부르고, 들이마시면서 그리스도를 받아들이게나. 심지어 자네의 잠도 기도가 될 수 있어. 〈나는 잠들어 있지만, 내 마음은 깨어 있네〉라고 《아가》의 신부(新婦)가 말하지 않는가? 신부는 바로 자네의 영혼이라네. 심지어 우리가 잠을 잘 때도 영혼은 깨어 있는 걸세.」

바오로는 또 〈깨어 있으라〉라고도 했고, 어떤 이들은 자지 않는 훈련을 했다. 의도적인 불면은 그들로 하여금 갖가지 환상을 보게 했다. 그들은 너무나도 불타오른 나머지 트랜스 상태에 빠지기도 했다. 이 트랜스 상태에서 어떤 이들은 그리스어로 하느님을 찬양했는데, 사람들은 이것을 〈예언〉이라고 불렀다. 또 어떤 이들은 비명을 지르거나, 한숨을 내쉬거나, 신음하기도 했다. 그들은 이따금 어떤 단어나 문장들처럼 들리지만, 도무지 이해할 수 없는 소리들을 내곤 했다. 사람들은 오늘날 정신 의학자들이 〈방언〉이라는 명칭으로 부르는 이 현상을 〈혀로 말하기〉라고 불렀고, 여기에 큰 가치를 부여했다. 그것은 정체를 알 수 없는 어떤 미지의 언어였을까, 아니면 지구상의 그 누구도 사용한 적 없는 존재하지 않는 언어였을까? 우리로서는 알 수 없는 일이지만, 그것을 말하는 이들이 필리피의 무녀들처럼 어떤 귀신에 사로잡힌 게 아니라 하느님의 영감을 받았다는 것을 믿어 의심치 않았다. 사람들은 이 일련의 신비로운 현상들을 글로 옮겨 적고, 보관하고, 그 의미를 알아내려 애썼다.

(필립 K. 딕은 앞서 말한 그 신비적인 체험을 겪고 나서, 어떤 미지의 언어로 생각하고 꿈을 꾸기 시작했다. 그는 최선을 다해 이것들을 메모했다. 이 메모들에서 출발하여 조사를 행했고, 마침내 정체를 알아냈다. 그 언어가 무엇이었는지 아는가?

아마 정답을 맞히기 힘들 것이다. 그것은 **코이네** 그리스어, 바로 바오로가 사용한 언어였다.)

18

황홀경, 트랜스 상태, 눈물, 예언, 방언……. 예나 지금이나 대부분의 신흥 종파들에서 번성하는 이러한 현상들은 최초의 기독교 교회들에서 열광적으로 받아들여졌다. 어떤 교인들은 전에 각종 마약, 버섯, 맥각(麥角), 그리고 황홀경으로 이끄는 다

른 음료들을 복용하는 동방의 다른 종교들을 경험한 적이 있었
다. 그들은 애찬 때 먹고 마심으로써 자신과 하나가 되는 그리
스도의 몸과 피가 단순히 빵과 포도주라는 사실이 약간 실망스
러웠다. 그들로서는 뭔가 보다 신비로운 것이었다면 더 좋았으
리라 — 가장 신비로운 것은 바로 이것이라는 사실을 깨닫지
못하고서 말이다. 그들은 마법적인 능력들을 열망했다. 그러자
바오로는 그들에게 분별과 신중을 권고했다. 그는 그의 서신에
서, 제자들이 수행 중에 아랫배가 저절로 움직이고 그들의 **쿤달
리니**[18]가 깨어났다고 믿을 때 훌륭한 요가 스승들이 말해 주는
식으로 말했다. 그래, 그런 게 있기는 해, 이것은 그대가 발전했
다는 신호야. 맞아, 수련이 어느 수준에 이르면 어떤 능력들을
얻게 돼. 하지만 거기에 너무 큰 중요성을 부여해서는 안 돼. 그
렇지 않으면 그것은 덫이 되고, 그대는 전진하기는커녕 오히려
퇴보하게 돼……. 바오로가 말하기를, 모든 은사(恩賜)는 마치
몸의 각 부분처럼 저마다의 기능이 있는데, 그중 어느 것도 다
른 것에 비해 모자라다고 할 수 없으며, 방언을 하는 이는 여느
사람처럼 그리스어로 말하는 이를 멸시해서는 안 된다는 것이
었다. 「나도 몇 시간이고 방언으로 말할 수 있지만, 방언으로
1만 마디의 말을 하여 여러분을 멍하게 만들 바에야 차라리 그
리스어로 여러분에게 유익한 다섯 마디의 말을 하겠습니다.」
결국 — 그리고 무엇보다도 — 그가 하고 싶은 말은 은사들은
아주 좋은 것이긴 하지만, 정말로 중요한 단 하나의 은사, 다른
모든 은사들을 뛰어넘는 은사는 그가 **아가페**라고 부르는 은사
라는 거였다.

18 요가에서 말하는 인간 안에 잠재된 우주 에너지.

바오로가 〈애찬〉이라는 말을 끄집어낸 **아가페**는 『신약』 번역자들에게는 악몽과도 같은 단어이다. 라틴어는 이 말을 **카리타스**_caritas_로 번역했고, 프랑스어는 〈샤리테〉[19]로 번역했지만, 이 〈샤리테〉는 수 세기에 걸친 훌륭하고도 충직한 봉사를 마친 후, 오늘날에는 더 이상 역어로서 적합하지 않게 되었다. 그렇다면 그냥 간단히 〈사랑_amour_〉? 하지만 아가페는 그리스인들이 **에로스**라고 칭한 육체적이고 정열적인 사랑도 아니고, 그들이 **필리아**라고 칭한, 부부나 부모 자식 간의 따스하고도 평온한 사랑도 아니다. 아가페는 그것 이상이다. 그것은 받는 대신 주는 사랑, 자리를 온통 차지하는 대신 스스로 작아지는 사랑, 자신의 유익보다는 상대의 유익을 바라는 사랑, 자아에서 벗어난 사랑이다. 바오로의 깜짝 놀랄 만한 서신에서 가장 놀라운 구절 중 하나는 아가페에 대한 일종의 찬가로, 이것은 전통적으로 결혼 미사 때 읽혀 왔다. 그자비에 신부는 카이로에 있는 그의 조그만 교구에서 나와 안의 결혼식을 집전했을 때 이것을 낭독했다. 르낭은 이것을 『신약』에서 예수의 말씀들과 비견될 수 있는 유일한 구절로 여겼고 — 나도 동의한다 — 브람스는 이를 음악으로 옮겨 그의 숭엄한 「네 개의 엄숙한 노래」 중 마지막 곡으로 삼았다.

〈내가 인간의 여러 언어와 천사의 언어로 말한다 하여도 나에게 사랑이 없으면 나는 요란한 징이나 소란한 꽹과리에 지나

---

19 프랑스어에서 _charité_는 처음에는 _agapē_와 거의 같은 뜻으로 〈하느님에게서 나온 순수하고도 초자연적인 사랑〉을 의미했지만, 시간이 감에 따라 〈자비〉, 〈동정〉, 〈자선〉 같은 뜻으로 변질되었다.

지 않습니다.

내가 예언하는 능력이 있고 모든 신비와 모든 지식을 깨닫고 산을 옮길 수 있는 큰 믿음이 있다 하여도 나에게 사랑이 없으면 나는 아무것도 아닙니다.

내가 모든 재산을 나누어 주고 내 몸마저 불 속에 내던진다 하여도 나에게 사랑이 없으면 아무 소용이 없습니다.

사랑은 참고 기다립니다. 사랑은 친절합니다. 사랑은 시기하지 않고 뽐내지 않으며 교만하지 않습니다. 사랑은 무례하지 않고 자기 이익을 추구하지 않으며 성을 내지 않고 앙심을 품지 않습니다. 사랑은 불의에 기뻐하지 않고 진실을 두고 함께 기뻐합니다. 사랑은 모든 것을 덮어 주고 모든 것을 믿으며 모든 것을 바라고 모든 것을 견디어 냅니다. 사랑은 언제까지나 스러지지 않습니다.

예언도 없어지고 신령한 언어도 그치고 지식도 없어집니다. 우리는 부분적으로 알고 부분적으로 예언합니다. 그러나 온전한 것이 오면 부분적인 것은 없어집니다.

내가 아이였을 때에는 아이처럼 말하고 아이처럼 생각하고 아이처럼 헤아렸습니다. 그러나 어른이 되어서는 아이 적의 것들을 그만두었습니다. 우리가 지금은 거울에 비친 모습처럼 어렴풋이 보지만 그때에는 얼굴과 얼굴을 마주 볼 것입니다. 내가 지금은 부분적으로 알지만 그때에는 하느님께서 나를 온전히 아시듯 나도 온전히 알게 될 것입니다.

그러므로 이제 믿음과 희망과 사랑 이 세 가지는 계속됩니다. 그 가운데에서 으뜸은 사랑입니다.〉

선함이 악함보다 좋다는 것, 이것은 물론 새로운 게 아니었고, 고대의 윤리에 낯선 것도 아니었다. 그리스인들과 유대인들은 황금률이 무엇인지 알고 있었고, 예수의 동시대 랍비인 힐렐은 〈다른 사람이 그대에게 행하기 원치 않는 것을 다른 사람에게도 행하지 말라〉는 이 수칙 하나가 율법 전체를 요약한다고 말하곤 했다. 떠벌리고 다니는 것보다는 겸손한 게 낫다, 이 수칙도 조금도 이상하게 여겨지지 않았다. 오만하지 말고 겸허하라, 이것도 그냥 넘어가자. 흔해 빠진 지혜의 말씀이니까. 하지만 이런 논리를 이어 가는 바오로의 말을 진지하게 듣다 보면, 큰 자보다는 작은 자가, 부자보다는 가난한 자가, 건강한 것보다는 병든 게 낫다고 말하게 된다. 이 단계에 이르게 되면 그리스 정신의 소유자들은 더 이상 아무것도 이해하지 못하게 되는 반면, 기독교의 새 신자들은 스스로의 대담함에 흥분하곤 했다.

연대순의 관점에서 볼 때 이에 대해 얘기하는 것은 아직 이르겠지만, 이런 행동 코드가 일으켰을 경악의 감정을 가장 잘 보여 주는 장면 하나는 내가 아는 바로는 시엔키에비치의 역사 소설 『쿠오 바디스』에 나온다. 네로 황제 시대의 초기 기독교인들을 그렸으며, 과거에 엄청난 인기를 누렸던 그 거대한 스케일의 고대 사극 말이다. 로마인 장교인 주인공은 책의 전반부에서는 온갖 나쁜 짓들을 하고 다닌다. 세세하게 기억나지는 않지만, 여하튼 그의 범죄 목록에는 박해, 강간, 협박, 그리고 어쩌면 살인까지 포함되어 있고, 이야기가 진행되어 자신에게 원한을 품을 이유가 충분한 기독교도들에게 붙잡히게 되었을 때, 그는 아주 난감한 상황에 처한다. 그는 자신이었더라면 그들에게 주저 없이 했을 짓을 그들이 자신에게 하리라고 예상한다. 다시 말해서 그는 그들을 죽일 터였고, 죽이기 전에는 고문할 터였다. 이렇게 하는 것은, 그가 특별히 사악해서가 아니라, 누군가가 자신을 해쳤고, 이에 대해 복수할 기회가 생겼을 경우 정상적인 남자는 당연히 그렇게 하기 때문이다. 이게 게임의 규칙이었다. 그런데 어찌된 일인가? 잉걸불을 달아 시뻘겋게 된 쇠꼬챙이를 그의 눈이나 고환에 가까이 대는 대신에 기독교도들의 우두머리, 주인공이 그의 양녀를 네로에게 넘긴 바로 그 사람이 결박을 끄르고, 포옹해 주고, 미소를 짓고 형제라고 부르며 풀어 주는 게 아닌가? 로마인은 처음에는 이게 극도로 교묘한 고문의 일부라고 생각한다. 그러고 나서는 이 상황이 결코 장난이 아님을 깨닫는다. 그에게 최악의 적이 되어야 마땅한 사람이 진정으로 그를 용서해 준 것이다. 그를 풀어 주는 데 따르는 엄청난 위험을 감수하고서 그를 용서해 준 것이다. 자신의 유리한 위치를 포기하고서 자신의 안위를 그의 처분에 맡긴 것이다. 이때 로마인 장교의 내부에서 무언가가 허물어진다. 그는 이 박해받는 불쌍한 사람들이 자신보다도 더 강하다는 것을 의식한다. 네로보다도 강하고, 그 무엇보다도 강했다. 이제 그가 열망하는 것은 단 하나, 그들의 일원이 되는 것이다. 그는 이 순간 자신의 것이 된 그들의 신앙을 위해 기꺼이 사자에게 먹힐 준비가 되었고, 결국 그렇게 될 터였다.

「사도행전」에는 갖가지 모험과 기적의 이야기들이 가득하지만, 이런 종류의 에피소드는 찾아볼 수 없다. 하지만 신흥 종파 기독교의 강력한 설득력은 정상적인 인간의 행태와는 정반대로 움직이는 이런 깜짝 놀랄 만한 — 단지 말뿐이 아니라 — 행동들을 고취하는 능력에서 기인한다고 나는 확신한다. 원래 인간이란 존재는 자기 친구에게는 호의를, 적에게는 악의를 품게끔 되어 있다 — 이는 그나마 가장 괜찮은 인간들의 경우며, 이 정도만 돼도 대단한 일이다. 이게 현실이고, 이게 정상이며, 아무도 이게 나쁘다고 하지 않는다. 그리스적 지혜도, 유대교 신앙도 그렇게 말하지 않는다. 그런데 이와는 정반대로 말할 뿐만 아니라 행동하기까지 하는 사람들이 나타난다. 사람들은 처음에는 이해할 수 없었고, 이 괴상망측한 가치의 전도(顚倒)에 대체 무슨 유익이 있는지 알 수 없었다. 그러고 나서 사람들은 깨닫기 시작한다. 그것의 유익함을, 다시 말해서 겉으로 보기에 비정상적으로 보이는 이런 행동들에서 기독교인들이 길어 내는 기쁨과 힘과 삶의 강렬함을 보기 시작한다. 이럴 때 사람들은 오직 하나만 원하게 되니, 바로 그들처럼 되는 것이다.

필리피와 테살로니카의 새 신자들은 유대교 회당에 드나들던 시절에는 어떤 엄숙하고도 부드러운 경건함에, 강렬한 고양감보다는 평온한 느낌에 젖어 들곤 했다. 율법의 준수는 그들의 삶에 모종의 형태를, 그들의 행동 하나하나에 품위를 부여했지만, 거기서 그들은 급격한 변화가 아니라 점진적인 진전을 기대했다. 바오로의 제자들이 되고 나서 사정은 완전히 달라졌다. 임박한 세계의 종말은 모든 전망을 바꿔 놓았다. 만인이 모르는 어떤 엄청난 사실을 오직 그들만이 알고 있었다. 잠들어 있는 사람들 가운데서 오직 그들만이 깨어 있었다. 그들은 어떤 초자연적인 세계 안에, 그들이 밖으로 아무것도 드러내지 않고 완전히 평범한 사람들인 것처럼 행동하려고 — 바오로는 다시 한 번 이 점을 몹시 강조한다 — 애를 쓰는 만큼 더욱 굉장하게 느껴지는 어떤 세계 안에 살고 있었다. 그룹 안에서 커져 가는 이 굉장한 것과 가장 평범한 일상을 세심하고도 열심히 계속해 나가는 삶 사이의 대비는 어떤 도취감을 안겨 주었고, 나는 바오로의 제자들과 아직 회당에 다니는 사람들이 마주쳤을 때, 후자들 가운데 가장 예민한 이들은 전자들에게서 어떤 변화를 감지하고는 상념에 빠져들거나 막연한 부러움을 느꼈으리라고 생각한다.

20

필리피를 떠나고 나서 7년 후에 다시 돌아올 때까지의 바오로의 행적을 전하는 「사도행전」의 연대기는 상당히 혼란스럽다. 여기에는 이유가 있으니, 루카가 그와 함께하지 않았기 때문이다. 하지만 이 루카의 이야기를 보충해 줄 수 있는 또 다른 자료가 있다. 바오로 자신에게서 나온 것이기 때문에 매우 특별한 가치를 지니는 이 자료는, 그가 그의 교회들에 보낸 서신들이다.

『신약』의 모든 판본들에서, 이 서신들은 〈서간〉 — 그냥 〈편지〉라는 뜻이다 — 이라는 멋들어진 이름이 붙여져 복음서들과 「사도행전」 다음에 놓여 있다. 하지만 이 순서는 잘못된 것이니, 이 서신들은 복음서들과 「사도행전」보다 시기상 적어도

20~30년은 앞선 것이기 때문이다. 이것들은 기독교의 가장 오래된 텍스트, 아직은 기독교라고 부르지 않았던 것의 글로 된 최초의 자취이다. 이것들은 또한 성경 전체에서 가장 현대적인 텍스트들이기도 한데, 이게 무슨 뜻이냐 하면, 작가가 누구인지 명확하며, 그가 자신의 이름을 걸고 말하는 유일한 텍스트들이라는 얘기다. 예수는 복음서들을 쓰지 않았다. 모세는 모세 오경을 쓰지 않았으며, 다윗왕도 유대교가 그의 것이라고 믿는 「시편」을 쓰지 않았다. 반면 가장 엄격한 비평가들의 의견으로도, 성경에 수록된 바오로의 서신들 중 적어도 3분의 2가 분명히 그의 것이라고 한다. 이 서신들은 지금 이 책이 내 생각을 표현하고 있는 것만큼이나 그의 생각을 직접적으로 표현하고 있다. 우리는 예수가 정말로 누구였으며, 그가 정말로 무엇을 말했는지 영원히 알 수 없겠지만, 바오로가 누구였으며, 그가 무슨 말을 했는지는 안다. 즉 그의 문장들의 독특한 어법을 알기 위해서는 그것들에 전설과 신학의 두꺼운 막들을 겹겹이 씌워 놓은 중개자들을 믿어야 할 필요는 없다는 얘기다.

바오로가 서신을 쓴 것은 작가로서 일하기 위해서가 아니라, 그가 세운 교회들과의 접촉을 유지하기 위해서였다. 그는 자신의 소식을 전했고, 신자들이 질문하면 거기에 답변했다. 바오로가 첫 번째 서신을 쓸 때 아마도 예상치 못했겠지만, 그의 서신들은 이내 모두가 돌려 보는 공문, 레닌이 1917년 이전에 파리나 제네바나 취리히에서 제2차 인터내셔널의 여러 분파들에게 보낸 그것들과 상당히 유사한 일종의 회람이 되었다. 아직 복음서는 존재하지 않았다. 최초의 기독교인들에게는 경전이 없었으나, 바오로의 서신들이 그걸 대신해 주었다. 그들은 애찬 때 빵과 포도주를 나누기 전에 큰 소리로 그의 서신들을 낭독했다. 그의 원본 서신을 받은 교회는 그것을 경건히 보관했지만, 신자들은 사본들을 만들었고, 그 사본들은 다른 교회들에 돌았다. 바오로는 그것들이 모두에게 읽힐 것을 요구했으니, 그는 누구에게 뭘 감추는 것도 없고, 몇 사람하고만 속닥거리지도 않았기 때문이다. 그는 비의(秘儀)에는 전혀 취향이 없었고, 자신의 얘기를 청중에게 맞추는 데에 아무런 거리낌이 없었다. 이런 면에 있어서도 그는 〈존재하는 재료를 가지고 작업해야 한다〉라고 생각했던 레닌과 비슷하다. 모든 사람이 그의 가르침을 받고, 그것을 나름대로 소화할 수 있었다. 바오로가 테살로니카 사람들에게 쓴 것은 테살로니카 교회 **전체**와 마케도니아의 다른 교회들에게도 쓴 것이었다. 루카는 「사도행전」에서 한 번도 이 서신들을 인용하지 않았지만, 그 역시 이것들을 낭독하는 모임에 참석했을 거고, 아마도 그것들을 다시 베껴 쓰기까지 했을 것이다.

신학자에게 바오로의 서신들은 하나의 신학 논문이다 ― 기독교 신학 전체가 그것들을 기반으로 한다고까지 말할 수 있다. 역사가에게 그것들은 믿을 수 없을 정도로 신선하고도 풍요로운 사료들이다. 이 서신들 덕분에 역사가는 최초의 기독교 공동체들의 일상생활이 어떠했는지, 그 공동체들이 어떻게 조직되었으며, 어떤 문제들을 고민했는지를 생생하게 포착할 수 있다. 또 이 서신들 덕분에 역사가는 서기 50년에서 60년 사이에 바오로가 지중해의 항구들 사이를 어떻게 오가며 다녔는지를 그려 볼 수 있으며, 『신약』의 전문가들이 이 시기를 재구성하려 할 때에는 각자의 종파적 소속이 어디든 간에 모두가 책상 위에 이 바오로의 서신들과 「사도행전」을 펼쳐 놓는다. 그들은 모두 알고 있다. 모순이 있을 경우, 바오로의 말을 믿어야 한다는 것을. 왜냐하면 가공되지 않은 자료가 이후에 나온 편집물들보다 더 큰 역사적 가치를 지니고 있으며, 거기서 출발하여 각자 나름의 요리를 하는 것이기 때문에. 나 또한 그렇게 하고 있다.

21

필리피를 떠난 바오로는 테살로니카로 갔고, 다시 테살로니카에서 베로이아로 갔는데, 어디를 가든지 항상 똑같은 일이 벌어졌다. 그는 안식일마다 회당에서 발언하고, 유대교를 신봉하는 그리스인 몇 사람을 기독교로 개종시키고, 이 비열한 경쟁자를 쫓아내기 위해 수단과 방법을 가리지 않는 진짜 유대인들의 반감을 사곤 했다. 이게 만일 「러키 루크」[20] 같은 만화였다면, 그가 매번 타르과 깃털을 뒤집어쓰고 마을에서 쫓겨나는 장면을 볼 수 있었으리라. 이런 반복되는 좌절과 환멸감은 그로 하여금 어느 대도시에 가서 운을 시험해 봐야겠다는 생각을 굳히게 한다. 그리하여 제자들의 도움을 받아 황급히 베로이아밖으로 피신해 나온 바오로는 배를 타고 아테네로 떠났는데,

20 벨기에 만화가 모리스Morris가 1946년에 처음 발표한 만화 시리즈. 서부 개척 시대의 미국에서 〈자기 그림자보다도 총을 빨리 쏘는〉 러키 루크와 그의 똑똑한 말 졸리 점퍼가 돌턴 형제 같은 악당들과 맞서 싸우는 코믹한 이야기들로 웨스턴을 패러디한다.

거기서는 한층 고약한 실패가 기다리고 있었다.

확실히 아테네는 그를 위한 장소가 아니었다. 페리클레스, 페이디아스, 투키디데스, 혹은 위대한 비극 작가들의 이름들은 그에게 큰 의미가 없었을 것이다. 설사 그가 찬란했던 고대 그리스에 대해 꿈꿔 왔다는 별로 개연성 없는 가설을 받아들인다 해도, 아테네는 2세기 전부터 정치적으로 예속되고 이미 박물관으로 바뀌어 버린 제국의 한 지방 도시에 불과했다. 로마의 양갓집 자제들은 이곳에 1년 동안 유학을 오곤 했다. 그들은 아크로폴리스와 실라 군단의 약탈에서 살아남은 조각상들을 감상하곤 했다. 또 교육자, 수사학자, 문법학자 등이 옛적에 플라톤과 아리스토텔레스가 그랬듯이, 혹은 프랑스의 어느 아름다운 마을들에서 마구(馬具) 제조인과 제철공(蹄鐵工)이 문화재위원회 보조금으로 유지되는 어떤 수공업에 열중하고 있듯이, 아고라를 이리저리 거닐며 벌이는 토론을 듣기도 했다. 바오로는 조각상들을 보고 충격을 받았다. 유대인으로서 그는 인간의 형상을 재현하는 것은 모두 우상 숭배로 여겼던 것이다. 또 그는 수다쟁이들도, 속물들도 좋아하지 않았다. 하지만 그는 아침부터 저녁까지 이렇게 수준 높은 대화를 나누는 사람들이라면 자신의 고객이 될 수 있겠다는 순진한 생각을 품었을 수도 있다. 그래서 그도 아고라에 나가서는 스토아학파 사람들과 에피쿠로스학파 사람들, 즉 설득의 전문가는 아니라 할지라도, 논쟁의 전문가인 그 사람들과 토론을 벌이기 시작했다. 그는 형편없는 이방인의 그리스어로 그들에게 그리스도와 부활에 대해 말했는데, 〈부활〉은 그리스어로 **아나스타시스**이므로, 사람들은 이게 그리스도와 함께 다니는 **아나스타시아**라는 사람인 줄로 생각했다. 마찬가지로 프랑스 니스의 한 건물에 붙은 동판에도 〈이곳에서 프리드리히 니체와 그의 고뇌에 찬 천재가 살았도다〉라고 새겨져 있는데, 이 역시 하나의 흥미로운 커플인 셈이다.[21]

아테네인들은 그를 〈다른 나라 신들을 선전하는 자〉로 취급했는데, 아마도 일종의 하레 크리슈나[22]로 생각했던 모양이다. 어떤 이들은 〈저 떠버리가 도대체 무슨 소리를 하려는 거야?〉라고 수군대곤 했다. 사실 그의 모습을 상상하기란 어렵지 않다. 목에 핏대를 바짝 세우고 지껄여 대면서 사람들을 귀찮게 만들고, 그 자신이 한 서신에서 신자들에게 요구한 것처럼 〈때를 얻든지 못 얻든지〉 항상 설교하고 다녔으리라. 에르베는 이런 방식은 〈때에 맞춰 살기〉를 이상으로 삼는 몽테뉴가 권고하는 방식과 정반대라는 점을 지적한 바 있다.

그래도 좀 더 호기심이 많은 사람들은 바오로에게 아레오파고스에서 그의 교리를 설명해 달라고 청한다. 이 아레오파고스는 5세기 전에 소크라테스에게 사형 선고를 내린 바 있는 아테네의 최고 법정이다. 이날은 거기에 보다 시급한 사안이 없었던 듯하다. 바오로는 마치 구술시험 준비하듯이 설교를 준비한 모양으로, 아주 교묘한 공략법을 찾아냈다. 그는 이렇게 말한

21 원문에서 〈천재〉에 해당하는 말은 *génie*로, 〈알라딘의 요술 램프〉 같은 이야기에 등장하는 정령, 〈지니〉라는 뜻도 가지고 있다. 따라서 〈니체와 지니〉는 〈그리스도와 아나스타시스〉처럼 두 인물의 이름으로 착각될 수 있다는 뜻.

22 크리슈나를 신봉하는 힌두교의 일파.

다. 「아테네 시민 여러분, 난 여러분들을 무척 신앙심이 강한 분들로 여기고 있습니다. 나는 이곳의 거리들을 돌아다녀 봤고, 사원들도 방문해 보았는데, 〈알지 못하는 신께〉라고 새겨진 제단까지 있더군요(당시 이런 봉헌 문구는 실제로 존재했는데, 이는 사람들이 미처 생각하지 못한 어떤 신이 지나가다가 보고 기분이 상할 수도 있기 때문이었다). 그렇다면 여러분께서 알지 못하고서 경배하는 그 신에 대하여, 제가 이제부터 여러분께 말씀드리겠습니다.」

아주 훌륭한 도입부였고, 그 문제의 신에 대한 설명이 이어진다. 이 신의 면모는 특별히 아테네 철학자들의 마음에 들게끔 선택된 것이다. 그분에게는 신전이 없고, 그분에게는 제물을 바쳐야 할 필요도 없다. 그분은 태초의 숨결이시며, 하나에서 무수히 많은 것들을 끄집어내셨고, **코스모스**에 자신의 질서를 부여하신다. 사람들은 그분을 찾아 헤매지만, 그분은 각 사람의 마음 가까운 곳에 계신다……. 요컨대 화낼 만한 점이 별로 없는 아주 선하고도 추상적인 신이다. 만인이 받아들이기는 힘든 유대인 신의 그 특별한 점들, 그러니까 질투심 많고, 복수심 강하고, 자기 백성만을 보살피는 그 면모에 대해서는 한마디도 없다. 그래서 아테네 사람들은 고개를 끄덕이며 바오로의 말을 듣지만, 크게 열광하지는 않는다. 어쩌면 좀 더 기발한 무언가를 기대한 것인지도 모른다. 그런데 갑자기 말이 이상해지기 시작한다. 마치 1973년에 메스에서 필립 K. 딕이 프랑스 SF 애호가들 앞에서 〈만일 이 현실이 마음에 들지 않는다면, 다른 현실들을 방문하시라〉라는 제목의 강연을 하던 중에, 자기 소설들에 나오는 모든 것은 **사실이라고** 말했을 때처럼.

「왜냐하면 하느님께서는」 바오로는 말을 잇는다. 「당신이 정하신 분으로 하여금 세상을 심판하실 날을 정하였고, 이제 그날이 가까워졌기 때문입니다! 이를 위하여 하느님께서는 그분을 죽은 자들 가운데서 다시 살리셨습니다!」

바오로는 〈그분〉의 이름이 무엇인지 미처 밝힐 시간이 없었으니, 〈세상의 심판〉과 〈죽은 자들 가운데서의 부활〉이라는 두 마디로도 청중으로 하여금 사안을 종결짓게 하기에 충분했기 때문이다. 심지어 회의적 성향의 아테네인들은 회당의 유대인들, 혹은 메스의 SF 애호가들이 그랬듯이 충격마저 느낀다. 그들은 미소를 지으며 어깨를 으쓱하면서, 오케이, 오케이, 다음에 또 얘기하죠 뭐, 하고 말한다. 그러고는 소동이 나서 돌팔매질당하는 게 차라리 낫지, 재미있다는 듯 관용적인 미소를 지어 보이는 저들의 태도가 더 모욕적으로 느껴지는 연사만 홀로 남겨 두고 모두 떠나 버린다.

22

자존심이 상한 바오로는 아테네에서 오래 꾸물대지 않았다. 그는 코린토로 떠났는데, 이 코린토는 모든 점에서 아테네와 정반대라 할 수 있는 곳이다. 인구가 많고, 상스럽고, 영광스러운 과거도 으리으리한 기념물도 없지만 사람들이 바글대는 골목길들과, 온갖 언어들로 모든 것을 거래 또는 밀거래하는 상점들로 가득한 거대 항구 도시이다. 인구는 무려 50만이나 되는데 그중 3분의 2는 노예이다. 유피테르 신전들이 형식적으로서 있지만, 거리 어디에서나 이시스, 키벨레, 세라피스의 사당들을 볼 수 있다. 특히 아프로디테의 사당을 빼놓을 수 없는데, 이곳을 지키는 여사제 겸 매춘부들은 **히에로둘**이라는 예쁜 명칭으로 불리며, 지중해 연안 전역에서 사람들이 킥킥대며 〈코린토의 병〉이라고 부르는 어떤 성병을 옮기는 것으로 알려져 있다. 방탕하고 돈을 밝히고 불경스러운 도시지만, 바오로는 아테네에서보다 숨통이 트인 듯한 기분이었으니, 적어도 이곳 사람들은 땀 흘려 일하고, 자신이 보통 사람들보다 우월하다고 생각하지 않았기 때문이다. 「사도행전」에 따르면, 그는 여기서 신앙심 깊은 부부, 프리스킬라와 아퀼라를 알게 되는데, 이들은 유대인들이 로마를 떠날 것을 명하는 클라우디우스 황제의 그 유명한 칙령에 의해 이탈리아에서 쫓겨난 사람들이었다. 프리스킬라와 아퀼라는 그와 직업이 같았으므로, 그는 그들 집에 머물며 작업실을 함께 쓰게 된다.

필리피에서는 그가 예외적으로 남의 집에서 무료로 숙식했기 때문에, 지금까지는 이에 대해 얘기할 기회가 없었지만, 바오로는 단지 전도만 하고 다닌 게 아니었다. 그는 일을 했고, 그걸 자랑스럽게 여겼다. 그는 〈일하지 않는 자는 먹지도 말라〉라고 되풀이한다. 내 이전 책의 주인공 에두아르드 리모노프가 재봉틀 하나를 들고 세계를 돌아다니면서 어디를 가든 바지를 수선하여 생계를 유지했던 것처럼, 바오로는 천막이나 돛이나 물건을 옮기는 자루 등을 만드는 데 사용되는 뻣뻣하고 질긴 천을 짜며 생활했다. 일감이 떨어질 리 없으니, 남의 도움을 받지 않고 여행하기 좋아하는 사람에게는 매우 현명한 선택이 아

닐 수 없었다. 또한 그는 유복한 유대인 가정 출신으로 랍비가
될 예정이었던 사람이었기 때문에 이는 더욱 놀라운 선택이었
다. 바오로는 그의 서신들에서 자신은 먹기 위해 일할 뿐 아니
라, **자신의 두 손으로** 일한다는 점을 강조하는데, 이는 자신이 어
쩔 수 없어서 일을 하는 게 아니요, 자의로 선택하여 하는 것임
을 사람들에게 분명히 이해시키기 위해서였다. 가만히 생각해
보면 이러한 선택은 드문 것이다. 지난 세기의 위대한 지적, 윤
리적 인물들, 즉 시몬 베유, 로베르 리나르, 혹은 노동 사제들
같은 이들은 공장에 취업하여 그들의 운명이 강요하지 않는 어
떤 조건을 나누고자 했다. 내가 느끼기에 오늘날 이들의 엄격
한 요구를 이해하는 사람들의 수가 점점 적어지는 듯한데, 확
실한 것은 바오로를 제외한 고대인들은 그것을 전혀 이해하지
못했다는 사실이다. 에피쿠로스학파가 됐든 스토아학파가 됐
든, 이 시대의 현인들은 운이라는 것은 변하는 것, 예측할 수 없
는 것이기 때문에 불평 없이 제 전 재산을 잃을 준비를 하고 있
으라고 이구동성으로 가르쳤지만, 그 누구도 재산을 기꺼이 던
져 버리라고 충고하지 않았고, 그런 것을 상상조차 하지 못했
다. 모두가 자기 시간을 마음대로 사용할 수 있는 여가 — 그들
이 **오티움**이라고 부르는 것 — 를 인간적 완성의 절대적인 조건
으로 여겼다. 바오로와 동시대인이면서 가장 유명한 인물 가운
데 하나인 세네카는 이 점에 대해 아주 재미난 말을 하고 있는
데, 만일 자신이 불행히도 먹고살기 위해 일을 해야만 하는 상
황에 몰린다면, 자기는 울고불고 하지는 않겠단다. 그냥 자살
해 버릴 거란다.

23

늘 그렇듯 바오로는 안식일마다 코린토의 회당들에서 예수
가 예고된 구원자라는 사실을 성경에 의거하여 논증하며 설교
하는 일부터 시작했다. 이에 유대인들은 늘 그렇듯 분개했고,
바오로가 그들의 강퍅함을 저주하면서, 사정이 이러하니 자신
은 복음을 이방인들에게나 전하고, 회당 바로 옆에 사는 한 그
리스인의 집에 다른 학당을 하나 열겠다고 말하자 상황은 더욱
악화되었다. 화가 머리끝까지 치민 유대인들은 또다시 로마의
고관에게 달려가 바오로를 고발했는데, 이 고관은 이번에도 그
들을 돌려보내며 이렇게 말했다. 「이게 어떤 범법이나 어떤 중
범죄에 관한 일이라면, 난 당신들의 고소를 받아들이겠소. 하
지만 이것은 단지 어떤 말이나 명칭, 혹은 당신들의 율법에 대
해 서로 의견이 엇갈리는 것일 뿐이오. 그러니 당신들끼리 알
아서 해결하시오. 난 끼어들고 싶지 않소.」

이 현명한 발언에 기뻐하는 사람은 정교분리주의자들만이
아니고, 『신약』을 연구하는 역사가들이기도 한데, 그 까닭은 루
카가 이 말을 한 로마 고관의 이름을 밝히고 있기 때문이다. 그
의 이름은 갈리오로, 한 금석문에 의하면 서기 51년 7월부터
52년 6월까지 코린토의 지방 총독으로 재직한 인물이다. 물론
이 날짜들은 금석문에는 나타나 있지 않으니, 당시에는 아무도
자신이 〈서기(西紀)〉, 즉 예수 이후의 시대에 살고 있다는 사실
을 몰랐기 때문이다. 하지만 이 날짜들을 알아내는 것은 가능
하며, 이것은 이 이야기 전체에서 유일하게 확실한 날짜들이다.

역사가들은 이 날짜들을 기준으로 앞뒤로 오가며 바오로의 여행 연대기를 짜나가는 것이다. 또 물론 루카는 현대 역사학이 요구하는 엄격한 기준들에 대해 아무것도 몰랐다. 하지만 그의 시대에도 역사학은 존재했으며, 그는 자신이 어떤 역사를 쓰고 있다고 믿었다. 그는 나중에 기독교가 되는 조그만 신흥 종파의 감춰진 은밀한 연대기를 당대의 공적인, 그리고 공식적인 사건들, 진짜 역사가들의 관심을 끌 만한 사건들과 기회만 생기면 서둘러 연결 짓곤 했는데, 이런 모습만큼 그의 역사 기술자로서의 의식을 잘 보여 주는 것은 없다. 루카는 그의 이야기 속 주인공들 — 바오로, 티모테오, 리디아, 심지어 예수까지 — 을 그들의 조그만 신흥 종파 밖에서는 아무도 모른다는 사실을 의식하고 있었고, 다른 복음서 기자들과 달리 이 점을 가지고 고민했으니, 그가 글을 쓰는 대상은 이 종파 외부의 독자들이었기 때문이다. 이런 이유로 그는 이 잘 알려지지 않은 사람들과 사건들을 뒷받침하기 위해 만인이 알고 있는 사건들이나 사람들, 혹은 최소한 중요한 인물들, 여기서의 갈리오 총독처럼 세상에 존재의 흔적을 남기는 인물들을 언급할 기회가 생기면 너무도 기뻐한다. 그가 **네임드로핑**을 좋아했다는 점을 감안하면, 나는 만일 그가 이 갈리오 총독이 잠시 후에 얘기하게 될 철학자 세네카의 형이며, 『행복한 삶에 대하여』를 헌정받은 인물이었다는 사실을 알았더라면, 또 우리에게 말할 수 있었더라면 더욱 기뻐했으리라 생각한다.

이 『행복한 삶에 대하여』는 이상한 책이다. 언뜻 보면 이 책은 오늘날로 말하자면 일종의 자기 계발법이라 할 수 있는 스토아 철학의 요약서처럼 느껴진다. 내 생각으로는, 공동의 이상들을 상실하고 1세기의 로마인들처럼 자아 외에는 다른 버팀목이 없는 현대인들 사이에서 불교가 거둔 것과 거의 같은 성공을 이 책이 거둘 수 있었던 것은 바로 이 때문이다. 세네카가 그의 형 갈리오에게 그 매력적인 점들을 묘사해 주고 있는 행복한 삶은 전적으로 덕성과 거기서 기인하는 마음의 평화에 달려 있다. 그것의 키워드는 절제와 물러섬과 평정이다. 행복은 그 무엇도 흔들 수 없는 곳에 서는 것이다. 우리는 매일, 매시간 훈련함으로써 — 라틴어에서 이 훈련은 **메디타티오**라고 불린다 — 감정적인 것들의 지배에서 벗어나야 한다. 후회하지도, 희망을 품지도, 예상하지도 말아야 하고, 우리의 능력에 달린 것과 그렇지 않은 것을 구별해야 한다. 만일 자기 아이가 죽게 된다면, 우리가 할 수 있는 일은 아무것도 없으며, 따라서 슬퍼할 이유가 없다고 자신을 설득해야 한다. 삶의 모든 상황들 — 특히 안 좋아 보이는 상황들 — 에서 훈련의 기회를 발견해야 하고, 모두가 빠져 있는 광기로부터 영혼의 건강으로의 꾸준한 전진을 통해 현인의 이상에 도달해야 한다. (스토아 철학자들은 〈이 이상에 도달한 예는 극히 드물다. 어쩌면 5백 년에 한 번 정도 나올 것이다〉라고 태연하게 인정했다.)

이런 식의 내용이 고상하고도 균형 잡힌 산문이 30페이지가량 이어진다. 그러고는 어느 순간, 그야말로 느닷없이, 이 평온한 교조적 논술문은 격렬하기 그지없는 자기 변호문으로 변질된다. 세네카는 흥분하고, 그의 목소리는 흐트러지는데, 지금 대체 무슨 일이 일어나는 것인지 이해하기 위해서 서문이나 각주를 읽을 필요조차 없다. 세네카는 그가 이런 철학적 원칙들과는 정반대로 살고 있다고 비난하는 세간의 소리들에 대하여 자신을 변호하고 있는 것이다.

그를 비방하는 사람들의 말에는 일리가 있었다. 세네카는 스페인 출신의 기사(騎士)로 로마에서 눈부신 커리어를 쌓은 인물이었다. 이 사실은 로마 제국의 민족 통합 정책에 대해 많은 것을 시사한다. 그는 로마 정신의 체현으로 여겨졌으며, 그 누구도 성 아우구스티노를 알제리 사람으로 생각하지 않을 것이 듯이, 아무도 그를 스페인 사람으로 생각하지 않았을 것이다. 문인이요, 비극 작가요, 스토아 사상을 대중화한 위대한 철학자였던 그는 또한 칼리굴라 황제의 총애를 받았고, 클라우디우스 황제 때는 실총했지만, 네로 황제 재위 초기에는 다시 신임을 회복한, 그야말로 야심에 불타는 궁정인이기도 했다. 또 자신의 상당한 수입과 인맥을 이용하여 혼자서 일종의 사립 은행 역할을 했고, 3억 6천만 세스테르티우스, 그러니까 지금 돈으로 거의 같은 액수의 유로에 달하는 막대한 재산을 쌓아 올린 능란한 사업가이기도 했다. 이런 사정을 알고 있으면 ── 그리고 모두가 알고 있었다 ── 초탈과 검박함을 근엄하게 찬양하는 소리 앞에서 킬킬대고 싶은 게 당연하지 않겠는가? 또 가난한 삶을 훈련하기 위해, 매주 한 번씩 거친 빵을 먹고 딱딱한 바닥에 누워 자라는 충고를 들으면 솔직히 기분이 어떻겠는가?

그렇다면 세네카는 집단적인 책동으로까지 발전한 이런 비웃음들에 대해 자신을 변호하기 위해 무슨 말을 하고 있는가? 먼저 그는 자신은 한 번도 자신이 완성된 현인이라고 주장해 본 적이 없고, 단지 그렇게 되기를, 자신의 리듬에 따라 그렇게 되기를 애쓸 뿐이라고 말한다. 자신이 이 길을 끝까지 가지는 못했을지라도, 다른 이들에게 그 방향을 일러 주는 것은 아름다운 일이란다. 미덕에 대해 말할 때 한 번도 자신을 본으로 제시한 적이 없으며, 악덕들에 대해 말할 때는 자신의 악덕들을 먼저 생각한단다. 그리고 말이다, 빌어먹을! 현인은 행운이 주는 선물들을 거절해야 한다고 말한 사람은 아무도 없지 않은가 말이다! 현인은 건강이 나빠지면 그걸 견뎌 내야 하지만, 또 건강이 좋으면 그걸 즐겨야 하는 법이다. 몸이 허약하거나 기형이라고 해서 부끄러워할 필요는 없지만, 체격이 좋으면 더 좋지 않은가? 그리고 부(富)에 대해서 말하자면, 그것은 자신에게 순풍이 항해사에게 주는 것과 같은 만족감을 준단다. 자신은 부가 없어도 지낼 수 있지만, 있으면 더욱 좋겠단다. 메디타티오 덕분에 투박한 사발로도 음식을 맛있게 먹을 자신감만 있다면, 금 그릇에 담아 먹는 게 대체 뭐가 문제란 말인가?

나도 조금 낄낄대고 있기는 하지만, 솔직히 공감이 된다. 이런 식의 지혜는 나와 잘 맞는다. 바오로는 동의하지 않았다. 그는 이것을 가리켜 〈세상의 지혜〉라고 불렀고, 이와는 다른 지혜, 세네카도, 그의 형 갈리오도 읽어 봤더라면 전혀 이해하지 못했을 완전히 다른 지혜를 제시했다.

동시대인들의 증언에 따르면 갈리오는 친절하고도 교양 있는 사람, 한 로마 고위 관리가 보여 줄 수 있는 최상의 모습을 갖춘 사람이었다. 20여 년 전에 예루살렘에서 그와 같은 직위에 있으면서 비슷한 상황에 처했었던 본시오 빌라도보다 훨씬 나은 인물이었다. 이 본시오 빌라도는 나자렛 예수를 엄벌하라고 다그치는 유대인들에게, 손과 발을 묶어 바오로를 끌고 온 유대인들에게 갈리오가 한 것과 똑같은 대답을 하려고 했었다. 즉 자신은 그들의 종교적 분쟁에 끼어들고 싶지 않다고 말이다. 그가 예수에게 유죄 판결을 내릴 수밖에 없었던 것은 코린토는 로마의 질서가 평화롭게 지배하여 관용이 허용되는 곳인 반면, 예루살렘은 민족주의 반란이 빈발하는 혼란스러운 식민지였기 때문이다. 하지만 빌라도와 갈리오에게는 공통점이 있었으니, 둘 다 지금 자기들 눈 아래에서 얼마나 역사적으로 중요한 일이 벌어지고 있는지 한순간도 알아채지 못했다는 점이다. 빌라도에게 예수는, 그리고 갈리오에게 바오로는 별 볼 일 없는 지저분한 유대인들이 자신의 법정에 끌고 온 별 볼 일 없는 지저분한 유대인일 뿐이었다. 갈리오는 바오로를 풀어 주게 했고, 금방 사건을 잊어버렸다. 빌라도는 예수를 십자가형에 처해야 했고, 어쩌면 자신이 혼란을 막기 위해 부당한 일을 했다는 의식 때문에 하루 이틀 정도 잠을 설쳤을지도 모른다. 그게 다였다. 그리고 세상은 항상 그런 식이다. 내가 글을 쓰고 있는 지금 이 순간에도 어느 대도시 변두리 동네에서, 혹은 어느 **타운십**[23]에서 세상의 모습을 좋게든 나쁘게든 바꿔 놓게 될 어느 이름 없는 친구가 부지런히 돌아다니고 있을 가능성이 있다. 또 어떤 이유로 인해 그의 궤적이 이 시대의 가장 식견 있는 사람 가운데 하나라고 모두가 인정하는 어떤 뛰어난 인물의 궤적과 마주치게 될 가능성도 있다. 하지만 후자는 전자를 그냥 지나쳐 버릴 거라고, 심지어 그를 보지도 못할 것이라고 거의 확실하게 말할 수 있다.

23 과거 남아프리카 공화국의 흑인 거주 구역.

24

바오로가 거쳐 가고서 1년 뒤인 겨울 중에, 티모테오가 테살로니카에 돌아왔다는 소식이 마케도니아 전역에 퍼졌다. 형제 자매들은 주님이 영광 가운데 돌아오시기를 고대하고 있었고, 보다 구체적으로는 바오로가 돌아와도 괜찮았을 터이지만, 그가 자신의 조수를 보내 준 것만 해도 무척 기뻤을 것이다. 만일 루카가 내가 생각하듯이 필리피 — 그리스 북부를 가로지르는 로마의 대로를 통해 오면, 테살로니카까지는 말을 타면 하루, 걸어서는 사나흘이 걸리는 곳이다 — 에 살고 있었다면, 그가 티모테오를 보기 위해 길을 떠나지 않았다면 오히려 이상했을 것이다.

그때 티모테오는 아주 젊은 청년이었다. 아버지는 그리스인 이지만 어머니는 유대인이었고, 따라서 이스라엘의 율법에 따르면 온전한 유대인이었다. 하지만 바오로가 이 티모테오의 가족이 살았던 리카오니아에 체류하면서, 그의 어머니와 할머니와 아들까지 개종시켰을 때에는 — 아버지에 대해선 잘 모르겠다 — 아직 할례받지 않은 상태였다. 청년은 얼마나 열성적 이었던지, 바오로가 다시 길을 떠날 때 자신도 데려가 달라고 간청했다. 바오로는 승낙했고, 출발하기 전날, 티모테오에게 손수 할례를 해주었다. 바오로가 이렇게 하기로 결심한 것은, 루카가 다소 거북해하는 어조로 써놓은 바에 의하면, 〈그 지역에 있는 유대인들 때문〉이었다. 사실 바오로는 할례도 안 받은 유대인 짐꾼이라는 이 걸어다니는 스캔들 말고도 그들과 마찰을 빚을 거리가 한둘이 아니었던 것이다. 바오로는 자신의 결정에 대해 후회하지 않았을 것이다. 겪어 보니 이 티모테오라는 친구는 충직하기 이를 데 없는 이상적인 제자였다. 흔히들 그가 바오로의 비서 역할을 했다고 말하지만, 나는 그가 하인 노릇도 겸했으리라고 생각한다. 그리고 바오로의 밀사 역할도 했다.

나는 두 명의 큰 스승 ― 한 분은 태극권 스승이고, 다른 한 분은 요가 스승이다 ― 을 아주 가까이서 알게 되다 보니, 그들에게 필연적으로 수반되는, 이 제자 겸 만능 하인 역할을 하는 인물들도 겪게 되었다. 그리고 나는 이 스승과 제자 간의 절대적 예속 관계가 동양의 한 전통이며, 진정한 전승을 위한 필수 조건이라고 설명하는 말들을 다 경청할 준비가 되어 있지만, 솔직히 **누군가에게 의존하는 것**이 이 땅에서의 유일한 갈망인 이 사람들이 다소 불쌍하게 느껴지는 게 사실이다. 그런데 소위 〈구루의 오른팔〉이라고 하는 이들 중에는 두 가지 부류가 있다. 첫 번째는 경직된 독신자(篤信者)들, 스승의 총애가 그들에게 부여한 쥐꼬리만 한 권력으로 꽉꽉 채워져, 심지어 잔인한 모습까지 보이는 이들이다. 두 번째는 악의 없는 선한 친구들로, 나는 티모테오가 바로 이 악의 없는 선한 친구였다고 생각하고 싶다. 그를 맞으러 테살로니카에 모인 모든 형제자매들 중에서, 루카는 가장 오래전부터 그를 알아 온 사람이었다. 루카는 이 친밀한 관계가 내심 자랑스러웠을 것이고, 다른 사람들 앞에서 그것을 은근히 과시하기도 했을 것이다. 한편 티모테오에 대해 말하자면, 나는 그가 이런 루카의 심정을 잘 이해하고서 그를 오래된 동지처럼 대했으며, 기회만 생기면 사람들에게 만일 이 루카가 아니었다면, 만일 하느님의 뜻으로 그들이 트로아스에서 만나고, 또 루카가 그들에게 필리피에 와달라고 청하지 않았더라면, 마케도니아의 교회들은 존재하지 못했으리라는 점을 상기시켰으리라고 생각한다.

티모테오는 무슨 얘기를 하고 있는가? 먼저 바오로가 모두에게 문안드린다고 말한다. 바오로는 자신이 직접 오고 싶었지만, 오호통재라, 사탄이 못 오게 방해를 했단다(이를 위해 사탄이 어떻게 했는지는, 성령이 그가 소아시아로 가는 것을 막으려고 어떻게 했는지만큼이나 불분명하다. 나는 간혹 삐딱한 생각에 사로잡힐 때면, 〈나는 오려고 최선을 다했지만, 글쎄 이 사탄이란 놈이……〉라고 말하는 것은 바오로에게는 아주 편리한 변명이었을 거라고 믿고 싶어진다). 마케도니아에 있는 그의 사랑하는 제자들과, 그들의 순수한 생활 방식을 생각하는 것만으로도 그에게는 커다란 위안이 된단다. 또 그곳의 선선한 날씨도 그리운데, 왜냐하면 지금 그는 찜통처럼 무더운 코린토에서 방탕한 이방인들과 험악한 유대인들에 시달리고 있기 때문이란다. 이방인들은 그냥 넘어갈 수 있다. 뭐, 그들은 이방인이니까. 그가 가장 못마땅한 것은 유대인들이다. 유대인들은 그의 메시지를 도무지 들으려고 하지 않는다. 사실 이것을 가장 먼저 들어야 할 사람은 바로 그들 자신인데 말이다. 유대인들은 끊임없이 그를 괴롭히고, 그를 로마 법정에 끌고 가고, 돌로 쳐 죽이겠다고 위협한다. 유대인들은 주 예수님을 죽게 만들었고, 그분 이전에는 예언자들을 죽였다. 그들은 만인의 적이다. 하느님께서는 그들에 대해 기뻐하지 아니하시고, 그들에게 진노의 불을 내리실 것이다……

어쩌면 티모테오는 이렇게 말하지 않았을지 모르지만, 바오로는 했다. 「테살로니카 신자들에게 보낸 첫째 서간」의 한 구절에서 이렇게 말했는데, 이 구절은 많은 기독교도 성서학자들에게 당혹감을 안겨 준다. 반면 과격한 반교권주의자들은 이 구절을 아주 좋아한다. 그들은 교회 안에 오랫동안 존재해 온 가혹한 유대인 배척주의의 연원을 바오로에게 두기 위해 이 구절을 사용한다. 기독교도 성서학자들에게는 다행스럽게도 다른 서신들에서 바오로가 유대인들에 대해 좀 더 좋은 말들을 쓰기는 했지만, 반교권주의자들의 이런 생각이 꼭 틀렸다고는 볼 수 없다. 어쩌면 내 생각이 틀릴지도 모르겠지만, 나는 이런 종류의 독설은 테살로니카 사람들도 당황하게 했으리라고 생각한다(적어도 내가 상상하는 루카는 그랬을 것이다). 생각해 보면 기묘한 일 아닌가? 바오로와 티모테오는 유대인이고, 그들의 대화 상대자들은 유대인이 아닌데, 오히려 바오로와 티모테오가 끊임없이 유대인들에 대해 불평을 늘어놓는다는 게 말이다. 루카 같은 사람들은 유대교를 좋아했고, 그가 알고 있는 유대인들의 삶의 방식도 좋아했다. 그런데 갑자기 이들에 대해 악담을 늘어놓으니 당황스럽지 않겠는가? 이 두 유대인은 마치 자신들은 유대인이 아닌 듯이 〈저 유대인들〉이라고 말하고, 마치 자신들과는 관계가 없는 듯이 〈저들의 예언자들〉이라고 말한다. 루카는 하느님께서 당신의 백성을 위해 준비한, 그러나 그 백성은 받을 자격이 없는 선물을 자기 같은 이방인들에게 줄 것이라는 바오로의 말을 들으면 들을수록, 어떤 변덕스러운 억만장자가 못마땅한 자기 아들을 골탕 먹이려 전 재산을 주기로 한 어떤 사람이 느꼈을 것과 같은 감정을 느꼈을 것이다. 뜻밖의 횡재를 거절하기는 힘들지라도, 그래도 조금은 당황스러운 게 사실이니까.

25

테살로니카 사람들을 당황하게 만든 게 또 하나 있다. 아니, 〈당황하게 만들다〉는 아주 약한 표현이고, 이것은 그들에게 충격을 주고, 신앙의 기반까지 흔들어 놓는다. 몇 주일 전, 그들 공동체의 한 멤버가 사망했다. 그런데 바오로는 그들을 떠나기 전에 〈내가 여러분에게 예고하는 것을 여러분은 곧 보게 됩니다. 여러분 **모두가** 보게 됩니다. 여러분 중에 이것을 보지 못하고 죽는 사람은 아무도 없을 것입니다〉로 요약되는 매우 신중치 못한 말을 한다. 예수도 같은 말을 했는데 — 적어도 복음서 기자들은 그렇게 주장한다 — 그의 표현은 이렇다. 〈이 세대가 지나가기 전에 이 일이 일어나리라.〉 기일을 아주 짧게 잡은 이 엄숙한 약속은 새 신자들로 하여금 들뜨고도 긴박한 분위기 속에서 살게 한 큰 이유 중 하나였다. 이제는 어떤 계획들을 세워 봤자 아무 소용이 없고, 다만 기도하고, 철야하고, 기회가 닿는 대로 사랑을 베풀면서 심판의 날을 기다려야 했다.

나의 대모는 생의 말엽에 이르러 불행히도 이런 종류의 예고들에 경도되었다. 한번은 내가 그녀에게 내가 여섯 달 후에 계획하고 있는 어떤 여행에 대해 얘기했다. 그녀는 가끔씩 짓곤하는 그 표정, 자신은 알고 있지만 상대방은 무지한 것에 깊은 슬픔을 느끼는 그런 사람의 표정을 지으며 나를 쳐다보았고, 이렇게 말했다. 「이것 보라고, 여섯 달 후면 더는 아무도 여행하지 못해. 더는 아무도 비행기를 못 탄다고.」 그녀는 그 이상 말하지 않았지만, 나도 그 이상 알고 싶지 않았으니, 그녀가 하는 그런 예언을 벌써 수차례 들었고, 그것들을 내가 그녀와의 대화에서 얻는 큰 혜택들을 위해 치러야 할 대가 정도로 여기고 있었기 때문이다. 그녀가 항상 정확하게 정하곤 했던 기한이 지나고 나면, 나는 그것을 상기시키는 상스러운 짓은 한 적이 없다. 그녀 자신도 그걸 잊어버리는 것인지, 어쨌든 예고된 대재앙이 일어나지 않고 기한이 지나도 조금도 당황하는 기색이 아니었다. 물론 늘 그렇듯이, 지진, 홍수, 참혹한 전쟁, 테러 같은 일들은 일어났다. 하지만 그녀는 이런 것들로 자신의 주장을 뒷받침하려 하지 않았으니, 그녀가 예고하는 것은 이런 지구의 일상적인 혼란과는 전혀 다른 것이기 때문이었다. 그것은 정말로 세계의 종말이었고, 이와 함께 올 모든 것들, 하늘에서 천사들에 둘러싸여 오시는 그리스도의 재림과 산 자들과 죽은 자들의 부활이었다. 이 놀라울 정도로 총명하고 교양 있는 여성, 세상에서 내게 가장 큰 영향을 미친 인물 가운데 하나, 어떤 상황에서는 그분이라면 내게 어떻게 조언하셨을까, 하고 자문해 보곤 하는 이 여성은 20세기 전에 바오로에 의해 개종된 한 무리의 테살로니카 사람들이 믿었던 것을 똑같이 믿었다. 그녀는 그들 중 한 형제가 사망했을 때 그들이 한 것과 똑같이 반응했을 것이다. 사흘만 더 지나가면 — 이 사흘은 그리스도의 죽음과 그의 부활 사이의 그 사흘이다 — **그날**이 오리라. 가장 큰 어둠과 가장 큰 영광에 잠기게 될 그날이.

이 사흘 동안, 테살로니카 사람들은 자지도 않고 죽은 이 곁을 지켰다. 사흘째 되는 날 저녁, 죽은 이가 벌떡 일어나 그를 덮은 천을 던져 버리고, 공동묘지의 다른 죽은 이들에게도 일어나라고 명하기를 흔들림 없는 자세로 기다렸다. 단지 공동묘지에 있는 죽은 이들뿐만 아니라, 다른 **모든** 죽은 이들에게도 명령할 터였다. 어제 죽은 이들, 그제께 죽은 이들, 지금까지 태어난 모든 이들, 세계가 존재한 이래로 삶을 살았다가 죽은 **모든** 이들에게 명령할 터였다. 그들은 피골이 상접해 있고, 배가 불룩 팽창해 있고, 향료들로 처리된 시신 앞을 지켰다. 한 대열의 마지막 사람이라는 것을, 만인의 부활이 있기 전에 죽은 마지막 사람이라는 사실을 오직 그들만이 알고 있는 이의 시신 앞을 지켰다. 그들은 이 사람이 어떤 모습으로 부활하게 될까 궁금했다. 곧 이 사람들 모두가 부활하여 돌아올 텐데, 과연 어떤 모습으로 돌아올까 궁금했다. 또 그들은 오래전에 먼지로 화한 이 사람들이 오래전 그들이 살아 있던 당시의 모습으로 돌아올 것인가, 그리고 — 이것은 결코 작은 문제가 아닌데 — 그들이 임종할 때의 모습으로 돌아올 것인가, 아니면 그들의 삶 중에서 가장 영광스러웠던 때의 모습으로 돌아올 것인가가 궁금했다. 그들은 늙은이의 쭈그러든 몸으로 돌아올 것인가, 아니면 젊음의 광채를 발하면서, 그 단단한 근육과 그 탄탄한 젖가슴, 그리고 어쩌면, 바오로는 반대했지만, 섹스의 욕구로 가득한 몸으로 돌아올 것인가? 그들은 시체 곁을 지키며 이 모든 것들을 자문해 보았고, 사흘이 지나고 아무 일도 일어나지 않자, 또 나흘째 되는 날 시체가 풍기는 지독한 악취 탓에 그것을 매장할 수밖에 없게 되자, 그들은 도무지 이해할 수가 없었다. 그들은 선뜻 집에 돌아갈 수 없었다. 그들은 제자리를 빙빙 돌며 나지막이 욕설을 내뱉었고, 어떻게 이렇게 말도 안 되는 소리에 속아 넘어갈 수 있냐고 서로를 원망했다. 그들 중에 첫 번째로 죽은 이는 인간들 중에서 마지막으로 죽은 이가 되어야 마땅한데, 결국은 그저 한 평범한 사망자에 불과했던 것이다. 그는 주님의 날을 보지 못했다. 분명히 그들 자신도 보지 못할 거였다.

그들은 어떤 어조로 이 실망감을 티모테오에게 표현했을까? 머뭇거리면서? 아니면 말만 멋들어지게 하는 어떤 작자에게 당하고서 해명을 요구하는 사람들처럼? 어쨌거나 티모테오는 바오로에게 사실을 알리겠다고 약속했다.

26

이 이야기를 따라오면서 내가 놀라는 점이 하나 있는데, 그것은 이 이야기가 종교적 조형 예술에 영감을 준 경우가 극히 드물다는 사실이다. 이 책을 시작하기 전이었다면 나는 『신약』의 모든 것이 다루어졌다고, 수없이 다루어졌다고 단언했을 것이다. 그런데 이 말이 예수의 생애에 대해서는 맞고, 또 그 뒤를 이은 성자들 — 특히 끔찍하게 고난당한 성자들 — 의 생애에 대해서도 맞지만, 내가 한 쪽 한 쪽 세밀히 들여다보는 이 책 「사도행전」은 바오로가 다마스쿠스로 가는 길에서 회심하는 장면을 제외하고는, 이상하게도 거의 전체가 예술가들의 재현으로부터 벗어나 있다. 내가 앞에서 언급한 장면들만 본다 해도, 어떻게 렘브란트 같은 열렬한 성경의 독자가 **티모테오의 할례, 무녀에게서 귀신을 쫓아내는 바오로**, 혹은 **필리피의 간수의 개종** 같은 그림을 그릴 생각을 하지 않았단 말인가? 어떻게 초기 이탈리아 화파 혹은 초기 플랑드르 화파에 속하는 어떤 화가가 **강가에서 바오로의 설교를 듣고 있는 리디아와 벗들**의 조그만 실루엣들을 아르카디아의 녹색 풍경 가운데 새겨 넣을 생각을 하지 않았단 말인가? 어떻게 오르세 미술관에서는 **바오로와 바르나바를 신으로 착각하는 리카오니아 사람들**을 찾아볼 수 없으며, 루브르 박물관에서는 **첫 번째 사망자들을 애도하는 테살로니카 사람들**이 제리코에게 영감을 주어 나온 걸작이 보이지 않는단 말인가? 시체 보관소에서 훔쳐 낸 시체들을 모델로 하여 그린, 익사한 어부들의 퉁퉁 부푼 창백한 시신들, 번개로 찢어지는 칠흑 같은 하늘을 향해 쳐들린 뒤틀린 팔들⋯⋯ 그림이 선명하게 그려지지 않는가? 이 탄생하지 못한 그림들의 화랑에서 다른 것들보다 한층 아쉽게 느껴지는 그림이 하나 있다. 그것이 재현하고 있는 장면은 기독교 역사에 있어서 너무도 결정적인 동시에 너무도 이채로운 것이어서, 나는 이것이 수천 번 그려지고, 촬영되고, 또 이야기되어서 **동방 박사들의 경배나 학교들을 방문하는 샤를마뉴 대제**와 마찬가지로 집단적 상상 체계에 포함되었어야 옳은데, 그러지 않았다는 사실이 그저 놀라울 따름이다. 그 제목은 이렇게 지을 수 있으리라. **티모테오에게 그의 첫 번째 서신을 구술하는 바오로.**

장면이 벌어지는 곳은 코린토에 있는 프리스킬라와 아퀼라의 공방 안이다. 그것은 아직도 지중해 연안 도시들의 가난한 동네들에서 볼 수 있는 조그만 가게로, 거리 쪽으로 문이 열려 있어 작업을 하고 손님들을 맞을 수 있는 방 한 칸과 온 가족이 잠을 자는 뒷방이 하나 있다. 대머리에 수염이 덥수룩하고, 이마에는 주름이 쭈글쭈글한 바오로는 그의 베틀 위로 몸을 굽히고 있다. 분위기는 어둑하다. 문 아래로 한 줄기 빛이 새어 들어온다. 아직 여행 중에 쌓인 먼지도 털어 내지 못한 젊은 티모테오는 자신이 테살로니카에서 어떻게 임무를 수행했는지 보고한다. 바오로는 테살로니카의 신자들에게 서신을 쓰기로 결심한다.

당시에 글쓰기는 그렇게 가벼운 활동이 아니었다. 우선 잉크통이 매달려 있는 서판 하나와 서침(書針) 하나, 글자를 긁어 지우는 칼 하나, 그리고 파피루스 두루마리 하나 — 분명 소(小)플리니우스가 그의 서신에서 열거하고 있는 아홉 종류의 파피루스 중에서 가장 값싼 것이었으리라 — 를 사야 한다. 티모테오는 바오로의 발치에 책상다리를 하고 앉아, 무릎 위에 서판을 올려놓은 자세이다 — 카라바조가 이들의 모습을 그렸다면, 청년의 발은 아주 더러웠으리라. 사도는 베틀의 북을 내려놓는다. 그는 시선을 하늘로 올리고는 구술하기 시작한다.

『신약』은 바로 여기에서 시작된다.

27

나는 고대의 서기는 시간당 약 75자의 속도로 글을 썼다는 얘기를 어느 학술 논문에서 읽은 적이 있다. 만일 이게 사실이라면, 테살로니카의 신자들이 우상을 멀리하고, 참된 하느님을 열심히 섬기고, 부활하신 그분 아들의 재림을 흔들림 없이 기다리고 있는 것을 칭찬하는 첫머리의 그 긴 문단을 쓰는 데만 해도 그가 최소한 세 시간 이상 — 아마도 작업실 안을 왔다 갔다 걸으며 한 번도 숨을 돌리지 않고서 — 을 들였다는 얘기다. 하지만 바오로는 테살로니카의 신자들을 칭찬하는 것으로 그치지 않는다. 그는 그들의 열의를 북돋고, 흥분시키고, 경쟁심을 자극한다. 그들은 모든 것을 잘하고 있으니, 이제는 더 잘하기만 하면 된단다. 그들을 그리스의 다른 팀들에게 하나의 모범으로 소개할 수도 있단다. 또 이는 그들이 좋은 코치를 가진 덕분이기도 하다며, 여기에 대해, 다시 말해서 자신의 공적들에 대해 바오로는 입에 침이 마르도록 늘어놓는다. 자기가 말하는 내용에는 아무런 잘못도 들어 있지 않단다. 이렇게 말하는 것은 하느님을 기쁘시게 하려 함이지, 사람들의 환심을 하려고 하는 게 아니니까. 자기는 속임수를 쓸 줄도 모르고, 아첨을 할 줄도 모른단다. 테살로니카의 믿는 이들에게 자기는 자녀를 대하는 아버지, 교육의 필요에 따라 엄해지기도 하고 다정해지기도 하는 아버지와 같은 존재란다. 게다가 자신은 그들에게 단 한 푼도 신세 진 일이 없단다.

이것은 우리가 자주 듣게 될 소리다. 바오로는 사도로서 추종자들에게 부양을 받을 수도 있었다. 모든 시대의 모든 사제들은, 그들이 유대인이든 이교도든 간에, 신자들이 바치는 헌금으로 풍족하게 생활해 왔다. 양 떼를 먹이는 목자는 양들의 젖으로 배를 채우고, 녀석들의 털로 옷을 해 입는다. 바오로는 아니다. 우리가 알다시피 바오로는 자기 손으로 일을 하고, 그 덕에 아무에게도 손 벌리지 않고, 복음을 대가 없이 전할 수 있게 되었지만, 그는 넓은 마음으로 이런 사정을 내색하지도 않았다……. 뭐, 내색하지 않았다는 것은 그의 주장이고, 사실 그는 끊임없이 내비친다. 거의 모든 서신들에서 이 사실을 언급하고 있으며, 아마도 하루 종일 이 말을 되풀이했을 것이다. 내가 상상하기로는, 가장 신앙심 깊은 이들마저도, 심지어 티모테오마저도, 심지어는 프리스킬라와 아퀼라마저도 그가 또 그 얘기를 꺼낼 때면 체념과 미소가 섞인 시선을 교환했을 것 같다. 바오로는 일종의 천재였지만, 동시에 말끝마다 〈내가 여러분에게 고백할 게 하나 있는데 말이야, 나는 큰 결점이 하나 있어, 그건 내가 너무 솔직하다는 거야〉 혹은 〈나는 겸손함이라면 누구한테도 꿀리지 않는다고 생각해〉라는 식으로 말하는 부류의 인물이었다. 한마디로 그는 매너가 세련되지 못했고, 다른 많은 점에 있어서도 그렇지만 이런 점에 있어서 — 르낭이 **젠틀맨**이라고 표현한 — 예수와는 정반대였다.

이 모든 말들은 많은 테살로니카 신자들을 불안하게 만들고 있었던 문제에 대한 대답이 아니다. 즉 그들 중 하나가 죽어서 다시 일어나지 못했는데, 어떻게 바오로의 약속을 믿을 수 있느냐의 문제 말이다. 어떻게 죽은 자들이 다시 부활할 거라고 믿을 수 있단 말입니까?

바오로는 결코 회피하는 사람이 아니다. 그는 대답할 것이었다. 그는 아주 분명하게 대답할 것이지만, 그의 대답을 듣기에 앞서 나는 이 〈부활〉이라는 기이한 개념에 대해 잠시 얘기해 보고 싶다.

이것은 기이한 개념이고, 20세기 전에는 더욱 기이한 개념이었다. 우리는 기독교와 이슬람교라는 비교적 최근의 종교들에 익숙해져 있기 때문에, 신자들에게 사후의 삶을, 그리고 그들의 행실이 좋았을 경우에는 지금보다 더 나은 삶을 약속하는 것은 종교의 본질 가운데 하나이며, 심지어 그것의 존재 이유라고까지 생각한다. 그런데 이것은 틀린 생각이다. 종교는 본질적으로 선교(宣敎) 지향적이라고 믿는 것만큼이나 틀린 생각이다.

그리스인들과 로마인들은 신들을 불멸의 존재로 믿었지만, 인간에 대해서는 아니었다. 〈나는 존재하지 않았다. 나는 한때 존재했다. 나는 더 이상 존재하지 않는다. 이게 뭐가 그리 중요한가?〉 로마의 어느 묘비명이다. 그들에게도 저승이 있었다면, 그것은 **하데스**라고 불리는 곳으로, 고대인들은 이곳을 사람의 그림자들이 느릿느릿 움직이고, 혼수상태에 빠져 있고, 애벌레들 같고, 자기 자신도 거의 의식하지 못하는 일종의 반생명체들이 기어다니는 어떤 지하 세계로 상상했다. 거기에 들어가는 것은 어떤 형벌이 아니라, 죽은 자들이 생전의 죄악과 미덕에 상관없이 반드시 짊어져야 하는 공통 조건이었다. 아무도 그들에 대해 관심을 갖지 않았다. 호메로스는 『오디세이아』에서 오디세우스가 이 음침한 지하 세계로 내려가는 이야기를 들려준다. 오디세우스는 거기서 아킬레스를 만났는데, 생전에 평범한 삶보다는 짧고 굵은 삶을 택했던 이 사내는 제 손가락을 깨물며 후회하고 있었다. 죽은 영웅보다는 살아 있는 개가 되는 게 낫다는 거였다.

유대인들은 그리스인들과 로마인들과는 아주 다른 민족이지만, 이 점에 있어서는 같았다. 그들은 그들의 지옥을 **시올**이라고 부르고 더는 자세히 묘사하지 않았으니, 더 생각하고 싶지도 않았기 때문이다. 그들은 하느님이 그분의 왕국을 나중이 아니라, 〈우리의 생전에, 우리의 날들에〉 세워 주시기를 기도했다. 그들은 메시아가 하늘이 아닌 이 땅 위에 이스라엘의 영광을 회복해 주기를 바랐다. 다만 불의를 우연이나 운명의 소행으로 돌리고, 거기에 보다 잘 적응한 그리스인들과 로마인들과 달리, 유대인들은 하느님은 사람들을 각자의 공덕에 따라 취급한다고 믿었다. 누군가가 의로우면 보상을 받고, 악하면 벌을 받는데, 이것 역시 이 땅에서, 이 삶에서 이루어진다고 믿었다. 달리는 상상하지 못했다. 그들은 아주 오랜 시간이 흘러서야 세상이 꼭 그렇게 돌아가는 것만은 아님을, 아니, 이런 일은 아주 드물다는 것을 깨닫게 되었다. 이렇게 그들이 당혹감에 사로잡히게 되는 과정은 성경에 나와 있으며, 「욥기」에서는 그 감정이 절절하게 묘사되어 있다.

한 민족 전체에 대해서는, 그들이 현재의 비참함에 대한 보상을 미래에 받게 되리라고 말하는 것은 언제나 가능하며, 유대인들도 이런 희망을 내려놓지 않았다. 하지만 한 개인의 삶에 대해서는 이렇게 말하는 게 보다 어려워진다. 어떤 사람이 그의 미덕들에도 불구하고 온갖 재앙에 시달렸고, 추수한 곡식이 불탔고, 아내는 겁탈당했고, 자녀들은 학살됐고, 그 자신은 끔찍한 육체적, 정신적 고통 속에서 죽어 버렸다는 사실을 인정할 수밖에 없을 때, 어떻게 그런 말을 할 수 있단 말인가? 그에게는 불평해야 할 이유들이 충분히 있으며, 욥 역시 거름 더미 위에서 곪은 곳들을 벅벅 긁으며 절규했다. 유대인들은 이 어처구니없는 일에 대한 설명을 찾아보았지만, 그들에게는 **카**

261

르마나 환생 — 내게는, 적어도 지적으로는, 유일하게 만족스러운 설명으로 느껴지는 개념들이다 — 의 개념이 없었다. 하지만 내가 얘기하고 있는 이 시기에, 그들은 각 사람이 각자의 공덕에 따라 보상받게 될 저세상의 개념을 만들기 시작했다. 하늘에 있는 예루살렘의 개념, 그리고 이에 따른 죽은 이들의 부활의 개념 말이다. 이 개념은 아직은 먼 심판의 날에 있을, **모든** 죽은 이들의 부활에 관한 것이지, 단 한 사람이 자연법칙에서 예외를 이루며 부활한다는 얘기가 아니었다. 이것이 얼마나 말도 안 되는 얘기인가를 실감하기 위해서는, 우리 중에서 기독교인을 자처하는 사람들에게, 그들이 알고 있는 어떤 사람이 혼자서, 그것도 바로 어제, 마치 내 TV 시리즈의 인물들처럼 죽은 이들 가운데서 살아 돌아왔다고 대뜸 말한다면 그들이 얼마나 황당해할 것인지를 상상해 보라. 내가 강조하고 싶은 점은, 이 부활의 이야기는 예수가 죽고 나서 사흘 후에 그의 제자들이 처음 내놓았을 때, 그리고 바오로가 유대교에 관심이 있는 그리스인들에게 다시 내놓았을 때, 비통스러운 상실에 대해 스스로를 위안하기 위해 자연스럽게 떠올리는 종류의 생각은 결코 아니었고, 어떤 정신 나간 얘기, 신성 모독적인 얘기였다는 사실이다.

이것은 정신 나간 얘기, 신성 모독적인 이야기일지도 모르지만 — 바오로는 대답한다 — 그가 전하는 메시지의 핵심이 바로 이것이다. 그 외의 모든 것은 부수적일 뿐이며, 이것을 테살로니카 사람들의 머릿속에 확실히 집어넣기 위해 바오로는 이미 20년 전에 나로 하여금 한참을 생각하게 만들었던 그 괴상한 순환 논법을 펼친다. 여러분은 「아레스의 계시」를 기억할 것이다. 잘 기억나지 않는다면 이 책의 100쪽으로 돌아가 보라.

〈그리스도께서 죽은 이들 가운데에서 되살아나셨다고 우리가 이렇게 선포하는데, 여러분 가운데 어떤 사람들은 어째서 죽은 이들의 부활이 없다고 말합니까? 죽은 이들의 부활이 없다면 그리스도께서도 되살아나지 않으셨을 것입니다. 그리스도께서 되살아나지 않으셨다면, 우리의 복음 선포도 헛되고 여러분의 믿음은 환상에 불과한 것입니다. 여러분은, 그리고 우리는 인간 가운데서 가장 불쌍한 사람이 될 것이고, 《내일이면 죽을 몸, 신나게 먹고 마시자》라는 말로 요약되는 철학을 가진 사람들이 오히려 옳을 것입니다.〉

(사실 우리 중에서 많은 사람들이 그렇게 생각한다. 부활은 최후의 심판만큼이나 황당무계한 얘기고, 우리는 살아 있을 때 삶을 즐겨야 하며, 만일 기독교가 바오로가 가르친 그것일 뿐이라면 기독교인들은 너무도 불쌍한 사람들이라고.)

28

종교사가들에 의해 자주 언급되는 잘 알려진 현상이 하나 있다. 현실이 보여 주는 반대 증거들은 어떤 신앙을 무너뜨리기는커녕, 오히려 그것을 강화시키는 경향이 있다. 어떤 구루가 어떤 정확한, 그리고 가까운 날짜에 세계의 종말이 온다고 예고하면, 우리는 낄낄댄다. 우리는 그의 무모함에 놀란다. 어쩌다가 예고가 실현되는 일이 일어나지 않는 한, 그가 어쩔 수 없이 자신이 틀렸음을 인정하게 될 거라고 생각한다. 하지만 현실은 그렇지 않다. 몇 주, 혹은 몇 달 동안 구루의 추종자들은 기도를 하고, 회개한다. 그들은 이 중대한 사건을 맞을 준비를 한다. 모두가 피신해 들어간 벙커 속에서 그들은 숨을 죽인다. 마침내 그 운명의 날이 온다. 예고된 시간이 된다. 추종자들은 다시 땅 위로 올라온다. 그들은 완전히 파괴되어 풀 한 포기 남지 않은 땅을 발견하게 되리라, 자신들은 유일한 생존자이리라, 생각했었다. 천만의 말씀이다. 태양은 여전히 빛나고, 사람들은 전처럼 각자 일을 하고 있고, 아무것도 변하지 않았다. 추종자들은 정상적이라면 그들의 망상에서 치료되어, 신흥 종파를 떠나야 옳다. 또 그렇게 하는 사람들도 있다. 합리적인 자들, 미지근한 자들, 떠난다 해도 하나도 아쉬울 것 없는 자들이다. 하지만 다른 이들은 변한 것은 아무것도 없다고, 이것은 단지 겉모습일 뿐이라고 자신을 확신시킨다. 사실은 어떤 근본적인 변화가 일어난 것이다. 그게 눈에 보이지 않는 것은 우리의 신앙을 실험하기 위해서, 쭉정이들을 걸러 내기 위해서다. 눈에 보이는 것을 믿는 자들은 패배한 것이고, 믿는 것을 보는 이들은 승리한 것이다. 만일 그들이 감각의 증언을 무시해 버린다면, 이성의 요구들에서 벗어난다면, 미친놈으로 여겨질 각오가 되어 있으면, 그들은 시험을 통과한 것이다. 그들이야말로 진정한 신앙인, 선택된 이들이다. 하늘의 왕국은 그들의 것이다.

테살로니카의 신자들은 시험을 통과했다. 시련을 통해 더욱 강해진 그들은 더 똘똘 뭉친다. 바오로는 안도의 한숨을 내쉬나, 이 한숨은 오래가지 못한다. 그가 오랫동안 편한 적은 한 번도 없다. 그의 서신들은 이 전선에서 저 전선으로 쉴 새 없이 뛰어다니며, 여기서는 터진 둑을 막고 저기서는 화재의 불길을 끄는 그의 모습을 보여 준다. 양식(良識)과 관련된 영역에서의 공세를 물리치기가 무섭게, 이번에는 이보다 훨씬 위험한, 정통성의 영역에서 공세가 이어진다. 이제 갈라티아 사건에 대해 얘기해야겠다.

29

갈라티아의 신자들은 아나톨리아 고원 지대에 사는 이방인들로, 바오로가 소아시아를 처음 거쳐 갔을 때 개종시킨 이들이었다. 거기 있을 때 그 신비스러운 병이 발작했고, 그는 역겨워하지 않고 자신을 보살펴 준 그들에게 늘 감사의 뜻을 표한다. 다른 사람들 같았으면 그를 문둥병 환자처럼 쫓아냈을 텐데, 그들은 그를 〈하늘의 천사인 것처럼, 그가 예수 그리스도 자신인 것처럼〉 받아들여 주었다. 바오로는 이 선한 갈라티아 사람들을 오랫동안 보지 못했지만, 종종 따스한 감정과 향수에 사로잡혀 그들을 생각한다. 그런데 서기 54년 혹은 55년의 어느 날, 코린토에 있던 그는 극히 우려스러운 소식을 듣게 된다. 문제를 일으키는 어떤 자들이 찾아와 갈라티아의 신자들을 진정한 신앙에서 벗어나게 하고 있다는 거였다.

나는 이 문제를 일으키는 자들을 여호와의 증인이나 스릴러 영화에 나오는 킬러들처럼 둘씩 짝지어 다니는 사람들로 상상한다. 멀리서부터 온 그들의 어두운색 옷들은 길에서 뒤집어쓴 흙먼지로 허옇다. 얼굴들은 차갑게 굳어 있다. 그대로 문을 닫아 버리려 하면, 한 발을 불쑥 내밀어 문이 닫히지 못하게 한다. 그들은 구원받기 위해서는 모세의 율법에 따라 할례를 받아야 한다고 말한다. 그게 절대적인 조건이란다. 만일 바오로가 자기 추종자들에게 그걸 면제해 줬다면, 그는 그들을 오도하고 있는 거란다. 그는 그들에게 구원을 약속하지만, 실제로는 멸망의 길로 이끌고 있단다. 그는 위험한 인간, 목자의 탈을 쓴 늑대란다.

갈라티아의 신자들은 처음에는 당황하지 않는다. 이런 종류의 비방은 그들에게는 새로운 것이 아니다. 회당의 우두머리들도 같은 비방을 했으며, 바오로는 거기에 대답하는 법을 가르쳐 주었다. 「우리는 유대인이 아닌데, 왜 할례를 받아야 하죠?」 하지만 이 대답에도 방문객들은 물러서지 않는다. 그들은 되묻는다. 「당신들이 유대인이 아니라면, 그럼 뭡니까?」「우리는 기독교인들이에요.」 갈라티아의 신자들은 자랑스럽게 대답한다. 「우리는 예수 그리스도의 교회라고요.」

방문객들은 눈짓을 교환한다. 중병에 걸렸지만 그 사실을 의식하지 못하는 이의 침대 옆에서 두 의사가 나누는 서로 동의한다는, 그리고 유감스러워하는 눈짓이다. 눈짓을 교환한 그들은 벌어진 상처 속에 비수를 쑤셔 넣는다. 예수 그리스도의 교회는 그들이 잘 안단다. 심지어 그들은 **그분** 쪽에서 왔단다. 다만, 자신들을 보낸 것은 예수 그리스도의 **진정한** 교회란다. 그것은 예루살렘에 있는 교회, 예수의 벗들과 친척들의 교회이며, 슬픈 진실은 바오로가 그분의 이름을 부당하게 사용하고 있다는 사실이란다. 그는 그 이름을 사용할 권리가 전혀 없단다. 그는 그분의 메시지를 변질시키고 있단다. 그는 한마디로 협잡꾼이란다.

갈라티아의 신자들은 기절초풍한다. 왜냐하면 그들은 그들의 신앙의 근원에 대해 아주 모호하게밖에 알지 못하기 때문이다. 바오로는 그리스도에 대해서는 많은 얘기를 했지만 예수에 대해서는 아주 조금밖에 말하지 않았고, 그분의 부활에 대해서는 많이 얘기했지만 그분의 삶에 대해서는 전혀 말하지 않았으며, 그분의 동료들, 가족에 대해서는 더욱 말이 없었다. 그는 항상 자신을 독립적인 스승으로 소개하며 그가 〈나의 복음〉이라고 부르는 것을 설교했고, 그가 대표하고 있을 어떤 본부의 존재를 아주 애매하게밖에는 언급하지 않았다. 테살로니카의 신자들에게와 마찬가지로 갈라티아의 신자들에게도 바오로의 특사이며, 그에게 보고를 하는 티모테오가 있지만, 연결 고리는 거기까지였다. 바오로 위로는 아무도 없었다. 아니, 있긴 했다. **크리스토스**, 즉 그리스도와, **키리오스**, 즉 주님이 있었지만, 살아 있는 인간은 한 명도 없었다.

그런데 난데없이 예루살렘에서 사람들이 들이닥치더니, 먼저 마치 바오로의 상급자들인 양 자신들을 소개하고는, 그가 더 이상 본부에 속해 있지 않다고 주장하는 게 아닌가? 그와는 당장 헤어져야 하는데, 왜냐하면 이런 부정직한 행위가 이번이 처음이 아니기 때문이란다. 벌써 자기가 사용해서는 안 되는 그 명망 높은 로고를 내걸고 여기저기에다 숍을 열었단다. 벌써 여러 차례 정체가 폭로되었지만, 항상 더 먼 곳으로 가 새로운 〈호갱〉들을 찾아낸단다. 다행히도 본부에는 열성적인 수사관들이 있어 바오로가 남긴 자취를 따라가면서, 속아 넘어간 사람들의 눈을 뜨게 해주고, 그들에게 짝퉁 대신에 진품을 제의하고 있단다. 그들이 현장에 도착해 보면 대부분의 경우 사기꾼은 벌써 튀어 버렸단다……

여기서 나는 니콜라이 고골이 쓴 연극 『감찰관』이 생각난다. 19세기 러시아 연극의 걸작인 이 작품은 어떻게 한 가짜 감찰관이 지방 소도시에 들어가서 모든 사람을 속여 먹는지를 보여 준다. 그는 약속하고, 매혹하고, 위협하며, 각 사람의 약점을 속속들이 꿰고 있다. 뭔가 비난받을 점이 있는 사람들은 모두가 그의 감찰을 두려워하고, 그와 문제를 해결할 방법이 있다는 것 ― 사교계 인사들끼리 원만한 합의에 의해 ― 을 알게 되고 는 안도의 한숨을 길게 내쉰다. 일들이 이런 식으로 경쾌하게 진행되어 나가다가, 마지막 장면에 이르러 가짜 감찰관이 어디론가 사라져 버린다. 사람들은 사방팔방으로 그를 찾아보고, 불안해한다. 이때 한 하인이 시장의 살롱에 들어와서는 진짜 감찰관이 도착했음을 우렁차게 외친다. 바로 이 순간, 무대 위의 모든 배우는 저마다 공포에 질린 모습들을 팬터마임으로 연출하는데, 희극적 천재이자 광신에 가까운 신앙인이었던 고골은 모두가 석상처럼 굳어 버리는 이 장면이 최후의 심판을 재현하는 것이라고 아주 분명하게 밝히곤 했다. 수 세대에 걸친 러시아 관객들은 이 장면 앞에서 포복절도하면서, 이 희극을 지방의 삶에 대한 배꼽 빠지는 풍자로 여겨 왔다. 하지만 생의 마지막 순간까지 설교 조의 서문들을 통해 이 작품의 진정한 의미에 대해 끝없이 늘어놓았던 고골의 말을 믿을 것 같으면,

이들의 생각은 완전히 잘못된 것이다. 소도시는 우리의 영혼이다. 부패한 관리들은 우리의 정욕이다. 감찰관 행세를 하고 다니며, 부패한 관리들에게 눈감아 주겠다며 돈을 뜯어낸 음산한 젊은 건달은 이 세상의 지배자, 사탄이다. 그리고 진짜 감찰관은 물론 아무도 예상치 못한 순간에 오실 그리스도 자신이시며, 그때 뭔가 하자가 있는 자에게는 화(禍)가 있으리라! 가짜 감찰관과 거래하여 자기 죄를 덮었다고 믿는 자에게는 화가 있으리라!

갈라티아의 신자들은 그리스도의 진짜 대리인들이 일부러 예루살렘에서부터 찾아와 여러 해 전부터 그들이 어떤 협잡꾼에게 속아 왔다는 사실을 알려 주었을 때, 『감찰관』의 인물들이 느꼈던 것과 같은 경악과 두려움을 느꼈을 것이다. 하지만 희곡과의 큰 차이는 가짜 감찰관이 더 이상 소동을 벌이지 않고 그대로 도망쳐 버린 데 반해, 바오로는 소식이 전해지자 죽은 듯 가만있지도, 어떤 술책을 쓰지도 않았다는 점이다. 한마디로 그는 뭔가 양심에 거리끼는 게 있는 사람이 했을 짓은 전혀 하지 않았다. 오히려 그는 정면으로, 그리고 가장 분명한 방식으로 맞섰다. 그는 그의 서신들 중 가장 악착스럽고도 열정적인 서신을 갈라티아 사람들에게 쓴 것이다. 서신은 이렇게 시작된다.

〈사람들이 보낸 것도 아니고, 어떤 한 사람이 보낸 것이 아니고, 오직 예수 그리스도 그분 자신이 보내신 나, 사도 바오로는 여러분께서 여러분을 부르신 분을 외면하고서 다른 복음을 향해 가고 있는 것을 보고 경악을 금할 수 없습니다. 하지만 다른 복음은 있을 수 없습니다! 여러분의 마음을 흔들어 놓고 있는 사람들만 있을 뿐입니다. 여러분 안에 있는 그리스도의 복음을 파괴하려는 사람들만 있을 뿐입니다.

여러분, 내 얘기를 잘 들으십시오. 하늘의 천사가 내려와 여러분에게 내가 말한 것과 다른 것을 말한다 할지라도, 그를 믿어서는 안 될 것입니다. 심지어 내가 와서 전에 내가 했던 말과 다른 말을 한다 할지라도, 나를 믿어서는 안 될 것입니다. 천사를 저주하고, 나를 저주해야 합니다. 왜냐하면 내가 여러분에게 말한 것은, 다른 어떤 사람에게서 받은 게 아니라, 예수 그리스도로부터 직접 받은 것이기 때문입니다.〉

30

이렇게 말하고 나서, 진실을 규명하기 위해 바오로는 긴 플래시백으로 들어간다.

그는 자신이 유대교 안에서 교육받은 일, 율법에 대해 열심을 품었던 일, 그리스도를 믿는 이들을 맹렬하게 박해했던 일, 그리고 다마스쿠스로 가는 길에서 갑자기 회심하게 된 일부터 시작한다. 이 모든 것은 우리가 이미 아는 얘기고, 갈라티아의 신자들도 아는 얘기이며, 이것은 서신의 골자가 아니다. 서신의 골자는 특사들이 와서 갈라티아의 신자들을 혼란에 빠뜨리기 전까지는 그들이 전혀 모르고 있던 그 예루살렘 교회와 바오로의 관계이다.

이 점에 있어서 바오로의 주장은 명확하다. 자신은 예루살렘 교회에 아무런 빚이 없다는 것이다. 다마스쿠스로 가는 길에서 그를 회심시킨 것은 그리스도 자신이지, 예루살렘 교회의 어떤 이가 아니란다. 그리고 그리스도에 의해 회심하고 나서는 충성 서약을 하러 예루살렘 교회로 가지 않았단다. 아니, 자신은 혼자 아라비아의 광야에 은거했단다. 그리고 3년이 지나서야 예루살렘으로 가서 — 바오로는 마지못한 듯이 인정한다 — 그곳에서 케파와 보름을 함께 보냈고, 야고보를 잠깐 만났단다.

바오로가 **케파**라고 부르고, 갈라티아의 신자들은 이 서신에서야 그 존재를 발견하게 되었을 인물은 사실 시몬이라는 이였다. 예수는 그에게 아람어로 〈돌〉[24]이라는 뜻의 이 별명을 붙여주었는데, 이는 그가 바위처럼 단단하여 그를 신뢰할 수 있다는 의미였다. 마찬가지로 우리가 장이라고 부르는[25] 요하난에게는 그의 불같은 성격 때문에 **보아네르게스**, 즉 〈천둥의 아들〉이라는 별명을 붙였다. 예수처럼 갈릴래아 출신인 베드로와 요한은 그의 첫 번째 제자들이요, 가장 충성스러운 제자들이었다. 우리가 자크라고 부르는 야고보는 얘기가 다르다. 그는 예수의 동생이다. 그의 동생? 정말로? 성서학자들과 역사가들은 이 점에 대해서 피 터지게 싸운다. 한쪽에서 〈동생〉이라는 말은 보다 넓은 의미로 쓰였고 사촌들에게도 적용될 수 있다고 말하면, 다른 쪽에서는 아니, 사촌에 해당하는 단어가 분명히

---

24 성경이 사용하는 그의 명칭 〈베드로〉가 바로 〈돌〉이란 뜻이다. 프랑스어에서는 베드로를 피에르라고 하는데, 이 pierre는 그대로 돌을 의미한다.

25 Jean, Jacques는 한국어 『성경』에서는 각각 요한, 야고보로 음역(音譯)되고 있다.

존재했고 〈동생〉은 동생을 의미할 뿐, 다른 의미는 없다고 받아친다. 이 언어학적 논쟁은 물론 또 다른 논쟁을 감추고 있으니, 그것은 마리아의 정조에 대한, 보다 전문적인 용어를 사용하자면 그녀의 〈영원한 처녀성〉에 대한 논쟁이다. 그녀는 예수를 낳은 다음에 다른 이의 아이들을, 보다 자연스러운 방법으로 가졌을 것인가? 아니면 — 이는 타협적인 가설인데 — 요셉이 다른 아이들을 가진 거고, 따라서 야고보는 예수의 이복형제가 되는 걸까? 이 심각한 문제들에 대해 어떻게 생각하든, 한 가지 확실한 것은 서기 50년경에는 아무도 이런 문제들을 제기하지 않았다는 사실이다. 마리아 숭배는 아직 존재하지 않았고, 그녀의 처녀성에 대해서도 신경 쓰지 않았다. 예수에 대해 알고 있는 사실들 가운데 그에게 형제나 자매가 있다는 사실과 충돌하는 것은 아무것도 없었고, 사람들은 이 〈주님의 동생〉 자격으로, 그의 초기 벗들인 베드로와 요한과 동등한 위치로 야고보를 존경했다.

야고보, 베드로, 요한, 이 세 사람 모두 율법을 엄격히 지키고, 성전에서 기도하는 매우 신앙심 깊은 유대인들이었고, 그들의 형과 스승을 메시아로 여기고, 그분이 부활했다는 사실을 믿는다는 점 외에는 스스로를 다른 유대인들과 구별하지 않았다. 이 세 사람 모두 기독교인들을 박해한 뒤에 그들의 편으로 넘어왔다고 주장하는 이 바오로를 의심쩍은 눈으로 볼 이유가 충분했다. 이 바오로는 부활하여 나타나신 예수님을 보는 특권을 누렸다고 말하는데, 하지만 그분은 가장 가까운 이들에게만, 그리고 그분이 죽고 나서 몇 주 동안만 모습을 보이지 않으셨던가? 또 이 바오로는 자기를 회심시킨 것은 그분이며, 자기는 그분에 대해서만 책임이 있으며, 역사적인 제자들에게만 부여되는 영광스러운 사도의 칭호를 그분에게서 받았다고 주장하고 있었다.

이렇게 한번 생각해 보자. 1925년경, 반(反)볼셰비키 투쟁에서 두각을 나타낸 한 백군(白軍) 장교가 크렘린에 찾아와 스탈린에게 알현을 요청한다. 장교는 스탈린에게 설명하기를, 자신은 개인적인 계시를 통해 순수한 마르크스레닌주의에 접근하게 되었으며, 이제 자기가 그 독트린을 세계만방에 드날리고 싶단다. 이를 위해 스탈린과 공산당 정치국은 자기에게 전권을 부여해 주어야 하지만, 자기는 그들의 권위를 따르고 싶은 생각이 전혀 없단다.

자, 그림이 그려지는가?

31

바오로는 야고보와 베드로가 자기를 어떻게 맞아 주었는지 자세히 얘기하지 않는다. 다만 자신이 예루살렘에서 그 두 사람만 만났고, 보름 후에는 시리아의 안티오키아로 갔다고 말할 뿐이다. 이렇게 플래시백의 첫 번째 에피소드가 끝난다.

두 번째 에피소드는 — 바오로는 정확하게 설명한다 — 그로부터 14년 후에 시작된다. 어떤 계시를 받게 된 그는 예루살렘에 돌아가, 멀리서 15년 동안 활동한 내용을 보고할 때가 왔다고 판단하는데, 그의 말에 따르면 〈지금까지 뛰어다닌 게 허사가 되지 않게 하려 함〉이었다.

이것은 매우 중요한 말이다. 이 말은 바오로가 아무리 독립적인 위치에 있었을지라도, 그에게는 야고보와 베드로와 요한으로 이뤄지는 트로이카, 그가 교회의 〈기둥들〉이라고 부르는 이 세 사람의 승인이 절대적으로 필요했다는 사실을 보여 준다. 그들의 권위는 바오로가 마음 깊은 곳에서는 큰 중요성을 부여하지 않는 역사적 이유들에 결부되어 있었다. 그렇기는 하지만 만일 이 중심인물들이 그를 인정해 주지 않으면, 그는 〈지금까지 뛰어다닌 게 허사였다〉고 느끼게 될 터였다. 당(黨)과 절연할 수는 없는 법이다.

바오로는 이번에는 안티오키아의 두 기독교인, 즉 유대인 바르나바와 그리스인 티토를 데리고 왔고, 논쟁은 곧바로 할례 문제에 초점이 맞춰진다. 바르나바와 바오로 자신처럼 유대인 출신인 기독교인들이 할례를 받는 것은 당연한 일이다. 하지만 티토처럼 유대인이 아닌 사람들에게 그리스도를 따르려면 할례를 받으라고, 또 할례만이 아니라 유대교 율법의 모든 규정들을 준수하라고 강요해야 하는가? 교회의 기둥들은 그렇다고 대답한다. 그들은 그것을 강하게 요구한다. 바오로는 굴복할 수도 있었다. 뭐, 자기 손으로 티모테오에게 할례를 해준 일도 있으니까. 하지만 티모테오의 경우는 현장에서 그곳 유대인들과의 불필요한 마찰을 피하기 위한 현실적인 목적이 있었다면, 티토에게 할례를 주는 것은 선례를 남길 위험이 있었다. 바오로는 여기서 굴복하는 것은 상상하기 힘든 결과들을 가져올 것이라고 판단하고는, 싫다고 대답한다.

바오로가 「갈라티아 신자들에게 보낸 서간」에서 이야기하고 있듯이, 역사가들이 〈예루살렘 회담〉 혹은 〈예루살렘 공의회〉라고 부르는 것은 양측이 아주 격렬하게 대립한 언쟁이었다. 거의 반세기가 지난 후에 루카는 「사도행전」에서 이 사건의 훨씬 평화적인 버전을 보여 주게 되는데, 이것은 나중에 당의 강령이 되는 것에 대해 모든 공산당 지도자들이 동의하는 모습으로, 또 실제로는 서로를 잡아먹을 듯이 치고받던 이들이 민족 간의 우의와 프롤레타리아 독재를 위해 건배하며 포옹하는 모습으로 그려지는 후세의 소련 역사 교과서들을 연상시킨다. 루카의 이야기에서 바오로 측과 야고보, 베드로 측은 앞다투어 관용과 이해의 모습을 보여 주고 있다. 문제의 핵심인 할례 문제는 언급도 되지 않으며, 이렇게 화기애애한 분위기는 〈교회의 기둥들〉이 이방인들에게 보내는, 그리고 바오로에게 백지 수표를 주는 정식 추천장으로 귀결된다.

기둥들이 모든 점에서 양보했을까? 나로서는 그렇게 쉽게 믿기지 않는다. 하지만 루카뿐 아니라 바오로도 다음과 같은 작업 분담을 기둥들이 받아들였다고 주장한다. 베드로는 유대인들에게 복음을 전파하고, 바오로는 이방인들에 전파한다. 베드로는 할례받은 자들을, 바오로는 포피 달린 자들을 맡는다. 자, 이렇게 거래 완료! 따라서 두 번째 에피소드는 바오로의 승리처럼 보이는 장면으로 끝난다. 하지만 이후에 일어난 일들은 그의 생각이 환상에 불과했음을 보여 준다.

32

플래시백의 세 번째 에피소드는 이렇다. 하나의 합의로 여기기로 한 무언가를 얻어 낸 바오로는 서둘러 그의 베이스캠프라 할 수 있는 안티오키아로 돌아온다. 베드로도 뒤이어 안티오키아로 오는데, 할례자들의 사도와 비할례자들의 사도 간에 영역 분할에 대한 원칙적인 합의가 이루어진 상황에서 왜 그가 그렇게 했는지에 대해서는 「사도행전」에도, 「갈라티아 신자들에게 보낸 서간」에도 설명이 없다. 그것은 친선을 위한 방문이었을까, 아니면 감찰을 위한 것이었을까? 친선 방문을 표방한 감찰 방문? 어쨌든 바오로의 구역에 들어온 베드로가 과연 그리스인들의 식탁에 앉아 그들과 애찬을 나눌 것인지, 모두가 숨죽여 지켜보고 있었다.

이 식사의 문제는 할례만큼이나 중대한 문제였다. 그리스인의 초대를 받아들인 유대인은 식탁에 놓인 고기들이 율법에 따라 도축된 짐승들한테서 나온 것인지 확신할 수 없었다. 또, 이는 더 고약한 일인데, 그게 이교도의 신들에게 바쳐진 짐승들한테서 나온 것인지도 알 수 없었다. 아닌 게 아니라 이방인들은 짐승들을 제물로 드린 후에 다시 취하여 내다 팔았고, 이 때문에 이교도의 사원들은 종교 의식의 장소일 뿐 아니라, 성업 중인 푸줏간이기도 했다. 율법을 준수하는 유대인은 차라리 죽으면 죽었지 우상들에게 바쳐진 고기는 먹고 싶지 않았다. 따라서 그들은 의심에 사로잡혀 음식을 입에 대지 않았고, 이처럼 같은 음식을 나눌 수 없는 상황은 유대인들과 이방인들이 분리된 이유 중 하나였다.

다른 곳들에서와 마찬가지로 안티오키아에서도 바오로의 새 신자들은 대부분 그리스인이었기 때문에, 이 문제는 그들과는 상관없었다. 그리고 유대교에서 온 이들에게는, 바오로는 그냥 각자가 좋을 대로 하라고 했다. 율법이 뭐라고 말하든 간에, 이 음식에 관한 얘기들은 전혀 중요한 게 아니었다. 우상들은 그저 우상들일 뿐, 중요한 것은 그게 **코셰르**[26]이든 **코셰르**가 아니든 간에 입으로 들어오는 게 아니고, 다만 입에서 나오는 것, 좋고 나쁜 말들이었다. 바오로는 그리스인들과 유대인들에게 이렇게 말했다. 〈**모든 게 허용된다**는 것, 이게 바로 진실입니다. 모든 게 허용되긴 하지만 만일 당신이 이런 것들을 중요시하는 사람과 식탁에 앉았을 때는, 그들에게 충격을 주지 않도록 주의하십시오. 그들이 지키는 금제들이 당신에게 유치해 보일지라도, 존중하는 마음으로 당신도 그것들을 지키십시오. 자유롭다고 해서 요령 있게 살지 말라는 법은 없습니다.〉 (바오로의 모든 방침들에 대해 그런 것은 아니지만, 나는 적어도 이런 태도만큼은 아주 현명하다고 생각한다.)

안티오키아에 온 베드로는 처음에는 그곳 공동체의 관습을 따랐고, 군소리 없이 주는 대로 먹었다. 모든 사람이 만족했고, 그도 마찬가지였는데, 예루살렘에서 야고보가 보낸 사람들이 도착했다. 베드로가 이방인들과 같이 앉아서 먹는 것을 본 그들은 얼굴이 하얘졌다. 그들은 식사가 끝나기를 기다렸을까, 아니면 한 그릇도 비우기 전에 그를 일어나게 했을까? 어쨌든 그들은 베드로를 한쪽으로 데려가, 그의 불경스러운 행동에 대해 따지고 들었다. 신실한 자들 중에서도 신실한 자요, 예수께서 자신의 교회를 세우실 때 반석으로 삼은 베드로가 정결치

26 *kosher.* 유대교 율법에 따라 재배되고 도축된 식재료로 만든 음식.

못한 고기를 먹다니! 모세의 율법을 소홀히 하다니! 하느님의 마음을 상하게 하다니! 얼마나 저 바오로라는 자가 해로운 영향을 끼쳤으면 이렇게 타락해 버렸단 말인가! 그리고 이 베드로도 얼마나 순진하면, 이렇게 할례를 비웃고, 심지어 유대인이 아닐지도 모르는 작자의 감언이설에 넘어가 버렸단 말인가? 게다가 저 바오로는 자신이 예수님의 모습을 보았고, 그분이 자기를 다른 사도들과 같은 반열에 올려놓았다고 주장한다. 뭐, 예수님을 보았다고? 얼마나 건방진 인간인가! 다른 정직한 사람이었다면, 예수님의 진정한 제자들에게 배우러 왔으리라. 그분을 직접 겪었고, 그분과 얘기도 나눴고, 심지어 그분과 피를 나눈 가족이기까지 한 이들에게 말이다. 그는 그러지 않는다. 그가 만일 모세와 마주치게 되면, 도리어 모세를 가르치려 들리라. 정말이지 못 말리는 자다. 그에게 손 하나를 내준 것은 신중치 못한 일이었다. 이제 그는 팔을 원하고, 조금 있으면 몸뚱이 전체를 내놓으라고 할 거다. 그를 이대로 놔두면 안 된다. 엄하게 다스려야 한다!

유대교도 역사가들은 예수의 동생, 야고보를 그저 일개 변절자로 여기고, 그렇게 중요한 존재라고 생각하지 않는다. 또 기독교도 역사가들은 그를 유대인들로만 이뤄지고 그들의 성전(聖殿)과 긴밀하게 연결된 교회, 자신만이 진리를 보유한다고 확신하며 또 그것을 혼자서 간직하고 싶어 하는 교회의 좀스러운 우두머리로 묘사하는 경향이 있다. 이 존경할 만하지만 약간 둔하기도 한 인물에 그들은 바오로를, 비전이 있고, 보편성을 발명했으며, 모든 문들을 열었고, 모든 벽들을 허물었고, 유대인과 그리스인, 할례자와 비할례자, 노예와 자유인, 남자와 여자 사이의 모든 차이들을 없애 버린 그 위대한 인물을 대비시킨다. 베드로는 이 양자 사이를 오간다. 그는 바오로보다는 덜 급진적이고, 야고보보다는 개방적이지만, 구소련 정치 연구가들이 과거 공산당 정치국의 〈보수주의자들〉에 대비시키곤 하던 〈자유주의자들〉과 약간 비슷한 방식으로 개방적이다. 그는 안티오키아에서 조금 골치가 아팠을 것이다. 내 느낌으로 그는 이래도 흥, 저래도 흥, 식으로 귀가 꽤나 얇은 사람이었던 듯한데, 어느 쪽에 서야 할지 판단이 서지 않자, 아예 이방인들과 얼굴 마주치는 일을 피하려고 그냥 집에 틀어박혀 있는 편을 택했다. 그러다가 예루살렘에서 온 밀사들이 등을 돌리기가 무섭게 다시 다른 이들과 함께 먹기 시작했다. 하지만 이렇게 야고보의 비밀경찰들에게 호되게 혼난 뒤에 이번에는 바오로에게 꾸지람을 듣게 된다. 자기가 베드로에게 〈모든 사람이 보는 앞에서〉 호통을 쳤노라고, 바오로는 「갈라티아 신자들에게 보낸 서간」에서 약간 과장적으로 설명한다(뒤에서 보게 되겠지만, 코린토의 신자들은 그들 사도의 이런 면을 비난한다. 즉 그는 과거에 있었던 사건을 글로 적을 때에는 아주 강하고 권위적으로 나오지만, 실제로 사람들 앞에 서면 그런 모습이 훨씬 덜하다는 것이다).

베드로는 바오로에게서 강한 인상을 받았던 모양이다. 또 그를 존중하고, 심지어는 그에게 자기를 꾸짖을 권리가 있음을 인정하기까지 했던 듯하다. 하지만 그는 야고보의 말에도 일리가 있다고 느꼈던 모양이다. 그들은 실제로 예수를 알았고 사랑했지만 바오로는 아니었다. 그런데 이 바오로가 찾아와서는 예수에 대해서 어떻게 생각해야 한다고 가르치고 있는 것이다. 그들은 이 땅에 사셨고, 가르치셨고, 그들이 3년 동안 몸을 맞대고 식사와 생활을 같이한 분에 대한 일화들과 추억들과 자잘한 것들을 얘기해 줄 수 있었지만, 바오로는 그런 것에는 별 관심이 없었다. 그는 그리스도가 우리의 죄를 위해 죽었고, 우리를 구속하고, 우리를 의롭다 하셨으며, 하늘과 땅의 모든 권능이 곧 그분에게 주어질 거라는 사실을 알고 있었고, 그걸로 충분했다. 이 그리스도와 그의 영혼은 항상 연결되어 있었고, 그리스도가 그의 안에 살면서 그를 통해 말하고 있었으므로, 그는 나자렛 사람 예수의 이 땅에서의 사실들과 행적들을 가지고 허비할 시간이 없었고, 예수의 생전에 그를 둘러쌌던 촌뜨기들이 간직한 추억들을 가지고 허비할 시간은 더욱 없었다. 그는 〈그리스도를 육신에 따라〉 알고 싶지 않았다. 마치 어떤 책이나 영화의 리뷰를 쓰는 비평가가 그 작품을 실제로 읽거나 보면 자신이 미리 세운 판단이 흔들릴까 두려워 그러지 않으려는 것처럼 말이다.

르낭은 바오로에 대해 다음과 같은 탁월한 평을 남겼다. 그는 스스로에게는 프로테스탄트였고, 다른 이들에게는 가톨릭이었다는 것이다. 계시, 중개자를 통하지 않는 그리스도와의 직접적인 거래, 양심의 전적인 자유, 그리고 모든 위계질서의 거부는 그의 몫이었다. 그리고 다른 이들에게 부과한 몫은 군소리 없이 복종하는 것, 보다 정확히는 그리스도께서 바오로에게 그들을 인도하는 임무를 주셨으므로 바오로에게 복종하는 것이었다. 어떤 이들에게는 충분히 역정이 날 만한 상황이었다. 애초부터 야고보는 바오로를 예루살렘 교회가 너무 관대하게 대하는 일종의 자유 전자(自由電子)로 보았다. 그리고 안티오키아의 에피소드가 있은 후에 그에게 바오로는 스탈린에게 있어서의 트로츠키 같은 존재가 되었다. 그에 대한 반대 운동이 조직되었고, 그의 이탈적 노선을 고발하기 위한 특사들이 먼 곳까지 파견되었다. 주님의 동생 측근들은 이 이단의 이름을 입에 담는 것조차 거부했다. 어떤 이들은 그를 **니콜라오스** — 니콜라오스는 한 예언자의 이름인 동시에 악마의 이름이기도 한 발람의 그리스어 등가물이다 — 라고 부르기 시작했다. 그의 추종자들은 니콜라오스파가 되었고, 그의 교회들은 사탄의 회당들이 되었다. 여기서 다시 르낭은 당시에 바오로에 대한 적대감이 어땠는지를 보여 주기 위해 「유다 서간」의 한 인상적인 구절을 인용한다. 유다는 예수의 동생 중 하나로, 야고보보다는 덜 알려진 인물이다. 그의 이름을 단 이 서신을 그가 썼다는 것은 말도 안 되는 얘기지만, 어쨌든 『신약』에 포함되어 있다. 자, 한번 들어 보라.

〈우리 가운데 어떤 자들이 몰래 숨어들어 왔습니다. 여러분의 애찬 가운데 암초처럼 끼어들어 뻔뻔스럽게 먹어 대는 이자들은 자기 배만 채우는 목자요, 바람에 밀려다니기만 하며 물한 방울 내리지 못하는 구름이요, 가을이 되어도 열매 하나 맺지 못해 뿌리째 뽑혀 죽는 나무요, 자신의 수치스러운 행실을 거품처럼 뿜어 대는 바다의 거친 물결이요, 길을 잃고 헤매다가 짙은 암흑에 영원히 갇히게 될 별들이요, 언제나 투덜대며

자기 욕심대로만 사는 자들이요, 허풍만 떨어 대는 입들이요, 성령을 잃은 고아들이요…….〉

(오늘날의 어떤 역사가도 르낭처럼 이 2세기의 저주들이 바오로를 겨냥한 것이라고 생각하지 않지만, 하지만 너무도 매력적인 문장이어서 여기서 그냥 사용하기로 한다.)

33

자, 플래시백은 끝났다. 이제 우리는 바오로를 쫓아다니는 그 불길한 설교자들이 누구인지 알게 되었다. 그들은 소아시아 오지까지 바오로를 추적해 들어와서는 순진한 갈라티아 신자들을 혼란에 빠뜨렸다. 하지만 혼란에 빠진 것은 그들만이 아니었고, 바오로의 분노에 찬 서신은 본부에서 파견한 자들이 그의 사역을 흔들려고 하는 다른 모든 공동체들에도 적용되는 것이었다.

〈오, 어리석은 갈라티아 사람들이여! 누가 그대들을 홀렸습니까? 여러분은 영(靈)으로 시작한 것을 육(肉)으로 끝내려 할 정도로 어리석단 말입니까?〉

여기서 주의할 점은 〈육〉은 육체가 아니고, 〈영〉은 육체 안에 살고, 육체를 넘어서고, 육체가 죽어도 살아남는 그 비물질적인 무엇이 아니라는 사실이다. 지금 우리는 플라톤 철학을 얘기하고 있는 게 아니다. 바오로가 영이란 단어를 쓸 때, 이것은 그리스도에 대한 믿음을 의미한다. 육은 포피와 부정한 고기

등에 대한 율법의 규정들이다. 여기서 출발한 바오로는 대립항을 즐기는 그의 취향에 이끌려 영과 생명의, 그리고 육과 죽음의 등가 관계로 넘어가고, 마침내 — 아마 스스로도 예상 못했으리라 생각하는데 — 율법과 죽음 사이의 등가 관계에 이르게 된다. 하지만 그는 자신이 쓰는 것이 너무 대담하다고 해서 멈칫하는 사람은 아니었으므로, 이렇게 이어 간다.

〈그리스도께서 오시기 전에는 우리는 율법의 감시를 받았습니다. 큰 재산을 상속받았지만, 아직 그것을 누리지 못하고 후견인의 감시를 받는 아이처럼 말입니다. 이제 여러분은 어른이 되었기 때문에 더 이상 후견인이 필요치 않습니다. 여러분, 지금 이렇게 어른이 되었는데 다시 어린 시절로 돌아가고 싶은 것입니까? 이렇게 해방되어 자유인이 되었는데, 다시 노예가 되고 싶은 것입니까? 여러분은 하느님을 알게 되었는데, 다시 그 헛되고도 유치한 계율들로 돌아가고 싶은 것입니까? 하지만 이제는 더 이상 유대인도 그리스인도, 노예도 자유인도, 남자도 여자도 없단 말입니다! 오직 그리스도만이 계시고, 여러분은 그리스도 안에 있고, 그리스도는 여러분 안에 계시단 말입니다!

여러분은 율법 안에 산다고 주장하면서, 율법이 무엇인지도 잘 모릅니다. 자, 아브라함을 생각해 보십시오. 그에겐 두 아들이 있었습니다. 하나는 여종 하가르에게서 얻었고, 그리고 다른 하나는 자유로운 여자 사라에게서 얻었습니다. 하가르의 아들은 육의 아들이고, 사라의 아들은 영의 아들입니다. 육의 아들이 영의 아들에게 앙심을 품는 것은 당연한 일입니다. 성경은 말씀하시기를, 상속자는 여종의 아들이 아니라, 자유로운 여자의 아들이 될 거라고 하셨고, 여러분은 자유로운 여자의 자녀들입니다. 그리스도께서 오신 것은 바로 여러분의 자유를 위해서입니다. 그러므로 나의 자녀들이신 여러분, 그리스도께서 여러분 안에서 형상을 갖출 수 있도록 내가 고통을 참으며 쉬지 않고 해산하고 있는 여러분, 나의 자녀들이신 여러분, 다시는 노예의 멍에를 지지 마십시오! 아, 내가 얼마나 여러분 가까이에서 육성으로 여러분에게 말하고 싶은지 모릅니다! 도대체 여러분을 어떻게 해야 할지 모르겠단 말입니다!〉

34

〈하늘의 천사가 내려와 여러분에게 내가 말한 것과 다른 것을 말한다 할지라도, 그를 믿어서는 안 될 것입니다. **심지어 내가 와서 전에 내가 했던 말과 다른 말을 한다 할지라도, 나를 믿어서는 안 될 것입니다.** 천사를 저주하고, 나를 저주해야 합니다.〉

서신의 첫머리에 이런 말을 쓰면서 바오로는 실제로 일어난 일보다 더 나쁜 상황을 상상한다. 적들이 갈라티아의 신자들을 찾아온 것은, 바오로의 권위를 떨어뜨리기 위해서였다. 이것은 심각한 일이다. 하지만 이보다 더 심각한 무언가가 일어날 가능성이 있었고, 아마도 일어날 거였다. 그것은 이 적들이 예루살렘 교회의 이름이 아니라, 바오로 자신의 이름을 내걸고 갈라티아의 신자들을 찾아가는 것이었다. 혹은 그들이 바오로의 얼굴을 모르는 다른 순진한 사람들을 찾아가서는 아예 바오로

행세를 하는 거였다. 또 이 제자들에게 바오로의 서명이 적힌 서신들을 보내어, 그가 그들에게 가르친 것과 정반대의 내용을 전할 수도 있었다. 이 버전은 이전 버전을 대체하는 것이며, 누구든지 바오로를 사칭하면서 이 버전을 부인하면 사기꾼으로 간주돼야 한다고 단언하면서 말이다.

이런 위험들을 방지하기 위해 바오로는 모든 방법을 동원한다. 위에서 말한 「갈라티아 신자들에게 보낸 서간」의 끝부분에 이런 말이 써져 있다. 〈보십시오, 내가 직접 이렇게 큰 글자로 여러분에게 쓰고 있습니다!〉 이 부분을 읽으면 가슴이 뭉클해지는데, 바오로의 서신 중에서 그가 직접 쓴 원본이 하나도 남아 있지 않기 때문이다. 가장 오래된 것들이 서기 150년 이후의 것, 즉 사본들, 심지어는 사본의 사본들이고, 서기 2세기에 〈나는 바오로의 손으로 써진 것이다〉라는 의미밖에 없는 문장을 경건하게 자기 손으로 쓰고 있는 어느 필사가의 머릿속에 어떤 생각이 떠올랐을지 궁금하다. 이런 종류의 문장들은 그의 여러 서신들에서 발견되는데, 왜냐하면 그가 교회들이 분명히 자신이 보낸 서신임을 확인할 수 있도록, 그곳들에 자신의 필적 견본을 남겼기 때문이다. 하지만 원래는 위조자들을 꼼짝못 하게 하려는 목적이었던 것이 역설적으로 그들의 작업을 돕는 결과를 가져왔다. 바오로의 이 특이한 버릇을 다시 사용하기만 하면 됐던 것이다.

그리하여 우리는 「테살로니카 신자들에게 보낸 둘째 서간」의 끝부분에서 다음과 같은 구절을 읽게 된다. 〈이 인사말은 나바오로가 직접 씁니다. 이것이 내 모든 편지의 표지(標識)입니

다. 나는 이런 식으로 편지를 씁니다.〉

이 이야기에서 흥미로운 점은 ― 그리고 독자들이 조금 주목해 주기를 바라는데 ― 스스로가 진본임을 소리 높여 주장하는 이 「테살로니카 신자들에게 보낸 둘째 서간」은 사실 진본이 아니라는 사실이다. 그리고 더욱 흥미로운 점은, 많은 성서학자들이 에둘러 말하거나 거북해하면서도 결국은 인정하고 있듯이, 이 두 번째 서신이 진본인 것이 확실한 첫 번째 서신의 신뢰성을 떨어뜨리려 하고 있다는 사실이다.

자, 두 번째 서신에 이렇게 써져 있다. 〈자기가 성령의 감동을 받았다면서, 혹은 말씀을 전한다거나 혹은 내게서 서신을 받았다고 하면서, 주님의 날이 벌써 왔다고 주장하는 말을 들어도 흔들리거나 당황해서는 안 됩니다.〉 그런데 이 〈주님의 날이 벌써 왔다고 주장하는 말씀이나 서신〉은 바오로가 50년대 초반에 **실제로** 말했거나 글로 쓴 내용, 특히 「테살로니카 신자들에게 보낸 첫째 서간」에서 표현한 내용과 매우 흡사하다. 그는 세상의 종말이 임박했으며, 그 과정이 이미 시작되었다는 절대적인 확신이 있었다. 온 세상이 이 출산의 고통에 몸부림치고 있다고 믿었다. 테살로니카 신자들도 그의 말을 믿었고, 모든 기독교 공동체들이 그의 말을 믿었다. 하지만 시간이 흘렀건만 예고된 사건은 일어나지 않았고, 미친놈들로 여겨지지 않기 위해서는 일이 이렇게 지체되는 것을 설명하고, 이 실현되지 않은 예언이 가장 노골적으로 표현된 텍스트들의 의미를 조금 다른 식으로 해석하거나 다듬어 줄 필요가 있었다. 이게 바로 이 「테살로니카 신자들에게 보낸 둘째 서간」을 뒤늦게 쓴 익명의 작가가 열심히 하고 있는 작업이다.

바오로는 「테살로니카 신자들에게 보낸 첫째 서간」에서 최후의 심판을 갑작스럽게, 그리고 곧 일어날 일로 묘사했다. 표면적인 평화 상태에서 대재앙으로 곧바로 넘어간다는 거였다. 이 예언을 읽는 모든 이가 그것을 목격하게 된다는 거였다. 반면 두 번째 서신을 쓴 사람은 길고도 복합적이고도 힘든 과정을 묘사한다. 그는 설명하기를, 만일 예수님께서 지체하고 계시다면, 그것은 그분에 앞서서 적그리스도가 나타나야 하기 때문이란다. 또 만일 이 적그리스도도 지체하고 있다면, 그것은 무언가가 혹은 누군가가 〈적그리스도가 제시간에 맞추어 나타날 수 있도록 그를 꽉 붙잡고 있기 때문〉이란다. 그렇다면 아직 때가 되지 않았기 때문에 적그리스도가 나타나지 못하게끔 꽉 붙잡고 있는 이 무언가 혹은 이 누군가는 대체 무엇이란 말인가? 2천 년 동안 성서학자들은 이 문제 앞에서 당혹스럽기 그지 없었다. 사실은 이에 대해 아는 사람은 아무도 없으며, 명확히 이 두 번째 서신의 실제적인 목적은 이 모든 게 오랜 시간이 걸릴 거라고 주장함으로써 논점을 흐려 버리는 것일 뿐이다. 따라서 인내심을 가져야 하며, 특히 소위 계시를 받았다는 이들에게 미혹되지 말아야 했다.

이 두 번째 서신을 쓴 사람은 물론 현대적 의미의 위작자가 아니었다 — 라파엘 유파의 그림이 라파엘의 위작이 아닌 것처럼. 그는 교회를 미혹하려는 바오로의 적이 아니라, 바오로의 사후에 제기된 문제들을 그의 이름을 빌려 해결하려는 교회의 일원일 뿐이었다. 서신을 쓴 것은 바오로를 배반하기 위해서가 아니요, 오히려 그에게 충성을 다하기 위해서였다. 그렇긴 하지만, 바오로로 하여금 자신이 말한 것과 반대되는 내용을 말하게 하는 것으로 그치지 않고, 바오로가 실제로 말한 것의 신빙성을 떨어뜨리려고 애를 썼으며, 진본 서신을 가짜로 여겨지게 함으로써 그가 품었던 모든 우려들을 정당화했다.

내가 느끼기에 바오로의 우려는 이보다도 더 멀리 나아갔던 듯하다. 바오로는 단지 적들과 사기꾼들과 위작자들의 책동만을 두려워한 게 아니었다. 그는 나사를 한 번 더 조여야 했으니, 바로 자기 자신이 두려웠던 것이다.

「타르 박사와 페더 교수의 광인 치료법」이라는 제목의 에드거 앨런 포의 단편소설이 있는데, 이 작품에서 화자는 어느 정신 병원을 방문한다. 위험한 환자들이 감금되어 있는 병실들을 돌기 전에, 병원장은 화자에게 주의를 준다. 그의 말에 따르면, 이 환자들은 기이하게도 일관성 있는 어떤 집단 망상에 사로잡혀 있다는 거였다. 그들은 자신들이 병원장이고 간호사들인데, 병원의 권력을 장악하여 그들의 자리를 차지한 광인들에 의해 감금되었다고 믿는단다. 「정말입니까?」 방문객은 되묻는다. 「그것 참 흥미롭군요!」 맞다, 처음에는 흥미롭게 느껴졌지만, 병원을 돌면 돌수록 점점 마음이 불안해진다. 환자들은 그들이 말할 거라고 병원장이 예고했던 내용을 이구동성으로 주장한다. 그들은 방문객에게 자신들의 말이 잘 믿어지지 않겠지만 그래도 믿어 달라고, 자신들이 풀려날 수 있도록 경찰에 신고해 달라고 애원한다. 그들과의 대화는 병원장 앞에서 이뤄지는데, 병원장은 환자들의 말을 온화한 미소를 지으며 들으면서, 점점 더 갈피를 잡지 못하는 방문객에게 이따금 눈을 찡끗해 보인다. 환자들이 말하는 게 진실일지도 모른다는 의심이 방문객의 머릿속에 고개를 쳐든다. 그는 한 발짝만 더 나아가면 끔찍한 공포로 발전할 수 있는 불안감에 사로잡혀 자신의 가이드를 쳐다보기 시작한다. 이 병원장은 그 사실을 눈치챘는지 이렇게 덧붙인다. 「그러게 내가 뭐라고 했습니까? 이 사람들 말, 아주 설득력 있죠? 그리고 조금 이따 보실 거예요. 가장 설득력 있는 사람은 자기가 병원장이라고 주장하는 환자예요. 굉장한 환자죠. 네, 정말로 굉장한 환자예요! 그와 5분만 같이 있으면, 내가 바로 위험천만한 미치광이라고 믿게 되신다는 데 내 손모가지를 걸겠어요! 하, 하, 하!」

환상 문학은 이 섬뜩한 주제를 변주하여 무수한 작품들을 산출했다. 그 가운데서 가장 기억할 만한 작품 몇 편은 필립 K. 딕의 것이다. 그리고 현실의 삶에서도, 특히 종교적 체험이 있은 후에 딕은 친구들이 전화를 걸면 FBI 요원이나 외계인이 아니고 진짜 친구가 맞는지 확인하기 위해 갈수록 정교해져 가는 테스트들을 여러 개 거치게 했다. 그는 피고인들이 자신들이 평생 말해 온 것을 강압에 못 이겨 부인하고, 그들이 지금 말하는 것 ─ 스탈린이 옳고 나는 괴물이다 ─ 이 진실이므로, 그들이 전에 말했던 모든 것들 ─ 내가 옳고 스탈린은 괴물이다 ─을 없었던 일로 해달라고 간청하게 되는 모스크바 재판에 매료되어 있었다.

타르수스의 바오로는 필립 K. 딕이나 스탈린 ─ 이 두 특별한 인물과 조금 닮은 점이 있긴 하지만 ─ 은 아니었다. 그와 이 두 인물 사이에 놓인 2천 년의 시간 ─ 특히 스탈린에게 있어서 ─ 은 망상증이라는 병을 상당한 수준으로 발전시켜 온

게 사실이다. 그렇긴 하지만 「갈라티아 신자들에게 보낸 서간」에서 〈심지어 내가 와서 전에 내가 했던 말과 다른 말을 한다 할지라도, 나를 믿어서는 안 될 것입니다〉라는 문장을 읽을 때, 나는 여기서 고대 세계에서는 알려지지 않았던 어떤 공포심의 싹이 느껴진다. 그것은 고대 세계에서는 알려지지 않았던 어떤 일이 바오로에게 일어났기 때문이며, 또 그가 이 일이 자기에게 또 일어날까 봐 의식적, 무의식적으로 두려워했을 것이기 때문이다.

다마스쿠스로 가는 길에서 사울은 일종의 돌연변이 현상을 겪었다. 사울은 그와는 정반대의 존재인 바오로로 변형되었다. 과거의 그는 자신이 보기에 어떤 괴물처럼 느껴졌고, 또 지금의 그는 과거의 자신의 눈으로 보자면 하나의 괴물이었다. 만일 지금의 그가 과거의 그에게 접근할 수 있다면, 과거의 그는 지금의 그를 저주했을 것이다. 그는 신에게 그를 죽게 해달라고 기도했을 것이다. 마치 뱀파이어 영화의 주인공들이 만일 자기가 어떤 뱀파이어에게 물리게 되면 말뚝으로 자신의 심장을 꿰뚫어 달라고 친구들에게 부탁하듯이 말이다. 하지만 이것은 전에 말한 것이었다. 일단 감염되고 나면 자기가 다른 사람을 물어뜯을 생각밖에 하지 않는다. 특히 이제 더 이상 존재하지 않는 이의 소원을 들어주려고 말뚝을 들고 다가오는 사람을 물려고 할 것이다. 나는 바오로는 밤마다 이런 종류의 악몽에 시달렸으리라고 생각한다. 만일 내가 다시 사울로 돌아간다면? 만일 내가 바오로가 된 것만큼이나 놀랍고도 예상 못 했던 방식으로 다시 바오로가 아닌 다른 존재가 된다면? 만일 이 바오로가 아닌, 하지만 바오로의 얼굴과 바오로의 음성과 바오로의 설득력을 지닌 다른 존재가 어느 날 바오로의 제자들을 찾아와 그들을 그리스도로부터 훔쳐 낸다면?

(이 점에 대해 에르베는 이렇게 말한다. 「지금 자네는 자네 자신에 대해 얘기하고 있는 거야. 자네가 전에 기독교인이었을 때 가장 두려워한 게 뭐였지? 그것은 지금 자네가 아주 만족스러워하는 이 회의론주의자가 되는 거였어. 하지만 자네가 앞으로 또 변하지 않는다는 보장이 있나? 자네가 보기에 너무나도 타당해 보이는 이 책을 20년 후에 읽게 될 때, 지금 자네가 자신의 성경 공부 노트를 읽을 때 느끼는 그 거북한 기분을 똑같이 느끼지 말란 법이 있느냔 말이야.」)

35

예루살렘 교회에게 중상모략당하고, 또 핍박당한 바오로는 아예 그들과의 관계를 끊어 버릴 수도 있었다. 지금까지 그의 전략은 본원(本院)이라 할 수 있는 예루살렘 교회에서 최대한 멀리 떨어진 곳, 본원과 연결된 지부가 없는 지역들에서 선교 활동을 하는 거였다. 그렇게 갈라티아 같은 외지고 멀리 떨어진 곳들에 기지를 세웠고, 그런 뒤에야 코린토 같은 대도시들에 진출을 시도했었다. 야고보의 지지자들이 그를 괴롭혀 대고, 그 자신도 그들이 그토록 집착하는 율법을 이제는 폐지된 것으로 여기는 상황에서, 바오로는 전적으로 자신에게만 속한 사업을 시작하고, 완전히 새로운 종교를 세웠다고 선언할 수도 있었을 것이다. 하지만 그는 그렇게 하지 않았다. 그는 유대교에서 떨어져 나가면 자신의 복음이 점차로 힘을 잃어 갈 거라고 느꼈던 듯하다. 하여 그는 타협을 하기로 하고, 자신의 선의를 보여 주기 위해, 만성적으로 물질적인 어려움에 봉착하는 예루살렘 교회를 위해 비교적 여유가 있는 소아시아와 그리스의 교회들에서 모금 운동을 벌일 생각을 한다. 그가 생각하기에 이것은 하나의 유화 제스처, 유대인 기독교도들과 이방인 기독교도들이 결국은 하나라는 표시였다.

그는 코린토를 떠나 소아시아의 에페소로 갔고, 거기서 각지의 교회들에게 서신을 보내어 이 모금 운동을 설명하고, 인색하게 굴지 않을 것을 권면한다. 신도들은 일요일 애찬 때 그의 서신을 함께 읽었다. 결국 모두가 기금 마련을 위해 돈을 냈다. 그들의 계획은 때가 되면 각 교회는 대표자를 한 명씩 선발하고, 이렇게 구성된 대표단은 바오로의 인솔하에 예루살렘으로 가서 모금한 돈을 〈가난한 이들〉과 〈성도들〉— 야고보의 제자들이 스스로에게 붙인 칭호이다 — 에게 전달한다는 거였다. 이런 여행의 전망에 필리피에 있는 리디아의 집 사람들은 가슴깨나 설렜으리라.

36

에페소에 있던 바오로에게 또 다른 우려스러운 소식들이 코린토에서 날아들었다. 이번에 문제는 야고보의 밀사들이 아니라, 아폴로라는 이름의 또 다른 기독교 전도자였다. 바오로와 아폴로는 한 번도 만난 일이 없지만, 그들의 행로만큼은 끊임없이 엇갈렸다. 아폴로는 바오로가 코린토에 있을 때 에페소에 있었고, 바오로가 에페소로 갔을 때에는 코린토로 갔기 때문에 두 사람은 상대가 미리 다져 놓은 땅에 들어가게 되었다. 바오로는 이런 상황이 별로 마음에 들지 않았다. 까다로운 스승들 중에 이런 경우가 종종 있는데, 그는 전에 다른 교육을 받은 이들보다는 아무런 교육도 받지 못한 이들을 선호하고, 모든 것을 처음부터 다시 시작해야 한다고 생각하는 경향이 있었다. 바오로와 아폴로는 둘 다 대단히 유식한 유대인이었지만 — 초기 기독교도들 중에는 흔치 않은 경우였다 — 바오로는 예루살렘의 바리사이파 전통에 속했었고, 아폴로는 알렉산드리아의 헬레니스트[27] 전통에 속했던 사람이었다. 아폴로는 철학자요, 플라톤주의자요, 필론의 제자였다. 그가 뛰어난 언변의 소유자였다는 사실을 루카가 강조하는 것을 보면, 거칠고도 투박한 바오로에 비해 더 즉각적인 매력이 느껴지는 인물이었음을 짐작할 수 있다. 그는 기독교의 이 첫 번째 세대에서 지적 스케일에 있어서 바오로와 비견될 수 있는 유일한 인물이라 할 수 있으며, 만일 기독교 최초의 역사가인 루카가 여행 중에 우연히도 바오로가 아닌 이 아폴로를 만났었다면, 만일 「사도행전」이 바오로의 전기가 아닌 아폴로의 그것이었다면, 이 종교의 얼굴이 어떻게 바뀌었을지 사뭇 궁금하다.

아폴로와 바오로 사이에는 공개적인 경쟁 관계는 없었다. 각자는 서로에게 정중히 경의를 표했으며, 어쨌든 중요한 것은 개인들이 아니고, 오직 그리스도뿐이라고 입을 모았다. 그럼에도 불구하고 코린토에서는 파벌들이 형성되었다. 어떤 이들은

27 역사적으로 특히 그리스어를 사용하고, 그리스 문명에 경도된 유대인을 뜻한다.

바오로를 지지한다고 말했고, 어떤 이들은 아폴로를, 또 어떤 이들은 베드로 혹은 야고보를 지지한다고 말했다. 〈나는 그리스도를 위한다〉라고 말한 것은 가르침을 보다 잘 이해한 사람들이었다.

바오로가 서신을 보낸 공동체들 중에서 그의 속을 가장 썩인 것은 코린토 사람들이었다. 그들은 술을 마시고, 간통을 하고, 애찬을 난교 파티로 둔갑시켰으며, 여기에다 분열까지 곁들였다. 〈그리스도께서 어찌 나뉘었느냐?〉라고 바오로는 그들에게 첫 번째로 보낸 질책의 서신에서 노발대발 호통을 친다. 나는 아폴로의 생각을 지지한다, 나는 베드로의, 바오로의, 혹은 야고보의 생각을 지지한다……. 이런 유치한 말싸움들은 그게 스토아파가 됐든, 에피쿠로스파가 됐든, 걸핏하면 서로의 면전에 유명 작가의 이름이나 인용구들을 흔들어 대는 철학 유파들이나 하는 짓이 아닌가? 이성이 요구하는 대로 삶을 영위함으로써 행복에 이를 수 있다고 믿는, 지혜의 애호가들이나 하는 짓이 아닌가 말이다! 바오로는 아폴로의 이름을 직접 거론하지는 않는다. 모든 종류의 논쟁을 질타하려는 목적의 서신에서는 좀 그러니까. 하지만 우리는 그가 아폴로도 한통속으로 몰아넣는 것을 느낄 수 있으며, 서신을 읽어 갈수록 바오로가 겨냥하는 것은 분열이 아니라, 지혜 그 자체라는 사실을 깨닫게 된다.

하지만 지혜는 만인이 추구하는 것이 아니던가? 심지어는 도락가들, 방탕한 사람들, 쾌락의 노예가 된 사람들조차 지혜를 못 얻어 안달이다. 그들은 지혜보다 나은 것은 없으며, 할 수만 있다면 자신도 철학자가 되고 싶다고 말한다. 그러나 바오로는 생각이 달랐다. 그는 지혜는 한심한 목적이며, 하느님은 그것을 좋아하시지 않는다고 단언한다. 하느님은 지혜도, 이성도, 자신의 삶의 주인이 되려는 오만한 태도도 좋아하시지 않는다. 만일 이 문제에 대한 하느님의 의견을 듣고 싶다면, 「이사야서」를 읽어 보면 되는데, 거기에서 그분은 이렇게 분명히 말씀하신다. 〈나는 지혜롭다는 자들의 지혜를 부끄럽게 만들고, 똑똑하다는 자들의 똑똑함을 오물 더미에 던져 버릴 것이다!〉

바오로는 여기서 멈추지 않는다. 그는 하느님께서는 지혜로운 말들이 아니라, 어리석은 말들에 귀를 기울이는 이들을 구원하시기로 정하셨다고 말한다. 또 주장하기를, 그리스인들은 지혜를 추구하다 길을 잃었고, 유대인들도 기적을 요구하다가 길을 잃었으며, 유일한 진실은 바오로 자신이 전하는 그것, 즉 유대인들에게는 비위에 거슬리고 이방인들에게는 어리석은 것일 뿐인 이 십자가에 달리신 메시아일 뿐이라는 것이다. 왜냐하면 하느님의 어리석음이 인간들의 지혜보다 지혜롭고, 하느님의 약함이 인간들의 힘보다 강하기 때문이다.

코린토의 형제들 중에는 지혜로운 자들이 많지 않았다. 권세 있는 사람도 많지 않았고, 가문이 좋은 사람도 많지 않았다. 바오로 자신도 매력적인 언변이나 철학자의 멋진 말로 그들을 설복시킨 게 아니었다. 그는 마치 벌거벗은 사람처럼 아무것도 내세울 게 없는 모습으로 그들 앞에 섰다. 그렇게 약하고, 두려워하고, 덜덜 떨기까지 하는 모습으로 그들에게 세상의 지혜는 하느님이 보시기에는 어리석은 것에 불과하다고 가르쳤다. 그분은 지혜로운 자들을 부끄럽게 하시려고 세상의 눈에 어리석게 보이는 자들을 택하셨다고, 강한 자들을 부끄럽게 하시려고 세상에서 약한 자들을 택하셨다고, **있는 것**들을 아무것도 아닌 것이 되게 하시려고 가장 보잘것없고 멸시받는 자들 ── **없는 것들** ── 을 선택하셨다고 말했다.

바오로가 쓴 것은 사실 대단히 놀라운 내용이다. 그 전에는 아무도 이렇게 쓴 사람이 없었다. 어디 한번 찾아보라. 그리스 철학의 그 어디에도, 성경의 그 어디에도 이런 말을 찾아볼 수 없다. 어쩌면 예수가 이만큼 대담한 말들을 했을지 모르겠지만, 이 시대에는 글로 기록된 예수의 말이 존재하지 않았다. 바오로와 서신을 교환한 사람들은 이런 말에 전혀 익숙해 있지 않았다. 그들이 들은 것은, 여기서 길게 얘기하고 싶지는 않은 윤리적인 훈계들과 회초리 든 아버지의 책망들을 섞어 가며 그가 말한 것은, 완전히 새로운 어떤 것이었다.

37

바오로가 보내어 코린토 신자들에게 서신을 전달한 티토는 몇 주 후에 돌아와서는 자신은 환영받았고, 모금 사업도 순조롭게 진행되고 있지만, ── 여기서 티토는 조금 뜸을 들인다 ── 코린토에서 바오로에 관하여 이상한 얘기들이 나돈다고 말했다. 바오로는 허영심이 많다. 주님이 자기 안에서 놀라운 일들을 행한다고 항상 떠벌리고 다닌다. 변덕스럽다. 언제나 오겠다고 전하고는 방문을 연기한다. 위선적이다. 말하는 상대에 따라 어조를 바꾼다. 머리가 약간 돈 사람 같다. 마지막으로 ──

내가 앞에서 잠시 언급한 바 있지만 — 엄격함과 에너지가 느껴지는 서신과는 대조적으로 외관이나 언변은 보잘것없다. 멀리 있을 때는 호랑이지만 가까이 오면 주눅 든 개가 된다. 그래, 여기로 오라고 해라! 얼굴을 똑바로 마주하고도 그렇게 폼을 잡을 수 있는지 한번 보고 싶다!

「코린토 신자들에게 보낸 둘째 서간」에서 바오로는 이러한 비난들에 대해 곧바로 응수하지 않는다. 그는 전에 일어난 일들을 최대한 부드러운 어조로 되짚은 뒤에, 자신은 이번에 티토의 보고에 너무나 안심했다고 말하고, 코린토 신자들이 올바르게 행동하고 있다고 칭찬한다. 그리고 이 기나긴 외교적인 서두를 마침내 끝내고 나서는, 모금 사업에 대해 매우 구체적으로 얘기하기 시작한다. 사실, 우리도 여기서 알게 되는 사실인데, 이 모금 사업은 코린토의 신자들 자신이 아이디어를 낸 것이며, 따라서 바오로가 느끼기에는 그들이 좀 더 — 마케도니아와 소아시아의 교회들만큼 — 마음을 쓸 수 있을 것 같단다. 그는 이렇게 말한다. 〈우리 주 예수 그리스도를 본받으십시오. 그분은 부유한 분이셨지만, 자신의 가난함으로 여러분을 부유하게 하기 위해 스스로 가난해지셨습니다.〉 아낌없이 주십시오! 기쁨으로 주십시오! 왜냐하면 〈적게 뿌리는 사람은 적게 거두고, 많이 뿌리는 사람은 많이 거두기 때문입니다〉. 그리고 아이디어를 낸 여러분이 사실은 가장 인색한 사람들이었다는 게 밝혀지면, 다른 교회들 보기에 얼마나 창피스러운 일입니까?

그리고 나서 이 서신에서 가장 놀랄 만한 부분이 시작되는데, 『예루살렘 성경』은 여기에 〈어쩔 수 없이 자신을 자랑하게 되는 바오로)라는 매력적인 중간 표제를 붙였다. 사실, 여기서 바오로는 티토가 보고한 바 있는, 그가 이중적이고도 약간 돈 사람이라는 사람들의 비난에 대해 자신을 변호하고 있는 것이다. 글 전체는 놀랍기 그지없으며, 도스토옙스키의 그 괴이한 독백들을 연상시킨다. 구어체로 되어 있고, 되풀이되는 말들, 제자리걸음하는 얘기들, 사소한 세부들, 그리고 새된 소리들로 가득한 이 글을 읽고 있노라면, 바오로가 티모테오에 구술하면서 한 말을 고치고, 역정을 내고, 제자리를 빙빙 돌고 있는 소리가 그대로 들리는 듯하다.

　내가 자유롭게 번역해 본 샘플을 하나 보자.

　〈여러분은 내가 조금 어리석은 모습을 보이는 걸 견디지 못하겠습니까? 자, 좀 견뎌 주세요! 나를 좀 견뎌 주시라고요! 나는 하느님만큼이나 여러분에 대해 질투가 많습니다. 맞습니다, 난 누군가가 여러분을 유혹할까 두렵습니다. 누군가가 여러분을 빼돌릴까 두렵습니다. 누군가가 여러분에게 내가 전한 것과 다른 예수를 전할까 두렵습니다. 난 여러분의 생각이 부패할까 두렵습니다. 여러분이 나 아닌 다른 사람의 말을 들을까 두렵습니다.

　하지만 난 여러분이 얘기하는 그 대단한 사도들보다 못할 게 하나도 없단 말입니다! 그래요, 언변에 있어서는 보잘것없을지 모르지만, 내가 말하는 것에 대한 지식과 이해에 있어서는 문제가 다릅니다. 그걸 여러분들에게 보여 줬잖아요, 안 그렇습니까? 하지만 내가 여러분을 높여 주기 위해 나를 낮춘 것은 어쩌면 잘못이었는지도 모르겠습니다. 여러분에게 복음을 대가 없이 전해 주면서 말입니다……. (그가 노상 하는 소리가 또 시작되기에 나는 열다섯 행을 건너뛴다……) 그리고 내가 어리석다고 생각하지 마십시오. 아니, 좋습니다, 그렇게 믿으세요. 자, 그렇게 믿고, 나를 잠시 어리석은 인간이 되게 해주세요. 내가 날 조금 자랑할 수 있도록 말이죠. 지금 말하고 있는 것은 주님이 아니고, 나 바오로입니다. 어리석은 나 바오로가, 자기 자랑하기 좋아하는 나 바오로가 말하고 있습니다. 모든 사람들이 자기 자랑을 늘어놓는데, 왜, 나는 하면 안 된다는 법이 있습니까? 여러분들이 이렇게 어리석은 인간들을 너그럽게 받아 주는 걸 보면, 여러분은 참 어지간히도 똑똑하십니다. 얼마나 관대한지 여러분을 종으로 삼아도 그만, 여러분을 잡아먹어도 그만, 여러분을 벗겨 먹어도 그만, 여러분을 깔보아도 그만, 뺨을 후려쳐도 그만이십니다. 자, 그 사람들이 히브리인입니까? 나도 그렇습니다. 그 사람들이 유대인입니까? 나도 그렇습니다. 아브라함의 후손들입니까? 나도 그렇습니다. 그리스도께서 보낸 사람들입니까? 자, 미친 소리 같지만, 그리스도의 일꾼이라면 내가 그들보다 훨씬 낫습니다. 내가 그들보다 훨씬 많이 피와 땀을 흘렸습니다. 감옥에 갇혀도 내가 그들보다 훨씬 많이 갇혔습니다. 그들보다 더 많이 맞았고, 죽을 고비도 더 많이 넘겼습니다. 유대인들로부터 마흔 대에서 한 대 모자라는 서른아홉 대의 매를 무려 다섯 번이나 맞았고, 채찍질을 세 번 당했고, 돌팔매질을 한 번 당했고, 난파를 세 번이나 겪었고, 꼬박 하룻날과 하룻밤을 깊은 바다에서 표류한 적도 있습니다. 난 이 두 발로 죽어라고 걸어서 여행을 했고, 온갖 위험을 다 겪었습니다. 강들의 위험, 강도들의 위험, 동족들의 위험, 이방인들의 위험, 도시의 위험, 사막의 위험, 바다의 위험, 가짜 형제들의 위험 등등. 난 굶주렸고, 목말랐고, 추웠고, 밤을 꼬박 새웠고, 여러분을 위해, 내 교회들을 위해 속을 새카맣게 태우기 일쑤였습니다. 하지만 내가 자랑하는 것은 단 하나, 오직 나의 약함뿐입니다.

난 내가 본 신비로운 환상들을 자랑할 수 있을 것입니다. 내가 본 계시들에 대해 자랑할 수 있을 것입니다. 지금으로부터 14년 전에 세 번째 하늘에까지 붙들려 올라간 사람에 대해 여러분에게 얘기할 수 있을 것입니다. 내가 몸째 올라갔을까요, 아니면 몸을 떠나서 올라갔을까요? 그건 나도 잘 모르겠습니다. 오직 하느님만이 알고 계십니다. 그 사람은 낙원에 붙들려 올라갔고, 거기서 여러 가지 것들을 들었습니다. 너무나도 엄청난 것들이라서 그는 되풀이할 권한이 없습니다. 자, 나는 이런 것들을 자랑할 수 있을 것입니다. 자랑해도 미친 소리가 아니고, 단지 진실일 뿐이겠지만, 나는 이런 것을 자랑하지 않고, 오직 나의 약함만을 자랑합니다. 내가 저 위에서 본 것은 너무도 큰 것이어서, 그것을 자랑하고 싶은 마음을 없애시고자 하느님께서는 내 몸을 찌르는 것 같은 가시를 하나 주셨습니다. 나는 그것을 치료해 달라고 세 번이나 기도드렸지만, 그분은 《아니다, 넌 내 은혜를 충분히 받았다, 나의 강함이 온전히 드러나기 위해서는 너의 약함이 필요하다》라고 말씀하셨습니다. 좋습니다! 난 내 약함에 만족하며, 모욕과 빈곤과 박해와 고통을 달게 받습니다. 왜냐하면 난 약해짐으로써 오히려 강해지기 때문입니다!

내가 잠시 어리석은 인간처럼 굴었습니다. 여러분이 그렇게 하지 않을 수 없도록 만들었습니다. 나는 아무것도 아니지만, 여러분들의 그 대단하다는 사도들보다 조금도 못할 게 없습니다. 사도가 하기로 되어 있는 일들을 나는 여러분들을 위해서 했습니다. 표징들과 놀라운 일들과 기적들을 행했고, 내가 하지 않은 유일한 것은 (여기서 바오로의 그 버릇이 또 나온다) 여러분에게 폐를 끼치며 사는 것이었습니다. 그렇게 살 걸 그랬습니다. 여러분은 그런 것만 존경하니 말입니다. 하지만 싫습니다. 난 여러분에게 다시 돌아가겠지만 — 이번이 세 번째가 될 것입니다 — 난 여러분에게 털끝만치도 폐 끼치지 않겠습니다. 내가 원하는 것은 여러분 자신이지, 여러분의 돈이 아닙니다. 아이들이 부모를 위해 돈을 모아 두는 게 아니라, 부모가 아이들을 위해 모아 두어야 하는 법입니다. 난 내가 가진 모든 것을, 나의 모든 것을 여러분께 줄 것이고, 내가 여러분을 사랑할수록 여러분은 날 덜 사랑할 것입니다. 난 여러분이 어떻게 말할지를 압니다. 저 바오로는 약아빠졌어, 덜 요구할수록 더 얻으니까 저러는 거야……. 아, 난 정말로 두렵습니다! 내가 거기에 갔을 때 여러분에게 실망할까 봐, 여러분이 내게 실망할까 봐 두렵습니다. 난 어떤 걸 보게 될지 대충 예상할 수 있습니다. 다툼, 시기, 분노, 적의, 험담, 교만 등 온갖 혼란한 것들을 보게 되겠죠. 난 모욕감을 느낄 겁니다. 난 울 것입니다. 그래도 난 가겠습니다. 세 번째로 가겠습니다. 그리고 여러분이 보게 되겠지만, 여러분을 살살 다루지는 않을 것입니다. 여러분은 그리스도께서 내 안에서 말씀하신다는 증거를 원하시죠? 네, 그분은 말씀하실 것입니다. 그리고 그분은 약한 분이 아니십니다. 여러분은 지금 자신이 어떤 상태에 있는지 잘 살펴보

301

고, 잘못된 부분이 있으면 고치길 바랍니다. 난 내 생각이 틀렸기를, 여러분이 나를 거짓말쟁이로 만들기를 간절히 바랍니다. 내가 원하는 것은 단 하나, 나는 약해지고 여러분은 강해지는 것입니다. 여러분이 발전하는 것, 이게 내가 원하는 전부입니다. 바로 이 때문에 나는 거기에 가서 여러분을 가혹하게 다루기보다는, 먼저 이렇게 서신을 쓰고, 경고하고, 한 번 더 기회를 주고 싶은 것입니다. 주님께서 나를 세우신 것은 여러분을 키우기 위함이지, 여러분을 박살 내기 위함이 아닙니다. 자, 여러분 모두가 기쁨과 평화를 누리시기 바랍니다.〉

38

「사도행전」에서 루카의 두 번째 등장은 첫 번째 등장만큼이나 조용히 이뤄진다. 우리는 그가 트로아스항(港)에서 바오로 곁에 있는 모습으로 나타나, 마케도니아에서 보낸 한 장(章) 분량의 시간 동안 〈우리〉라는 아리송한 형태로 화자 역할을 하다가, 바오로가 필리피를 떠났을 때 슬그머니 사라진 것을 보았다. 그런 뒤에 7년이 흐르고, 우리는 다시 트로아스항에 돌아온다. 여기에서 바오로는 더 이상 두 명이 아니라 10여 명의 제자들을 거느린 모습으로 다시 나타난다. 이들은 그리스와 소아시아 각지 교회의 대표자들로서, 예루살렘의 가난한 이들과 성도들에게 전달할 모금 사업의 결과물을 가지고 모인 사람들이었다. 거기에는 베로이아 사람 소파테르, 테살로니카 사람 아리스타르코스와 세쿤두스, 데르베 사람 가이오스, 에페소 사람 트로피모스, 갈라티아 사람 티키코스, 그리고 물론 충성스러운 자들 중에서도 충성스러운 자 티모테오가 있었다. 〈한편 우리는,〉 루카는 태연히 이야기를 이어 간다. 〈무교절이 지난 후에 필리피에서 배를 타고 닷새 후에 트로아스에 도착하여, 그들을 만나 거기서 7일을 같이 보냈다.〉

이보다 더 은근슬쩍 등장하기도 쉽지 않으리라. 그는 현장에 없었는데, 이제 다시 있게 되었다. 전번만큼이나 그는 눈에 잘 띄지 않는데, 그럼에도 불구하고 루카는 이 문장에서부터 이야기의 고삐를 틀어쥐고는 끝날 때까지 놓지 않을 것이다. 모든 게 한결 정확해지고, 생생해지고, 세세해진다. 어떤 증인을 마주하고 있는 느낌이다.

루카가 사절단에 끼게 된 것은, 소파테르가 베로이아 교회를, 아리스타르코스와 세쿤두스가 테살로니카 교회를 대표하는 것처럼 그가 필리피 교회의 대표자였기 때문이다. 나는 이 교회의 보병들, 루카 덕분에 그 이름이 20세기 너머의 우리에게까지 알려지게 된 이 조연급 인물들이 과연 어떤 사람들이었을까 한번 상상해 본다. 그들 중 누구도 유대 땅에 발을 디뎌 본 적이 없고, 누구도 『70인 역 성경』을 통해서 아는 것 외에는 유대인들의 경전을 알지 못하며, 누구도 바오로의 개인적인 가르침을 통해서 아는 것 외에는 예수에 대해 알지 못한다. 그들은 여러 해 전부터 모든 것을 버리고 구루를 따라다니고 있고 복음 선교가 요구하는 규율이나 여러 가지 시련이 무엇인지 잘 알고 있는 티토나 티모테오 같은 전문적인 제자들이 아니다. 베로이아에서, 테살로니카에서, 에페소에서, 그들은 교회를 다니면서 가족과 직업과 저마다의 습관들을 가지고 정상적인 삶을 영위했을 것이다. 이 교회들 내에서 대표자가 되려면 치열한 경쟁을 거쳐야 했을까? 그들은 어떻게 선발되었을까? 그들은 자신을 기다리고 있는 모험을 어떤 것으로 상상했을까? 이 여행이 얼마나 걸린다고 생각했을까? 석 달? 여섯 달? 1년? 나는 그들이 스승님의 스승의 **아시람**[28]에서 한동안 체류할 목적으로 툴루즈나 뒤셀도르프를 떠나 인도로 향하는 열성적인 요가 수행자들과 같았으리라고 생각한다. 몇 달 전부터 그들은 오직 이것만을 생각하고, 이것에 대해서만 얘기한다. 그들은 초보자용 벵골어 교본을 사고, 산스크리트어로 모든 요가 자세의 명칭을 알고 있다. 그들은 요가용 매트리스를 최대한으로 부피를 줄이려고 꼭꼭 눌러 말아 놓고, 짐을 너무 많이 가져갈까 봐 혹은 너무 적게 가져갈까 봐 배낭을 열 번은 쌌다 풀었다 하고, 그 내용물을 점검하느라 밤을 새우기 일쑤다. 그들은 문을 잠갔다가 분명히 가스 불을 껐는지 확인하려고 다시 문을 열기 전에, 마지막으로 그들의 조그만 제단 앞으로 가 막대 향에 불을 붙이고 명상용 방석에 앉아 **옴 샨티**[29]를 읊조린다. 출발하기 전에 유대인이 아닌 자신이 무교절을 기념한 사실을 분명히 밝히고 있는 루카처럼 말이다. 모두가 출발을 위해 집결한 트로아스에서 그들은 앞으로 여행을 함께할 동료들을 발견한다. 네 명의 마케도니아인들은 이미 서로 아는 사이다. 필리피와 테살로니카와 베로이아는 그리 멀리 떨어져 있지 않으니까. 다른 이들은 소아시아와 갈라티아에서 왔다. 코린토에서 온 사람은 — 루카가 목록에서 빼먹지 않은 한 — 없다. 그리고 코린

28 힌두교도들의 수행소.
29 요가나 힌두교 의식 중에 쓰이는 만트라로 〈만물의 평화를 빈다〉는 뜻이다.

토 사람들은 무엇보다도 그들의 경박함, 방탕함, 인색함 때문에 바오로에게 호되게 꾸지람을 들은 일로 알려져 있기 때문에, 사람들은 당연히 그들을 비웃고 싶은 마음이 있었을 것이다. 하지만 바오로는 남에 대한 험담을 일절 금했기 때문에 가급적 좋은 말만 하려고 조심하며, 아침마다 최대한 부드럽고도 온화한 얼굴로 **마라나타**를 주고받는다. 그러면서도 마케도니아 사람들과 갈라티아 사람들 — 비록 갈라티아 사람들도 한 번 된통 혼난 일이 있지만 — 은 바오로가 서신들을 통해 그리스도에 대한 사랑과 모금에 있어서 너그러움의 모범으로 제시하곤 하는 자신들이 일종의 엘리트처럼 느껴졌을 것이다. 각자는 각 교회에서 온 헌금이 계산되고 확인되고 있을 때, 다른 사람은 얼마나 가져왔는지 지켜보았을 것이다. 바오로는 이 점에 있어 아주 철저했고, 여행 경비 명목으로 단 1드라크마라도 **빼돌리는** 사람이 아니었다.

39

어느 날 저녁, 바오로는 항구 근처에서 그들이 묵고 있는 집 다락방에서 대표자들과 대화를 나눈다. 밤이 된다. 기름등잔들에 불이 밝혀진다. 그리고 올리브, 구운 문어, 치즈, 포도주 등 간단한 요깃거리가 들어온다. 열정적인 사내들이 둥글게 둘러앉아 있는 가운데, 스승은 나지막하면서도 카랑카랑한 목소리로 말한다. 거기서 조금 떨어진 곳에서, 한 청년이 창문턱에 걸터앉아 그의 얘기를 듣고 있다. 청년의 이름은 에우티코스로, 일행 중 한 명이 아니다. 아마도 집주인의 아들로 나그네들이 있는 틈을 타서 자러 가지 않고 꾸물대고 있었으리라. 청년은 얌전히 있으라는 말을 들었고, 얌전히 앉아 있다. 사람들은 어떤 친숙한 동물에게 그러듯, 청년에게 전혀 신경을 쓰지 않는다. 시간이 흐르고, 바오로는 여전히 얘기하고 있다. 에우티코스는 깜빡 잠이 들고 만다. 그의 몸이 기우뚱 넘어간다. 몸이 으스러지는 끔찍한 소리에 바오로는 말을 중단한다. 얼마 후에야 상황을 파악한 사람들은 우르르 계단을 뛰어 내려간다. 3층 아래의 내정에는, 제멋대로 널브러진 청년의 몸 위로 사람들이 고개를 숙이고 있다. 그는 죽었다. 가장 나중에 내려온 바오로는 청년을 품에 안아 올리고는 이렇게 말한다. 「걱정 마시오. 아직 살아 있소.」 그런 다음에 다시 위로 올라가 새벽이 될 때까지 계속 열변을 토한다. 〈한편 사람들은,〉 루카는 아주 차분히 마무리한다. 〈살아난 청년을 다시 위층으로 데려가면서 크게 위로를 받았다.〉

나는 이 대목이 아주 당황스럽게 느껴진다. 여기에 합리적으로 설명되지 않는 부분이 있어서 그런 게 아니다. 오히려 모든 게 너무나 합리적으로 설명된다. 사람들은 에우티코스가 죽었다고 믿었지만, 바오로는 청년이 단지 중상을 입었을 뿐임을 확인했고, 이를 다행으로 여긴다. 하지만 그날 밤 내내, 공동 침실에서 소아시아와 마케도니아의 천진한 대표자들은 자기들이 부활을 목격했다고 속닥거리고, 서로에게 확신을 불어넣는다……. 내가 당황스럽게 느껴지는 것은, 루카가 이 부활을, 마치 그것이 길게 얘기할 필요도 없는 것인 양, 더 정확히 말하자면 마치 그게 어떤 대단한 일이긴 하지만 어떤 경이로운 치유보다 더 대단한 것이 아닌 양 아주 담담히 얘기하고 있다는 점이다. 이 장면을 읽고 있노라면 바오로가 종종 사람들을 부활시켰을 것 같은 느낌마저 든다. 사람들이 쓸데없이 떠들어 댈까 봐 남용하지는 않지만, 이것은 그가 가진 능력의 일부라는 느낌마저 드는 것이다. 그런데 바오로는 그의 서신들에서 이런 기적을 행했다고 자랑한 적이 한 번도 없으며, 만일 누가 그런 소리를 했다면 호되게 꾸짖었으리라는 게 내 생각이다. 왜냐하면 바오로는 부활을 아주 심각하게 여겼기 때문이다. 그는 이것에 대해서 우리처럼 생각했다. 즉 불가능하다고 생각했다. 많은 일들이 가능하다. 그가 표징이라고 부르는 것들, 그리고 우리가 기적이라고 부르는 것 — 이를테면 어떤 마비 환자가 걷기 시작하는 것 — 들을 포함한 많은 종류의 일들이 가능하지만, 부활은 아니었다. 걷기 시작하는 마비 환자와 죽은 자들 가운데서 돌아온 사람, 이 두 개의 현상 사이에는 정도의 차이가 아니라 본질적인 차이가 있었고, 이 차이는 바오로에게는 아주 명백했던 반면, 루카에게는 덜 그랬던 모양이다. 마찬가지로, 한쪽 팔이 마비된 어떤 사람이 그 팔을 다시 움직이게 되는 일은 받아들일 수 있지만, 잘려 나간 팔이 새로 돋아나는 것은 받아들일 수 없었다. 바오로의 교리 전체는 — 그렇게나 강렬하게 체험된 무언가를 교리라고 부를 수 있다면 — 바로 이것 위에, 즉 **부활은 불가능한데 어떤 사람이 부활했다는** 믿음 위에서 있었다. 시공간상의 한 정확한 지점에서 이 불가능한 사건이 일어났고, 이 사건은 세계의 역사를 그 전과 그 후로 나눈다. 또 인류도 이 사건을 믿는 이들과 믿지 않는 이들로 나누는데, 이 믿기지 않는 일을 믿을 수 있는 믿기지 않는 은혜를 받은 믿는 이들에게는, 그들이 전에 믿었던 것들이 더 이상 아무런 의미를 갖지 못한다. 모든 것을 제로에서 다시 시작해야 한다. 그런데 전에도 없었고 앞으로도 없을 이 유일무이한 사건을 가지고 우리의 루카는 어떻게 하고 있는가? 그에게 이것은 어떤 일련의 사건들 중 하나일 뿐이다. 하느님은 그의 아들 예수를 부활시켰고, 바오로는 청년 에우티코스를 부활시켰다. 이것들은 얼마든지 일어날 수 있는 일들이고, 저 소파테르와 티키코스는 가만히 관찰하면 자신들도 요령을 알아낼 수 있겠다고 생각하고 있으리라. 나는 만일 바오로가 자기가 죽은 뒤 20~30년 후에 그의 여행 친구가 쓴 자신의 전기를 읽었다면 어떤 반응을 보였을지 충분히 상상이 간다. 이런 천치 같으니라고! 어쩌면 그는 놀라지 않았을지도 모른다. 왜냐하면 그는 이 선량한 마케도니아 의사를 착하고 순진하기는 하지만 그다지 영리하지는 못한 친구, 같이 있으면 치미는 짜증을 억누르기 위해 상당히 노력해야 하는 — 하지만 바오로는 결코 성인이 아니었기 때문에 늘 성공하진 못했으리라 — 친구 정도로 여기고 있었는지도 모르니까.

40

이날 밤 바오로는 숨이 차도록 얘기했다. 무슨 얘기를 했는지 루카는 정확하게 밝히고 있지 않지만, 이 무렵에 쓰였으며, 당시 그의 대화의 주된 내용을 이루었을 「로마 신자들에게 보낸 서간」을 참고하여 어떤 얘기였는지 대충 상상해 볼 수 있다.

정경에 수록된 바오로의 서간집의 첫머리를 장식하는 이 서신은 다른 서신들과는 다르다. 그 제목에도 불구하고 이것은 특별히 로마의 신자들을 대상으로 하고 있지 않고, 로마의 신자들이 바오로에게 제기했을 어떤 문제에 대해 얘기하고 있지도 않다. 만일 이 로마 신자들에게 어떤 문제가 있었다면, 그들은 갈라티아의 신자들이나 코린토의 신자들과는 달리 이 문제를 바오로에게 가져올 생각을 하지 않았을 것이다. 바오로는 그들의 교회를 세우지도 않았고, 이 교회는 베드로와 야고보의 영향하에 발전해 오고 있다는 사실을 너무도 잘 알고 있었다. 자신의 양 떼가 아닌 그들의 양 떼에게 글을 보내는 이니셔티브를 취한다는 것은 우선 그들의 영역을 침범하는 행동이었고, 다음으로는 자신의 글에 로마를 넘어서서 모든 교회들에 유효한 어떤 회칙(回勅)[30]의 위엄을 부여하는 일이었다. 이 일을 제대로 하기 위해 바오로는 예루살렘으로 떠나기 전에 찾아온 비교적 평온한 시간을 이용했다. 우리는 그가 짧막한 글들을 급히 쓰는 것 이외에는 다른 일을 할 여가가 없었던, 그러다 마침내 어떤 진짜 책을 쓸 시간을 갖게 된 어떤 사상가처럼 편안히 숨을 고르고 있는 것을 느낄 수 있다. 이 글은 「마르코 복음서」만큼이나 긴, 진짜 책이다. 이 글은 테르티우스라는 사람에게 구술되었는데, 이 테르티우스가 글의 말미에서 자신의 이름으로 독자들에게 인사를 하고 있긴 하지만, 이 글은 다른 교회들을 위해 계속 베껴져 왔을 것으로, 그 가운데 루카가 있지 말란 법이 없다.

이 글을 마주한 루카의 모습을 내가 상상하는 바대로 상상한

---

30 전 세계 교회에 교황이 전하는 공식적인 서한 형식의 문서.

다는 것은 이 글에 대한 나 자신의 시큰둥함을 정당화하는 것
일 터인데, 왜냐하면 나는 그가 이 근엄한 교리적 성명서의 많
은 부분을 — 내가 그러듯이 — 읽는 둥 마는 둥 했을 거라고
생각하기 때문이다. 그는 구체적인 일화들이나 인간적인 면모
들을 좋아하고, 추상적인 신학 같은 것에는 지루해하는 사람이
었다. 바오로가 코린토의 신자들과 벌인 논쟁에 그가 흥미를
느낄 수 있었던 것은, 코린토의 신자들은 그와 같은 그리스인
이었고, 그들에게 제기된 문제들, 즉 기독교가 이교적 환경에
도입될 때 발생하는 문제들은 그 자신과도 관련이 있었기 때문
이었다. 반면 「로마 신자들에게 보낸 서간」은 기독교가 유대교
율법에서 해방되는 문제를 주로 다룬다. 그런데 이것은 루카에
게 절실한 문제는 아니었으며, 또 그는 바오로가 유대교 회당
과의 절연을 위해 끌어들이는 성경적 전거들과 랍비들만의 미
묘한 얘기들을 들으면 약간 헤매는 느낌이었을 것이다.

　「로마 신자들에게 보낸 서간」의 핵심적인 생각은 「갈라티아
신자들에게 보낸 서간」에 이미 나타나 있다(하지만 한 스위스
성서학자가 멋지게 표현했듯이, 「갈라티아 신자들에게 보낸
서간」이 레만호 이전의 론강이라면, 「로마 신자들에게 보낸 서
간」은 레만호 이후의 론강이다. 다시 말해서 한쪽은 산에서 용
솟음치는 시냇물이며, 다른 한쪽은 유장히 흐르는 대하라고 할
수 있다).[31] 「갈라티아 신자들에게 보낸 서간」은 분노에 휩싸인
바오로가 천재적인 필치로 단숨에 써내려 간 글이라면, 「로마

---

31 스위스의 알프스 산지에서 발원한 론강은 레만호 동쪽으로 흘러들어 갔다
가, 다시 호수 서쪽으로 빠져나와 프랑스 남부를 가로지른 후에 지중해로 흘러 나
간다.

신자들에게 보낸 서간」은 펜촉을 잉크통 속에서 일곱 번은 돌려 가며 천천히 써내려 간 글이다. 그런데 그의 머릿속에 든 엄청난 생각을 흰 종이 위에 검은 글씨로 분명하게 써버린다는 것은 대단히 당혹스러운 일이라서, 바오로는 곧장 본론에 들어가지 못하고 지루한 법률, 신학적 억설들에 빠져든다. 예를 들면 결혼한 여자는 남편이 살아 있는 한 율법에 의해 그에게 묶여 있지만, 그가 죽으면 이 속박에서 해방되며, 따라서 만일 첫 번째 경우에 다른 남자와 자면 죄악이 되지만, 두 번째 경우에는 그녀에게 아무 잘못이 없다고 설명하는 식이다. 이렇게 바오로는 말을 빙빙 돌리기만 하다가, 결국 자기가 정말로 말해야 할 것을 말해 버린다. 이제 율법은 끝났다는 것이다. 예수가 오신 후로, 그것은 더 이상 필요 없게 되었단다. 선민으로서의 특권에 매달리듯 거기에 매달리는 유대인들은 가장 나은 경우에는 귀를 막아 버리고, 최악의 경우에는 악의를 드러낸단다. 유대인들은 먼저 부름을 받았고, 이방인들은 그다음에 부름을 받았지만, 유대인이나 이방인을 막론한 모든 사람이 이제는 예수님의 은혜가 아니면 구원받을 수 없단다. 「이렇게 하느님께서는 당신이 원하시는 대로 어떤 사람에게는 자비를 베푸시고, 당신이 원하시는 대로 어떤 사람은 완고하게 만드십니다.」

하지만 하느님께서 유대인들을 완고하게 만들고 싶어 하셨다면, 그들은 이제 어떻게 되겠는가? 바오로는 그들이 몹시 측은하게 느껴졌다. 이제 더 이상 하느님께서 그들을 불쾌하게 생각하시고, 그들에게 진노하실 거라고 질타할 때가 아니었다. 아니, 이제 바오로는 한 걸음 물러서서 새로운 생각을 내놓았으니, 만일 유대인들이 원래 그들에게 권리가 있었던 것을 그들의 어리석음으로 말미암아 (바오로는 이것을 가리켜 그들이 〈걸림돌에 걸려 넘어졌다〉라고 표현한다) 이방인들로 하여금 상속받게 한 것은 이방인들에게 큰 횡재였지만, 이야기는 여기서 끝나지 않는다는 거였다. 이스라엘의 완고함은 모든 이방인들이 교회 안에 들어올 때까지 계속될 테지만, 그러고 나면 유대인들도 따라서 들어올 것이고, 이는 드디어 때가 왔다는 표징이라는 것이었다. 이것을 설명하기 위해 바오로는 예수가 했던 것들과 같은 우화를 시도한다. 어떤 정원사가 올리브나무의 가지를 몇 개 자르고 그 자리에 새 가지들을 접붙인다. 하지만 그는 잘라 낸 가지들을 불태워 버리지 않고, 올리브나무가 자라나면 원뿌리에 잘라 낸 가지들을 다시 접붙일 것이다…… 원예학의 관점에서 별로 설득력이 없는 은유이지만, 메시지만큼은 정확히 이해할 수 있다. 유대인들은 올리브나무의 잘린 가지들이지만, 그렇다고 해서 새로 접붙여진 가지들도 — 바오로는 경고한다 — 결코 교만해서는 안 된다. 〈여러분이 뿌리를 지탱하는 게 아니고, 뿌리가 여러분을 지탱한다는 것을 기억하십시오!〉

예루살렘으로 떠나기 직전에 교회와 회당 간의 결별이 결정적으로 이뤄진 이 신학 논문을 읽거나, 필사했거나, 들었다는 가정하에, 루카 같은 사람에게는 이 글의 어떤 부분이 마음에 와닿았을까? 어쩌면, 그는 타협적인 성격이므로, 이 모든 것에도 불구하고 일이 원만하게 해결될 수 있다는, 이 낡고 실패한 백성 — 만일 그도 그들을 이렇게 생각했다면 — 에게도 하느님 곁에 여전히 자리가 남아 있다는 생각이었으리라. 또 분명히 ─ 그는 추상적 관념들보다는 실제적인 지침들을 선호하고, 기존 질서에 끌리는 성향이 있으므로 ─ 바오로가 느닷없이 드높은 주제들에서 내려와서는, 로마 제국에 맞서 일어난 유대 민족주의자들이 제기한 〈우리는 세금을 내야 하는가?〉의 문제를 해결하고 있는 대목도 마음에 들었으리라. 여기에 대해 바오로의 태도는 분명하다. 그렇다, 세금을 내야 한다. 〈왜냐하면 세금을 걷는 자들은 그 직무를 수행하도록 하느님께 임명받았기 때문입니다. 그리고 우리를 지배하는 권위에 복종해야 하는데, 하느님께서 주시지 않은 권위는 없고, 모든 권위는 다 그분이 세우신 것이기 때문입니다.〉 (이 문장이 가져올 수 있는 폐해에 대해서는 굳이 강조할 필요도 없으리라.) 마지막으로 예수님은 누구보다도 죄인들을 먼저 용서해 주신다는 얘기는 루카의 감상적인 마음을 울렸을 것이다. 그가 가장 좋아한 것은 길 잃은 어린양 유의 이야기들이고, 나중에는 이것을 주제로 한 10여 개의 촌극을 자신이 직접 지어낼 것이다.

그 나머지에 대해서는 고개를 끄덕이며 받아들이기는 하지만 핵심을 분명히 이해하지는 못했으리라는 게 내 상상이다.

41

만일 바오로가 이 서신에서 자신은 〈가난한 이들과 성도들을 돕기 위해〉 예루살렘으로 가기 직전에 이 글을 쓰노라고 여러 차례 강조하지 않았다면, 우리는 그의 말을 좀처럼 믿을 수 없었을 것이다. 자, 상황을 한번 요약해 보자. 한편으로 본부가 아주 경계하는 이 주변부의 반체제 인사가 이 본부에 경의를 표하고, 성금을 전달하고, 자신은 겉모습과 달리 신뢰할 수 있는 충성스러운 사람이라는 것을 보여 주기 위해 길고도 험난한 여행을 떠난다. 다른 한편으로, 그리고 동시에, 그는 역사적인 교부들인 베드로, 야고보, 요한이 주장하는 원칙들은 더 이상 쓸모가 없으며, 이제는 다른 것으로 넘어가야 한다고 설명하는 단호한 회문(回文)을 모든 지부들에 보낸다……

나는 앞에서 전에 차르를 위해 싸우던 한 장교가 마르크스레닌주의를 외국에 전파하기 위해 스탈린에게 백지 수표를 요청하는 장면을 상상해 봤다. 이제 그는 〈계급 투쟁은 끝났다! 프롤레타리아 독재도 끝났다! 마르크스주의도 끝났다! 마르크스주의 만세!〉라는 제목으로 서구에서 주목받은 일련의 논문을 발표하고는, 이제 공산당 총회에 참석하기 위해 모스크바로 돌아오고 있는 것이다. 늑대 굴에 들어간다는 게 바로 이런 것이리라. 나는 그 선량한 소파테르와 티키코스와 트로피모스 등이 이 상황을 어떻게 생각했는지 잘 모르겠고, 또 그들이 그토록 꿈꾸던 성지로 스승과 함께 간다는 생각에 마냥 들떠 있기만 한 이 천진한 길벗들이 뭔가 분위기가 이상하다는 것을 눈치채지 못할 정도로 천진했는지도 잘 모르겠지만, 적어도 바오로는 예루살렘 사람들이 어떤 기분으로 자기를 기다리고 있을지는 대충 짐작하고 있었으리라고 생각한다. 아마 그는 이렇게 중얼거렸으리라. 아냐, 이건 어차피 한 번 거쳐야 할 일이야! 이것이 끝나면 그는 선교 활동을 계속해 나가고, 인간이 사는 세계의 서쪽으로 지금까지 동쪽으로 갔던 만큼 멀리 나아갈 수 있을 터였다. 그리스와 동방의 세계를 완전히 일주한 그의 계획은 먼저 서신부터 보내 놓은 로마로 가고, 그다음에는, 만일 하느님께서 원하신다면, 스페인까지 나아간다는 거였다.

42

드디어 출발! 그 출발의 상황에 대한 루카의 기억은 놀라울 정도로 정확하며, 나는 그 지역을 내 손바닥처럼 꿰고 있기에 더욱 이 대목을 좋아한다. 여러 해 전부터 나는 엘렌과 아이들과 함께 그리스의 파트모스섬에서 휴가를 보내곤 한다. 우리는 프랑스 남부에 별장을 살 생각을 한 적도 있지만, 지금은 이 파트모스에 집 한 채 갖기를 꿈꾸고 있다. 내가 이 장(章)을 쓰고 있는 2012년 5월 초, 우리는 집을 구하러 거기서 잠시 머물다 온 참인데, 유감스럽게도 성공하지 못했다. 아니, 완전히 성공하지 못했다는 말이 더 정확할 텐데, 왜냐하면 그 그리스 사람들은 도무지 종잡을 수가 없기 때문이다. 이게 가능하다는 건지, 아니라는 건지, 이것의 값이 대체 얼마라는 건지, 이것의 주인이 누구라는 건지, 전혀 분명치 않기 때문에 때로 짜증이 치밀어, 지금 이 사람들에게 닥친 경제난은 그냥 온 게 아니라는 생각이 들기도 한다. 이 책을 마칠 때까지는 그 집을 찾아낼 수 있었으면 좋겠다. 어쨌든 〈우리가 (다시 말해서 루카와 그의 동료들이) 트로아스를 떠나 아쏘스로 갔고, 바오로는 육로로 와서 우리에게 합류했으며〉라는 구절을 읽을 때, 또 〈이튿날 우리는 돛을 펴고 항해하여 키오스에 이르렀고, 다음 날 사모스에 들렀다가 그다음 날에는 밀레토스에 도착했다〉라는 구절을 읽을 때, 나는 너무나도 기쁘고, 마치 내가 거기에 있는 듯한 기분이 든다. 나는 터키 해안을 따라 점점이 솟아 있는 조약돌

같은 이 작은 섬들을 너무나도 좋아한다 — 이 터키 해안은 정치적 이유로 그 어떤 그리스 지도에도 나타나 있지 않기 때문에, 이 도데카네스 제도의 섬들은 세계의 언저리에 놓여 있어 금방이라도 낭떠러지 아래로 떨어져 내릴 것 같은 느낌을 준다. 파트모스섬의 북쪽에 위치한 사모스섬과 남쪽의 키오스섬은 내게는 선박 운행 시간표들, 인적 없는 항구에 하선하던 밤들, 폭풍으로 지연되거나 취소된 도항(渡航)들을 떠오르게 한다. 여기에 하나를 덧붙이자면 키오스섬에 있는 고고학 사무실이다. 여기서는 이 섬들에다 무얼 세우고 무얼 복원할 수 있는지를 결정하는데, 이 사무실의 관리들은 최소한 그들의 결정 사항이라도 알려 달라고 요청할라치면 보름 후에 알려 주겠다고 대답하고, 그 보름이 지나면 한 달 후에, 한 달 후에는 다시 한 달 후에, 그런 식으로 계속 질질 끄는 데에서 묘한 쾌감을 느끼는 사람들이다. 아무튼 바오로 일행은 밀레토스섬에서 키오스섬을 거쳐 로도스섬으로 갔고 — 이것은 우리가 매년 여름에 이용하는 블루스타 페리호의 항로이기도 하다 — 다시 이 로도스에서 파타라항으로 가서는 배를 갈아타고 크레타섬으로 향했다.

역사가들은 「사도행전」에서 루카가 몇 가지 기술적인 용어들을 사용하기 때문에 그를 항해 경험이 풍부한 사람으로 여기지만, 나는 그의 항해 경험은 이 첫 번째 장거리 항해를 하기 전에는 에게해에서의 연안 항해에 국한되었으리라고 생각한다. 지중해는 꽤나 변덕스러운 바다라서, 최대한 해안에 붙어서 항해를 하는 게 보통이다. 하지만 유대 땅까지 가기 위해서는 다른 선택이 없다. 난바다로 나가야 한다. 뭍에 닿지 않은 채로 8일을 꼬박 항해해야 한다. 상선들에는 부유한 승객들을 위한 선실이 한두 개 정도 있었고, 다른 사람들은 갑판 한 부분에 매트를 깔고 그 위를 텐트로 덮어 놓은 곳에서 지냈다. 루카와 그의 동료들은 물론 이 다른 사람들 중 하나였다. 아마도 그들은 항해를 하면서 쥘 베른의 소설 『신비의 섬』에 나오는 그 학자들처럼 얼굴이 노래지거나 먹은 것을 다 토해 냈으리라. 또, 조금 살 만해지면, 자신이 오디세우스가 된 듯한 기분을 느꼈으리라.

그들은 당연히 『오디세이아』를 알고 있었다. 이 시대의 모든 사람이 『일리아스』와 『오디세이아』를 알고 있었다. 누군가가 글을 읽을 줄 안다면, 그는 이 『오디세이아』를 통해 글을 배운 것이며, 읽을 줄 모르는 사람들에게는 입으로 그 이야기를 들려주었다. 호메로스의 시들은 그것들이 존재해 온 8세기 동안 무수한 독자들을 일종의 아마추어 역사가, 지리학자로 만들어 주었다. 모두가 학교에서 이에 대한 에세이를 썼으며, 어른이 되어서는 트로이 전쟁의 이야기에서 어느 부분들이 사실이며 어느 부분들이 전설인지, 그리고 오디세우스는 실제로 어떤 곳들을 거쳤는지에 대해 열띤 토론을 벌이곤 했다. 루카와 그의 여행 동료들이 망망대해 가운데 떠 있는 일엽편주에서, 아스라한 안개 속에 어떤 섬이 나타나는 것을 보았을 때, 그들은 저게 혹시 로토스 열매만 먹고 산다는 로토파고이족의 섬, 외눈박이 거인 폴리페모스들의 섬, 인간들을 돼지로 모습을 바꿔 놓는 마녀 키르케의 섬, 혹은 인간들에게 ― 그녀가 마음이 동할 경우 ― 영원한 삶의 문을 열어 준다는 님프 칼립소가 사는 섬이 아닌가 자문했을 것이다.

43

그 이야기는 『오디세이아』제 5권에 나온다. 표류 끝에 칼립
소의 섬을 만나게 된 오디세우스는 거기서 7년 동안 꼼짝도 안
한다. 섬은 삼나무와 측백나무의 강렬한 향기로 가득하다. 거
기에는 포도원이 하나 있고, 맑은 물이 솟아나는 네 개의 샘도
있으며, 사시사철 제비꽃과 야생 셀러리가 피어나는 풀밭들도
펼쳐져 있다. 특히 님프는 아름다우며, 오디세우스는 그녀와
잠자리를 같이한다. 이 폐쇄된 정원에서의 삶은 나그네로 하여
금 여행의 목적 — 우리도 알다시피 바위투성이 섬 이타케와
아내 페넬로페와 아들 텔레마코스, 간단히 말해서 트로이를 정
복하기 위해 오래전에 떠나온 세계로 돌아가는 것 — 을 잊게
만들 정도로 달콤하다. 하지만 오디세우스는 잊지 않는다. 그
는 향수에 사로잡힌다. 그는 황홀한 밤들을 보내면서도 이따금
해안에 나와 꼼짝 않고 앉아서 상념에 사로잡힌다. 그리고 흐
느낀다. 올림포스에서 아테나는 그를 위해 탄원한다. 그가 받
는 형벌이, 그게 아무리 달콤한 것이라 해도, 너무 오래 간다는
거였다. 수긍한 제우스는 헤르메스를 칼립소에게 보내어, 그녀
는 오디세우스를 보내 줘야 한다고 통고한다. 〈왜냐하면 그의
운명은 이 섬에서, 소중한 이들과 멀리 떨어져 죽는 게 아니기
때문이니라. 사실 그의 숙명은 가족들과 재회하고, 조상들의
나라에 있는 궁전의 지붕 아래로 돌아가는 것이니라.〉(나는
여기서 빅토르 베라르의 12음절 시구들로 이뤄진 번역문을 인

용한다.) 이 말에 칼립소의 몸이 바르르 떨린다. 그녀는 너무나도 슬프다. 하지만 그녀는 승복한다. 그날 저녁, 그녀와 오디세우스는 다시 만난다. 그들은 다음 날 그가 떠난다는 사실을 피차 알고 있다. 그들이 수없이 사랑을 나눴던 그 동굴 안에서, 이별의 무거운 침묵 속에서 그녀는 그에게 먹을 것과 마실 것을 차려 준다. 결국 괴로움을 참지 못한 칼립소가 입을 연다. 그녀는 마지막으로 연인을 붙잡으려 해본다.

「지혜로운 오디세우스여! 진정 당신은 당신의 집으로, 당신 조상들의 나라로 돌아가고 싶은가요? 지금 당장에요? 그렇다면 잘 가세요. 하지만 만일 당신이 고향에 닿기도 전에 당신의 가슴이 어떠한 슬픔으로 가득 채워질지를 미리 안다면, 당신은 여기에 남아서, 나와 함께 이 집에 머물며 **신이 되기**를 원하게 될 텐데……. 당신이 매일 생각하는 그 부인을 다시 보고 싶은 마음이 아무리 간절하다 해도 말이에요. 하지만 나는 키든 미모든 그녀보다 조금도 못하지 않다고 자부할 수 있어요. 난 인간 여인들과 여신들을 막론하고 몸이나 얼굴이 나와 견줄 수 있는 존재를 본 적이 없다고요.」

오디세우스는 대답한다.

「오, 위대한 여신이여, 내 말을 들어 보고 날 용서해 주오. 나도 당신처럼 생각하고 있다오! 난 알고 있소. 페넬로페가 현숙한 아내인 것은 사실이지만, 당신에 비하면 위대하지도, 아름답지도 않다는 것을. 그녀는 일개 인간에 불과한데, 당신은 나이를 먹지도 않고, 죽지도 않는 존재요. 하지만 내가 매일 가슴에 품는 단 하나의 소망은 거기로 돌아가, 내 집에서 귀환의 새벽을 맞이하는 거라오. 만일 돌아가는 길에 어떤 신이 나를 또

319

난파시키려 한다면, 그것을 얼마든지 견뎌 낼 수 있소. 나는 이미 바다에서, 전장에서 충분히 고통받고, 충분히 고생한 사람이라오. 여기에 또 고생이 필요하다면, 그래, 얼마든지 오라고 하시오!」

이걸 다른 종류의 이야기로 바꿔 보자. 영화 시나리오로 바꿔 보자. 대담하게 핵심을 강조해 보자. 칼립소는 ─ 그녀는 모든 남자가 원하지만 그렇다고 해서 결혼하고 싶어 하지는 않는, 연인이 가족과 함께 크리스마스이브 파티를 벌일 때 가스 밸브를 열거나 다량의 수면제를 삼키는 금발 미녀의 원형과도 같은 존재다. 그녀는 오디세우스를 붙잡기 위해 눈물이나 다정함보다도, 심지어는 다리 사이의 방초(芳草)보다도 강력한 카드를 가지고 있다. 그녀는 모든 사람이 꿈꾸는 것을 그에게 줄 수 있다. 그게 무엇인가? 영원이다. 그렇다, 바로 영원이다. 그녀와 함께 있으면, 그는 결코 죽지 않을 것이다. 그들은 결코 늙지 않을 것이다. 결코 병들지 않을 것이다. 그녀는 젊은 여자의 기적과도 같은 싱싱한 육체를, 그리고 그는 매력의 정점에 다다른 40대 사내의 강건한 육체를 영원히 간직하게 될 것이다. 그들은 영원한 삶을 살면서 섹스를 하고, 따스한 햇살 아래 낮잠을 즐기고, 푸른 바다에서 멱을 감고, 숙취도 없는 포도주를 마시고, 또 섹스를 하고, 결코 물리는 일 없이 섹스를 하고, 기분이 내키면 시를 읽고, 또 어쩌면 시를 쓰기도 할 것이다. 참으로 마음이 끌리는 제의라고 오디세우스는 인정한다. 하지만 싫소, 나는 내 집으로 돌아가야만 하오. 칼립소는 자신의 귀를 의심한다. 네? 당신 집이라고요? 당신은 당신의 집에서 기다리고 있는 게 뭔지 아나요? 꽃다운 젊음은 이미 지났고, 몸은 튼 살들과 셀룰라이트로 덮여 있으며, 폐경이 오면 더 볼품없어질 어떤 여자예요. 또 당신은 귀여운 사내아이로 기억하고 있지만, 당신이 없는 사이에 마약 중독과 이슬람교에 빠져 있고, 비만에다 정신적으로도 문제가 있는, 한마디로 아버지들이 우려하는 나쁜 점이란 나쁜 점은 죄다 가진 청소년으로 자라난 골치 아픈 아들내미도 기다리고 있겠죠. 만일 당신이 간다면, 당신 자신도 문제예요. 당신은 곧 늙을 거고, 몸 여기저기가 쑤실 거고, 당신의 삶은 점점 좁아져만 가는 어두운 복도에 불과하게 될 거예요. 그리고 몸에 링거를 꽂고 보행기에 의지하고서 이 컴컴한 복도를 돌아다니는 것은 너무나 끔찍한 일이지만, 그래도 당신은 밤마다 공포에 사로잡혀 잠에서 깨어나게 될 터인데, 왜냐하면 당신은 죽을 것이기 때문이죠. 자, 이게 바로 인간들의 삶이에요. 그리고 난 당신에게 신들의 삶을 제의하고 있어요. 잘 생각해 보세요.

〈다 생각해 봤소〉라고 오디세우스는 대답한다. 그리고 그는 떠나 버린다.

장피에르 베르낭에서부터 뤼크 페리에 이르는 수많은 논평가들이 이 오디세우스의 선택을 고대적 지혜의 승리로, 아니 어쩌면 모든 지혜의 승리로 간주한다. 인간의 삶이 신의 삶보다 나은데, 그 이유는 간단히 말해 그게 진짜 삶이기 때문이다. 진정한 고통이 가공의 행복보다 낫다. 영원은 바랄 만한 게 못 되니, 그것은 우리의 몫이 아니기 때문이다. 이 불완전하고, 덧없고, 실망스러운 몫이야말로 우리가 아끼고 사랑해야 할 유일한 것이고, 우리는 끊임없이 이것으로 돌아와야 하며, 오디세우스의 이야기 전체, 온전히 인간이기 위해 다만 인간일 뿐이기를 받아들이는 사람들의 이야기 전체는 바로 이 돌아옴의 이야기이다.

우리 현대인들은 이런 지혜를 택했다고 자랑할 자격이 별로 없으니, 우리에게는 칼립소의 제의를 해줄 수 있는 존재가 더이상 없기 때문이다. 하지만 루카와 소파테르 등은 이 제의를 열광적으로 받아들였으며, 올리브나무와 삼나무와 인동덩굴의 향기가 미풍에 실려 뱃전에까지 날아오는 어느 섬 옆을 지나면서 루카는 그것을 생각하지 않았을까 싶다.

나는 그의 유년 시절과 소년 시절에 대해 아는 바가 전혀 없지만, 그는 아킬레우스 같은 — 광적일 정도로 용감하고, 평범한 삶보다는 영광스러운 죽음을 택하는 — 영웅이나, 오디세우스 같은 — 어떤 궁지에 처하든 빠져나갈 수 있고, 여인들을 매혹하고 남자들을 설득시킬 수 있으며, 삶에 기막히게 적응하는 — 완벽한 인간이 되기를 꿈꿨으리라고 상상한다. 그리고 자라나면서 자신을 호메로스의 영웅들과 동일시하기를 그만뒀을 것이니, 왜냐하면 그는 그게 잘 안 되었기 때문이다. 그는 그들과는 닮은 점이 없었기 때문이다. 그는 그들 중의 하나가 아니었기 때문이다. 그는 이 땅에서의 삶을 사랑하는 운 좋은 사람들의 집단, 이 땅의 삶이 행복하므로 다른 삶을 원치 않는 그 운 좋은 집단에 속하지 못했다. 그는 다른 집단, 불안한 이들, 우울한 이들, 진짜 삶은 다른 곳에 있다고 믿는 이들의 집단에 속했다. 우리가 상상하기에, 고대에 이들은 어둠과 침묵에 내몰린 소수자들이었으며, 그들이 권력을 얻어 그것을 오늘날까지 지켜 올 수 있었던 것은 오로지 우리의 음울한 친구 바오로 덕분이었다. 하지만 그들에게도 영광스러운 대변인들이 있었다. 먼저 플라톤을 들 수 있는데, 그는 우리의 삶 전체는 어떤 컴컴한 동굴 속에서 흘러가며, 거기서 우리는 진짜 세계의 흐릿한 그림자들밖에 보지 못한다고 주장했다. 루카는 플라톤을 읽었을 것이다. 이 플라톤은 죽고 나서 4세기 동안 세상에 널리 알려져 있었고, 드높은 사상들에 대한 취향이 있는 사람이라면 누구나 한 번쯤은 플라톤 시기를 거쳤다. 루카는 유대인이며 플라톤주의자이기도 한 알렉산드리아의 필론을 통해, 그의 많은 동시대인들이 그랬듯 유대교에 관심을 갖게 되었는데, 이게 그렇게 낯설게 느껴지지가 않았다. 필론에 따르면 영혼은 유배 상태에 있단다. 이집트에서 영혼은 예루살렘을 그리워했단다. 바빌론에서도 예루살렘을 그리워했단다. 그리고 예루살렘에서는 **진정한** 예루살렘을 그리워하고 있단다.

그러고 나서 그는 노골적으로 영생을 약속하는 바오로를 만났다. 바오로는 말하기를, 이는 이미 플라톤이 말했던 것이기도 한데, 인간에게는 근본적인 결함이 있고 육체는 쇠락하는 것이기 때문에 이 땅에서의 삶은 나쁘다는 것이었다. 그는 이 삶에서 유일하게 기대할 수 있는 것은 여기서 해방되어 그리스도가 다스리는 곳으로 가는 것이라 말했다. 물론 그리스도가 다스리는 곳은 칼립소가 다스리는 곳만큼 섹시하지 않다. 우리의 썩어질 몸들은 부활하여 썩지 않을 몸, 다시 말해서 더 이상 늙지도 고통받지도 않고, 오직 신의 영광만을 갈망하는 몸이 될 터인데, 이 몸들은 바다에서 벌거벗고 멱을 감으며 서로를 애무하는 것보다는, 긴 옷을 입고 끝없이 찬송가만 부르는 것이 더 어울리는 게 사실이다. 이런 낙원의 모습에 나는 반감을 갖겠지만, 루카에게는 그렇지 않았으리라는 것을 인정해야 한다. 더욱이 나는 누구를 희화화하고 싶지 않다. 욕망의 소멸은 단지 청교도적 독신자(篤信者)들의 이상일 뿐만 아니라, 불교도들처럼 인간 조건에 대해 깊이 성찰해 본 이들의 이상이기도 한 것이다. 요컨대 우리는 이런 섹시하지 않은 낙원을 결코 싫어하지 않았을 테고, 이런 그의 태도가 우스꽝스러운 것도 아니다. 여기서 핵심은 다른 데에 있다. 즉 바오로가 약속하는 것과 칼립소가 약속하는 것 — 삶에서 해방되는 것, 혹은 에르베의 표현을 빌자면 〈진창에서 빠져나오는 것〉 — 사이의 기이한 유사성, 그리고 바오로의 이상과 오디세우스의 이상 간의 근본적인 대립에 있는 것이다. 각자는 다른 이가 치명적인 환상으로 고발하는 것을 유일한, 그리고 진정한 선(善)이라고 말한다. 오디세우스는 이 세상과 인간의 조건으로 눈을 돌리는 것이 지혜라고 말한다. 반면 바오로는 거기서 빠져나오는 것이라고 말한다. 오디세우스는 낙원은 허구이며, 따라서 그것이 아무리 아름답다 한들 아무 의미가 없다고 말하지만, 바오로는 그것이야말로 유일한 실체라고 말한다. 바오로는 거기서 멈추지 않고, **존재하는 것들을** 부끄럽게 하려고 **아무것도 아닌 것을** 선택한 하느님을 칭송하기까지 한다. 루카가 선택한 것은 바로 이것이었고, 그는 배를 타듯 이것에 올라탄 것인데, 나는 그가 이렇게 오른 배 위에서 혹시 자신이 엄청나게 멍청한 짓을 하고 있는 것은 아닌가 하는 의혹에 사로잡혔을지도 모른다는 생각이 든다. 자신이 존재하지도 않는 어떤 것에 인생 전체를 바치고, 정말로 존재하는 것 ── 뜨거운 몸뚱이, 삶의 달콤하고도 씁쓰레한 맛, 불완전하지만 놀랍게도 아름다운 현실 ── 에는 등을 돌리는 게 아닌가 하는 의혹 말이다.

제3부

조사(調査)
(유대, 58~60년)

1

　바다에서 8일을 보낸 후, 바오로와 그가 이끄는 사절단은 시리아에 상륙한다. 거기서 그들은 〈길〉 — 현지에서 기독교를 부르는 명칭이다 — 의 추종자 몇 사람으로부터 환대받는다. 그들은 이 지역의 큰 항구인 카이사리아에서 예언의 은사가 있는 네 처녀의 아버지이며 전도자인 필립보의 집에 묵게 된다. 이 집과 친한 사이이며, 자신도 예언자라고 말하는 어떤 사람이 바오로가 예루살렘에 가는 것을 극구 만류한다. 그는 자신의 손발을 묶는 상황극을 연출하면서, 바오로가 거기에 가면 유대인들이 그를 붙잡아 로마인들에게 넘기고, 로마인들은 그를 죽일 것이라 예고한다. 아무 소용이 없다. 바오로의 결심은 요지부동이다. 대의를 위해 죽어야 한다면, 기꺼이 죽으리라! 그곳 사람들은 눈물을 흘리며 그와 작별하는데, 여기서 우리는 루카가 30년 후에 이 장면들을 쓰면서, 제자들의 거듭된 경고에도 불구하고 예수가 예루살렘으로 올라갈 결심을 하는 자기 복음서의 그 장면들과 겹쳐지게끔 만들었다는 느낌이 드는 것을 어쩔 수가 없다.

이렇게 신자들의 만류에도 불구하고 바오로와 그의 수행원들은 성도(聖都) 예루살렘에 입성한다. 키프로스 출신 신자인 므나손의 집에 여장을 푼 그들은 바로 다음 날 야고보에게 경의를 표하러 간다. 그렇다면 어떻게 야고보는 예루살렘의 〈길〉의 추종자들을 이끄는 우두머리가 될 수 있었을까? 이제 여기에 대해 알아볼 시간이다.

우두머리는 예수의 제자들 중 맏형 격인 베드로가 되어야 옳았다. 혹은 예수에게 가장 큰 사랑을 받았노라고 자처하는 요한이 될 수도 있었다. 이 두 사람은 필요한 정통성을 갖추고 있었다. 마치 트로츠키와 부카린이 레닌의 후계자가 되기에 필요한 정통성을 갖추고 있었던 것처럼 말이다(그럼에도 불구하고 정적들을 제거하고 권력을 장악한 사람은, 레닌이 경계한다고 명확히 의견을 밝혔던 흉악무도한 조지아인 이오시프 주가슈빌리, 일명 스탈린이었다).

예수가 자신의 동생 야고보에 대해, 더 일반적으로는 그의 가족에 대해 한 말들도 그렇게 긍정적이지 않다. 누군가가 그의 어머니와 형제들에 대해 얘기할라치면, 그는 설레설레 고개를 저었고, 자기를 따라오는 낯선 이들을 가리키며 〈저이들이 내 어머니와 내 형제들이라오〉라고 말하기도 했다. 또 아주 격한 감정에 사로잡혀 〈당신을 품은 배는 복이 있도다! 당신을 먹인 젖가슴은 복이 있도다!〉라고 외치는 어떤 여자에게는 〈하느님의 말씀을 듣고, 그 말씀을 지키는 자들이 오히려 복이 있소!〉라고 차갑게 대꾸했다. 솔직히 예수는 여자의 배나 젖가슴

따위에는 별로 흥미가 없었던 듯하다. 그는 자신의 가족을 그리 중시하지 않았고, 그의 가족은 그에 대해 한술 더 떴던 모양이다. 복음서 기자 마르코는 예수의 가족들이 그가 실성했다고 생각하고는 아예 그를 체포되게 하는 방안을 고려하는 장면을 보여 준다. 만일 거기서 야고보가 혼자 분연히 일어서서 형을 변호했더라면, 분명히 그 얘기가 우리에게까지 전해졌을 것이다. 예수가 살아 있는 동안 그는 다른 형제들과 마찬가지로, 형을 대단치는 않지만 그래도 지켜야 할 명예가 있는 가족의 얼굴에 먹칠이나 하고 다니는 괴짜로 여겼다. 이 괴짜, 이 반골, 이 선동가가 결국 어떤 일반 범죄자처럼 처형되었다는 사실은 그의 고지식한 동생의 생각을 결정적으로 굳혔어야 옳았는데, 그러고 나서 뭔가 이상한 일이 일어났다. 그 치욕적인 처형에도 불구하고, 아니 바로 그것 때문에, 창피스러운 형은 죽고 난 후에 엄청난 숭배의 대상이 되었고, 사후의 영광 일부가 동생 야고보에게 떨어진 것이다. 야고보는 그냥 가만히 있었다. 이렇게 야고보는 개인적인 공적보다는 혈연에 의해, 순전히 왕조적인 원칙에 의해, 초기 교회의 가장 큰 인물 가운데 하나, 역사적 사도인 베드로와 요한과 동등한, 아니 그들보다 위에 있는 존재, 이를테면 초대 교황 같은 존재가 되었다. 참으로 기이한 운명이었다.

2

야고보를 처음으로 만났을 때, 루카는 예수에 대해 아무것도 알지 못했다. 그는 예수가 거침없이 살았다는 사실도, 그가 밑바닥 인생들을 가까이 했다는 사실도, 독실한 척하는 위선자들을 경멸했다는 사실도 알지 못했다. 어쩌면 그는 예수가 살아 있었을 때 동생 야고보와 비슷했을 거라고 생각했을지도 모르겠는데, 이 야고보에 대해 전승은 — 다시 말해서 4세기에 기독교사를 쓴 카이사리아 주교 에우세비오는 — 우리에게 다음과 같은 꽤나 호감 가는 초상을 남기고 있다. 〈그는 모태에 있을 때부터 성화(聖化)되어 있었고, 포도주도, 취하게 하는 음료도 마시지 않았으며, 평생 동안 살아 있는 것을 먹지 않았다. 한 번도 머리털을 밀지 않았고, 몸에 기름칠을 하지도 않았으며, 목욕도 하지 않았다. 양털 옷을 입지 않았고, 대신 삼베옷을 입었다. 성전에 들어가 너무나 오랫동안 기도에 열중한 나머지, 두 무릎에 낙타의 그것들처럼 딱딱하게 못이 박혔다.〉

〈길〉의 원로들에 둘러싸여 있는 이 위압적인 인물 앞에서 바오로는 일종의 구두시험을 치른다. 우선 관례적인 인사말을 건넨 다음, 사도는 주님께서 자신을 통해 이방인 가운데서 행하신 일들에 대해 자세히 보고한다. 항상 긍정적이고, 항상 분쟁을 최소화하느라 애쓰는 루카는 청중은 〈그 보고를 듣고 하느님을 찬양하였다〉라고 말하지만, 이상하게도 이 방문의 주요 목적, 다시 말해서 예루살렘 교회에 모금 운동의 결과물을 전달하는 것에 대해서는 말없이 넘어간다. 이를 통해 생각해 볼 수 있는 것은, 하느님께서 카인의 제물을 물리치셨듯이, 야고보가 바오로의 헌금을 거절하지 않았을까 하는 것이다……. 우리가 참고할 수 있는 두 원전은 이에 대해 아무 말이 없지만, 가만히 생각해 보면 바오로의 선물을 받아들이는 것은 그를 교부중 하나로 인정하겠다는 얘기고, 과연 야고보에게 그럴 마음이 있었는지는 확실치 않다.

루카가 아무리 긍정적이라 하더라도, 원로들이, 다시 말해서 야고보가 일단 하느님을 찬양하고 난 다음에 바오로에게 다음과 같이 말했다는 사실을 숨길 수는 없는 노릇이다. 「아시겠지만, 지금 유대인들의 많은 사람들이 예수를 구주로 받아들이면서도 율법을 계속 지키고 있소. 또 당신에 대해 떠돌고 있는 소문에 그들이 매우 불안해하고 있다는 사실도 아셔야 하오. 당신이 이방인들 가운데 사는 유대인들로 하여금 모세를 잊고, 자녀들에게 할례를 행하지 않고, 유대인의 풍습을 무시하도록 부추기고 있다는 말들이 들리고 있소. (바오로는 끽소리 못 하고 듣고 있었을 것이다. 하기야 모두가 사실이니까.) 그러니 어떻게 할 거요? 사람들은 당신이 여기에 있는 걸 알고 있고, 우린 당신을 숨겨 줄 수 없소. 자, 그러니 사람들의 마음을 가라앉히고, 당신이 지금 부당한 비난을 받고 있다는 것을 보여 주기 위해 이렇게 하면 어떻겠소? (바오로는 침을 꿀꺽 삼킨다.) 우리 중에 정결 예식을 행하겠다고 맹세한 사람이 네 명 있소. 이 사람들을 데리고 성전에 가서, 예식을 행하고 그 비용을 대시오. 그러면 모두가 당신에 대한 그 끔찍한 소문들이 사실이 아니라는 걸 알게 되지 않겠소?」

바오로에게 지금까지 그가 공언했던 내용과 정반대되는 일들을 하라고 요구하면서, 야고보는 여기서 대장은 자신임을 보여 주려 한 것이다. 또 자신의 적에게 모욕을 주고도 싶었을 것이다. 바오로는 굴복했다. 내가 확신하는데, 그것은 용기가 없어서가 아니라, 그가 보기에 이것은 조금도 중요한 일이 아니었기 때문이다. 이것은 그의 자존심에 상처를 주는 일이 아니었을뿐더러, 그는 사소한 모욕 따위는 얼마든지 받아들일 수 있었다. 그래, 이게 당신들이 원하는 거요? 좋소! 그는 그들이 요구하는 대로 했다. 네 명의 신자를 데리고 성전으로 가서, 그들과 함께 정결 의식을 행했다. 예물과 제물을 바치느라 돈을, 꽤 많은 돈을 썼고, 7일간의 금식을 마무리하는 삭발 의식도 예약해 놓았다. 바오로와 동행했던 네 신자들이 그를 어떻게 대했을지 자못 궁금하다. 어쨌든 바오로는 그들과의 관계에 있어서 무슨 일이 있더라도 사랑은 온유하고 인내하는 것임을 상기하고, 자신의 인내를 하느님께 제물로 드리고, 절대로 화를 내지 않으려고 노력했을 것이다.

3

바오로가 이 일주일간의 신고식을 치르고 있을 때, 자기네끼리만 남겨진 루카와 소아시아와 마케도니아에서 온 동료들은 예루살렘 시내를 여기저기 어정대는 것 외에는 다른 할 일이 없었을 것이다. 로마 제국의 신민인 그들은 다 비슷비슷하고, 흰색이고, 바둑판처럼 반듯반듯한 로마의 도시들에 익숙해 있다. 그런데 유대인들의 성도(聖都)는 그들이 알고 있는 것과는 닮은 데가 전혀 없다. 게다가 그들이 방문한 때는 이스라엘 백성의 이집트 탈출을 기념하는 페사흐, 즉 유월절 기간이었다. 갖가지 언어를 사용하는 무수한 순례자들, 상인들, 대상(隊商)들이 좁다란 길들에서 서로를 밀쳐 가며, 역시 루카 등이 아는 것과는 전혀 닮지 않은 그들의 신전을 향해, 마치 자석에 끌리듯 나아가고 있다. 물론 루카는 이 신전에 대한 얘기들을 들은 적이 있었지만, 직접 눈으로 보기 전에는 어떤 것인지 전혀 감을 잡을 수 없었을 것이다. 그리고 실제로 본 그것을 그가 그렇게 좋아했을 것 같지 않다. 그가 정말로 좋아한 것은 회당들, 유대인들이 사는 곳에는 어디에나 있고, 그 안에서 그가 유대교에 끌리게 된 그 소박하면서도 아늑한 작은 집들이다. 회당은 신전이 아니라, 공부하고 기도하는 장소, 예배 같은 것은 하지 않고, 희생제 같은 것은 더더욱 하지 않는 장소이다. 루카는 유대인들은 다른 민족들과는 달리 신전이 없다는 점이, 혹은 그들은 신전은 그들의 마음 안에 있다는 점이 좋았다. 하지만 이 것은 그의 생각이었고, 사실 그들에게도 신전이 있다. 단지 그 신전은, 그들의 신이 단 하나인 것처럼, 단 하나일 뿐이다. 그들은 이 신이 모든 신들 중에 가장 위대한 신이며, 이웃의 다른 신들은 모두 보잘것없는 사기꾼들에 불과하므로, 그분의 신전은 그분에게 걸맞은 것이 되어야 한다고 생각한다. 그래서 그들이 사는 곳마다 시시한 작은 신전들을 세우느라 시간과 돈을 허비하는 대신, 전 세계의 유대인들은 웅장한 진짜 신전, 유일한 신전, 즉 〈성전(聖殿)〉을 유지하고, 또 아름답게 꾸미기 위해 매년 헌금을 보낸다. 가장 여유가 있고 신앙이 독실한 이들은 유대교의 3대 축제인 페사흐, 샤부옷, 수코트[1]를 지내러 매년 세 번씩, 그리고 다른 이들은 형편 닿는 대로 이 성전에 순례를 온다. 이 축제 기간에 인구는 열 배로 증가한다. 동서남북에서 사람들이 이 성전으로 몰려들고 있다.

---

1 우리말로는 각각 유월절, 오순절, 초막절로 번역되었다.

대리석과 황금의 왕관을 쓴 것처럼 보이는 건물이 태양처럼 눈부시게 빛나기도 하고, 혹은 눈 덮인 산처럼 보이기도 하는 성전의 모습은 도성의 어디에서나 눈에 띈다. 그것은 15헥타르, 그러니까 아크로폴리스의 여섯 배에 달하는 면적의 엄청난 규모이며, 완전히 새것처럼 느껴진다. 유대인들이 포로로 붙잡혀 갔던 그 먼 옛날에 바빌론인들에 의해 파괴되었던 그것은 로마 점령기 초기에 재건되는데, 그 재건의 장본인, 과대망상기가 좀 있으며 막대한 부와 세련된 취향을 지닌 헤로데왕은 이것을 헬레니즘 세계의 불가사의들 중 하나로 만든다. 영국의 역사가 사이먼 세버그 몬테피오리는 스탈린에 대한 두 권의 매우 흥미로운 저서를 낸 후에, 예루살렘의 역사를 고대에서 현대까지 망라한 책을 한 권 썼다. 그는 여기서 신전을 이루었던 그 어마어마한 돌덩어리들, 오늘날에도 신전의 서쪽 벽을 이루고 있으며, 그 사이사이의 틈에 독실한 유대교도들이 저마다의 기도 내용을 적은 쪽지들을 끼워 넣는 돌덩어리들은 하나의 무게가 무려 6백 톤이나 된다고 주장한다. 나로서는 이 주장이 조금 지나치게 느껴지기는 하지만, 이 사이먼 세버그 몬테피오리는 이집트 왕 프톨레마이오스 2세 필라델포스 — 3세기에 히브리어 성경의 그리스어 번역을 의뢰하여 이른바 『70인 역 성경』을 태어나게 한 장본인이다 — 의 업적 중 하나는 표범 가죽으로 만들어졌으며, 자그마치 80만 리터의 포도주를 담을 수 있는 거대한 가죽 부대가 등장한 주신제(酒神祭)를 개최한 일이라고 아주 차분하게 설명하고 있기도 하다…… 어쨌거나 성전을 다시 세우는 일은 시간이 꽤 걸렸기 때문에, 루카가 그 광장을 밟기 30년 전인 예수의 생전에도 완공된 지 얼마 되지 않은 것으로 여겨졌다. 내가 얘기하고 있는 시기에 루카는, 예루살렘에 처음 올라와 성전의 그 웅장함에 넋이 나가 버린 시골뜨기 제자들에게 예수가 어떻게 대꾸했는지를 아직 모르고 있다. 「그대들은 이 돌들과 이 큰 건물들을 보고 경탄하는가? 이 돌들 가운데 어느 하나도 다른 돌 위에 남아 있지 않으리라.」 또 루카는 온갖 거래가 이뤄지는 성전 앞의 드넓은 앞마당에서 예수가 잡상인들을 쫓아냈다는 사실도 아직 모르고 있었지만, 회당들의 조용한 열정에 익숙해져 있던 그는 와글대는 군중들이 서로를 밀치는 모습들과 외치고 흥정하는 소리들에 충격을 받았으리라 생각한다. 또 사방에서 가축의 울음소리들, 그 가운데서 들리는 기도 시간 알리는 나팔 소리, 뿔이 잡혀 끌려가는 양들, 그리고 그것들의 목을 따고 토막 내어, 김이 모락거리는 조각들을 제단 위에 진열하는 광경 등은 분명 루카에게는 적잖은 충격으로 다가왔을 것이다. 하지만 그들이 제물을 바치는 이 위대한 신은 예언자 호세아를 통해 자신은 이렇게 도살된 제물들을 별로 좋아하지 않는다고 밝히지 않았던가? 왜냐하면 그가 좋아하는 것은 영혼의 순수함이기 때문이며, 루카는 성전의 울타리 안에서 보이는 것들이 그다지 순수하게 느껴지지 않는다.

여기서 〈울타리〉라는 말을 했지만, 사실 성전을 둘러싼 이 울타리는 여러 개로, 하나 안에 다른 하나가, 그 안에 또 하나가 있는 식으로 겹겹이 둘려 있다. 이 소용돌이의 중심부는 지성소로, 오직 하느님만을 위한, 그리고 오직 대사제만이 1년에 한 번 들어갈 수 있는 장소이다. 로마의 정복자 폼페이우스는 이

337

런 내용 설명을 듣고는 어깨를 으쓱해 보였다. 그래, 누가 날 못 들어가게 하는지 한번 보자고! 그는 들어갔다. 그런데 놀랍게 도 마지막 성소 안에는 아무것도 없었다. 그야말로 돌멩이 하나 없었다. 그는 어떤 조각상 같은 것들이 있으리라 기대했다. 혹은 당나귀 대가리 하나를 기대하기도 했는데, 유대인들의 그 신비스러운 신이 바로 그것이라는 말을 어디선가 들은 적이 있기 때문이었다. 하지만 텅 빈 방일 뿐이었다. 그는 다시 한 번 어깨를 으쓱하는데, 아마도 뭔가 찜찜한 기분이었을 것이다. 그는 이 일에 대해 다시 얘기하지 않았다. 그리고 좋지 않은 죽음을 맞았다. 이집트인들은 그를 처형한 후, 그 머리를 소금물에 절여 카이사르에게 보냈다. 유대인들은 환호했다. 지성소를 나오면 안쪽 내정들이 있는데, 할례받은 이들만 들어갈 수 있는 곳이다. 또 그곳을 나가면 관광객들이 자유롭게 드나들 수 있는 〈이방인의 뜰〉이 펼쳐져 있다. 오늘날에도 유대인들의 성전이 모스크들의 광장이 되었다는 점 외에는 거의 비슷한 구조이지만, 팔레스타인 사람들은 이를 인정하지 않는다. 무슨 말인가 하면, 그들은 그들의 모스크들이 서 있는 장소에 과거에 유대인들의 성전이 있었다는 사실을 인정하기를 거부하고 있는 것이다. 이 점이 바로 이스라엘, 팔레스타인 문제 해결의 가장 풀기 힘든 장애물 중 하나가 되고 있으며, 또 유대교도들, 회교도들, 기독교도들이 저마다 자기네가 가장 오래전부터 여기에 있었다고 우겨 대면서 성벽 귀퉁이 하나, 지하 통로 하나를 서로 차지하려고 다투면서 고고학을 극도로 위험한 학문으로 만들고 있는 이 도시의 종교적 광기의 한 예이기도 하다. 어쨌든 예수가 생의 마지막 시간들에 사람들을 가르치고, 바리사이

338

파 사람들과 언쟁을 벌인 곳이 바로 여기, 이 안쪽 내정들과 〈이방인의 뜰〉이었다. 또 야고보와 〈길〉의 원로들이 어떤 일반 범죄자의 부활을 믿는 이상한 신앙 때문에 사회의 주변부로 밀려났음에도 불구하고, 계속 찾아와 두 무릎이 낙타 무릎이 되도록 기도를 드리는 곳도 바로 여기다. 또 과거에 타르수스에서 올라온 젊은 청년 바오로가 광신에 가까운 열정에 휩싸여 바리사이파 랍비 가말리엘의 가르침을 들었던 곳도 바로 여기였다. 그리고 20년이 지난 지금, 바오로는 다시 이곳에 돌아와 오늘날에도 예루살렘의 거리 어디서나 볼 수 있는 — 오늘날 그들은 18세기 폴란드의 시골 지주 같은 모습을 하고 있다는 점이 다를 뿐이다 — 네 명의 독실한 유대인들과 함께, 이제 그의 눈에는 아무런 가치가 없지만, 만일 그 믿기지 않는 일이 일어나지 않았더라면 지금도 굳건히 지키고 있을 그 규례들을 지키고 있는 것이다. 그가 이 의식들을 행하면서 생각한 것이 어쩌면 이것이었는지도 모른다. 그 믿기지 않는 일이 일어나지 않았다면 지금 자신이 살고 있을 이 삶, 성전을 중심으로 펼쳐지는 이 삶, 낙타 무릎을 한 독실한 유대인들의 삶 말이다. 하지만 그는 이런 삶을 살지 않았다. 그러는 대신, 그리스도가 바오로 자신으로부터 빼앗아 온, 바오로는 겉모습뿐이고 이제 그리스도가 안에 살고 있으며 이 놀라운 변신을 이뤄 준 그리스도에게 감사드리고 있는 그는, 20년 전부터 온 세상을 돌아다니며 무수한 위험을 겪었고, 수많은 사람들을 전에 그가 혐오하던 이 미친 신앙에 개종시켜 왔고, 지금은 이렇게 성전에 돌아와 그와 같은 할례자들 가운데, 하지만 한 무리의 비할례자들을 이끄는 몸으로 서 있는 것이다. 그리고 그 비할례자들은 물론 안쪽 문들을 통과할 자격이 없기 때문에, 마치 모스크바 사람들이 지하철역들에서 만날 약속을 정하듯이 사람들이 만날 약속을 정하던 그 드넓은 〈이방인의 뜰〉에서, 두 눈과 두 귀를 활짝 열고서 머물고 있었다.

<h1 style="text-align:center">4</h1>

티모테오는 그동안 바오로를 따라다니며 지내 왔기 때문에 무리에서 유일하게 여행으로 잔뼈가 굵은 사람이었다. 루카는 순회 의사 일을 하며 필리피 주변을 돌아다녔고, 이따금 소아시아 접경 지역들까지 가본 적이 있었다. 소파테르, 아리스타르코스, 트로피모스 같은 다른 이들은 그들의 고향 도시를 떠난 적이 별로 없었을 것이다. 그들은 예루살렘 시내를 한 무리의 관광객처럼 헤매고 다녔는데, 말도 제대로 못하고, 현지 풍습에 대해 아는 게 전혀 없었으며, 이곳 출신 〈길〉의 추종자들이 가이드 봉사를 해주리라는 기대는 아예 접어야 했다. 야고보의 집을 찾아갔을 때, 그를 밀착 경호하고 있는 그 수염쟁이들 중에서 그들에게 말을 건네거나, 물 한 잔 건네는 사람은 아무도 없었다. 그들을 안내해 준 사람이 하나 있다면, 그것은 그 집 옥상에서 벼룩이 득실대는 담요로 몸을 둘둘 말고서 우리가 이런 데서 대체 뭐하고 있나, 자문하며 잠을 자게 해주었던, 그호의 어린 키프로스인 므나손뿐이었다.

만일 내가 어떤 영화나 TV 시리즈를 제작한다면, 나는 이 잠시 등장하는 므나손을 영화 「가장 위험한 해」에서 자카르타에 온 젊은 기자 멜 깁슨을 맞아 준, 그리고 그에게 어떤 힘들이 이곳의 정치적 상황을 이토록 폭발적으로 만들고 있는지를 설명해 준, 그 성적으로 모호한 난쟁이 사진 기자 같은 캐릭터로 꾸미고 싶다. 키프로스인 므나손도 루카에게 그런 얘기를 해줬을 수 있다. 그런데 내가 유대의 정치적 상황에 대해 아는 내용, 모든 역사가들이 이에 대해 아는 내용은 이 므나손이 아니라 다른 한 중요한 증인에게서 얻은 것으로, 유대인들은 요셉 벤 마티아스로, 로마인들은 티투스 플라비우스 요세푸스로 불렀고, 후세에는 간단히 요세푸스라는 이름으로 알려진 인물이다.

서기 58년에 이 요세푸스도 예루살렘에 있었지만, 그는 키프로스 출신의 평민 므나손도, 루카도, 심지어는 바오로도 접할 기회가 없었다. 대사제 가문 출신의 유대 귀족인 그는 열여섯 살부터 그가 각각의 철학적 유파들로 여긴 다양한 유대교 종파들을 섭렵했으며, 이렇게 얻은 지식을 광야에서의 연수로 보충했다. 사람들은 그를 일종의 랍비계의 천재로 여겼으며, 종교적 **아파라치크**[2]로서의 빛나는 커리어가 그를 기다리고 있다고 믿었다. 그는 결코 신비주의자가 아니었고, 권력과 인맥을 지향하는 사람, 그의 글에서도 느낄 수 있듯이, 지적이고, 거만하고, 아주 강한 계급 의식에 젖은 외교적 인물이었다. 나는 이 책의 뒷부분에서 유대인들의 비극적인 반란과 거기서 요세푸스가 맡은 역할에 대해 얘기하겠지만, 일단 여기에서는 서기 70년에 예루살렘이 함락된 후, 그가 『유대 전쟁사』라는 저서를 썼고, 그 덕분에 1세기 유대의 역사가 로마를 제외한 제국의 다른 민족들의 그것보다 우리에게 훨씬 잘 알려지게 되었다는 사실만을 알아 두기로 하자. 복음서와는 완전히 독립되어 있는

2 공산당의 고위 정치 실세.

이 연대기는 복음서의 리버스 앵글 샷,[3] 즉 복음서의 대조 검토를 가능케 하는 유일한 자료이며, 이 때문에 기독교의 기원을 연구하는 전문가들이 그토록 열심히 이 책을 읽고 있는 것이다. 사실 이 시기에 대해 연구하기 시작하면, 얼마 안 가서 모두가 똑같은, 매우 한정된 자료들을 사용하고 있다는 사실을 깨닫게 된다. 먼저 기독교도들이 쓴 『신약』. 좀 더 나중에 나온 위경들. 사해 사본. 항상 똑같은 이교도 저자 몇 사람. 즉 타키투스, 수에토니우스, 소(小)플리니우스. 그리고 마지막으로 요세푸스. 이게 전부다. 만일 다른 자료들이 있었다면 벌써 우리에게 알려졌을 것이다. 그리고 위의 자료들에서 얻을 수 있는 내용 자체도 한정되어 있다. 이 분야에 조금만 익숙해지면 여러분은 일반적인 이론들을 알아보고, 자기에게 유용한 부분들을 찾아내고, 다른 데서 벌써 열 번은 읽었던 내용을 건너뛸 수 있게 된다. 어떤 역사가의 글을 읽을 때, 우리는 그가 음식을 어떻게 요리했는지 알 수 있고, 어떤 소스의 맛 뒤에서 그가 어쩔 수 없이 사용해야만 했던 재료들을 알아낼 수 있는 것이다(이런 사실은 나로 하여금 더 이상 어떤 요리책도 필요가 없으며, 나 혼자도 얼마든지 해볼 수 있겠다는 생각을 하게 만든다).

5

요세푸스가 『유대 전쟁사』의 앞부분에서 묘사하고 있는 것, 그리고 아마도 므나손이 낯선 땅 예루살렘에 떨어진 바오로의 제자들에게 묘사해 주었을 것은 종교적 민족주의로 인해 혼란

3 전경(全景)과 반대되는 각도에서 촬영하는 것.

이 가중되고 있는 식민지적 상황이었다. 이것은 우리에게는 너무도 익숙한 정치적 풍경이지만, 루카와 그의 동료들에겐 전혀 그렇지 않았다. 그들이 사는 소아시아와 마케도니아는 평화로운 곳이었고, 그곳 사람들은 로마의 지배를 기꺼이 받아들였으니, 로마의 문화와 생활 방식은 바로 그들의 것이었기 때문이다. 이것은 제국의 거의 모든 나라들의 경우였지만, 유대는 그렇지 않았다. 왜냐하면 유대는 신정 국가, 지배적인 세계 문명이 부과하고 만인이 자명한 것으로 여기는 법들 위에 자기네의 율법을 올려놓는 종교 국가였기 때문이다. 오늘날 이슬람의 **샤리아**[4]가 우리가 괜찮다고 여기는, 심지어는 만인에게 필요하다고까지 생각하는 사상의 자유와 제반 인권들과 충돌을 빚고 있는 것과 마찬가지 상황이다.

앞에서도 말한 바 있지만, 로마인들은 스스로의 관용에 대해 자부심을 느끼는 사람들이었다. 그들은 다른 민족의 신들에 대해 아무런 반감이 없었다. 그들은 마치 이국적인 음식을 맛보듯이 그 신들을 한번 시험해 보고, 또 마음에 들면 자신의 신으로 삼을 준비가 되어 있었다. 그들은 이 신들이 〈가짜다〉라고 선언할 생각은 꿈에도 하지 않았을 것이다. 최악의 경우라 해도 조금 투박하고 촌스러운, 그리고 어쨌든 이름만 다를 뿐 자신들의 신들과 다를 바 없는 신들로 여겼다. 세상에는 수백 개의 언어가 존재하고, 따라서 참나무를 부르는 단어도 수백 개존재하지만, 어디를 가나 참나무는 참나무인 것이다. 유피테르가 제우스의 로마식 이름이듯이, 야훼는 유피테르의 유대식 이름이라는 사실에 만인이 동의하리라……. 로마인들은 진심으

4 회교 율법.

로 이렇게 생각했다.

만인이 동의했지만, 유대인들은 아니었다. 어쨌든 유대 땅의 유대인들은 아니었다. 세계 각지에 흩어진 유대인들은 또 달랐다. 그들은 그리스어로 말했고, 그리스어로 성경을 읽었고, 그리스인들과 섞여 살았고, 그들과 아무런 문제가 없었다. 하지만 유대 땅의 유대인들은 그들의 신만이 진정한 신이고, 다른 민족들의 신들은 우상이며, 이런 신들을 숭배하는 것은 악하고도 어리석은 짓이라고 믿었다. 이런 식의 **수페르스티티오**는 로마인들에게는 상상할 수도 없는 것이었다. 만일 유대인들에게 힘이 있어서 이런 것을 부과했더라면, 로마인들은 크게 분노했을 것이다. 하지만 유대인들에게 그런 힘이 없었기 때문에, 제국은 오랫동안 그들의 불관용에 대해 관용을 베풀었으며, 모든 점을 고려해 볼 때 그들을 상당히 요령 있게 다뤘다고 할 수 있다. 이집트인들이 원한다면 오누이끼리 결혼하게 놔둔 것처럼, 유대인들도 카이사르의 초상이 새겨진 로마 주화 대신 아무런 인간 형상이 없는 그들만의 주화를 사용할 수 있게 해준 것이다. 또 그들은 병역도 면제받았으며, 서기 40년에 변덕에 사로잡힌 칼리굴라가 유대교 성전 내에 자신의 조각상을 세우겠다고 선언한 일이 있었지만, 이는 하나의 예외적인 도발로 남게 되었고 — 그는 이 일을 실행하기 전에 살해당했다 — 황제의 광기가 엿보이는 또 하나의 증거로 여겨졌을 뿐이다.

로마인들이 이처럼 양보해 주었음에도 불구하고 유대인들은 얌전히 있지 않는다. 그들은 규칙적으로 봉기한다. 그들은 과거 〈마카비〉라고 불리는 게릴라 전사들이 일으켰던 영웅적 반란의 기억 속에, 그리고 모든 것을 바꿔 놓을 장래의 반란에 대한 열렬한 기다림 속에 살고 있었다. 로마 제국은 스스로가 영원하다고 믿었지만, 1세기의 유대인들은 영원은 자기네 편이라고 믿었다. 어느 날 제2의 다윗이 나타나리라. 그는 유대인들의 카이사르가 되고, 그의 치세는 정말로 영원히 계속되리라. 그는 참을성 있게 모욕을 견뎌 온 이들에게 영광을 돌려주고, 지금 영광을 누리는 자들은 보좌 아래로 끌어내릴 것이며, 이를 위해 먼저 로마인들부터 쫓아내리라. 〈그들로 하여금 전쟁을 하도록 부추긴 것은 ─ 이것은 요세푸스의 설명인데, 그 자신이 유대인인 그는 로마인들을 위해 글을 썼으며, 바오로와 마찬가지로 마치 자기는 유대인이 아닌 듯이 유대인들에 대해 말하는 경향이 있었다 ─ 무엇보다도 그들의 성경에 있으며, 그들 나라의 한 인물이 우주의 주인이 될 것이라 예고하는 어떤 모호한 예언이었다.〉 이 사람이 바로 메시아가 되고, 주님의 기름 부음을 받은 자가 되고, 무적의 전사와 냉정한 심판자가 될 것이었다. 해외에 흩어진 유대인들은 이런 예언에 별로 신경 쓰지 않았고, 루카 같은 개종자들도 이 신비스러운 인물 얘기가 나오면 건성으로 흘려듣곤 했다. 하지만 유대 땅의 유대인들은 여기에 강박적으로 집착했는데, 로마가 그들에게 무능하고도 부패한 총독들을 보내어 30년 전부터 상황이 갈수록 악화되어 왔기에 더욱 그랬다.

『유대 전쟁사』의 2장은 무척 긴데, 여기서는 세계사적인 관점에서 보자면 티베리우스 황제 시대에서부터 네로 황제 시대까지, 그리고 우리의 관심사이지만 당시에는 거의 주목하는 이가 없었던 사안의 관점에서 보자면 예수의 죽음에서부터 지금 내가 이야기하고 있는 바오로의 예루살렘 체류까지가 다뤄지고 있다. 유대 지역에 국한하여 말하자면, 이것은 본시오 빌라도와 펠릭스, 페스투스, 알비누스, 플로루스 같은 그의 후임자들, 타키투스가 〈노예의 영혼을 가지고 왕의 권력을 행사한 자들〉이라고 경멸적으로 평한 바 있는 그 **가울라이터**[5]들이 통치하던 시대의 이야기이다. 왕들도 있었다. 그 슬프게도 유명한 헤로데 왕조 말이다. 하지만 그들은 영국령 인도 제국 시대의 마하라자들처럼, 식민 세력이 원주민을 기쁘게 하기 위해, 그리고 자기들이 마음대로 부릴 수 있다는 조건으로 왕좌 위에 남겨 두는 무력한 토후들일 뿐이었다. 이와 비슷한 존재들로, 성전 주위에서 권력을 행사하는 사제 집단이 있었다. 부자 간에 신분을 상속하고, 엄청난 부를 축적하며 로마의 권력을 지지하는 이 일종의 브라만들을 사람들은 〈사두가이〉라고 불렀다. 요세푸스도 어느 이름 높은 사두가이 가문 출신이었다.

이런 조건들 아래에서는 60년대의 대(大)반란까지의 30년을 기록한 연대기는 배임과 실정, 반란과 탄압의 지루한 연속일 수밖에 없었다. 그중에서도 특히 빌라도는 수도교(水道橋) 건설 자금을 조달하기 위해 성전으로 갈 돈을 빼돌리고, 황제의 초상이 그려진 군기들을 성도(聖都) 안에 들이고, 유월절 기간에 광장에서 치맛자락을 올려 엉덩이를 드러낸 로마 병사의 도발을 덮어 줌으로써 단연 두각을 나타냈다고 요세푸스는 말한다. 이 빌라도가 아리엘 샤론이 점령 지역의 팔레스타인인들을 취급한 것처럼 유대인들을 취급했다고 말하는 것은 도발적일 수는 있겠지만 틀린 말은 아닐 것이다. 만일 유대인들이 항

5 나치 독일의 지방 장관. 독재주의 정권에서의 지방 권력자.

의하면, 다시 말해서 카이사리아에 있는 빌라도 저택 앞에서 얼굴을 땅에 대고 엎드려 5일 밤낮을 꼼짝 않고 엎드려 있으면, 그가 할 수 있었던 일은 단 하나, 군대를 보내는 것이었다. 또 그와 그의 후임자들은 끊임없이 세금을 인상하고, 마치 조폭들처럼 세금 징수를 했다. 따라서 예수가 징세 청부인들과 어울리는 모습을 보여 스캔들을 일으켰다는 얘기가 복음서에 나오는데, 여기서 우리는 이 징세 청부인들, 로마 점령군에게서 보수를 받고 자기보다 더 가난한 유대인들을 갈취하는 이 가난한 유대인들은 세무 직원을 향한, 세상 어디에나 존재하는 곱지 못한 시선과는 또 다른 증오의 대상이었다는 사실을 이해해야 할 것이다. 그들은 민병을 등에 업고 설치는 부역자들, 한마디로 인간 말종들이었다.

과중한 세금, 부패한 관리들, 점령국의 전통들을 전혀 이해하지 못하고 또 이해하려 하지도 않으면서 끊임없이 신경이 예민해져 폭력만 일삼는 점령군…… 아주 익숙한 그림이며, 그 결과는 뻔했다. 농민 반란, 들끓는 강도들, 테러, 통제가 안 되는 민족 해방 운동, 그리고 — 이 지역 특유의 현상으로 — 메시아 사상. 이런 맥락에서 예수의 사건이, 아무리 이게 당시에 잘 알려지지 않았던 사건이라 해도, 요세푸스의 주의를 끌지 않았다는 사실은 거의 놀랍기조차 하다. 하지만 요세푸스는 끝없이 열거하지 않았던가? 소요자들, 게릴라들, 가짜 왕들……. 시기적으로 가장 나중에 — 바오로 일행이 유대에 도착했을 때 — 등장한 인물은 어떤 이집트인으로, 그는 세금과 빚에 짓눌려 맹렬한 분노에 사로잡힌 수천 명의 농민들을 광야 한가운데 있는 어느 훈련장에 모아 놓고, 그들을 이끌고 예루살렘으로 진격하려고 했다. 물론 모두가 학살당했다.

나는 요세푸스 연대기의 따끈따끈한 소재가 되었고, 나중에는 「사도행전」에도 등장하게 될 이 이야기를 므나손이 루카에게 들려주는 모습이 눈앞에 선하다. 유대인 역사가와 그리스인 복음서 기자의 의견이 갈리는 곳은 단 하나로, 반란군의 숫자에 관련된 부분이다. 요세푸스의 주장은 3만 명인 반면, 루카의 얘기로는 4천 명에 불과한데, 이는 전통적으로 경찰이 추산한 시위자 수와 주최 측의 그것을 나누는 비율과 거의 일치하기는 하나, 평소 남의 말을 잘 믿고 그 자신도 과장이 심한 면이 있는 루카가 왜 이 점에 있어서는 이렇게 조심스러웠는지 궁금하다. 또 나는 도시 테러리즘 분야에서 혁신을 일으켰다고 할 수 있는 당시의 살인 청부업자들에 대해 그 불쌍한 관광객들에게 주의를 주고 있는 므나손의 모습도 상상이 된다. 요세푸스의 설명을 따르자면 이렇다. 〈그들은 백주대낮에, 도시 한복판에서 살인을 자행했다. 그들은 종교적 대축제를 위해 모여든 군중 틈에 섞여 들어서는 옷 속에 감추었던 단검을 꺼내어 그들의 적들을 찌르곤 했다. 희생자가 쓰러지면, 살인자는 분노와 공포에 사로잡혀 아우성치는 군중들 속으로 몸을 숨긴다. 누구든 어느 순간에고 낯선 사람에게 살해될 가능성이 있었다. 심지어는 자기 친구도 믿을 수 없었다.〉

아, 그래, 〈열심당〉도 있다. 이들을 살인 청부업자들과 혼동할 수도 있겠지만, 요세푸스는 보다 정확히 구분하고 분류하고 싶어 한다. 그는 이들이 〈비열한 행위들이 아니라 도덕에 대해 열심이었기 때문에 이런 명칭을 갖게 된 건달들〉이었다고 말한다. 요세푸스의 시각은 편파적인 게 사실이다. 그는 스스로를 온건파로 여기지만, 객관적으로 보자면 모든 저항 운동을 깡패 집단으로 소개하는 경향이 있는 부역자일 뿐이다. 하지만 그가 이 〈열심〉 ― 즉 자기 신에 대한 사랑 ― 의 한 예로써, 어떤 유대인이 외국 여자와 잠을 자고 있는 것을 발견하고는 창을 들어 둘의 아랫배를 꿰뚫어 죽인 대사제 핀하스의 경우를 들을 때, 우리는 그의 의견에 충분히 동의할 수 있으며, 또 『유대 전쟁사』의 길고도 탁월한 서문에서 열심당원을 〈율법에 부합하는 삶을 택한 사람이 아니라, 수단과 방법을 가리지 않고 율법을 모두에게 부과하는 사람〉으로 정의한 피에르 비달나케의 말에 대해서도 마찬가지다.

당시에는 이런 사람들이 많았다. 아니, 최소한 한 사람은 있었으니, 바로 예수의 제자 가운데 하나인 시몬이었다. 이 난폭한 사람들에게는 나름의 이유가 있었다. 그들은 자신들이 모욕받아 왔다고 느꼈으며, 실제로도 그랬다. 우리도 이런 것들을 익히 알고 있다.

6

야고보와 그의 추종자들은 바오로로서는 받아들이기 힘든 요구들을 하면서 어떤 충돌을, 그리고 그 뒤를 잇는 결별과 축출을 바랐던 것일까? 그들은 그가 너무 선선히 수락하여 오히려 실망했던 것일까? 아니면 더욱 화가 치민 것일까? 이런 질문들 뒤에서 더 심각한 또 하나의 질문이 떠오른다. 바오로는 유대인들에게 고발당했는데, 루카는 ─ 바오로의 서신들에는 전혀 언급되지 않은 이 사건들을 우리에게 알려 주는 유일한 소스이다 ─ 스승을 고발한 사람들의 정체를 아주 모호하게 처리하고 넘어간다. 그는 그게 〈소아시아에서 온 유대인들〉이었다고 말하고 있지만, 사실 그의 적들 중 가장 악착스러운 이들은 야고보의 친구들이 아니었던가, 그리고 어쩌면 예수의 동생 자신이 아니었을까, 하는 의문을 품어 볼 수 있는 것이다.

뭐, 확실한 증거는 없으니까, 그냥 〈소아시아에서 온 유대인들〉이라고 해두자. 7일간의 정결 의식이 끝나갈 즈음, 그들은 바오로가 성전 안에 있는 것을 보고는 손가락으로 그를 가리키며 고래고래 소리친다. 〈저자다! 이스라엘의 아들들이여, 저기에 우리 동포들을 부인하는 설교를 늘어놓는 자가 있다! 저자는 율법도 부인한다! 성전도 부인한다! 저자는 이방인을 하나 끌고 들어와 성전을 더럽혔다!〉

그들은 ─ 루카는 여기서는 아주 명확하다 ─ 시내에서 바오로와 함께 다니는 것을 본 에페소 사람 트로피모스를 말하는 거였다. 루카는 이 고발에 대해 명확하게 반박하고 있지 않지만, 르낭은 이것은 완전히 말도 안 되는 얘기라고 말한다. 성전 안에 할례받지 않은 이방인을 데리고 들어오려면 위험에 대한 의식이 전혀 없거나, 위험을 감수하고라도 도발하겠다는 것인데, 바오로는 그렇게 무감각한 사람도 아니고, 도발을 즐기는 사람도 아니라는 것이다. 어쨌든 〈온 도시가 들끓었고, 사방에서 사람들이 몰려들었다. 그들은 바오로를 붙잡아 성전 밖으로 끌어냈고, 성전의 문들은 곧바로 닫혔다. 사람들은 그를 죽이려 했다.〉

유대 총독 펠릭스는 카이사리아에 거주하여 거기에 없었으므로, 예루살렘의 민간인들과 군인들을 다스리는 사람은 주둔군 사령관 클라우디우스 리시아스였다. 급보를 들은 그는 병사들을 이끌고 현장에 달려가 아슬아슬하게 린치를 막았다. 바오로는 체포되어 사슬에 묶였다. 리시아스는 그가 누구이며, 무슨 짓을 했으며, 왜 그를 고발했는지를 물었다. 하지만 군중 가운데 어떤 사람은 이렇게 소리치고, 어떤 사람은 저렇게 소리쳤다. 리시아스는 이런 소란 속에서는 제대로 심문하는 게 어렵다고 판단하고는, 성전에서 아주 가까이에 있으며, 주둔군의 병영이 있는 안토니아 요새로 바오로를 데려가게 했다. 군중이 〈죽여라!〉를 외치며 따라왔기 때문에, 병사들은 바오로를 보호하기 위해 어깨에 둘러메고 가야 했다.

「내가 한마디 해도 되겠습니까?」 바오로는 주둔군 사령관에게 물었고, 군단장은 깜짝 놀란다.

「아니, 당신, 그리스어를 할 줄 아오? (아마도 바오로가 그리스어를 할 만한 사람처럼 보이지 않았던 모양이다) 혹시 당신, 얼마 전에 4천 명의 도적들을 선동하여 그들을 광야로 이끌고 간 그 이집트인 아니오?」 (이런 질문을 했다는 것은 별로 신빙성이 없어 보이는데, 이집트인은 이미 여섯 달 전에 처형되었기 때문이다. 내 생각으로는, 루카가 자신이 현지 사정을 잘 안다는 것을 보여 주기 위해 이 이집트인 얘기를 집어넣지 않았나 싶다).

「아닙니다.」 바오로가 대답한다. 「나는 킬리키아의 타르수스 출신인 유대인입니다. 내가 저 사람들에게 할 말이 있으니, 제발 허락해 주십시오.」

이 장면의 묘사는 얼마나 생생한지, 이것을 읽고 있노라면 루카가 거기에 있었다는 것을 전혀 의심할 수 없을 정도이다 (그런데 예수의 수난 장면들도 이에 못지않게 생생하지만, 물론 그는 거기에 없었다). 반면 이어지는 바오로의 연설은 루카가 너무나도 즐겨 사용하는 조악한 수사들로 범벅이 된 글이다. 사실 이런 식의 글쓰기는 루카만이 아닌 고대 역사가들의 공통된 취향이기도 했다. 투키디데스가 그랬고, 폴리비우스가 그랬으며, 요세푸스도 마찬가지였다. 이 요세푸스는 로마인들을 위한 **성경 다이제스트**라 할 수 있는 『유대 고대사』에서 아브라함이 그 유명한 장면에서 자기 아들 이삭에게 했던, 하지만 「창세기」에서는 보다 간결하게 처리된 말을 **아주 정확하게** 인용하는 쾌감에 저항하지 못한다. 그리고 나 역시 영국 역사가 찰스워스가 시치미 뚝 떼고 내놓은 그 배꼽 빠지는 논평을 인용하는 쾌감에 도저히 저항할 수가 없다. 〈아브라함은 야훼의 명에 따라 이삭을 희생시키기에 앞서, 우선 그에게 일장 훈시를 늘어놓으며, 이 희생은 이삭에게보다도 아브라함 자신에게 훨씬 고통스러운 일이 될 것임을 보여 준다. 이삭은 그 즉시 고귀한 감정들이 넘치는 말로 화답한다. 이쯤 되면 독자는 덤불에 걸린 숫양도 입을 열어 뭐라고 한 말씀 할지도 모른다는 생각에 등골이 오싹해질 정도이다.〉

뭐, 어쨌든. 요새의 입구 앞에서, 아우성치는 군중과 마주하고 선 바오로는 「사도행전」의 독자들은 이미 다 알고 있는 내용을 상기하기 시작한다 — 하지만 이번에는 그리스어가 아닌 아람어로 말하며, 자신을 유대인 중의 유대인으로 묘사하려 애쓴다. 자신은 예루살렘에서 공부했으며, 율법에 관해서는 바리사이파의 큰 스승 가말리엘로부터 가장 엄격한 가르침을 받았단다. 조상들의 신을 향한 열심에 대해 말하자면, 자신은 오늘 자신을 린치하려 드는 이들보다 훨씬 더 열심이 많았단다. 이 열심 때문에 자신은 〈길〉의 추종자들을 박해하여 죽였다. 그들을 쇠사슬에 묶어 감옥에 처넣었으며, 대사제로부터 공문을 받아 그들을 색출하러 다마스쿠스까지 갔단다. 그런데 이 다마스쿠스로 가는 길에서 자기에게 무언가가 일어났단다. 이 무언가에 대해 루카는 벌써 한 번 얘기했고, 뒤에서도 한 번 더 얘기하게 될 것이다. 즉 「사도행전」에서 도합 세 번을 얘기하는데, 버전마다 조금씩 차이가 있어서, 신앙심 깊은 성서학자들은 그 이유를 설명하느라 평생을 바치곤 했다. 어쨌거나 그 공통적인 내용은 흰빛을 본 것, 말에서 떨어진 것, 그리고 〈사울아, 사울아, 왜 나를 박해하느냐?〉라는 음성이 귀에 들린 것, 그리고 사울이 〈당신은 누구십니까?〉라고 물어보자, 음성이 〈나는 네가 박해하는 나자렛 사람 예수다〉라고 대답한 것 등이다. 하지만 명확히 정통 유대교도들을 위한 것인 두 번째 버전에서는, 자신의 체험에 대해 곰곰이 생각해 보기 위해 혼자 광야에 들어가 3년을 보낸 것이 아니라 — 자신은 누구에게도 속하지 않았음을 보여 주기 위해 그리스인들에게는 그렇게 말했다 —, 만사를 제쳐 놓고 예루살렘으로 돌아와 성전에서 기도했다고 주장한다. 그리고 이 성전 — 바오로는 그게 〈성전〉에서였음을 은연중에 강조한다 — 에서 이 유대 신앙의 지성소에서 주님이 자기에게 다시 나타나 이방인들에게 복음을 전하라고 명하셨단다.

〈그때까지,〉 루카는 이야기를 계속한다. 〈사람들은 그의 말

353

을 듣고 있었다. 하지만 이 대목에 이르자 그들은 고함치면서,〉 저 불경하기 짝이 없는 자를 죽이라고 다시 요구하기 시작했다. 주둔군 사령관은 그를 보호하는 동시에, 그를 심문하여 왜 사람들이 그에게 그토록 난리를 치는지 알아내기 위해 그를 요새 안으로 끌어들이라고 명령했다. 여기서 바오로는 그 유별난 버릇이 또다시 발동하여 몸이 결박당하고, 심지어는 매질까지 조금 당한 후에야, 자신은 로마 시민인데 로마 시민을 이렇게 취급해도 되느냐고 정중하게 묻는다. 심문을 맡은 백인(百人)대장은 아주 난처해져서 사령관에게 이 사실을 보고하고, 사령관은 죄수를 보러 돌아온다. 「당신은 로마 시민이오?」「네, 그렇습니다.」 바오로는 장군이 당황하는 모습을 은근히 즐기며 대답한다.

7

다음 날, 사령관은 곰곰이 생각해 본다. 사람들이 이 골치 아픈 죄수에게 비난하는 점은 로마의 질서를 유지하는 일과는 아무 상관이 없는 것이다. 하여 사령관은 바오로의 사슬을 풀고 그를 산헤드린 앞에 세웠다. 루카가 이 광경을 목격했을 때, 그는 유대인들의 종교 법정인 산헤드린이 무엇인지 잘 몰랐을 것이다. 하지만 30~40년 후에 이에 대해 이야기할 때에는 훨씬 많은 정보를 갖추고 있었다. 그는 빌라도가 비슷한 절차에 따라 예수를 보낸 곳도 이 산헤드린이라는 사실을 알게 되고, 두 상황 간의 유사성을 강조할 수 있는 기회는 결코 놓치지 않을 것이다. 하지만 바오로는 자신을 변호하는 일에 있어서는 예수보다 훨씬 뛰어났다. 그는 산헤드린에는 사두가이파 사람들과 바리사이파 사람들 — 이들에 대해서도 루카는 별로 아는 바가 없었지만, 곧 구별하는 법을 배우게 될 것이다 — 이 앉아 있다는 사실을 알고 있었다. 사두가이들은 로마인들이 의지하는 — 힘 있고, 부패하고, 오만한 — 엘리트 성직자 계급이었고, 바리사이들은 율법을 설명하는 일에만 골몰해 있고, 정치적인 일들에서는 벗어나 있고, 별것도 아닌 것들을 너무 꼬치꼬치 따지려 든다는 정도가 결점이라면 결점인 도덕적인 학자들이었다. 바오로는 이 두 무리를 싸움 붙이기로 마음먹는다. 「형제들이여, 나도 바리사이파이고, 바리사이의 아들입니다. 내가 왜 이렇게 재판받게 됐는지를 아십니까? 그것은 내가 죽은 자들의 부활에 대한 희망을 가지고 있기 때문입니다.」 이 말은 전혀 사실이 아니었다. 그가 재판받게 된 것은 이방인 트로피모스를 성전에 데리고 들어왔다는 고발 때문이었다. 하지만 그는 바리사이들은 죽은 자들의 부활을 믿지만 사두가이들은 그렇지 않기 때문에, 양측 간에 언쟁이 벌어지리라는 것을 알고 있었다. 아닌 게 아니라 곧바로 싸움이 벌어졌고, 손 안 대고 코 풀려는 계획이 수포로 돌아간 사령관은 바오로를 다시 감옥에 가두는 수밖에 없었다.

그러자 — 루카의 이야기는 계속된다 — 피에 굶주린 유대인인 40여 명이 이 불경한 자를 죽이기 전까지는 먹지도 마시지도 않을 것을 맹세한다. 그를 요새에서 끌어내기 위해, 그들은 아직 조사할 게 더 있으니 바오로를 다시 법정에 출두시킬 것을 요구하라고 산헤드린을 설득한다. 그가 로마 병영에서 유대 법정까지 이송되는 동안, 자기네가 일을 처리하겠다는 거였다. 이때 바오로의 누이의 아들이 등장한다. 지금까지 한 번도 들어본 적이 없었고, 앞으로도 들을 일이 없을 인물이다. 이 조카는 음모가 꾸며지고 있다는 소문을 듣게 되고는, 감옥에 갇힌 삼촌을 찾아온다. 바오로는 이 사실을 백인 대장에게 알리고, 백인 대장은 다시 사령관에게 알린다. 이 사안 때문에 갈수록 골치가 아파 오는 사령관은 죄수를 카이사리아에 있는 펠릭스 총독에게 보내기로 결심한다. 이리하여 바오로는 한밤중에 철통같은 경호를 받으며(루카는 보병이 2백 명, 기병이 70명, 창병이 2백 명이라고 했는데, 보병과 창병의 차이가 무엇이든 간에 상당한 병력인 것만큼은 분명하다), 갈리오의 결정만큼이나, 혹은 본시오 빌라도 자신의 결정만큼이나 세속적인 죄책감이 느껴지는 서신을 지니고서 카이사리아로 이송된다. 〈저는 유대인들이 무슨 이유로 이 사내를 고발하는 것인지 알아보고자, 그를 그들의 산헤드린에 세웠습니다. 하지만 그가 그들의 율법에 저촉되는 문제들로 고발당하고 있을 뿐, 사형을 받거나 감옥에 갇힐 만한 죄가 전혀 없다는 사실을 알게 되었습니다. 그를 해치려는 음모가 꾸며지고 있다는 정보를 입수한 저는 각하께 이자를 보내오며, 고발하는 자들에게는 각하께 직접 고발하라고 일러두었습니다.〉 더 이상 할 말이 없는 글이며, 이로써 사령관은 멋지게 곤경에서 벗어날 수 있었다. 루카는 이 사건을 묘사하는 데 있어서, 로마인들의 공정성과 유대인들의 광신, 그리고 바오로의 능란함을 강조하고 있다. 야고보에 대해서는 아무 말이 없다.

펠릭스는 타키투스가 〈노예의 영혼을 가지고 왕의 권력을 행사하는 자〉로 묘사한 총독이다. 그는 돈을 밝히고 방탕한 인물로 알려져 있었고, 그의 아내 드루실라는 유대인이었는데, 루카는 그가 《《길》에 대한 모든 것들에 대해 소상히 알고 있었다〉라고 말한다. 완전히 주변적인 위치에 있었던 이 신앙에 대한 이런 호기심은 사뭇 놀라운 바가 있다. 이것은 펠릭스가 당시의 다른 고위 관료들, 갈리오 같은 도덕적이면서도 품위 있는 늙은 로마인들에게서는 볼 수 없었던 꽤나 열린 정신의 소유자였음을 증명한다. 그리고 이것은 내가 인도네시아에서 해외 봉사단으로 일원으로 근무할 때 만났던 어떤 외교관들, 게으르고, 별로 신뢰할 만하지 못하고, 근무 평점도 낮은, 하지만 이 모든 결점들에도 불구하고 우연히 배속된 그 나라에 진정으로 관심을 가진 유일한 외교관들이었던 그 사람들을 떠오르게 한다. 펠릭스는 시간을 벌고 군중의 열기가 가라앉기를 기대하며 현명하게도 바오로의 재판을 뒤로 미루기 시작한다. 그는 바오로를 죄수로 붙잡아 두기는 했지만, 〈어느 정도의 편의를 봐주었다〉. 다시 말해서 바오로는 총독의 거대한 관저의 한 동(棟)에서 기거했으며, 한 병사의 감시하에 자유롭게 돌아다닐 수도 있었고, 친구들은 그를 방문할 수도 있었다. 펠릭스와 그의 아내는 이따금 그를 불러와서는 그의 신앙과 그의 주님인 예수 그리스도에 대한 얘기를 듣기도 했다. 그런데 정의와 절제와 장차 다가올 심판에 대한 사도의 설교가 총독의 마음을 불편하게 했던 모양으로, 내가 상상하기로는 소박하기는 하나 충분히 지낼 만한 그의 거처로 바오로를 돌려보냈다. 루카는 펠릭스가 바오로에게서 돈을 빼내기를 원했다고 말하지만, 그리스와 소아시아에서 가져온 헌금이 어떻게 되었는지에 대해서는 말이 없다. 바오로는 아직 그 돈을 가지고 있었을까? 펠릭스는 마음만 먹으면 언제든 그 돈을 가로챌 수 있었던 것은 아닐까?

8

이 질문들은 영원히 답을 얻지 못할 것이니, 루카가 이 대목에서 이야기를 중단해 버렸기 때문이다. 보다 정확히 말해서, 그는 여기다 시간적 공백을 하나 남겨 놓는데, 이것은 「사도행전」에서 〈우리〉라는 단어가 불쑥 튀어나온 이후로 내게는 이 책에 들어가는 두 번째 입구가 되어 주었다.

이 문 역시 아주 작은 문이다. 주의를 기울이지 않으면 보지 못하고 그 앞을 그냥 지나칠 수도 있다. 루카는 이렇게 쓴다. 〈펠릭스는 바오로에게서 뇌물을 받아 내려는 속셈으로 그를 자주 불러 대화를 나눴다.〉 그러고 나서 이렇게 쓴다. 〈두 해가 지난 뒤에 포르키우스 페스투스가 펠릭스의 후임으로 부임하였다.〉

현대의 판본들은 행을 바꿔서 이 두 문장을 나누지만, 고대의 사본들에서는 행을 바꾸지 않는다. 고대의 사본들에서 글은 구두점도 없고, 단어 사이에 공간도 없이 계속 이어진다. 이처럼 빈 공간도 없는 텍스트에 말해지지 않는 2년이 깃들어 있으며, 이 말해지지 않은 2년 가운데 내가 이야기하고 싶은 것의 핵심이 숨어 있다.

9

지금까지 내가 쓴 모든 것은 다들 알고 있고, 거의 사실로 받아들여지는 얘기들이다. 나는 2천 년 전부터 모든 기독교 역사가들이 해왔던 것을 나름의 방식으로 다시 한 번 해봤다. 즉 바오로의 서신들과 「사도행전」을 읽어 보고, 그것들을 서로 겹쳐 보고, 얼마 안 되는 비기독교 자료들과 대조할 수 있는 부분은 대조해 보았다. 나는 이 작업을 정직하게 수행했으며, 내가 얘기하는 것의 개연성의 정도에 대해 독자를 속이지 않았다고 생각한다. 바오로가 카이사리아에서 보낸 2년에 관해서는 나는 아무것도 없다. 단 하나의 자료도 없다. 따라서 나는 자유롭게 이야기를 꾸며 낼 수 있으며, 또 그렇게 할 수밖에 없다.

20년 후, 루카는 후에 「루카 복음서」라고 불리게 된 이야기를 이런 식으로 시작할 것이다.

〈우리 가운데에서 이루어진 일들에 관한 이야기를 엮는 작업에 많은 이가 손을 대었습니다. 처음부터 목격자로서 말씀의 종이 된 이들이 우리에게 전해 준 것을 그대로 엮은 것입니다. 존귀하신 테오필로스 님, 이 모든 일을 처음부터 자세히 살펴본 저도 귀하께 순서대로 적어 드리는 것이 좋겠다고 생각하였습니다. 이는 귀하께서 배우신 것들이 진실임을 알게 해드리려는 것입니다.〉

이것은 사람들의 말로는 우아하게 느껴진다는 그리스어로

되어 있고, 할 말을 하나도 빠뜨리지 않으면서 구불구불 이어지는 단 하나의 문장이다. 이 문장을 그와 동시대인인 마르코가 쓴 복음서의 극히 간결한 첫 구절과 비교해 보면 많은 걸 느낄 수 있다. 〈하느님의 아드님, 예수 그리스도의 복음의 시작.〉(이렇게 말하는 이유는 굳이 설명할 필요도 없다. 만일 당신이 동의하지 않는다면 다른 걸 읽으면 된다, 라는 식의 말이다). 그리고 위대한 고대 역사가 투키디데스의 그것과도 비교해 보라. 〈전쟁(펠로폰네소스 전쟁) 중에 일어난 일들을 전하기 위해 나는 아무에게서나 얻은 정보도, 내 개인적인 의견도 신뢰하지 않았다. 내가 직접 보았거나, 내가 다른 사람들에게 최대한 정확하게 조사한 것들만을 썼다. 나는 진실을 규명하면서 종종 어려움을 겪었으니, 증인들은 각자의 호불호와 기억의 정확도에 따라 저마다 다른 말을 했기 때문이다.〉

우리는 마르코와 투키디데스 사이에서 루카의 마음이 어느 편으로 기울어졌는지 분명히 느낄 수 있다. 비록 그가 자신도 일종의 선전자로서 일한다고 솔직히 인정하고 있긴 하지만(이 글을 쓰는 것은 테오필로스로 하여금 그가 받은 가르침이 올바르다는 것을 분명히 알게 해주기 위함이다), 그의 프로젝트는 어떤 역사가 — 혹은 어떤 리포터 — 의 그것이다. 그는 자신이 〈이 모든 일을 처음부터 자세히 살펴보았다〉고 말한다. 즉 그는 자신이 본격적인 조사를 행했다고 말하고 있는 것이다. 나는 그의 말을 믿지 못할 이유가 전혀 없다고 생각하며, 나 자신의 프로젝트는 이 루카의 조사가 어떤 것이었는지를 조사해 보자는 것이다.

10

다시 한 번 정리해 보자. 루카는 유대인들의 종교에 경도된 유식한 그리스인이다. 추종자들을 극도로 열광시키는 반면에 논란이 많은 랍비인 바오로로 만난 이후로, 그는 그리스화된 유대교의 한 변종이라 할 수 있으며, 아직은 〈기독교〉라는 명칭으로 부르지 않았던 이 새로운 종교의 동조자 중 하나가 된다. 그리고 마케도니아에 있는 그의 고향 도시에서 바오로가 개종시킨 무리를 이끄는 중심인물이 된다. 모금 운동 때에는, 기꺼이 바오로를 따라서 예루살렘에 가겠다고 자원한다. 그것은 그의 일생일대의 여행이었다. 바오로는 그의 동지들에게 경고했다. 예루살렘 본부를 방문하는 일은 그렇게 편하기만 한 일은 아니라고. 하지만 루카는 일이 이런 식으로 진행될지는, 유대인들의 성도에서 그의 멘토가 이 정도로까지 미움받고 있는지는 전혀 상상치 못했다. 그는 바오로가 고발당하는 것을 보았다. 하지만 바오로를 고발한 것은 루카가 예상했던 정통적인 랍비들이 아니라, 바로 그 자신의 종파의 리더들이었다. 그에게는 모욕적인 시련이 기다리고 있었다. 고발당하고, 거의 린치를 당할 뻔하고, 결국에는 로마인들의 감옥에 갇혔다.

루카는 나중에 「사도행전」에서는 명확하고도 생생하게 이야기하게 될 사건들에 그 순간에는 영문도 모르는 채로 휘말려 들었다. 이 혼란스럽고도 고통스러운 며칠 동안, 마케도니아와 소아시아에서 온 그리스인들의 작은 무리는 키프로스 사람 므나손의 집에 납작 엎드려 있었다. 아마도 그 바오로의 조카, 「사도행전」 한 귀퉁이에서 한 문장 동안 잠깐 등장했다가 다시는 나타나지 않는 그 조카가 귀띔해 준 듯, 그들은 바오로가 로마 행정부의 소재지이며, 예루살렘에서 120킬로미터 떨어진 곳에 있는 카이사리아로 비밀리에 호송되고 있다는 것을 알게 된다. 제자들은 멀찌감치 떨어져 그를 따라간다. 나는 그들이 불과 2주 전 — 이 2주 동안 너무 많은 일들이 일어나서 루카에게는 마치 두 달처럼 느껴졌을 것이다 — 에 그들을 재워 주었던 〈길〉의 추종자 필립보의 집에 다시 거처를 정했으리라 생각한다. 그들은 전에 헤로데왕의 궁전이었으며, 지금은 총독 관저가 된 곳 주위를 배회한다. 바닷가에 위치해 있고, 파란 하늘을 배경으로 종려나무들이 한들거리는 아름다운 정원에 둘러싸인 그 새하얀 건물은 식민지 행정관들, 혹은 인도의 부왕(副王)들의 저택과도 비슷한 모습이다. 토착민 중에는 선별된 소수, 이를테면 플라비우스 요세푸스 같은 상류층 유대인들만이 거기 들어갈 수 있었으니, 루카나 그의 동료들 같은 뜨내기들은 꿈도 꿀 수 없는 일이다. 소문들만 무성할 뿐 모든 게 불확실한 가운데 다시 일주일이 지나고, 상황은 점차로 안정되기 시작한다. 바오로는 가택 연금 상태로 사는데, 그의 신분은 죄수라기보다는, 당국이 적들을 너무 자극하지 않는 범위 내에서 은신처와 신변 안전을 제공하는 일종의 정치적 망명자의 그것이라 할 수 있다. 트로츠키도 망명 기간 중에 여러 장소들을 전전하며 똑같은 처지에 있었으며, 카이사리아에서의 바오로의 삶은 적군(赤軍)의 대원수였던 이가 노르웨이, 터키, 혹은 마지막 망명지였던 멕시코에서 보낸 그것과 아주 흡사했을 것이다. 제한된 구역 내에서의 반복되는 산책. 가까운 몇 사람으로만 국한된 인간관계. 이를테면 그를 방문하기 위해 보안 검색을 거쳐야 했을 지인들. 이따금 변덕이 발동하면 그를 초대하곤 했던 펠릭스의 아내. 그리고 아침과 저녁에는, 자기네가 그의 경호원인지 아니면 간수인지, 그를 거물로 존중해야 하는 것인지 아니면 수인으로 막 다뤄야 하는 것인지, 헷갈리는 군인들. 그와 같은 행동적인 사람에게는 잔인한 형벌이었을 무료함을 잊기 위한 방대한 양의 독서, 편지 쓰기, 혹은 저술 계획 등이 그의 나날을 채웠으리라.

바오로는 이런 삶이 2년이나 계속되리라고는 상상하지 못했다. 이 2년 동안 그의 곁을 지킨 사람은 그의 동지들 중에 몇이나 되었을까? 누가 고국에 돌아갔을까? 우리는 아무것도 알 수 없다. 루카는 이에 대해 아무 말도 하지 않는다. 하지만 2년 후에 다시 그가 이야기의 고삐를 쥐고, 여전히 〈우리〉라고 말하고 있기 때문에, 우리는 적어도 그는 거기 남아 있었으리라고 생각한다. 만일 전승이 주장하는 것처럼 그가 미혼이었다면, 필리피에서 그를 기다리는 사람은 아무도 없었다. 그는 이 해외 체류를 연장할 수 있는 처지였으며, 그가 알게 되는 것들, 비로소 이해되기 시작하는 것들, 그리고 두 개의 정보가 서로 맞아떨어졌을 때 느껴지는 흥분, 혹은 어쩌면 이 모든 것들은 그로 하여금 자신이 있을 자리는 바로 여기며, 자신은 지금 뭔가 대단히 중요한 일, 그 시대에서 가장 중요한 어떤 사건에 연루되었으며, 이런 상황에서 이곳을 떠나는 것은 대단히 유감스러운 일이라고 생각하게 만들었을지도 모른다. 어쩌면 그는 카이사리아에서 의사 일을 했을지도 모른다. 나 개인적으로는, 그가 거기서 체류했을 때, 적어도 초기에는 필립보와 그의 미혼인 네 딸네 집에서 묵었으며, 그 아가씨들과 친밀한 사이가 되었다고 믿고 싶다.

11

예수의 열두 제자 리스트에는 필립보란 이름이 포함되어 있기는 하지만, 카이사리아의 필립보는 예수의 측근이었던 그 필립보가 아니었다. 그렇다면 열두 제자 가운데 하나가 아닌 이 필립보는 예수가 살아 있었을 때 그를 알았거나, 그의 말씀을 들은 적이 있었을까? 만일 그렇다면, 멀리서 알았거나 멀리서 들었을 것이다. 이를테면 군중 속에 섞인 한 익명의 청중으로서 말이다. 반면, 그는 최초의 공동체, 그러니까 예수가 처형된 후 모든 예상을 깨고 예루살렘에서 열두 제자를 중심으로 발전해 간 그 공동체에서 매우 중요한 역할을 수행했다. 나는 루카가 나중에 「사도행전」의 첫 여덟 장에서 바오로가 등장하기 전까지의 이 공동체에 관한 역사를 썼다면, 그것은 바로 이 필립보의 이야기에 따른 것이라고 생각한다.

공동체 형성의 토대가 된 사건은 그 신비한 오순절의 에피소드이다. 기독교인들이 이 명칭으로 치르는 이 축제는 사실, 많은 기독교 축제들이 그렇듯이, 부활절 50일 후에 있는 유대교의 축제 샤부옷이다. 그러니까 예수의 죽음과 부활이 있은 지 두 달 후에 그의 열두 제자는 한 친구 집의 2층 방, 즉 예수가 그들과 마지막으로 식사를 나눈 바로 그 방에 모여 있었다. 유다, 그러니까 스승을 팔아넘겼지만 이 배신으로 행운을 얻지는 못한 ─ 루카의 말로는 그는 〈주님을 판 돈으로 밭을 샀지만 머리를 땅에 박고 거꾸러져 몸이 반으로 갈라졌고, 내장이 온통 쏟아져 나왔다〉고 하고, 또 어떤 이들의 말로는 목을 맸다고 한다 ─ 그 유다는 마티아스라는 사람으로 대체되었다. 그들은 희망을 잃지 않고 기도를 한다. 갑자기 한 줄기 거센 바람이 집 안을 가득 채우며 문들을 덜컹거리게 한다. 그러고는 공중에 화염이 나타나서는 혀처럼 여러 갈래로 갈라지며 각 사람의 머리 위로 내려온다. 놀랍게도 그들은 자신도 알지 못하는 언어들로 말하기 시작한다. 거리에 나가서 외국인들에게 말을 걸어 보니, 모두가 저마다의 언어로 그들의 말을 이해한다. 나중에 바오로의 교회들에서 빈번한 현상이 될 방언이 처음 나타난 사례다.

이 사건을 목격한 증인들 중에는, 이것을 그들이 술에 취한 탓으로 돌리는 이들도 있다. 또 어떤 이들은 너무도 강한 인상을 받은 나머지, 열두 제자의 기이한 신앙으로 개종을 한다. 이 때부터 루카는 새 신도들의 숫자를 세기 시작한다. 120, 그리고 3천, 그리고 5천(조금은 과장한 것이리라). 얼마 안 가서 무리는 공산주의적 성격의 **마이크로 소사이어티**[6]로 조직된다. 교회가 계속 향수를 간직하게 될 이 영웅적인 시기에 대해 루카는 이렇게 쓸 것이다. 〈수많은 신자들이 한마음, 한 영혼이었다. 그들 중 아무도 자기가 가진 것을 자신의 재산으로 여기지 않았으니, 모든 것을 함께 누렸기 때문이다. 또 그들 가운데 가난한 사람도 없었다. 밭과 집을 가진 이는 그것들을 팔아 그 대금을 사도들에게 가져왔고, 그것을 각자의 필요에 따라 나누어

6 그 자체의 관습과 규칙에 의해 지배되는 소규모의 자율적인 사회.

주었다. 그리고 그들은 한마음이 되어 매일 순수한 마음으로 기쁘게 음식을 함께 먹었다.〉

한마음과 기쁨과 순수한 마음은 뒤돌아보지 않고, 빠져나갈 구멍을 만들어 놓지도 않고 이 신흥 종파에 뛰어든 이들이 누리는 보상이다. 그 반증은 하나니아스와 사피라의 에피소드이다. 하나니아스와 사피라는 그들의 집을 팔아, 그 대금을 사도들의 발밑에 가져다 놓았는데, 만일의 경우에 대비하여 대금의 일부를 숨겨 놓았다. 이들의 행위를 성령에 의해 알게 된 베드로는 불같이 화를 내어, 남편 하나니아스는 그 자리에서 거꾸러져 죽었고, 잠시 후 아내 사피라도 뒤를 따른다. 이 사건은 교회 내에서 큰 두려움을 불러일으켰다고 루카는 설명한다. 이어그는 말한다.〈사도들을 통해 수많은 기적과 놀라운 일들이 일어났다(그들은 목숨을 빼앗을 뿐만 아니라, 병을 치유하기도했다). 그리하여 사람들은 병자들을 들것에 실어 거리로 데려와, 베드로가 지나갈 때 그 그림자만이라도 스치기를 바랐다.〉

열두 제자는 대부분의 시간 동안 나무랄 데 없는 유대인들답게 성전에서 지내며 기도를 했다. 사람들은 공공연히 그들의 편이 되지는 못하는데, 그들은 그들이 행하는 치유와 그들이 전파하는 신앙 때문에 전에 스승이 그랬듯 종교적 권력층과 종종 마찰을 빚었기 때문이다. 사람들을 가장 놀라게 한 것은 이 모든 일들을 하는 사람들이 그리스어도 하지 못하는 갈릴래아의 무식한 촌사람들이라는 사실이었다.

그런데 시간이 흐름에 따라, 개종자들 가운데 갈수록 헬레니스트들의 숫자가 늘어 간다. 이 헬레니스트란 사회적으로나 문화적으로 수준이 높으며, 그중 어떤 이들은 외국에서 살았고, 예루살렘에 돌아와서는 종종 회당에 들러 그리스어로 성경을 읽는 유대인들을 말한다. 초기 공동체에서 발생한 최초의 언쟁들은 히브리인들과 헬레니스트들을 대립시킨다. 아직은 유대인들끼리의 싸움이고, 이때에 이방인은 문제가 되지 않았다. 하지만 일을 처음부터 해왔기 때문에 정통성을 갖는 창건자들과, 나중에 등장했지만 보다 유식하고 역동적이고, 보다 세상 흐름에 밝고, 주도권을 장악하려는 성향이 있으며, 첫 번째 사람들의 말로는 자기네들이 무슨 짓을 해도 괜찮다고 믿는 이들 사이에서, 성공해 가기 시작하는 당(黨)들한테서 예외 없이 보이는 고전적인 분쟁이 벌써부터 나타나기 시작한다. 히브리인들은 불평을 터뜨리기 시작하는데, 음식을 나눠 줄 때 과부들, 다시 말해서 감히 항의도 못 하는 무식한 노파들을 홀대했기 때문이다. 이 문제를 보고받은 열두 제자는 자신들은 이런 급식소 문제 말고도 신경 써야 할 다른 중요한 일들이 많다고 하면서, 신망이 두터운 남자 일곱을 뽑아 이 일을 전담시키라고 지시한다. 이렇게 해서 탄생한 일곱 〈집사〉들은 공동체 내에서 물류를 담당하게 된다(혁명가들이 알고 있듯이, 이는 핵심적인 자리이다). 열두 제자는 모두가 히브리인이고, 일곱 집사는 모두가 헬레니스트들이다. 필립보는 이들 중 하나이다.

이 헬레니스트 집사들 중에는 스테파노라는 이도 있었다. 하느님에게서 받은 〈은혜와 능력으로 가득하여 놀라운 일들을 행하는〉 그는 이 종파의 떠오르는 샛별이라 할 수 있었다. 하지만 과거의 예수처럼, 그리고 뒤에 올 바오로처럼, 그는 성전과 율법에 대해 불경한 짓을 범했다고 고발되어 산헤드린에 끌려온다. 그는 도리어 자신을 고발한 자들을 비난하는데, 그들은 그들의 조상들이 이스라엘의 역사가 시작된 후로 끊임없이 예언자들을 죽여 왔듯이 지금도 성령을 거역하고 있다는 것이었다. 유대인들은 분노로 몸을 부들거리며 이를 간다. 그리고 저마다 돌덩이를 움켜쥔다. 황홀경 속에서 눈을 들어 올린 스테파노는 하늘이 열리고, 〈사람의 아들〉이 하느님의 오른편에 서 있는 광경을 본다. 이 투석 형의 장면을 특별히 사실적으로 이야기하면서, 루카는 나로서는 상당히 인상적으로 느껴지는 문학적 수완을 발휘하여 다음의 문장을 슬그머니 끼워 넣는다. 〈살인자들은 그들의 겉옷을 벗어 사울이라는 이름의 청년에게 맡겼다.〉 그런 다음 몇 행 뒤에서 스테파노가 숨을 거둔 후, 〈사울은 이 처형이 옳다고 인정했다.〉

이렇게 주인공이 무대에 등장한다. 몇 줄 뒤에 그가 다시 나오는데, 이번에는 증인이 아니라 주연 배우로서, 〈살기등등하여 교회를 쓸어버리려고 집집마다 돌아다니며 남자들과 여자들을 끌어내어 감옥에 처넣었다〉. 그가 얼마나 맹렬하게 날뛰었던지 대부분의 헬레니스트들은 예루살렘을 떠나 유대와 사마리아의 시골들로 뿔뿔이 흩어진다. 열두 제자만이, 아마도 성전에 대한 애착 때문에, 성도에 남는다. 또 주님의 동생 야고보가 그룹 가운데서 리더로 부상한 것도 아마 이때, 대오는 흩어져 버리고 핵심 인물들만이 겨우 버틴 이 시련의 시기 중이었을 것이다.

사마리아에 혼자 떨어지게 된 필립보는 원점에서 다시 시작할 수밖에 없었다. 사마리아는 매우 특별한 장소이다. 그 주민들은 아브라함의 자손들이고 율법을 지키기는 하지만, 하느님을 성전 안에서가 아니라 그들의 언덕들에서 경배한다고 주장하는 사람들이다. 예루살렘에서는 이 유대인들을 〈유대인〉이라는 이름이 가당찮은 존재들로 여긴다. 사마리아들은 이방인들보다 더 경원시된다. 필립보는 멸시받는 데 익숙해진 이 분리주의자들에 대해 자연스러운 친밀감을 느꼈을 것이고, 이곳에서 그의 설교는 기가 막히게 통했다. 이 설교에는 통상적인 표징들과 기적들이 수반되었다. 중풍병자들이 치유되고, 더러운 악령들은 〈큰 소리를 지르며 쫓겨 나갔다〉. 시몬이라는 이름의 현지 마술사는 처음에는 이 경쟁을 아주 못마땅하게 받아들였지만, 라이벌의 우월함을 깨닫고는 필립보의 문하에 들어왔으며, 심지어 그의 능력들을 사려고도 했다.

「사도행전」 8장 전체는 사마리아에서의 필립보의 활약상을 다루고 있다. 분리주의자들의 땅에서 선교 활동을 시작한 것이 그의 마음을 활짝 열어 놓은 것일 수도 있고, 혹은 루카가 나중에 이 혁신을 그의 공으로 돌린 것일 수도 있겠지만, 어쨌든 그는 『신약』에서 한 이방인을 개종시킴으로써 일대 도약을 이룬 최초의 기독교인으로 나온다. 그 대상은 그리스인이 아니고, 에티오피아 출신의 환관으로, 그의 나라에서는 고관이지만 예루살렘에 순례를 왔을 정도로 유대교에 심취한 인물이다. 필립보는 그가 가자 지역으로 가는 길에서 마차에 앉아 「이사야서」를 읽고 있는 모습을 본다. 성령의 감동을 받은 그는 자신이 그의 독서를 이끌어 주겠다고 제의한다. 환관이 읽고 있던 대목은 예언자가 〈고난을 당하는 남자〉라고 명명한 어떤 신비스러

운 인물에 관한 것이었다. 〈그는 한 마리 양처럼 도살장에 끌려
갔고〉, 하느님은 그를 통해 세상을 구원하시길 원하신단다. 필
립보는 환관에게 이 〈고난을 당하는 남자〉는 다름 아닌 예수라
고 설명하고, 이 예수의 이야기의 개요를 들려준다. 그리고 처
음 나타난 물가에서 그에게 세례를 준다.

필립보는 본부에 보고하지 않고 자신의 지역에서 혼자 작업
하기를 좋아하는 독립적인 활동가들 중 하나였을 것이다. 그는
야고보 같은 사람을, 또 야고보는 그 같은 사람을 경계했을 것
이고, 그가 카이사리아에서 바오로 같은 거북한 인물을 친절하
게 맞아 준 데에는 이런 맥락이 깔려 있다. 그는 스테파노를 돌
로 쳐 죽인 사람들이 바오로에게 옷을 맡긴 일이 있은 지 20년
후에, 이런 그의 과거를 잘 알고도 현재의 그의 모습을 매우 아
름답게 여기는, 기독교 운동의 최초 멤버들 중에서 매우 드문
이들 가운데 하나였을 것이다.

12

루카가 「사도행전」의 앞부분에서 우리에게 전해 주게 될 초
대 교회의 그 모든 이야기들을, 그는 필립보와 대화를 해가면
서 조금씩 알게 되었을 것이다. 하지만 나는 그가 필립보와 함
께하면서 처음부터 일종의 충격을 느꼈으리라 생각한다. 필립
보와 함께 지내면서 그는 바오로가 항상 말하던 그 그리스도
가, 바오로 안에 살고 있고 바오로가 모두의 안에서 자라게 하
는 그 그리스도가, 죽고 부활하여 세상을 구원하는 동시에 세

상의 종말을 재촉하게 될 그 그리스도가 피와 살로 이루어졌으며, 불과 25년 전에 이 땅에서 살았고 또 걸어갔던 한 인간이었다는 사실을 의식하게 되었다고 생각한다.

어떤 의미에서는 그는 항상 알고 있었다고 할 수 있다. 바오로는 이와 상반되는 얘기를 한 적이 없었다. 하지만 그가 한 얘기는 너무나 거대하고 추상적이어서, 루카는 그래, 물론이지, 예수님은 존재하셨어, 하고 믿으면서도, 예수는 헤라클레스나 알렉산드로스 대왕처럼 지금 살아 있는 인간들의 것이 아닌 시공간에 존재했다고 생각했었다. 사실 루카는 헤라클레스와 알렉산드로스 대왕도 명확히 구별하지 않았을 것이다. 신화와 역사 사이에 명확한 경계선을 그을 수 있다는 것은 대부분의 동시대인들과 마찬가지로 그로서도 이해할 수 없는 일이었을 것이다. 이 신화와 역사의 개념보다는 가까운 것과 먼 곳, 인간계와 천상계, 일상적인 것과 경이로운 것의 개념들이 더 이해하기 쉬웠고, 루카는 필립보의 얘기를 들으면서 예수에 관한 모든 것이 갑자기 두 번째 영역에서 첫 번째 영역으로 넘어가는 걸 느꼈는데, 이것은 엄청난 차이였다.

나는 그들이 나눈 대화를 한번 상상해 본다. 어떻게 이 마케도니아 사람이 카이사리아에 있는 자신의 조그만 집 앞, 이 무화과나무 아래까지 오게 되었을까 궁금해하는, 더 나이 들고 풍상에 그을은 얼굴의 필립보…… 그리고 보다 소심하여 처음에는 속에서 들끓는 질문들을 감히 내놓지 못하다가 점차로 대담해지는 루카…… 내게 한 가지 생각이 떠오른다. 혹시 그가 들은 첫 번째 이야기가 나중에 쓰게 될 책의 마지막 이야기, 즉

엠마오의 이야기가 된 것은 아닐까? 그는 이 이야기에서 두 나
그네 중 한 사람의 이름만 밝혔다. 혹시 또 한 사람은 바로 필립
보 자신이 아니었을까? 혹시 필립보가 무화과나무 아래서 루
카에게 그 이야기를 해주었던 게 아닐까?

13

텍스트는 그게 두 제자였다고 말한다. 필립보는 엄밀한 의미
에서 제자는 아니다. 그는 갈릴래아 출신의 무리에 속하지 않
았다. 그는 예루살렘에서 예수가 말하는 것을 들은 한 청년일
뿐이었다. 예수가 말하는 것은 완전히 새로운 얘기였고, 필립
보를 열광시켰다. 그는 매일 성전으로 가서 예수의 말을 들었
다. 그는 세례를 받아 그의 진정한 제자가 될 것을 생각했으나,
미처 그럴 시간이 없었다. 모든 게 몇 시간 만에 끝나 버렸다.
체포, 재판, 유죄 판결, 그리고 끔찍한 형벌. 필립보는 현장에
있지 않았다. 다만 소문을 들었을 뿐이고, 엄청난 충격을 받았
다. 유월절 날, 이스라엘이 이집트에서 탈출한 날, 영혼이 해방
되는 날, 가장 큰 환희의 날인 이날에 필립보는 자기 집에 틀어
박혀 두려움과 수치심을 곱씹었다. 여전히 단단히 뭉쳐 있는
듯이 보이는 핵심 그룹, 갈릴래아 사람들 몇 명을 제외하고는,
그와 같은 평범한 동조자들은 모두가 두려움과 수치심을 느꼈
고, 저마다의 구석들로 뿔뿔이 흩어져 있었다. 주(週)의 첫 번
째 날 — 기독교인들이 일요일이라고 부르는 날 — 필립보와
그의 친구이며 또 다른 동조자인 클레오파스는 지금 너무 불편
하게 느껴지는 예루살렘을 떠나 그들의 고향 마을 엠마오에 가

서 며칠을 지내기로 결정한다. 그것은 바다 쪽으로 두 시간을 걸어야 하는 길이다. 오후에 출발한 그들은 저녁은 도착해서 먹을 수 있으리라 기대한다.

그런데 가는 길에서 한 나그네가 그들과 함께 걷고 있다. 그는 걸음을 빨리하여 그들을 추월할 수도 있고, 그들이 그를 추월할 수 있게끔 걸음을 늦출 수도 있지만, 그러지를 않는다. 그는 그들 옆쪽에서 나란히 걷는데, 거리가 상당히 가까워 말을 건네지 않을 수가 없다. 낯선 이는 그들에게 당신들은 지금 무슨 얘기를 하고 있느냐, 왜 그렇게 얼굴이 어둡냐고 묻는다. 〈요즘 일어난 일들을 모르는 사람은 아마 예루살렘에서 당신 혼자뿐일 거요〉라고 클레오파스가 대꾸한다. 〈무슨 일인데 그러냐?〉라고 낯선 이는 되묻고, 두 사람은 그가 유월절을 지내려 예루살렘에 온 순례자인가 보다 생각한다. 「그러니까 나자렛 출신 예수에게 일어난 일 말이오. 그분은 한 일에 있어서나 말씀에 있어서 강한 힘을 보여 주신 위대한 예언자였소. 우리는 그분이 이스라엘을 해방시키실 분이라고 생각했다오. 하지만 우리의 대사제들이 그를 로마인들에게 넘겨 사형당하게 했소. 그저께 십자가형에 처해졌다오.」

세 사람은 묵묵히 걷는다. 그러다가 클레오파스는 길을 떠나기 전에 들었던 어떤 것을 얘기한다. 그가 사는 골목에서 한 이웃 여자가 다른 여자에게 한 말이었다. 예수와 함께 갈릴래아에서 온 여자들이 이날 아침, 그의 시신을 단장시켜 주고자 했단다. 그들은 향료와 향유를 가지고서 십자가에서 내린 그의 시신을 가져다 놓은 장소로 갔단다. 그런데 그는 거기 없었단다. 그를 싸서 운반했던 피 묻은 천만이 남아 있었단다. 여자들

은 갈릴래아 사람들에게 달려가 이 사실을 알렸단다. 그들은
처음에는 여자들이 미쳤다고 생각했지만, 잠시 후 자기네가 직
접 가보니 정말로 시신이 보이지 않았단다. 「혹시 다른 사람들
이 시신을 가져가다 다른 곳에 매장하지 않았을까?」 필립보가
자신의 의견을 말해 본다. 「그럴 수도 있겠지…….」 그러자 처
음에는 아무것도 모르는 사람처럼 보였던 나그네가 율법과 예
언서들을 인용하면서, 자신은 예수가 누구인지 잘 알고 있으
며, 심지어 그들보다도 많이 알고 있다는 것을 보여 준다.

엠마오에 이르렀을 때, 그가 계속 길을 가려 하자, 필립보와
클레오파스는 그를 붙잡는다. 「날이 저물었으니 우리와 함께
묵어 가시지요.」 이렇게 한 것은 그들이 특별히 친절해서가 아
니었다. 그들은 낯선 이를 그냥 가버리게 하고 싶지 않았다. 아
니, 가버릴까 봐 거의 두려울 정도였다. 그가 하는 말들은 무슨
뜻인지 명확히는 모르겠지만 그들에게 힘을 주었다. 그가 하는
말을 듣고 있으면, 이 끔찍하고도 절망적인 상황이 끔찍하고도
절망적인 상황이 아닌 다른 것으로 여겨질 수 있다는 느낌이
들었다. 남자는 그들과 함께 식탁에 앉았다. 그는 빵을 집어 들
었고, 관례에 따라 축복의 말 몇 마디를 한 다음 그것을 쪼갰다.
그리고 모두에게 한 조각씩 나눠 주었는데, 그의 이런 모습을
보며 필립보는 비로소 깨달았다. 그는 클레오파스를 돌아보았
다. 그리고 클레오파스도 깨달았음을 알 수 있었다.

세 사람이 얼마동안 그렇게 앉아 있었을까? 1분? 아니면 한
시간? 필립보는 기억하지 못한다. 또 그는 그들이 음식을 먹었
는지도 기억하지 못한다. 단지 그들이 말이 없었다는 것, 클레

오파스와 자신은 계속 낯선 이를 쳐다보고 있었다는 사실만을 기억할 뿐이다. 주위가 어두워져 밝혀 놓은 촛불에 비친 그의 모습을 말이다. 마침내 그가 일어섰고, 그들에게 감사를 표한 다음 떠나갔다. 그가 떠난 후에도 클레오파스와 필립보는 꼼짝 않고 앉아 있었다. 그들은 마음이 편안했다. 그렇게 마음이 편안한 적이 없었다. 그러고 나서 그들은 밤새도록 얘기를 나눴다. 그들은 피차 느낀 것을 비교해 보았고, 각기 혼자만 느꼈다고 생각했는데 둘 다 동일한 것을, 동일한 순간에 느꼈다는 사실을 알게 되고는 깜짝 놀랐다. 그 느낌은 오는 길에서부터 시작되었다. 낯선 이가 성경을 인용하고, 영광 가운데 들어가기 전에 고난을 겪어야 한다는 〈사람의 아들〉에 대해 말했을 때였다. 그리고 지금 뭔가 특별한 일이 일어나고 있다는 느낌이 서서히 올라왔다. 하지만 필립보도, 클레오파스도 그가 바로 **그분**이라는 생각은 하지 못했다. 그런 생각은 꿈에도 하지 못했다. 왜냐하면 겉모습은 전혀 그분처럼 생기지 않았기 때문이다. 그분이 그들에게 빵을 건네줄 때, 갑자기 모든 게 분명해졌다. 그들은 더 이상 슬프지 않았다. 더 이상 조금도 슬프지 않았다. 그리고 심지어, 참 이상한 일이지만 그들은 서로에게 고백까지 했는데, 그들이 앞으로는 결코 슬프지 않을 거라는 생각까지 들었다. 이제 슬픔은 완전히 끝났다는 생각까지 들었다.

그리고 정말로 — 필립보는 무화과나무 아래에서 루카에게 말했다 — 난 그날 이후로 한 번도 슬픈 적이 없었다네.

루카와 바오로 사이에 당연히 최초의 만남이, 그 디테일들은 내가 상상했으되 그 자체는 상상이 아닌 최초의 만남이 있었던 것과 마찬가지로, 루카와 예수를 직접 보았던 어떤 증인 사이에도 당연히 최초의 만남이 있었다. 나는 이 증인을 필립보라고 부르는데, 왜냐하면 「사도행전」을 주의 깊게 읽어 볼 때 이게 개연성 있는 일로 느껴지기 때문이며, 나는 이 만남이 루카에게 얼마나 큰 충격을 주었을지 충분히 상상이 간다. 지금까지 그는 바오로가 모든 것을 알고 있다고 믿었다. 어쨌든 그보다 예수에 대해서 더 많이 아는 사람은 없다고 믿었다. 그런데 오늘, 그는 그렇게 늙은이도 아니면서 예수에 대해 아주 친숙하게 얘기하고, 자신은 그분을 그렇게 잘 알지는 못했다고 솔직하게 인정하는 사람과 저녁 시간을 보낸 것이다. 하지만 그분을 잘 알았던 사람들도 물론 있다는 거였다. 「저도 그분들을 만나 볼 수 있을까요?」 루카가 묻는다. 「물론이지.」 필립보가 대답한다. 「자네가 원한다면, 내가 만나게 해줄 수 있네. 하지만 신중하게 처신해야 하네. 왜냐하면 자네는 이방인인 데다가 바오로의 친구이기 때문에 자네를 경계하는 사람들이 많으니까. 게다가 내가 추천한다 해도 모두가 환영하지는 않을 걸세. 사실 나도 그렇게 평판이 좋은 편은 아니라서 말이야. 하지만 자네는 다른 사람 말에 귀를 기울일 줄 아는 친구처럼 보이네. 다른 사람이 얘기하고 있을 때, 속으로 자기가 할 말만 준비하는 친구 같지는 않아 보여. 그러니 괜찮을 걸세.」

나는 이 대화 후에 루카가 어떤 밤을 보냈을지 상상이 간다. 너무도 흥분해서 잠을 이루지 못하고, 카이사리아의 새하얗고 반듯반듯한 거리들을 몇 시간이고 걸었으리라. 나로 하여금 이렇게 상상할 수 있게 해주는 것은, 어떤 책에 대한 아이디어가 내게 떠올랐던 순간들이다. 내가 지금 생각하고 있는 것은 내 처제 쥘리에트가 죽고, 우리가 그녀의 친구 에티엔을 방문하고 온 그 밤, 내 책 『나 아닌 다른 삶』이 탄생하게 된 바로 그 밤이다. 너무나도 확실한 느낌. 나는 반드시 이야기되어야 하는 어떤 것의 증인이었고, 이제 그것을 이야기해야 할 사람은 오직 나일뿐 다른 누구도 아니었다. 그러고 나서 이 확실한 느낌은 퇴색되고, 혹은 완전히 사라지는 경우도 많지만, 만일 그게 없었다면, 적어도 한순간이라도 그걸 느끼지 못했다면, 아무것도 이뤄지지 않는다. 나는 주관의 투사(投射)나 시대착오는 경계해야 한다는 것을 알고 있지만, 루카가 이 이야기는 반드시 이야기되어야 하며, 자기가 그 일을 하리라고 중얼거린 순간이 분명히 존재했다고 확신한다. 또 증인들 — 먼저는 필립보, 그리고 필립보가 만나게 해줬거나, 루카 자신이 찾아낸 다른 이들 — 의 얘기들을 기록할 수 있게끔, 운명이 그를 딱 맞는 장소에 데려다 놓았다고도 확신한다.

무수한 질문들이 그의 머릿속에 떠올랐을 것이다. 여러 해 동안 그는 주님의 마지막 식사를 기념하는 식사 의식에 참여해왔다. 참석자들은 빵을 먹고 포도주를 마시면서 그분과 하나가 되는 신비스러운 체험을 하곤 했다. 하지만 그는 불현듯 깨달았다. 이 마지막 식사, 그가 항상 하늘과 땅 사이에 떠 있는 일

377

종의 올림포스산에서 벌어졌다고 상상했던, 혹은 그런 상상을
해볼 생각조차 안 했었던 이 마지막 식사는 25년 전에 어떤 현
실의 집에서, 현실의 사람들이 모인 가운데 벌어졌다는 사실을
말이다. 이제 그는, 루카는, 그 방에 들어가 봐야 할 터였다. 들
어가서 그 사람들과 직접 얘기를 나눠 봐야 할 터였다. 또 그는
주님이 부활하시기 전에 십자가형을 받았다는 사실을 알고 있
었다. 바오로의 표현을 따르자면 그분은 〈나무에 매달렸다〉고
했다. 루카는 로마 제국 전역에서 시행되는 십자가형이 어떤
것인지 너무나도 잘 알고 있었다. 길가에서 십자가에 매달려
있는 사람들을 본 적도 있었다. 그는 이런 치욕스러운 고문을
받는 육체를 가진 신을 숭배한다는 사실에는 뭔가 기묘한 점이,
심지어 뭔가 터무니없기까지 한 점이 있다고 느끼곤 했었다.
하지만 그는 왜, 어떤 상황에서, 누구에 의해 그분이 그런 형벌
을 받게 되었는지 자문해 본 적은 없었다. 바오로는 이 대목에
서는 오래 머무르지 않고, 그냥 〈유대인들에 의해〉라고만 말하
곤 했다. 그리고 바오로의 모든 골칫거리들은 바로 이 유대인
들에게서 왔으므로, 다른 사람들도 여기에 대해 오래 생각해
보지 않았고, 보다 구체적인 질문들을 제기하지도 않았었다.

이게 좀 지나친 상상일 수도 있겠지만, 나는 루카의 머릿속
에서 아직은 모호하지만 너무나도 당연하게 느껴지는 이 프로
젝트가 떠오른 그 밤에, 그는 바오로를 생각했고, 이유는 정확
히 알 수 없지만, 자신이 바오로에게 뭔가 잘못하고 있다는 느
낌이 들었으리라고 생각한다. 마치, 갈릴래아와 유대 땅에서
살았던 그리스도의 자취를 따라가 보고, 그분을 실제로 알았던

사람들을 찾아보는 일이 바오로가 그토록 애지중지하는 복음을 배신하는 일인 것처럼 말이다. 바오로가 끔찍하게 여기는 일이 하나 있다면, 그것은 사람들이 자기 아닌 다른 전도자들의 설교를 듣는 것이었고, 그 전도자가 유대인이면 더욱 싫어했다. 그의 마음에 들기 위해서는 두 귀를 틀어막아야 했고, 그가 입을 열 때만 귀를 열어야 했다. 루카는 바오로의 설교를 듣는 것을 좋아했고, 아테네의 어떤 선생이나 아폴로 같은 알렉산드리아의 랍비가 말할 때는 귀를 틀어막을 준비가 되어 있었지만, 필립보의 이야기를 듣는 것은 절대로 포기하고 싶지 않았다. 그리고 루카는 느끼고 있었다. 비록 이 두 사람이 서로를 존중하고는 있지만, 비록 바오로가 필립보의 열린 마음을 칭찬하고는 있지만, 루카가 예수에 대해 더 잘 알기 위해 필립보 쪽으로 고개를 돌렸다는 사실을 알게 된다면 별로 좋아하지 않으리라는 것을.

루카는 결코 추상적 정신의 소유자가 아니었다. 그는 구체적인 이름이 있는 사람들, 그가 알고 있는 현실의 사람들 사이에서 벌어지는 다툼에 흥미를 느꼈다. 그리고 그는 사람들이 화해하는 것을 좋아했으므로, 그들의 화해에는 더욱 흥미를 느꼈다. 그러나 엄청난 신학적 이론 같은 것들은 별로 귀에 들어오지 않았다. 그는 어떤 이가 자신을 모욕한 다른 이를 용서했다거나, 천대받는 어느 사마리아인이 스스로 고결하다고 우쭐대는 어느 바리사이보다 훌륭하게 행동했다는 얘기를 듣는 것이 좋았다. 반면, 〈구속(救贖)〉이라든지 〈죄를 사(赦)함〉 같은 애기가 나오면 자신도 모르게 하품이 나왔다. 어쨌든 그리스어로는 이렇게 번역이 되었고, 이게 번역자의 잘못일 수도 있겠지만, 그리스어에서도 이것은 일상생활과는 동떨어진 추상적인 말들이었다. 필립보의 얘기 가운데서 그가 가장 좋았던 부분은 구체적인 세부들이었다. 이를테면 무거운 마음으로 고향에 돌아오는 두 남자, 길에 날리는 흙먼지, 예루살렘에서 그들의 마을까지의 거리는 정확히 얼마이며, 그리로 가기 위해서는 어느 성문으로 나와야 하는지 정확히 알고 있었다는 사실…… 그리고 지금 자기 앞에 서 있는 이 필립보가 과거에 예수 앞에 서 있었다는 생각……. 이 불면과 확신의 밤을 꼬박 새우고 새벽이 돼서야 잠자리에 들게 된 루카는, 잠들기 전에 〈그분의 모습은 어떻게 생기셨을까?〉 하고 자문해 보지 않았을까?

그에게는 얼굴이 있었고, 그를 알았던 사람들은 이 얼굴을 묘사해 줄 수 있었다. 만일 필립보에게 부탁을 했다면, 그는 기꺼이 묘사해 줬을 터였다. 루카는 그에게 부탁을 했을까? 만일 그렇다면, 왜 「루카 복음서」에는 그가 한 대답의 흔적이 전혀 보이지 않는 걸까? 아, 나는 물론 그 이유를 알고 있다. 왜냐하면 그런 종류의 관심은 루카가 사용한 문학 장르와 그 시대의 감수성에는 완전히 낯선 것이었기 때문이다. 타키투스나 플라비우스 요세푸스의 글만 보더라도, 황제나 집정관이나 총독들의 외모에 대한 묘사가 루카의 글에서보다 많다고 할 수 없다. 물론 그 시대에 흉상들은 있었지만, 이것은 또 별개의 문제이다. 맞다, 그때는 그랬다. 이따위 시대착오적 얘기를 하다가 딱 걸려 버린 나는 움찔하지 않을 수 없다. 하지만…… 난 예수라는 인물에 대해 강렬한 흥미를 느끼는 루카가, 그렇게나 디테일에 대해 호기심이 많은 루카가 그가 키가 컸는지 작았는지, 미남인지 추남인지, 수염을 길렀는지 턱이 매끈했는지를 궁금해하지 않았다고, 그가 다른 사람들에게 이런 것들을 물어보지 않았다고는 좀처럼 상상이 되지 않는다. 어쩌면 그들이 해준 답변이 쉽게 이해되지 않았는지도 모른다.

15

나중에 기독교인들이 〈주일〉이라고 부르게 될 안식일 다음 날에 부활한 예수가 나타난 일에 대한 이야기들은 복음서마다 다르지만, 다르면서도 일치하는 부분이 있다. 먼저 한 여인, 혹은 한 그룹의 여인들이 시신을 단장해 주려고, 그것을 가져다 놓은 장소에 이른 새벽에 가본다. 요한은 막달라 여자 마리아 혼자서 갔다고 하고, 마태오는 이 막달라 여자 마리아와 역시 이름이 마리아인 다른 여자를 언급하며, 마르코와 루카는 여기에 세 번째 여자를 추가한다. 그리고 네 사람 모두 시신이 보이지 않아 여자들이 깜짝 놀랐다고 입을 모은다.

이 기본적인 내용에서 출발하여, 요한이 가장 세밀한 묘사를 제공한다. 내용이 얼마나 세밀하고 풍부한지 그가 현장에 있었으며, 이것이야말로 〈예수가 사랑했던 제자〉가 직접 목격하고서 내놓은 증언이라고 믿고 싶을 정도이다. 막달라 여자 마리아는 베드로와 〈다른 제자〉 — 당연히 예수가 사랑했던 제자이리라 — 에게로 헐레벌떡 달려가서는 〈누군가가 주님을 무덤에서 꺼내 갔어요. 어디다 두었는지 모르겠어요〉라고 알린다. 두 남자는 직접 가서 보기로 한다. 그들도 달음질을 하는데, 한 제자는 베드로보다 걸음이 빠르다. 그는 먼저 무덤에 도착한다 (무덤은 암벽을 파 들어가 만든 일종의 동굴로 묘사된다). 하지만 안으로 들어가지는 않고 베드로가 도착하기를 기다린다. 도착한 베드로는 동굴 안으로 들어갔고, 시신을 감쌌던 수의가 흩어져 있는 것을 본다. 그때서야 다른 제자도 따라 들어와서는, 〈보고 믿었다〉. 이 말은 약간 성급한 감이 없지 않으니, 그가 본 것은 단지 시신이 없어진 광경뿐이었기 때문이다. 물론 이 시신의 부재는 설명을 요하는 흥미로운 사실이긴 하지만, 여기서 곧바로 그가 부활했다는 결론을 이끌어 낼 사람은 아무도 없을 것이다. 하지만 그는 이 직감을 혼자서만 간직했던 모양으로, 두 남자는 여자들처럼 얼떨떨한 상태로, 단지 얼떨떨하기만 한 상태로 돌아온다.

막달라 여자 마리아는 울면서 무덤 근처에 서 있다. 「요한 복음서」에서는 흰옷 차림의 두 천사가 예수의 시신이 있던 자리에, 하나는 머리가 놓였던 곳에, 다른 하나는 발치 부분에, 느긋하게 앉아 있다. 「마태오 복음서」에서는 천사가 하나뿐이다. 천둥 치는 듯한 굉음 속에서 나타난 그는 번개처럼 번쩍이는 모습이고 흰옷을 입었으며, 그 모습을 본 경비병들은 벌벌 떨다가 까무러쳐 버린다. 그리고 「마르코 복음서」는 늘 그렇듯 아주 간결한데, 그냥 흰옷 차림의 어떤 젊은이다. 「요한 복음서」에서 천사들은 마리아에게 왜 우느냐고 묻기만 한다. 다른 세 복음서에서는 여자들에게 예수가 부활했다고 알린다.

이 천사들이 한 말들이 아무리 아름답다 할지라도(「루카 복음서」에서는 〈너희는 어찌하여 살아 계신 분을 죽은 자들 가운데서 찾고 있느냐?〉이다), 나는 「요한 복음서」에서 그다음으로 이어지는, 그리고 천사들은 참가하지 않는 대화보다는 덜 아름답다고 생각한다. 막달라 여자 마리아가 천사들에게 자기가 우는 이유를 설명하고 나서 뒤를 돌아보니 거기에 예수가 서 있었다. **그러나 그녀는 그가 예수인 줄을 모른다.** 「왜 울고 있느냐?」 이번에는 예수가 묻는다. 「누구를 찾고 있느냐?」 그를 동산지기라고만 여긴 마리아는 대답한다. 「혹시 당신이 우리 주님을 모셔 가셨나요? 그렇다면 어디로 옮겼는지 알려 주세요. 내가 찾으러 가겠어요.」 그러자 예수가 대답한다. 「마리아야.」 그가 그녀의 이름을 불렀기 때문일 수도 있고, 이름을 어떤 특별한 방식으로 발음했기 때문일 수도 있겠지만, 어쨌든 그녀는 눈이 동그래져서 아람어로 외친다. 「라뿌니!」 요한은 이 말이 히브리어로 〈스승님〉이라는 뜻이라고 그리스 독자들을 위해 해석을 달아 준다. 그녀는 그의 발밑에 몸을 던진다. 예수는 말한다. 「내가 아직 아버지께 올라가지 않았으니 나를 붙들지 마라. 하지만 형제들을 찾아가서 이 사실을 알려라.」

마르코에 따르면, 마리아와 다른 여자들은 아무에게도 말을 못 했는데, 〈왜냐하면 너무도 두려웠기 때문이다〉(이게 그의 이야기를 끝맺는 말이다). 루카에 따르면, 그들은 다른 사람들을 찾아갔는데, 사람들은 이게 터무니없는 얘기로 여겨져 그들의 말을 믿지 않았다. 마태오에 따르면, 까무러쳤던 경비병들은 다시 일어나 대사제들에게로 달려가 〈일어난 일들을〉 낱낱이 고한다. 이 〈일어난 일들〉이라는 게 단지 시신이 사라진 사실만을 말하는 것인지, 아니면 천사가 지나간 사실을 말하는 것인지, 아니면 벌써부터 부활에 대해 말하는 것인지는 확실치 않다. 어쨌든 대사제들은 마음이 크게 동요되었고, 어떻게 해야 할지를 의논한 뒤에 경비병들에게 돈을 집어주면서, 도시로 달려가 사흘 전에 십자가형에 처해진 선동꾼의 도당이 밤중에 그의 시신을 훔쳐 갔다는 소문을 퍼뜨리라고 부탁했다. 이렇게 해서 태어난 도시형 전설은 〈오늘날까지 유대인들 사이에 널리 퍼져 있다〉고 마태오는 덧붙인다. (이 전설은 단지 유대인들 사이에만 퍼져 있는 게 아니다. 르낭도 이 가설을 배제하지 않는다.)

루카만이 이야기하고 있는 엠마오에서의 일이 일어난 때도 역시 일요일이었고, 오후 늦은 시간이었다. 신비스러운 나그네가 떠난 후, 클레오파스와, 내가 필립보라고 생각하는 또 한 사람이 예루살렘으로 돌아가기로 결정한다. 그날 저녁, 그들은 두 시간 동안 온 길을 다시 걸어가 다락방에 숨어 있던 열한 명의 제자를 찾아간다. 역시 이 장면을 이야기하고 있는 요한은 그들은 〈유대인들이 두려워 문을 걸어 잠그고 있었다〉라고 보다 자세히 설명한다. 그런데 갑자기 예수가 그들 가운데 나타나, **샬롬**, 즉 〈너희에게 평화가 있기를!〉 하고 말한다. 루카는 예수가 그들에게 자기 몸을 만져 보라고 청한 후, 그들이 만지고 나자 유령이라면 절대로 부탁하지 못할 것을 부탁하니, 여기에 먹을 것이 좀 있느냐고 물은 것이다. 마침 약간의 생선이 있었고, 그들은 그것을 그와 나눠 먹는다.

이 생선을 나누는 식사는 「요한 복음서」의 마지막 장면, 그러니까 르 르브롱의 오두막에서 그자비에 신부가 읽어 주어 나를 회심하게 만들었던 그 장면에도 나온다. 바로 티베리아스 호수에서 물고기를 잡는 부분이다. 새벽녘에 어떤 낯선 이가 호숫가에서부터 어부들을 소리쳐 부르고, 그물을 어디로 던져야 할지 알려 준다. 베드로는 그가 누구인지 알아보고는 황급히 겉옷을 걸치고 바다로 뛰어든다. 그리고 모래 위에 나뭇가지들을 쌓고 불을 피워 생선을 굽는다.

이 이야기들에서 가장 흥미로운 부분은 처음에는 사람들이 그를 알아보지 못했다는 점이다. 공동묘지에서 그는 동산지기였다. 길에서는 어느 나그네였다. 해변에서는 옆을 지나가다가 어부들에게 〈고기 좀 잡힙니까?〉라고 한마디 건네는 어느 행인이었다. 그는 그가 아니었고, 기이하게도 사람들은 바로 이 때문에 그를 알아보았다. 그는 그들이 항상 보고, 듣고, 만지고 싶었던 사람, 하지만 그들이 그를 보고, 듣고, 만지게 되리라 예상했던 것과는 다르게 보고, 듣고, 만지게 된 사람이었다. 그는 모든 사람이며, 그는 그 누구도 아니다. 그는 우리 앞에 처음 나타나는 아무나이며, 또 아무도 거들떠보지 않는 사람이다. 그 자신이 말하곤 했던 사람, 그리고 이 순간에 그들이 머리에 떠올렸을 사람이다. 〈내가 배가 고팠지만, 너희는 내게 먹을 것을 주지 않았다. 내가 목이 말랐지만, 너희는 내게 마실 것을 주지 않았다. 내가 감옥에 갇혀 있었지만, 너희는 나를 찾아오지 않았다.〉 또 어쩌면 그들은 복음서들에는 기록되지 않지만, 한 위경에는 보존되어 있는 섬광처럼 번득이는 다음의 구절을 기억했을지도 모른다. 〈나무를 쪼개어 보라. 내가 거기에 있다. 돌을 들춰 보라. 그 밑에 내가 있다. 네 친구를 쳐다보라. 너는 네

하느님을 보고 있다.〉

아무도 그의 얼굴을 묘사하지 않은 것은 혹시 이 때문이 아
닐까?

16

이 모든 것은 모호하기 그지없지만, 나는 이 모호함이 오히
려 현실적이라고 생각한다. 어떤 범죄 사건의 증인들에게 물어
보면, 바로 이런 종류의 이야기들, 일관성이 없고, 모순투성이
이며, 소스에서 멀어짐에 따라 점점 더 심해지는 과장들로 범
벅이 되는 이런 이야기들이 나온다. 소스에서 멀어진 증인의
전형적인 예는 다름 아닌 바오로이다. 그는 「코린토 신자들에
게 보낸 첫째 서간」에서 부활하여 나타난 예수를 본 사람들의
리스트를 뽑는데, 적어도 개인적인 것만큼은 분명한 이 리스트
는 예수의 동생 야고보 — 그를 별로 좋아하지 않음에도 불구
하고 — 도 포함하고 있으며, 심지어 〈5백 명의 형제들이 동시
에〉 보았다는 주장까지 하고 있다. 바오로는 덧붙이기를, 이
5백 명 중 어떤 이들은 죽었지만, 대부분은 아직 살아 있단다.
다시 말해서, 원한다면 그들을 찾아가서 물어볼 수도 있다는
얘기다. 바오로의 가까이에 있어서 이 증언을 몰랐을 리 없었
던 루카는 그렇게 해볼 수도 있었다. 그러나 그는 그렇게 하지
않았다. 아니, 했다고도 할 수 있지만, 달라진 것은 아무것도 없
다. 5백 명의 형제는 10여 명으로 줄어들었는데, 이 얘기 역시
모호하기는 마찬가지이다.

루카는 현대적 의미의 조사자는 아니었다. 비록 그가 〈이 모든 일을 처음부터 아주 정확하게 살펴보았다〉라고 주장하고는 있지만, 나는 만일 내가 25년 전에 이렇게나 이상한 일들이 벌어졌던, 그리고 증인들 가운데 상당수가 아직 생존해 있는 장소를 방문하게 되었다면, 나 자신에게 제기하게 될, 혹은 주위 사람들에게 던지게 될 질문들을 그도 했을 거라고 생각하고 싶은 유혹에 넘어가서는 안 된다. 거기에 있었던 여자가 한 명이었는가, 두 명이었는가, 세 명이었는가? 사람들은 곧바로 믿었는가? 믿었다면 정확히 무엇을 믿었는가? 시신이 무덤에서 사라졌다는 사실을 확인하고 나서, 왜 사람들은 누군가가 그것을 없애 버렸다는 현실적인 가설을 그렇게나 빨리 포기해 버리고는, 그가 부활했다는 황당무계한 가설로 곧바로 넘어가 버렸는가? 누군가 시신을 가져가 버렸다면, 그것은 누구였을까? 오사마 빈라덴을 흔적도 안 남기고 없애 버린 미국 특공대처럼, 시신 주위로 어떤 종교가 형성되는 것을 막고 싶었던 로마 당국? 그에게 마지막 경의를 표하고 싶었지만, 이 사실을 다른 이들에게 미리 알리지 않아 이러한 혼란을 초래하게 된 일단의 충성스러운 제자들? 아니면 나중에 기독교라는 이름으로 번성하게 될 거대한 사기극을 치밀하게 계획한 일단의 마키아벨리적인 제자들?

17

〈호스러버 팻이 무엇을 만났는지는 아무도 알 수 없다〉라고 필립 K. 딕은 자신의 또 다른 자아에 대해 말하곤 했다. 〈하지

만 한 가지 확실한 것은, 그가 무언가를 만났다는 사실이다.〉

부활절 날에 무슨 일이 일어났는지는 아무도 모르지만, 한 가지 확실한 것은 무언가가 일어났다는 사실이다.

나는 무엇이 일어났는지 아무도 모른다고 말했지만, 이것은 틀린 말이다. 우리는 무엇이 일어났는지 아주 잘 알고 있다. 문제는 우리가 아는 것이 각자가 믿는 바에 따른 두 가지의 상이한, 그리고 양립 불가능한 것이라는 사실이다. 만일 우리가 기독교인이라면, 우리는 예수가 부활했다고 믿는다. 이것을 믿는 사람이 바로 기독교인이다. 그렇지 않다면 우리는 르낭이 믿었던 것, 합리적인 사람들이 믿는 것을 믿는다. 즉, 한 줌의 여자들과 남자들 — 먼저는 여자들 — 이 그들의 구루를 상실한 데에 깊은 절망감을 느끼고, 환상에 사로잡혀 그가 부활했다는 이야기를 주위에 퍼뜨리기 시작했다. 그러고 나서 어떤 일이 일어났는데, 그것은 전혀 초자연적인 일이 아니지만 너무나 놀라운 일이라서 자세히 얘기할 가치가 있는 바, 그들의 순진하고도 이상한 신앙은 정상적이라면 그들과 함께 사그라지고 결국에는 꺼져 버렸어야 옳았지만, 오히려 전 세계를 정복하여 오늘날에도 지구상에 사는 사람의 약 4분의 1이 그 신앙을 공유하고 있다고 믿는다.

나는 이 책이 출간되면 사람들이 내게 〈그렇다면 대체 결론이 뭐요? 당신이 기독교인이라는 얘기요, 아니라는 얘기요?〉라고 물으리라고 생각한다. 거의 30년 전에 내 소설 『콧수염』에 대하여 〈그렇다면 대체 결론이 뭐요? 그가 콧수염이 있었다는 얘기요, 없었다는 얘기요?〉라고 물어 온 것처럼 말이다. 나는 〈내가 죽어라고 이 책을 쓴 것은 바로 그 질문에 답하지 않기 위해서입니다, 이 질문을 모두에게 열어 놓고, 각자로 하여금 저마다의 답을 찾게 하려고요〉라고 말하며 교묘하게 빠져나갈 수도 있다. 그게 내 스타일과도 맞을 것이다. 하지만 나는 그보다는 이렇게 대답하련다.

아니다.

아니, 난 예수가 부활했다고 믿지 않는다. 나는 한 인간이 죽은 자들 가운데서 돌아왔다고 믿지 않는다. 다만, 사람들이 그걸 믿을 수 있다는 사실이, 나 자신도 한때 그걸 믿었다는 사실이 날 궁금하게 만들고, 날 매혹시키고, 날 불안하게 하고, 내 마음을 뒤흔들어 놓는다(어느 것이 가장 적합한 표현인지는 모르겠다). 내가 이 책을 쓰는 목적은 내가 더 이상 부활을 믿지 않게 되었기 때문에, 그것을 믿는 이들보다, 그리고 그것을 믿었던 나 자신보다 더 잘 안다고, 더 똑똑하다고 생각하지 않기 위해서이다. 나는 나 자신을 너무 두둔하지 않기 위해 이 책을 쓴다.

18

또 하나의 문제가 루카를 몹시 괴롭혔을 것이다. 제국을 존중하는 신민으로서 그는 그것의 행정을 훌륭한 것으로, 또 그것이 보장하는 평화를 소중한 것으로 여겼으며, 그 자신은 로마인이 아니었지만, 그것의 힘에 대해 긍지를 느꼈다. 그나 그의 동포인 마케도니아인들은 민족주의적 요구를 하거나 저항 세력을 관대하게 받아들일 생각은 추호도 없었다. 그들은 반란 자들을 노상강도들과 똑같이 여겼으며, 그들이 지나치게 소란 을 피우면 십자가형에 처하는 게 당연하다고 생각했다. 바오로 가 이런 사람들의 마음을 쉽게 사로잡을 수 있었던 것은, 반란 같은 것은 절대로 입에 올리지 않고, 오히려 각자는 각자의 위 치에 머무르고, 법에 순응할 것을 권했기 때문이었다. 그가 유 대인들과 문제가 생길 때마다, 로마의 관리들은 그를 곤경에서 꺼내 주었다. 전에 코린토에서 현명한 갈리오 총독이 그랬고, 이번에는 예루살렘에서 린치당할 위험에 처한 그를 로마군이 구해 주었다. 비록 펠릭스 총독의 의도가 약간 수상쩍기는 했 지만, 바오로가 카이사리아에서 안전하게 살 수 있었던 것은 다 그 사람 덕분이었다.

그런데 필립보의 말을 믿을 것 같으면, 예수가 살아 있을 당 시 그를 따르는 사람들은 그가 이스라엘을 로마인들로부터 해 방시킬 것을 기대했다고 한다. 그는 이것을 마치 자명한 사실 처럼, 모두가 알고 있는 사실처럼 얘기했다. 그는 예수가 바로 〈사람의 아들〉, 즉 그를 알지 못하는 이들까지 포함한 만인이 기다리는 구세주이면서, 동시에 그가 그 이름과 활약상들까지 열거하는 다른 반도(叛徒) 집단들의 두목들 — 마카비, 테우다 스, 갈릴래아의 유다, 〈이집트인〉 등, 무장봉기했고, 로마군을 괴롭혔고, 매복전을 펼쳤고, 하나같이 좋지 못한 최후를 맞은 이 모든 자들 — 과 비교될 수 있는 한 반도 집단의 우두머리이 기도 하다는 사실을 조금도 이상하게 느끼는 것 같지 않았다.

우리가 플라비우스 요세푸스를 통해 알고 있는 이 이름들 중 몇몇을 루카는 키프로스 사람 므나손의 입을 통해 들은 적이 있었다. 루카는 이들을 제대로 구별할 수 없었고, 그에게 이들은 어떤 이국적이고도 무시무시한 민담 속 인물들처럼 느껴졌다. 그는 화들짝 놀라며 되묻곤 했다. 「아니, 지금 예수님에 대해서 얘기하고 있는 거예요? 예수 그리스도에 대해서요?」 그러면 필립보는 대답했다. 「아, 그래, 그리스도. 당신들 그리스인들은 그분을 그렇게 부르지. 맞아, 안티오키아에서는 그렇게들 불러. 여기서는 그분을 **마시아**, 즉 메시아라고 부른다네. 그리고 메시아는 유대인들의 왕이야. 유대인들을 노예 상태에서 구해 내기 위해 오실 분. 옛적에 모세가 파라오의 종노릇하는 유대인들을 구해 냈듯이 말이야.」

예수가 숨을 거둔 십자가 위에다, 형 집행을 맡은 백인 대장은 지나가는 사람들이 조롱할 수 있게끔 〈유대인들의 왕, 예수〉라고 쓴 게시판을 못으로 박아 놓았다. 계산 착오였다. 지나가는 사람들은 조롱하지 않았다. 대사제의 앞잡이 몇 명을 제외하고는, 예루살렘 주민 대부분은 스스로는 참여할 용기가 없었지만 저항 운동에 대해 공감하고 있었다. 예수를 메시아라고 믿었던 사람들은 극도로 실망했다. 그렇게 믿지 않았던 이들은 그를 동정했다. 그를 조롱하고 싶은 사람은 아무도 없었다. 그는 시도했다가 실패했을 뿐이다. 그가 받은 형벌의 끔찍함과 부당함은 그들의 저항이 옳다는 것을 확인시켜 주었다. 게시판과 십자가, 그리고 십자가 위에서 죽어 가는 불쌍한 사내가 증명하는 것은 로마인들의 오만이었다.

유대인들과 로마인들 중에서 누가 예수의 죽음에 책임이 있느냐의 문제는 지금까지 수없이 다뤄진 문제이다. 이 문제는

규칙적으로 다시 제기되곤 하는데, 예를 들면 예수의 수난을
다룬 멜 깁슨의 그 기묘한 자연주의 스타일의 영화가 그렇다.
하지만 네 복음서의 이야기들은 이 점에 있어서 완벽한 일관성
을 보이고 있으며, 예수가 유대인들의 적대감을 불러일으킨 이
유들에 대해서도 아주 명확한 관점을 취하고 있는 듯하다. 우
선 그는 수상쩍은 인기를 누리는 치유사로 만족하지 않고, 이
종교적인 나라에서 공식 종교와 그 대표자들을 계속 도발한다.
그들의 의식들과 규례들에 대해서는 어깨를 으쓱하고 만다. 율
법에 대해서는 지극히 느슨한 태도를 보인다. 도덕적인 이들의
위선을 비웃는다. 돼지고기를 먹는 것은 단죄하지 않고, 이웃
을 욕하는 것을 비난한다. 여기까지만 해도 충분히 고약한데,
그는 또 예루살렘에 도착하자마자 성전에서 말도 안 되는 스캔
들을 일으킨다. 탁자들을 뒤집어엎고, 장사꾼들을 괴롭히는가
하면, 오늘날의 표현으로 말하자면, 사용자들을 인질로 삼는
다. 신정(神政) 사회에서의 이런 소동은 조제 보베[7]가 이끄는
친구들의 맥도널드 매장 파손보다는 테헤란의 대(大)모스크
한가운데서의 어떤 **액팅 아웃**[8]과 더 닮았다고 할 수 있다. 그 결
과, 그때까지 그의 적이었던 바리사이파 사람들만이 아니라,
사두가이파의 대사제들까지도 이런 자는 죽음이 마땅하다고
생각하게 된다. 그들이 보기에 예수는 불경죄를 저질렀고, 따
라서 돌에 맞아 죽어야 했다. 문제는 산헤드린에는 사형을 선

---

7 프랑스의 대표적인 반세계화 운동가로 동료들과 농부 연맹*Confédération
Paysanne*을 1987년에 창설했다.

8 정신 분석에서 나온 개념으로, 어떤 내적인 욕구나 갈등을 의식적, 무의식적
으로 말이 아닌 행동으로 표현하는 것을 뜻한다.

고할 권한이 없는 점이었다. 그래서 그들은 이 사안을 로마 당국자에게 가져가는데, 이것을 종교적인 다툼 — 그런 거라면 빌라도 총독은 코린토의 갈리오처럼 그들을 돌려보낼 것이므로 — 이 아닌 정치적인 문제로서 제출한다. 예수는 명시적으로 그걸 주장한 적은 없지만, 자신을 메시아로 간주한다는 사실을 딱히 부정하지도 않았다. 적어도 사람들이 자신을 그렇게 부르도록 놔둔 것은 사실이다. 메시아는 유대인들의 왕이란 뜻이고, 이는 곧 반도(叛徒)를 의미한다. 이 죄에 대해서는 사형이 내려져야 하며, 약간 미적거리기는 했지만 빌라도한테는 선택의 여지가 없었다. 그는 예수는 기껏해야 율법에 반대하는 자일 뿐일 것이라 짐작했지만, 기소장이 너무나도 잘 꾸며져 있어서 그를 로마의 적으로 간주하지 않을 수 없었다.

복음서들은 산헤드린에서, 그리고 빌라도 앞에서 말해진 내용에 있어서 세부적으로는 일치하지 않는 점들이 있지만, 전체적으로 볼 때 유대 법정과 로마 법정, 이 두 법정에서 열린 재판에 대한 이야기들은 거의 일치한다. 기독교인이든 아니든 간에, 대부분의 역사가들은 교회의 버전이며 멜 깁슨이 영화화하기도 한 이 버전에 동의한다. 또 유대인 쪽을 보자면, 탈무드도 이 버전을 인정한다. 탈무드에 그 의견이 수록된 어떤 랍비들은 빌라도의 역할은 언급도 하지 않은 채, 사형 선고는 산헤드린이 내린 것이라고 주장하기까지 한다. 한마디로, 유대인들은 예수를 단죄했을 뿐만 아니라, 그것을 자랑스러워하기까지 했다는 것이다.

하지만 비교적 최근에 나온 또 다른 버전도 있는데, 그것의 가장 과격한 대표자는 하이엄 맥코비라는 이름의 교수이다. 이 반대 버전은 유대인 당국자들이 예수에게 유죄 판결을 내리게 했다는 허구를 고발하고, 그럼으로써 『신약』에서 그 정체를 쉽게 드러낼 수 있는 기독교의 반유대주의를 단죄하려 한다. 사람들이 멜 깁슨의 영화를 비판한 것은 바로 이 버전을 따른 거였다. 나는 이 버전이 설득력은 없을지 몰라도 적어도 흥미로운 점은 있다고 생각하며, 잠시 이것의 논지를 요약해 보는 시간을 갖고 싶다.

바리사이파 사람들은 (하이엄 맥코비는 설명을 시작한다) 복음서들이 예수의 적들이요, 그를 고발한 자들로 묘사한 그 위선적인 관료들이 결코 아니었고, 각 사람의 특이성에 대한 배려와 토라를 각 개인의 문제들에 적용시키는 데 있어서의 유연함, 그리고 다양한 의견들에 대한 관용적 태도로 명성이 높은 경건하고도 지혜로운 이들, 한마디로 에마뉘엘 레비나스[9]의 조상이라 할 수 있는 이들이었다. 예수보다 (맥코비는 그를 반식민주의 선동가로 소개한다) 평화주의적인 그들은 그럼에도 불구하고 그의 정치적 투쟁을 호의적으로 바라본다. 그들은 영적, 윤리적 차원에 있어서는 그와 거의 같은 얘기들을 하고, 그들 간에 사소한 의견 차이가 있을 때는 부드럽게 토론을 벌인다. 이것은 나중에 마태오가 지배적인 이데올로기에 따라 다시 쓰기 전에, 다시 말해서 그것을 증오에 찬 언쟁으로 바꿔 놓기 전에, 마르코가 신중치 못하게도 보존한 장면을 보면 알 수 있다. 사실 예수와 바리사이들은 사이가 좋았으니, 그들 모두 율

---

9 Emmanuel Levinas(1906~1995). 〈타자의 윤리학〉을 제창한 프랑스의 유대계 철학자이자 탈무드 주석가.

법을 사랑하고 지켰기 때문이며, 그들 공동의 적은 첫째는 로마인들이요, 그다음은 그들의 협력자이고, 거만하고도 썩어 빠진 사제들이며, 민족의 배신자일 뿐 아니라 유대교의 배신자이기도 한 사두가이파 사람들이었다.

복음서를 읽다가 〈악인〉의 의미로 쓰인 〈바리사이〉라는 단어가 나오면, 맥코비의 주장에 따르면, 그것을 자동적으로 〈사두가이〉로 바꿔 읽어야 한다는 것이다. 마치 어떤 워드 프로세서 프로그램에서 〈바꾸기〉 기능을 사용하듯이 말이다. 그렇다면 왜 이렇게 속였는가? 왜냐하면 복음서 기자들은 역사적 현실에도 불구하고 예수를 로마 점령군이 아니라 유대교에 맞서 일어난 인물로 그리기로 결정했기 때문이다. 역사적 현실은 그가 로마인들이 선한 바리사이들이 아니라 그들의 앞잡이인 사두가이들의 도움을 받아, 공공질서가 위협받게 되면 그들이 여지없이 보이는 난폭한 방식으로 체포하여 처형한 일종의 체 게바라였다는 사실이다. 요컨대 복음서 기자들이 진실의 위장으로 소개한 것이 바로 진실이라는 것이다.

그들이 이 수정된 버전을 지지하고 또 승리하게 만든 이유를 설명하기란 그리 어렵지 않다. 바오로의 교회들은 로마인들의 비위 맞추기를 원했는데, 그들의 그리스도가 한 로마 총독의 명으로 십자가형에 처해졌다는 사실은 심각한 문제를 야기했다. 사실 자체를 부인할 수는 없었지만, 그래도 그 여파를 줄이기 위해 그들은 수단과 방법을 가리지 않았다. 하여 그들은 40년이 지난 후에 빌라도가 어쩔 수 없는 상황에서 마지못해 행동했으며, 비록 형식적으로는 로마인들이 선고와 형 집행을 한 걸로 되어 있지만, 사실은 유대인들이 심리(審理)를 했고 따라서 책임이 있다고 설명한 것이다. 그러고는 유대인들은 모두 한통속으로 몰아넣었다. 마태오와 마르코와 루카는 입만 열면 〈바리사이들과 사두가이들〉이라는 표현을 쓴다. 마치 그들이 항상 손을 잡고 다녔던 것처럼 말이다. 요한은 아예 〈유대인들〉이라고 말한다. 다 적이라는 얘기다. 이렇게 기독교의 반유대주의가 태어났다는 게 맥코비의 주장이다.

19

이 반대 버전 뒤에는 바오로에 대한 부정적인 초상이 숨어 있는데, 하이엄 맥코비는 이를 주제로 『신화 제조자』라는 제목의 책을 썼다(프랑스에서는 『바오로와 기독교의 발명』이라는 제목으로 소개되었다). 그 요지는 다음과 같다. 복음서들이 바리사이들의 불구대천의 원수로 소개하는 예수가 사실은 그들의 벗이었던 반면, 자신이 바리사이파 출신이라고 주장하는 바오로는 사실은 그렇지 않다는 것이다. 또 그는 바리사이가 아닐 뿐 아니라, 심지어는 유대인도 아니라는 것이다.

심지어 유대인도 아니라고? 바오로가? 자, 좀 더 자세히 들여다보자.

맥코비의 주장에 따르면, 시리아의 한 이교도 가정에서 태어난 젊은 사울은 동방의 신비주의적 종교들과 유대교의 영향을 받았고, 특히 유대교는 그를 매료시켰다. 야심과 고뇌로 들끓는 영혼의 소유자였던 그는 예언자, 혹은 적어도 1급의 바리사이들인 힐렐, 삼마이, 가말리엘 같은 위대한 지식인이 되기를 꿈꿨다. 이 바오로가 — 기회가 있을 때마다 그가 주장하듯이 — 예루살렘의 어느 바리사이파 학교에 다녔을 가능성은 있지만, 가말리엘의 학교는 분명히 아니었을 터이니, 왜냐하면 그곳은 아주 높은 수준의 학생들만 받아들였는데 그는 그렇지 못했기 때문이다. 맥코비는 한 장 전체를 할애하여, 바오로가 서신들에서 전개하는 논설은 **랍비**, 즉 율법 박사적인 성격이 짙다고 모든 성서학자들이 동의하고 있지만, 이것은 순전히 허구일 뿐이라는 점을 보여 주고 있다. 사실 바오로는 보잘것없는 랍비에 불과했으며, 어떤 **예시바**[10]에 들어간다 해도 1학년에 낙제했을 실력이었단다.

이 방면에서 전망이 보이지 않자 속이 상하고 분통이 터진 젊은 사울 — 여전히 맥코비의 주장이다 — 은 사두가이들 쪽으로 눈을 돌렸고, 심지어 대사제 밑에서 용병이나 하수인 노릇을 했을 수도 있다. 이런 가정만이 어떻게 그가 로마인들에 의해 십자가에서 처형된 뒤 다시 부활했다는 괴상한 소문이 나도는 이 게릴라 전사의 추종자들을 탄압할 권한을 가질 수 있었는지를 설명해 준다. 어떤 지하 저항 운동, 그리고 수난을 당한후 살았는지 죽었는지 알 수 없는 카리스마 넘치는 리더…… 이런 시나리오에서 음울한 성격의 사울이 찾아낸 역할은 점령군에게 고용된 보조인의 그것, 나치 점령 치하에서 로리스통가(街)에서 그 대단한 시간들을 가졌던, 그 슬프게도 유명한 보니와 라퐁과 비슷한 어떤 것이었다.[11] 자, 이런 식으로 얘기될 때,

10 정통 유대교도를 위한 대학교.
11 로리스통가는 독일 점령 기간에 파리 게슈타포 본부가 있던 곳. 피에르 보니와 앙리 라퐁은 경찰 고위직을 지냈던 인물들로 프랑스 게슈타포의 책임자였다.

그가 사람들을 쇠사슬에 묶고, 감옥에 처넣고, 심지어 점령되지 않은 다마스쿠스까지 가서 그들을 색출할 수 있는 위치에 있었던 이유를 이해할 수 있는 것이다. 나중에 그는 자신이 바리사이였다고 주장하지만, 만일 바리사이였다면 이런 일들을 하는 게 불가능했다. 바리사이들에게는 경찰권이 없었고, 설령 있었다 해도 그들은 자신들과 그렇게나 가까운 사람들에게 절대로 그것을 행사하지 않았을 것이다. 또 우리는 이 별로 자랑스럽지 못한 활동들이, 비록 지금은 지역의 **가울라이터**에게 봉사하는 추악한 하수인의 신세로 전락했지만, 한때는 유대인들의 예언자가 될 꿈까지 꿨던 청년이 자신에 대해 품었던 높은 관념과 갈등을 일으켰으리라는 것도 이해할 수 있다. 그가 나중에 다음과 같이 아주 잘 표현하고 있듯이 말이다. 〈나는 도무지 이해할 수가 없다. 나는 선을 원하건만 그러지를 못하고, 도리어 내가 증오하는 악을 행하고 있다는 게 말이다.〉

맥코비가 적절히 지적하고 있듯이, 이 죄책감만큼, 인간의 노력은 쓸모없으며, 율법이 요구하는 것과 죄인이 저지를 수 있는 것들 사이의 간극은 메우기 불가능하다는, 이 체험에서 우러난 절망감만큼 유대교에 이질적인 것은 없다. 토라는 인간을 위해 만들어져 있다. 그것은 인간의 조건에 맞춰져 있으며, 바리사이들의 해석 작업 전체는 율법을 각 사람의 가능성에 맞춰 조정하는 것을 목표로 한다. 반면, 바오로의 이 유명한 문장은 유대인이 되고자 했으나 되지 못한 사내, 추악한 상태로 전락한 실패한 개종자가 느끼는 비탄의 완벽한 묘사이다. 이 끔찍한 비탄이, 이 고통스러운 내적 갈등이 다마스쿠스로 가는 길에서 해결책을 찾게 된다. 분열된 자아, 스스로에게 적인 자아는 어떤 근본적인 변형의 체험으로 빠져들며, 그러고 나서는 완전히 새로운 삶이 시작된다. 완전히 새롭지만, 동시에 어린 시절의 미신들에, 오시리스나 바알타라즈 — 그의 고향 도시의 이름인 타르수스는 바로 이 타라즈에서 나왔다 — 같은 신들이 죽었다 다시 태어나는 그 신비주의적 종교들에 뿌리박고 있는 삶이다. 그런데 전에 사울이 추종자들을 박해했던 그 반도 주위에 이런 종류의 신앙이 떠돌고 있었다. 바오로가 낚아챈 것은 바로 이 신앙이었다.

　맥코비의 주장에 따르면, 바오로는 엄밀히 말하자면 개종자가 아니었다. 그가 개종을 하기 위해서는 그리스도를 믿는 종교가 이미 존재했어야 하는데, 그렇지 않았기 때문이다. 그가 생각하지 않았을 리 없는 모세처럼 그도 극한의 체험을 한 후에 아라비아 광야에 은거했고, **그의** 종교를 가지고 거기서 나왔다. 여기서 이상한 점은 그가 갈릴래아의 그 조그만 종파와도, 유대교와도 절연하지 않았다는 사실이다. 그의 건축물을 세우기 위해, 그가 아니었으면 분명히 모두가 잊어버렸을 그 촌스럽고도 별 볼 일 없는 유대인을 계속 끌어들였다는 사실이다. 예루살렘에 돌아와, 과거에 자신이 숱한 멤버들을 체포하고, 고문하고, 처형했던 저항자들의 조직 앞에 혼자서, 무기도 없이 맨손으로 나타나는, 어찌 보면 자살이나 다름없는 위험한 행동을 했다는 사실이다. 그가 이런 말도 안 되는 위험을 무릅쓴 것은 아직도 이스라엘에 대해 감상적인 애착이 있었기 때문인지도 모른다. 또 어쩌면 그가 돌연변이와도 같은 자신의 종교를 바오로라는 한 인간 위에 세우는 것보다는, 까마득한 옛날로 거슬러 올라가는 역사적 토대를 부여하는 게 낫다는 것을 깨달았기 때문인지도 모른다. 또 어쩌면 — 이것은 하이엄 맥코비가 아니라 내가 하는 말이다 — 자기 원수를 사랑하고 자신을 핍박하는 자를 따뜻하게 맞아 주라는 예수의 가르침을 제 과거의 희생자들에게 시험해 보고 싶었기 때문인지도 모르겠다.

그것은 쉽지 않은 일이었을 것이다. 그 뒤의 몇 해 동안, 바오로의 이중성은 극에 달한다. 한편으로 그는 **자신의 복음** — 이것은 그의 표현이다 — 을 이교적 환경에서 성공시키려 해본다. 그는 갈수록 자유분방해지는 — 우주적인 신과 보편적 구속자와 일종의 신화가 되는 예수, 그리고 완전히 이교적이며 진짜 예수의 제자들에게는 완전히 이질적이고 심지어 혐오스럽기까지 한 의식인 영성체를 중심으로 한 전례(典禮) — 신학적 발명품에 적합한 토양을 프로셀리테스들에게서 발견한다. 다른 한편으로, 본부와 절연하면 안 된다는 강박 관념은 그로 하여금 술책을 쓰고, 거짓말을 하고, 명백한 반대 증거들에도 불구하고 자신은 율법에 아주 애착한다고 주장하게 만들고, 그는 또 자신의 정통성을 보여 주기 위해 소환될 때마다 꼬박꼬박 응한다. 첫 번째 만남은 좋지 않게 끝났고, 두 번째는 더욱 좋지 않았다. 양측은 완전히 결별하게 된다. 하지만 결과적으로 승자는 바오로가 되었으니, 왜냐하면, 우리가 곧 보게 되겠지만, 성전은 파괴되고, 나라로서의 이스라엘은 없어져 버리고, 예루살렘 교회는 뿔뿔이 흩어져 버리기 때문이다. 이 예루살렘 교회의 전승들은 광야에 흩어진 작은 종파들 가운데 살아남게 되는데, 하이엄 맥코비는 그것들이 『신약』에 써진 모든 것들보다도 더 신뢰할 만하다고 단언한다.

왜냐하면 『신약』— 맥코비의 말이다 — 은 승자들이 쓴 역사, 거대한 왜곡의 결과일 뿐이기 때문이다. 그리고 이 왜곡, 이 변조의 목적은 바오로와 그의 새 종교가 유대교를 부정하는 게 아니라, 그것을 계승하고 있다고 믿게 하려는 것이다. 또 예루살렘 교회는 사소한 의견 차이에도 불구하고 바오로를 받아들였고, 높이 평가했고, 사역자로 임명했다고, 예수는 바리사이들을 좋아하지 않았고 바오로처럼 로마인들을 존중했다고, 그는 정치를 하지 않았고, 그의 왕국은 땅에 속한 것이 아니며, 그는 바오로처럼 세상의 권위를 존중할 것과 모든 것의 헛됨을 가르쳤다고, 그는 스스로 메시아임을 선포하면서 어떤 지상의 왕권에 대해 말하지 않고 자신은 하느님과, 아니 그보다는 **로고스**와 일체(一體)라는 식으로 애매하게 말했다고, 그리고 마지막으로, 오직 바오로만이 진짜 예수의 깊은 마음속을 알고 있는데, 그것은 바로 그가 불완전하고 탁하게 흐려진 이 땅의 몸을 입은 예수가 아니라, 하느님의 아들인 예수를 접했기 때문이며, 이 교리에 방해가 될 수 있는 모든 역사적 진실들은 틀렸다고 선언되어야 할 뿐 아니라, 더 확실하게 아예 지워져 버려야 한다고 믿게 하려는 것이다.

자, 이게 바로 지금으로부터 2천 년 전에 득세한 거짓이며, 그것이 이후 어떤 성공을 거두었는지는 우리 모두가 아는 바다. 이견을 말하는 목소리들이 몇몇 올라왔지만, 모두 입이 틀어막혔다. 그것은 예루살렘 교회에서 나온 몇몇 소규모 종파들로, 유일하게 실제로 일어난 일들을 알았고, 또 전승의 형태로 간직해 온 사람들이었다. 혹은 지배적인 교회 내에서는 정직하고도 논리적인 신학자, 마르키온 같은 이로, 그는 2세기에 기독교는 유대교를 계승한 종교라는 허구를 끝내고, 성경에서 유대인들의 경전을 빼버리려고 했다. 그리고 2천 년 동안의 암흑시대가 지나고 나서 맥코비 교수가 다시 일어난 것이다.

나는 이러한 견해들을 요약하기는 했지만, 이에 완전히 동의하는 것은 아니다. 2천 년에 걸친 기독교 역사를 전적인 수정주의로 매도하는 것이야말로 수정주의의 절정이라고 여겨지고, 솔직히 말해서 맥코비 교수가 약간은 포리송[12] 같다고 느껴지기 때문이다. 나는 그가 바리사이들이 현명하고도 도덕적인 사람들이었다는 것을 상기시킨 점은 옳다고 생각하지만, 거기에서 출발하여 예수는 그들과 충돌할 리 없었다는 결론을 이끌어낸 것은 틀렸다고 생각한다. 예수가 그들과 충돌했다면, 그것은 **바로 그들이 현명하고도 도덕적인 사람들이었기 때문이며**, 그가 친근감을 느낀 것은 죄인들, 실패한 자들, 스스로에 실망한 자들이지, 현명하고도 도덕적인 자들이 아니었기 때문이다. 또 나는 그가 기독교의 반유대주의를 고발하는 것도 옳다고, 전적으로 옳다고 생각하지만, 로마인들이 예수에게 사형 선고를 내렸으며 유대인들은 여기에 아무 책임이 없다고, 모든 증거들에도 불구하고 순전히 이념적인 주장을 펼치는 것은 잘못이라고 생각한다. 이것은 플라톤이 아테네 민주정이 소크라테스에게 사형 선고를 내렸기 때문에 플라톤 자신이 반(反)아테네주의자, 혹은 반민주주의자라고 주장하는 것만큼이나 어처구니없는 논리이다. 소크라테스와 예수, 둘 다 당대의 제도와 — 한 사람

12 Robert Faurisson(1929~). 프랑스의 학자로, 제2차 세계 대전 때 나치가 자행한 홀로코스트가 역사적 허구라고 주장하여 많은 논쟁을 불러일으켰다.

은 그리스의 도시 국가와, 그리고 다른 한 사람은 유대의 신정과 — 충돌한 자유롭고도 모순적이고도 통제가 불가능한 사람들이었다. 그리고 이것을 전한 사람들은 반민주주의자도, 반유대주의자도 아니었다. 한편 바오로를 비밀경찰의 앞잡이 〈고이〉[13]라고 묘사한 부분에 대해 말하자면, 나는 이게 이채롭기는 하지만, 바오로가 사실을 말하고 있다고 단순하게, 액면 그대로 읽을 때 그의 서신들에서 그려지는 초상보다는 덜 풍부하고, 덜 복합적이며, 덜 도스토옙스키적으로 느껴진다.

하지만 바오로에 대한 이런 종류의 소문들이 야고보 주위에 떠돌아다닌 것은 사실이다. 그들은 수군거렸다. 바오로는 심지어 유대인도 아니다. 그는 예루살렘에서 한 대사제의 딸에게 홀딱 빠졌고, 아름다운 그녀의 마음을 얻고자 할례를 받았다. 그런데 재수 없게도 그만 어떤 돌팔이에게 걸려들었고, 엉터리 시술 끝에 그만 성불구자가 되고 말았다. 이런 그를 대사제의 딸은 잔인하게 비웃었고, 분노에 사로잡힌 그는 할례와 안식일과 율법을 맹렬히 비난하는 글들을 쓰기 시작했다. 이뿐 아니라, 그는 펠릭스 총독의 환심을 사고자 모금한 돈을 빼돌림으로써 — 하이엄 맥코비는 그를 비난할 수 있는 기회는 그냥 넘어가지 않는다 — 추악함의 끝을 보여 주었다.

맞다. 맥코비 교수가 말한 모든 것은 그만큼 정교하게는 아니지만 예루살렘 교회에서도 — 이야기되었다. 루카는 이 이야기들을 듣고 꽤 심란했을 것이다.

13 유대인들이 이방인을 일컫는 말.

20

루카는 예루살렘에서 보낸 일주일의 괴로운 기억이 아직도
생생했지만, 필립보의 얘기를 듣고 난 후에는 거기로 다시 가
고 싶은 생각밖에 없었을 것이다. 처음에는 무얼 보아야 할지
몰랐기 때문에 아무것도 보지 못했다. 모든 것을 그냥 지나쳤
다. 하지만 지금은 그 모든 것들을 보고 싶었다. 예수가 십자가
에 못 박힌 장소를, 여자들이 발견한 텅 빈 무덤을, 그리고 특히
그 방을, 엠마오에서 급히 돌아온 필립보와 클레오파스가 거기
모여 있는, 예수가 살아 있는 걸 봤다는 소문에 동요하고 있는
열한 제자를 만났던 그 다락방을. 그날 밤, 예수가 그들 모두에
게 나타나 먹을 것을 좀 달라고 부탁한 것은 바로 이 방에서였
다. 얼마 후에 불길이 나타나 그들의 머리를 훑고, 그러고 나서
그들이 그 존재조차 몰랐던 언어들을 말하기 시작한 것도 이
방에서였다. 특히 예수가 제자들과 마지막 식사를 나누면서 자
신이 죽을 것을 예고하고, 루카와 그의 친구들이 그 기원에 대
해 자문해 보지도 않으면서 몇 해 전부터 지켜 오고 있는 그 기
이한 의식을 시작한 것도 바로 이 방에서였다.

그날, 그 집은 제자들에게 아직은 친숙한 곳이 아니었다. 그
들은 거기에 처음 간 거였다. 그들이 스승을 따라 고향 갈릴래
아에서 예루살렘에서 올라온 지는 얼마 되지 않았다. 예수는
낮 동안에는 성전의 광장에서 가르침을 베풀어 갈수록 많은 사
람들이 모여들었고, 그들 가운데는 필립보도 끼어 있었다. 밤
에는 일행 전체가 올리브나무숲이 있는 성문 근처의 산, 즉〈올

리브산〉에서 노숙을 했다. 유월절이 다가옴에 따라 이게 자신의 마지막 유월절이 될 것임을 예감한 예수는 이 유월절을 품위 있게, 다시 말해서 어느 지붕 밑에서 구운 새끼 양 고기를 먹으며 보내기를 원했다. 「네, 좋습니다. 좋아요.」 베드로와 요한이 반문했다. 「하지만 어디서요?」 그들은 빈털터리이고, 예루살렘에 아는 사람 하나도 없고, 어디가 어딘지도 모르겠고, 자신의 사투리 말투가 창피하게 느껴지는 촌놈들일 뿐이었다. 예수는 그들에게 이렇게 말했다. 「어느, 어느 성문을 통해 도성으로 들어가라. 물이 가득 담긴 항아리를 들고 있는 사람을 만나게 되면, 그를 따라가라. 거리에서는 그에게 말을 걸지 마라. 그가 어느 집으로 들어가거든, 뒤따라서 들어가라. 너희는 스승이 보내서 왔다고 말해라. 그러면 너희를 방석들을 갖춘 큰 방이 있는 2층으로 올라가게 할 것이다. 거기에는 유월절을 맞이하기 위한 모든 것이 갖춰져 있을 것이다. 거기서 너희가 준비하고 있으면, 오늘 저녁에 내가 가서 함께 먹을 것이다.」

예수가 내린 지시들 — 보물찾기, 암호, 숨은 동조자들이 위험에 빠지는 일이 없게끔 조심할 것 — 은 어떤 지하 운동 조직의 그것들을 연상시킨다. 이후 몇 년 동안 그들의 사령부 겸 은신처로 쓰였던 이 집의 주인은 마리아라는 여인이었다. 그녀의 아들의 이름은 요한 마르코였다. 그녀는 루카가 유대에 도착했을 때 죽고 없었던 모양으로, 「사도행전」에서 이곳은 줄곧 〈요한 마르코의 집〉으로 불린다.

내가 상상하기로, 이 요한 마르코는 루카가 조사를 행하면서 두 번째로 만난 증인이었을 것이다. 또 루카가 그를 첫 번째 증인 필립보의 중개로 만났을 거라고 나는 상상하는데, 왜냐하면 조사라는 것은 항상 그런 식이기 때문이다. 조사자는 우연히 어떤 사람을 만나게 되고, 그 사람은 두 번째 사람을 소개해 주며, 두 번째 사람은 세 번째 사람에 대해 말해 주는 식이다.『시민 케인』이나『라쇼몽』에서처럼 이런 사람들은 서로 어긋나는 사실들을 말해 주는데, 이럴 때 우리는 진실은 존재하지 않는다고 생각하는 게 아니라, 그것은 우리의 손이 닿지 않는 곳에 있지만 그럼에도 불구하고 찾아봐야 한다고 생각하면서, 이 주어진 것들을 가지고 어떻게든 해보는 것이다.

(카프카는 이렇게 말한다. 〈나는 아주 무지하다. 그렇다고 해서 진실이 존재하지 않는 것은 아니다.〉)

21

〈요한 마르코〉라는 이중의 이름은 우리의 귀에는 그렇게 유대적이지도, 고대적이지도 않게 느껴진다. 하지만 그의 어머니 마리아가『신약』에 등장하는 다른 모든 마리아들과 마찬가지로 실제로는 미리암 — 이 지역에서 가장 흔한 여자 이름이었다 — 으로 불렸고, 베드로는 시몬으로, 바오로는 사울로, 야고보는 야콥으로 불렸던 것처럼, 이 요한 마르코의 실제 이름은 『신약』의 모든 요한들과 마찬가지로 요하난 — 당시에 가장 흔한 남자 이름이었다 — 이었고, 여기에다 로마식 이름 마르쿠스를 — 왜냐하면 그렇게들 했으므로 — 덧붙인 것이다.

전승을 따르자면, 이 요하난 마르쿠스는 「마르코 복음서」라는 이름으로 알려진 복음서의 저자이다. 또 전승은 그와 관련하여 너무도 감동적인 얘기를 하나 들려주는데, 나는 이것만큼은 그냥 넘어가고 싶지 않다. 그것은 예수가 체포되는 이야기에 포함된 하나의 조그만 세부이다. 복음서 기자는 이 사건은 밤중에, 올리브산에서 일어났다고 말한다. 방석들이 갖춰진 큰 방에서의 그 유명한 식사가 있은 뒤, 그들은 잠을 자러 다시 올리브산으로 올라간다. 그들이 야영하던 곳은 정확히 말해서 겟세마니라는 곳이다. 자신이 당할 일을 생각하고 극도의 두려움에 사로잡힌 예수는 그가 특히 좋아하는 제자들에게 말한다. 「내 마음이 괴로워서 죽을 것 같으니, 자지 말고 나와 함께 있어 다오.」 그는 기도하고, 그들은 잠든다. 그는 세 번이나 그들을 깨우려고 해봤지만 허사이다. 대사제가 보낸 암살단을 이끌고 유다가 도착한다. 저마다 횃불과 단검과 몽둥이를 들고 있다. 렘브란트나 카라바조의 그림 주제로 딱 어울리는 난폭하고도 혼란한 장면이 연출된다. 제자들은 뿔뿔이 도망친다. 하지만 — 여기서 마르코는, 오직 마르코만이, 덧붙인다 — 〈어떤 젊은이가 알몸에 아마포만 두른 채 그분을 따라갔다. 사람들이 그를 붙잡자, 그는 아마포를 버리고 알몸으로 달아났다.〉

　이것은 너무나도 이상하고, 너무나도 뜬금없는 디테일이라서, 이게 실제로 일어난 사실이 아니었다고는 믿겨지지 않는다. 그리고 전승은 이 청년은 바로 마르코 자신이었다고 말한다. 그는 그 집의 아들이었고, 열세 살이나 열네 살 정도 된 청소년이었다. 트로아스의 그 또 다른 청년, 그러니까 나중에 부모님의 집에서 바오로와 그의 동료들이 나누는 대화를 밤새도

록 듣다가, 창문턱에 기댄 채 잠이 들어 안마당으로 떨어지게
될 그 청년 에우티코스처럼, 이 요한 마르코도 어머니가 손님
으로 맞이한 이 외지인들에 대해 미칠 듯한 호기심에 사로잡혔
으리라고 생각해 볼 수 있다. 청년은 그들이 하나둘 도착하는
것을 보았다. 모두가 아주 조심스러운 모습들이어서 그들의 회
합이 뭔가 위험한 것임을 짐작할 수 있었다. 청년은 그들에게
귀찮게 굴지 말 것이며, 다락방에 올라가지 말라는 지시를 받
았다. 그리고 자러 들어갔는데, 좀처럼 잠이 오지 않았다. 그리
고 나중에, 한참 후에, 그는 그들이 떠나는 소리를 듣는다. 계단
을 내려가는 발들이 스치는 소리, 문가에서 음성을 낮추어 속
삭이는 소리. 그들은 벌써 거리에 나와 있다. 청년은 더 이상 참
지 못하고 벌떡 일어난다. 더운 날씨여서 알몸이었고, 지금 옆
에 있는 것은 이불로 덮고 있는 아마포 한 장뿐이라서 그는 일
종의 토가처럼 그것을 몸에 두른다. 그러고는 어느 정도 거리
를 두고 외지인들을 따라간다. 그들이 도성 밖으로 나가는 것
을 보고는 망설인다. 지금이라도 발길을 돌려 집에 돌아가는
게 더 분별 있는 행동이겠지만, 청년은 계속해서 그들을 따라
간다. 올리브산이 나오고, 또 겟세마니 정원이 나왔는데, 갑자
기 어둠 속에 횃불들이 보이더니, 무장한 한 무리의 사내들이
우두머리 격인 남자를 붙잡는다. 청년은 덤불 뒤에서 이 모든
광경을 지켜본다. 무장한 사내들이 사로잡은 남자를 끌고 가
고, 청년은 그들을 따라간다. 그는 따라가기 시작했고, 또 끝까
지 따라갈 것이었다. 너무나도 흥분되는 사건이었기 때문이다.
그때까지는 아무도 그를 보지 못했는데, 한 병사가 그의 모습
을 발견한다. 「너, 거기서 뭘 하고 있는 거냐?」 청년은 내달리

고, 병사는 그 뒤를 쫓아가서는 천 한 귀퉁이를 붙잡지만, 손에는 천만 남고 청년은 달아나 버린다. 청년은 벌거숭이 몸으로 집으로 돌아간다. 달빛이 비치는 들판을 걸고, 또 도성의 거리들을 걷는다. 그는 다시 잠자리에 든다. 다음 날, 그는 아무에게도 이 사실을 말하지 않았다. 그는 자기가 꿈을 꾼 게 아닌가 자문하게 된다.

22

그가 아마포의 청년이었든 아니었든 간에, 요한 마르코는 신흥 종파가 모임을 갖는 집의 아들로서 특별히 개종할 필요가 없었다. 그는 그 가운데서 성장했고, 그들은 그의 가족이었다. 모르몬교의 어떤 아이처럼, 혹은 아미시파의 어떤 아이처럼, 그는 이 이상한 신앙 속에, 이 흥분된 분위기 속에 자연스럽게 잠겨 들었고, 공동체 생활을 하고, 황홀경에 빠지기도 하고, 갑자기 알 수 없는 이상한 언어들을 말하기도 하고, 병자들 위에 손을 얹어 병을 고치기도 하는 이 사람들 가운데 자연스럽게 녹아들었다.

그에게는 바르나바라는 사촌이 있었는데, 역시 이 집에 자주 드나들곤 하는 사람 중의 하나였다. 「사도행전」은 이 바르나바에 대해 우리에게 놀라운 사실을 하나 전해 준다. 바오로가 다마스쿠스로 가다가 그 일을 겪은 후에 광야에 은거했다가 다시 예루살렘에 돌아온 지 얼마 되지 않았을 때였다. 〈그는 예수의 제자들을 만나 보려 했으나, 모두가 그를 두려워했다〉라고 루카는 말한다. 그들의 심정은 충분히 이해할 수 있다. 제3자의 눈으로 볼 때, 그들에게는 바오로를 믿지 못할 충분한 이유들이 있는 것이다. 바오로는 엄청난 모험을 한 것이지만, 그룹 안에는 모두가 경원시하는 바오로를 신뢰한다는, 그 못지않게 엄청난 모험을 한 사람이 하나 있었다. 바로 바르나바였다. 이 책의 앞부분에서 나는 어떤 기독교인이 자신을 박해한 사람에게 복수하는 대신, 그의 결박을 풀어 주고, 포옹하고, 종파에 받아들여 주는 『쿠오 바디스』의 에피소드에 비교될 수 있는 것이 「사도행전」에는 전혀 없다고 말한 바 있다. 그런데 내가 틀렸다. 이것은 정확히 바르나바가 한 일이다.

바르나바는 바오로와 팀을 이뤄 안티오키아로 떠나게 된다. 요한 마르코도 뒤따라가 그들과 합류한다. 거기서 세 사람은 이교도들에게 복음을 전하기 시작한다. 세 사람 사이에는 아무 문제가 없는 것처럼 보인다. 곧 그들은 활동 영역을 키프로스까지 넓히고, 다시 거기서 팜필리아, 다시 말해서 터키의 남부 해안으로 가는 배를 탄다. 하지만 거기서 그들은 언쟁을 벌인다. 그 이유는 정확히 알 수 없지만, 아마도 갈수록 율법을 존중하지 않는 바오로의 태도를 요한 마르코가 견뎌 내지 못한 게 아닐까 싶다. 그는 이 두 사람과 헤어져, 혼자 예루살렘에 돌아온다.

그로부터 1~2년 후에 바오로와 바르나바는 그들의 첫 번째 전도 여행 — 이 여행 중에 그들은 리카오니아 사람들에게서 신 취급을 당하기도 했다 — 에서 돌아온다. 그들은 두 번째 전도 여행을 준비한다. 준비하는 중에 다시 언쟁이 일어났는데, 루카는 그 이유를 이렇게 설명한다. 〈그런데 바르나바는 마르코라고 하는 요한도 같이 데려가려고 하였다. 그러나 바오로는 팜필리아에서 자기들을 버리고 떠나 함께 일하러 다니지 않은 그 사람을 데리고 갈 수 없다고 주장하였다. 그리하여 그들은 감정이 격해져서 서로 갈라졌다.〉

루카 같은 평화주의자가 〈감정이 격해졌다〉는 표현을 쓴 것을 보면, 정말로 분위기가 험악했던 모양이고, 그때부터 「사도행전」에서는 바르나바도 요한 마르코도 볼 수 없게 된다. 그들은 그들의 길을 간 것이고, 바오로도 자신의 길을 간 것인데, 루카는 바오로의 행적을 좇은 것이다. 바르나바를 떨쳐 버린 바오로는 예루살렘에서 최대한 먼 곳으로 떠난다. 때가 묻지 않고, 멀리 떨어져 있는 외진 고장들로 들어가서는 팜필리아인, 리디아인, 갈라티아인 들에게 차례로 복음을 전했고, 이 과정에서 얻은 젊은 티모테오는 요한 마르코 대신 열성적인 조수 역할을 훌륭하게 수행하게 될 것이다. 몇 년 후, 우리는 이 티모테오를 트로아스항에서 다시 보게 된다. 그는 여기서 루카를 만나고, 그 후의 일들은 우리가 잘 아는 바다.

전승의 주장에 따르면, 바르나바는 바오로와 헤어진 후에 키프로스로 돌아가서 거기서 오랫동안 훌륭하게 살다가 죽었다고 한다. 한편 요한 마르코는 예루살렘에서 그리스어를 하지 못하는 베드로의 비서 겸 통역이 되었다. 나는 필립보가 그에게 루카를 소개했을 가능성이 있다고 생각한다. 이에 앞서 그는 루카에게 외교적으로 처신해야 할 거라고 경고했을 것이다. 요한 마르코는 바오로와 함께 일했는데, 그게 좋지 않게 끝났고, 이제 바오로의 적들의 진영으로 들어갔으니 말이다. 루카는 원래 외교적인 사람이었다. 그에게는 바오로와 같은 독단적인 어조가 없었다. 그는 자신이 모든 것을 안다고 생각하지 않았다. 그저 예수를 알았던 사람들의 얘기를 들어 보고 싶을 뿐이었다.

요한 마르코는 자신이 예수를 알았다고 말하지 않았다. 그런 말은 결코 하지 않을 것이다. 만일 그가 정말로 그 아마포의 소년이었다면, 만일 나중에 그의 복음서를 쓰면서 그 자신만이 이해할 수 있는 그 신비한 디테일을 — 마치 어떤 화가가 그림 한 귀퉁이에 자신의 모습을 그려 넣듯이 — 슬그머니 집어넣은 게 맞다면, 나는 그가 이 사실을 아무에게도 말하지 않았으리라고 생각한다. 아니, 난 그가 어떤 꿈과도 같은 이 추억을 마음속 깊은 곳에 간직했으리라고 생각한다. 반면, 만일 루카가 그의 신뢰를 얻었다면, 요한 마르코는 그에게 예루살렘 교회의 인물들을 — 어쩌면 베드로까지 — 소개해 주고, 그를 자기 어머니 집에 초대했을 가능성은 있다고 본다.

나는 몇 번이나 이 장면을 써보려고 해보았다. 두 남자가 어느 집으로 들어간다. 그것은 전면이 좁은 집으로, 골목길에 면한 아주 나지막한 문을 통해 들어간다. 그 문을 밀면, 조그마한 내정에 들어서게 된다. 거기에는 분수전(噴水栓)이 하나 있고, 줄 하나에 빨래가 널려 있다. 거기에 사는 사람들, 형제들, 자매들, 사촌들은 요한 마르코가 이렇게 갑자기 들이닥쳐도 놀라지 않는다. 이것은 그의 집이기 때문에 얼마든지 외지인을 데리고 올 수 있는 것이다. 어쩌면 그들은 두 남자에게 물 한 컵과 대추야자 열매를 주었을 수도 있고, 또 어쩌면 앉아서 잠시 잡담을 나눴을 수도 있다. 그러고 나서 요한 마르코는 손님을 돌계단

쪽으로 데려가, 한 사람은 앞에서, 다른 한 사람은 그 뒤를 따라 계단을 오르고, 마침내 다락방 문에 이른다. 전에 사람들이 모이곤 했었고, 아직도 모이고 있으며, 모든 일들이 일어난 바로 그 다락방이다. 그 방에는 전혀 특별한 게 없다. 바닥에 깔린 방석 몇 개, 양탄자 하나. 하지만 나는 루카가 문턱을 넘으려는 순간, 일종의 현기증에 사로잡혔고, 또 어쩌면 감히 들어가지도 못했으리라고 생각한다.

어쨌든 나는 감히 들어가지 못한다.

23

나는 여기서 후퇴한다. 이 요한 마르코가 이 역에 딱 맞는 인물로 느껴지긴 하지만, 그는 나를 너무 멀리, 혹은 너무 가까이에 데리고 가기 때문에, 난 루카가 찾아갔었을 다른 증인들을 찾아본다. 마치 캐스팅을 하듯이, 나는 그의 복음서를 샅샅이 훑어보면서 조역들을, 단역들을 찾아본다. 그리고 그들의 이름을 적어 놓는다. 어쩌다가 예수와 만나게 되었고, 그 이름이 복음서에 언급된 사람들이 있다. 물론 이름이 명시되어 있지 않을 수도 있다. 루카는 그냥 〈한 문둥병자〉, 〈한 징세 청부인〉, 〈한 백인 대장〉, 〈12년 동안 피가 멈추지 않았지만, 아무도 치료할 수가 없었던 어떤 여인〉이라고 쓰고 말 수도 있었다. 아닌 게 아니라 그는 많은 경우 이렇게 하고 있지만, 어떤 이들은 이름을 대고 있으며, 나는 그가 이름을 댄 것은 그것이 진짜 이름들이었기 때문이라고 생각한다. 물론 대부분의 이름들은 그가 옮겨 쓴 것들이겠지만, 이 이름들 중 어떤 것들, 즉 오직 그만이 언급하고 있는 이름들은 그가 실제로 만난 사람들의 이름들이다.

　루카는 예리코에서, 20년 전에 예수가 그 집에서 잔 일이 있
다고 하는 한 세리(稅吏)의 집을 찾아갔을 수도 있다. 오늘날에
도 프랑스의 촌락들에는, 드골 장군이 자기 집에서 하룻밤을
자고 갔는데, 침대가 너무 작아 그 키 큰 양반의 발이 침대 밖으
로 빠져나왔다고 얘기하는 것을 아주 좋아하는 사람들이 있다.
이 세리, 즉 자캐오는 루카에게 그의 복음서 19장에 나오게 될
이야기를 들려줬을 수도 있다. 예수는 예루살렘으로 가는 길에
예리코를 지나게 되었다. 자캐오는 호기심에 그를 보고 싶었지
만, 드골 장군과는 정반대로 그는 체구가 작은데 예수 주위에
너무 많은 사람들이 몰려 있었기 때문에 시야를 높이고자 한
돌무화과나무 위로 올라간다. 예수는 그를 보았다. 그는 자캐
오에게 나무에서 내려와라, 네 집에서 쉬고 싶으니 나를 영접
하라고 명한다. 자캐오는 기쁘게 예수를 자기 집에 맞아 주었
으니, 지금 그가 루카를 맞아 주고 있는 집이 바로 그 집이다.
또 그는 예수에게 자기 재산의 반을 가난한 사람들에게 줄 것
이며, 자기가 속여 먹은 사람이 있다면 그 네 배를 갚아 주겠노
라고 약속한다. 나는 〈어떤 말이 진실처럼 들린다〉라는 것이
매우 주관적인 느낌이라는 것을 잘 알지만, 만일 누군가가 내
게 이 〈진실처럼 들리는 디테일〉의 예를, 이것은 분명히 당사
자에게서 직접 얻어 낸 것이라고 맹세할 수 있는 디테일의 예
를 하나 들어 보라고 요구한다면, 이 돌무화과나무에 올라가는
자캐오를 들겠다. 혹은 자캐오와 비슷한 상황에서 사람들이 예
수에게 떠메고 온 중풍병자를 들겠다. 예수에게 데려오려 했으

나, 그가 가르치고 있는 집의 문 앞에 너무 많은 사람들이 몰려 있어, 지붕으로 올려서는 옥상에 구멍을 뚫고 들것에 눕혀 아래로 내린 그 중풍병자 말이다.

또 루카는 베타니아에서 마르타와 마리아라고 하는 두 자매의 집 문을 두드렸을 수도 있다. 복음서 기자 요한도 이 여자들에 대해, 특히 예수가 부활시켰다는 그들의 오빠 라자로에 대해 얘기하고 있다. 루카는 라자로나 그의 부활에 대해 일절 언급이 없다. 만일 그 일이 실제로 일어났었다면 대단한 사건이었을 텐데 말이다. 반면 그는 아주 일상적인 조그만 사건을 하나 이야기한다. 예수는 좀 쉬려고 두 자매의 집에 들렀다. 그는 휴식을 취하면서 아주 친근하고도 허물없었으리라고 상상되는 분위기에서 얘기를 한다. 그의 발치에 앉은 마리아는 지칠 줄 모르고 그의 얘기만 듣고 있다. 그러고 있는 동안, 마르타는 부엌에서 부산을 떨고 있다. 결국 이런 식의 역할 분담에 그녀는 결국 분통이 터진다. 「주님!」 그녀가 항의한다. 「제 동생이 이렇게 저 혼자만 일하게 하는데도 주님은 아무렇지도 않으세요? 나 좀 도우라고 하세요!」 예수의 대답은 이렇다. 「마르타야, 마르타야, 너는 한 가지만 하면 되는데, 참 여러 가지 것들을 신경 쓰며 분주하구나. 그러나 필요한 것은 단 한 가지뿐이야. 마리아는 더 좋은 쪽을 택하였으니, 그것을 빼앗기지 않을 것이다.」

이 장면 역시 나에게는 〈진실처럼 들린다〉. 다시 말해서 당사자에게 직접 들은 일화처럼 느껴진다. 그리고 이 장면은 지난 20세기 동안 부산한 삶과 명상적인 삶 간의 대립을 예시하기 위한 용도로 쓰여 왔는데, 솔직히 나는 에르베가 매일의 행동 기준으로 삼는 이 〈더 좋은 쪽〉이라는 주제가 약간은 껄끄럽게 느껴진다. 그의 아내가 모든 것을 도맡아 이리 뛰고 저리 뛰고 있는 동안 그는 『바가바드기타』를 읽고 있는 것이다. 만일 나였다면 이 동일한 주제를 가지고서 완전히 정반대되는 교훈 — 새침데기 언니가 응접실에서 새끼손가락을 치켜세우고 차를 홀짝거리는 동안, 땀을 뻘뻘 흘리며 식사를 준비하는 착한 처녀에 대한 칭송 — 을 담은 촌극을 한 편 썼을 것 같다. 하지만 에르베가 내게 점잖게 지적했듯이, 루카는 그렇게 쓰지 않았다. 루카는 아마도 마리아나 마르타가, 혹은 두 여자가 30년 후에 회상했을 일을, 그리고 예수가, 〈너희는 오직 그 왕국을 구하라. 그리하면 나머지 것들은 저절로 따라오리라〉라고도 말했던 그 예수가 했을 말을 썼을 뿐이다.

예수를 둘러싼 여자들 얘기가 나왔으니 말인데, 그런 여자들은 한 다발은 되었고, 루카에 따르면 이들은 예수와 열두 제자를 따라다니며 〈저마다의 재산으로 그들을 도왔다〉고 한다. 루카는 이 여성 동지들의 이름을 밝힌다. 〈막달라 여자 마리아, 헤로데의 집사 쿠자스의 아내 요안나, 수산나, 그리고 다른 여자 몇 명.〉

몸에서 일곱 귀신을 쫓아낸 막달라 여자 마리아는 당연히 최고의 대어였을 것이다. 예수가 치료한 이 히스테리 환자는 그가 부활한 사실을 처음으로 말했고, 처음으로 소문을 퍼뜨렸으며, 이런 의미에서는 기독교 자체를 발명한 사람이라고도 할 수 있다. 하지만 막달라 여자 마리아는 모두가 아는 인물이다.

루카가 그녀에 대해 얘기할 때, 그는 단지 마르코가 그녀에 대해 말한 내용을 옮겨 적고 있을 뿐이다. 루카는 여기에다 한마디도 덧붙이지 않으며, 그의 존더구트*Sondergut* ―〈그만의 재산〉이란 뜻으로, 독일 성서학자들이 오직 하나의 복음서에만 있는 내용을 묘사하기 위해 쓰는 말이다 ― 에서 나온 것은 전혀 없다.

수산나는 달랑 이름으로만 나온다. 문제는 헤로데의 집사 쿠자스의 아내, 요안나이다.

24

이 쿠자스의 아내 요안나는 나로 하여금 많은 몽상을 하게 했다. 나는 그녀에 대해서는 소설을 한 권 쓸 수도 있겠다고 생각했다. 심지어 그녀가 이 책에 들어가는 세 번째 문이 될 수 있겠다고 생각한 적도 있다.

루카가 찾아왔을 때 그녀는 예순 살이었다. 어쩌면 쿠자스와 그녀는 전에 헤로데의 궁전이었던 곳 ― 지금은 바오로가 머물고 있는 ― 의 한 건물에서 여전히 지내고 있었는지도 모른다. 헤로데의 집사라는 것은 결코 작은 직분이 아니었다. 쿠자스는 상당히 유력한 인물이었을 것이고, 요안나는 일종의 부르주아였을 것이다. 권태에 사로잡힌 부르주아 여인, 유대 땅의 보바리 부인, 어떤 구루의 이상적인 고객이다. 이 무렵, 갈릴래아 지방을 돌아다니는 병 고치는 사내에 대한 소문이 자자했는데, 이 사내는 어떤 다른 사내, 성격이 불같고, 메뚜기를 잡아먹고, 제자들을 광야로 끌어들이고, 시간의 끝이 가까워졌으니 회

417

개하라고 외치며 그들을 요단강 물에 처넣는 어떤 괴짜와 혼동되는 경향이 있었다. 이 괴짜는 심지어 헤로데에게까지 회개할 것을 요구했다. 그는 헤로데가 동생의 아내인 헤로디아와 자는 것은 잘못이라고 비난했고, 이를 못마땅하게 여긴 헤로데는 결국 그를 감옥에 가두고 목을 자른다. 요안나가 찾아간 것은 이 괴짜가 아니라 또 다른 구루였는데, 그는 그녀의 마음을 편안하게 해주었다. 그의 주위에는 별의별 사람이 다 모여 있다. 세리들, 창녀들, 그리고 수많은 절름발이들. 쿠자스는 이런 것들을 좋지 않은 눈으로 봤을 것이다. 그는 아내에게 그녀의 행동은 온당치 못하며, 사람들이 수군댈 거라고 경고하지만, 요안나 자신도 어쩔 수가 없다. 그녀는 거짓말을 한다. 처음에는 자신의 지참금에서, 그다음에는 쿠자스의 금고에서 돈을 꺼내어 병 고치는 사내와 그의 제자들에게 가져다준다. 몇 달 동안, 그녀는 마치 연인을 가진 기분이다. 그러고 나서 병 고치는 사내는 예루살렘으로 떠났고, 얼마 후에 요안나는 그쪽에서 좋지 않은 일이 일어났다는, 그도 요한 같은 최후를 맞이했다는 소식을 듣게 된다. 참수되지는 않았지만, 그보다도 끔찍한 십자가형이란다. 슬픈 일이었지만, 그렇게 놀라운 일은 아니다. 혼란한 시대였기 때문이다. 쿠자스는 어깨를 으쓱한다. 그것 봐, 내가 뭐라고 했어? 30년이 지난 후, 요안나는 이따금 그때 일을 다시 생각해 보곤 한다. 그리고 지금은 이 상냥한 그리스인 의사에게 그때 일을 얘기해 줄 수 있어서 너무 기쁘다. 그리스인 의사는 그녀에게 여러 가지 질문을 던지고, 이것은 더 드문 일인데, 그녀의 대답에 귀를 기울인다. 그분은 어떻게 생기셨나요? 그분은 무슨 말씀을 하셨나요? 그분은 어떤 일들을 하셨나요? 그분이 무슨 말씀을 하셨냐고? 그녀는 기억이 잘 나지 않는다. 그냥 아름다운 말씀들이었는데, 상식적인 얘기들은 아니었다. 특히 그녀에게 인상 깊었던 것은 그의 능력들이었으며 특히, 특히, 그녀를 바라보는 방식이었다. 마치 그녀에 대해 모든 것을 알고 있는 듯한 그 시선 말이다.

여기서 그만 멈추자. 위에서 나는 그녀에 대해 소설을 한 권 쓸 수 있겠다고 말했지만, 사실은 마음이 내키지 않는다. 마음이 내키지 않는 것은 아마도 그것이 바로 소설[14]이기 때문일 것이다. 또 어떤 작가들은 눈 하나 깜짝하지 않고서, 토가나 짧은 치마 차림의 고대 인물들에게 〈오, 안녕, 파울루스! 어서 안뜰로 들어와!〉 따위의 말을 하게 할 수 있겠지만, 나는 도저히 그러지 못한다. 이것은 역사 소설들, 특히나 고대 로마를 배경으로 한 소설들이 가진 문제점이다. 이런 구절을 보면 난 곧바로 만화 『아스테릭스』를 보고 있는 듯한 기분이 든다.

25

나는 여러 차례 시도해 보았지만, 한 번도 『하드리아누스 황제의 회상록』을 끝까지 읽어 내지 못했다. 반면, 나는 20년 동안 마르그리트 유르스나르와 함께해 온 이 소설의 부록으로 출간된 그녀의 작업 노트는 매우 좋아한다. 나는 훌륭한 현대인답게 대형 회화보다는 스케치를 더 좋아하는데, 이런 사실은

14 여기서 〈소설*roman*〉은 현실의 이야기가 아닌, 공상에 의한 허구적인 이야기라는 뜻으로 쓰였다.

내게 하나의 경고가 되어야 할 것인바, 왜냐하면 나는 나 자신의 책이 엄청나게 균형 잡히고 잘 짜인 큼직한 구성물이 아니면 안 된다고 생각해 왔기 때문이다. 다시 말해서, 완성하고 나면 마침내 숨을 좀 돌리고, 긴장을 풀 수 있는, 하지만 그게 지금 당장에는 되지 않는 그런 장인의 걸작 말이다. 지금 당장에는 연필로 그날그날, 이 책 저 책 읽어 가며, 또 이런 기분 저런 기분으로 적어 온 무수한 메모들을 이 웅장한 틀 안에 맞춰 넣느라 개처럼 작업해야 한다. 때로는 수첩들에서, 혹은 흩어진 메모 카드들에서 자유롭게 펄떡이고 있는 이 메모들이 정리되고, 통일되고, 능란한 전개를 통해 하나하나 연결되는 상태이기보다는 지금 있는 그대로의 상태일 때가 훨씬 더 생생하고도 읽기에 유쾌하지 않는가, 하는 의문이 문득 떠오르기도 하지만, 나로서도 어쩔 수가 없다. 내가 좋아하는 것은, 나를 안심시키고 내가 이 땅에서의 시간을 허비하지 않고 있다는 환상을 주는 것은, 머리에 스쳐 가는 것들을 한데 녹여 동질적이고, 매끄럽고, 여러 겹이 중첩된 마티에르를 만들어 내기 위해 피와 땀을 흘리는 것이다. 그리고 이 〈겹〉에 대해서는 나는 못 말리는 편집증 환자답게 결코 만족하는 법이 없으며, 모든 것을 미완성 상태로, 일시적인 상태로, 내 통제를 벗어난 상태로 숨 쉬게 놔두기보다는, 항상 한 겹을 더 바르고, 그 바른 한 겹 위에는 다시 어떤 윤기를, 어떤 광택을, 혹은 기타 등등을 입히려는 계획을 세운다. 뭐, 어쨌든. 마르그리트 유르스나르는 『하드리아누스 황제의 회상록』을 쓰고 나서 이렇게 말한다.

〈게임의 규칙은 이렇다. 모든 것을 알아볼 것, 모든 것을 읽을 것, 모든 것에 관한 정보를 얻고, 이와 동시에 이냐시오 데 로욜라의 『영신 수련』의 내용을, 혹은 감은 눈꺼풀 안에 자신이 창조한 이미지를 좀 더 정확히 보려고 몇 년이고 전력을 다하는 힌두교 고행자의 방법을 자신의 목적에 맞게 사용할 것. 수백 장의 메모 카드들을 통해, 각각의 사건이 일어난 바로 그 순간을 쫓을 것. 이 석상이 된 얼굴들에 삶의 유동성과 유연함을 돌려주려고 노력할 것. 두 개의 텍스트, 혹은 두 개의 주장, 혹은 두 개의 생각이 충돌하면 하나를 살리고 다른 하나를 없애기보다는 양자를 화해시킬 준비가 되어 있을 것. 그것들을 동일한 실체의 상이한 두 측면, 연속적인 두 상태로, 복합적이기 때문에 설득력이 있고, 다양하기 때문에 인간적인 실체로 간주할 것. 2세기의 어떤 텍스트를 2세기의 눈과 영혼과 느낌으로 읽으려고 애쓸 것. 그것을 동시대의 사실들이라는 양수(羊水)에 담글 것. 만일 가능하다면, 이 사람들과 우리 사이에 층층이 쌓여 온 모든 신념들과 감정들을 배제할 것. 하지만 텍스트들을 비교하고 대조할 모든 가능성을, 그리고 어떤 텍스트, 어떤 사실, 어떤 인물로부터 우리를 떼어 놓는 많은 세기들과 사건들에 의해 서서히 만들어져 온 새로운 관점들을 ― 신중하게, 그리고 오직 준비 작업의 단계에서만 ― 이용할 것. 이런 것들을 시간상의 한 특정한 지점으로 돌아가는 우리의 길에 있어서 푯말들로 활용할 것. 그림 위에 우리의 그림자를 드리우지 말 것. 거울 표면에 우리의 입김이 서리지 않게 할 것. 우리와 다름없이 올리브 열매를 깨물어 먹고 포도주를 들이켰던, 혹은 손가락들에 꿀을 잔뜩 묻혔던, 매서운 바람과 눈을 뜰 수 없는 폭우와 맞서 싸웠고, 여름에는 플라타너스의 그늘을 찾았고, 즐겼고, 생각했고, 늙어 갔고, 죽어 간 사람들과의 접점으로서, 감각이 일으키는 감정들이나 정신의 활동들 가운데서 오직 본질적이고 영속적인 것들만을 취할 것.〉

이 텍스트를 옮겨 쓰면서, 멋진 글이라는 생각이 든다. 나는 이 글이 제시하는 오만한 동시에 겸허한 방식의 가치를 인정한다. 불변의 것들을 열거하는 너무나도 시적인 리스트는 나로 하여금 생각에 잠기게 하는데, 이것은 엄청나게 큰 문제를 건드리고 있기 때문이다. 〈감각이 일으키는 감정들이나 정신의 활동들 가운데〉 있는 본질적이고 영속적인 것은 과연 무엇인가? 다시 말해서, 역사에 속하지 않는 것은 무엇인가? 하늘, 비, 갈증, 남자들과 여자들로 하여금 짝짓기를 하게 만드는 욕구…… 좋다, 하지만 이런 것들에 대한 우리의 인식 가운데, 이것들에 대해 우리가 품는 의견들 가운데 역사가, 다시 말해서 계속 변하는 것이 곧바로 스며들어 오고, 결코 도달하지 못할 것으로 여겨졌던 자리들을 끊임없이 차지하게 된다. 내가 마르그리트 유르스나르와 의견을 달리하는 부분은 그림에 드리운 그림자와 거울 표면에 서린 입김에 대해서이다. 나는 이것들은 우리가 피할 수 없는 어떤 것이라고 생각한다. 우리는 항상 이 그림자를, 또 그것을 제거해 보고자 우리가 동원하는 트릭들을 보게 될 것이고, 따라서 그것들을 받아들이고, 그냥 작품에 등장시키는 게 낫다고 생각한다. 이것은 어떤 다큐멘터리를 찍을 때와 같다. 여기서 선택은 두 가지인데, 첫째는 거기서 우리가 사람들의 〈진정한〉 모습 — 다시 말해서 우리가 그들을 촬영하지 않을 때 — 을 보고 있다고 믿게 하려고 시도하는 것이고,

둘째는 그들을 촬영하는 것은 상황을 변화시키며, 따라서 지금 촬영되고 있는 것은 새로운 상황이라는 사실을 인정하는 것이다. 나 개인적으로는, 전문적인 용어로 〈카메라 시선〉[15]들이 발생해도 상관이 없다. 오히려 그것들을 적극적으로 취하고, 심지어 거기에 초점을 맞추기도 한다. 나는 고전적인 다큐멘터리들에서는 화면 바깥에 머물러 있어야 하는 이 시선들이 가리키는 것들, 즉 촬영하고 있는 팀, 팀을 이끌고 있는 나, 그리고 우리의 언쟁들과 의혹들과 우리가 촬영하고 있는 사람들과의 복잡한 관계 등을 보여 준다. 나는 이런 접근 방식이 더 낫다고 주장하지 않는다. 이것들은 서로 다른 두 접근 방식이며, 내 방식을 옹호하기 위해 할 수 있는 말은 오직 하나, 사물들을 그 진정한 본질 가운데서 보여 주기 위해 작가는 사라져야 한다는 마르그리트 유르스나르의 오만하면서도 다소 순진한 주장보다는, 내 방식이 의심과 무대의 뒷면과 메이킹 오브[16]를 좋아하는 현대적 감수성과 더 잘 어울린다는 것뿐이다.

재미있는 사실은, 티투스 리비우스의 로마인들이나 성경의 유대인들을 재현하는 데 있어서 리얼리즘을 살리려고 고심했던 앵그르, 들라크루아, 혹은 샤세리오와는 달리, 옛날 거장들은 모더니즘의 신조와 브레히트식의 소격(疏隔) 기법을 부지불식간에, 다시 말해서 소경 문고리 잡듯이, 사용했다는 점이다. 만일 그들에게 질문을 했다면, 아마도 그들은 한 번 생각해 보고 나서, 15세기 전의 갈릴래아가 그들 시대의 플랑드르나 토스카나 지방과 닮지 않았다는 점을 인정했겠지만, 대부분은 이

---

15 촬영 중에 배우 한 사람의 시선이 카메라의 시선과 마주치는 일.
16 어떤 영상물의 제작 과정을 보여 주는 다큐멘터리 필름.

런 질문 자체를 해보지를 않았다. 그들의 사고 틀 안에는 역사적 리얼리즘에 대한 열망이란 게 존재하지 않았고, 나는 이런 그들이 사실은 옳다고 생각한다. 그들이 재현하는 것이 진짜 현실이었다는 점에서 그들은 진정한 리얼리스트들이었다. 그들이 재현한 것은 그들 자신, 그들이 살고 있는 실제 세계였다. 성녀 마리아의 집 내부는 화가 혹은 그의 의뢰인의 그것이었다. 너무나도 공을 들여 가며, 디테일과 마티에르에 대한 사랑으로 그려 낸 그녀의 의복들은 그들의 아내, 혹은 정부의 그것들이었다. 그리고 그 얼굴들은…… 아, 그래, 얼굴들!

26

루카는 의사였지만, 한 전승 — 정교(正敎) 세계에서 더 잘 보존되어 온 — 에 의하면 그도 화가였으며, 동정녀 마리아의 초상까지 그렸다고 한다. 15세기에 비잔틴 제국을 다스렸던 황제 테오도시우스 2세의 아름다운 아내였던 에우도시아는 목판에 그려진 이 마리아의 초상화를 자기가 소유했다고 주장했다. 그런데 그것은 1453년, 콘스탄티노플이 터키인들에 의해 함락되었을 때 파괴되었다고 한다.

그로부터 17년 전인 1435년에 브뤼셀의 화가 길드는 성 미카엘과 성녀 구둘라 성당에 봉헌할 목적으로 로히어르 판데르 베이던에게 그들 조합의 수호성인인 성 루카가 성모를 그리고 있는 모습을 묘사한 그림 한 점을 의뢰했다. 플랑드르 화파의 거장 가운데 하나인 로히어르 판데르 베이던은 내가 가장 좋아하는 화가 중 하나이기도 하지만, 나는 한 번도 이 그림을 실제로 보지 못했으니, 이것은 보스턴 미술관에 소장되어 있고, 나는 거기에 가본 적이 없기 때문이다.

　나는 한 번도 보스턴에 가본 적이 없지만, 모스크바에는 에마뉘엘 뒤랑이라는 아주 소중한 친구가 하나 있다. 덩치가 크고 수염이 텁수룩한 그는 다소 침울한 기질을 가진 친구이다. 성격은 진지하면서도 온화하고, 셔츠 아랫자락은 항상 스웨터 밑으로 삐져나와 있으며, 널찍한 철학자의 이마를 지녔다(그는 비트겐슈타인에 대해 박사 논문을 썼다). 지난 15년 동안, 우리는 러시아에서 꽤 많은 모험들을 함께한 사이로, 열차 안에서, 그리고 크라스노야르스크나 로스토프나도누의 손님도 없는 식당들 안에서 나는 지금 쓰고 있던 이 책에 대해 그에게 종종 얘기해 주었다. 에마뉘엘의 아내 이리나는 정교 신자이고 성화를 그리는 화가이며, 에마뉘엘 자신도 내 주변에서는 몇 안 되는 기독교인 중 하나이다. 보드카를 몇 잔 걸치고 나면 그는 천사들이며 〈모든 성인의 통공(通功)〉[17] 같은 것들에 대해 끝없는 사설을 늘어놓기 시작한다. 어느 날 저녁, 나는 로히어르 판데르 베이던의 그림을 묘사해 주려고 하다가, 그 그림의 괜찮은 복제화를 구하기가 너무나 힘들다고 한탄했다. 그러면서 나의 대모가 그녀의 서가에다 올려놓은 그 마돈나들처럼, 작업하는 나를 곁에서 지켜보는 그런 복제화가 한 점 있으면 참 좋겠다고 말했다. 파리에 돌아와 보니, 커다란 소포가 와 있었는데, 그 안에는 로히어르 판데르 베이던과 관련하여 구할 수 있는 유일한 작품집 한 권이 들어 있었다. 아니, 구할 수 있

---

17 성자와 성부와 성령의 일치 안에서 세례받은 모든 이가 일치를 이루는 신앙과 사랑의 친교. 여기서는 그것을 주제로 한 그림을 말하는 듯.

는 게 아니었다. 절판되어 더 이상 구할 수 없는 것이었는데 엠마뉘엘이 찾아낸 거였고, 너무도 아름다운 책이었다.

만만치 않은 무게였지만, 난 그 책을 그해 가을에 에르베와 산책을 즐기러 갔던 르 르브롱에 가지고 갔다. 나는 거기서 하루에 몇 시간씩 투자하여, 아직은 머리에 막연한 생각밖에 없지만, 루카와 성모를 묘사한 그림에 대한 것이 될 장(章) 하나를 쓸 계획이었다. 에마뉘엘이 선사한 책을 꼼꼼히 읽어 본 나는 이 그림에 나타난 루카의 모습은 일반적으로 베이던의 자화상으로 간주된다는 사실을 알게 되었다. 나는 그게 마음에 들었다. 길쭉하고, 심각하고, 명상적인 이 얼굴이 판데르 베이던과 루카, 두 사람 모두에게 어울린다고 느껴진 것이다. 판데르 베이던이 자신의 특징들로 루카를 그렸다는 사실은 나 자신도 내 분야에서 똑같은 작업을 하고 있기에 더욱 마음에 들었다.

나는 풍경화도 좋아하고, 정물화도 좋아하고, 비구상화도 좋아하지만, 무엇보다도 좋아하는 것은 초상화이고, 나 자신도 내 분야에서의 일종의 초상화가로 여긴다. 이 주제와 관련하여 내가 항상 흥미롭게 느끼는 점이 하나 있는데, 그것은 우리가 실제 모델을 보고 그려진 초상들과 상상적인 인물들의 초상들을, 그 이유를 명확히 설명하지는 못하지만, 본능적으로 구별한다는 사실이다. 나는 최근에 그 뚜렷한 예를 하나 감상한 적이 있다. 바로 피렌체의 메디치리카르디궁의 한 부속 예배당의 네 벽을 온통 채우고 있는 보노초 고졸리의 프레스코화 「동방 박사들의 경배」이다. 동방 박사들과 그 수행원들을 자세히 들여다보면, 그들의 고상한 얼굴들은 메디치궁의 인물들의 그것이고, 그들 뒤에 몰려 있는 군중들은 거리에서 데려온 사람들의 그것임을 알 수 있으며, 이들 모두가 실제 모델을 보고 그린 초상들이라는 것을 조금도 의심할 수가 없다. 우리는 비록 그 모델들을 모른다 할지라도, 그들이 꼭 이렇게 생겼으리라고 자기 손목을 걸고 맹세할 수 있는 것이다. 반면, 아기 예수가 누워 있는 말구유에 이르게 되면, 거기서부터는 천사들과 성자들과 하늘의 군대들이 나타난다. 갑자기 얼굴들은 보다 반듯해지고, 보다 이상적인 모습으로 변한다. 영성은 더해지지만 그만큼 생생함은 사라진다. 우리는 이게 더 이상 실제 인물들이 아님을 확신할 수 있다.

로히어르 판데르 베이던의 그림에서도 동일한 현상이 관찰된다. 감상자는 성 루카의 모습이 베이던의 자화상이라는 사실을 모른다 할지라도, 이것이 실제로 존재하는 누군가의 초상이라는 것만큼은 분명히 느낄 것이다. 성모는 그렇지 않다. 그녀는 너무도 아름답게 — 특히 그녀의 옷이 — 그려져 있다. 하지만 그녀는 다른 마돈나들에 따라, 다시 말해서 사람들이 성모에 대해 품는 관습적이고, 천상적이고, 약간 무미건조한 관념에 따라 그려졌는데, 회화 예술이 재현하는 대부분의 마돈나들이 이렇다. 예외들도 있다. 예를 들면 로마의 산타고스티노 성당에 있는, 믿기지 않을 정도로 섹시한 카라바조의 마돈나이다. 우리는 모델이 화가의 정부, 레나라는 이름의 어느 창녀라는 사실을 알고 있다. 판데르 베이던도 얼마든지 섹시한 여성을 그릴 수 있었는데, 그 증거는 에마뉘엘이 내게 선사한 책의 표지를 장식한 기막힌 초상화로, 이것은 내가 알고 있는 한 가장 생생하고도 관능적인 여자 얼굴들 가운데 하나이다. 하지만 판데르 베이던은 카라바조 같은 건달은 아니었다. 그는 동정녀를 이런 식으로 취급하는 것을 결코 스스로에게 허락하지 않았을 것이다.

27

발레 지방의 산골 마을에서 지낸 저녁 시간들을 그저 평온하기만 하다고 말하는 것은 좀 지나친 얘기고, 난 어떤 저녁들에는 인터넷에서 포르노를 감상하며 시간을 보낸다. 대부분의 테마들 ─ 〈극한의〉 갱 뱅, 기계로 쑤셔 대는 자궁들, 말에게 당하는 임신한 여자들 따위 ─ 은 나를 무관심하게 만들거나, 혐오감만 느끼게 한다. 내가 가장 지속적으로 끌리는 테마는 여성 자위행위이다. 어느 날 저녁, 나는 〈자위하는 여자〉라는 검색어를 입력했고, 거의 비슷비슷한 수십여 개의 동영상 중에서 엄청나게 흥분되는 〈자신을 즐기면서 두 번의 오르가즘에 이르는 갈색 머리 여자〉 ─ 뭐, 제목이 이렇다 ─ 에 눈이 꽂혔다. 얼마나 흥분되었는지 나는 그것을 내 컴퓨터의 〈제일 좋아하는 것들〉 폴더에 저장했으며, 그것은 낮에 하는 로히어르 판데르 베이던의 그림에 대한 작업을 상당히 흐트러뜨렸지만, 결국에는 그것을 자극하여, 더 열심히 달려들게 만들었다. 나는 처음에는 이 두 주제가 서로 아무 관계가 없다고 생각했으나, 이것은 정신 분석에서와 마찬가지이다. 우리의 정신을 사로잡고 있는 두 가지 것이 서로 아무 관계가 없다고 단언하는 것은, 바로 그것들이 서로 밀접하게 연관되어 있다는 확실한 증거인 것이다.

내게 있어서, 어떤 초상화가 실제 모델을 보고 그린 것인지 아닌지의 문제는 포르노그래피의 영역에서 어떤 동영상이 아마추어의 작품인지 프로의 것인지의 문제와 상응한다. 다시 말해서, 여자가 자신의 즐거움을 위해 스스로를 촬영한 건지 아니면 다른 사람으로 하여금 촬영하게 한 것인지, 또는 그 여자가 전문적인 배우인지의 문제와 상응하는 것이다. 물론 인터넷 사이트들은 이들이 재미 삼아 그런 행위를 하는 낯 두꺼운 여학생들이라고 주장하지만, 대부분의 경우 우리는 의심을 떨칠 수가 없다. 여기서 확실한 지표가 하나 있는데, 그것은 여자가 자기 얼굴을 보여 주느냐, 아니냐이다. 만일 여자가 얼굴을 가리면, 나는 그녀가 공개적인 자위를 통해 한껏 달아오르고 싶지만, 자신의 친구들, 가족, 그리고 직장 동료들이 알아보는 것은 피하고 싶은 아마추어라고 생각하게 된다. 왜냐하면 그렇게 자신을 노출시키는 것은 아무래도 심각한 사회적 위험이 따르는 일인데, 그렇게 위험한 일을 아무렇지도 않게 해버릴 만큼 해방된 정신을 가진 사람이 정말로 그렇게 많을까 하는 의문이 들기 때문이다. 어쩌면 실제로 많을지도 모르겠고, 이것은 인터넷이 우리 문명에 초래한 큰 변화 중 하나일지도 모르겠다. 어쨌든, 여자의 정체를 드러낼 수 있는 것은 얼굴만이 아니고, 그녀의 몸, 무대 배경, 지인들로 하여금 그녀를 알아볼 수 있게 해주는 몇몇 단서들이 될 수도 있다. 그리고 또 하나의 지표가 있는데, 그것은 바로 그녀의 음부다. 프로들은 예외 없이 그곳을 면도하고, 상당수의 아마추어들도 그렇게 하는 반면, 거웃이 있는 음부는 매우 강력한, 심지어 과장적일만큼 진정성을 강조하는 표시이다. 물론 이런 점은 프로들도 잘 알고 있는 바여서, 그들이 제공하는 옵션들 중에는 〈헤어리*hairy*〉, 심지어는 〈슈퍼헤어리*super-hairy*〉 항목까지 있을 정도이다.

나를 그토록 흥분시키는 그 동영상은 고정 촬영 방식으로 제작되었다. 카메라는 이동하지도, 줌 인을 하지도 않는데, 이런 점들은 여기에 그녀 혼자만 있음을 암시한다. 어쩌면 그녀가 어떤 남자를 위해 촬영하는 것일 수도 있겠지만, 지금 그 남자는 여기에 없다. 그녀는 청바지를 입고 그 위에 조그만 뷔스티에[18]를 걸친 차림으로 침대에 누워 있다. 엄청난 미인은 아니지만 그래도 예쁘장한 얼굴이고, 그녀가 포르노 배우라고 생각하게 할 만한 점은 눈곱만큼도, 정말로 눈곱만큼도 없다. 체격에서도, 표정에서도 발견할 수 없다. 머리는 갈색이고, 얼굴은 지적으로 생긴 30대 초반의 여자이다. 그녀는 멍한 표정으로, 떠오르는 몽상에 몸을 맡긴다. 그렇게 1분이 지나고, 그녀는 젖가슴을 만지작거리기 시작한다. 조그맣고 예쁜, 성형하지 않은 젖가슴이다. 그녀는 손가락에 침을 발라 유두를 자극한다. 몸을 반쯤 일으켜 원피스를 벗은 그녀는 잠시 머뭇거리다가 청바지의 단추를 끄른 다음, 팬티 안으로 한 손을 밀어 넣는다. 그녀는 이런 상태로 자신을 애무할 수도 있지만, 이왕 이렇게 된 것 그럴 수는 없는 일, 청바지를, 그다음에는 팬티를 벗어던져 알몸이 되는 게 더 편할 것 같고, 만일 어떤 분명한 의도를 가지고 침대 끝 쪽에 위치시켜 놓았을 그 카메라만 아니었더라면, 이런 생각이 그녀에게 순간적으로, 아무런 사전 계획 없이 떠올랐다는 생각마저 들 것이다. 그녀의 음부는 갈색이고, 거웃은

18 가슴과 어깨가 온통 드러나는 가벼운 원피스.

보통 수준으로 나 있는 게, 내게는 아주 매력적으로 느껴진다. 그녀는 그것을 살짝살짝 스치기만 하다가, 마침내 손가락들이 동원되고, 두 다리를 활짝 벌린 상태로 본격적인 자위가 시작되는데, 이게 인터넷 사이트들에서 여자들이 하는 것과는 닮은 점이 전혀 없다. 교태 어린 윙크도, 닳고 닳은 여자의 지긋한 미소도, 과장적인 헐떡임도 없다. 단지 숨결이 조금 강하고, 눈을 반쯤 감았고, 음순 사이에서 손가락들이 부지런히 찰싹댈 뿐이다. 어떤 관객에게 향해지는 것은 하나도 없다. 그녀는 정말로 혼자라고, 자기를 보는 사람이 아무도 없다고 확신하고 있다고, 카메라가 존재하지 않는다고 믿길 정도이다. 처음에는 멍한 표정으로, 거의 무심하게 느껴질 정도로 대충 했지만, 점차로 흥분되어서는 고개를 뒤로 젖히고, 헐떡거리고(하지만 이번에도 증인이 아무도 없는 것처럼 그리 요란스럽지 않게), 몸을 등과 두 다리로 버티고 일으켜 활처럼 구부리더니 마침내 격렬한 오르가즘에 이른다. 그녀는 경련하고, 얼마 후에야 진정한다. 잠시 정지한다. 이제는 끝났다고 느껴지지만, 천만에, 아직 그 부근에 꾸물대던 손가락들이 다시 움직이기 시작하고, 그녀는 다시 한 번, 이번에는 더욱 강렬하게 절정에 오른다. 내게는 정말로 굉장하게 느껴지는 거센 경련을 몇 차례 더 한 후, 그녀는 잠시 꼼짝 않고 있다가, 매끄러운 복부를 천천히 들먹이며 다시 호흡을 되찾는다. 눈을 뜬 그녀는 마치 다시 땅에 돌아온 사람처럼 가볍게 한숨을 내쉰다. 그러고는 너무도 우아한 동작으로 팔을 쭉 뻗어 팬티를 집어서는 두 다리를 들어 그것을 입은 다음, 팬티와 뷔스티에를 차례로 걸치고 시야에서 사라진다. 그렇게 끝난다.

나는 이 동영상을 연달아 스무 번은 볼 수 있다. 사실은 정말로 스무 번을 연달아 봤으며, 앞으로도 또 볼 것이다. 나는 이여자가 엄청나게 마음에 든다. 성적으로 말해서 1백 퍼센트 순수하게 〈내 스타일〉이라 할 수 있다. 이런 종류의 사이트들에서 흔히 볼 수 있는 다른 여자들, 즉 가슴 성형을 했고, 그곳의 체모를 말끔히 밀어 버렸고, 몸에 문신을 새겼고, 배꼽에 피어싱을 한 여자들과는 달리, 그녀는 내가 아는 여자들, 내가 사랑에 빠질 수도 있고, 같이 살 수도 있는 여자들을 닮았다. 그녀에게는 뭔가 엄숙한 구석이 있으며, 그녀가 절정 후에 잠시 정지해 있었던 것은 그녀가 뭔가 근심이 있거나 약간 슬프기 때문이라는, 그래서 두 다리 사이에 있으며 한 번도 그녀를 배신한적이 없는 그 위안의 샘으로 돌아와야 할 필요가 있었기 때문이라는 느낌마저 든다. 그녀의 몸은 그녀의 벗이라는 게 너무도 확실하게 느껴지는 것이다.

여기서 나는 자문하게 된다. 이 동영상의 주인공이, 이런 모습들에도 불구하고, 전문적인 포르노 배우까지는 아니라 할지라도 적어도 집세를 내기 위해 이따금 2백 유로나 5백 유로를 벌기 위해 — 정확한 출연료에 대해서는 잘 모르겠다 — 언제고 이런 일을 할 준비가 되어 있는 파트타임 포르노 배우라는게 과연 가능할까? 내가 순진한 건지 모르겠지만, 난 그렇게 생각하지 않는다. 척 보면 알 수 있는데, 이 여자는 부르주아거나, 적어도 보보스족이다. 예를 들어 나는 그녀가 번역가, 혹은 집에서 일하다가 오후의 중간쯤에 생각이 막혀 버린 프리랜서 기자라고 생각한다. 이런 때 그녀는 같은 동네에 사는 여자 친구와 커피를 마시러 외출하지 않으면, 침대에 누워서 자위를 한다. 포르노 동영상에서 나오는 침대는 보통 꽃무늬가 들어간 깃털 이불 같은 종류이거나, 보다 사치스럽게는 난교 파티를 즐기는 치과의사가 연상되는 검은 새틴이나 동물 가죽 같은 종류의 요란한 것들인데 반해, 반듯하게 펴진 그녀의 회갈색 침대 시트는 엘렌과 내가 덮고 자는 그것과 비슷하다. 그녀의 아파트 안에서 얼핏 보이는 것들은 우리 아파트에도 있을 수 있는 것들이다. 거기에는 책들이며, 차(茶) 상자들이 있을 것이고, 어쩌면 피아노도 한 대 있을 것이다. 그녀는 신디나 로아나보다는 클레르나 엘리자베트라는 이름으로 불릴 가능성이 많다. 내가 보기에는 목소리도 예쁠 것 같고, 꽤 수준 있는 언어를 구사할 것 같다. 어쩌면 지금 내가 너무 이상화하고 있는 것인지도 모르겠지만, 심지어 그녀는 요즘 거의 대부분의 사람들이 그러듯 말끝마다 〈그거 실화냐?〉 같은 천박한 유행어들을 지껄이는 사람도 아닐 것 같다. 또 그녀는 완전히 풀어져 있으면서도 모종의 품격이, 포르노에서는 절대로 볼 수 없는 어떤 초연함이 엿보인다. 한마디로 이 사이트에는 어울리지 않는, 여기에 있으면 안 되는 존재인 것이다. 하지만 그녀는 여기에 있다.

도대체 무슨 이유로 이 여자는 그 절대적으로 내밀한 순간에 몸을 맡기기 전에 침대 발치에다 카메라를 설치했던 걸까? 먼저 생각해 볼 수 있는 이유는, 이 순간을 자신이 사랑하는 어떤 남자 — 어떤 여자일 수도 있겠지만 나는 남자 쪽이라고 생각한다 — 에게 선사하고 싶었다는 것이다. 이것은 만일 내가 받게 된다면 너무나도 기쁠, 엘렌도 내게 줄 수 있는 그런 종류의 선물이다. 좋다, 하지만 이걸 촬영하고 나서 인터넷에 올린 이유는 또 어떻게 설명해야 할까? 여기서 어떤 생각이, 아주 불쾌한 어떤 생각이 떠오른다. 인터넷에 올린 것은 그녀가 아니라, 그녀가 이것을 주려고 만든 남자였다. 이런 일은 종종 일어난다. 이런 것들만 전문으로 취급하는 사이트들까지 있다. 당신의 여자 친구가 당신을 떠났다? 바람을 피웠다? 그럼 복수하라. 당신이 간직하고 있는 그녀의 야한 동영상들을 온라인에 뿌려라……. 하지만 그게 아니라면? 그녀 자신이 그런 거라면? 왜? 도대체 무슨 생각을 했기에 이것을 온 세상에 보여 준 걸까? 도대체 무엇이 그녀 같은 여자 — 내가 요가 교실의 유쾌한 벗들인 엘렌, 상드라, 에미, 사라, 에브, 토니 같은 여자들과 같은 사회 문화적 범주에 집어넣는 여자 — 로 하여금 자신이 자위하고 있는 모습을 온라인에 적나라하게 드러내게 만들었을까? 내가 지금까지 한 분석이 완전히 틀린 게 아니라면, 여기에는 뭔가 수수께끼 같은 것이 숨어 있으며, 그러기 때문에 나는 이렇게 흥분하고, 또 여기에 대해 더 알기를 — 사실은 그녀를 알기를 — 갈망하는 것이다.

28

우리는 에로틱한 몽상들을 공유하기를 좋아하는 까닭에, 나는 이 사이트의 주소를 엘렌에게 보내 주었고, 여러분이 지금까지 읽은 것과 거의 같은 내용의 이메일을 덧붙였다. 엘렌은 이렇게 답신을 보내왔다.

〈자기가 말한 오르가즘에 두 번 올랐다는 그 갈색머리 여자는 정말 찾기가 쉽지 않았어. 사이트의 동영상 조회 순위를 추측해서 겨우 찾아냈지. 게다가 《레즈비언》, 《커플》, 《항문 성교》, 《성숙한 여자》 등등은 과감히 제쳐 버리고, 《갈색머리 여자》, 《자위》 같은 카테고리들에서만 찾아봤어. 그렇게 찾는 과정에서 보석 같은 《빈티지》 동영상 몇 개를 발견하기도 했고. 스토리 있는 포르노, 판탈롱 입은 여자, 그리고 1970년대에서 금방 빠져나온 듯한 털이 무성한 보지 같은 것들인데, 나중에 자기가 돌아오면 다 보여 줄게. 마침내 찾고 있던 썸네일과 캡션이 나타났을 때는, 나는 사람들이 우리와 친구가 되기를 바라는 마음에서 좋은 애기를 많이 해주는 누군가를 만난 듯한 기분이었어.

나도 자기 생각과 동감이야. 맞아, 아주 젊고 예쁜 여자야. 특히 몸놀림이 기가 막혀. 자위하는 방식이 우아하기까지 한데, 이런 게 자기 마음에 들었겠지. 그녀가 프로인지 아닌지는, 뭐라고 말하기 힘들어. 자기처럼 나도 아니라고 생각하는데, 무엇보다도 그녀가 정말로 오르가즘을 느끼고 있다는 사실만큼은 분명한 것 같아. 만일 그녀가 그런 척하고 있는 거라면, 그게 너무 리얼한 걸 보면 분명히 머릿속으로 강렬한 쾌감의 순간들을 떠올리고 있었을 텐데, 그것 자체도 일종의 쾌감이라 할 수 있어(이것은 이따금 그런 흉내를 내는 여자들이 다 알고 있는 비밀이야). 포르노에서 그렇게 설득력 있는 오르가즘에 이르는 것은 흔치 않지. 하지만 또 어떤 생각이 드느냐면, 여기서 이 여자 얼굴은 너무나 분명히 알아볼 수 있고, 만일 이게 그녀가 자기 애인에게 보낸 선물인

데 그걸 그 인간이 온라인에 뿌린 거라면, 그녀의 삶 중에서 인터넷에 오른 이 8분은 일종의 사회적 자살, 혹은 타살이라는 거야. 이게 아무리 보기에 좋다 해도, 여기에는 뭔가 잔인한 측면이 있어.

나는 또 자기가 이 글에서 자신의 욕망에 대해 말한 것에 대해서도 한번 생각해 봤어. 우선 떠오르는 생각은, 자기는 이 점을 의식조차 못 하고 있는 것 같아서 참 재미있는데, 자기의 욕망은 순전히 사회학적인 것이라는 거야. 만일 정말로 그 여자가 그렇게나 자기의 마음에 든다면, 그것은 그 여자가 포르노 세계의 천민들 가운데 떨어진 어떤 부르주아라는 자기의 판타지 때문이야. 난 이걸 가지고 자기를 비난할 생각은 없어. 자기는 원래 이런 사람이고, 난 이런 자기를 사랑하니까. 또 자기는 그녀가 쾌감에 겨워 경련하는 모습이 자기에게 어떤 효과를 주는지 열심히 묘사하고 있는데, 자기가 정말로 얘기하고 싶은 것은 다른 것으로, 무엇보다도 자기를 흥분시키는 것은 여자들의 기쁨이라는 사실이야. 그런 점에서 난 운이 좋은 여자지.

아, 그리고, 루카는 도대체 무슨 죄람!〉

29

이 메일을 받고 나서 몇 시간 동안, 그녀처럼 두 개가 아닌 세 개의 생각이 내게 떠올랐다. 먼저, 나 역시 운이 좋은 남자라는 사실이다. 두 번째로는, 만일 내가 화가인데 두 손을 마주 잡고 순결하게 눈을 내리깐 마돈나의 초상을 그려 달라는 의뢰를 받게 된다면, 카라바조가 그랬듯이, 오르가즘에 두 번 도달한 갈색 머리 여자를 기꺼이 모델로 세울 거였다. 마지막으로, 회화에서 실제 인물을 보고 그린 초상과 상상적인 초상 사이에서 뚜렷하게 느껴지는 차이는 문학에도 존재하며, 「루카 복음서」에서도 찾아볼 수 있다는 사실이다.

다시 한 번 말하거니와, 난 이게 나의 주관적인 느낌이라는 것을 안다. 하지만 이 차이는 분명히 느껴진다. 물론 변질되었을 수는 있지만 그래도 실제의 모델에 따른 인물들과 말들과 일화들, 그리고 신화나 종교적 이미지에 속하는 것들 사이의 차이 말이다. 돌무화과나무에 기어오른 키 작은 자캐오, 병 고치는 사람이 있는 집의 지붕을 뚫고 중풍 걸린 친구를 내려보낸 사람들, 남편 몰래 구루와 그 제자들을 도운 헤로데왕 집사의 아내, 이 모든 것들에는 〈진실의 억양〉이 있으며, 복음서가 이것들을 얘기하는 이유는 그냥 실제로 일어난 일들이기 때문이고, 옛적에 써진 어떤 성경 구절이 실현되었음을 보여 주기 위해서가 아니라는 생각을 하게 만든다. 반면 성모와 천사장 가브리엘은, 미안한 말씀이지만, 전혀 그렇지 않다. 나는 단지 어떤 처녀가 아이를 낳았다는 사실을 부인하려는 게 아니고 이들의 얼굴이 투명하고, 천상적이고, 지나치게 반듯해졌다고 말하고 싶은 것이다. 피렌체의 예배당에 있는 보노초 고졸리의 그림에서와 마찬가지로, 실물을 보고 그린 얼굴들에서 상상에서 나온 얼굴들로 넘어갔다고 말이다.

하지만 그녀는 정말로 존재했었다. 〈성모〉가 존재했는지는 잘 모르겠다. 솔직히 나는 믿지 않는다. 하지만 예수의 어머니는 존재했다. 그가 존재했기 때문에, 그가 태어났기 때문에, 그가 죽었기 때문에 — 공격 대상을 잘못 잡은 몇몇 멍청한 무신론자들만이 이에 대해 이의를 제기할 뿐이다 — 거기에는 반드시 그처럼 태어나고 죽은 이 어머니가 있어야 한다. 만일 루카가 유대 땅에 체류했을 시기로 여겨지는 서기 50년대 말엽에 그녀가 아직도 생존해 있었다면, 아주 늙은 여인이었을 것이다. 아들이 태어났을 때 열일곱 살이었고, 그가 죽었을 때 쉰 살이었으니, 30년 후면 여든 살이라는 얘기다. 그런데 나는 지금, 루카가 그녀를 만났다고 말하는 것도 아니고, 성전(聖傳)의 주장대로 그가 그녀의 초상화를 그렸다거나, 그녀가 그에게 자신의 추억을 들려주었다고 말하는 것도 아니다. 난 단지 두 사람은 동일한 시대에 이 작은 나라에 같이 있었고, 둘 다 현실의 같은 영역에 속했기 때문에, 그들이 서로 만났을 가능성도 있다고 말하고 있을 뿐이다. 한쪽에는 — 로히어르 판데르 베이던의 그림과 대부분의 회화 작품들에서 볼 수 있듯이, 또 루카가 나중에 쓰게 될 복음서에서 읽을 수 있듯이 — 인간의 표정과 인간의 주름살과 의복 아래 숨겨진 인간의 생식기를 지닌 한 인간이, 그리고 다른 한쪽에는 성적인 특색도 주름살도 없고, 무한하고도 관습적인 자애로움 외에는 그 어떤 표정도 없는 어떤 생명체가 있었던 게 아니다. 거기에는 상대방만큼이나 인간적인 두 인간이 있었고, 그들 중 하나는 지중해 연안 지방의 모든 메디나[19]들에서 문밖에 앉아 있는 모습으로 흔히 볼 수 있는 검은 옷을 입은, 아주 늙은 여자였을 것이다. 그녀에게 여럿 있었던 아들 가운데 하나는 여러 해 전에 잔인하고도 치욕스러

19 북부 아프리카 도시들의 옛 지구.

운 죽음을 맞았다. 그녀는 그 일에 대해 얘기하기를 싫어했을 수도 있고, 아니면 오직 그 얘기만 했을 수도 있다. 어떤 의미에서 그녀는 운이 좋다고도 할 수 있었다. 그녀의 아들을 알았던 사람들, 혹은 그를 알지 못했던 사람들이 그가 남긴 기억을 숭배했고, 더불어 그녀에게도 깊은 경의를 표했다. 사실 그녀는 그 까닭을 잘 이해하지 못했다. 그녀가 처녀의 몸으로 아들을 낳았다는 생각은 그녀도, 아니 그 누구도 아직 상상조차 못하고 있었다. 바오로의 마리아론(論)은 〈예수는 어떤 여자에게서 태어났다〉, 단지 이것뿐이었다. 내가 얘기하는 시대에는 마리아론은 그 상태에 머물러 있었다. 이 여인은 젊은 시절에 사내를 알았다. 말하자면 늑대를 만난 것이다. 어쩌면 그녀는 쾌감을 느꼈을 수도 있고 — 그녀를 위해서 그랬기를 빌자 — 어쩌면 자위행위까지 했을 수도 있다. 물론 오르가즘에 두 번 도달한 갈색 머리 여자처럼 방만하지는 않았겠지만, 어쨌든 그녀도 다리 사이에 클리토리스가 있는 사람이다. 지금은 주름이 쭈글쭈글하고, 약간 치매기가 있고 가는귀도 먹은, 누구라도 찾아가 볼 수 있고, 어쩌면 루카도 찾아가 봤을 수 있는 몹시 늙은 여자이다.

루카가 나중에 쓰게 될 복음서는 예수의 어린 시절에 대한 이상적이고도 교훈적인 굉장한 이야기들도 가득 채워져 있지만, 또 거기에는 열두 살 먹은 예수가 등장하는 매우 다른 성격의 이야기가 하나 있다. 그의 부모는 부활절을 지내러 그를 성전에 데리고 간다. 축제가 끝나고 그들은 다시 출발했는데, 혼란의 와중에 아들이 함께 여행하는 사람들 가운데 있다고 믿고 있다가, 그를 예루살렘에 놓고 왔다는 사실을 깨닫는다. 화들짝 놀란 그들은 예루살렘으로 돌아와 사흘 동안 찾아 헤매는데, 결국 아이가 그의 영특함에 경탄을 금치 못하는 사람들에 둘러싸여 있는 것을 발견한다. 어머니는 안도의 한숨을 내쉬며 이렇게 책망한다. 「우리는 널 찾으려 사방을 돌아다녔다. 걱정이 돼서 죽는 줄 알았어.」 그러자 아이는 대답한다. 「아니, 왜 날 찾으셨어요? 내가 내 아버지 집의 일을 돌봐야 한다는 걸 모르셨어요?」 부모는 애가 무슨 말을 하는 건지 도무지 이해할 수 없었다. 나자렛에 돌아온 어머니는 이 모든 일들을 속에 간직해 두었다.

어린아이가 했다기에는 너무 엄숙한 이 발언 외에는, 이 장면에서는 모든 것들이 진실처럼 느껴진다. 『에큐메니칼 번역 성경』의 여백들은 참고해야 할 다른 성경 구절들로 채워져 있는 게 보통이지만, 이 부분에서는 예외적으로 비어 있다. 이 장면의 디테일들은 예언서들이나 「시편」의 구절들이 실현되었음을 보여 주기 위해서가 아니라, 그저 실제로 일어났기 때문에 여기 있다는 느낌을 준다. 이런 종류의 이야기들은 어느 가정에나 있다. 슈퍼마켓이나 해변에서 잃어버린 아이, 주유소에 두고 오는 차 뒷좌석에 앉아 있다고 믿은, 그러고는 허겁지겁 되돌아가 보니 트럭 기사들과 친구가 되어서는 태평하게 놀고 있는 아이의 이야기 말이다. 이런 추억을 들려주고 있는 노부인, 그리고 그녀로 하여금 말하게 만들고, 이게 너무나도 진실처럼 느껴지기 때문에 기뻐 어쩔 줄 몰라 하며 게걸스레 받아 적는 기자…… 그림이 그려지지 않는가?

30

의심의 여지가 없다. 나는 더 이상 나아가지 못하고 제자리 걸음만 하고 있다. 그리고 이 책을 쓰겠다는 계획을 품은 이후로 늘 똑같은 곳에서 벽에 부딪힌다. 내가 바오로와 야고보의 다툼을 트로츠키와 스탈린의 그것과 비교할 때는 아무 문제가 없다. 내가 스스로 기독교인이라고 믿었던 시절에 대해 얘기할 때는 더욱 문제가 없다. 나에 대해 얘기하기 위해서는 언제든지 나 자신에게 물어보기만 하면 된다. 하지만 복음서가 문제가 되는 순간, 나는 말문이 막혀 버린다. 왜냐하면 여기에는 상상적인 것들이, 경건한 것들이, 현실에 모델이 없는 것들이 너무 많기 때문일까? 아니면 내가 이 영역에 접근하면서 두려움과 떨림에 사로잡히지 않는다면, 얘기할 가치도 없는 것이기 때문일까?

2010년 5월, 에르베와 나는 매년 해온 것처럼 르 르브롱에 가서 지내는 대신, 과거에 〈소아시아〉라고 불렸던 터키의 그 해안 지역을 여행했다. 우리는 둘 다 에페소를 보기 원했는데, 막상 가보니 너무 관광업만 성행하고 너무 먼지투성이어서 오래 머무르지 않았다. 우리는 자동차로 보즈부룬 반도로 갔다. 이 반도의 끝에는, 최초의 고대 여성 나체상을 볼 수 있는 장소로 오랫동안 명성을 떨쳤던 크니도스의 유적지가 있다. 모두가 이 조각상을 만져 보고, 거기다 대고 자위를 하고, 또 훔치려 들었다는데, 이것이 얼마나 큰 탐심을 불러일으켰는지를 생각해 보면 지금 복제품 몇 점만 남아 있다는 사실이 조금도 놀랍지 않다. 이 복제품들 중 어느 것도 아테네 국립 고고학 박물관에 소장되어 있지 않은데, 나는 이 박물관에 갈 때마다 똑같은 수수께끼에 부딪히게 된다. 수 세기 동안 그리스인들은 남자는 알몸으로, 여자는 옷을 입은 모습으로 재현해 왔다. 남성의 나체를 예찬하는 데는 아무런 거리낌이 없었던 조각가들이 여성들을 재현하는 문제가 되면, 그들의 젖가슴이 지닌 풍만함이나 엉덩이 곡선이 아니라, 그들이 입은 드레스의 주름을 묘사하는 데 모든 재능을 쏟아 냈던 것이다. 기원전 4세기에 들어 변화가 찾아왔는데, 내가 아는 한에 있어서는 이 급진적인 변화의 이유는 어디에도 설명되어 있지 않다. 물론 역사가들이 일반적으로 얘기하듯이, 이 여성 나체상으로의 이행은 서서히, 그리고 눈에 보이지 않게 진행되어 온 성숙화의 결과라고 말할 수는 있다. 하지만 이 변화가 아무리 서서히, 그리고 눈에 보이지 않게 이루어졌다 할지라도, 그 열매가 떨어진 것은 한 정확한 시점에서였다. 어느 날, 우리가 그 정확한 날짜는 알 수 없지만 여하튼 다른 날이 아닌 그 특정한 날에, 한 조각가가, 다른 조각가가 아닌 바로 그 특정한 조각가가 그 치렁치렁한 천들을 던져 버리고 어느 발가벗은 여자를 재현할 용기를 낸 것이다. 이 조각가는 프락시텔레스였고, 그가 빚은 아프로디테의 모델은 그의 애인이기도 했던 프리네라는 이름의 창녀였다. 그녀는 나로서는 알 수 없는 어떤 이유로 법정에 끌려온 일이 있었는데, 이때 변호사는 그녀에게 튜닉을 아래로 내리라고 요청한다. 법정은 이렇게 아름다운 가슴을 지닌 여인에게 유죄 판결을 내릴 수 있는 겁니까? 어쨌든 이 변론이 통했던 모양이다. 이 조각상을 주문했던 코스의 주민들은 이게 너무 추잡스럽다고 생각하여 인수를 거부했다. 대신 크니도스의 주민들이 이걸 얻게 되었는데, 덕분에 그들은 몇 세기 동안 짭짤한 수입을 올릴 수 있었다. 루카는 「사도행전」에서 크니도스를 언급하고는 있지만 이곳의 대표적인 명물에 대해서는 아무런 언급이 없으며, 나는 사도와 그의 수행원들이 예루살렘으로 가고 있을 때 해풍이 그들을 이 반도에 데려다주지 않은 것을 애석하게 생각한다. 참으로 유감스러운 일이다. 아프로디테와 마주하게 된 바오로……. 결코 놓칠 수 없는 장면이었을 텐데 말이다.

에르베와 나는 셀리미예라는 이름의 조그만 해안 마을에 차를 세웠고, 거기서 수영하고, 꿀을 섞은 요구르트를 먹고, 각자 발코니에서 작업하다가 끼니때가 되면 다시 만나 식사하며 2주를 보냈다. 귀에 들리는 것이라곤 바닷물이 찰싹대는 소리, 닭들이 꼬꼬댁거리는 소리, 당나귀들이 우는 소리, 그리고 관광 시즌을 기다리며 나름대로 준비 중인 해변 관리인이 자갈을 고르는 평화로운 갈퀴 소리……. 우리는 호텔의 유일한 손님이었다. 직원들은 우리를 더 이상 섹스를 하지 않기 때문에 각방을 쓰고, 서로 말을 나누는 법도 거의 없지만 아주 사이좋게 지내며, 평화롭게 함께 늙어 가는 동성애자 커플로 여겼으리라.

체류의 끝이 다가올수록 나는 더 흥분이 됐는데, 왜냐하면 휴가가 끝나고 나서 내가 심사 위원 자격으로 칸 영화제에 가기로 되어 있었기 때문이다. 이렇게 에르베와 함께 속세에서 벗어나 있다가, 칸의 정신없는 소용돌이 속으로…… 나는 이 큰 간극이 오히려 기분 좋게 느껴졌다. 이건 처음 있는 일이었는데, 난 내 삶이 만족스러웠다. 내가 경계를 풀지 않고 늘 깨어 있기만 하다면, 양쪽 모두에서 잘해 나가는 게 가능하다고 생각했다. 깊이를 추구하는 진지한 예술가인 동시에, 성공하고, 그 성공을 즐기고, 명성과 화려한 삶에 침을 뱉지 않고 사는 게 가능하다고 말이다. 세네카도 돈에 파묻혀 살면서 금욕주의를 설교한다는 게 웃기는 일이라는 비난을 받았을 때 반문하지 않았던가? 자기가 소유한 것에 집착하지만 않는다면, 대체 뭐가 문제냐고 말이다. 에르베는 고개를 저으며, 그래도 조심해야 한다고 말했다. 내가 비행기를 타고서, 예복들로 채워진 트렁크들과 엘렌이 기다리고 있을 파리로 돌아가고 있을 때, 그는 계속 남동쪽으로 내려가 리키아 해안 지방을 둘러본 다음, 그가 힘들었던 청소년기에 잠시나마 평정의 순간을, 아니 황홀하기까지 한 순간을 맛보았다는 파트모스로 가는 배를 탈 계획이었다. 그는 불교 일반에 대한 책이며, 그해 가을에 르 르브롱에서 원고를 한번 읽어 보라고 내게 주게 될『있는 그대로의 사물들』을 거의 끝내 가는 참이었다. 그리고 나는「루카 복음서」에 대한 메모들로 노트 한 권을 빼곡히 채우며 휴가를 보냈다.

31

나는 이 메모들을 3년이 지난 후에 다시 읽는다. 이 메모들은 20년 전에 내가「요한 복음서」를 읽으며 쓴 것들과는 정반대의 것들이다. 난 더 이상 내가 읽는 것이 신의 말씀이라고 믿지 않는다. 나는 이 말들이 내가 삶을 살아가는 데 있어 어떤 지침이 될 수 있을지 더 이상 자문하지 않는다 — 어쨌든 글을 읽으면서 그것부터 자문하지는 않는다. 대신 각 성경 구절 앞에서 〈루

카가 여기에 써놓은 것은 대체 어디서 나온 걸까?)라는 질문을
한다.

세 가지 가능성이 있다. 첫째, 그가 다른 글을 읽고 옮겨 썼
을 수 있다(아마 「마르코 복음서」에서 가장 많이 취했을 것이
다. 「마르코 복음서」가 먼저 써졌다는 것은 일반적으로 인정되
는 사실이며, 그 내용의 반 이상이 「루카 복음서」에 다시 나온
다). 둘째, 누군가가 그에게 얘기해 줬을 수도 있는데, 만일 그
렇다면 누가 그랬을까? 여기서 우리는 난마처럼 얽히는 가설
들 속으로 들어가게 된다. 1차적 증인, 2차적 증인, 두 다리 건
너서 들은 증인, 곰을 봤다는 사람을 봤다는 사람들……. 셋째,
그가 그냥 얘기를 지어냈을 수도 있다. 많은 기독교인들에게는
이렇게 말하는 게 불경스럽게 느껴지겠지만, 나는 더 이상 기
독교인이 아니다. 나는 다른 작가가 어떻게 작업했는지 이해하
려 애쓰는 작가이고, 루카가 종종 이야기를 지어냈다는 것은
명백한 사실로 느껴진다. 나는 어떤 대목을 이 범주에 집어넣
을 충분한 이유들이 있을 때면 기분이 좋아지며, 이렇게 얻어
낸 것들 중 어떤 것들 ── 마그니피카트,[20] 선한 사마리아인 이
야기, 그리고 그 기가 막힌 〈돌아온 탕자〉 이야기 ── 은 결코 시
시한 것들이 아니기에 더욱 그렇다. 나는 동종업계의 한 사람
으로 평가하는 것이며, 내 동료를 칭찬하고 싶다.

내가 과거에 신앙인으로서 접근했던 이 텍스트를 이제는 불

---

20 성모 마리아가 엘리자베스를 방문했을 때 엘리자베스의 축복에 응해서 노
래한 *Magnificat anima mea Dominum*(나의 영혼은 주를 받들어)으로 시작되는
송가(頌歌)를 말한다. (「루카 복음서」 1장 46~55절).

가지론자로서 접근한다. 과거에 나는 어떤 진리에, 아니 절대적인 진리에 젖어 들기 원했으나, 지금은 한 문학 작품의 은밀한 장치들을 드러내려 애쓴다. 파스칼은 한때는 교조주의자였던 내가 이제는 피론주의자가 되었다고 말했으리라. 그는 이주제에 있어서는 중립을 택할 수 없는 법이라고 덧붙인다. 이것은 자신이 비정치적이라고 주장하는 것이나 마찬가지다. 이말은 단지 자신이 우파라는 뜻일 뿐이다. 문제는 믿지 않으면 우파가 되지 않을 수 없다는 사실, 다시 말해서 자신이 믿는 사람보다 우월하다고 느끼게 된다는 사실이다. 자신이 과거에 믿었기 때문에, 혹은 믿으려고 시도했기 때문에 더욱 이런 마음을 갖게 된다. 자기도 그걸 한 번 겪어 봤기 때문에 잘 안다는 것이다 — 전향한 공산주의자들이 이렇다. 그 결과는? 바로 내가 세리미예에 체류하고 있는 동안, 자신이 비시즌의 한 터키 해안 마을에서 「루카 복음서」를 논평하며 시간을 보내는 이 진지하고도 평온한 남자인 동시에, 열흘 후에는 더 이상 자랑스러울 수 없는 역을 맡아 엘렌과 팔짱을 끼고서 칸 영화제의 계단을 오르게 될 명사(名士)라는 사실을 흐뭇하게 즐기면서 열중했던 이 방자한 독서이다. 왜냐하면 솔직히 칸에서 심사 위원장을 제외하고 사회적으로 심사 위원만큼 기분 좋은 지위는 별로 없기 때문이다. 주위의 모든 것이 각 사람에게 자기보다더 중요한 사람이 있다는 사실을 상기시켜 주는 이 끊임없는 모욕의 공연장에서, 당신은 누구의 손에도 닿지 않는 곳에, 경쟁을 초월한 곳에, 땅 위쪽에, 그리고 경쟁 중인 영화들에 대해한마디도 할 수 없지만, 애매하게 흘리는 논평 하나하나가, 심지어 표정 하나하나가 어떤 신탁처럼 받아들여지는 반신(半神)

들이 사는 천상의 영역에 위치해 있기 때문이다. 참으로 희한했던 이 경험은 다행스럽게도 2주 동안만 지속되었지만, 이를 통해 나는 자기 손으로 문을 여는 법이 없는 아주 유명하고 아주 힘 있는 인물들이 그렇게나 자주 이성을 잃어버리는 이유를 비로소 이해할 수 있었다.

나는 나 자신을 실제보다 더 어리석거나 허영에 찬 존재로 그리고 싶지는 않다. 내가 이 똑똑한 척하는 인간의 독서를 행하는 동안에도, 내 안의 무언가는 복음서의 본질을 놓치기 위해서는 이보다 더 좋은 방법이 없으며, 이 복음서에서 예수가 왕국은 부유한 자들과 똑똑한 자들에게 닫혀 있다고 너무도 명확하게 되풀이했다는 사실을 계속 떠올리고 있었다. 그리고 내가 이 사실을 잊어버리면 에르베가 늘 상기시켜 주었다. 우리는 점심과 저녁 식사를 같이 했다. 장소는 언제나 항구에 있는 같은 레스토랑이었는데, 열린 식당이 많지 않은 탓도 있었지만, 우리는 어디를 가든지 항상 몇 가지 습관을 만들어 그것을 고수하는 버릇이 있었기 때문이다. 내가 내 작업에 대해 얘기하다가 신앙에 대해 조소적이거나 회의적인 태도를 보일라치면, 그는 예를 들면 이렇게 말해 주곤 했다.

「자네는 부활을 믿지 않는다고 말하지. 하지만 사실 자네는 부활이란 게 무얼 의미하는지도 모르고 있어. 그리고 말이야, 자네는 자기가 믿지 않는다는 걸 미리부터 전제로 깔아 놓음으로써, 또 자신이 자네가 얘기하는 그 사람들보다 더 많이 알고 우월하다는 것을 분명히 해놓음으로써, 그들이 어떤 사람들이었으며 무엇을 믿었는지를 이해할 수 있는 길을 스스로 차단해 버리고 있어. 바로 그런 지식을 경계해야 해. 자네가 그들보다 더 많이 안다고 생각하면서 시작하지 말라고. 그들을 가르치려 하기보다는, 그들로부터 배우려고 노력해 봐. 이것은 자네가 믿지 않는 것을 믿으려고 애쓰는 것과는 전혀 상관없는 문제야. 처음부터 신비를 배제하려 하지 말고, 그것에 대해 마음을 열어 보란 말이야.」

나는 형식적으로나마 항변하곤 했다. 하지만 설사 신을 믿지 않는다 해도, 난 에르베를 내 곁에 데려다 놓은 신과 나의 대모님께 늘 감사하곤 했다.

32

우리가 대화를 하다 보면 어김없이 서로의 두 세계관 — 내가 형이상학적이라고 부르는 그의 세계관과 역사적이고도 소설적이고도 불가지론적인 내 세계관 — 이 마주하게 된다. 나의 기본적인 입장은 삶의 의미 추구, 무대 이면의 추구, 혹은 종종 〈신〉이라는 이름으로 지칭되는 그 궁극적인 실체의 추구는 하나의 환상까지는 아니라 할지라도(〈자넨 여기에 대해 아무것도 몰라〉라고 에르베는 반박했고, 나도 인정한다), 적어도 어떤 사람들은 느끼고 어떤 사람들은 느끼지 못하는 하나의 열망이라는 것이다. 이 열망을 느끼는 사람들이 책을 쓰거나 경제적 발전을 추구하면서 인생을 보내는 이들보다 더 옳은 것도 아니고, 지혜의 길에서 더 앞선 것도 아니다. 이것은 금발이냐 갈색 머리냐, 혹은 시금치를 좋아하느냐 아니냐의 문제와 같다. 다른 종류의 정신을 가진 양쪽이 있을 뿐이다. 한쪽은 천국을 믿고, 다른 쪽은 믿지 않는다. 또 한쪽은 우리는 이 허무하고 고통스러운 세계 안에서 출구를 찾고 있다고 믿지만, 다른 쪽은 이 세계는 허무하고 고통스럽지만 그 사실이 여기에 출구가 있다는 것을 의미하지는 않는다고 믿는다.

「그럴 수도 있겠지.」에르베는 대꾸한다.「하지만 만일 자네가 이 세상이 허무하고도 고통스럽다는 사실을, 불교의 고귀한 진실들 중에서도 으뜸인 이 사실을 인정한다면, 또 우리의 삶이 진창에 갇혀 있다는 사실을 인정한다면, 그렇다면 과연 여기에 출구가 있는지 없는지의 문제는 한번 진지하게 조사해 볼 필요가 있을 만큼 중요한 거야. 자네는 자네의 책을 〈루카의 수사〉(授査)라고 부를 생각이라고 했지(내가 이 무렵에 고려하고 있던 제목이었지만, 나중에 이게 약간 말장난처럼 들린다는 지적을 받게 되었다). 만일 자네가 이 수사에는 밝혀야 할 것이 없다는 것을 처음부터 알고 있는 것처럼 군다면, 혹은 이 수사는 자신과는 상관이 없다고 말하면서 슬그머니 빠져나가 버린다면, 그건 너무 유감스러운 일이 될 거야. 만일 이 수사에 밝혀야 할 무언가가 있다면, 그것은 모든 사람과 관련된 거고, 자네는 이에 대해 동의하지 않을 수 없어.」

맞다, 난 거기에 대해 동의하지 않을 수 없고, 플라톤의 『대화편』에 등장하며, 〈맞아요, 소크라테스〉, 〈내가 인정해야겠죠, 소크라테스〉, 〈그 말씀도 맞는 것 같네요, 소크라테스〉 같은 식으로 계속 맞장구치는 소크라테스의 대화 상대들처럼 기꺼이 양보해 간다.

「그렇다면 자네는 인정하는 거야.」에르베는 계속해 나간다. 「만일 무지에서 깨달음으로, 환상에서 실상으로 건너가는 게 가능하다고 믿을 이유가 눈곱만큼이라도 있다면, 이 여행은 해볼 만한 가치가 있는 것이며, 이것을 회피하는 것은, 즉 한 번 가서 보지도 않고 이게 쓸데없는 짓이라고 단정 짓는 것은 잘못이거나 게으름의 증거라는 것을 말이야. 특히 가서 보고 온 사람들이 있기 때문에 더욱 그렇다고 말할 수 있어. 그들은 상세한 보고서와 지도들을 가지고 돌아왔고, 덕분에 우리도 그들 발자취를 따라 여행을 해볼 수 있는 거라고.」

이 척후병들을 언급하면서 에르베가 염두에 두는 것은 그가 쓰고 있는 글의 주제인 석가모니이지만, 또한 예수 즉 루카와 바오로에 대해 얘기하고 있는 나로서는 피해 갈 수 없기 때문에 어쩔 수 없이 다루고 있는 예수이기도 하다. 자, 물론 우리는 내가 너무나 좋아하는 니체처럼, 그리고 내가 끔찍하게 여기는 대부분의 니체주의자들처럼, 그리고 내가 예외적으로 좋아하는 몇몇 니체주의자들 — 역사가 폴 벤, 철학자 클레망 로세, 배우 파브리스 뤼시니 — 처럼, 모든 철학적 혹은 종교적 독트린은 자아의 과도한 팽창이며, 죽음의 순간이 닥칠 때까지 바쁘게 시간을 보내기 위한 — 어떤 이들의 취향에는 맞는 — 하나의 특별한 방식에 불과하다고 말할 수 있다. 하지만 우리의 대화들 가운데서 이런 관점을 옹호해야 할 입장에 있는 나조차 이것은 약간 짧은 생각이라는 것을 인정하지 않을 수 없다. 그렇다고 해서 이런 생각이 옳지 않은 것은 아니지만, 문제는 우리는 이 문제에 있어서 정말 아무것도 모른다는 사실이다. 그리고 솔직히 말해서, 나는 20년 넘게 명상을 해오고, 신비주의적인 글들을 읽어 오고, 에르베와 가장 친한 친구 사이로 지내

오고, 끊임없이 복음서 주위를 맴돌지 않았던가? 이 길이 우리가 바라는 목적지 — 깨달음과 자유와 사랑인데, 나는 이 셋이 결국은 같은 것이라고 생각한다 — 에 이르게 해준다는 보장은 없지만, 또 내가 우리의 대화들 가운데서 주로 상대주의자의 역을 맡고, 나르시시스트에 허영덩어리이고, 칸 영화제에서 폼 잡는 인간이기는 하지만, 나 역시 이 길을 가고 있다는 사실만큼은 부인할 수 없는 것이다.

에르베와 나의 엄청난 차이는, 내가 내 자아에 대한 끊임없는 숭배와 염려 속에서 산다는 점만이 아니라, 내 자아를 굳게 믿는다는 점이다. 난 〈나〉 외에는 아무것도 모르며, 이 〈나〉라는 것이 분명 존재한다고 믿는다. 에르베는 덜 그렇다. 무슨 말인가 하면, 그는 얼마 전에는 존재하지 않았으며, 얼마 안 있으면 존재하지 않게 될 것이며, 그 사이에 걱정들과 욕망들과 그 만성적 축농증에 붙잡혀 사는 이 에르베 클레르라는 조그만 친구에게 그리 큰 중요성을 부여하지 않는 것이다. 그는 이 모든 것은 일시적이고 덧없다는 것을, 전도서가 말하듯이 한 줄기 입김에 불과하다는 것을 알고 있다. 그는 이것을 『있는 그대로의 사물들』에서 아주 유머러스하게 표현했는데, 별로 힘이 없어 대단한 것을 이루지 못한 별 볼 일 없는 〈나〉를 가지고 있는 장점은, 거기에 지나치게 집착하지 않아도 된다는 점이란다.

우리가 르 르브롱에서 마지막으로 체류했을 때 — 셀리미예를 다녀온 지 2년 후의 일이다 — 우리는 페레 계곡에서 트래킹을 하기 전에 늘 들르는 오르시에르 카페에서 평소처럼 **리스트레토** 커피를 마시고 있었다. 그는 상념에 잠겨 있었는데, 어느 순간 불쑥 이렇게 말하는 거였다. 「그런데 말이야, 난 결국 실망했어. 젊었을 때 난 인간 조건을 넘어설 수 있다고 생각했었어. 하지만 이제 예순이 되었는데, 적어도 이 삶에서는 그게 글렀다는 사실을 인정하지 않을 수 없게 됐거든.」

나는 따스한 감정을 느끼며 웃음을 터뜨렸다. 그러고는, 내가 그를 좋아하는 이유 중 하나는, 그는 내가 아는 이들 중에서, 〈나는 인간 조건을 넘어서고 싶었어〉 같은 얘기를 차분하게 지껄일 수 있는 유일한 사람이기 때문이라고 말했다.

이렇게 말하니 도리어 놀란 것은 에르베 쪽이었다. 인간 조건을 넘어서고픈 욕망은 그에게는 아주 자연스러운, 그리고 사람들이 이에 대해 많이 얘기하지 않는 것은 사실이지만 그렇게 드물지도 않은 일로 느껴졌기 때문이다. 「그런 목적이 아니라면, 자네는 왜 요가를 하지?」

나는 그냥 건강을 위해서라고, 혹은 우리 커플 가운데서 물질주의자의 역할을 너무나도 기꺼이 맡아 주고 있는 엘렌이 말하듯이 〈멋진 엉덩이를 갖기 위해서〉라고 대답할 수도 있었다. 하지만 에르베의 말이 맞다. 진실은 내가 이 요가에서 이런 종류의 수련들이 입문자들에게 명확하게 약속하는 것, 즉 의식의 확장, 계시, 삼매경 — 여행자들의 이야기에 따르면, 그때까지 〈현실〉이라고 불렀던 것을 완전히 다른 모습으로 보게 된다는 상태 — 따위를 다소간 기대하고 있다는, 그리고 대화하는 상대에 따라 이것을 다소간 인정하기도 한다는 사실이다.

〈완전히 다른 모습〉이라고 말했지만, 여기에는 논의의 여지가 있다. 길 끝에서 보면 —『있는 그대로의 사물』에서 에르베가 인용한 한 불교 텍스트는 말한다 — 산은 산처럼 보인다. 그 길에서 조금 더 나아가면 그것은 더 이상 산처럼 보이지 않는다. 그러다 길 끝에 서면 그것은 다시 산처럼 보인다. 그것은 **산이고,** 그 산이 보이는 것이다. 지혜는 산 앞에 서서 다만 이 산을 보고, 다른 것을 보지 않는 것이다. 그러기 위해서는 원칙적으로 하나의 삶만으로는 충분치 않다.

33

나는 셀리미예에서 루카가 복음서에서 이야기한 기적들의 리스트를 뽑아 보았다.

첫 번째 기적은 카파르나움의 회당에서 귀신을 쫓은 일이다. 한 귀신 들린 남자가 예수가 하는 말들에, 특히 그의 신비스러운 권위에 위협을 느끼고는 그에게 소리치기 시작한다. 예수가 귀신에게 남자의 몸에서 나오라고 명하자, 귀신은 남자에게 해코지하지 않고 명령에 복종한다. 회당을 나온 예수는 얼마 전부터 그를 따라다니고 있는 베드로의 집으로 간다. 베드로의 장모는 열병에 걸려 누워 있었다. 예수가 손으로 그녀의 이마를 만지자 열병이 그녀에게서 떠나간다. 그러고 나서 문둥병자 하나, 중풍병자 하나, 그리고 〈손이 마른〉 사람을 하나 치료한다. 나는 손이 말랐다는 게 정확히 뭔지 모르겠지만, 언젠가 루게릭병 초기에 있는 어떤 남자와 악수를 한 적이 있었다. 그 손은 차디차고 무기력했다. 남자는 서글픈 미소를 지으며 이렇게 말했다. 「이것은 시작일 뿐이에요. 1년 후에는 몸 전체가 이런 상태가 되고, 2년 후에는 죽을 겁니다.」

중풍병자에 대해서는, 지어낸 것이 아닌 디테일들에 말하면서 이미 언급한 바 있다. 예수가 있는 집에 사람들이 너무 많이 몰려 있어, 네 남자가 지붕을 뚫고 들것에 실어 내린 바로 그 사람이다. 예수는 이 사람을 보자마자 치료하지는 않았다. 예수는 먼저 그가 죄를 용서받았다는 말부터 했다. 모두가 실망한 가운데, 몇몇 유대교도들이 분개하며 수군거렸다. 「지금 저자가 무슨 말을 하고 있지? 불경하기 짝이 없는 소리야! 오직 하느님만이 죄를 용서할 수 있다고!」 이 말을 들은 예수는 그들에게 이렇게 도발한다. 「어떤 사람에게 〈너는 죄를 용서받았다〉 하고 말하는 것과 〈일어나 걸어가라〉 하고 말하는 것 가운데에서 어느 쪽이 더 쉬우냐? 이제 사람의 아들이 땅에서 죄를 용서하는 권한을 가지고 있음을 너희에게 보여 주기 위해, 난 그대에게 명한다. 자, 일어나 네 평상을 가지고 집으로 가거라.」 중풍병자는 그의 말대로 했고, 모든 사람이 놀랐다. 라캉은 〈치유는 부산물로 주어졌다〉라고 말했으리라.

그다음에는 중병에 걸려 거의 죽게 된 한 로마인 백인 대장의 어린 종이 있다. 이 백인 대장은 유대 민족을 좋아하여 회당을 지으라고 돈까지 준 사람으로, 아마도 루카처럼 이방인이지만 유대교에 관심이 많은 사람이었을 것이다. 그는 친구들을 예수에게 보내어, 자신은 그를 감히 집에 모실 만한 사람이 못되며, 그가 말씀만 한마디 해주어도 병이 나을 거라는 말을 전하게 함으로써 모범적인 신앙을 보여 준다. 예수가 그 〈말씀〉을 해주지는 않았지만, 집에 돌아간 백인 대장의 친구들은 어린 종이 말끔히 나아 있는 것을 발견한다.

나는 이 이야기에서 다음 구절을 특히 좋아한다. 〈주여, 난 감히 당신을 집에 모실 만한 사람이 못 됩니다. 그저 내게 한마디만 해주시면, 내 어린 종이 낫겠습니다.〉이 구절은 미사에서는 〈주여, 난 감히 당신을 집에 모실 만한 사람이 못 됩니다, 그저 내게 한마디만 해주시면, 내 병이 낫겠습니다〉가 된다.

이와 비슷한 이야기로 야이로라는 회당장의 이야기가 있다. 열두 살 난 외동딸이 죽어 가고 있었던 그는 백인 대장처럼 예수에게 구조를 요청한다. 예수가 그 집으로 가고 있는데, 이 이야기에 곁가지가, 일종의 괄호가 하나 생겨난다. 그는 누군가가 자기 옷자락을 만지는 것을 느낀 것이다. 그는 걸음을 멈추고 묻는다. 「누가 내 옷에 손을 대었느냐?」베드로가 대답한다. 「특별히 손 댄 사람은 없습니다. 지금 군중이 이렇게 많이 몰려와 선생님을 밀어 대고 있을 뿐입니다.」다시 예수가 말한다. 「아니다. 누가 분명히 내 옷에 손을 댔다. 나에게서 힘이 빠져나간 걸 보면 알 수 있다.」이때 한 여자가 그의 발밑에 몸을 던졌다. 오랫동안 피를, 여자들이 피를 흘리는 그곳으로 피를 흘려 온 여자였다. 그녀는 이게 계속 멈추지를 않았고, 이 끊임없는 불결함으로 인해 삶이 지옥이 된 터였다. 「내 딸아,」예수는 그녀에게 말했다. 「너의 믿음이 너를 낫게 했다. 자, 이제 평안히 가거라.」이 괄호가 닫히고 다시 출발하려 하는데, 야이로의 집에서 한 종이 달려와 비보를 전한다. 아이가 죽었다는 것이다. 아비는 그대로 충격에 무너져 버린다. 「두려워하지 마라.」예수가 말한다. 「만일 그대가 믿음을 잃지 않는다면 아이는 살아날 것이다.」그리고 사람들이 이제는 너무 늦었어, 아이가 죽었다면 그건 정말 죽은 거야, 하고 나라도 똑같이 했을 말들을 했지만, 예수는 개의치 않고 그 집에 갔다. 도착하여 아이의 아비와 어미와 함께 집 안으로 들어가서는 그들에게 이렇게 말한다. 「울지들 마라. 아이는 죽지 않았다. 그저 자고 있을 뿐이다.」 이렇게 말하고 아이를 깨우자, 그 즉시 아이는 일어나 놀기 시작한다.

예수가 어디를 가든 장님들은 보게 되고, 귀머거리들은 듣게 되고, 절름발이들은 걷게 되고, 문둥병자들은 깨끗해지고, 죽은 자들은 부활한다(죽은 자들이 부활한다…… 오케이. 이처럼 부활이 남발되는 경향에 대해 어떻게 생각하는지, 청년 에우티코스에 관한 부분에서 이미 밝힌 적이 있기 때문에, 여기서는 더 이상 얘기하지 않겠다). 비록 루카는 의사이긴 했지만, 이런 장면들을 좋아했다는 게 느껴진다. 나는 별로 좋아하지 않고, 에르네스트 르낭은 나보다도 더 부정적이다. 르낭은 이렇게 쓴다. 〈천박한 독자들에게는 기적이 교리를 증명한다. 우리는 어떤가 하면, 교리가 기적을 잊게 만든다.〉 그런 다음에, 내가 보기에는 매우 경솔하게도 이렇게 덧붙인다. 〈만일 기적에 어떤 실체가 있다면, 나의 책은 오류 덩어리에 불과할 것이다.〉

사실 르낭과 우리 현대인들은 기적들은 잊어버리고, 그것들을 안 보이는 데에 감추고 싶어 한다. 우리는 마이스터 에크하르트와 아빌라의 테레사와 리지외의 테레즈 성녀와 위대한 신비주의자들은 아주 좋다고 생각하지만, 루르드나 메주고레, 즉 나의 대모를 그토록 매료시켰으며, 발칸 전쟁 때에 이 지역에서 꽤 많은 시간을 보낸 내 친구 장 롤랭의 묘사를 빌자면 〈성모가 날짜들을 정해 놓고서 공기 중에 장미 향을 퍼뜨리고, 십자가들이 저절로 타오르게 하고, 태양을 춤추게 하는 등의 기적들을 행하여, 수십만 명의 순례자들을 끌어들이고, 주민들에게는 듬뿍 돈을 안겨 주어, 그 자체로서 흉측한 성소 주변에 불경하고도 추하기 이를 데 없는 갖가지 상업적 건물들을 짓게 하고 있는〉이 헤르체고비나의 촌락은 외면하고 싶어 한다.

하지만 〈천박하지 않은〉 우리가 빈대 잡겠다고 초가삼간 태워 버리는 위험을 피할 수 있는 유일한 방법은 마음에 들지 않는 부분들에 보다 세련된 의미를 부여하는 것이다. 예수를 초자연적 능력들로 순진한 사람들을 놀라게 했던 마법사가 아니라, 단순히 귀를 기울이고 대화함으로써 사람들 속에 깊이 묻혀 있는 은밀한 육체적, 정신적 상처들을 치료해 줄 수 있었던 일종의 정신 분석가로 간주하는 것이다. 20여 년 전, 『치료하는 말씀』이라는 책을 써서 바티칸의 블랙리스트에 오른 독일 신부 오이겐 드레버만의 주장들에 대해 세간에 논란이 많았다. 프랑수아즈 돌토도 이와 비슷한 말들을 했고, 나 개인적으로는 그녀의 말이 아주 마음에 든다. 다만 성경을 그런 식으로 읽는 게 내 마음에 들기는 하지만, 성경 자체는 전혀 그런 뜻으로 써지지 않았다는 사실을 인정해야 한다. 사실 이런 식의 해석은 새로운 게 아니다. 이미 알렉산드리아의 필론이 내용이 너무도 가혹하여 그 자신과 독자들에게 충격을 주는 텍스트들에 영적 혹은 정신적인 의미들을 부여하는 데 대단한 재능을 발휘한 바 있다. 예를 들어 「여호수아기」에서 이스라엘 백성들이 가나안 원주민들의 땅을 차지하기 위해 그들을 젖먹이까지 도살할 뿐 아니라, 이것을 자랑스럽게 여기기까지 할 때, 나는 여기에는 〈영혼이 그 안에 거하는 욕정들과 벌이는 싸움〉이라는 고상한 의미가 담겨 있다는 필론의 설명을 받아들이고 싶을 뿐이지만, 솔직히 「여호수아기」의 저자의 머릿속에 세르비아군이 자행한 보스니아 인종 청소와 비슷한 어떤 게 들어 있지 않았을까, 하는 생각이 든다. 요컨대 우리가 성경을 자기 입맛 대로 읽을 수는 있지만, 그 사실을 의식하고 있어야 한다는 얘기다. 루카에게 나 자신을 투사할 수는 있지만, 자기 자신을 투사한다는 사실을 알고 있어야 한다는 얘기다.

어쨌든 예수는 이런 기적들을 독점하지는 않았다. 루카가 조금도 거북해하지 않고 우리에게 알려 주는 바에 의하면, 필립보도 사마리아에서 예수에 못지않은 기적들을 행했으며, 이것은 베드로, 바오로, 그리고 이 사도들과 초능력 경쟁을 벌였던 온갖 종류의 이교도 마법사들도 마찬가지였다. 만일 예수가 한 일이 단지 이것뿐이었다면, 그의 이름은 그가 죽고 나서 몇 해 안 되어 까맣게 잊혔을 것이다. 하지만 그는 이것만 한 게 아니었다. 그는 무언가를, 모종의 방식으로 **말했고**, 내가 이처럼 수많은 우회로를 거친 후에 결국 얘기하고 싶은 것은 바로 이 무언가, 이 말하는 방식이다.

34

복음서들의 원천이 된 자료들에 대해 생각해 보는 것은 현대의 스포츠가 아니다. 기독교도 학자들은 이미 2세기부터 이 일에 몰두해 왔는데, 오랫동안 지배적인 의견이었던 것은 카이사리아 주교 에우세비오의 그것(우리가 〈전승〉이라는 말을 할 때, 이것은 대부분 그의 글을 가리킨다)으로, 그는 마태오가 가장 먼저 복음서를 썼다고 주장했다. 19세기에 들어서야 독일 신학자들은 마르코의 글이 먼저라는 사실을 밝히는 한편, 오늘날 거의 아무도 이의를 제기하지 않는 이른바 〈두 원(原)자료설〉을 정립했다.

이 가설에 따르면, 마태오와 루카, 둘 다 독립적인 경로로 마르코의 글을 접했으며, 그것의 많은 부분을 옮겨 썼다. 즉 마르코의 글이 첫 번째 원자료이다. 하지만 그들은 두 번째 원자료, 그러니까 마르코도 그 존재를 몰랐고, 그의 복음서보다도 앞섰으며, 아마도 매우 일찍 소실되어 버렸을 두 번째 자료도 접했을 것이다. 비록 이것의 물질적 흔적은 전혀 남아 있지 않지만, 이 문서는 존재했으며, 1907년에 자유주의 신학자 아돌프 폰 하르나크가 — 〈원천〉을 의미하는 독일어 단어 크벨레*Quelle*에서 따온 — 『Q』라는 이름으로 제의한 복원본에 아주 가까웠으리라는 것을 모두가 인정하고 있다(〈거의 모두가〉라고 말해야 더 정확하겠지만, 문장마다 〈거의〉라는 말을 넣는 게 슬슬 지겨워지고 있다).

이 복원을 가능케 한 원리는 아주 간단하다. 「마태오 복음서」와 「루카 복음서」에 공통적으로 존재하지만 「마르코 복음서」에는 없는 모든 구절들을 『Q』에 속하는 것으로 추정하는 것이다. 이런 구절들은 상당히 많으며, 두 복음서에서 이것들이 같은 순서로 배열되어 있다는 사실은 이 가설에 더욱 힘을 실어 주고 있다. 하지만 여기서 이런 질문이 나올 수 있다. 만일 마태오와 루카가 같은 자료들을 같은 순서로 사용했다면, 이들의 글들은 똑같아야 하지 않겠는가? 아니다. 왜냐하면 그들 각자에게는 세 번째 자료, 오직 자신에게만 속한 고유한 자료가 있었기 때문이다. 독일 신학자들은 이 세 번째 자료에, 내가 이미 언급한 바 있고, 또 나로서는 아주 마음에 드는 이름을 붙였으니, 바로 〈그만의 재산〉이라는 뜻의 **존더구트**이다. 요약하자면, 아주 거칠게 말해서 「루카 복음서」의 절반은 「마르코 복음서」, 4분의 1은 『Q』, 또 4분의 1은 **존더구트**로 이루어졌다고 할 수 있다.

자, 이제 여러분은 이 『Q』에 대해 알아야 하는 것을 알게 되었다.

원(原)복음서라 할 수 있는 이 복음서는 팔레스타인과 시리아의 유대 기독교 선교사들 — 예를 들면 필립보 같은 사람으로, 루카도 그를 통해 이 텍스트에 접근할 수 있었을 것이다 — 의 기억을 돕기 위해 사용되었을 것이다. 이것은 10여 페이지에 250구절 남짓한 짧은 텍스트이며, 가장 먼저 눈에 띄는 점은 이 250구절 중의 9할이 예수에 대한 이야기들이 아니라 그가 한 말들이라는 사실이다. 이 책의 앞부분에서 나는 이렇게 썼다. 〈아무도 예수가 누구였는지 모를 것이며, 바오로와는 달리 그가 무슨 말을 했는지도 모를 것이다.〉 이 주장은 아직도 유효하다. 우리는 하나의 문헌학적 가설의 결과물인 이 가상적인 문서를 예수의 말을 그대로 옮겨 쓴 것으로 읽으려는 유혹에 빠져서는 안 된다. 그렇긴 해도 이것보다 근원에 가까운 곳은 어디에도 없다. **그의 음성을** 그보다 더 분명히 들을 수 있는 곳은 어디에도 없는 것이다.

35

눈을 들어 자신을 따르는 이들을 보시며 그분이 말씀하셨다.

가난한 자는 복이 있으니, 하느님의 왕국이 그의 것이기 때문이다.

굶주린 자는 복이 있으니, 배불리 먹게 될 것이기 때문이다.

슬피 우는 자는 복이 있으니, 위로받을 것이기 때문이다.

너희를 사랑하지 않는 자들을 사랑하라. 너희에게 고약하게 구는 자들을 위해 기도하라.

만일 누군가 너희의 한쪽 뺨을 때리면, 다른 쪽도 대줘라. 만일 누군가 너희를 법정에 끌고 가서 너희의 속옷을 요구하면, 그에게 너의 겉옷까지 벗어 주어라.

누군가 너희에게 뭔가를 요구하면, 주어라. 누군가 너희에게 돈을 빌리면, 그것을 갚으라고 요구하지 마라.

만일 너희가 너희를 사랑하는 사람들만 사랑한다면, 너희가 칭찬받을 것이 무엇이겠는가? 만일 너희가 돌려받기를 바라고 돈을 꿔준다면, 너희가 무얼 더 바랄 수 있겠는가?

심판받고 싶지 않다면, 남을 심판하지 마라. 너희가 남을 단죄한 것과 똑같이 단죄될 것이다. 너희가 남을 측정한 그 잣대로 너희가 측정될 것이다.

너는 네 형제의 눈에 있는 티끌을 본다. 하지만 네 눈 속에는 들보가 있다는 것을 알고 있는가? 그런데 너는 그의 눈에서 티끌을 빼내겠다고 하고 있다. 먼저 네 눈에 있는 들보부터 빼내라.

좋은 나무는 나쁜 열매를 맺지 않고, 나쁜 나무는 좋은 열매를 맺지 않는다. 열매를 보고 나무를 판단할 수 있다.

왜 너희들은 나를 〈주여! 주여!〉 하고 부르면서, 내가 말하는 것을 행하지 않는가?

내가 하는 말을 듣고 그것을 실행하는 것은 바위 위에 집을 짓는 것과 같다. 바람이 불고 비가 내려도 집은 그대로 서 있을 것이다. 내가 하는 말을 듣고 그것을 실행하지 않는 것은 모래 위에 집을 짓는 것과 같다. 비가 내리고 홍수가 나고 바람이 불면 모든 게 무너져 버릴 것이다.

내가 너희에게 말한다. 구하라, 그러면 너희에게 줄 것이다. 찾아라, 그러면 얻을 것이다. 문을 두드려라, 그러면 열어 줄 것이다. 구하는 자는 받게 되고, 찾는 자는 얻게 되고, 두드리는 자에게는 문을 열어 줄 것이다. 아들이 빵을 달라고 하는데 돌을 주는, 그런 악한 사람이 너희 중에 있겠는가? 너희는 악하지만, 그래도 자기 자녀에게는 선물을 줄 줄 안다. 이러하거늘 선하신 하늘의 아버지께서는 구하는 그분의 자녀에게 좋은 것을 주시지 않겠는가?

아버지여, 이런 것들을 지혜로운 자들에게는 감추시고, 지극히 작은 자들에게 드러내심을 감사드립니다.

내 편에 서지 않는 자는 나를 반대하는 자다. 나와 함께 모으지 않는 자는 흩어지게 하는 자다.

너희 바리사이들은 화를 입을 것이다. 너희가 박하와 운향과 그 밖의 모든 채소는 10분의 1을 바치면서 정의를 행하는 일과 하느님을 사랑하는 일은 대수롭지 않게 여기는구나. 10분의 1을 바치는 일도 소홀히 해서는 안 되겠지만 이것도 실천해야 하지 않겠느냐?

위선자들이여, 너희에게 화가 있을 것이다. 너희는 박하와 회향과 커민에 붙는 세금들은 빠짐없이 내면서, 공의와 자비와 사랑은 소홀히 한다. 너희는 잔과 대접의 겉은 깨끗이 닦아 놓지만, 그 속은 탐욕과 사악함으로 가득하다. 율법 교사들이여, 너희에게 화가 있을 것이다. 너희는 무거운 짐을 만들어 사람들 어깨에 올려놓으면서, 자신은 그 짐에 손가락 하나 대지 않는다.

땅에다 보물을 쌓아 놓지 마라. 좀과 녹이 갉아먹고, 도둑들이 훔쳐 갈 것이다. 그보다는 보물을 하늘에 쌓아 놓아라. 네 보물이 있는 곳에 네 마음도 있다.
그러므로 내가 너희에게 말한다. 무엇을 먹을까, 무엇을 입을까 염려하지 마라. 하늘의 새들을 보라. 저들은 씨를 심지도 않고, 거두지도 않고, 곳간에 쌓아 두지도 않지만, 다 하느님께서 먹이신다. 너희는 저 새들보다 가치가 있지 않은가? 무엇을 먹을까, 무엇을 마실까, 무엇을 입을까, 하고 염려하지 마라. 너희에게 이 모든 것들이 필요하다는 것을 아버지께서 다 아신다. 너희는 먼저 그의 왕국을 구하라. 그리하면 이 모든 것들이 더해질 것이다.

이 왕국을 무엇에 비유할 수 있을까? 이것은 어떤 이가 자기 정원에 던져 놓은 아주 작은 겨자씨와도 같다. 그것은 아무도 모르게 소리 없이 싹이 트고 자라나서는, 어느 날 큰 나무가 되어 하늘의 새들이 그 가지들에 둥지를 틀게 된다.

너희들은 내게 묻는다. 하지만 그 왕국은 언제 오는 것입니까? 하고. 그것은 손으로 붙잡을 수 없다. 왕국이 여기 있다! 왕국이 저기 있다! 하고 말할 수도 없다. 그것은 너희들 가운데, 너희들 안에 있는 것이다. 왕국에 들어가려면 좁은 문을 통해야 한다.

꼴찌였던 자들이 첫째가 되고, 첫째였던 자들이 꼴찌가 될 것이다. 자신을 높이는 자는 낮아질 것이고, 자신을 낮추는 자는 높여질 것이다.

깨어 있어야 한다. 도둑이 언제 올지 안다면, 아무도 도둑질 당하지 않을 것이다. 왕국은 도둑과도 같으니, 아무도 예상치 못한 때에 오는 것이다. 그러니 잠들어 있지 마라.

어느 목동에게 양이 백 마리가 있는데, 한 마리를 잃는다면, 그는 아흔아홉 마리를 내버려 두고 한 마리를 찾아 나서지 않겠는가? 만일 그 양을 찾게 되면 잃지 않은 아흔아홉 마리 양보다도 그 한 마리 양 때문에 더 기뻐하지 않겠는가?

36

지금 나는 내 가슴에 가장 와닿는 구절들만을 골라, 자유롭게 번역했다. 나는 이 작은 **다이제스트** 복음서를 읽을 때마다, 예수를 체포하러 왔던 로마 병사들의 말이 정말 옳았다는 느낌이 든다. 〈이 사람처럼 말한 이는 아무도 없었다.〉

그는 자신을 그리스도라고도, 메시아라고도, 신의 아들이라고도, 처녀의 아들이라고도 부르지 않았다. 단지 〈사람의 아들〉이라고 불렀다. 성서학자들의 설명에 의하면, 그리스어와 다른 언어들로 번역되면 뭔가 신비스럽게 느껴지는 이 표현은 아람어로는 그냥 〈사람〉이라는 뜻이라는 것이다. 『Q』에서 말하고 있는 이는 그냥 한 사람, 한 번도 우리에게 자기를 믿으라고 요구한 적이 없고, 그저 자기가 하는 말들을 실천하라고 권했던 그냥 한 인간일 뿐이다.

만일 바오로도 기독교도 존재하지 않아서, 티베리우스 황제 시대에 살았던 갈릴래아의 설교자 예수와 관련하여 남은 것이라곤 이 작은 어록 한 권뿐이라고 상상해 보자. 또 이 어록이 한 후기 예언자의 말로서 히브리 성경에 추가되었다고, 혹은 2천 년 후에 사해사본 중의 하나로 발견되었다고 상상해 보자. 나는 이것의 독창성과 시정(詩情), 그리고 권위 있고 당당한 어조에 우리는 경악을 금치 못했을 것이며, 교회 밖에서도 이것은 인류의 위대한 지혜의 글들 중 하나가 되어, 석가모니와 노자의 말씀들과 어깨를 나란히 했을 거라고 생각한다.

이 글이 이런 식으로, **단지 이런 식으로만** 읽혔을 수도 있었을까? 내가 가지고 있는 판본의 서문을 쓴 신학자는, 『Q』가 예수의 삶이나 죽음을 다루지 않고 단지 예수의 가르침만을 다루고 있다는 사실에 근거하여, 최초의 유대 기독교도[21]들은 예수를 그의 부활 때문이 아니라 지혜 때문에 숭배했다는 대담한 주장을 펼치고 있다. 내게는 이 주장이 그다지 설득력 있게 다가오지 않는다. 나는 『Q』의 독자들이 예수가 부활했다는 사실을 몰랐거나, 별로 중요시하지 않았다고 생각하지 않는다. 오히려 그들은 그의 부활을 믿었기 때문에 이 글을 읽고 또 여기에 귀를 기울였다고 확신한다. 하지만 나는 누가 강요하지 않더라도 기꺼이 말할 수 있다. 설사 우리가 예수의 부활을 믿지 않는다 할지라도, 2세기의 호교론자 성 유스티노스가 〈확실하고도 유익한 유일한 철학〉이라고 말한 것을 이 어록에서 끄집어낼 수 있다고 말이다. 만일 삶의 각 순간에 우리가 잘못된 방향으로 가고 있는지 아닌지를 알려 주는 나침반이 존재한다면, 그것은 바로 이것이라고 말이다.

37

이 장면의 무대는 예루살렘 혹은 카이사리아이다. 필립보는 파피루스 두루마리를 루카에게 내밀면서, 자기가 가진 사본은 이것뿐이니 아주 조심해야 한다고 당부한다. 나는 필립보라고 말했지만, 다른 사람일 수도 있다. 우리가 아는 사실은 그게 요

---

21 유대교의 규례를 지키면서 예수를 믿는 기독교인들. 대부분 유대인들이지만, 유대인이 아닌 경우도 있다.

한 마르코가 아니라는 것뿐인데, 왜냐하면 이 두루마리에는 그의 복음서에서 찾아볼 수 없는 것들만 들어 있기 때문이다. 루카는 두루마리의 말씀들을 읽는다. 그는 이 말씀들에서 발산되는 강렬한 힘에 처음으로 노출된다.

그것들의 의미에만 국한해서 본다면, 그가 생소한 느낌을 받을 이유는 전혀 없다. 그는 바오로를 10년 동안 알아 온 사람이기 때문에, 지혜와 광기, 강함과 약함, 위대함과 하찮음 등 모든 가치들의 체계적인 전도(顚倒)에는 이미 익숙해진 터다. 그는 부유하고, 배부르고, 즐겁고, 좋은 평판을 누리는 것보다 가난하고, 배고프고, 힘들고, 모든 사람들로부터 미움을 받는 게 더 낫다, 하는 식의 얘기를 눈 하나 깜짝하지 않고 들을 수 있다. 루카로서는 새로울 게 하나도 없는 얘기들이다. 아니 새로운 게, 완전히 새로운 게 하나 있는데, 그것은 그가 아는 무엇과도 닮지 않은 어떤 음성, 어떤 독특한 어투이다. 그것은 가장 구체적인 현실에서 가져온 짤막한 이야기들이다(다시 말해서 시골의 삶에서 가져온 이야기들인데, 바오로와 루카는 겨자씨가 어떻게 생겼는지도, 목동이 양들을 어떻게 다루는지도 모르는 도시인들이다). 그것은 〈이것을 하라, 이것을 하지 말라〉라고 말하기 보다는, 〈너희가 이것을 하면, 이런 일이 일어날 것이다〉라고 말하는, 매우 특별한 어법이다. 또 그것은 도덕적인 계율들이 아니라 삶의 법칙들, 업보의 법칙들이다. 물론 루카는 불교적 개념인 〈업보〉가 뭔지 몰랐지만, 나는 그가 〈다른 사람들이 네게 행하지 않기를 바라는 것을 그들에게 행하지 말라〉(이것이 바로 황금률, 모든 율법과 예언서들을 요약하는 것이라고 랍비 힐렐이 말한 그 황금률이다)라고 말하는 것과 〈네가 다른 사람들에게 행하는 것은 바로 네 자신에게 행하는 것이다〉라고 말하는 것 사이에는 엄청난 차이가 있음을 본능적으로 느꼈으리라고 확신한다. 우리가 다른 사람에 대해 하는 말은, 바로 자신에 대해 하는 말이다. 다른 사람을 바보 취급하는 것은 〈나는 바보다〉라는 말을 쪽지에 써서 자기 이마에 붙이는 것이나 마찬가지다.

「루카 복음서」와 「사도행전」은 완전히 똑같은 방식으로 써져 있다. 언어도 같고, 서사 방식들도 같다. 이 사실은 이 두 글이 동일한 작가에게서 나왔다고 생각하는 여러 가지 이유들 중 하나이다. 하지만 「루카 복음서」에 나오는 예수의 말들과 「사도행전」에서 인물들이 기회만 생기면 쏟아 내는 사설들 간에는 아무런 공통점이 없다. 길고, 수사적이며, 모두가 비슷비슷한 이 사설들은 자기가 잘하고 있다고 생각하고, 변론하는 것을 너무나 좋아하는 루카가 쓴 것이다. 요세푸스와 그 시대의 모든 역사가들도 비슷한 글들을 썼다. 예수의 말들은 이와는 정반대이다. 자연스럽고, 간결하고, 완전히 예상을 벗어나는 동시에 너무나도 특징이 뚜렷한 말들이다. 이런 식의 언어 사용은 역사적으로 유례가 없다. 이것은 우리로 하여금 이 남자가 실제로 존재했으며, 이런 식으로 말했다는 사실을 더 이상 의심하지 않게 만드는 일종의 **하팍스**[22]이다.

---

22 단 한 번밖에 사용된 적이 없는 단어.

38

파피루스 두루마리에서 말하고 있는 남자는 끊임없이 왕국에 대해 얘기한다. 그는 이것을 어두운 땅속에서 은밀히 싹 트는 씨에 비유하지만, 또 새들이 날아와 둥지를 트는 거대한 나무에 비유하기도 한다. 왕국은 나무인 동시에 씨, 다시 말해서 앞으로 오게 될 것이면서, 또 이미 여기에 있는 것이기도 하다. 그것은 어떤 내세가 아니라, 대부분의 시간에는 보이지 않지만 이따금 신비스럽게 언뜻 모습을 드러내는 현실의 어느 차원이다. 그리고 바로 이 차원 안에, 꼴찌가 첫째이고 첫째가 꼴찌라는, 말도 안 되는 얘기를 믿어야 하는 이유가 숨어 있는지도 모른다.

이게 루카의 가슴에 가장 깊이 와닿은 부분이라고 나는 생각한다. 가난한 자들, 모욕받은 자들, 선한 사마리아인들, 작은 자들 중에서도 가장 작은 자들, 자신을 보잘것없는 존재로 여기는 사람들…… 왕국은 바로 이런 사람들의 것이며, 여기에 들어가는 데 있어서 가장 큰 장애물은 부유하고, 유력하고, 도덕적이고, 똑똑하며, 자신의 똑똑함을 자랑하는 것이다.

두 사람이 성전에 있다. 하나는 바리사이고, 다른 하나는 세리이다 ─ 앞서도 말했지만 세리는 징세 청부인이고, 징세 청부인은 점령 세력에 협력하는 자, 다시 말해서 한심한 친구, 심지어 더러운 친구이다. 바리사이는 일어서서 큰 소리로 기도를 한다. 「주여, 저를 도둑놈들이고, 범죄자들이고, 간음한 자들이고, 심지어 이런 세리이기도 한 다른 자들 같지 않게 만들어 주심을 감사합니다. 저는 일주일에 두 번 금식하고, 십일조를 꼬박꼬박 내고, 모든 면에서 나무랄 데가 없습니다.」 조금 뒤쪽에 있는 세리는 감히 하늘을 향해 눈을 들지도 못한다. 그는 자기 가슴을 두드리며 통탄한다. 「주여, 이 죄인을 불쌍히 여기소서!」 자, 이 두 사람 중에서 값진 기도를 한 사람은 — 예수는 결론을 내린다 — 바로 이 세리이지, 바리사이가 아니다. 왜냐하면 자신을 높이는 자는 낮아지고, 자신을 낮추는 자는 높여질 것이기 때문이다.

한 부유한 청년이 예수를 찾아온다. 그는 영원한 생명을 얻으려면 어떻게 해야 하는지 알고 싶어 한다. 예수가 그에게 반문한다. 「넌 이미 계명들을 알고 있지 않느냐? 살인하지 말고, 도둑질하지 말고, 간음하지 말고, 거짓 증언을 하지 말고, 네 부모를 공경하면 된다.」 그러자 청년이 대답한다. 「저는 그 계명들을 알고 있고, 또 다 지키고 있습니다.」 「좋다,」 예수가 말한다. 「그렇다면 여기서 하나만 더하면 된다. 네가 가진 모든 것을 팔아서, 그 돈을 가난한 이들에게 나눠 주어라. 그리하면 하늘에서 보물을 얻게 될 것이다.」 이 말을 들은 청년은 마음이 너무도 어두워졌으니, 큰 재산이 있었기 때문이다. 그는 그대로 가버린다.

나는 나중에 그가 쓰게 될 이 이야기들 앞에서, 루카는 자신을 누구와 동일시했을지 궁금하다. 세리였을까, 아니면 바리사이였을까? 자신을 복음을 듣고 기뻐하는 가난한 사람 쪽으로 여겼을까? 아니면 복음을 경고로 받아들여야 하는 부자 쪽으로 여겼을까?

이에 대해서는 전혀 모르겠고, 다만 나 자신에 대해 말할 수 있을 뿐이다.

　나는 나 자신이 부자 청년 쪽이라고 생각한다. 난 큰 재산이 있는 사람이다. 오랫동안 나는 정신적으로 너무 불행한 상태에 있어서 이 사실을 의식하지 못했다. 사회의 양지에서 자랐고, 어느 정도 원하는 삶을 살 수 있게 해주는 재능을 지녔지만, 이런 것들은 지독한 불안감과 여우 한 마리가 밤낮으로 배 속을 뜯어먹는 듯한 느낌과 타인을 사랑할 수 없는 내 끔찍한 상태에 비하면 별것 아닌 것처럼 느껴졌었다. 나는 정말로 지옥에 살고 있었고, 소피가 나는 금수저를 물고 태어난 인간이라고 비난했을 때는 진심으로 화가 났다. 그러고는 무언가가 바뀌었다. 난 지금 조심해야 하고, 공연히 악마를 시험하고 싶지는 않다. 아직은 확실한 게 아니고 언제든 다시 지옥에 떨어질 수 있다는 것을 잘 알지만, 그래도 난 신경증에서 벗어나는 게 가능하다는 것을 경험을 통해 알게 되었다. 나는 엘렌을 만났고, 내게는 해방의 과정이었던 『러시아 소설』을 썼다. 2년 후 『나 아닌 다른 삶』이 출간되었을 때, 많은 독자들이 이 책이 자신을 울게 했다, 자신에게 도움을 주었다, 행복감을 안겨 주었다고 말했지만 또 다른 말을 하는 사람들도 있었는데, 이게 자기 마음을 아프게 했다는 거였다. 왜냐하면 이 책은 커플들 ― 제롬과 델핀, 루스와 톰, 파트리스와 쥘리에트, 에티엔과 나탈리, 그리고 엘렌과 나도 잘하면 포함될 수 있으리라 ― 만을, 서로를 진정으로 사랑하며, 끔찍한 시련들 가운데서도 이 사랑에 기댈 수 있는 행복한 커플들만을 다루고 있기 때문이었다. 한 여자친구는 내게 말했다. 이것은 사랑으로 부자인 책, 한마디로 부자 책이라고. 그녀의 말이 옳았다.

　방금 전에 나는 루카와 최초의 기독교인들에 대해 글을 쓰기 시작한 이후로 적어 온 메모 노트들을 대충 한 번 읽어 보았다. 여기에서 나는 2세기의 한 위경 복음서에서 베낀 다음의 문장을 발견했다. 〈만일 네가 네 안에 있는 것을 나오게 한다면, 네가 나오게 한 그것이 너를 구해 주리라. 만일 네가 네 안에 있는 것을 나오게 하지 못한다면, 네가 나오게 하지 못한 그것이 너를 죽이리라.〉 이 말은 니체의 〈우리를 죽이지 못하는 것은 우리를 더욱 강하게 한다〉라든가 횔덜린의 〈위험이 있는 곳에서는 구원의 힘도 커진다〉라는 말만큼 널리 알려지지는 않았지만, 내가 느끼기에는 조금 수준이 높은 자기 계발서들에서 위의 문장들과 함께 실릴 만한 가치가 있는 바, 한 가지 확실한 것은 내가 이 문장을 베껴 놓은 것은 내 안에 있는 것을 나오게 한 자신을 축하하기 위해서였다는 사실이다. 더 일반적으로 말해서, 나는 지난 7년 동안 가던 길을 멈추고 지난 삶을 결산해 볼 때마다, 전혀 예상 밖으로 행복한 사람이 된 나 자신을 축하해 왔다. 나는 내가 이미 이룬 것들에 스스로 놀라고, 내가 앞으로 또 이루게 될 것을 상상해 보고, 〈나는 지금 잘해 가고 있어〉라는 말을 되뇌곤 한다. 대부분의 나의 몽상들은 이런 식으로 흘러가며, 나는 〈생각나는 것을 그냥 받아들이고, 머리에 떠오르는 것을 떠오르는 대로 놔둬라, 이건 좋고 이건 나쁘다〉라고 생각하지 말고, 그냥 〈이건 그렇다, 난 그저 이런 사람이다〉라고 생각하라는 명상과 정신 분석의 기본 법칙을 내세우면서 이런 행복한 상념에 몸을 맡기곤 한다.

　하지만 어떤 아주 조그만 음성 하나가 규칙적으로 떠올라서는, 바리사이들을 연상시키는 이 자기만족적 연주회를 흩트려 놓는다. 이 작은 음성은 내가 기뻐하는 부(富)들, 내가 자랑하는 지혜, 지금 내가 잘하고 있다는 자신감에 찬 희망은 진정한 성취를 방해하는 것들이라고 말한다. 나는 계속 승리하기만 하는데, 진정으로 승리하기 위해서는 패배해야 한다는 것이다. 너는 부자이고, 재능이 있고, 칭송을 받고, 칭송받을 만한 자격이 있고, 또 그런 사실을 의식하고 있지만, 이 모든 것들로 인해 네게 화(禍)가 있을지라!

이 작은 음성이 들릴 때마다, 정신 분석가와 명상의 목소리들이 그것을 덮어 버리려고 한다. 제발 그런 고통주의, 그런 엉뚱한 죄의식 따위는 집어치워. 자신을 매질하는 짓은 제발 좀 그만두라고. 먼저 자기 자신부터 친절히 대해야 하지 않겠어? 이 모든 말들은 보다 **쿨하게** 느껴지고, 보다 내 취향에 맞는다. 하지만 나는 이 복음서의 작은 음성이 하는 말이 옳다고 생각한다. 그리고 그 부유한 청년처럼 나도 생각에 잠겨 슬픈 심정으로 돌아가는데, 왜냐하면 내게는 재산이 많기 때문이다.

내가 복음서에 대해 쓰고 있는 이 책 역시도 나의 수많은 재산들 중 하나이다. 그 규모를 생각하면 부자가 된 것처럼 흐뭇해지고, 이 책이 나의 걸작이 되리라 상상하며 이 책의 전 세계적인 성공을 꿈꾼다. 우화에 나오는 그 얘기처럼, 이게 돼지가 되고, 송아지가 되고, 암소가 되고……. 여기서 나는 다니엘룹스 부인의 외투를 생각하게 된다.

가톨릭교도이며 저명한 학자인 앙리 다니엘룹스는 1950년대에 예수에 대한 책을 한 권 썼는데, 이 책은 엄청난 성공을 거됐다. 그의 아내는 극장 휴대품 보관실에서 작가 프랑수아 모리악과 마주치게 되었다. 담당 직원은 그녀에게 그녀의 호화스러운 들소 모피 외투를 돌려주었다. 모리악은 모피를 쓰다듬으며 낄낄거렸다.「오, 달콤하신 예수여…….」

39

아무도 쓰라고 강요한 사람이 없으니, 여기서 내가 불평한다면 우스운 일이 되겠지만,『적』을 쓰면서 보낸 그 몇 해의 세월은 내게 길고도 느릿한 악몽의 추억으로 남아 있다. 나는 이 이야기에, 그리고 장클로드 로망이라는 이 괴물에 매혹된 나 자신이 부끄럽게 느껴졌다. 지금 한 걸음 물러서서 생각해 볼 때, 내가 그와 공유한다는 사실이 나를 너무나도 두렵게 했던 그것을 내가, 아니 그와 내가, 비록 대부분의 사람들은 다행스럽게도 20년에 걸친 거짓말을 하지도 않고 자기 가족 전부를 죽이지도 않지만, 대부분의 사람들과 공유하고 있다는 느낌이 든다. 나는 가장 자신감 넘치는 사람들마저도 우리가 타인에게 보여 주려고 애쓰는 자기 이미지와, 잠을 못 자고 우울해져 있을 때, 모든 확신이 흔들리고, 두 손으로 머리를 감싸고 변기에 앉아 있을 때의 자기 이미지 사이의 간극을 고통스럽게 느끼고 있다고 생각한다. 우리 모두의 내부에는 지옥으로 열려 있는 창문이 하나씩 있는데, 모두가 거기에 다가가지 않으려고 애를 쓰지만, 나는 제 발로 다가가 7년 동안을 홀린 얼굴을 하고서 그 앞에 붙어 있었다.

〈적(敵)〉은 성경이 악마에게 부여하는 수많은 이름들 중 하나이다. 내가 책에 이 제목을 붙였을 때, 나는 그것이 그 불쌍한 장클로드 로망 자신에게 적용될지는 꿈에도 생각하지 않았고, 단지 우리 모두의 안에 존재하는 — 그의 안에서는 이게 전권을 장악한 게 문제였지만 — 그 악한 힘을 생각했을 뿐이다. 우리는 악을 잔혹성, 해치고자 하는 욕구, 혹은 타인이 고통받는 것을 보며 느끼는 쾌감 등에 연결 짓곤 한다. 장클로드 로망은 전혀 이런 경우가 아니었다. 그는 항상 다른 사람을 기쁘게 해주고 싶어 하는 착한 친구였다고 모두가 입을 모아 증언한다. 그는 늘 다른 사람들의 마음을 아프게 할까 봐 두려워했고, 너무도 두려워한 나머지 가족에게 고통을 주기보다는 차라리 그들 전체를 죽이는 편을 택했던 것이다. 그는 감옥에서 기독교에 귀의했다. 그리고 기도를 하며 대부분의 시간을 보냈고, 또 내가 아는 한에 있어서 지금도 그러고 있다. 그는 자신의 어두워진 마음에 빛을 가득 비춰 주시는 그리스도께 감사하고 있다. 우리가 서신 교환을 시작했을 때, 그는 나더러 기독교인이냐고 물었고, 나는 그렇다고 대답했다. 이따금 나는 이렇게 대답한 스스로를 책망했는데, 그 무렵 나는 〈아니요〉라고 대답해도 조금도 이상하지 않은 상태였기 때문이다. 내가 〈나의 기독교 시기〉라고 부르던 것이 끝난 지도 2년이나 되었고, 내가 대체 어느 쪽에 서 있는지 전혀 알지 못하는 상태였기 때문에, 내가 〈그렇다〉와 〈아니다〉 사이에서 〈그렇다〉를 택한 것은 조금은 그의 마음을 얻기 위해서였다.

조금은 그랬지만, 단지 그것만은 아니었다.

그의 신경증, 그의 안에 팬 시커먼 공동(空洞), 내가 〈적〉이라고 부르는 이 모든 어둡고도 슬픈 힘들은 장클로드 로망으로 하여금 다른 사람들에게, 그리고 무엇보다도 자기 자신에게 평생을 거짓말하게 만들었다. 그는 다른 이들을 살해했다. 적어도 아내, 자녀들, 부모, 애완견 같은, 그에게 소중한 존재들을 살해했다. 그의 거짓은 백일하에 드러났다. 그는 큰 확신 없이 자살을 시도했다. 그리고 적의에 찬 광야 한가운데 벌거벗은 몸으로 홀로 살아남았다. 하지만 그는 피난처를 하나 찾았으니, 그것은 바로 그리스도의 사랑이었다. 이 그리스도는 자신이 온 것은 그와 같은 사람들 — 로마의 앞잡이인 세리들, 사이코패스들, 아동 성애자들, 뺑소니 운전자들, 길거리에서 혼자 중얼거리는 친구들, 알코올 중독자들, 노숙자들, 노숙자에게 불을 지를 수 있는 스킨헤드들, 아동 학대자들, 어렸을 때 학대를 받다가 어른이 되어 이번에는 자신이 아이들을 학대하는 사람들 — 을 위해서라는 사실을 조금도 숨기지 않았다. 나는 안다. 가해자들과 희생자들을 뒤섞는 것은 언어도단이라는 것을. 하지만 그리스도의 어린양들은 바로 이 둘, 희생자들뿐 아니라 가해자들이기도 하다는 사실을 반드시 알아야 한다. 만일 이게 당신의 마음에 들지 않는다면, 아무도 그리스도의 말을 들으라고 강요하지 않는다. 그의 고객은 단지 온유한 자들 — 그가 아무리 존경할 만하고, 우리가 즐거이 모범으로 제시할 만한 사람이라 할지라도 — 만이 아니었고, 또한, 그리고 무엇보다도, 미움받고 멸시받는 이들, 자신을 미워하고 자신을 멸시하며, 그럴 만한 충분한 이유들이 있는 사람들이었다. 설사 당신이 당신의 가족 전체를 죽였다 해도, 당신이 세상에서 가장 추악한 자라 해도, 그리스도와 함께라면 결코 끝난 게 아니다. 당신이 아무리 낮게 내려간다 해도, 그는 당신을 찾으러 내려올 것이고, 그렇지 않다면 그리스도가 아닌 것이다.

이 세상의 지혜는 〈그것 참 편리한 얘기네〉라고 빈정댈 것이다. 장클로드 로망처럼 자기가 의사가 아닌데 의사라고 주장하는 친구는 결국에는 들통나게 되어 있다. 하지만 또 장클로드 로망처럼 자기가 예수 그리스도와 친밀한 대화를 나눈다고 주장하는 친구가 타인들에게, 혹은 자기 자신에게 거짓말을 하고 있는지는 그 누구도 증명할 수 없는 일이다. 이런 종류의 거짓말 — 심리학자들, 기자들, 정직한 사람들은 이게 거짓말이라고 생각하는 이유를 수없이 댈 수 있겠지만 — 은 그야말로 난공불락의 요새라 할 수 있다. 아무도 그를 이 요새 밖으로 끌고 나올 수 없다. 그는 감옥에 갇혀 있지만, 그 누구의 손에도 닿지 않는 곳에 있는 것이다.

나는 장클로드 로망의 재판이 진행되는 동안, 이런 식의 얘기를 수도 없이 들었다. 사람들은 분개하거나 빈정대거나 역겨워하면서 이 얘기를 반복했고, 나도 여기에 이의를 제기할 생각은 정말이지 털끝만큼도 없다. 다만, 이것만은 말하고 싶다. 세상의 지혜와 정직한 사람들이 장클로드 로망에 대해 말하는 모든 것들을, 장클로드 로망 자신도 스스로에게 말하고 있다는 사실이다. 그가 끔찍하게, 그리고 끊임없이 두려워하는 것은 우리에게 거짓말을 하는 게 아니라 — 이것은 더 이상 그의 관심사가 아니라고 생각한다 — 자기 자신에게 거짓말을 하는 것이다. 또다시 그의 속 깊은 곳에서 거짓말하고 있는 그것, 항상 거짓말을 해왔던 그것, 내가 〈적〉이라고 불렀고, 이제는 그리스도의 얼굴을 하고 나타난 그것의 노리개가 되는 것이다.

그렇다면 내가 〈기독교인〉이라고 부르는 것, 나로 하여금 〈그렇습니다, 나는 기독교인입니다〉라고 대답하게 한 것은 무엇인가? 그것은 간단히 그의 심연과도 같은 의혹 앞에서 〈혹시 누가 알아?〉라고 말하는 것이다. 그것은 엄밀한 의미에서의 불가지론자가 되는 것이다. 우리는 모른다는 사실을, 알 수 없다는 사실을 인정하는 것이다. 또 우리는 알 수 없기 때문에, 이것은 확정 지을 수 없는 문제이기 때문에, 장클로드 로망이 그 영혼 깊은 곳에 도사린 그 거짓말쟁이 말고 다른 무엇과 관계하고 있을 가능성을 완전히 배제하지 않는 것이다. 바로 이 가능성이 우리가 〈그리스도〉라고 부르는 것이며, 내가 로망에게 나는 그리스도를 믿는다, 혹은 믿으려고 노력한다고 말한 것은 단순히 외교적인 방편만은 아니었다. 만일 그리스도가 이것이라면, 심지어 나는 아직도 그를 믿고 있다고까지 말할 수 있는 것이다.

제4부

루카

(로마, 60~90년)

1

　2년, 알려진 게 아무것도 없으며, 내가 한번 상상해 본 그 2년이 지나간다. 루카는 서기 60년 8월, 그러니까 펠릭스 총독이 또 다른 총독 포르키우스 페스투스로 교체되었을 때부터 이야기를 다시 시작한다. 업무를 시작한 페스투스는 산더미처럼 쌓인 서류들 가운데서, 〈유대인들의 종교와, 사망했지만 어떤 수인(囚人)들의 주장으로는 아직 살아 있다는 예수라는 인물과 관련하여 일어난 모종의 언쟁〉 때문에 공관 내 멀찌감치 떨어진 한 동(棟)에 연금 상태에 있다는 바오로라는 랍비의 파일을 발견한다. 페스투스는 어깨를 으쓱한다. 교수형에 처할 만한 자는 아닌 것 같은데, 사람들의 설명에 따르면, 지금 여기는 유대인들의 땅이며, 유대인들과는 모든 게 복잡하고, 조그만 논쟁 하나가 폭동으로 비화될 수도 있다고 한다. 한편 대사제들은 바오로의 목을 요구하고 있고, 평화를 유지하기 위해서는 이 대사제들과 사이좋게 지내는 게 좋다. 다른 한편으로, 바오로는 로마 황제가 심판해 줄 것을 호소하고 있었고, 그는 로마

시민으로서 그럴 권리가 있었다. 한마디로 골치 아픈 사안이었고, 펠릭스는 일부러 질질 끌다가 후임자에게 떠넘긴 것이다.

그가 부임하고 며칠이 지난 후, 유대의 분봉왕 헤로데 아그리파스와 그의 누이동생 베르니케가 신임 총독을 방문한다. 이렇게 지역 군주가 로마의 파견 관리를 찾아왔고, 그 반대가 아니었다는 사실은 당시 권력이 어느 쪽에 있었는지를 명확히 보여 준다. 잔인하면서도 사치스러웠던 헤로데왕의 증손자인 아그리파스는 완전히 그리스화된 — 그리고 로마화된 — 유대인 플레이보이였고, 이를테면 영국령 인도 제국 시대에 케임브리지에서 교육을 받은 마하라자들에 비교될 수 있는 인물이었다. 젊었을 때는 카프리섬에서 칼리굴라 황제와 흥청망청 놀았다. 고국에 돌아온 그는 약간 지루함을 느꼈다. 베르니케는 예쁘고 총명한 여자였다. 그녀는 오빠와 함께 살았는데, 둘이 같이 잔다는 소문이 파다했다. 어쨌든 대화 중에 페스투스는 바오로 때문에 자신이 처하게 된 난처한 상황에 대해 얘기해 준다. 아그리파스는 호기심이 동한다. 「그 사람이 뭐라고 하는지 직접 한번 들어 보고 싶소.」 안 될 이유가 없었다. 페스투스는 바오로를 데려오게 했다. 바오로는 사슬에 묶여 병사들에게 양팔이 붙들려서 끌려왔고, 이번 역시 아무도 요청하지 않았건만 대뜸 자신의 사연을 들려주기 시작한다. 그가 이렇게 자신의 이야기를 길게 늘어놓는 것은 「사도행전」에서만도 벌써 세 번째로, 정말이지 루카는 이 이야기를 몇 번이나 해도 질리지 않는 모양이다. 늘 그렇듯이, 이번에도 청중은 바오로의 맹렬한 박해와 다마스쿠스로 가는 길과 그의 일생일대의 회심으로 이어지는 이야기를 흥미진진하게 듣고 있었지만, 부활의 대목에서 딱 걸려 버린다. 바오로가 그 대목에 이르자, 페스투스는 그의 말을 끊는다. 「바오로, 당신은 미쳤어! 당신은 많은 것을 알고 있지만, 완전히 미쳐 버렸다고!」「천만에요.」 바오로가 대답한다. 「난 진실되고도 이성적인 말을 하고 있을 뿐입니다.」(〈진실된〉은 그럴 수 있다고 쳐도, 〈이성적인〉은, 글쎄⋯⋯.) 그는 아그리파스에게 몸을 돌린다. 「아그리파스 전하, 전하께서는 예언자들을 믿으십니까?」 다시 말해서, 만일 당신이 예언자들을 믿는다면, 지금 내가 얘기하는 것을 믿지 못할 이유가 없지 않느냐는 소리다. 아그리파스는 재미있어하면서 이렇게 대답한다. 「오, 오! 무슨 말 하려는지 알겠군. 그래, 그대는 그렇게 쉽게 나를 기독교인으로 만들 수 있다고 생각하나?」 바오로는 즉각 받아친다. 「그게 쉽든 어렵든 간에, 전 여기 있는 모든 분들이 저와 같이 되기를 바랄 뿐입니다. 물론 이 쇠사슬만 빼놓고 말입니다⋯⋯.」 브라보!

너그럽고, 재치 있고, 괜찮은 사람들끼리의 이 대화에서 아그리파스와 페스투스는 동일한 결론을 이끌어 내니, 바오로에게 크게 책잡을 만한 점이 없다는 것이다. 만일 그가 카이사르에게 상소할 생각만 갖지 않았더라도, 그를 슬그머니 석방해 버리면 일은 간단히 해결될 수 있었다. 하지만 그는 카이사르에게 상소했다. 뭐, 행운을 빌어야겠죠, 하고 말하며 아그리파스는 회의적인 표정으로 어깨를 으쓱해 보였다. 왜냐하면 그는 세 명의 카이사르를 가까이서 섬겨 보았고, 그중 세 번째인 네로가 황위에 올랐을 때는, 그의 비위를 맞추려고 자신의 작은 왕국 내에 한 도시를 〈네로니아드〉라고 개명한 적도 있는 사람이었기 때문이다. 바오로가 로마에서 심판받기를 원한다고요? 뭐, 그럼 로마에서 심판받으라고 하세요.

그다음에 이어지는 장(章)은 『2년간의 선원 생활』[1] 같은 해양 소설을 좋아하는 사람들에게는 그야말로 성찬이 되리라. 해안을 따라가는 항해, 그러고는 난바다 항해, 폭풍우, 난파, 몰타에서 겨울나기, 반란, 굶주림, 갈증…… 나로서는 이게 지루하게 느껴지기 때문에, 그냥 여행은 길고 험난했고, 바오로는 산전수전 다 겪은 선원들에게 항해술을 가르치려 든 것만큼이나 대단한 용기를 보여 주었으며, 루카는 항해술 관련 어휘 영역에서 인상적인 지식을 보여 주고 있다는 사실 정도만 지적하기로 한다. 이 장 전체는 각종 선구, 닻, 던져 버리는 삭구, 심지어 〈앞 돛〉 ─ 『에큐메니칼 번역 성경』의 한 주(註)가 알려 주는 바에 의하면, 이 〈앞 돛〉은 이물에 다는 작은 돛으로, 삼각돛의 조상 격이라 할 수 있는데, 삼각돛과는 달리 네모진 형태였다고 한다 ─ 같은 전문적인 용어들로 채워져 있다.

만일 우리가 〈동시대의 다른 삶들〉이라는 제목으로 장(章) 하나를 덧붙일 수 있다면, 여기에는 같은 시기에 아직 플라비우스 요세푸스라는 이름으로는 불리지 않았던 스물여섯 살의 사두가이파 귀족 요셉 벤 마티아스가 똑같은 여행을 했다는 사실 ─ 그는 이 여행에 대해 바오로의 것에 못지않은 파란만장한 이야기를 들려주고 있다 ─ 을 언급해야 할 것이다. 하지만 요세푸스는 바오로보다는 훨씬 편안한 조건에서 여행했을 것인데, 왜냐하면 그는 죄수가 아니라, 성전의 사제들이 그들의

1 미국의 소설가 리처드 헨리 데이너(1815~1882)의 해양 소설.

이익을 네로 황제 앞에서 대변할 수 있게끔 로마로 파견한 외교관 내지는 로비스트였기 때문이다.

2

나중에 일어난 일들 때문에 우리가 잘 기억하지 못하는 경향이 있는데, 네로는 편집증 환자였던 티베리우스, 완전히 광인이었던 칼리굴라, 그리고 말더듬이요 술주정뱅이에, 그 이름이 문란함(메살리나)과 음모(아그리피나)와 결부되어 역사에 길이 남게 될 여자들에게 휘둘렸던 오쟁이 진 남편이기도 했던 클라우디우스에 이어 처음 황위에 올랐을 때, 사람들에게 비교적 괜찮은 인상을 주었다. 남편 클라우디우스를 독살한 아그리피나는 공식 후계자 브리타니쿠스를 몰아내고, 대신 자기 아들 네로를 왕좌에 앉힌다. 이때 네로의 나이 열일곱, 그녀는 아들을 앞세워 자신이 제국을 지배할 속셈이었다. 이를 위해 그녀는 클라우디우스의 총애를 잃고 코르시카섬으로 쫓겨나서는 거기서 8년 동안 목 빠지게 기다리고 있던, 그리고 우리도 이 책에서 한 번 마주친 바 있는 인물을 다시 부른다. 바로 스토아학파의 공식 대변인이요, 억만장자요, 야망으로 가득했다가 환멸을 맛본 정치가인 세네카로, 이제 그는 젊은 군주의 가정 교사 겸 자문 역으로 화려하게 복귀하게 된 것이다. 네로는 확실히 그 덕을 보았으니, 재위 초기에는 철학자로, 그리고 박애주의자로 명성을 얻게 된다. 처음으로 사형 판결문에 서명하게 되었을 때 그는 이렇게 말했다고 한다. 「아, 차라리 내가 글쓸 줄을 모른다면 얼마나 좋을까……!」 하지만 네로는 철학보다는 시나 노래 같은 예술을 더 좋아했고, 원형 경기장에서 벌이는 갖가지 놀이들도 좋아했다. 그는 무대에 올라가 직접 리라로 반주하며 자작시들을 읊었으며, 경기장으로 가서는 전차를 몰았다. 이런 그의 파격적인 행동에 원로원은 충격을 받았으나 평민들은 열광했다. 네로는 율리우스, 클라우디우스 왕조를 통틀어 가장 인기 있는 황제였고, 이 사실을 그 자신이 깨달았을 때, 아그리피나가 평생 통제할 수 있다고 생각한 이 볼이 통통하고 음흉한 소년은 그녀의 손아귀에서 벗어나기 시작했다. 그녀는 초조해졌다. 아들을 정신 차리게 하려는 목적으로 그녀는 몰아냈던 의붓아들 브리타니쿠스를 다시 불러들인다. 위협을 느낀 네로는 어머니가 만일 자신이었다면 했었을 행동을 그대로 해버리니, 브리타니쿠스를 클라우디우스처럼 독살한 것이다. 이 일화를 상당히 왜곡시켜 극화한 그의 작품에서, 프랑스 고전주의자들이 다 그렇듯 세네카를 숭배하며 자라난 장 라신은 이 사건에서 철학자 겸 가정 교사가 맡은 역할에 대해서는 언급이 없는데, 사실 그가 이 음모를 알고 있었는지의 여부는 아무도 모른다. 한 가지 확실한 것은 브리타니쿠스가 암살된 후에도 세네카는 눈 하나 깜짝하지 않고 계속 자기 제자의 미덕들을 칭송하고 있다는 사실이다. 세네카는 네로가 어질고도 관대한 군주라고 주장하며, 심지어 유난히도 가식적으로 느껴지는 한 송시(頌詩)에서, 용모의 우아함과 노래의 그윽함에 있어서 그는 아폴로 신보다 조금도 뒤질 게 없다고까지 말하고 있다.

세네카도 얼마 후면 실총할 것이고, 아그리피나 역시, 이 장에서 이야기되는 다른 모든 것들과 마찬가지로 우리가 이 시대의 양대 역사가인 타키투스와 수에토니우스 덕분에 알고 있는 상황들 가운데서, 암살될 것이다. 하지만 요세푸스와 그가 이끄는 유대교 사제 대표단이 황궁에 도착했을 때, 일은 아직 거기까지 진행되지 않았다. 네로는 라신이 묘사하려 한 그 〈막 태어나고 있는 괴물〉일 뿐이었다. 그는 아직 어머니와 멘토를 제거하지 못했지만, 그들의 속박을 떨쳐 버리는 중이었다. 그는 아그리피나가 뱀 똬리의 결속을 한층 강화하기 위해 그와 결혼시킨 클라우디우스의 딸 옥타비아를 버리고, 포파이아라는 창녀를 취한다. 15세기 후, 몬테베르디는 이 포파이아를 서양 음악사에서 가장 비윤리적이며 노골적으로 에로틱한 오페라의 여주인공으로 삼을 것이다. 당연히 포파이아는 침대에서 끝내주는 여자였겠지만, 여기서 우리에게 무엇보다도 흥미로운 점은 그녀가 유대인 — 혹은 반(半)유대인이거나, 적어도 유대교를 신봉하는 이방인 — 이었다는 사실이다. 네로의 총애를 받는 어릿광대 역시 유대인이었고, 원로원의 늙은 의원들은 이 두 유대계 인물이 황제에게 영향을 끼치는 것을 몹시 불안해했다. 당대의 풍자 시인 유베날리스 — 어느 시대에나 존재하는 신랄하고, 재기발랄하고, 매력적인 보수주의자의 로마 버전이라 할 수 있는 인물 — 처럼, 그들은 오론테스강의 흙탕물이 티베르강²으로 흘러들어 오는 상황을 개탄했다. 이게 무슨 뜻인가 하면, 지금 〈영원한 도시〉에는 동방의 이민자들이 우글거리며, 이들이 가져온 활기차고도 정복적인 종교들은 젊은 세대들 가운데서 이 도시의 신들에 대한 핏기 없는 신앙보다 큰 인기를 누리고 있다는 얘기였다. 네로는 아마도 유대교에 대해 막

2 오론테스강은 유대 지방의 강이고, 티베르강은 로마시를 흐르는 강이다.

연한 관념만을 지니고 있었을 것이다. 만일 누군가가 그에게 안식일 축제 동안에 처녀를 제물로 바치는 게 관례라고 말했다면, 그는 이 말을 곧이곧대로 믿고, 승인했을 것이다. 어쨌든 로마인들보다 더 로마인들처럼 보이려고 생각했던 요세푸스는 사절 활동을 해가면서 황제가 유대인들의 친구라는, 심지어 다른 시대의 반유대주의자들의 표현을 빌자면 완전히 〈유대화되었다〉라는 사실을 알게 되고는 깜짝 놀라고 또 당황하기까지 했다.

물론 바오로는 황제의 이런 품행이며 괴상한 생각들에 대해서는 아무것도 알지 못했다. 그가 세운 교회들의 한정된 세계 안에서만 살아온 그는 새 황제의 이름이 네로라는 사실도 잘 몰랐을 것이다. 요세푸스와 마찬가지로 그는 나폴리에서 가까운 푸테올리에서 하선했다. 요세푸스가 1등 선실에서 걸어 나온 데 반해, 그는 배 밑바닥의 화물칸에서 기어 나왔다는 점이 서로 다를 뿐이다. 그리고 고위 사제들의 사절단은 화려한 행렬을 이루어 로마로 향했지만, 바오로는 늘 그렇듯 두 발로 걸어갔을 뿐 아니라, 쇠사슬로도 묶여 있었다. 만일 이것을 영화화한다면, 공식 사절단의 수레바퀴들이 튀긴 흙탕물이 바오로가 끼어 있는 한 무리의 죄수들 위로 떨어져 내리는 광경을 보여 주고픈 유혹을 이겨 내기 힘들리라. 수염이 무성하고 얼굴에는 굵은 주름살이 패었으며, 여섯 달 동안 걸치고 있는 때에 찌든 외투 차림인 그는 고개를 들어 멀어져 가는 행렬을 바라본다. 그리고 그 옆에는 루카와 티모테오, 그리고 바오로의 왼쪽 손목과 자신의 오른쪽 손목을 1미터 남짓한 사슬로 연결해 놓은 사내의 모습도 보이는데, 바로 죄수를 카이사리아에서부터 여기까지 호송해 온 백인(百人) 대장이다. 이 백인 대장은 엑스트라보다는 좀 더 비중 있는 역을 맡고 있다. 「사도행전」이 우리에게 알려 주는 바에 의하면 그의 이름은 율리우스이며, 여행 중에 죄수를 아주 존중하는 마음이 생겨, 여러 가지로 최대한 편의를 봐주었다고 하는데, 사실 이는 그 자신을 위한 것이기도 했으니, 두 사람은 소변볼 때에도 서로 떨어질 수 없는 사이였기 때문이다.

바오로는 이런 이들과 함께 로마에 도착한다.

3

『고대 로마의 일상생활』에서 제롬 카르코피노는 1세기와 2세기 로마시의 인구가 얼마나 되었을까 자문해 보고 있다. 그는 장장 3쪽에 걸쳐 다른 학자들이 추정한 수치들을 열거하고, 대조하고, 마침내 모조리 부정해 버린 다음, 〈1,165,050명에서 1,677,672명 사이〉의 평가치 — 이 수치가 다소 부정확함을 사과하면서 — 를 제시한다. 진실이 이 놀랄 만큼 느슨한 평가치의 꼭대기에 있었든, 아니면 밑바닥에 있었든 간에, 로마는 세계 최대의 도시였고, 당시의 기준으로 봤을 때 현대적인 대도시요, 진짜배기 바벨탑이었다. 여기서 〈탑〉이라는 말은 문자 그대로 이해해야 하는 것이, 그 숫자와 풍속이 유베날리스의 마음을 어둡게 한 이민자들의 지속적인 증가로 인해, 로마는 고대에서 유일하게 수직으로 올라간 도시[3]였기 때문이다. 역사가 티투스 리비우스가 전하는 바에 의하면, 가축 시장을 뛰쳐 나온 황소 한 마리가 한 주거용 건물의 층계를 통해 4층까지 기어올라 가서는, 거기서 아래로 떨어져 내려 주민들의 간담을 서늘케 했다고 한다. 그는 이 4층을 별것도 아닌 듯이 가볍게 언급해 버리고 말지만, 제국의 다른 곳들에서 이 얘기를 들었다면 마치 공상 과학처럼 기이하게 느껴졌을 것이다. 1세기 전부터 주거용 건물들이 너무 높이 올라가고, 또 너무 위태로워진 나머지, 아우구스투스 황제는 건물을 9층 이상 올리는 것을 금지하기에 이르렀고, 시공업자들은 이 금령을 빠져나가려고 별의별 방법을 다 썼던 모양이다.

내가 이걸 얘기하는 것은, 우리가 로마에 도착한 바오로가 거기서 조그만 거처를 하나 임대하는 게 허용되었다고 말하는 「사도행전」의 구절을 읽을 때, 이 〈거처〉를 어떤 식으로 상상해야 좋을지를 설명하기 위해서이다. 그것은 그가 지중해의 메디나들에서 늘 살았던 그 단층집들 같은 것이 아니라, 오늘날 우리가 너무나도 잘 아는, 도시의 외곽 지대에 빈민들과 체류증이 없는 사람들이 서로 부대끼며 사는 그런 서민 아파트들 중의 하나 같은 곳이었을 것이다. 지어지자마자 황폐해져 버리고, 비위생적이고, 악덕 집주인들은 한 푼이라도 더 뜯어내려고 혈안이 되어 있고, 비좁은 공간을 한 치라도 더 넓히려고 벽을 종잇장처럼 얇게 세웠고, 층계에 내갈긴 소변을 아무도 닦아 내려 하지 않는 그런 곳 말이다. 그 시대에 변소다운 변소는 수평으로 지어진 부자들의 근사한 저택들에만 있었다. 그것은 화려하게 장식되고, 저마다 용무를 보면서 담소를 나눌 수 있

3 〈바벨탑〉은 프랑스어로 *tour de Babel*로 *tour*에는 〈탑〉이라는 의미뿐 아니라, 〈고층 건물〉이라는 의미도 있다.

게끔 둥글게 배치된 좌석들이 마련된 일종의 살롱이었다. 다세대 주택에 사는 빈민들은 공중변소들로 만족해야 했는데, 이 공중변소들은 멀리 떨어져 있었고, 밤이 되면 길거리는 위험해졌다. 유베날리스의 말로는, 저녁 식사를 하러 밖으로 나가기 전에는 유서를 써놓는 게 좋을 정도였단다.

바오로는 안락한 삶을 그다지 좋아하지 않았다. 다른 것은 몰라도 향락주의자는 절대로 아닌 사람이었다. 그의 삶의 마지막 거처가 될 이 새집은 그에게 생소하게 느껴졌겠지만, 그렇다고 해서 그를 낙담시키지는 못했다. 나는 이런 삶의 조건들에 다른 사람 같으면 겁을 집어먹었겠지만, 바오로는 이를 세상의 종말이 가까웠다는 신호로 여기고 오히려 안도감을 느꼈으리라고 생각한다. 그는 여전히 재판을 기다리는 죄수의 신분이었으므로, 그를 지키는 임무를 맡은 한 병사와 거처를 함께 써야 했다. 루카는 이 병사가 백인 대장 율리우스만큼 좋은 사람이었는지에 대해서는 말하지 않는다. 또 자신과 티모테오가 어디에서 기거했는지도 말하지 않는다. 내가 상상하기로는, 그들은 스승과 가까운 곳에서, 이를테면 그와 같은 층에서 살았을 것 같은데, 왜냐하면 층이 높을수록 집세가 낮았기 때문이다. 층이 높으면 층계를 힘들게 걸어 올라가야 하고, 당시에 빈번했던 화재라도 발생하면 훨씬 위험해지며, 아직은 그 누구도 좋은 전망을 하나의 장점으로 여기지 않았던 것이다. 이 로마의 부동산에 대한 개관을 마치기에 앞서, 고층이기 때문에 집세가 싸다는 것도 완전히 상대적인 얘기이며, 천정부지로 치솟는 집세는 교통 체증의 문제만큼이나 로마 시대 문학에 빈번히 등장하는 주제 가운데 하나였다는 사실을 덧붙이기로 하자. 가난한 중산층의 전형적인 대표자라 할 수 있으며, 퀴리날레 언덕에 자리한 비교적 깔끔한 건물의 4층에 살았던 시인 마르티알리스는 계속 한숨을 내쉬면서, 이 토끼장 같은 거처를 위해 내는 돈이면 시골에 가면 안락한 저택에서 살 수 있다고 한탄한다. 사실, 그가 그렇게 하는 것을 막는 사람은 아무도 없었다. 하지만 모든 일들이 이루어지는 곳은 이 로마이기 때문에, 이렇게 한숨을 푹푹 내쉬긴 해도, 이곳에서 멀어질 생각은 털끝만큼도 없었을 것이다.

바오로는 외출할 때에는 사슬에 묶여야 했겠지만, 집에 있을 때는 무엇이든 할 수 있고, 누구든 영접할 수 있는 조건이어서, 도착한 지 사흘 만에 로마의 유대인 유지들을 자기 집에 초대, 아니 소집한다. 그가 이미 로마의 수도에 존재하고 있었던 기독교 교회가 아니라, 이들부터 접촉했다는 사실은 의외로 느껴질 수도 있을 것이다. 내가 생각하는 동기는, 바오로가 그냥 일반적인 유대인들보다도 야고보의 밀사들로부터 그와 그의 측근들에 대해 언질을 받은 기독교도 유대인들에게 더 심하게 배척받게 될까 봐 두려웠다는 것이다. 루카가 우리에게 전해 주는 광경은 그야말로 귀머거리들의 대화라고 할 수 있다. 대체 무슨 영문인지 모르고 계단을 힘겹게 기어올라 와서는, 지금은 놀라 입을 딱 벌리고 있는 몇 명의 랍비들 앞에서, 바오로는 그들로서는 들어 본 적도 없는 어떤 비난의 말들에 대해 자신을 맹렬히 변호한다. 그들은 선의를 품고 있고, 고개도 끄떡거려 가면서 그의 말을 이해해 보려고 애쓴다. 바오로가 회당이 아닌 집에서 설교하고 있다는 점만 제외하면, 로마의 유대인들과의 이 만남은 여기가 「사도행전」의 끝부분임에도 불구하고, 「사도행전」의 처음으로 돌아온 듯한 느낌을 준다. 바오로는 율법과 예언서들부터 시작하여 예수의 부활과 신성(神性)에 이르는, 새 신자들에게 늘 하는 설교를 다시 늘어놓는다. 청중 가운데 어떤 이들은 감동을 받지만, 대부분은 미심쩍은 표정을 짓는다. 저녁이 되어서야 사람들은 흩어졌는데, 루카는 이렇게 쓰고 있다. 〈바오로는 자기의 셋집에서 만 2년 동안 지내며, 자기를 찾아오는 모든 사람을 맞아들였다. 그는 아무 방해도 받지 않고 아주 담대히 하느님의 나라를 선포하며 주 예수 그리스도에 관하여 가르쳤다.〉

이 말과 함께 「사도행전」은 막을 내린다.

4

이런 갑작스러운 결말은 이상한 느낌을 주었고, 이에 대해 많은 글들이 써졌다. 신학자들은 왜 루카가 이런 식으로 독자를 슬그머니 떠나 버렸는지에 대해 두 가지 가설을 제시하고 있는데, 하나는 이게 사고(事故)라는 것이고, 다른 하나는 의도적 결말이라는 것이다.

이게 사고라는 가설은 제대로 된 결말이 존재했는데, 그게 나중에 사라져 버렸다고 주장한다. 매우 가능성 있는 얘기로, 특히 당대의 엄청난 베스트셀러였던 세네카의 『루킬리우스에게 보낸 편지』의 마지막 4분의 1도 1세기와 5세기 사이의 어딘가에서 유실되었다는 사실을 생각해 보면 더욱 그렇다. 다만 이 가설은 독자들에게 조금 실망감을 안겨 준다.

이게 의도적인 결말이라는 가설은 이 텍스트에서 잘려 나간 부분이 없다고 주장한다. 저자는 이런 결말을 **원했다는** 것이다. 이 가설의 지지자들은 이렇게 설명한다. 로마는 세계의 중심이었다. 바오로에게 있어서 로마에 도달한다는 것은 사도로서 커리어의 완성을 의미했고, 이 목적이 달성되고 나면 이야기는 끝난 것으로 여겨질 수 있다. 바오로는 아무런 방해도 받지 않고 아주 담대히 가르칠 수 있게 되었으니 이거야말로 해피엔드 아니겠는가?

하지만 바로 그다음에 일어난 일들이 로마 대화재와 네로의 기독교 박해와 바오로와 베드로의 순교 — 비록 확증된 사실은 아니지만 — 이고, 6년 후에는 성전의 파괴와 예루살렘의 초토화가 있었다는 점을 감안할 때, 또 「사도행전」은 80년대 혹은 90년대에 써졌기에 저자는 이 모든 사건들을 알고 있었다는 점을 감안할 때, 솔직히 말해서 나는 그에게 더 이상 흥미로운 얘깃거리가 없었으므로, 그냥 이 클라이맥스에서 이야기를 끝내려 했다는 주장이 선뜻 받아들여지지 않는다.

보다 매력적인 가설은 이 사건들은 로마를 그다지 명예롭게 하지 못하는 일들이었으므로, 루카는 이것들을 **얘기하고 싶지 않았다는** 것이리라. 하지만 한편으로 이것들은 그가 원한다고 해서 감출 수 있는 일들이 아니었고, 다른 한편으로 80년대의 로마인들은 네로의 치세를 그들 역사의 어두운 한 페이지로 간주하는 데 이견이 없기 때문에, 사건들을 있는 그대로 묘사한다고 해서 그들이 충격을 받을 이유가 없었다. 그렇다면 왜?

글쎄, 잘 모르겠다. 모든 점들을 고려해 볼 때, 내 의견은 사고의 가설, 즉 원고 일부가 유실되었다는 가설 쪽으로 기운다. 만일 이게 사실이라면, 왜 2세기 혹은 3세기의 교회는, 뒤에서 보게 되겠지만 「마르코 복음서」에 대해 그랬듯이, 누가 봐도 미완성 상태인 이 텍스트에 제대로 된 결말을 붙여 주지 않았을까? 왜 베드로와 바오로의 말년에 대한 이야기를, 전승과 일치하는 정통적인 이야기를 루카에게 부여하지 않았을까? 어쩌면 그것은 교회로 하여금 예수의 삶과 관련하여 거북스러운 모순들로 가득한 네 개의 이야기를 일관성 있고, 동질적이고, 교리들과 공의회 결정 사항들에 부합하는 하나의 이야기로 통합하는 대신, 모종의 기이한 텍스트적 정직성이 작용하여 그것들을 그대로 보존해 오게 한 이유들과 같은 이유들에서였는지도 모르겠다. 내가 이 책에서 이야기하려 하고 있는 것은 어떻게 하나의 복음서가 써질 수 있었는지에 대해서이다. 정경(正經)이 어떻게 이루어졌는지는 또 다른 이야기이며, 그것도 못지않게 짙은 신비에 싸여 있다.

5

「사도행전」은 바오로가 로마에 도착한 이후로는 더 이상 이어지지 않지만, 사도의 것이라고 주장되는 몇 편의 서신은 이 시기를 증언해 준다. 내가 〈주장되는〉이라는 표현을 쓴 것은, 이것들이 과연 바오로의 서신이 맞느냐, 그리고 적힌 날짜들이 진짜냐의 문제는 성서학자들 사이에서 논쟁의 대상이 되고 있기 때문이다.(나는 이 문제에 대해서는 깊이 들어가고 싶지 않다). 어쨌거나 이 이른바 〈옥중 서신들〉에서는 뭔가 신비주의적이면서도 저녁노을 같은 분위기가 느껴진다. 여기에서 바오로는 자신을 사슬에 묶인 채, 쇠약해지고, 지쳐 있으며, 이 땅의 음울한 미망에서 깨어나 다른 세상으로 가기만을 간절히 바라는 상태로 묘사하고 있다. 「필리피 신자들에게 보낸 서간」에서 그는 자신은 살든 죽든 상관없다, 아니 차라리 죽는 게, 다시 말해서 그리스도에게로 가는 게 더 낫다고 단언한다. 다만 제자들을 봐서는 너무 큰 손실이 되겠으므로, 그들을 위해 계속 살기로 결심했단다. 이와 비슷한 논리로 그는 조금 아래에서 필리피의 신자들이 보내 준 돈을 받겠다고 하면서, 이것은 그들을 위한 것이며, 자신은 이 돈이 없어도 아무 상관이 없으나, 보내 준 이들에게서 기쁨과 사랑의 기회를 빼앗고 싶지 않다고 설명한다.

이 「필리피 신자들에게 보낸 서간」에는 오래전 자클린 대모님이 내게 읽어 주었던 그 구절이 들어 있다. 바노가의 살롱에 낭랑히 울리던 그녀의 음성이 아직도 귀에 쟁쟁한데, 나는 그녀를 생각하며 그 구절을 여기에 옮겨 쓴다. 그러고는 이것을 나의 기도로 바꿀 수는 없지만, 그래도 그녀가 여기에서 깨달았던 무언가를 나도 아주 조금이라도 깨달을 수 있으면 좋겠다고 생각하며, 이 구절을 혼자 나지막이 되뇌어 본다.

〈그분께서는 하느님의 모습을 지니셨지만
하느님과 같음을 당연한 것으로 여기지 않으시고
오히려 당신 자신을 비우시어

종의 모습을 취하시고 사람들과 같이 되셨습니다.

이렇게 여느 사람처럼 나타나

당신 자신을 낮추시어 죽음에 이르기까지,

십자가 죽음에 이르기까지 순종하셨습니다.

그러므로 하느님께서도 그분을 드높이 올리시고

모든 이름 위에 뛰어난 이름을 그분께 주셨습니다.

그리하여 하늘과 땅 위와 땅 아래에 있는 자들이

예수님의 이름 앞에 다 무릎을 꿇었습니다.〉

　　젊은 시절에 나는 느낌표와 말줄임표와 대문자들로 채워진 글에 대해 반감을 드러냈다. 자클린은 이를 유감스럽게 생각했고, 이런 미적인 청교도주의를 영적 미적지근함의 표시로 간주했다. 「이 불쌍한 친구야, 그럼 넌 네 주님을 대체 무엇으로 찬양할 건데?」 이런 과장적인 기호들 중 어느 것도 바오로가 사용한 언어에는 존재하지 않는다. 하지만 한 줄 한 줄 섬광이 번득이고 전율이 흐르는 「갈라티아 신자들에게 보낸 서간」이나 「코린토 신자들에게 보내는 첫째 서간」과는 너무도 다른, 너무나도 엄숙하고 너무나도 추상적인 그의 후기 서신들을 번역할 때는 이런 기호들을 사용하지 않을 수 없는데, 이 글이 내게 거북하게 느껴졌고, 지금도 거북하게 느껴지는 것은 아마도 이런 점 때문일 것이다.

　　콜로새 신자들과 에페소 신자들에게 보낸 서신들에는 그분의 뜻이 품은 비밀, 그분의 은혜에 대한 찬송, 때가 찼을 때 이루시기 위해 그분이 미리 정한 선하신 계획 같은 얘기들뿐이다. 여기서 〈그분〉은 물론 하느님이며, 바오로는 하느님께서 자신의 서신 교환자들에게 당신의 부르심이 그들에게 어떤 희망을 주고 있는지, 당신의 유업에 얼마나 영광스러운 보물이 감춰져 있는지, 당신의 권능이 얼마나 위대한지를 보여 주시기를 밤낮으로 기도한다. 이 권능을 그분은 예수 그리스도를 통해 보여 주신 바, 그를 죽은 자들 가운데서 부활시켜 하늘에 있는 당신의 오른편에 앉히시어 모든 권력자들 위에 올리셨으며, 만물을 예수 그리스도의 발아래 굴복시켰고, 그를 교회의 머리로 삼으셨는데, 교회는 그의 몸이며, 우리 믿는 자들은 그 몸의 지체들이다……. 여기서 바오로는 자문한다. 그가 올라갔다는 것은 무슨 뜻인가? 바로 그가 이 땅에 내려왔다는 얘기가 아닌가? 그렇다면 왜 내려왔는가? 우리 안에 거하기 위해서다. 그리고 우리로 하여금 하느님의 높이와 깊이와 길이와 너비를 깨닫게 하고, 모든 지식을 초월한 사랑을 알게 하고, 굳건히 서서 진리의 허리띠를 매고, 정의의 갑주를 입고, 복음 전파의 신을 신고서 만물을 충만케 하시는 자의 충만 안으로 들어가도록 하기 위해서이다.

바오로가 나이를 먹어 감에 따라, 그의 설교는 이런 어조가 점점 강해지게 된다. 그는 루카가 그 말씀들을 은밀히 읽기 시작하고 있던 예수를 한 번도 삶의 스승으로 제시하며 얘기한 적이 없었다. 또 예수를 메시아로서 논하는 것은 유대인들에게만 관련된 문제였고, 유대인들과는, 설사 그들이 이 문제에 당연한 관심을 느낀다 해도, 할례 같은 따분한 얘기로 돌아올 수밖에 없었다. 반면 인간의 형상을 입고 땅을 방문한 어떤 신의 이야기는 이방인들에게 전혀 낯설게 느껴지지 않았다. 화신(化

身), 즉 신이 인간이 된다는 얘기는 유대인들에게는 신성 모독이었지만, 바오로가 마지막 순간까지 우선적으로 말씀을 전했던 소아시아나 마케도니아 지방 사람들에게는 얼마든지 받아들일 수 있는 하나의 신화였다. 이 사람들을 타깃으로 한 그의 그리스도는 갈수록 그리스적인 성격을 띠었고, 신에 가까워졌으며, 그의 이름은 하느님과 거의 동의어가 되었다. 단순한 이들에게는 어떤 신화적 존재였고, 좀 더 섬세한 정신의 소유자들에게는 하나의 신성한 위격(位格), 그러니까 알렉산드리아의 신플라톤학파가 말하는 **로고스**와 비슷한 어떤 것이었다. 이런 접신론은 바오로가 느끼기에는 예고된 세상의 종말이 일어나지 않기 때문에 더욱 필요했다. 그래서 그는 점차로, 사실 종말과 부활은 이미 일어났다고, 그리고 감각의 증언에도 불구하고 이 감당하기 힘든 엄청난 비밀을 받아들이는 것이야말로 세상에 대해 죽고 그리스도 안에서 살고 있다는, 다시 말해서 이 바오로처럼 **진정으로** 살고 있다는 신호라고 말하기 시작했다.

나는 바오로가 말년에 이른 이런 극단적인 생각에 대해 루카가 어떻게 생각했을지 궁금하다. 바오로의 비좁은 거처에 방문하여, 그가 티모테오에게 그 탁한 목소리로, 과거와 현재와 미래의 세상 전체로도 예수 그리스도의 위대함을 담기에 충분치 못하다고 주장하는 서신들을 구술하는 모습을 보았을 때, 루카는 이 그리스도를 자신이 유대와 갈릴래아에서 조사했던 인물, 그러니까 먹고, 마시고, 똥을 싸고, 한 무리의 순진하고도 무식한 사내들과 자갈길을 걸으면서, 걸핏하면 싸워 대는 이웃들과 회개한 징세 청부인들의 이야기들을 들려주던 그 사내와 과연 어떻게 연결 지었을까? 그들이 현지에 있을 때에는 루카는 감히 이런 것들을 바오로에게 얘기하지 못했다. 그는 사도가 보기에 유대인들과 한편이 되어 자신을 대적하는 것과 마찬가지인 이런 호기심에 대해 죄의식을 느꼈다. 하지만 로마에서는? 또 그 후에는? 이런 예수에 대해 얘기하고 싶은 마음이 생기지 않았을까? 그 작은 그룹을 올바르게 이끌기 위해 필립보의 파피루스 두루마리에서 베껴 쓴 말씀들 중 몇 구절을 읽어 주고 싶은 유혹을 느끼지 않았을까?

내가 상상하기로는, 그는 아마도 스승의 눈치를 보면서 조심스레 시도했을 것 같다. 마치 『잃어버린 시간을 찾아서』에 나오는 화자의 이모할머니들, 그러니까 그들에게 선물을 보내 준 스완에게 감사를 표하고 싶지만, 너무 비굴하게 보일 수도 있기 때문에 직접적인 방식은 피하고자 우회적으로 표현하는데, 그 표현이 너무도 애매하여 아무도, 특히 당사자는 아무것도 이해하지 못하게 된 그 여자들처럼 행동했을 것 같다. 뼛속까지 도회인인 바오로 앞에서 씨뿌리기, 수확하기, 양 떼 같은 것들에 대해 얼버무리듯 한 마디씩 흘려 보고, 어떻게 해서든 자신이 너무나도 좋아하는 목자의 이야기, 즉 백 마리 양이 있는데 그중 한 마리를 잃고서 아흔아홉 마리를 버려두고 한 마리를 찾아 나서고, 그 한 마리를 다시 찾고서는 잃지 않은 아흔아홉 마리보다 그 한 마리 때문에 더욱 기뻐하는 그 목자의 이야기를 어떻게든 꺼내 보려고 애를 썼을 것 같다. 이 얘기를 들은 바오로는 안색이 어두워지고, 한일자로 이어진 시커먼 눈썹을 찌푸렸을 것 같다. 그는 자신이 모르는 이야기를 누가 인용하는 것을 좋아하지 않고, 그 이야기가 바로 예수 그리스도께서 직접 하신 말씀이라고 자기에게 말해 주는 것 — 만일 루카가 용기를 내어 그렇게 말했다면 — 은 더욱 좋아하지 않는다. 그는 이런 시골 냄새 풀풀 나는 일화들을 가지고 허비할 시간이 없다. 그의 생각은 온통 하느님의 높이와 깊이와 길이와 너비에만 가 있다. 루카는 그의 두루마리를 다시 말아 버린다. 차라리 「스갱 아저씨의 염소」[4]를 낭독해서 이마누엘 칸트를 매혹시키는 편이 쉬우리라.

6

바오로는 카이사리아에서 살았던 것처럼 로마에서도 살았을 것이다. 루카는 바오로가 그를 찾아오는 사람들을 모두 맞았다고 말하는데, 이들은 몇 명 안 되는 유대인들과, 그보다도 훨씬 적은 수의 기독교도들이었을 것으로, 로마의 기독교도들도 대부분은 예루살렘으로부터 오는 지침을 따르고 있었기 때문이다. 몇 해 전, 코린토에 있던 바오로는 이들에게 율법은 끝났다고 설명하는 장문의 서신을 보낸 적이 있었다. 하지만 그가 하나의 계시로 받아들여지기를 바랐던 이 서신은 어떤 의심쩍은 인물에게서 나온 과격한 글로 받아들여졌고, 이들 사이에서 약간의 파장을 일으킨 뒤 금방 잊혀졌다. 이러한 주변적이고도 불편한 위치는 그로 하여금 소아시아와 마케도니아에서 자신이 누렸던 권위를 매일같이 그리워하게 했다.

---

4 프랑스의 소설가 알퐁스 도데의 『방앗간 소식』에 수록된 단편 중 하나. 성경의 〈잃어버린 한 마리 양〉의 내용과 유사한 점도 있고, 목가적이고도 단순한 내용으로 어린이용 그림책과 만화 영화로 자주 각색된다.

62년에 베드로가 로마에 도착했을 때에도 상황은 별로 나아지지 않았을 것이다. 베드로는 예루살렘 교회의 몇 사람과 함께 왔는데, 그 가운데는 통역 역할을 한 마르코가 끼어 있었고, 또 어쩌면 이들 중에서 가장 신비스러운 인물인 요한도 있었을지 모른다. 이들 중에 몸을 낮추어 바오로를 방문한 사람은 아무도 없었을 것이다. 또 자존심이 강한 바오로도 자기가 먼저 찾아가는 일 따위는 하지 않았다. 반면, 루카는 했다. 그는 어쩌면 베드로를 몰랐을 것이고, 요한은 분명히 몰랐겠지만, 마르코와는 서로 아는 사이였으며, 이 두 사람은 라이벌 관계에 있는 정치가들의 짐꾼들 간에 존재하는 종류의 우정을 새로이 맺게 되었을 것이다. 마르코 덕분에 그는 베드로가 주재하는 애찬들에 초대되곤 했다. 이에 대해 바오로에게 아무 말도 하지 않았지만, 거기서 그는 친숙한 나라에 돌아온 듯한 기분, 비록 그 자신이 그리스인이긴 하지만 예수의 부활을 믿으면서도 유월절과 각종 규례를 지키는 이 선량한 유대인들 가운데서 아주 편안한 기분을 느꼈을 것이다.

그에게 야고보의 죽음을 알려 준 사람은 의심의 여지 없이 마르코였을 것이다. 지난 2년 동안 유대의 상황은 갈수록 악화되어 왔다. 열심당 당원들, 자객들, 게릴라들, 그리고 사이비 예언자들이 폭발 직전의 그 땅에 득실거렸다. 우리가 「사도행전」에서 세련된 사교계 인사의 모습으로 잠시 만난 바 있는 페스투스 총독은 직무 수행에 있어서는 나라 전체를 수탈하고, 자기가 한몫을 챙길 수 있는 한 모든 종류의 도적질을 조장하는 난폭하고도 부패한 인물임이 드러났다. 그의 친구 아그리파스

분봉왕은 그의 묵인하에 자신의 궁전 꼭대기에 거대하고도 호화로운, 그리고 테라스에서는 성전 내부가 훤히 내려다보이는 거처를 지었다. 이 아그리파스와 그의 누이 베르니케는 성소에서 벌어지는 일들을 내려다보면서 음란한 짓들을 벌인다는 소문이 떠돌았다. 신자들은 분개했다. 이런 일촉즉발의 상황에서, 보잘것없는 이들을 옹호하고 힘센 자들을 경멸하는 야고보는 대사제 소(小)하나니아스의 분노를 샀고, 결국 그에 의해 산헤드린에 끌려 나와 약식 재판 끝에 투석형에 처해졌다.

야고보가 돌에 맞아 죽다니! 이 소식에 루카는 불안감을 느끼고, 어쩌면 큰 충격까지 받았을 것이다. 야고보는 스승의 불구대천의 원수였고, 그의 선교 활동 전체는 바오로를 쫓아다니면서 그가 이룬 모든 것을 허물어 버리는 작업으로 요약될 수 있었다. 그럼에도 불구하고 나는, 루카가 그가 죽었다는 소식을 들었을 때, 자신이 마음속 깊은 곳에서는 뻣뻣한 목과 낙타 무릎을 지닌 이 노인을 좋아했다는 사실을 깨달았으리라고 생각한다. 물론 세상에는 바오로 같은 사람들이, 모든 장벽들을 허물고 모든 멍에들을 부숴 버리는 영적 영웅들이 필요하지만, 또한 그들 자신보다 더 큰 무언가에 복종하는 사람들, 그들 이전에 아버지들이 지켰기 때문에, 또 그 이전에는 할아버지들이 지켰기 때문에 의식(儀式)들을 지키고, 그것들에 대해 의문을 제기하는 것을 신성 모독으로 여기는 사람들도 필요한 것이다. 「레위기」에 나오는 그 모든 복잡한 규례들 — 굽이 갈라진 짐승은 먹지 마라, 고기와 젖을 섞지 마라, 이걸 하지 마라, 저걸 하지 마라 — 은 루카에게는 그다지 중요하지 않았다. 그가 처음 유대교에 호기심을 느꼈던 시절에는 중요하다고 생각했을지 모르지만, 바오로는 오직 사랑만이 중요하기 때문에 그런 것들에는 신경 쓰지 말라고 가르쳤다. 그럼에도 불구하고 루카는 그것들에는 어떤 목적이 있음을, 즉 그것들을 지키는 백성과 그러지 않는 다른 백성들을 분리시키고, 이 백성에게 어떤 특별한 운명을 부여하기 위한 것임을 어렴풋이 느끼고 있었다. 바오로가 이제 주 예수 그리스도 안에는 더 이상 유대인도 그리스인도, 노예도 자유인도, 남자도 여자도 없다고 선언할 때, 루카는 놀랍고도 황홀하여 입을 헤벌리고 들으면서도, 이제는 더 이상 유대인 — 그리고 여자도 — 이 없다는 말에 대해, 더 이상 안식일의 불도 밝혀지지 않을 거고, 하루에 세 번씩 **셰마 이스라엘**을 암송하는 일도 없을 거라는 말에 대해 자신이 전적으로 동의하는지는 확신할 수 없었다.

그렇다. 나는 루카가 야고보와 야고보가 체현하는 모든 것들을, 그의 스승이 이제는 폐지되었다고 선언하는 그 모든 것들을 애도했다고 생각한다. 그리고 어쩌면 그의 죽음을 슬퍼하면서 머릿속에 어떤 생각이 떠올랐을지도 모른다고 생각한다. 어쨌든 내게는 그 생각이 떠올랐다.

7

『신약』에는 베드로와 야고보와 요한의 이름을 단 서신들이 실려 있지만, 이들이 정말 이 글들을 썼다고 생각하는 역사가는 아무도 없다. 하지만 바오로는 썼으며, 그의 서신들은 영향력이 너무 컸던 나머지, 원시 교회의 다른 〈기둥〉들이 그를 모방해야 할 필요성을 느꼈다는 사실을 의심하는 사람은 아무도 없다. 60년대와 70년대부터, 이들은 저마다 자신의 교리를 설명하고 자신의 권위를 증명하는, 신자들이 돌려 볼 수 있는 **자신의** 서신을 가져야만 했다. 야고보와 베드로는 그리스어로 글을 쓸 줄 몰랐고, 아마도 그 어떤 글도 쓸 줄 몰랐을 것이다. 만일 그들의 이름을 달고 회람된 이 서신들이 그들의 생전에, 그리고 그들의 감독하에 작성되었다고 가정한다면, 분명히 그들은 자신이 원하는 바를 어느 정도 표현할 수 있게 해주는 필경사들의 도움을 받았을 것이다. 그렇다면 이 필경사들은 누구였을까? 베드로는 그의 서신 끝부분에서 자신이 실바누스라는 사람에게 구술했다고 밝힌다. 하지만 그는 또 그가 〈내 아들〉이라고 부르는 마르코도 언급하는데, 사실 이 미래의 복음서 기자가 한몫 거들지 않았다면 그것은 놀라운 일이리라. 반면 야고보의 서신에는 누구의 이름도 언급되지 않는다. 분명히 어떤 대필 작가가 있었을 텐데, 이 대필 작가는 익명성에서 벗어나기 위한 아무런 시도도 하지 않았던 것이다. 사람들의 말로는, 이 야고보의 서신은 아주 세련된 그리스어 — 나로서는 확인할 수 없는 일이지만 — 로 써졌고, 성경 구절들은 『70인 역 성경』에서 인용하고 있다고 한다. 이러한 사실에서 나는 하나의 가설을 제시하는데, 문제의 대필 작가는 바로 루카라는 것이다. 야고보가 죽었다는 사실을 알게 된 그는 〈그분을 기념할 수 있는 서신을 하나 쓰는 것도 나쁘지 않잖아?〉라는 생각을 한다. 그는 마르코와 예루살렘에서 왔고, 노인을 생전에 알았던 다른 사람들의 얘기를 들어 보았다. 그러고는 지금까지는 오직 자신의 이름으로만 글을 써왔던 그가, 아무도 요청하지 않았지만 자신의 뜻에 의해, 이 일에 뛰어든다.

이 가설은 매우 대담한 것이며, 전적으로 나의 개인적인 의견일 뿐이다. 여기 몇 줄을 읽어 보고, 선입견 없이 직접 한번 판단해 보자.

〈여러분 가운데에 누구든지 지혜가 모자라면 하느님께 청하십시오. 하느님은 모든 사람에게 너그럽게 베푸시고 나무라지 않으시는 분이십니다. 청하면 받을 것입니다. 그러나 결코 의심하는 일 없이 믿음을 가지고 청해야 합니다. 의심하는 사람은 바람에 밀려 출렁이는 바다 물결과 같습니다. 그러한 사람은 주님에게서 아무것도 받을 생각을 말아야 합니다.

말씀을 듣기만 하여 자신을 속이는 사람이 되지 마십시오. 사실 누가 말씀을 듣기만 하고 실행하지 않으면, 그는 거울에 자기 얼굴 모습을 비추어 보는 사람과도 같습니다. 자신을 비추어 보고서 물러가면, 어떻게 생겼었는지 곧 잊어버립니다. 그러나 완전한 법, 곧 자유의 법을 들여다보고 거기에 머물면, 듣고서 잊어버리는 사람이 아니라 실천에 옮겨 실행하는 사람이 됩니다. 그러한 사람은 자기의 그 실행으로 행복해질 것입니다.

누가 스스로 신심이 깊다고 생각하면서도 제 혀에 재갈을 물리지 않아 자기 마음을 속이면, 그 사람의 신심은 헛된 것입니다. 자기 형제를 헐뜯거나 심판하는 사람은 율법을 헐뜯고 율법을 심판하는 사람입니다.

누구든지 자기가 신앙생활은 한다고 생각하면서도 자기 혀를 억제하지 못한다면 그것은 자기 자신을 속이는 셈이니 그의 신앙생활은 결국 헛것이 됩니다. 자기 형제를 헐뜯거나 자기 형제를 심판하는 사람은, 율법을 헐뜯고 율법을 심판하는 사람입니다. 다만《예》할 것은《예》라고만 하고,《아니오》할 것은《아니오》라고만 하십시오.

가령 여러분의 모임에 금가락지를 끼고 화려한 옷을 입은 사람이 들어오고, 또 누추한 옷을 입은 가난한 사람이 들어온다고 합시다. 여러분이 화려한 옷을 걸친 사람을 쳐다보고서는《선생님은 여기 좋은 자리에 앉으십시오》라고 하고, 가난한 사람에게는《당신은 저기에 서 있으시오》라고 하거나 혹은《내 발판 밑에 앉으시오》라고 말한다면 악한 행동을 한 것입니다. 하느님께서는 세상의 가난한 사람들을 골라 믿음의 부자가 되게 하시고, 당신을 사랑하는 이들에게 약속하신 나라의 상속자가 되게 하셨다는 사실을 알아야 합니다. 그리고 그대들, 부자들이여, 그대들에게 닥쳐오는 재난을 생각하며 소리 높여 울어야 합니다. 그대들의 금과 은은 녹슬었으며, 그 녹이 그대들을 고발하는 증거가 되고 불처럼 그대들의 살을 삼켜 버릴 것입니다.

《오늘이나 내일 어느 어느 고을에 가서 1년 동안 그곳에서 지내며 장사를 하여 돈을 벌겠다》라고 말하는 여러분! 여러분은 내일 일을 알지 못합니다. 여러분의 생명이 무엇입니까? 여러분은 잠깐 나타났다가 사라져 버리는 한 줄기 연기일 따름입니다. 도리어 여러분은《주님께서 원하시면 우리가 살아서 이런저런 일을 할 것이다》라고 말해야 합니다. 여러분의 계획에 하느님께서는 다만 웃으실 뿐입니다.

507

누가 믿음이 있다고 말하면서 실천이 없으면 무슨 소용이 있
겠습니까? 그러한 믿음이 그 사람을 구원할 수 있겠습니까? 어
떤 형제나 자매가 헐벗고 그날 먹을 양식조차 없는데, 여러분
가운데 누가 그들의 몸에 필요한 것은 주지 않으면서,《평안히
가서 몸을 따뜻이 녹이고 배불리 먹으시오》라고 말한다면, 무
슨 소용이 있겠습니까?〉

　마르틴 루터는 바오로의 서신들, 특히 「로마 신자들에게 보
낸 서간」은 〈신앙의 심장이자 골수〉라고 말했지만, 「야고보 서
간」은 『신약』에 실릴 자격이 없는 〈지푸라기 같은 서신〉으로
여겼다. 오늘날까지도 모두가 주님의 동생 야고보를 깔보는데,
기독교들은 그가 유대인이어서 그렇고, 유대인들은 그가 기독
교도라서 그렇다. 그리고 『에큐메니칼 번역 성경』은 〈그의 가
르침은 대체로 진부하게 느껴지며, 바오로나 요한의 서신들을
매력 있게 만드는 것들에 비견될 만한 어떤 교리적 메시지가
결여되어 있다〉라고 말하며, 이런 전반적인 분위기를 요약하
고 있다. 그런데 미안하지만 여기서 내가 한마디 하겠다. 야고
보의 서신에 〈바오로나 요한의 서신들을 매력 있게 만드는 것
들에 비견될 만한 어떤 교리적 메시지〉가 없다는 점에 대해서
는 나도 전적으로 동의하지만, 이 〈대체로 진부하게 느껴지는
가르침〉은 다름 아닌 예수가 한 말들이다. 그 문체와 어조와 음
성 등, 모든 것이 가장 오래된 예수의 어록이라 할 수 있는 『Q』
를 생각하게 만든다. 만일 야고보가 이 문장들을 쓴 거라면, 그
에 대한 우리의 편견을 재고하고, 그가 예수의 제자들 중에서
가장 충실한 제자라는 사실을 인정해야 할 것이다. 하지만 그

는 이 문장들을 쓸 수 없는 사람이었다. 이런 문장들을 쓸 수 있기 위해서는 제대로 교육받은 그리스인이어야 했다. 그리스어를 세련되게 다룰 줄 알고, 『Q』를 잘 알고 있고, 예수가 준 주제들을 설득력 있게 변주할 수 있는 사람, 능숙한 모작가(模作家)이면서도, 보잘것없는 이들을 높이고, 부자들을 낮추고, 잃어버린 어린양들로 인해 기뻐하는 얘기를 다룰 때면 특별한 영감에 사로잡히는 사람이어야 했다. 나는 이런 프로파일을 갖춘 인물로, 『신약』의 저자들 가운데에서 루카 외에는 떠오르는 사람이 없다.

8

바오로는 지칠 줄 모르고 되풀이한다. 중요한 것은 그리스도의 부활을 믿는 것이고, 나머지는 덤으로 주어지는 것이라고. 이에 대해 야고보는, 혹은 야고보의 이름으로 말하는 루카는, 대답한다. 아니, 중요한 것은 사람들을 측은하게 여기고, 가난한 이들을 돕고, 거드름을 피우지 않는 것이라고. 그리고 그리스도의 부활을 믿지 않지만 이 모든 것들을 행하는 사람이, 부활을 믿지만 불행한 이들을 수수방관하며 높이와 깊이와 길이와 너비를 떠들어 대는 사람보다 수천 배는 더 그분과 가깝다고. 왕국은 선한 사마리아인들과 사랑할 줄 아는 창녀들과 돌아온 탕자들의 것이지, 사상적 대가들의 것도, 자신이 모든 사람의 위에 있다고 믿는 이들의 것도 아니라고…… 혹은 모든 사람의 아래에 있다고 믿는 이들도 마찬가지인데, 이들을 비꼬는 유대의 이야기는 너무도 재미있어 여기에 소개하지 않고는 도저히 지나갈 수가 없다. 두 랍비가 랍비 총회에 참석하기 위해 뉴욕으로 가고 있다. 공항에서 그들은 택시를 같이 타고 가기로 하는데, 택시 안에서 이들 간에 겸손을 겨루는 불꽃 튀는 대결이 벌어진다. 첫 번째 랍비가 포문을 연다. 「사실 전 『탈무드』를 약간 공부하긴 했으나, 선생님에 비하면 정말 보잘것없습니다.」 「보잘것없다고요?」 두 번째 랍비가 응수한다. 「농담이 지나치십니다. 전 선생님께 상대가 될 수 없어요.」 「오, 무슨 말씀이십니까?」 첫 번째 랍비가 다시 말한다. 「선생님에 비하면 전 아무것도 아니에요.」 「아무것도 아니시라고요? 저야말로 아무것도 아니에요.」 이런 식으로 계속 말이 이어지자, 결국 운전기사가 고개를 돌리고 한마디 한다. 「두 위대한 랍비분께서 자신이 아무것도 아니라고 주장하시는 말을 벌써 10분 동안 듣고 있는데요, 만일 두 분께서 아무것도 아니라면, 그렇다면 전 아무것도 아닌 것보다도 못한 존재이지 않겠습니까?」 두 랍비는 기사를 힐끗 쳐다본 다음, 서로를 마주 보면서 이렇게 말했단다. 「아니, 이자는 지가 뭐라고 이런 말을 하는 거야?」

내게는 루카가 택시 기사처럼, 또 바오로는 두 랍비처럼 느껴진다.

9

자, 이제 진지한 얘기로 돌아와 보자. 바오로가 〈친애하는 의사〉라고 불렀을 만큼 그의 충실한 동반자였던 루카가 그의 등 뒤에서, 그것도 최악의 적의 이름을 달고서, 한 문장 한 문장이 예수의 입에서 나온 것처럼 들릴 뿐 아니라 바오로가 곱게 꾸며 놓은 정원에 박혀 있는 한 덩이 잡석처럼 느껴지는 이 서신을 썼다는 게 과연 가능한 일일까?

그렇다, 나는 가능하다고 생각한다.

내가 상상하는 루카(물론 그는 허구의 인물이며, 이 허구에는 개연성이 있다는 게 내가 주장하고 싶은 전부이다), 이 루카는 바오로가 야고보에 대해 온갖 악담을 늘어놓는 것을 들으면서, 이 야고보에게도 조금은 옳은 점이 있다고 속으로 뇌까리지 않을 수 없었다. 그리고 야고보가 바오로에 대해 악담을 늘어놓을 때는 그 반대의 생각을 했다. 그렇다면 이런 루카를 위선자로 보아야 할까? 그 자신이 말했듯이, 주님께서 자신을 내어 주시지 않는 〈이도 아니고 저도 아닌 사람들〉 중의 하나로? 〈예〉는 꼭 〈아니오〉처럼 들리고, 〈아니오〉는 〈예〉처럼 들리는 사람으로? 나는 잘 모르겠다. 하지만 진실은 항상 반대편에 한쪽 발을 딛고 있다고 생각하는 사람이느냐 하면, 그것은 확실하다. 삶의 드라마와 흥미는, 장 르누아르의 「게임의 규칙」에서 한 등장인물이 말하듯, 모든 사람에게 나름의 이유들이 있고, 그 이유들 중 나쁜 이유는 하나도 없다는 사실에 있다고 생각하는 사람이다. 루카는 과격한 종파주의자와는 정반대되는, 그리고 이런 점에서 바오로와는 정반대되는 사람, 그럼에도 불구하고 바오로를 좋아하고 존경했으며, 끝까지 그에게 충성을 다하고 그를 자기 책의 주인공으로 삼은 사람이었다.

이제, 이런 문제들에 관심을 갖는 사람들 사이에서 루카는 그다지 좋은 평판을 누리지 못한다는 사실을 털어놓아야 할 시간이 된 것 같다. 현대의 역사가들은 그가 애매한 말들로 진실을 뭉개고, 능란한 솜씨와 세련된 언어와 다양한 스토리텔링 기술들을 공식적이고도, 선전적이고도, 거짓된 이야기를 만들기 위해 사용했다고 비난한다. 게다가 나는 그가 위작범이라는 사실도 밝혔으니, 그의 인상이 호전되기를 바라기는 힘들겠다. 그런데 그를 욕하는 사람으로는 현대의 역사가들만 있는 게 아니었다. 신앙적으로 아주 까다로운 영혼들도 있었다.

그런 〈까다로운 영혼〉을 하나 들라면, 그에 비하면 우리 자신은 지나치게 조심스럽고 소심하고 미적지근한 좀생이로 느껴지는 그런 불같은 영혼의 소유자를 하나 들라면, 그것은 바로 피에르 파올로 파졸리니다. 이 파졸리니에게는 성 바오로를 20세기의 공간에 옮겨 놓는 영화를 제작할 계획이 있었는데, 나는 그의 사후에 출간된 시나리오를 읽어 보았다. 여기서 로마인들은 나치 역을, 기독교도들은 레지스탕스 역을 맡으며, 바오로는 레지스탕스의 리더인 장 물랭과 비슷한 인물로 등장한다. 뭐, 다 괜찮았다. 하지만 나는 루카가 주인공의 그늘에서 살다가 결국에는 그를 배신하는 이중적이고도 음험한 사내 역을 맡은 것을 발견하고는 무척 놀랐고, 또 가슴이 아팠다. 이 놀람, 아니 이 경악이 지나가고 나서, 나는 왜 파졸리니가 그토록 루카를 미워했는지 이해할 수 있었다. 그것은 필랭트에 대한 알세스트의 증오이다.[5] 파졸리니의 눈에는, 아니 「요한 묵시록」의 하느님처럼 미적지근한 자들에게 침을 뱉는 모든 이들의 눈에는, 모든 사람에게는 나름의 이유들이 있으며, 이 모든 이유들이 다 정당하다는 사실에 바로 삶의 드라마가 있다고 말하는 「게임의 규칙」의 문장은 상대주의자들의 복음, 어느 시대

5 알세스트와 필랭트는 몰리에르의 희곡 「인간 혐오자」에 나오는 인물들이다.

에나 존재하는 부역자들의 복음인 것이다. 루카는 모든 사람의 친구이기 때문에, 〈사람의 아들〉에게는 적이 되는 것이다. 하지만 파졸리니는 여기에서 멈추지 않는다. 그는 책상에 앉아서 〈사탄에게서 영감을 받은 거짓되고, 두루뭉술하고, 거들먹거리는 문체로〉 글을 쓰고 있는 루카의 모습을 보여 준다. 심지어 그는 루카의 겸손하고도 착해 보이는 겉모습 속에는 사탄이 숨어 있다는 주장까지 내놓는다.

사탄? 세상에나!

내가 20년 전에 「요한 복음서」에 대한 논평들을 적어 가던 공책들 중 하나에다 옮겨 적은 란자 델 바스토의 한 구절은 이런 사람을 고발하고 있다. 〈진리를 호기심거리로, 신성한 것들을 즐거움을 얻기 위한 것으로, 욕망을 억제하는 훈련을 어떤 흥미로운 체험으로 여기는 사람. 자신을 여러 존재로 쪼개고, 이랬다저랬다 하고, 수많은 삶을 살 줄 아는 사람. 찬성과 반대를 똑같이 좋아하고, 진실과 거짓에서 똑같은 맛을 느끼는 사람. 거짓말을 너무 많이 하다 보니 자신이 거짓말한다는 사실을 잊어버리고, 자기 자신을 속이는 사람. 한마디로 모든 것을 건드리고, 모든 것을 뒤집고, 모든 것을 부인하는 오늘날의 사람. 우리에게서 가장 가깝고, 우리가 가장 잘 알고 있는 사람. 주여, 그게 바로 저입니까?〉

이 〈주여, 그게 바로 저입니까〉는 예수가 제자들 중 하나가 자신을 배신하리라고 예언하자 그들이 웅얼거린 말이다. 이 초상을 그리며 란자 델 바스토가 겨냥한 사람은 루카가 아닌 유다였다. 하지만 나는 옮겨 적으면서, 이 글이 겨냥하는 사람은 바로 나라고 느꼈다.

10

위작 서신 얘기가 나온 김에, 이번에는 바오로와 세네카가 교환했다고 주장되는 서신들에 대해 얘기해 보자. 이 서신들은 4세기에, 이 두 인물이 서로 아는 사이였으며, 바오로의 설교는 세네카에게 큰 감명을 주었다는 사실을 증명하고 싶었던 한 기독교도 위작 작가에 의해 써졌다. 세네카는 바오로가 「코린토 신자들에게 보낸 서간」을 읽으면서 〈우아한 언어와 장엄한 사상〉에 감탄을 금치 못했다는 것이다. 바오로는 바오로대로 〈오, 세네카여, 그대 같은 분이 경의를 표해 주니 나는 너무나도 기쁘다오!〉라고 화답하면서, 그가 가진 재능을 주 예수 그리스도를 위해 사용하라고 권한다. 세네카는 별로 거부할 의사가 없어 보인다. 이 문인들 간에 오간 서신들은 위작일 뿐 아니라 상당히 무미건조하기까지 하지만, 성 아우구스티노는 이것들을 높이 평가하며, 내 생각으로는, 만일 〈사도와 철학자〉 같은 눈길을 끄는 제목을 붙인다면 오늘날에도 꽤나 잘 팔릴 것 같다. 사실 세네카는 바오로의 글을 단 한 줄도 읽었을 리 없고, 바오로가 세네카에 대해 아주 멀리서라도 관심을 가졌을지 의문이다. 반면 세네카를 루카가 읽었고, 적어도 그의 머릿속에서 이두 위대한 인물 간의 대화가 이루어졌을 가능성은 있다.

이미 당대에도 가장 유명한 작가였던 세네카는 후대에 더 나은 인물이 되었으니, 자신이 행하는 것을 말하고, 말하는 것을 행함으로써 만인의 존경을 받는 위인 중 하나가 된 것이다. 네로의 자문 역이었던 그는 괴로운 일들을 꽤 많이 겪었지만 그때마다 묵묵히 견뎌 냈다. 먼저 브리타니쿠스가 암살되었고, 그다음은 아그리피나의 차례였다(이 아그리피나의 암살은 그야말로 난장판이었는데, 네로는 자기 어머니를 태우고 나폴리에서 카프리로 향하던 배를 침몰시켰지만 그녀가 기적적으로 살아나자, 서둘러 자객들을 보내어 그녀를 암살한다. 그런 뒤 자살로 위장하려 했으나 아무도 믿는 사람이 없었다고 한다). 이렇게 역경을 꿋꿋이 견뎌 낸 그였지만, 자기 제자가 무대 위에서, 그리고 경기장에서 광대 짓들을 하는 것을 보면서 철학자로서의 자신의 품위가 손상되는 것을 느꼈다. 그는 나이를 핑계 삼아 네로에게 은퇴할 수 있게 해달라고 간청했다. 네로는 이를 기분 나쁘게 받아들였다. 그는 신하들을 실총시키기를 즐겼지만, 그들이 자의로 떠나는 것은 좋아하지 않았던 것이다. 그래도 세네카는 용기 있게 떠나 버렸다. 이런 양심에 따른 이의 제기가 나중에 어떤 칼이 되어 자기에게 돌아오게 될지, 그는 잘 알고 있었다. 하지만 우선은 자기 별장에 칩거하여, 할 일이 수없이 많지만 다 내려놓고, 또 수없이 찾아오는 고객들에게 문을 걸어 잠그고, 『루킬리우스에게 보낸 편지』를 집필하기 시작한다.

앞의 장들에서는 세네카 얘기가 나올 때마다, 나는 그를 약간 비웃는 경향이 있었다. 고등학교 때 — 다시 말해서 고등학생들이 세네카에 대해 편견을 갖는 시기에 — 생긴 편견에 사로잡혀, 그를 〈꼰대〉의 원형 정도로 생각했기 때문이다. 하지만 어느 해, 나는 겨우내 『루킬리우스에게 보낸 편지』를 읽으면서 시간을 보냈다. 잔을 학교에 데려다주고 작업실로 돌아오기 전에, 프란츠리스트 광장의 카페에 앉아 매일 아침 한두 시간씩 읽었다. 나는 이 책에 대한 다른 표현을 찾아낼 수가 없으니, 한마디로 기가 막힌 책이다. 이것은 미셸 드 몽테뉴가 플루타르코스의 저서들과 함께 가장 좋아했던 책으로, 직접 읽어보면 그 까닭을 이해할 수 있다. 삶의 기술(技術)에 대한 이 길고도 반복적이고도 풍성한 명상 속에서, 지혜는 더 이상 웅변을 늘어놓기 위한 구실이 아니다. 죽음이 다가옴에 따라 세네카는 자신의 이 마지막 얼굴에 모든 것을 건다. 자신의 악덕들이 자신보다 먼저 죽고, 자신의 생각들과 행동들이 마침내 일치하기를 바란 것이다. 〈당신은 우리에게 교훈을 늘어놓는데, 그렇다면 당신 자신은 그것을 실천하고 있소?〉라는, 너무도 자주 들어온 이의 제기에 대해 그는 이렇게 대답한다. 〈나는 환자이고, 나는 의사 행세를 하지 않을 거요. 우리는 같은 병실을 쓰고 있고, 난 우리가 앓고 있는 병에 대해 당신과 얘기를 나누면서, 내가 아는 요법들을 과장 없이 당신에게 알려 줄 뿐이오.〉

이 진단법들과 치료법들 — 과장 없는 — 의 교환은 나와 에르베의 우정을 떠오르게 한다. 그리고 세네카가 말년에 쓴 이 글을 읽으면 읽을수록, 그의 스토아주의가 불교와 비슷한 점들이 많다는 것을 새삼 느끼게 되었다. 세네카는 중국인들이 〈도(道)〉라고 부르고 힌두교도들이 〈다르마[法]〉라고 부르는 것, 즉 〈사물의 본성〉을 지칭하기 위해 〈자연〉, 〈섭리〉, 〈운명〉, 〈신〉, 혹은 〈신들〉 같은 말들을 구별 없이 사용한다. 그는 카르마[業報]도 믿는다. 그는 우리의 운명은 우리의 행위들의 결과이며, 각각의 행위는 좋거나 나쁜 업보를 낳는다고 믿으며, 심지어, 이는 독창적인 생각인데, 그 효과가 즉각적으로 나타난다고 믿는다. 〈내가《배은망덕한 자는 불행하게 될 것이다》라고 말한다고 생각하지 말라. 나는 미래의 일을 말하는 게 아니다. 그는 이미 불행하다.〉 그는 저세상은 믿지 않지만, 환생은 믿는다. 〈모든 것에 끝이 있지만, 아무것도 소멸되지 않는다. 자연 속에서는 완전히 사라지는 것은 아무것도 없다. 우리가 이 세상에 다시 들어오는 날이 올 것이다. 기억이 소멸되기에 망정이지, 만일 그렇지 않다면 많은 이들이 싫다고 하겠지만 말이다.〉 그는 행복보다는 마음의 평화에 관심이 많고, 거기에 도달하는 가장 좋은 길은 각성이라고 믿었다. 이 각성을 끊임없이 실행하는 것, 즉 자신이 행하는 것과 자신의 상태와 머릿속에 떠오르는 상념을 항상 의식하고 있는 것은 스토아학파가 **메디타티오**라고 부르는 것이다. 에르베는 그의 책에서 이것을 〈자신에 대한 끈기 있고도 꼼꼼한 염탐질〉이라고 묘사했다. 폴 벤은 이것을 다른 식으로, 그리고 아주 재미있게 표현하고 있다. 〈스토아주의자는 먹을 때 세 가지 일을 동시에 한다. 먹고, 자신이 먹는 것을 관찰하고, 이것에 대해 조그만 서사시를 한 편 쓴다.〉 **메디타티오**를 행함으로써, 온전한 스토아주의자는 온전한 불교도처럼 더 이상 복잡하게 생각하지 않는다. 그는 가난에서도 벗어나게 되는데, 가난이 그에게 강요하는 상태를 도리어 원하기 때문이다. 세네카는 늘 그렇듯 겸손한 어조로 이렇게 말한다. 〈나는 신에게 복종하지 않소. 다만 그와 의견이 같을 뿐이오.〉

폴 벤은 내가 이 편지들을 읽은 부캥판(版)[6]을 위해 아주 길고도 박식하고도 맛깔난 서문을 썼다. 그는 세네카에 대해 찬사를 아끼지 않으면서도, 그의 스토아적 이상을 점잖게 조롱한다. 벤에 따르면, 이것은 불안에 찬 의지주의자들의 이상, 자신의 충동들과 내적인 분열들로 괴로워하는 이들에게 깊은 안도감을 안겨 주는 어떤 강박적인 이상이라는 것이다. 이것의 유일한 결점은 삶을 흥미롭게 만들어 주는 것들을 모두 놓친다는 점이다. 스토아주의자들은 자신을 보일러의 온도를 일정하게 유지해 주는 일종의 온도 조절 장치로 만드는 경향이 있다. 한결같은 감정과 평정하고도 정돈된 마음을 추구하는 것이다. 나는 에르베와 그의 아내 파스칼이 아는 사람 하나 없는 니스로 이사 갔을 때의 일이 생각난다. 어느 날 파스칼이 사람들을 저녁 식사에 초대하면 좋지 않겠느냐고 물었다. 이에 대한 에르베의 대답은 〈왜?〉였다. 그는 아주 차분한, 심술이라고는 눈곱만큼도 섞이지 않은 어조로 이렇게 말했다. 파스칼은 늘 그렇듯 이것도 너그럽게 받아들였다. 「뭐, 에르베는 원래 그런 사람이에요.」하지만 그의 이런 모습은 나를 폭발하게 만든다. 삶에서 새로움과 감동과 호기심과 욕망을 다 제거해 버리는 그런 지혜가 대체 뭐야? 이 반론은 욕망을 적으로 간주하는 불교에게도 똑같이 던질 수 있다. 불교의 생각은, 욕망과 고통은 결부되어 있는 것이어서, 욕망을 없애면 더불어 고통도 사라진다는 것이다. 설사 이게 사실이라 해도, 꼭 그렇게 해야 할 필요가 있을까? 이것은 삶을 저버리는 태도가 아닌가……? 하지만 삶이 정말로 그렇게 좋은 거라고 할 수 있는가? 에르베처럼 세네카

6 로베르 라퐁 출판사가 1980년부터 내기 시작한 염가판 고전 작가 총서.

도 죽는 게 바로 이 진창같은 상황에서 벗어나는 길이라고 생각한다.

서기 62년에서 65년 사이에 출간된 『루킬리우스에게 보낸 편지』는 당시 서점가에서 엄청난 인기를 누렸다. 그때 루카는 로마에 살고 있었다. 만일 그가 이 책을 읽었다면, 아마도 좋아했을 것이다. 선의를 지닌 모든 이들을 스스로는 의식 못 하는 기독교인으로 여기는 경향이 있는 루카에게 〈루킬리우스, 신은 그대 안에 있다오. 신은 그대의 내부에서 그대가 행하는 선한 일들과 악한 일들을 지켜보고 계시다오. 그대가 이 신을 대우한 것처럼 이 신도 그대를 똑같이 다룰 것이라오〉 같은 문장은 지극히 감미롭게 다가왔을 것이다. 그는 〈이 사람도 결국은 우리 편이야〉라고 생각했으리라. 하지만 루카보다 훨씬 똑똑했던 바오로는 전혀 그런 식으로 생각하지 않았을 것이다. 바오로는 지혜를 믿지 않았다. 그는 지혜를 경멸했고, 이런 그의 생각을 코린토 사람들에게 그 잊을 수 없는 문장들로 표현했다. 한편 나로 말할 것 같으면, 나는 기독교와 불교를 비교하면서, 〈더 냉철하고, 더 진실되고, 더 객관적〉이라고 후자를 칭찬한 니체의 생각에 동의하지만, 기독교의 핵심을 이루며, 그 미치광이 바오로가 누구보다도 잘 이해했던 그 본질적이고도 비극적인 무언가가 불교에는 결여된 것처럼 느껴진다. 스토아주의자들과 불교도들은 이성의 힘을 믿고, 우리 속 깊은 곳에서 벌어지는 내적인 갈등은 무시해 버리거나 가볍게 여긴다. 그들은 인간의 불행은 무지에서 오며, 만일 우리가 행복한 삶의 비결을 알고 있다면, 그걸 적용하기만 하면 모든 문제는 간단히 해결된다고 생각한다. 바오로가 모든 지혜의 말들과는 반대로, 〈나는 내가 좋아하는 선을 행하지 못하고, 오히려 내가 증오하는 악을 행하노라〉라는 번득이는 문장을 구술했을 때, 프로이트와 도스토옙스키가 지칠 줄 모르고 탐험했으며, 온갖 종류의 싸구려 니체주의자들을 계속 짜증 나게 만든 이 말을 했을 때, 그는 고대적 사고의 틀에서 완전히 벗어나 있다.

세네카는 자결하라는 네로의 명을 한 백인 대장이 전하러 왔을 때, 자기 집에서 몇 명의 친구와 함께 있었다. 그는 친구들에게 이 역경 속에서도 용기를 발휘하고, 자신이 그들에게 물려줄 수 있는 유일한 것인 자기 삶의 모범적인 이미지를 간직해 달라고 부탁했다. 그리고 젊은 아내 파울리나에게는 남편이 훌륭한 삶을 살았다는 데서 위안을 얻으라고 당부했다. 파울리나는 차라리 그와 함께 죽고 싶다고 말했다. 만일 그녀의 뜻이 그러하다면 동의하겠노라고 세네카는 대답했다. 두 사람은 손목의 정맥을 그었고, 여기에다 세네카는 오금의 정맥도 잘랐는데, 노인의 피가 너무 천천히 흘러나왔기 때문이다. 그렇게 한두 시간 동안 지혜에 대해 논하다가, 죽음이 빨리 오지 않자 이런 상황을 위해 준비해 놓았던 독을 마셨다. 그의 몸은 이미 너무 피가 부족하고 차가워져 있어 독이 효과적으로 퍼지지 못했다. 그는 자신을 욕탕으로 데려가게 했다. 그가 거기서 숨을 거두고 있을 때, 파울리나의 목숨을 구하라는 지시가 위에서 내려왔다. 그녀에게 아무런 개인적 원한이 없었던 네로는 그렇잖아도 잔인하다고 소문난 자신의 악명을 더 높이고 싶지 않았던 것이다. 그녀의 손목에 붕대가 감겼고, 그녀는 목숨을 건졌다.

자신의 고귀한 희생에 결부된 영광이 일단 확보되자, 이제 그
녀는 삶의 유혹에 다시 몸을 맡겼다, 하고 타키투스는 비아냥
대듯 마무리한다.

11

앞에서도 말했지만, 로마인들은 **렐리기오와 수페르스티티오**,
즉 사람들 사이를 이어 주는 의식들과 그들을 서로 나누는 신
앙들을 대립시켰다. 이 의식들은 형식적, 개념적이었고, 의미
와 감동이 빈약했지만, 이게 바로 그것들의 강점이었다. 21세
기의 우리 서구인들을 한번 생각해 보라. 세속적 민주주의는
우리의 **렐리기오**이다. 우리가 이것에 요구하는 것은 우리를 열
광시켜 달라거나, 우리의 가장 내밀한 열망들을 충족시켜 달라
는 게 아니라, 단지 각 사람의 자유가 펼쳐질 수 있는 하나의 틀
을 제공해 달라는 것이다. 우리가 경험을 통해 무엇보다도 두
려워하는 것은, 자기가 행복이나 정의나 개인적 완성의 공식을
알고 있다고 주장하며, 그것을 다른 이들에게 부과하려는 사람
들이다. 우리의 죽음을 원하는 **수페르스티티오**는 공산주의였고,
오늘날에는 이슬람이다.

대부분의 로마인들은 유대인들을 이상하게 생각했고, 다른
신들과 섞이기를 거부하는 그들의 신을 불쾌하게 여겼다. 하지
만 이 신을 자기네끼리만 믿는다면, 그들에게 시비를 걸 이유
가 없었다. 하여 그들에게는 일종의 예외 조항을 적용했는데,
오늘날 프랑스에서 유대인 혹은 이슬람 아이들에게 학생 식당
에서 돼지고기를 먹지 않아도 되게끔 배려해 주는 것과 같았

다. 그런데 그들이 아는 한에 있어서, 기독교도들은 전혀 다른 문제였다. 내가 〈그들이 아는 한에 있어서〉라는 표현을 쓴 것은, 서기 60년대 초에 가장 정보가 많은 사람들조차 그들을 일종의 유대교도들, 타키투스가 대놓고 〈인류에 대한 증오〉라고 말한, 훨씬 더 위협적인 특징을 갖는 한 유대교 소수파의 추종자들로 보았기 때문이다.

그들의 눈에 특별히 수상쩍게 보였을 특징은 성생활에 대한 혐오였다. 로마인들의 성은 매우 자유분방했고, 여러 가지 면에 있어서 우리의 그것보다도 자유로웠다고 할 수 있지만, 우리에게는 좀 이상하게 느껴지는 나름의 원칙들이 존재했다. 예를 들어 자유인 남성은 그렇지 않은 남성에게 비역질을 할 수 있지만, 자신이 당해서는 안 되며, 그것은 노예들의 전유물이었다. 펠라티오, 쿤닐링구스, 그리고 여성 상위 체위는 모두가 음란한 행위로 여겨졌다(내가 이 의견들을 차용해 온 폴 벤은 이러한 사실들에서 〈역사가가 하는 일은 그가 사는 사회에 그 사회의 가치들이 상대적이라는 느낌을 주는 것이다〉라는 결론을 이끌어 내는데, 나도 여기에 동의한다). 섹스 상대는 남자, 여자, 아이, 동물 등 누구든지 가능했다. 아주 어린 나이부터 시작했고, 이혼을 많이 했으며, 어느 장소에서든 벌거벗고 돌아다닐 수 있었다. 어떤 텍스트들은 방탕한 삶이 주는 권태감을 언급하고 있지만, 이에 대한 죄책감을 말하는 글은 하나도 없다. 육체의 쾌락이 제기하는 문제들은 식탁의 쾌락이 제기하는 그것들과 다를 바가 없었다. 그것을 잘 관리하고, 식욕의 노예가 되지 말아야 하듯 육욕의 노예가 되지 않기만 하면 되었다. 그게 다였다.

유대인들은 보다 청교도적이었다. 경박함과 남색과 나체를 혐오하는 그들은 촘촘하게 짜인 규례 체계로 그들의 모든 행위들을 속박했다. 그렇긴 했지만 그들은 육체적 행위를 하느님과 그들 자신을 기쁘게 하는 것으로, 번식을 하나의 재산으로, 그리고 대가족을 하나의 이상으로 간주했다. 행복이란 생육하고 번성하고, 너그럽게 베풀 수 있을 만큼 부자가 되고, 자신의 무화과나무 아래에서 친구들을 맞고, 아내와 함께 늙어 가고, 자식을 하나도 잃지 않은 채로 장수하다가 죽는 것을 의미했다. 이러한 이상 ── 나도 공유하는 바인데 ── 은 진지하면서도 경박하지 않지만, 우리가 사는 현실 세계에, 혹은 인간의 마음과 육체 속에 부글거리는 욕망들에 조금도 적대적이지 않았다. 이것은 인간의 약함을 고려하는 이상이었다. 인간을 올바로 인도하기 위해 존재하는 율법은 그의 능력을 벗어나는 것을, 그가 인간이라는 사실을 고려하지 않는 것은 아무것도 요구하지 않았다. 율법은 이런저런 짐승을 먹는 것을 금할 수도, 그들의 수입에서 일정 부분을 가난한 사람들에 주라고 명할 수도, 심지어 다른 사람들이 자기에게 하기를 원치 않는 것을 그들에게 하지 말라고 명할 수도 있었다. 하지만 율법은 결코 〈너의 적들을 사랑하라〉라고는 말하지 않았을 것이다. 그들을 관대하게 대할 수는 있다. 또 그들을 해칠 수 있는 능력이 있지만, 자비를 베풀어서 그러지 않을 수도 있다. 하지만 그들을 사랑한다? 아니, 이것은 모순적인 얘기이고, 좋은 아버지라면 자기 아들에게 모순되는 명령을 하지 않는 법이다.

예수는 이 모든 것과 절연했다. 그는 구체적인 삶에서 가져온 이야기들만을 들려주면서, 자신은 이 구체적인 삶을 잘 알고 있고, 이에 대한 관찰을 즐긴다는 것을 드러내면서, 사람들이 늘 알아 왔던 모든 것들을 부정하는 결론들을, 자연스럽고도 인간적인 것으로 여겨져 온 모든 것들과 역행하는 결론들을 이끌어 낸다. 너의 적들을 사랑하라, 불행한 것을 기뻐하라, 큰 사람보다는 작은 사람이, 부자보다는 가난한 사람이, 건강한 사람보다는 병든 사람이 되어라. 그리고 토라는 남자는 혼자 사는 게 좋지 않다는, 아주 기본적이고도 자명하고도 확인 가능한 진실을 말하고 있지만, 예수는 이렇게 말했다. 여자를 탐하지 마라. 아내를 얻지 마라. 이미 아내가 있다면, 그녀에게 해가 되지 않도록 그냥 데리고 있어야 하겠지만, 애초에 아내를 갖지 않는 편이 나았다. 아이들도 갖지 마라. 아이들이 그대에게 다가오도록 놔두고, 그들의 순수함에서 영감을 얻기는 하되, 아이를 갖지는 마라. 아이들을 일반적으로 사랑하고, 어떤 특정한 아이를 사랑하지 마라. 아이를 갖고 나서야 사랑하기 시작하는, 자신의 아이이기 때문에 다른 사람의 아이들보다 더 사랑하는, 그런 사람들처럼 사랑하지 마라. 그리고 심지어 — 아니, 무엇보다도 — 그대들 자신도 사랑하지 마라. 자신의 이익을 구하는 것은 인간적인 것이다. 그렇게 하지 마라. 우리가 정상적으로, 그리고 자연스럽게 원하는 모든 것들, 가족, 부, 다른 사람들의 존경, 자존감을 조심하라. 오히려 상(喪)과 비탄과 고독과 모욕을 좋아하라. 좋은 것으로 여겨지는 모든 것들을 나쁜 것으로, 또 나쁜 것으로 여겨지는 모든 것들을 좋은 것으로 여겨라.

　이런 급진적인 교리는 어떤 유형의 사고방식을 가진 사람들에게는 굉장히 매력적으로 다가올 수 있다. 이것이 상식에 어긋나면 어긋날수록, 더욱 진리처럼 느껴지는 것이다. 또 이것을 믿기 힘들면 힘들수록, 믿는 사람의 가치는 더 높아지는 것이다. 바오로는 이런 유형의 사고방식 — 바로 이것을 〈광신〉이라고 부를 수 있으리라 — 의 화신과도 같은 사람이었다. 내가 상상하는 바의 루카는 그렇지 않았다. 그는 온건하고도 가부장적인 풍습을 가진 지방 출신이었다. 로마인들의 자유분방함은, 특히 투기장에서의 그 유혈이 낭자한 게임들과 『사티리콘』[7]에서 묘사된 바 있는 그 무절제한 향연들로 변질될 때, 다만 그를 질겁하게 할 뿐이었지만, 그가 유대교에서 봤던 것, 그러니까 그 엄숙하면서도 열정적인 삶과, 인간 조건을 진지하게 받아들이는 태도는 그의 취향에 딱 맞았다. 동시에 그는 바오로와 한배를 탄 처지였고, 여기서 뒤로 돌아갈 생각은 없었다. 또 그는 바오로 몰래 읽은 예수의 말씀들에도 깊은 감동을 느낀 터였다. 죄인들에 대한 용서, 잃어버린 양, 이 모든 것들이 그의 가슴에 와닿았다. 하지만 자신의 종파의 교리를 로마의 지인들에게 설명할 때, 이것의 밑바닥에 깔려 있는 세상에 대한 근본적인 혐오에 스스로도 당혹스럽지 않았을까? 이 땅에서의 삶과 인간적인 열망들을 심판하면서 과연 마음이 편했을까? 오히려 그것들의 죄를 줄여 보려고 노력하지 않았을까? 왜냐하면 파리 잡는 데 도끼를 휘두르지 않는 법이며, 비록 그에게는 가족이 없었지만 자기 아내와 자녀를 사랑하는 게 당연해

7 네로 황제 시대의 문인 페트로니우스가 쓴 소설로, 당시 로마 사회의 풍속을 사실적으로 묘사하고 있으며, 1969년에는 페데리코 펠리니에 의해서 영화화되었다.

보였기 때문이다.

　우리는 이렇게 말하고 싶을 것이다. 육체와 육적인 삶에 대한 이 단죄는 하나의 일탈에 불과하다고. 예수의 메시지를 청교도적인 바오로가 변질시켜 놓은 것에 불과하다고. 마치 **굴라 끄**는 스탈린의 작품이고, 레닌의 생각은 아닌 것처럼. 하지만 일은 그렇게 간단치가 않다. 〈집단 수용소〉라는 말을 발명한 사람은 바로 레닌 자신이다. 또 복음서가 우리에게 주는 예수의 이미지 가운데서 많은 것이 왜곡되었다고 믿고 싶겠지만, 아니, 육체와 육적인 삶에 대한 예수의 단죄는 돌이킬 수 없는 것이고, 거기에는 틀린 게 없다. 우리는 그가 막달라 마리아와, 혹은 그가 가장 사랑했던 제자와 동침했다는 소설 같은 얘기들을 믿고 싶지만, 천만에, 그럴 수가 없다. 그는 아무와도 자지 않았다. 심지어 우리는 그가 아무도 사랑 ─ 누군가를 사랑한다는 것은 그 사람을 선호하는 것이고, 따라서 다른 이들은 부당하게 대하는 것이라는 의미에서 ─ 하지 않았다고까지 말할 수 있다. 이것은 결코 하나의 사소한 결함이 아니라, 삶은 자비가 아닌 사랑이라고 생각하는 엘렌 같은 이들의 무관심을, 혹은 적대감을 정당화해 주는 엄청난 결여인 것이다.

12

　기이하게도 당시의 기독교도가 남긴 자료들에는 64년에 발생한 로마 대화재나 이에 따른 기독교도 박해 같은 중요한 사건들에 대한 얘기가 없다. 로마인이 남긴 자료로는 두 개가 있고, 이는 모든 역사가들에 의해 인용되고 있다. 수에토니우스는 여러 징벌적 조치들을 언급하는 가운데, 〈새로이 등장한 어떤 위험한 미신에 빠져 있는 사람들인 기독교도들을 참혹한 형벌에 처했다〉며, 마치 이게 네로의 공적인 듯이 말한다. 타키투스는 보다 상세히 설명한다. 〈군주의 아낌없는 베풂도, 신들을 달래기 위한 의식들도 이 화재는 왕명에 의한 것이라는 소문을 가라앉히지는 못했다. 이 상황을 끝내고자 네로는 범인들을 찾아냈고, 민중들이 《기독교도》라고 부르는 그 혐오스러운 자들을 잔인한 형벌에 처했다. 이《기독교도》라는 명칭은 티베리우스 황제 시대에 우리의 지방 총독 중 하나였던 폰티우스 필라투스(본시오 빌라도)가 처형한 그리스도라는 자에게서 따온 것이다. 당시에 억압되었던 이들의 가증스러운 미신은 그 발상지인 유대 땅에서만이 아니라, 전 세계의 온갖 불건전하고도 범죄적인 것들이 몰려 들어오는 로마에서도 다시 고개를 쳐들며 민중 가운데 확산되고 있다. 이에 따라 먼저 죄를 자백한 자들부터 체포했으며, 그다음에는 사람들의 고발에 의거하여 인류에 대한 증오의 죄로 방화죄보다도 더 무겁게 심판된 자들을 무수히 잡아들였다.〉

Odium humani generis(인류에 대한 증오). 자, 바로 이것이다.

네로가 로마에 화재를 일으킨 것은 트로이가 불탄 것을 모방하기 위해서였을까? 이 도시를 자신의 취향대로 다시 짓기 위해서? 혹은 단지, 수에토니우스가 말하듯이, 〈한 군주가 할 수 있는 일의 범위가 어디까지인지 네로 이전에는 아무도 몰랐다〉는 사실을 보여 주기 위해서? 아니 무엇보다도, 정말로 그가 불을 질렀을까? 정말로 그가, 『쿠오 바디스』에서 볼 수 있듯이, 안티움의 별장에서 돌아와, 높은 곳에 서서 화염에 싸인 도시를 내려다보며 리라를 연주했을까? 역사가들은 이에 대해 회의적이며, 특히나 그 자신 애지중지하던 수집품들을 화재로 잃었다는 점에서 더욱 회의적이다. 그들은 이 화재가 사고로 일어났다고 믿는다. 많은 로마 가옥들이 목재로 지어졌으며, 햇불이나 기름등잔이나 화로로 실내를 밝혔기 때문에, 당시에 화재는 도처에서, 끊임없이 발생했다. 그럼에도 불구하고, 네로가 범인이라는 소문이 나돌았다. 1999년에 모스크바를 피로 물들인 끔찍한 테러 사건에 FSB[8]와 푸틴이 연루되었다는 소문이 떠돈 것처럼.

만일 네로가 이 소문을 잠재우기 위해 희생양을 찾은 게 사실이라면, 왜 하필 기독교도들을 선택했을까? 왜 로마인들이 잘 구분하지 못하고, 똑같이 멸시했던 유대교도들과 기독교도들을 동시에 선택하지 않았을까? 그것은 어쩌면 로마인들이 이들을 비로소 구분하기 시작했고, 이에 따라 내가 앞 장에서 언급한 바 있는 이유들로 기독교도들을 더 고약한 존재들, 인류에게 보다 적대적인 존재들로 판단하기 시작했기 때문인지도 모른다. 이것은 첫 번째 설명으로, 나 개인적으로는 이것으로 충분하지만, 여기서 또 다른 설명, 보다 불쾌한 설명을 잠시 소개하고 넘어가지 않을 수 없는데, 이에 따르면 네로의 새 아내 포파이아와 그의 어릿광대 알리투루스 등, 요세푸스의 말로는 네로의 주변에 꽤 많았다고 하는 유대인들이 황제에게 그 생각을 불어넣었다는 것이다. 또 이들에게 이 생각을 불어넣은

8 러시아의 정보기관으로, KGB가 그 전신이다.

것은, 자기네에게서 고객들을 빼앗아 가고 자기네 이미지를 더럽히는 경쟁자들에게 화가 난 로마의 유대교 대(大)회당이었단다. 사람들은 이 가설을 뒷받침하기 위해, 현재의 트라스테베레 구역이며 당시에는 일종의 기독교도 게토였던 곳이 화재를 면한 몇 안 되는 구역 중 하나였다는 사실을 들먹이는데, 이 얘기가 2001년 9월 11일에 유대인들이 뉴욕의 쌍둥이 빌딩에 일하러 가지 않았다는 소문과 비슷하게 느껴진다 해도 나로서는 어쩔 수 없는 일이다. 둘 다 불쾌한 가설이기는 마찬가지인데, 여기에 역사가들이 결코 내놓으려 하지 않는 또 하나의 가설이 있으니, 그것은 정말로 기독교도들이 범인이었다는 것이다. 물론 베드로나 바오로가 아니고, 그들의 측근들도 아니며, 이른바 〈통제 밖의 요소들〉, 즉 나중에 점잖은 루카가, 그리고 오직 루카만이 적어 놓게 될, 〈나는 이 땅에 불을 지르러 왔노라, 나는 이 세상이 이미 불타고 있기를 원하노라〉 같은 주님의 말씀들을 뻬딱하게, 혹은 그다지 뻬딱하지 않게, 이해했을 사람들 말이다.

어쨌든 그들 모두 세상의 종말을 기다리고 있었다. 그들은 기도로 이것을 기원했다. 그들이 증오한 바빌론에 불을 놓은 것은 어쩌면 그들이 아닐 수도 있겠지만 — 아니, 분명히 아니리라 — 그들은 그것을 원했고, 또 불이 나자 다소 노골적으로 기뻐했을 것이다. 게다가 그들에 대한, 그리고 나중에 유대인들에 대해 나돈 그것들과 똑같은, 흉흉한 도시형 전설들이 나돌기 시작했다. 그들이 아이들을 유괴했다느니, 살인 의식을 벌인다느니, 우물에 독을 넣었다느니……. 이 모든 것들이 그들을 이상적인 용의자로 만들었다.

그러고 나서는 고대 사극 영화에서나 나올 법한 피비린내 나는 장면들이 이어진다. 기독교도들은 하찮것없는 평민들이 대부분이었으므로, 참수나 의연한 자결 같은 고상한 죽음을 택할 권리가 없었다. 로마에서 공개 처형은 대중의 축제였다. 오전에 짐승 가죽에 싸인 채 꿰매어져 투기장에 맹견들의 밥으로 던져지지 않은 이들은, 저녁때는 송진을 바른 튜닉이 입혀져서는, 네로의 정원에서 벌어지는 파티 현장을 밝히는 살아 있는 횃불로 사용되었다. 여자들은 성난 황소의 뿔에다 머리칼을 묶어 놓았다. 다른 여자들은 아랫배에 암탕나귀의 분비물을 묻혀, 수탕나귀들로 하여금 범하게 하였다. 수에토니우스에 따르면, 네로는 직접 한 마리의 야수로 분장하고는 벌거벗긴 채로 말뚝에 묶여 있는 남자 죄수들과 여자 죄수들 — 특히 여자 죄수들 — 의 은밀한 부위를 희롱했다고 한다. 그리하여 그는 모든 기독교도들에게 〈짐승〉,[9] 즉 적그리스도가 되었다.

13

로마의 산타 마리아 디 포폴로 성당에 있는 카라바조의 장려한 그림 두 점은 서기 64년 8월의 기독교 대(大)박해 때, 바오로와 베드로가 처형당하는 장면을 보여 준다. 바오로는 로마 시민의 자격으로 참수형을 받았고, 베드로는 십자가에 거꾸로 매달리는 형벌에 처해졌다는데, 이는 예수와 같은 형벌을 받을

---

9 이 적그리스도는 「요한 묵시록」 17장에 〈몸에는 하느님을 모독하는 이름들이 가득하고, 머리가 일곱이고 뿔은 열〉인 진홍색 짐승의 모습으로 등장하며, 등에는 〈대탕녀〉 혹은 〈음녀〉를 태우고 있다.

자격이 없다고 생각한 베드로 자신의 청원에 따른 것이었다고 한다. 이 모든 것은 전승, 다시 말해서 우리가 피해 갈 수 없는 에우세비오가 전하는 이야기들이다. 그리고 전승이 이들 두 리 더 — 이게 비록 허구라 할지라도 — 를 함께 순교하게 한 데에 는 그럴 만한 이유들이 있었으니, 이 둘의 경쟁 관계는 기독교 의 소아병이라 할 수 있었기 때문이다. 얼핏 보기에, 두 인물이 이렇게 사이좋게 순교했다는 사실을 전했을 첫 번째 대변인 역 으로 루카만큼 어울리는 사람이 없다. 하기야 그가 그의 연대 기에서 사도들 간의 우호적인 분위기를 알리기 위해 이야기를 끊임없이 고쳐 썼고, 기껏해야 화합과 상호 이해로 금방 흡수 되는 사소한 마찰들만을 묘사하곤 했으니, 그렇게 생각할 만도 하다. 하지만 루카는 그렇게 하지 않았다. 분명히 그는 어떤 일 이 일어났는지 알고 있었겠지만, 그걸 이야기하지 않았다. 「사 도행전」의 급작스러운 결말의 비밀은 또 하나의 비밀을 감추 고 있으니, 바오로의 최후의 그것이다.

최근 대부분의 참고 문헌 목록들에 그 이름이 오르고 있는, 한 도미니크 수도회 신부가 쓴 성 바오로의 생애를 뒤적거리던 나는, 저자가 사도의 말년을 둘러싼 어둠을 어떻게 다뤘는지 보려고 곧바로 끝부분으로 가봤다. 그런데 그 부분이 아주 상 세하게 설명되어 있는 것을 보게 된 내가 얼마나 놀랐을지 한 번 상상해 보라. 이 신부의 주장에 따르면, 바오로는 서기 64년 에 로마에서 죽지 않았다. 그는 네로 앞으로 끌려왔고, 네로는 그를 풀어 주었다. 그는 스페인까지 나아간다는 자신의 꿈을 실현했지만, 스페인은 그를 실망시켰다. 하여 그는 사랑하는 그리스와 소아시아 교회들에서 이 실망감을 달래고자 지중해 전체를 거꾸로 가로지른다. 그러고 나서 얼마 후에 로마로 돌아가겠다는 좋지 못한 생각을 품었고, 결국 거기서 다시 체포되고 투옥되어 이번에는 처형되니, 그때가 서기 67년이었다. 저자는 그 정확한 날짜까지 알려 준다. 이 이야기 중에서 불가능한 일은 하나도 없고, 나는 이런 억측들을 얼마든지 받아들일 수 있다. 다만 한 가지 경악스러운 점은, 신뢰할 만한 출판사에서 저서를 출간했으며, 동료 학자들이 아주 정중하게 인용하고 있는 이 성서학 교수의 머릿속에, 자신이 주장하고 있는 내용에 대해 **엄밀히 말하자면 아무것도 모른다**는 사실을 독자들에게 밝혀야 한다는 생각이 단 한순간도 스치지 않았다는 사실이다. 또 바오로의 말년을 재구성하고 뒷받침하기 위해 그의 서신들이나 「사도행전」 같은 자료들이 없는 상황에서, 오로지 자신의 상상력에만, 그리고 티모테오에게 보낸 바오로의 두 번째 편지는 진짜라는 — 지난 두 세기 동안 그렇게 생각한 사람은 거의 없었음에도 — 〈확신〉, 한 각주에서 언급하면서 그 근거는 전혀 제시하지 않는 자신의 〈확신〉에만 의지하고 있다는 사실을 밝혀야 한다는 생각도 전혀 하지 않았다는 사실이다. 내가 이렇게 말하는 것은 이 전기의 저자를 헐뜯고자 함이 아니라, 내가 이 책에서 자유롭게 이야기들을 지어내고 있다면, 그것은 르낭이 그랬듯이 어떤 사실이 확실한 것인지, 개연성 있는 것인지, 가능한 것인지, 혹은 완전히 배제되는 것 바로 앞에 위치하는 전혀 불가능하지만은 않은 것 — 이 책의 많은 부분이 펼쳐지는 영역이다 — 인지를 꼼꼼하게 밝히는 조건에서라는 사실을 나 자신에게 상기하기 위해서이다.

자, 「티모테오에게 보낸 둘째 서간」으로 돌아와 보자. 일반적인 견해로는 이 글은 바오로가 쓴 것이 아니라, 그가 죽고 나서 얼마 후에 누군가가 당시의 맥락에 대해 잘 알고 있었던 사람들을 위해 쓴, 그리고 진짜처럼 느껴지게 하는 디테일들을 잔뜩 깔아 놓은, 일종의 그의 초상(肖像)이라 할 수 있는 글이다. 이 디테일들은 무엇보다도 불평과 비난의 말들이다.

〈자네도 알다시피, 피겔로스와 헤르모게네스를 비롯하여 소아시아 사람들이 다 내게서 떠나가 버렸네. 데마스는 이 세상을 사랑하여 나를 버리고 테살로니카로 갔고, 크레스켄스는 갈라티아로 갔으며, 티토는 달마티아로 가버렸네. 루카만이 나와 함께 있지. 구리 세공장이 알렉산드로스는 나를 많이도 괴롭혔다네. 자네도 그를 경계하는 게 좋을 거야. 모두가 나를 버리고 떠나 버렸지. 그들은 내가 쇠사슬에 묶인 것이 창피했던 걸세. 히메내오스와 필레토스는 갈수록 하느님에서 멀어지고 있고, 그들의 가르침은 장차 암처럼 퍼져 나갈 거야. 티키코스는 내가 에페소에 보냈다네. 자네는 서둘러서 빨리 내게로 오도록 하게. 올 때, 내가 트로아스에 있는 카르포스의 집에 두고 온 외투와 책들을 가지고 오게나. 특히 양피지로 된 책들은 꼭 가져와야 하네.〉

이 편지를 쓴 사람 역시 루카일 수 있다. 구체적인 것들에 대한 취향, 그리고 그를 어떤 종교 운동을 교리가 아닌 역사를 통해 소개한 최초의 고대 작가가 되게 한, 사상보다는 인간들에 대한 관심 등에서 그의 모습을 느낄 수 있다. 티모테오에게 하늘의 보좌들이며 만물의 원리 같은 것들만 가득한 편지들을 구술하던 투사를 렘브란트식의 어둑한 분위기 속에 그려 놓은 것은, 내가 느끼기에는 너무나도 루카다운 모습이다. 이 지친 싸움닭은 억울해하고 분통을 터뜨리면서, 피겔로스와 헤르모게네스, 그리고 데마스가 어떻게 자기를 저버렸는지, 히메내오스와 필레토스가 어떤 헛소리들을 지껄이고 있는지, 구리 세공장이 알렉산드로스가 자기에게 어떤 고약한 짓을 했는지, 계속 푸념을 늘어놓다가, 결국에는 자기가 전번에 트로아스에 들렀을 때, 카르포스라는 사람의 집에 두고 온, 아마도 좀이 잔뜩 슬어 있을 외투를 가져다 달라고 부탁한다. 이 카르포스라는 이름을 언급하면서, 이 편지의 수신인으로 티모테오를 선택하면서 ― 왜냐하면 바오로가 가장 아끼는 제자이기 때문에 ― 또한 이 늙은 불평꾼 곁에 끝까지 남아 있는 유일한 사람이 다름 아닌 그 자신, 루카라는 사실을 슬그머니 밝히면서 흐뭇해하는 것은 아주 루카다운 모습인 것이다. 한쪽에는 거대한 신학이 있고, 다른 한쪽에는 개미 같은 삶들이 있다. 바오로는 평범한 중생들 위, 높은 곳을 활공하는 천재였고, 루카는 자신에게 주어진 몫에서 결코 벗어나려 하지 않은 일개 연대기 기자일 뿐이었다. 내가 이 중에서 누구를 더 좋아하느냐는 중요한 문제가 아니지만, 이 편지를 루카의 것으로 돌린다 해서 누군가에게 해가 되지는 않을 것이다.

이것이 우리에게 남겨진 바오로의 마지막 흔적이다. 유령의 잔영과도 같은 파르르한 떨림, 밤이 모든 것을 삼켜 버리기 전의 그 지친 듯한 깜박거림이다. 이야기의 이 시점에 이르러, 주요 등장인물들은 모두 사라져 버린다.

14

요한만을 제외하고.

지금까지 나는 그에 대해서는 거의 얘기를 하지 않았다. 이제야 하려 하지만 좀 겁이 나는데, 왜냐하면 요한은 제1세대 기독교도 중에서 가장 신비스러운 인물이기 때문이다. 가장 파악하기 힘들고, 가장 다양한 얼굴을 지닌 인물이었다. 그는 곧 네 번째 복음서와 묵시록을 쓴 사람으로 여겨지게 된다. 하지만 동일한 사람이 네 번째 복음서와 묵시록을 썼다고 생각하는 것은, 20세기 프랑스 문학에 대한 모든 참고 자료가 없어진 상황에서 동일 인물이 『잃어버린 시간을 찾아서』와 『밤의 끝으로의 여행』[10]을 썼다고 생각하는 것과 마찬가지일 것이다.

『신약』에는 요한이 여럿 나온다. 제베대오의 아들 요한, 예수가 사랑한 제자 요한, 파트모스섬의 요한, 그리고 복음서 기자 요한이 바로 그들인데, 이들을 서로 구별하기란 거의 불가능하다. 이 중에서 가장 오래된 이는 이의의 여지 없이 예수의 최초의 네 제자 중 하나인 제베대오의 아들 요한으로, 다른 세 요한은 모두 그의 오래됐음을 제 것으로 삼고 싶었을 것이다. 첫 번째 네 제자는 나중에 베드로가 된 시몬, 그의 동생 안드레아, 요한, 그리고 그의 형제이며, 요한의 형이었기 때문에 〈대 (大)야고보〉라고 불린 야고보였고, 이들 모두 티베리아스 호수에서 어부였다가 모든 걸 내던지고 예수를 따른 사람들이었다.

예수는 야고보와 요한에게 〈보아네르게스〉, 즉 〈천둥의 아들

10 각각 마르셀 프루스트와 루이페르디낭 셀린의 장편소설이다.

들〉이라는 별명을 붙였는데, 그들이 성미가 매우 급했기 때문이다. 나중에 루카는 예를 두 개 든다. 어느 날, 요한은 어떤 사람이 그들 무리에 속하지도 않으면서 예수의 이름으로 귀신들을 쫓아내는 것에 발끈한다. 그는 그를 욕하면서 혼내 주려고 한다. 이에 예수는 어깨를 으쓱하면서, 〈우리를 반대하지 않는 사람은 다 우리 편이다. 그냥 놔둬라〉라고 대답한다. 또 하루는 사마리아 지방의 한 마을에 갔는데, 마을 사람들이 그들을 냉대한다. 야고보와 요한은 예수가 하늘에서 불벼락을 내려 주민들을 벌주기를 원한다. 예수는 다시 어깨를 으쓱한다. 또 하루는 (이번에는 마르코가 하는 이야기이다) 야고보와 요한이 뭔가 부탁할 게 있다며 예수를 찾아온다. 「어디 한번 얘기해 보거라.」 예수가 말한다. 그들은 마치 어린아이들처럼 자기들이 부탁하는 것을 꼭 들어주겠다고 약속해 달라고 조른다. 〈그래, 무얼 원하느냐?〉라고 예수가 묻는다. 이 두 형제, 이 두 커다란 얼간이가 몸을 비비 꼬면서 서로의 옆구리를 찌르는 모습이 눈에 선하다. 「네가 말해!」 「싫어, 네가 말해!」 결국 그들 중 하나가 입을 열고 만다. 「나중에 선생님께서 영광의 자리에 앉으실 때, 저희를 하나는 선생님의 오른편에, 다른 하나는 왼편에 앉게 해주세요.」 예수가 말했다. 「너희가 부탁하는 게 무엇인지 알고나 하는 소리냐? 너희는 내가 마시게 될 그 고통스러운 잔을 마실 수 있느냐? 내가 겪게 될 그 고통스러운 세례를 받을 수 있느냐?」 「아, 그럼요, 그럼요.」 두 얼간이가 대답한다. 「좋다.」 예수가 말한다. 「내가 받게 될 잔과 세례를 너희도 받게 해주마. 하지만 내 오른편이 됐든, 왼편이 됐든, 거기에 앉히는 것은 내가 아니라 하느님께 달린 일이다.」

우리도 알다시피 마르코와 루카는 요한도 그의 형도 특별히 영광스러운 모습으로 그리지 않았다. 오직 네 번째 복음서에서만 요한은 〈예수가 사랑했던 제자〉, 그가 가장 깊은 속내를 털어놓는 상대, 마지막 만찬 때 그의 가슴에 몸을 기대었던 사람, 그리고 십자가에 달린 예수가 자기 어머니를 맡긴 제자가 된다. 사실 젊고, 성미 급하고, 약간 덤벙대며, 분명히 글도 몰랐을 어느 갈릴래아 어부가 40~60년 후에 파트모스의 예언자가 되고, 또 「묵시록」이라고 불리는 난해하고 신비스러운 글의 작가가 되었다는 것은 쉽게 상상이 되지 않는 일이다. 하지만 누가 알랴? 이런 기적적인 탈바꿈의 사례들을 우리는 간혹 듣는다. 마르셀 프루스트는 『잃어버린 시간을 찾아서』에서 내가 아주 좋아하는 이야기를 들려준다. 작품 앞부분에서 흥청망청 놀기 좋아하고, 발베크의 꽃다운 소녀들이나 쫓아다니는, 〈난 망했어〉라는 별명의, 다소 멍청한 옥타브라는 청년이 등장한다. 저 녀석은 멋진 넥타이나 자동차들에나 신경 쓰며 인생을 보내게 될 거야, 하고 모든 사람이 생각하는 가운데, 그는 시야에서 사라진다. 그런데 작품의 말미에서, 우리는 그가 당대의 가장 심오하고도 가장 혁신적인 예술가들 중 하나가 되었다는 사실을 우연히 알게 되는 것이다. 요한도 이런 종류의 진화를 거쳤다고 상상해 볼 수 있다. 나이와 여러 가지 책임들, 그리고 그를 향한 사람들의 존경심은 그를 사려 깊은 인간으로 변화시켰을 것이다. 예수가 죽고 30년이 지난 후에 그는 쉰이나 예순 정도의 나이였고, 베드로와 야고보처럼, 바오로가 구애하는 동시에 도전한, 예루살렘 교회의 〈기둥들〉 중 하나가 되어 있었다. 그는 종종 생각이 딴 데 가 있는 듯한 얼굴이었고, 말수가 적었으며, 미소 짓는 법이 없었다. 그는 가까이 하기 어려운 사람으로 여겨졌다. 거칠었던 청년이 대(大)장로로 변신한 것이다.

교부(敎父) 테르툴리아누스는 네로의 기독교 박해 당시에 요한도 로마에 있었다고 주장한다. 그 역시 고문당했고, 펄펄 끓는 기름으로 채워진 통 속에 던져졌으나 신비하게도 살아남 았다는 것이다. 그는 이미 야고보가 사망한 후, 기독교도들에 게는 너무 위험한 곳이 된 예루살렘에서 도망쳐 나온 터였다. 이제는 로마에서 도망쳐 나와야 했다. 전승에 따르면, 요한은 각지를 여행하면서 한 번도 예수의 노모인 마리아의 곁을 떠난 적이 없다고 한다. 그녀와, 또 무참히 학살당한 로마 교회의 수 십여 명의 생존자들과 함께 그는 소아시아로 떠났다고 전해진 다. 그리고 1930년대의 독일 유대인들 중 운이 좋았던 사람들 이 미국행 배를 타고, 또 뉴욕에 도착할 수 있었듯이, 이들도 소 아시아행 배를 타고, 또 에페소에 도착할 수 있었을 것이다. 나 로서는 루카도 같은 여행을 했다고 상상하고 싶다.

15

루카가 에페소에 대해, 그리고 보다 일반적으로는 소아시아 의 일곱 교회들에 대해 아는 모든 것은, 이 교회들을 세웠고, 이 들이 얼마나 쉽게 영향을 받는 사람들인지 잘 알기 때문에, 이 들이 다른 길로 빠질까 봐 항상 전전긍긍했던 바오로에게서 들 은 것이었다. 바오로는 예루살렘으로 떠나기 전에 에페소의 신 자들에게 자신이 없는 동안 양 떼를 노릴 늑대들을 조심하라고

주의시킨 바 있었다. 그의 생각은 틀리지 않았다. 에페소에 도
착한 루카는 바오로가 자리를 비운 10년 동안, 스승이 자신의
가장 견고한 영지로 여겼던 곳이 영적으로나 육적으로나 적에
게 넘어가 버렸다는 것을 알게 된다.

　적이라, 글쎄⋯⋯ 루카는 야고보를 따르는 이 유대 기독교들
을 정말로 적으로 여기지는 않았다. 그는 그들을 이해했고, 선
의만 가지고 있으면 서로 합의에 이를 수 있다는 생각을 가지
고 있었다. 하지만 야고보와 베드로가 사망하고, 64년 여름에
로마에서 그 끔찍한 일이 있고 나서, 그리고 무엇보다도 요한
이 그들의 수장이 되고 나서부터는 그들의 신앙은 더욱 경직되
었다. 루카가 도착하고서 얼마 후에 에페소 기독교도들의 애찬
에 참석했을 때, 그는 거기서 티모테오를, 혹은 이 지방에 있다
는 말을 들은 필립보와 그의 네 처녀 딸을, 혹은 적어도 몇몇 낯
익은 얼굴이라도, 그와 같은 그리스인 몇 사람이라도 볼 수 있
기를 기대했다. 하지만 거기에는 유대인들만, 혹은 유대인처럼
하고 다니는 그리스인들만 있을 뿐이었다. 하나같이 무성한 수
염을 늘어뜨리고 엄숙한 얼굴을 하고서는, 마치 여기가 유대교
회당인 것처럼, 아니 예루살렘의 성전인 것처럼 주님을 기념하
고 있는 사람들 말이다. 멀찌감치 보이는, 역시 수염이 무성하
고 많은 사람들에게 둘러싸여 있는, 하지만 다가가서 자신을
소개하기가 꺼려지는 요한은 전통적으로 이스라엘의 고위 사
제들이 쓰는 그 황금 판을 이마에 번쩍이고 있다. 로마에서의
대재앙 덕분에 할례파 교회가 승리했고, 포피(包皮)파 교회는
풍비박산이 난 것이다.

그 후, 루카는 요한이 에페소의 기독교도들에 의해 말 그대로 숭배되고 있다는 것을 알게 되었다. 바오로도 숭배되긴 마찬가지였지만, 그 방식이 달랐다. 신자들은 언제든지 그의 작업장에 불쑥 방문할 수 있었고, 기분 좋은 얼굴로, 혹은 뚱한 얼굴로 베틀 뒤에 앉아 있는 그의 모습을 발견할 수 있었다. 대개는 뚱한 얼굴이었지만, 활기차고, 열정적이고, 언제나 그리스도에 대해 얘기할 준비가 되어 있었다. 요한은 그렇지 않았다. 사람들은 그를 보면, 마치 그가 무슨 최고위 성직자이기라도 한 듯이 허리를 꺾어 절을 하곤 했다. 그는 위압적이고도 감히 범접할 수 없는 존재, 뭉게뭉게 피어오른 향연(香煙) 위에 떠 있는 존재 같은 느낌을 주었다. 아닌 게 아니라, 그는 거의 모습을 보이지 않았다. 사람들은 예수가 총애한 제자가 예수의 어머니와 함께 살고 있다는 집을 서로에게 슬쩍 가리켜 보이곤 했다. 예수의 어머니의 모습은 더 보기가 힘들었으니, 그녀는 집 밖으로 나오는 일이 없었기 때문이다. 그녀가 집 문 앞에 앉아 있는 모습을 볼 수 있었던 시절은 끝이 난 것이다. 그런데 사람들이 서로에게 가리키는 그 집이 정말로 그들의 집이기나 했을까? 그것은 확실치 않았고, 그들이 로마인들에게 붙잡힐까 봐 두려워 자주 거처를 바꾼다는 소문이 떠돌았다. 사람들은 그들에 대해 말할 때는 목소리를 바짝 낮췄다. 그들에 관련된 모든 것은 엄숙했고, 신비에 싸여 있었다.

루카는 에페소에서 몹시 외로움을 느꼈을 것이다. 바오로의 제자들은 어디에도 없었다. 가끔 한두 명 마주친다 해도, 그들은 그의 시선을 피하거나 외면해 버리기 일쑤였다. 어떤 이들은 바오로의 서신들에서 이름이 언급되었고, 당시에는 이것을 아주 자랑스럽게 생각했겠지만, 루카가 그들 앞에서 사도의 이름을 꺼낼라치면 그들은 한 번도 그를 만난 적이 없다고 손사래를 쳤다. 도망가 버리지 않은 사람들은 주류파에 붙어 버렸고, 그들의 비주류적 과거를 환기시킬 수 있는 일이나 사람들은 피하려고 애를 썼다. 애찬이 열리면 사람들은 마치 경쟁이라도 하듯 유대교의 의식들을 세심하게 지키고, 정결한 고기를 까다롭게 요구하고, 원수에게 맹렬히 욕을 퍼부었다. 원수는 물론 서기 64년 대학살의 주범인 네로였지만, 이제는 바오로도 네로의 앞잡이로 여겨졌다. 그가 죽어서 잘됐다고 요란하게 떠드는 게 올바른 태도로 여겨졌다. 사람들은 그를 율법의 파괴자, 발람, 심지어는 니콜라오스로 불렀고, 그에게 끝까지 충성하는 사람들은 니콜라오스파라고 불렀다.

16

네 복음서 기자는, 이번에는 이구동성으로, 예수가 체포되고 나서 심문을 받기 위해 대사제의 관저로 끌려갔다고 말한다. 이 장면은 밤에 펼쳐진다. 이 관저의 안마당에 잠입하는 데 성공한 베드로는, 병사들과 대사제의 종들이 몸을 녹이며 반쯤 잠들어 있는 모닥불 근처에서 밤을 새우며 기다린다. 예루살렘의 4월 날씨가 그럴 수 있지만, 밤공기가 아주 쌀쌀하다(나도 지금 깨달은 사실인데, 이 디테일은 내가 너무나도 좋아하는 그 이야기, 그러니까 같은 날 밤에 알몸으로 잠들었다가 아마포 한 장을 몸에 두르고 예수의 무리를 뒤쫓아 올리브산까지 올라갔다는 그 소년의 이야기와는 전혀 아귀가 맞지 않는다). 뭐, 할 수 없는 일이었다. 그런데 어느 순간, 한 여종이 베드로의 얼굴을 뚫어지게 쳐다보면서 말한다. 「당신도 예수와 함께 있었어.」 베드로는 더럭 겁을 집어먹고는 손사래를 친다. 「아니야, 난 그 사람을 몰라.」 또 어떤 사람이 계속 주장한다. 「아니, 당신도 그들과 한패야.」 〈천만에, 당신이 사람을 잘못 본 거야〉라고 베드로가 부인한다. 그러자 세 번째 남자가 나선다. 「게다가 당신은 그들처럼 갈릴래아 억양을 가졌어. 자, 인정하시지!」 「무슨 소리야! 나는 인정할 게 하나도 없어!」 베드로는 외친다. 「당신들은 말도 안 되는 소리를 하고 있어!」 바로 이때 수탉이 울고, 베드로는 예수가 전날 밤에 했던 말을 기억한다. 「베드로야, 너는 나를 배신할 것이다.」 「주님, 절대로 그럴 리가 없습니다!」 베드로는 강하게 부인했지만, 예수는 말을 이었다. 「베드로야, 내가 너한테 분명히 말하는데, 내일 아침 수탉이 울기 전까지 넌 나를 모른다고 세 번이나 맹세하며 부인할 것이야.」 이 말이 떠오른 베드로는 내정 밖으로 나갔고, 칙칙한 새벽 공기 속에서 흐느끼기 시작했다.

이 이야기를 처음 전한 사람은 마르코이며, 우리는 마르코가 베드로의 비서이고, 베드로는 그를 〈내 아들〉이라고 불렀다는 사실을 알고 있다. 그는 얼핏 보기에도 베드로에게 그다지 명예로울 게 없는 이 사건을 그냥 묻어 버릴 수도 있었다. 하지만 그는 이 일을 베드로에게서 들었다. 다시 말해서 베드로 자신이 마르코에게 이 일을 이야기해 주고, 또 강조까지 했을 것인바, 이러한 정직함은 그를 더없이 호감 가는 인물로 만든다. 심지어 이것은 정직함 이상의 것이다. 만일 당신이 기독교인이라면, 당신은 그리스도를 부인하면서 삶을 보낸다. 당신은 아침부터 밤까지, 하루에도 수백 번씩, 오직 이것만을 하며 산다. 그런데 신실한 이들 중에서도 가장 신실한 이가 〈사실은 나도 그렇게 했다오, 나도 그분을 부인했다오, 나도 그분을 배신했다오〉라고 말해 주는 것은, 우리가 가장 끔찍한 순간에 처했을 때, 굉장한 위로가 된다. 그리고 이렇게 말하는 것은 더없이 선한 어떤 것이며, 바로 이런 선함 때문에 우리는 목욕물은 버리되, 그 안의 기형적이지만 너무나도 예쁜 아기, 사람들이 〈기독교〉라고 부르는 그 몽고증 걸린 아이는 버리지 못하게 되는 것이다.[11]

내가 이 베드로 이야기를 하는 것은, 만일 루카가 에페소에서 바오로의 적들로부터 사방에서 압박을 받고, 또 그의 전력을 밝히라는 독촉을 받았을 때, 그도 자신의 스승을 부인하지 않았을까 궁금하기 때문이다. 어쩌면 부인했을 수도 있다. 내가 상상하는 그는 특별히 용감한 사람은 아니니까. 하지만 그가 여러 해 후에 이 베드로가 스승을 부인했던 일을 옮겨 썼을 때, 이 이야기는 그를 울게 하고 또 마음을 어루만져 주었을 것이다.

(베드로 얘기가 나온 김에 또 한 가지. 예수가 〈사람의 아들〉이 곧 고난을 겪고 죽게 될 거라고 말하자, 베드로는 예수를 붙잡고 외친다. 「주님, 대체 무슨 말씀입니까? 주님께 그런 일이

---

11 〈목욕물과 함께 아기를 버리다 *jeter le bébé avec l'eau du bain*〉라는 프랑스 속담은 〈부정적인 요소 때문에 긍정적인 요소까지 함께 버리다〉라는 의미이다.

일어나서는 안 됩니다!」 예수는 아주 격렬하게 대꾸한다. 「사탄아, 뒤로 물러나라! 너는 내 장애물이 되고 있다!」 그런데 〈장애물〉로 번역된 그리스어 단어 — **스칸달론**_skandalon_이며, 이는 후에 **스캔들**_scandal_이 된다 — 는 말 그대로 해석하면 〈발이 걸려 넘어지는 돌〉이라는 뜻이다. 따라서 베드로는 모두가 알다시피 예수가 그 위에 자기 교회를 세우고자 한 바위였을 뿐 아니라, 또한 신발 속 돌멩이이기도 했던 것이다. 그는 흔들리지 않는 견고한 바위, 그리고 삶을 엉망으로 만드는 돌멩이, 양쪽 다였다. 우리 모두가 그렇다. 우리가 신을 믿을 때, 우리는 우리 자신에게 있어서나 신에게 있어서 든든한 바위이기도 하고, 한심하기 짝이 없는 돌멩이이기도 하다. 이 점 또한 내게는 베드로가 아주 사랑스럽고, 또 아주 친근하게 느껴지는 이유이다.)

17

유대 땅에서 유대 전쟁이 발발한 것은 바로 이 무렵이었다. 10년 전부터 지하에서 부글대고 있던 이 전쟁이 서기 66년에 완전히 터져 버린 것은, 부분적으로는 선임자들인 펠릭스와 페스투스를 오히려 청렴한 관리들처럼 느껴지게 하는 신임 총독 플로루스의 잘못 때문이었다. 모든 총독들이 돈을 챙기는 것은 사실이었으나, 그것에도 정도가 있었다. 키케로는 그 모범 사례로 자신을 드는데, 자기는 킬리키아에 총독으로 있었던 해에 2백만 세스테르티우스 이상을 빼돌리지 않았다는 것이다. 플로루스에게는 그런 제한이 없었고, 유대인들이 카이사르에게 고발할 수 있는 자신의 횡령 행위를 감추기 위해 조그만 전쟁을 하나 정도 일으켜도 괜찮겠다고 생각했던 것 같다. 어떤 혼란 사태가 진정될 기미를 보이기만 하면, 어김없이 그가 나타나서는 불씨에 기름을 들이붓곤 했으니까 말이다. 적어도 요세푸스는 이렇게 단언하는데, 이런 식의 주장은 제1차 체첸 전쟁은 러시아 참모부가 그들이 빼돌려 암시장에, 특히 발칸 제국(諸國)에, 내다 판 엄청난 양의 군수 물자를 전투 중에 소모된 것으로 처리하기 위해 일으켰다는, 내 사촌 폴 클레브니코프의 설명과도 비슷하다.

요세푸스에 따르면, 그 발단은 늘 돈이 필요했던 플로루스가 느닷없이 어떤 세금을 부과해, 예루살렘에 일종의 **인티파다**[12]를 촉발시킨 일이라고 한다. 그렇잖아도 극도로 착취당하고, 무거운 빚에 짓눌려 있던 민중은 더 이상 견딜 수 없게 된다. 예수에게도 던져진 바 있는 〈세금을 내는 게 옳습니까?〉라는 질문은 30년 전에도 폭발적인 사안이었지만, 지금은 거의 핵폭탄이 되어 있었다. 유대의 청년들은 플로루스의 행렬에 조롱의 의미로 동전들을 던지다가, 급기야 호위병들에게 돌덩이를 집어던지기 시작한다. 즉각적인 보복이 뒤따른다. 로마군 병사들이 집집마다 난입하여 주민 수백 명을 목을 그어 죽이고, 총독의 명에 따라 역시 수백 명을 처형하기 위해 십자가들을 세운다. 상황이 너무도 심각했던 나머지 분봉왕 아그리파스와 그의 누이 베르니케는 자신들이 개입하지 않으면 안 되겠다고 느낀다. 우아한 공주는 애도의 표시로 삭발을 하고, 맨발에 거친 옷을 입고는 총독을 찾아가 죄수들을 용서해 줄 것을 간청한다. 플로루스는 거절한다. 한편 플레이보이요, 칼리굴라 시대 로마의

12 이스라엘 점령지에서 이스라엘인에 대한 팔레스타인인의 민중 봉기.

545

돌체 비타[13]의 왕이라 할 수 있는 아그리파스는 이 반란에는 아무런 희망이 없다고 동포들을 설득해 보고자 최선을 다한다. 자기 자신이 하고 싶은 사설을 글로 길게 늘어놓는 것을 루카 만큼이나 좋아하는 요세푸스는 아그리파스의 연설로 일곱 페이지를 빼곡히 채운다.

〈자유를 향한 여러분의 열정은 더 이상 시기에 맞지 않습니다. 그것을 잃지 않고 싶다면 옛날에 싸워야 했습니다. 여러분은 예속은 용납할 수 없다고 말합니다. 맞는 말입니다, 하지만 이 예속은 해 아래 있는 민족들 중에서 가장 고귀한 민족인 저 그리스인들에게는 더욱 용납할 수 없는 게 아니겠습니까? 그럼에도 지금 그들은 로마인들에게 복종하고 있지 않습니까? (이 논리는 서툰 것이었으니, 유대인들은 결코 자신들이 고귀함에 있어서 그리스인들에 뒤떨어진다고 생각하지 않았다.) 전쟁이 적당히 진행될 거라고 생각하지 마십시오. 여러분이 다른 민족들에게 본보기가 될 수 있도록, 로마인들은 여러분을 한 사람도 남김없이 멸절시키고, 여러분의 도성을 잿더미로 만들 것입니다. 그리고 위험한 것은 단지 이곳에 있는 유대인들만이 아니니, 왜냐하면 우리 족속이 살고 있지 않은 나라는 세상 어디에도 없기 때문입니다. 만일 몇몇 사람의 치명적인 결정 때문에 여러분이 결국 전쟁을 벌인다면, 유대인들의 피로 흥건히 적셔지지 않을 도시는 단 한 군데도 없을 것입니다.〉

이 경고는 나중에 다시 써진 것이기에 더욱 냉철하게 느껴지

13 *Dolce vita.* 〈달콤한 인생〉이라는 의미의 이탈리아어.

는데, 유대인들은 아그리파스가 로마의 친구요, 부역자의 전형 같은 인물이기 때문에 그의 말에 귀를 기울이지 않았다. 오히려 그는 하마터면 린치까지 당할 뻔했다. 예루살렘은 반란을 일으킨다. 로마 수비대는 성전 옆에 붙어 있으며, 전에 바오로가 붙잡혀 있던 안토니아 요새에 갇혀 포위된다. 수비대 대장은 스스로를 유대 임시 정부로 선언한 이들과 협상을 시도한다. 임시 정부는 온건파 — 요세푸스도 그중 하나였다 — 와 대부분이 열심당원들인 급진파가 뒤섞인 집단이었다. 온건파는 수비대 대장에게 만일 그들이 항복하면 병사들의 목숨을 살려주겠다고 약속한다. 그들은 항복했지만, 급진파는 약속을 지키지 않고 곧바로 그들을 도살한다. 최악의 시나리오가 시작된 것이다. 온건파의 우두머리인 대사제는 살해되고, 그의 관저와 부채장부가 보관된 건물이 불길에 휩싸인다(과중한 채무가 반란의 주요 원인이었다는 사실을 잊지 말자). 총독이 거주하는 카이사리아에서 출동한 첫 번째 군단이 주민들뿐 아니라 수천명의 순례자들도 갇혀 있는 예루살렘을 포위하고는 증원군을 기다린다. 요세푸스는 마지막 순간에 간신히 탈출한다. 이 농성전이 3년 넘게 지속되리라고는 그때에는 아무도 예상치 못했다.

18

한 민족이 로마 제국에 맞서 반란을 일으킨 것인데, 이는 율리우스 카이사르 시대에 골족이 반란을 일으킨 이후로 처음 있는 일이었다. 황제는 당연히 이 사안을 맡아 처리해야 옳았지만, 그의 생각은 온통 딴 데에 가 있었다. 세네카가 죽은 후로 네로는 모든 종류의 초자아에서 해방되어, 그의 예술가적 본능을 마음껏 발산하는 중이었다. 그는 오직 자신의 예술가로서의 커리어와, 자신의 목소리와, 자신의 시(詩)들과, 자신을 향한 갈채의 진정성에만 관심이 있었다. 충분히 열렬하지 못한 관객들은 누구나 죽여 버릴 수 있는 상황에서, 어떻게 그들의 갈채가 진짜라고 확신할 수 있단 말인가? 그를 괴롭힌 것은 바로 이 질문이었다. 서기 66년, 그는 그리스를 한 바퀴 도는 여행을 떠나는데, 이 고상한 나라의 세련된 감식가들로부터 인정받는 게 그에게는 무엇보다도 중요했기 때문이다. 궁정 사람들 모두가 동행한다. 사람들은 그에게 이렇게 로마를 문을 열어 놓은 집처럼 비워 놓는 것은 위험하다고 조언했지만, 그는 아랑곳 않는다. 그가 올림픽 대회 전차 경주에 참가하고 있을 때 ─ 그는 첫 번째 코너에서 낙차했음에도 불구하고 1등상을 받는다 ─ 로마군이 패배하여 예루살렘에서 퇴각했다는 소식이 날아든다. 매우 심각한 소식이었지만, 네로는 개의치 않고 영광스러운 투어를 계속해 나간다. 그는 매우 분별 있는 인물로 알려졌으며, 브리타니아 원정 때 두각을 나타낸, 평민 출신의 한 장군을 진압군의 우두머리로 임명하는 것으로 만족한다. 이 장군의 이름은 베스파시아누스이고, 별명은 〈노새 장수〉인데, 그 까닭은 그가 노새를 군대에 팔아 부자가 되었기 때문이다. 어쨌든 이 노새 장수는 6만 대군을 이끌고 유대로 향한다. 재정복이, 다시 말해서 반군들과 그들과 조금이라도 관련이 있다고 의심되는 사람들에 대한 체계적인 학살이 시작된다. 마을들은 불태워지고, 남자들은 십자가에 매달리고, 여자들은 겁탈되고, 간신히 몸을 숨길 수 있었던 아이들은 성장하여 테러리스트가 된다. 우리에게 너무나도 익숙한 스토리이다. 반란은 유대 지역 전체로 확산되고, 로드 롤러는 갈릴래아로 진격한다. 여기서 우리는 요세푸스 플라비우스를 다시 만나게 되는데, 그동안 그는 임시 정부에 의해 장군으로 임명되었고, 두 달 전부터는 유대 반군의 사령관이 되어 있었다.

저자가 자신을 3인칭으로 기술하고 있는 『유대 전쟁사』에서, 요세푸스는 〈요세푸스〉, 즉 자신은 가차 없이 진격하는 로마 군단에 맞서 용감하게 진지를 방어했으며, 이 치열한 전투 끝에 요타파타 근처 한 언덕의 동굴에서 40여 명의 전사들과 함께 적군에게 포위되었다고 말한다. 대사(大使)들에, 원탁들에, 매끄러운 말들이 오가는 협상들에 익숙한 이 사람이, 하나같이 수염이 덥수룩하고, 땀으로 번들거리고, 눈은 번쩍거리고, 영웅으로 죽을 각오가 되어 있는 이 **지하드** 투사들에게 둘러싸여 있는 모습이 눈에 선히 그려진다. 요세푸스는 물론 투항하자는 쪽이다. 지금까지 우리는 용감하게 싸워 왔소, 하지만 지금은 이성적으로 생각해야 할 때요! 그의 동지들은 그것은 옵션이 될 수 없다고 대꾸한다. 그들이 그에게 준 선택은 장군답게 의연하게 자결하거나, 아니면 배신자로 자신들의 손에 죽는 것이었다. 요세푸스는 잠시 낙담하지만, 포기하지 않는다. 그는 자살하는 대신 서로의 목을 긋되, 그 순서는 제비를 뽑아 정하자는 방안을 관철시킨다. 운 좋게도 마지막에 남은 두 사람 중 하나가 된 그는 다른 사내와 두 팔을 쳐들고서 투항한다고 소리 지르며 동굴을 나가기로 합의를 본다.

이제 적들에게 처형될지도 모르는 위험이 기다리고 있었다. 그는 자신은 유대군 장군으로서 로마군 장군과 직접 대화할 자격이 있다는 점을 내세웠는데, 그 태도가 얼마나 당당했던지 곧바로 십자가에 매달리는 대신 베스파시아누스 자신에게 영접될 수 있었다. 이때 한 가지 기막힌 생각이 번쩍 뇌리를 스쳤고, 그는 장군에게 엄숙하게 말한다. 나는 환상을 보았소. 이스라엘은 패배하고, 당신 베스파시아누스는 장차 로마의 황제가 될 것이오. 얼핏 듣기에도 개연성 없는 소리였으니, 카이사르 자리의 승계는 아직 일종의 왕조적인 원칙을 따르고 있었는데, 베스파시아누스는 평범한 직업 군인에 불과했던 것이다. 그럼에도, 이 예언은 베스파시아누스를 생각에 잠기게 만든다. 그리고 그는 자신의 포로에게 흥미를 느낀다. 요세푸스는 목숨을 건진 것이다. 그는 로마군의 포로로 지내야 했지만 조금도 불평할 이유가 없었으니, 그들이 풀어 주는 즉시 유대인들에게 살해당할 것이었기 때문이다. 그는 특별 대우를 받는다. 얼마 안 있어 베스파시아누스의 아들 티투스를 만났는데, 이 청년은 친구에게 선물을 못 주면 그날을 망쳤다고 생각하는 성격이다. 요세푸스는 티투스의 친구가 되고, 그로부터 온갖 선물을 받는다. 이렇게 요세푸스의 변절자로서의 경력이 시작된다.

갈릴래아가 평정되었으니, 다시 말해서 완전히 초토화되었으니, 이제는 반란의 온상인 예루살렘을 다뤄야 할 때였다. 베스파시아누스는 가파른 언덕 위에 걸린 희끄무레한 말벌 집 같은 이 도성이 철통같이 방어되고 있다는 것을 알게 된다. 하지만 상관없었다. 그는 여유를 가지고 천천히 해결할 터였다. 반군들이 자기들끼리 서로 죽이게 놔두자, 인질들과 주민들과 순례자들에게는 조금 안된 일이지만······. 이 계산은 적중하여 그들은 서로를 죽이기 시작한다. 이 3년간의 포위전과 관련하여 우리가 아는 모든 사실들은 요세푸스에게서 온 것이며, 그는 베스파시아누스의 진영에서 사태의 추이를 지켜봤고, 포로들과 탈주병들의 증언들을 수집했다. 이 증언들은 소름 끼치는 것들, 이 시대의 우리에게도 너무도 익숙한 것들이었다. 그저 살아남으려고 몸부림치는 불쌍한 사람들을 공포에 떨게 하는 민병들. 서로 라이벌 관계에 있는 우두머리들. 기근. 자기 아이들을 잡아먹고 실성해 버린 어머니들. 도망가기 전에, 안전한 장소에 이르러 똥을 싸서 다시 찾을 심산으로 가진 돈을 몽땅 삼켜 버리는 사람들. 그리고 이 사실을 알고는 바리케이드에서 이들을 붙잡아 배를 가르고 내장을 뒤져 보는 로마 병사들. 언덕마다 늘어선 십자가의 숲. 뙤약볕 아래 고통받는 이들의 분해되어 가는 몸뚱이들. 유쾌한 기분으로 잘라 내는 좆들 — 왜냐하면 로마 병사들에게 할례는 언제나 재미난 농담거리였으므로. 시체들로 배를 채우는 개 떼와 자칼 떼······. 하지만 요세푸스의 말로는 이것도 그가 〈배고픔에 실성하여, 자신의 살로 배를 채우는 짐승〉이라고 묘사하는 도시, 예루살렘의 성벽 뒤에서 벌어지고 있는 일들에 비하면 아무것도 아니었다.

  베스파시아누스가 서두르지 않고서 마지막 공격을 준비하고 있을 때, 68년 6월, 황제가 사망했다는 소식이 날아든다. 참가하는 경기마다, 오르는 무대마다 상을 싹쓸이한 그리스 일주를 마치고 로마에 돌아온 네로는 분노에 사로잡힌 군부와, 그를 국가의 적으로 선언한 원로원과, 궁내에서 꾸며지고 있는 역모와 마주하게 되고, 이 모든 일들이 너무나도 불리하게, 너무도 빨리 진행된 나머지 그는 서른한 살의 나이로 자결하는 것 외에 다른 방도가 없게 되었다. 〈아아! 나와 함께 너무나도 아까운 예술가가 사라지는도다!〉라며 그는, 그의 명에 따라 한 노예가 목에 단검을 꽂기 전에 장탄식을 했다고 한다.

역사는 네로를 욕하는 귀족들과 원로원 의원들의 편에 서겠지만, 대중들은 그가 죽고 나서 오래도록 그의 편으로 남을 것이다. 수에토니우스에 따르면, 그의 무덤은 언제나 익명의, 그리고 애정 어린 손들이 들고 온 꽃들로 덮여 있었다고 한다. 그의 죽음은 유례없는 위기와 국경 지역의 반란들과 연이어 터진 정변들로 채워진 한 해를 연다. 군부가 내세운, 그리고 때로는 군대 출신이기도 한 황제가 자그마치 네 명이나 이어진다. 그들 중 하나는 자살하고, 다른 둘은 살해될 것이며, 우리는 곧 네 번째 황제에 대해 얘기하게 될 것이다. 서기 68년은 격동과 공포, 징조들과 괴이한 일들로 가득한 한 해였다. 태어나는 것마다 흉측한 것들이었다. 머리가 여럿 달린 태아, 매의 발톱이 달린 돼지, 로마의 흑사병, 알렉산드리아의 기근, 제국의 곳곳에서 출현하여 네로를 사칭하는 협잡꾼들, 일식과 월식, 운석, 혜성, 지진. 내 이야기로 봐서는 유감스럽게도, 폼페이와 헤르쿨라네움을 용암으로 덮어 버린 베수비오 화산의 대폭발은 10년 후에나 일어나겠지만, 이에 앞서 소규모 폭발들이 있었다. 나폴리 지역 전체가 불타올랐고, 지옥의 입들이 벌어졌다. 여기에 이집트와 시리아에서는 유대인 박해 운동이 일어나, 세계 각지에 흩어져 살던 평화로운 유대인들은 아그리파스가 예언한 대로 유대 과격파들의 죗값을 대신 치르게 된다. 이것은 예언자들이 예고한 바, 〈고난의 시작〉이 아닐까? 아니 어쩌면 〈시작〉보다도 더 나쁜 것, 즉 마지막 중에서도 마지막이 오기 전에 나타나는 악의 맹렬한 몸부림이 아닐까?

19

르낭에게는 의심의 여지가 없었다. 「요한 묵시록」은 이 전 세계적인 혼돈의 해에 써졌다. 이 책에 담긴 현란한 이미지들은 네로와 예루살렘에서 준비되고 있던 대재앙에 대한 다소 암호화된 암시들이다. 다른 역사가들은 이 책이 30년 후인 도미티아누스 황제 시대에 써졌다고 생각한다. 이 두 번째 의견을 가진 사람이 대다수이지만, 나는 첫 번째의 편에 서겠는 바, 그러지 않으면 「요한 묵시록」은 내 책의 시간적 범위에서 벗어나게 되는데, 나는 「요한 묵시록」에 대해 얘기하고 싶기 때문이다. 그것은 내가 이 「요한 묵시록」을 엄청나게 좋아해서가 아니라, 이 묵시록은 파트모스에서 써졌고, 또한 이 파트모스는 나와 엘렌이 수없이 실망을 맛보면서 1년 동안 돌아다닌 끝에 지금 내가 이 장을 쓰고 있는 이 집을 2012년 11월에 마침내 찾아낸 곳이기 때문이다.

지금 나는 이곳에서 처음으로 혼자 지내고 있고, 또 이곳을 작업 장소로도 처음 사용해 보고 있다. 지난 한 주일 내내 날씨가 화창했고, 나는 매일 프실리 아모스에 헤엄을 치러 갔다. 우리가 가장 좋아하는 해변인 이곳에 염소 몇 마리와 함께 나 혼자만 있었다면, 나 자신이 마치 오디세우스가 된 듯한 느낌이 었을 것이다. 내가 나의 이타카 ─ 우리가 돌아가게 되는 장소, 거센 풍파를 겪은 후에 평화를 맛보는 장소, 현실의 세계와 유쾌한 우정을 나누는 장소 ─ 로 여기는 이 섬에 있을 때는 종종 오디세우스를 생각하곤 한다. 우리가 이 집을 사고 나서 처음 한 일이 우리가 쓰는 침실의 그 처량한 트윈 베드를 이탈리아 사람들이 〈마트리모니알레〉[14]라고 부르는 침대로 바꿔 놓는 것 이었기에, 더욱 이 오디세우스를 생각하게 된다. 이를 위해서 는 이케아에 가서 커다란 침대 밑판을 사오는 것으로 충분치 않았다. 아니, 지금 우리 침실에 놓여 있는 것은 파트모스의 전통적 스타일의 침대이며, 파트모스의 전통적 스타일의 침대는 브르타뉴식 침대와 비슷하게 아래쪽에는 벽장이 달려 있고, 발을 딛고 올라갈 수 있게끔 계단도 붙어 있고, 조각된 난간이 빙 둘러 있는 일종의 단과도 같은 것이고, 우리의 취향에 맞는 침대를 갖기 위해서는 아주 복잡하고 돈도 많이 든 목공 작업이 필요했다. 그렇게 해서 만들어진 이 침대를 우리는 아주 좋아한다. 심지어 지금처럼 나만 혼자 있을 때에도, 엘렌이 여기 있다는 느낌이 든다. 그런데 『오디세이아』의 제23권에 다음과 같은 대목이 나온다.

오디세우스는 마침내 이타카에 당도한다. 그가 그곳을 떠난 지 20년 ─ 10년간의 전쟁, 그리고 10년간의 방황 ─ 이 지난 후에도 아내 페넬로페는 여전히 그를 기다리고 있다. 그녀는 나이가 들었지만, 지혜는 조금도 녹슬지 않았다. 그녀는 그녀

14 커다란 더블베드를 일컫는 이탈리아 단어이며, 〈혼인의〉, 〈부부 생활의〉라는 뜻이 있다.

와 결혼할 수 있기 위해 오디세우스의 죽음이 선언되기만을 기다리는 구혼자들을 교묘히 물리친다. 오디세우스는 자신의 왕궁 주위를 배회한다. 그는 걸인으로 변장하고서 그 자신의 것이지만, 주인이 자리를 비운 이 세계를 관찰한다. 유모 에우리클레이아와 돼지치기 에우마이오스와 충견 아르고스가 그를 알아본 후에, 그는 구혼자들을 모조리 죽여 버렸고, 그다음에는 페넬로페에게 자신의 정체를 밝혀야 할 때가 왔다고 생각한다. 그가 그녀 앞에 모습을 드러내자, 그녀는 그를 뚫어지게 쳐다본다. 이쯤 되면 당연히 그의 품에 몸을 던져야겠지만, 그녀는 꼼짝도 하지 않는다. 한마디 말도 없다. 그러자 그들의 아들이며, 역시 아버지를 알아본 텔레마코스는 어머니가 마음이 돌덩이 같다고 비난한다. 아니, 페넬로페의 마음은 돌덩이 같지 않았다. 그녀는 단지 조심스럽고, 신화를 잘 알고 있을 뿐이다. 그녀는 신들이 사람들을, 특히 여자들을 속이기 위해 어떤 형상이라도 취할 수 있다는 것을 알고 있다.

「만일 저 사람이 정말로 집에 돌아온 오디세우스라면,」 그녀가 입을 연다. 「우리는 어렵지 않게 서로를 알아볼 수 있어. 왜냐하면 다른 사람들은 모르는 우리 둘만의 은밀한 신호들이 있기 때문이야.」

이 은밀한 신호들, 두꺼비로 변했거나 **타임 루프**에 갇힌 주인공이 그를 알아볼 수 없는 사람들 — 그들의 입장에 있었다면, 주인공 자신도 스스로를 알아볼 수 없을 것이다 — 에게 자신의 정체를 반드시 알려야만 하는 동화나 SF들에서 너무나도 결정적인 역할을 하는 이 은밀한 신호들은 오디세우스가 불 가에 다가갔을 때 유모 에우리클레이아가 알아본 그의 허벅지 흉터와는 완전히 다른 성질의 것이다. 이것은 사람들이 사랑을 나눌 때 하는 어떤 말, 그들이 절정에 이르렀을 때 속삭이는 어떤 말일 수도 있다. 아닌 게 아니라, 페넬로페가 이 은밀한 신호 얘기를 꺼내자 오디세우스는 빙그레 미소를 짓는다. 오디세우스가 살면서 미소를 지은 것은 이번만이 아니었겠지만, 여기서 호메로스는 이 사실을 강조하고 있으며, 거기에는 다 뜻이 있을 것이다. 오디세우스는 욕실로 가서 몸을 깨끗이 씻고, 향유를 발라 말끔히 단장한 후에, 페넬로페가 그동안 자신을 위해 침대를 꾸며 놓은 것을 본다.

그들의 침대를 말이다.

그러자 오디세우스는 자신이 올리브나무 둥치로 손수 만든 이 견고하고도 아늑한 침대에 대해 얘기하기 시작한다. 자신이 어떻게 나무를 깎고, 어떻게 대패질했는지, 어떻게 조각조각 자르고, 윤을 내고, 조립하고, 쐐기로 고정시키고, 금과 은과 상아를 박아 넣고, 반들거리는 붉은 소가죽 끈들을 팽팽하게 당겨 놨는지를 설명한다. 그가 그들의 욕망의 장소이며, 다산의 장소이며, 휴식의 장소인 이 침대에 대해 얘기하면 얘기할수록, 페넬로페는 두 무릎과 마음이 스르르 풀리는 것을 느낀다. 그가 이야기를 끝내자 그녀는 그의 품에 몸을 던지고, 그는 그녀를 끌어안는다. 그리고 어쩌면 이때 그는 자신에게 첫눈에 사랑에 빠진, 하지만 그것을 선뜻 고백하지 못하고 있는 젊고 아름다운 나우시카 공주에게 그 감정을 모르는 체하며 그녀에게 진심으로 기원해 줬던 말을 떠올렸을 것이다.

〈신들께서 그대의 마음이 갈망하는 것, 즉 남편과 집과 부부 간의 사랑을 허락하시기를 빕니다. 함께 가정을 지켜 가는 한

남자와 한 여자보다 더 견고하고 소중한 것은 없습니다.〉

20

별안간에 날씨가 변했다. 기온이 10도나 떨어지고, 바람이 불고, 하늘이 어두워지고, 구름이 찢어지면서 갑작스러운 폭우로 변하기 일쑤인데, 나는 이런 조건에서도 우리 집이 꽤 괜찮다는 사실을 흐뭇한 마음으로 발견한다. 두터운 벽들로 보호받고 있으니 아늑한 기분이 든다. 저녁때면 소파에 누워, 더없는 안도감을 안겨 주는 갓등의 빨간 불빛이 비치는 창문에 빗물이 줄줄 흘러내리는 것을 바라보며 로마의 역사를 읽는다. 나는 일찍 잠자리에 들어 한 번도 깨지 않고 내처 자고는, 새벽에 일어나 차 한 잔을 끓여 가지고는, 우리가 처음으로 거실에 들어왔을 때부터 내 마음에 꼭 들었던 이 책상에 자리를 잡는다. 날씨가 갤 때면 테라스에 나가, 예언자 엘리야를 기리는 조그만 수도원이 꼭대기에 얹혀 있는 산을 마주하고 요가를 한다. 우리 집은 산동네 호라 마을의 꼭대기에 자리 잡은, 엘리야의 수도원보다 훨씬 위엄 있는 신학자 성 요한의 수도원 발치에 조그맣게 끼어 있다. 이 호라 마을에서부터 나는 스쿠터를 타고 아래쪽의 스칼라 항구로 내려간다. 나는 이 계절에도 아직 영업하는 두 선술집 중 한 곳에 가서 점심을 먹고, 주방으로 가서 저녁거리를 고른 다음 — 그러면 식당 사람들은 내가 다음 날 도로 가져오는 플라스틱 밀폐 용기에 싸준다 — 다시 스쿠터를 타고 구불구불한 언덕길을 올라가는데, 집까지 가는 길의 중간 정도 되는 곳에 성 요한의 동굴이 있다. 버스 정류장의 이름도 **아포칼립시**이다. 여름철에는 항상 관광버스가 두어 대 서 있으며, 기념품 가게가 하나 있는데 비시즌에도 열지는 않는다. 나는 물론 이 동굴을 방문해 봤다. 동굴은 정교 예배당 하나, 성상(聖像)들로 채워진 벽면 하나, 그리고 양초가 삐죽삐죽 꽂힌 촛대들을 품고 있다. 무엇보다도 사람들은 한 암벽에서 은테가 둘린 움푹 파인 구멍들을 보여 주는데, 성 요한이 그 안에 머리와 두 손을 집어넣고 휴식을 취했단다. 그러니까 내가 이 글을 쓰고 있는 집, 즉 우리 집에서 1킬로미터도 떨어지지 않은 곳에, 우리 집과 같은 언덕에 있는 이 동굴에서, 천둥의 아들이요, 주님의 벗이자 증인이요, 예루살렘의 가난한 이들과 성도들의 공동체의 마지막 산 기둥이요, 소아시아 교회들의 숨어 있는 **이맘**[15]인 신비스러운 요한, 갈릴래아의 요한이 지금으로부터 거의 2천 년 전에, 에페소, 스미르나, 페르가몬, 티아티라, 사르디스, 필라델피아, 라오디케이아에 있는 소아시아의 일곱 교회에 보내는 메시지를 나팔 소리처럼 우렁찬 목소리로 그에게 전하는 누군가의 목소리를 등 뒤에서 들은 것이다.

그는 몸을 돌린다.

그의 앞에는 일곱 개의 황금 촛대에 둘러싸인 사람의 아들이 서 있었다.

21

그는 긴 옷을 입었고, 가슴에는 금띠를 띠고 있었다. 머리털은 흰 양털 같고, 두 눈은 이글거리는 불꽃 같았고, 두 발은 용

15 이슬람 공동체의 지도자.

광로에서 정련된 놋쇠 같았으며, 음성은 바다가 으르렁대는 소리 같았다. 오른손은 일곱 별을 쥐고 있었으며, 입에서 나오는 말들은 날카로운 쌍날칼과도 같았다. 두려움에 사로잡힌 요한은 그의 발 앞에 엎드린다. 사람의 아들은 요한의 어깨에 손을 얹고 말한다. 「두려워하지 말라. 나는 처음과 마지막이고, 죽었었지만 지금은 이렇게 살아 있고 영원무궁토록 살 것이다. 이제 너는 네가 본 것과 지금 일어나고 있는 일들과 앞으로 일어날 일들을 기록하라.」

그다음부터 말하는 이는 더 이상 요한이 아니라, 요한을 통해 말하는 사람의 아들, 그분 자신이다. 이 때문에 이 책의 제목은 예수 그리스도에 대한 계시가 아니라(**아포칼립스**란 〈계시〉란 뜻이다), 예수 그리스도의 계시인 것이다.

이 계시는 소아시아의 교회들 각각을 맡아 돌보는 천사들에게, 다시 말해서 의인화된 대상들에게 보내는 개별적인 메시지들이다.

먼저 사람의 아들은 에페소 교회의 천사를 칭찬하며 이렇게 말한다. 〈너는 사도를 사칭하는 자들을 시험하여 그들이 거짓말쟁이임을 밝혀내었다. 너는 니콜라오스파의 소행을 싫어하는데, 나 역시 그들을 싫어한다.〉이 모든 것들이 좋으나, 〈하지만 너에게 한 가지 나무랄 게 있다. 너는 네가 처음에 지녔던 사랑을 저버렸다. 그 점을 고쳐라, 그렇지 않으면 내가 직접 고쳐줄 것이다.〉

그다음으로는 스미르나 교회의 천사에게 말한다. 그들 역시 〈유대인을 자처하지만, 사실은 사탄의 무리인 자들에게 모욕

559

당하고 있으며〉, 〈이제 악마가 너희를 시험하기 위해 너희 중 몇 사람을 감옥에 가두고 열흘 동안 환난을 받게 할 것임〉이 예고된다.

이번에는 페르가몬 교회의 차례다. 〈내가 너에게 나무랄 것이 있다. 너희 중의 어떤 이들은 니콜라오스파의 가르침을 따르고 있다. 또 발라암의 가르침도 따르는데, 이 발라암은 이스라엘의 자손들로 하여금 우상에게 바쳐진 제물을 먹게 하고, 불륜을 저지르게 하여 멸망의 길로 이끌고 있다.〉

이어 티아티라 교회를 책망하는데, 이들은 〈예언자를 사칭하며 내 종들로 하여금 불륜을 저지르게 하고, 우상에게 바쳐진 제물을 먹게 하고 있는 이제벨이라는 여자를 용인하고 있다. 나는 그 여자에게 회개할 시간을 주었지만, 그 여자는 전혀 회개하려 하지 않으므로, 이제 나는 그 여자를 병상에 던져 버리고 그 여자의 자녀들도 죽음에 몰아넣어, 모든 교회들로 하여금 내가 사람들의 속과 마음을 꿰뚫어 보고 있음을 알게 할 것이다.〉

사르디스 교회의 천사에게도 말한다. 〈나는 네가 한 일을 잘 알고 있다. 넌 살아 있다고 하지만 사실은 죽어 있다. 만일 네가 깨어 있지 않는다면, 나는 도둑처럼 갑자기 너에게 나타날 것이고, 너는 그때가 언제인지 결코 모를 것이다.〉

필라델피아 교회는 비록 힘이 약하지만 주님을 모른다고 부인한 적이 없는 까닭에 〈사탄의 무리에 속하는 자들, 유대인을 자처하지만 사실은 아닌 자들을 네 발 앞에 엎드리게 하겠으며, 그들로 하여금 내가 너를 사랑한다는 것을 알게 하겠다.〉

마지막으로 라오디케이아 교회 차례인데, 그들에게는 2천

년 전부터 과격한 기독교인들이 루카나 나 같은 종류의 인간들에게 퍼부어 온 〈미지근한 자〉라는 무시무시한 질책이 가해진다. 〈나는 네가 어떤 인간인지 잘 알고 있다. 넌 뜨겁지도 않고 차지도 않다. 넌 미지근하기만 하니, 난 널 내 입에서 뱉어 낼 것이다. 난 내가 사랑하는 자일수록 책망도 하고 징계도 준다. 들어라, 내가 문 앞에 서서 문을 두드리고 있다. 누구든지 내 목소리를 듣고 문을 열면 나는 그 집에 들어가 그와 함께 먹고, 그 사람도 나와 함께 먹을 것이다.〉 (이 마지막 구절은 성경의 이 마지막 책에서 내가 진정으로 좋아하는 유일한 구절이다. 하지만 곧바로 어조는 다시 공격적으로 변하면서, 우리가 알고 있는 어떤 사실을 상기시킨다.) 〈승리하는 사람은 내가 승리한 후에 내 아버지의 어좌에 그분과 함께 앉은 것처럼, 내 어좌에 나와 함께 앉게 될 것이다. 귀가 있는 자들은 잘 들을지어다!〉

여기서 한 가지 의문이 떠오른다. 사탄의 무리와 니콜라오스파와 유대인이 아닌 자들과 우상에게 바쳐진 고기를 먹는 자들에 대한 이 섬뜩한 저주들이 실제로 겨냥하는 대상은 과연 누구일까? 『에큐메니칼 번역 성경』은 이것은 〈그리스도를 영접하지 않은 유대인들〉이라고 태연하게 말한다. 만일 당신이 위의 내용들을 조금이라도 주의 깊게 읽어 보았다면, 당신은 내가 그랬듯이 할 말을 잃을 것이다. 지금 『에큐메니칼 번역 성경』은 농담하자는 건가? 1세기의 기독교도들이 유대인들에게 규례를 제대로 지키지 않는다고 비난했다는 얘기를 도대체 어디서 찾아볼 수 있는가? 미안한 말씀이지만, 이것은 도저히 받아들일 수 없는 얘기다. 우상에게 바쳐진 제물을 먹는다고, 혹은 다른 사람들로 하여금 그런 음식을 먹게 한다고, 또 혹은 그 자체로 부정(不淨)한 음식은 아무것도 없기 때문에 그런 음식을 먹는 것은 나쁜 일이 아니며, 우리의 입에서 나오는 말들은 부정할 수 있을지라도 그 안으로 들어가는 음식은 그렇지 않다고 말했다고 비난받은 사람들은 물론 바오로와 그의 제자들이다. 바로 이들이 사탄의 무리요, 니콜라오스파요, 거짓 예언자 이제벨인 것이다. 그리고 이들을 이렇게 극렬하게 욕하는 사람은 예루살렘 교회의 가장 보수적인 소수파 출신인 어떤 유대 기독교도로서, 그에 비하면 주님의 동생인 고(故) 야고보조차 관용과 개방성의 모델로 느껴질 정도인 어떤 인물일 수밖에 없는 것이다.

이 몽타주가 〈사람의 아들〉과 일치하지 않는다고 말한다면 불신자가 되는 걸까? 이것은 그분의 생각이나 말씀과 일치하지 않는다고, 「요한 묵시록」에서 말하고 있는 사람은 천둥의 아들 요한이지, 그의 입을 통해 말하는 주 예수가 아니라고 말한다면? 나는 잘 모르겠다. 한 가지 분명한 것은 일곱 교회에게 말하고 있는 사람은 그들에 대해 잘 알고 있는 사람의 어조로 말하고 있다는 사실이다. 그들 내부의 분쟁에 대한 암시들은 오늘날의 독자들에게는 — 심지어는 오늘날의 성서학자들에게도 — 이해할 수 없는 말들이지만, 당사자인 교회들은 그 뜻을 명확히 이해했을 것이다. 그는 그럴 권리가 있는 교사처럼 신자들에게 상점들과 벌점들을 부여한다. 비록 양자의 스타일이 극단적으로 대조적이긴 하지만 — 바오로는 개를 그냥 개라고 부르는 반면, 요한은 그것이 뿔이 열 개 달리고 머리가 일곱 개 달린 어떤 짐승이라고 한다 — 요한의 성마르고, 시기심 많고, 권위적인 어조는 바오로의 가장 논쟁적인 서신들의 그것을 연상케 한다.

소아시아의 기독교도들에게 있어서 「요한 묵시록」의 저자는 거의 신화적인 인물인 동시에 그들의 지역에 체류한 적도 있는, 비교적 친숙한 사람이었을 것이다. 그는 오늘은 여기, 내일은 저기, 하는 식으로 많이 여행하고 다녔다. 얼마 전부터는 에페소에서 그의 모습을 볼 수 없었다. 그가 어디로 갔는지 알 수 없었다. 또 그가 어디에나 데리고 다니는 주님의 어머니도 어디로 갔는지 알 수 없었다. 그는 마치 오사마 빈라덴처럼 모든 신앙과 모든 꾀를 짜내어 자신의 동족을 짓밟는 제국에 맞서는, 전혀 예상치 못한 곳에서 출현하고, 전 세계 경찰들이 설치한 덫들을 기적적으로 빠져나가곤 하는 신비스럽고도 포착할 수 없는 리더였다. 그로부터 받는 메시지들은 어딘지 알 수 없는 곳에서 날아들었다. 갖가지 소문들이 떠돌았다. 그가 죽었다, 그는 세상의 끝에 가 있다, 인간이 살 수 없는 어떤 야만스러운 섬 — 당시에는 파트모스를 그렇게 여겼으며, 겨울철의 어떤 때에는 그 이유가 이해된다 — 에 가 있다…… 마치 빈라덴의 비디오처럼, 그가 신자들의 공동체에 보낸 어떤 메시지가 나돌 때, 그게 2년 전에 써진 게 아니라고, 혹은 여기서 말하고 있는 이가 분명히 그가 맞는다고 확신할 수 있는 사람은 아무도 없었다.

그리하여 어느 날 에페소 교회에서는 한바탕 소동이 일어난다. 요한에게서 편지 한 통이 날아든 것이다! 그것은 요한의 말뿐 아니라, 주님 자신의 말씀도 적혀 있는 장문의 편지이다! 만일 당시에 루카가 근방에 있었다면, 분명히 그도 현장에 와서 편지가 크게 낭독되는 소리를 들었을 것이다. 내가 상상하기로는, 편지가 낭독되는 중간중간에 사람들은 실신하고, 눈물을 흘리고, 또 무엇보다도 주님께서 입에서 뱉어 내고, 병상에 던지고, 그 자녀들을 죽이겠다고 약속하신 그 협잡꾼들과 니콜라오스파에게 욕설을 퍼부었을 것이다. 또 내가 상상하는 바로는, 루카는 『에큐메니칼 번역 성경』을 참조할 수는 없는 처지였으므로, 사람들의 욕설을 들으면서 이 편지가 직통으로 겨냥하는 것은 바오로의 제자인 자신이며, 만일 누군가가 자신을 알아보게 되면 봉변을 당할지도 모른다고 느꼈을 것이다. 마지막으로 내가 상상하는 것은, 그때 당장은 아니지만 나중에 루카는 요한을 항상 주제넘게 나서다가 주님에게 꾸중을 듣는 얄팍한 청년으로 묘사하며 모종의 쾌감을 맛보았으리라는 것이다. 자기 마음에 들지 않는 사람들 머리 위로 하늘에서 불벼락이 떨어지기를 ── 벌써 그때부터! ── 원하고, 당원증도 없으면서 병을 고치는 자들을 혼쭐내려 하고, 하늘나라에서 보스의 오른쪽에 자기 자리를 확보해 놓으려 하는 건방진 친구로 그리면서 말이다.

교회들에 대한 메시지 다음에는, 일곱 봉인(封印)과 일곱 천사와 일곱 나팔과 말을 탄 네 남자와 땅의 심연에서 올라오는 짐승들의 끝없는 행렬이 이어진다. 이 중에서 세간에 가장 널리 알려졌고, 사람들의 상상력을 가장 많이 자극한 것은 두 개의 뿔이 어린 양처럼 나 있지만 음성은 용과 같고, 그 숫자는

666인 짐승이다. 〈바로 여기에서 지혜가 필요합니다.〉 텍스트는 설명한다. 〈똑똑한 사람은 이 숫자를 풀이해 보십시오. 이 숫자는 어떤 사람의 이름을 표시하는 것입니다.〉 사람들은 기꺼이 계산했고, 그렇게 해서 찾아낸 사람은 바로 네로였다. 그 설명은 이렇다. **네로 카이사르**Nero Caesar의 그리스어 형태를 히브리어 자음들로 바꾸고, 그 자음들의 각각에 해당하는 숫자들을 모두 합하면 666이 나온다는 것이다. 더 이상 명확할 수 없는 설명이지만, 나는 여기에, 필립 K. 딕이 그의 종교적 망상의 시기에 똑같은 숫자들을 만지작거린 끝에 그의 불구대천의 원수, **리처드 밀하우스 닉슨**에 이르렀고, 이 또한 못지않게 명확한 해답이라는 것을 발견했다는 사실을 덧붙이고 싶다.

그다음에는, 이제 빨리빨리 진행하겠는데, 탕녀들의 어미인 대(大)바빌론, 하늘의 잔치, 천년 왕국, 최후의 심판, 새 하늘, 새 땅, 새 예루살렘, 어린양의 신부 등 교회가 「요한 묵시록」을 정전으로 받아들여 놓고서 어떻게 다뤄야 할지 몰라 오랫동안 몹시도 곤혹스러워했던 잡동사니들이 줄줄이 등장한다. 그러다가 12세기의 칼라브리아의 대단한 신학자 조아키노 다 피오레에서부터야 이 난해한 글은 과거와 현재와 미래의 모든 비밀들을 담고 있는 것으로 여겨지기 시작했고, 온갖 종류의 괴상한 비의주의자들이 노스트라다무스의 예언들과 함께 가장 좋아하는 놀이터가 되었으니, 그중에서 필립 K. 딕은 최상의 경우라 할 수 있고, 최악은 댄 브라운일 것이다. 이렇게 말하면서 나는, 많은 사람들이 보기에 내가 신비(神祕)와 시정(詩情)에 대해 꽉 막혀 있는 자신의 한탄스러운 상태를 고백하고 있을 뿐이라는 것을 의식하고 있다. 그래도 할 수 없는 일이다. 그것은 내 취향이 아니며, 루카의 취향은 더욱 아니라고 확신한다. 그로부터 두어 달이 지난 후에, 그에게 에페소의 공기는 1936년의 공개 재판이 진행되고 있을 때, 트로츠키파나 부하린파가 느끼는 모스크바 공기만큼이나 호흡하기 힘든 것으로 느껴졌을 것이다. 나는 그가 어떻게 했는지 알 수 없지만, 내가 만일 그였다면 나는 숨통을 좀 트이려 필리피에 있는 자신의 집으로 돌아왔을 것이다.

22

그와는 닮은 점이 별로 없는 오디세우스처럼, 루카는 긴 여행을 했다. 그것은 바오로와 교회 대표단과 함께 트로아스에서 항해를 시작했을 때 그가 상상했던 것보다 훨씬 긴 여행이었다. 그는 예루살렘과 로마를 여행했다. 그의 스승이 예루살렘과 로마에서 옥에 갇히는 것을 보았다. 유대인들의 분노와 로마인들의 난폭함을 목격했다. 로마가 불타는 것을 보았고, 자신의 동지들이 인간 횃불로 화하는 광경을 보았다. 지중해를 적어도 세 번은 건넜으며, 폭풍우와 난파를 경험했다. 그리고 7년이 지난 지금, 그는 고향에 돌아왔다.

그는 오디세우스 같은 행운아가 아니다. 고향에 왔지만 그를 기다리는 사람은 아무도 없다. 이게 만일 나 혼자서 결정할 수 있는 문제라면, 나는 그에게 아내를 한 명 주리라. 하지만 불행히도 전승에 따르면 그는 바오로처럼 독신자였으며, 심지어 바오로와 마찬가지로 평생을 동정으로 살았다고 한다. 이 얘기 자체는 별로 내 마음에 들지 않지만, 이 점에 대해 전승과 반대되는 말을 한다면 뭔가 속이는 기분이 들 것 같다. 사실 루카에게서는 뭔가 섬세한 느낌, 뭔가 정돈되고도 조금 처량한 느낌, 삶의 사이드라인 밖에 머물러 있는 듯한 느낌이 풍겨 나기 때문에 그가 독신이었다는 가설이 대가족의 그것보다는 훨씬 그럴듯하게 다가온다.

따라서 페넬로페도 없고, 은밀한 신호들도, 올리브나무로 만든 침대도 없지만, 그래도 그에게는 돌아갈 곳이 하나 있으니, 바로 리디아의 집이다. 그 집은 여전히 거기에 있고, 늘 그랬듯이 부지런하고 관대하고, 또 폭군처럼 구는 리디아도 마찬가지다. 그리고 그녀의 집에 모이는 지인들도 예전 그대로이다. 신티케, 에우오디아, 에파프로디토스…… 그들은 조금도 변하지 않았고, 변한 것은 루카이다. 나는 그가 떠나기 전에는 약간 유약해 보이고, 아직 애티가 남아 있는 얼굴이었으리라고 상상한다. 이제 그는 깡마르고, 볕에 그을리고, 보다 굴곡이 뚜렷해진 모습으로 변했다. 어쩌면 그들은 처음에는 그를 못 알아봤을지도 모르고, 어쩌면 하녀가 그를 문 앞에서 기다리라고 했을지도 모른다. 하지만 일단 그를 알아보고 나서는 물론 잔치를 벌였을 것이다. 그들은 그를 위해 살찐 송아지를 잡고, 눈을 반짝이면서 그에게 무수한 질문을 퍼붓는다. 그리고 루카 스스로도 놀라운 일이었지만, 그는 자신이 언젠가 맡게 되리라고 한 번도 상상해 본 적이 없는 배역 속으로 아주 자연스럽게 녹아들어 간다. 선원의 배낭을 어깨에 메고서 아주 먼 곳에서부터 돌아온 모험가, 그리고 드넓은 세상에 대해 여기 모인 사람들의 지식을 모두 합친 것보다도 더 많이 알고 있는 대(大)여행자의 배역 말이다. 어쩌면 그 사람들 가운데 그의 학창 시절 친구 하나가 있었을지도 모른다. 그들이 아이였을 때 그가 우러러봤던 친구, 그가 아주 거친 녀석이라고 생각했던 친구 말이다. 그런데 이 거칠었던 녀석은 가게에 남아서 샌들을 팔고 있는 반면, 항상 책만 들여다보던 그 얌전한 꼬맹이 루카를, 여자애들만 보면 겁에 질리곤 하던 그 우울한 소년 루카를 이제 모두가 영웅으로 여기고, 그가 하는 말들을 음유 시인이 들려주는 이야기처럼 듣고 있는 것이다.

루카에게는 너무도 소란스럽고 격렬했었던 그 세월이 필리피에서는 비교적 평화롭게 흘러갔다. 필리피의 신자들은 박해를 겪지 않았다. 그들에 대해 불평할 거리가 전혀 없는 로마인들도, 워낙에 숫자도 적을 뿐 아니라, 길 건너편의 신흥 종파 사람들을 가끔 소금이 떨어졌을 때 빌리러 갈 수 있는 좋은 이웃으로 보게 된 지역 유대인들도 그들을 건드리지 않았다. 그동안 그들은 새 신자를 많이 얻지 못했다. 루카가 떠났을 때는 약 스무 명 정도였고, 지금은 기껏해야 서른 명 남짓이다. 그들은 예수를 기다리며, 그리고 특히 바오로를 기다리며, 자기네끼리 조심조심 신앙을 지켜온 것이다. 그들은 그의 서신을 읽고 또 읽었다. 나는 필리피 사람들에게 보낸 바오로의 서신이 진짜가 아니라는 주장이 있음을 알고 있지만, 이 작은 교회에게 특별히 보내진 편지를 받았을 때 그들이 얼마나 기뻐했을지를 상상해 볼 때, 그냥 이것이 진짜라고 선언하고 싶다. 이따금 리디아의 발의에 의해 사람들은 바오로에게 보내기 위한 돈을 갹출했고, 루카는 이 후원금은 바오로가 흔쾌히, 그리고 헌금해 준 이들을 축복하면서, 받은 유일한 돈이라는 사실을 기꺼이 인정하곤 했다. 그들은 예루살렘에서 멀리 떨어져 있었다. 야고보의 밀사들 중에서 이 후미진 마케도니아까지 와서 바오로가 협잡 꾼이라고 주장한 사람은 아무도 없었고, 설령 있었다고 해도, 설령 리디아의 집의 문을 두드렸다 해도, 자기가 상대를 잘못 골랐다는 사실을 알게 되었을 것이다. 또 그들은 로마에서도 멀리 떨어져 있었다. 물론 그들은 로마 대화재와 기독교도 박해에 대한 소식을 들었고, 또 몇 달 전에는 한 카이사르가 다른 카이사르를 살해하고 그 자리를 차지한, 피비린내 나는 사건에 대해서도 들었지만, 이 모든 것은 우리가 TV를 통해 보는 재난 이나 전쟁들이나 다름없었다. 그들의 애찬은 마치 페이스트리 경연을 하듯이 맛난 음식들로 가득했다. 그들은 결코 술에 취 하는 법이 없었다. 또 서로를 욕하는 법도 없었다. 그들은 〈주 예수여, 오시옵소서!〉라고 함께 찬송하고는, 잠자리에 들기 위 해 집으로 들어가곤 했다. 서로를 집까지 바래다주었다. 그들 의 음성들이 거리의 조용한 공기 속에서 부드럽게 울리곤 했 다. 그들은 주민들에게 폐를 끼치지 않으려고 조곤조곤 말했 고, 현관문 앞에서는 잘 자라고 작별 인사를 나눴다. 루카는 자 신이 그동안 이런 순박한 분위기를, 이런 히스테릭하지 않은 열정 — 이들을 시뻘건 열정으로 달궈 놓곤 하던 바오로는 더 이상 없었다 — 을 그리워했음을 깨달았을 것이다. 모든 만남 이 위험을 품고 있고, 매 순간이 결정적인 선택을 강요했던 7년 의 세월을 끊임없는 긴장 속에서 살고 난 후에, 이러한 느슨한 삶은 사뭇 달콤하게 느껴졌을 것이다. 마케도니아는 스위스였 고, 르 르브롱이었으며, 그의 〈케렌시아〉였다. 루카는 거기서 쉴 수 있었다.

23

신자들은 저녁마다 모여서 그의 이야기를 들었다. 그들은 둥글게 모여 앉아서는 루카가 그의 방 — 나는 적어도 처음에는 그가 리디아의 집에 머물렀다고 생각한다 — 에서 내려오기만을 기다렸다. 그가 바오로 곁에서 개인적으로 체험한 것들의 이야기는 많은 저녁 시간들을 채웠을 것이고, 만일 침대로 보내지지 않았다면 많은 아이들을 꿈꾸게 했을 것이다. 나는 그들이 침대로 쫓겨나지 않았다고 생각하며, 바다의 폭풍우며 난파의 이야기를 들려주는 루카의 솜씨는 나보다는 훨씬 나았으리라고 생각한다. 또 바로 이때부터 그가 이 모든 이야기들을 글로 쓰기 시작했을 가능성이 충분히 있다고 생각한다. 「사도행전」 중에서 1인칭으로 서술되는 부분들은 이때부터 써졌을 것이다. 그리고 나중에 가서야, 훨씬 나중에 가서야, 그가 어린 교회의 역사에 대해 수집한 정보들을 모두 다루는 보다 큰 이야기에 이것들을 포함시킬 생각을 했을 것이다. 나는 — 왜냐하면 이게 단순하고도 타당한 논리로 느껴지므로 — 「사도행전」의 집필은 이처럼 복음서의 그것보다 훨씬 먼저 시작되었다고 생각하며, 또 — 이는 나만의 개인적인 의견인데 — 루카는 신자들 앞에서 바오로와 베드로와 야고보와 필립보와 예루살렘의 최초의 공동체에 대해서는 끝없이 이야기를 쏟아 냈지만, 예수에 대해서는 언급이 전혀 없었다고, 혹은 거의 없었다고 생각한다.

왜냐하면 청중은 바오로에 더 관심이 많았기 때문이었지만, 단지 이 때문만은 아니었다. 그는 자신이 유대에서 조사한 내용을 바오로에게 말하지 않는 버릇이 들었었는데, 나는 이 버릇이 리디아의 집에서까지 남아 있었다고 생각한다. 그는 이것을 어떻게 얘기해야 할지 알 수 없었을 것이다. 그는 이게 대체 무얼 얘기하고 있는 것인지 알 수 없었다. 그가 다가가 보려고 애쓰는 그 얼굴은 분명하게 보이지가 않았다. 그가 필립보의 두루마리에서 베껴 쓴 말씀들은 그의 소지품 전체가 담긴 궤짝 밑바닥에 넣어 두고는 꺼내 보지 않았다. 그는 그것들을 감히 다른 사람들에게 읽어 주지 못했고, 심지어 혼자서도 읽어 볼 수가 없었으니, 다른 사람들이 이해하지 못할 것 같았고, 또 어쩌면 자기 자신조차 이해하지 못할 것 같았기 때문이었다.

서기 70년에 루카는 몇 살이나 되었을까? 만일 그가 바오로를 스물에서 서른 살 사이에 만났다면, 아마도 마흔에서 쉰 살 사이였을 것이다. 그는 처음에는 동지로 참여했고 나중에는 일종의 퇴역 군인으로 계속 따라가고 있는, 그리고 지금은 그 의미가 흐릿해져 버린 종교 운동 가운데서 생의 절반을 보냈다. 그는 이 운동이 승리였는지, 아니면 패배였는지 더 이상 알 수 없었다. 로마의 대재난, 바오로의 쓰라린 말년과 비극적인 최후, 지금 소아시아의 교회들이 그에 대해 보이는 적대적인 태도, 그리고 이 교회들이 요한의 권위 아래 광신적인 종파로 변했다는 점…… 이 모든 것들은 이것이 실패였다고 말하고 있었다. 하지만 다른 한편으로는 리디아와 필리피의 작은 무리의 변함없는 신앙이 있었다. 그리고 어쨌거나, 이게 보물이 아니라 사실은 가짜 다이아몬드에 불과하다는 사실을 알게 될까 봐, 또 아직은 때가 아니라는 것을 본능적으로 느끼기 때문에,

한 번도 꺼내어 펼쳐 보지는 않지만 궤짝 밑바닥에 보물처럼 간직하고 있는 그 두루마리도 있었다.

루카는 나중에 예수의 어린 시절에 대해 얘기하면서 〈마리아는 이 모든 일들을 가슴에 담아 두었다〉라는 말을 두 번이나 했다. 그 역시 마리아처럼 했을 것이다. 그는 예수와 관련된 〈이 모든 일들〉을 어떻게 생각해야 할지 잘 몰랐다. 어쩌면 그는 이것들을 그렇게 자주 생각하지 않았을지도 모르고, 또 이것들은 그의 머릿속에서 그렇게 많은 자리를 차지하지 않았을지도 모른다. 하지만 그는 이 모든 것들을 가슴에 담아 두었다.

24

나는 그가 필리피에서 1년이나 2년, 혹은 3년을 보냈으리라고 상상한다. 거기서 그는 다시 의사 일을 시작하고, 예전의 습관들을 되찾았으리라. 리디아의 집에서의 애찬, 친구들, 고객들, 등산, 그리고 어쩌면 저녁마다 주막에서 한 잔씩 걸쳤을지도 모른다. 일찍 저녁을 먹고, 일찍 잠자리에 들고, 일찍 일어났을 것이다. 스위스에서의 삶이 그러하다. 세상을 돌아다닌 은퇴자들이 그러하듯이, 아침이면 추억들을 글로 옮기며 몇 시간을 보냈을 것이다. 그의 삶은 죽음이 찾아올 때까지 이런 식으로 평화로이 흘러갔을 것이다.

하지만 그는 유대에서 벌어지는 일들을 평범한 은퇴자들보다는 훨씬 주의 깊게 관찰했을 것이다. 그는 충실한 기독교도이기는 했지만, 분명히 베로이아나 테살로니카의 회당들, 다시 말해서 15년 전에 바오로에게 모욕을 주어 쫓아내다시피 한 회당들을 드나들었을 것이다. 이 유대인들은 이스라엘에서 멀리 떨어져 성장했고, 대다수가 한 번도 거기에 가보지 않은 사람들이긴 했지만, 그들과는 예루살렘과 성전과 아그리파스에 대해 대화를 나눌 수가 있었다. 그는 그들보다 많이 알고 있었고, 심지어는 성전 안마당까지 들어가 본 적이 있는 사람이었다. 하지만 그들은 정기적으로 그쪽에서 소식을 받고 있었고, 그는 위기 상황에 처한 어떤 나라가 화제에 올라 있을 때, 현지에 살았고 그곳 사정을 잘 아는 사람들이 짓는 그런 의미심장한 표정으로 그들의 얘기에 귀를 기울이곤 했다.

그 소식들은 나날이 불안스러워지고 있었다. 루카와 마찬가지로 마케도니아의 유대인들은 로마인들을 존중했다. 그들은 반란 같은 것은 꿈도 꾸지 않았고, 아그리파스가 예고한 위험, 즉 그쪽에서 상황이 악화되면 여기에 있는 자신들까지 고통받게 된다는 점을 분명히 의식하고 있었다. 물론 마케도니아는 조용했고, 작전 지역에서 최대한으로 멀리 떨어져 있었지만, 당국의 칼끝이 유대 땅 바깥에 사는, 그리고 반란과는 아무 관련이 없는 유대인들에게로 돌려지는 일이 벌써부터 벌어지고 있었다. 제국에 대한 이 유대인들의 충성심을 시험해 보기 위해, 안티오키아의 당국은 그들로 하여금 이교의 신들에게 경배하게 하고, 돼지고기를 먹게 하고, 안식일에 일하게 한다는 아이디어를 낸 것이다. 각종 검사가 급증하고, 안식일이라고 일하지 않고, 램프를 켜다가 적발된 이들은 태형에 처해지고, 때로는 사형까지 당했다. 할례를 받았는지 확인하기 위해 노인네들의 바지를 벗기기도 했다. 이런 이유로 에페소의 요한을 둘러싼 몇몇 열성분자들을 제외한, 로마 제국의 유대인들 대부분은 반군이 패배하고 질서가 회복되기를 바랐다. 하지만 그들 중 누구도 70년 여름에 소식이 퍼진 그 너무나도 끔찍한 사건이 일어나기를 바라지 않았고, 또 마지막 순간까지 감히 상상조차 하지 못했다. 예루살렘이 초토화되고, 성전이 파괴된 그 일 말이다.

25

나는 이스라엘이 패배하고, 베스파시아누스가 황제가 되는 환상을 봤다는 요세푸스의 예언이 장군의 호의를 얻기 위해 꾸며낸 허구에 불과하다는 식으로 암시했거니와, 이것은 그에게는 부당한 말일 수도 있다. 어쩌면 그는 파트모스에서의 요한처럼 실제로 어떤 환상을 봤는지도 모른다. 하지만 요한의 환상에 대해서는 사람들이 그것이 어디에 적용되는지 아직도 찾고 있는 반면, 요세푸스의 환상은 두 가지 모두가 거의 곧바로 실현되었다. 그리고 적어도 두 번째 점에 있어서는, 그 자신 엄청나게 놀랐을 것이다. 서기 69년 7월, 세 명의 카이사르가 옥좌에 올랐다가 곧바로 살해당한 혼돈의 1년이 지나고 나서, 시리아와 이집트의 군단들이 베스파시아누스를 황제로 추대한 것이다.

내가 앞에서 말했듯이, 이것은 2년 전에는 거의 가능성이 없는 일이었지만, 그동안 사람들은 군대가 카이사르를 추대하는 것에 익숙해져 있었다. 또 당사자는 요세푸스의 예언을 듣고 황제 역할을 수행할 준비를 이미 해놓은 터였다. 그는 이 자리를, 그것에 특별히 연연하지는 않지만, 꼭 누군가가 맡아야 한다면 자기가 맡겠다는 사람처럼 받아들였다. 그는 예루살렘을 공격하는 데 있어서 서두르지 않았듯이, 로마에 돌아가는 것도 서두르지 않았다. 『전쟁과 평화』에 나오는 쿠투조프 장군처럼, 베스파시아누스는 서두르기보다는 충분히 시간을 갖는 것을 좋아하는 인물이었다. 사람들이 자신에게서 좋아하는 게 바로 이 점이라는 것을 잘 아는 그는 이 점을 최대한으로 살렸다. 사람들은 그가 질서를 회복시키기를 기대하고 있었고, 그는 자신의 리듬에 따라, 꾀바르고도 사람 좋은 노새 장수처럼 그 일을 해 나갈 거였다. 그는 몇 달 동안 뜸을 들였고, 그러고 나서야 예루살렘의 일을 매듭짓는 임무를 아들 티투스에게 맡기고서 마침내 길을 떠났다.

플라비우스 요세푸스로서는 경마에서 돈을 제대로 건 셈이었다. 이 무렵에 요세푸스는 플라비아 가문 출신인 새 카이사르에 경의를 표하는 의미에서 자신의 유대 이름 요셉 벤 마티아스를 우리가 알고 있는 라틴식 이름으로 바꿨고, 또 자신의 전쟁 포로 신분은 이제 동방 대원수가 된 티투스에게 봉사하는 일종의 유대 문제 자문관의 그것으로 바뀌었다. 그리고 티투스의 주변에서 그의 옛 지인 두 사람과 재회하게 되니, 바로 분봉왕 아그리파스와 그의 누이이자 이제는 티투스의 정부가 된 베르니케였다. 우리는 베르니케와 아그리파스가 요세푸스처럼 부역자였다고 말할 수 있겠지만, 그들은 그렇게 파렴치한 인간들은 아니었다. 눈앞에서 벌어지는 일들에 두려움에 사로잡힌 그들은 로마인들에게는 유대인들을 변호하고, 유대인들에게는 로마인들의 입장을 설명하기 위해, 자신들이 할 수 있는 범위에서 최선을 다했다. 하지만 동족을 위한 노력은 여기까지였고, 그들은 항상 궁 안에서, 언제나 권력의 편에 서서 몸 보전을 잘 해나갔다. 이 좋은 가문 출신이며 선의를 지닌 변절자들의 진영에 합류한 요세푸스는, 더구나 포위된 예루살렘 안에 오도 가도 못 하고 있는 여러 명의 친척들 때문에 극도로 불안하기도 했으므로, 혼자만 뒷전에 남아 있으려 하지 않았다. 공격이 있기 전에 항복하면 누구나 살려 주겠다는 약속을 티투스로부터 받아 낸 그는 농성자들에게 마지막 기회가 있음을 알려 주기 위해 로마군 진영을 나왔다. 그는 그의 책에서, 방벽 주위를 빙빙 돌면서 목소리는 미치지만 화살은 미치지 않는 적당한 거리를 찾아내어서는, 반군들에게 유대 민족의 미래와 성전과 그들 자신의 생명을 좀 생각하라고 간절히 호소하고 있는 자신의 모습을 묘사한다. 하지만 그에게는 몇 문장을 말할 시간밖에 없었다. 돌멩이 하나가 날아와 그의 얼굴을 정통으로 때린 것이다. 피투성이가 된 그는 유감스러운 심정으로 후퇴했다.

베르니케에게 푹 빠진 티투스는 포위된 예루살렘 사람들에게 타협적인 모습을 보여 그녀를 기쁘게 해주고도 싶었을 것이다. 하지만 한편으로는 눈앞에 미쳐 날뛰는 폭도들이 있을 때 타협적인 모습을 보이기란 힘든 일이며, 다른 한편으로 그의 부친은 로마로 떠나면서 명확한 로드 맵을 주고 갔으니, 그것은 로마에 함부로 덤비면 안 된다는 것을 보여 주는 위대하고도 의미 깊은 승리로써 새 황제의 치세를 시작해야 한다는 거였다. 상황이 상당히 비슷했던 체첸에서 블라디미르 푸틴이 말했듯이, 테러리스트들은 변소에까지 쫓아가서 제거해 버려야 했다.

그는 정말로 그렇게 했다.

티투스를 찬양하는 글을 쓰면서, 요세푸스는 장군께서는 살육을 적당히 할 것이며, 성전은 파괴하지 말라는 명을 내리셨다고 말한다. 하지만 그는 모든 것을 다 볼 수는 없었던 모양이다. 성전은 화염에 휩싸였고, 그 안에 피신한 여자들과 아이들은 산 채로 불에 타 죽었다. 반군, 주민, 순례자 등을 포함하여 사망자 수가 수십만에 달했고, 비슷한 숫자의 생존자들은 수용소들에 쑤셔 넣어져서는, 각각의 신체적 조건에 따라 이집트의 광산들에 보내지거나 개인들에게 노예로 팔렸고, 가장 아름다운 이들의 경우는 로마에서 준비되고 있는 개선식을 위해 따로 추려졌다.

예루살렘은 터널과 지하 통로의 도시이다. 내 친구 올리비에 루빈스타인은 〈다윗의 도시〉라고 불리는 유적지에서, 가운데가 정확히 반으로 쪼개진 거대한 포석들을 보여 주었다. 그것은 아주 기이한 광경으로, 도대체 무슨 일이 일어났는지, 대체 어떤 천재지변이 이렇게 깊고도 규칙적인 균열을 초래했는지 이해할 수 없었다. 올리비에는 설명해 주었다. 이것은 천재지변이 아니라, 로마 병사들의 작품이라는 것이다. 그들은 쥐떼처럼 지하에 숨어든 마지막 반군들을 색출하기 위해 커다란 망치로 포석들을 하나하나 반으로 쪼갰다. 포위된 도시 안에서 공포 정치를 행했던 반군 리더들 중의 하나인 시몬 벤 지오라는 지하 수로의 출구에서 체포되었는데, 사담 후세인처럼 얼굴이 수염으로 뒤덮이고 반쯤 실성한 상태였다고 한다. 더 이상 죽일 사람이 없게 되자, 상냥한 남자 티투스는 도시 전체를 파괴하고, 성벽을 허물고, 성전을 깨끗이 밀어 버리라는 지시를 내렸다. 토목 공학적 측면에서 볼 때, 이건 결코 쉬운 작업이 아니었다. 허물어뜨린 거대한 돌덩어리들은 어딘가 치워 둘 데가 필요했는데, 당시에 성전과 위쪽 도시를 나누던 협곡이 완전히 채워지고 나자, 나머지는 여기저기에 무더기로 쌓아 놓아야 했다. 로마인, 아랍인, 십자군, 오토만 등, 그 후에 이어진 세기들에 도시를 점령하고 재점령하기를 반복한 다양한 정복자들은 이 돌무더기들을 사용하여 각자의 취향에 따라 도시를 다시 세우고는, 저마다 예루살렘이 자신의 작품이라고 주장했다. 이 엄청난 규모의 레고 게임에서 한 번도 무너지지 않은 벽이 하나 있으니, 그것은 오늘날까지 유대인들이 기도를 올리는 성전의 서쪽 벽이다. 요세푸스는 이 모든 것들로부터 〈반란은 도시를 파괴했고, 로마는 반란을 파괴했다〉라는 결론을 내린다. 무슨 말인가 하면, 시작한 것은 유대인들이고, 로마인들은 평화를 회복하기 위해 다른 선택이 없었다는 얘기다. 혹은 브르타뉴의 족장 갈가쿠스처럼 다른 식으로 표현할 수도 있으리라. 〈로마인들은 모든 것을 파괴하면서, 그것을 평화라고 부른다.〉

26

이스라엘에서 우리가 방문할 수 있는 가장 인상적인 유적지 중의 하나인 마사다는 사치를 좋아하는 헤로데왕이 사해를 굽어보는 한 바위 돌출부에 지어 놓은 성채이다. 프랑스 남부의 카타리파(派) 성들이나 디노 부차티의 소설 『타타르 초원』에 나오는 요새를 연상시키는 이 독수리 둥지는, 열심당의 잔당이 예루살렘이 함락된 후에도 몇 달 동안 버티다가 결국 집단 자살로 생을 마감한 곳이다. 오늘날에는 초등학생들이 1년에 한 번씩 견학을 오고, 병역에 소집된 청년들은 찾아와 충성 서약을 하고 있으며, 정치학자들은 스스로를 필요할 경우 죽을 때까지 방어해야 할 포위된 요새로 여기는 경향이 있는 이스라엘인들의 심리를 묘사하기 위해 〈마사다 콤플렉스〉라는 용어를 사용하기도 한다. 이 마사다의 열심당원들을 젊은 세대들에게 본으로 제시하는 게 과연 옳은 일인가는 역사가들의 참여가 요구되는 논쟁의 주제가 되고 있는 바, 포위된 이들이 자살했느냐 — 이는 율법에 어긋난다 — 아니면 서로의 목을 그어 죽였느냐 — 이는 무방한 행동이다 — 에 따라 그 답이 같지 않기 때문이다. 이 비극 앞에서 자신의 삶의 그 결정적인 에피소드를 떠올렸을 요세푸스는 『유대 전쟁사』에서 이 사건을 특별히 다루고 있다. 이것은 이 책 마지막 장의 주제인데, 여기를 읽고 있노라면 요세푸스가 자신이 묘사하고 있는 것을 『유대 전쟁사』의 마지막 장 훨씬 이상의 것, 즉 유대 민족사 전체의 마지막 장으로 생각하고 있다는 것을 알 수 있다.

늘 그렇듯이 요세푸스는 여기서도 긴 사설을 늘어놓으면서, 이것을 열심당의 리더 엘레아자르의 것으로 돌린다. 그는 자신은 배신자로 살아남았던 곳에서 몇 시간 후 영웅으로 죽게 될 이 인물로 하여금 이렇게 말하게 한다.

〈어쩌면 우리는 진작부터 하느님의 뜻을 알아챘어야 했을지 모릅니다. 다시 말해서, 우리가 우리의 자유를 지킨다고 믿고 있었을 때부터, 하느님께서는 오랫동안 유대 민족을 사랑해 주신 후에 결국에는 내치셨다는 사실을 깨달아야 했을지 모릅니다. 만일 그분께서 여전히 우리에게 호의적이시라면, 아니 우리에게 그렇게 적대적이지 않으시다면, 그분은 이렇게 수많은 사람들이 죽어 가는 것을 용납하지 않으셨을 것이고, 지극히 신성한 자신의 도성이 로마인들의 손에 불태워지고 파괴되도록 내버려두지 않으셨을 것입니다…… 하느님께서는 우리 유대 민족 전체에게, 우리는 우리가 올바르게 사용하지 못한 이 삶을 떠나야 한다는 칙령을 내리셨다는 것, 이게 바로 진실입니다…… 따라서 우리의 죄악에 대한 형벌을 순순히 받아들이되, 이것을 적들의 손이 집행하게 놔두지 말고, 차라리 우리 자신의 손으로 죽는 게 나을 것입니다.〉

이스라엘의 역사 전체는 하느님이 그의 백성에게 내린 경고의 연속이다. 그는 무수히 위협하고, 권고하고, 단죄하지만, 결국에는 사랑하는 아버지답게 다 거둬들인다. 그는 마지막 순간에 아브라함의 칼을 멈추게 하여 이삭을 살린다. 나중에 그는 바빌론 사람들로 하여금 예루살렘을 취하고 성전을 파괴하게 하지만, 결국은 유대인들이 유배지에서 돌아와 두 번째 성전을 짓도록 허락한다. 하지만 이번만은 아니다. 이것은 마지막 단죄이고, 이것은 철회할 수 없는 것이다.

세 번째 성전은 없을 것이다.

로마인들은 원칙적으로 성소들을 파괴하지 않았다. 그들은 그들이 정복한 적들의 신들을 모욕하지 않았다. 이 신들은 **에보 카티오**라는 의식을 통해 판테온에 한자리를 얻을 수 있었다. 하지만 이스라엘의 신에 대해서는 있을 수 없는 일이었고, 이 신의 신전을 다시 세워 주는 것은 더욱 있을 수 없는 일이었다. 세계에 흩어진 유대인들은 그동안 성전의 유지 보수를 위해 매년 2드라크마씩을 기부해 왔는데, 이들이 이 기부를 계속하되, 그 돈은 카피톨[16]의 유지 보수에, 다시 말해서 이교 신들을 섬기는 종교에 쓰일 것이 결정되었다. 〈피스쿠스 주다이쿠스〉라는 이름이 붙여진 이 반가운 수입은 그 건전한 상식과 집안의 가장처럼 관리하는 방식과 재정적 상상력으로 명성이 높은 황제인 베스파시아누스 자신의 아이디어였다. 전설에 따르면 그가 유료 공중변소도 발명했다고 한다. 유료 공중변소는 벌써부터 존재했기 때문에 이는 잘못된 얘기이지만, 그가 오줌에다 세금을 부과한 것은 사실이다. 당시의 모직 제조업자들은 양털의 기름기를 제거하는 데 오줌을 사용했고, 항상 충분한 양의 소변을 확보해 두기 위해 작업장 앞에 항아리를 비치하여 주민들이 요강을 비울 수 있도록 했다. 좋아, 계속해, 하지만 그렇게 오줌을 쓸려면 사용세를 내야 해, 하고 베스파시아누스는 말했단다. 그리고 신하들이 이렇게 받은 돈이 더럽지 않느냐고 한마디 하자, 〈돈에는 냄새가 없다〉라는 격언을 만들어 내기도 했단다.

60년 후, 다른 모든 〈선한〉 황제들과 마찬가지로 반유대주의자이자 반기독교주의자였던 선한 황제 하드리아누스는 예루살렘이 있던 곳에 아일리아 카피톨리나라는 현대식 도시를 세웠고, 성전이 서 있던 곳에는 유피테르 신전을 지었다. 이러한 도발에 아직 그 지역에 살고 있던 유대인들은 마지막으로 봉기를 일으켰지만, 무참히 진압되었다. 할례는 금지되었고, 배교

---

16 카피톨리움은 유피테르 신전이 있는 로마의 한 언덕 이름으로, 이 신전 자체를 지칭하기도 한다.

가 권장되었다. 그 지역은 유대인들의 가장 오래된 적인 블레셋인들 — 가자 지구의 주민들이며, 유대인들이 이미 내쫓기 시작하고 있던 민족 — 에 준하여 〈팔레스타인〉으로 개칭되었다. 파괴되고 능욕된 예루살렘은 애도와 비탄의 동의어가 되었다. 『미슈나』[17]는 이렇게 말한다. 〈집에 다시 칠을 하는 사람은 예루살렘를 기억하기 위해 벽 한쪽 귀퉁이를 칠하지 않은 채로 남겨 두어야 한다. 음식을 준비하는 사람들은 예루살렘을 기억하기 위해 양념 하나를 빠뜨려야 한다. 아름다운 장신구들로 몸을 꾸미는 여인은 예루살렘을 기억하기 위해 장신구 하나를 빼놓아야 한다.〉

그런데…….

27

그런데, 탈무드에 따르면, 예루살렘에 요하난 벤 자카이라고 하는 신앙심 깊은 랍비가 있었다. 위대한 랍비 힐렐의 제자이기도 한 그는 평생 율법을 공부한 바리사이였다. 예루살렘이 포위되었을 때, 그는 평화적인 해결을 외쳤지만 허사였다. 상황이 절망적임을 느낀 그는 썩는 살의 악취로써 바리케이드의 병사들을 속이기 위해 관속의 시체들 틈에 누워 성을 빠져나왔다. 제자들은 곧바로 그를 베스파시아누스의 막사로 데려갔고,

---

17 유대교의 구전 율법을 집대성한 책. 1세기에서 2세기에 이르는 동안 완성되었고, 이 『미슈나』의 내용을 두고 랍비들이 토론한 내용을 편집한 것이 『탈무드』이며, 지금 『미슈나』는 『탈무드』의 제1부를 이루고 있다.

유대 전승에 따르면 요세푸스처럼 랍비 벤 자카이도 장군에게 이스라엘은 패배할 것이며, 베스파시아누스는 황제가 될 것이라고 말했다고 한다. (화자로서 나는 이렇게 같은 이야기가 반복되는 것은 피하고 싶지만, 어쨌든 두 개의 다른 사료가 서로 일치하는 예언들을 증언하고 있다. 이게 정말 사실이었다면, 베스파시아누스는 고민깨나 했을 것이다.) 그리고 나서 랍비는, 곧 유대에 속한 모든 것이 말살될 터인데, 그때 조그만 영지를 하나 남겨 두어 거기서 신앙심 깊은 몇 사람이 평화롭게 유대 경전을 공부할 수 있게 해주겠다는 약속을 미래의 황제로부터 얻어 냈다고 한다.

유대인들의 성전은 더 이상 존재하지 않았다. 유대인들의 도시도 더 이상 존재하지 않았다. 유대인들의 나라도 더 이상 존재하지 않았다. 정상대로라면 유대 민족은, 그들보다 먼저 혹은 나중에 사라졌거나 다른 민족에 흡수된 무수한 민족들처럼, 더 이상 존재하지 않아야 옳았다. 하지만 그런 일은 일어나지 않았다. 인류 역사를 통틀어, 영토와 세속적인 권력을 상실하고 나서 이렇게 오랫동안 하나의 민족으로 존속해 온 민족의 예는 또 없을 것이다. 이 새로운, 이 전례가 없는 존재 방식은 예루살렘이 파괴되고 나서 랍비 벤 자카이의 소원에 따라 바리사이들의 조그만 보호 구역이 마련된, 야파 근처의 야브네에서 시작되었다. 나중에 랍비 유대교로 발전하게 될 것이 은밀하게 움튼 곳이 바로 거기였다. 『미슈나』가 탄생한 곳이 바로 거기였다. 유대인들이 한 나라에서 살기를 멈추고, 율법 안에서 살기 시작한 곳이 바로 거기였다. 이제부터는 더 이상 대사제들은 없고 현자들이 있을 것이었다. 더 이상 영광스러운 성전은 없고 소박한 회당들이 있을 것이었다. 더 이상 희생제들은 없고 기도들이 있을 것이었다. 더 이상 성스러운 장소는 없고 어떤 날이 있을 것이었다. 이제 공간은 잊어버려야 했으므로, 결코 함락되지 않는 견고한 성소, 이웃들에 대한 관심과 배려에, 하느님을 향한 사랑으로 성화(聖化)되는 일상의 행위들에 드려지는 성소를 시간 가운데 펼치는 날, 바로 안식일이 있을 거였다.

『탈무드』에는 폐허로 화한 예루살렘을 제자와 함께 돌아보고 있는 어떤 랍비가 등장한다. 제자는 애통해한다. 아이고, 아이고, 아이고……. 「슬퍼하지 말게.」 랍비가 그에게 말한다. 「우리는 다른 방법으로 하느님께서 기뻐하시는 예배를 드릴 수 있다네.」 「그게 뭐죠?」 「착한 행동들이라네.」

28

그렇다면 〈가난한 이들〉, 〈성도들〉은 어떻게 되었는가? 예수의 가족들은, 그리고 야고보를 따르던 유대 기독교도들은 어떻게 되었는가? 그들 역시, 혹은 적어도 그들 중의 일부는 포위된 예루살렘을 탈출하여, 요단강 저편, 바타나에아의 황야 지대에서 피신처를 찾아냈다고 전해진다.

그들은 예수를 알았던 사람들 중에서 마지막으로 남은 이들이었다. 그들은 예수에 대해, 마치 그가 이스라엘에게 율법을 보다 순수하게 지킬 것을 촉구하러 온 어떤 예언자인 것처럼 얘기하고 있었다. 이스라엘은 화염 속에 무너져 버렸고, 그들은 더 이상 어떻게 생각해야 할지 알 수 없게 되었다. 그리고 이런 일은 이게 처음이 아니었다. 예루살렘이 파괴되기 전에도, 로마인들을 몰아내어야 마땅한 예수가 결국 그들에 의해 십자가에 매달리지 않았던가? 그들은 경악하여 할 말을 잃었고, 더이상 뭐가 뭔지 이해할 수 없었다. 그들은 바오로 같은 해석의 천재들은 아니었던 것이다.

그들은 예수가 했던 말들과, 그에 관련된 일화들을 함께 떠올려 보곤 했다. 누가 와서 요청했다면 그의 얼굴을 묘사해 줄 수도 있었으리라. 또 그들은 그가 분명히 다윗의 후손임을 증명하기 위해 가계도를 그려 보곤 했다(그들에게 이것은 매우 중요한 일로써, 이 가계도의 문제가 그들의 신앙의 핵심이 되어 버렸을 정도이다). 그들은 예수의 동생 야고보가 돌에 맞아 죽는 광경을 보았고, 베드로가 로마에서 죽었으며, 어쩌면 요한도 같은 최후를 맞았을 거라는 얘기도 들었다. 그들은 〈대적자〉가 이들을 고발했다고 생각했다. 〈대적자〉는 그들이 바오로를 부르는 명칭이었다. 그들은 그에 대해 많은 것을 알지 못했지만, 그를 저주할 수 있을 만큼은 알고 있었다. 그들은 그가 흑마술을 부린다는 식의 이야기들을 퍼뜨렸다. 그들은 그가 심지어 유대인도 아니며, 대사제의 딸을 유혹하려 했다고 말하기도 했다(우리는 군데군데 지워지고 흐릿해진 전승들에서 정보들을 주워 모아서는, 이것이 『신약』의 능란한 **스토리텔러들이** 숨겨 놓은 진실이라고 확신하게 된 맥코비 교수 덕분으로 이 모든 것들에 대해 조금 알고 있다). 한편, 같은 시대에 유대교도들은 예수의 어머니에 대해 같은 종류의 험담들을 늘어놓았다. 그녀가 **판테라**라는 이름의 로마 병사와 불장난을 했다, 혹은 아예 표범[18] 한 마리와 그 짓을 했다는 식으로…….

기독교도들 뿐 아니라 유대교도들에게도 배척당한 유대 기독교도들은 그들이 세운 교회 내에서 이단이 되어 버렸다. 그렇게 골치 아픈 이단은 아니었다. 더 이상 아무도 그들에게 관심을 갖지 않았고, 광야의 오지에서 자기네 족보만 끼고 사는 이 사람들의 존재조차 알지 못했으니까. 만일 4백 년 후에, 마호메트가 이 종파들에서 아직 남아 있는 것들을 통해 예수에 대한 나름의 개념을 얻지 않았다면, 이들의 자취는 모래 속에 사라져 버렸다고 말할 수 있으리라.

29

서기 70년까지, 기독교도는 일종의 유대인이었다. 이런 혼동은 기독교도들에게 나쁘지 않은 것이었으니, 제국은 유대인들을 모두 동일시하고, 또 대체로 받아들였기 때문이었다. 그러다 처음으로 구별이 행해졌는데, 이 구별은 기독교도들에게 유리하게 작용하지 않았다. 로마 대화재에 대한 보복으로 불태워 죽인 것은 그들이었지, 유대인들이 아니었던 것이다. 하지만 반란이 진압되고 나서 유대인들이 잠재적 테러리스트로 여겨지고, 그동안 누려 왔던 기분 좋은 특권들을 모두 박탈당한 추방자의 위치로 전락했을 때, 기독교도들로서는 그들과 구분되어야 할 필요가 있었다. 70년까지 그들 교회의 중심인물은 야고보와 베드로와 요한 등, 유대교의 전통에 충실한 유대인들이었다. 바오로는 그가 죽은 후에는 더 이상 아무도 입에 올리

18 라틴어로 표범은 판테르*panther*이다.

지 않는 비주류의 말썽꾼에 불과했다. 그런데 70년부터 모든 게 바뀐다. 야고보의 교회는 광야의 모래 속에 사라져 버렸고, 요한의 교회는 편집광적인 비의주의자들의 종파로 변했다. 바오로와 그의 탈유대적 교회에게 때가 온 것이다. 이제 바오로 자신은 없었지만, 그의 지지자들이 세계 도처에 흩어져 있었다. 루카는 이 바오로의 기독교 내 중진 중의 하나였다. 고향에 돌아온 그는 자신은 완전히 은퇴하는 것이라고 생각했다. 이제 이야기는 끝났고, 게임은 진 거라고 생각하고 있는데, 옛 동지들이 아니야, 모든 게 다시 시작돼, 우리에겐 당신이 필요해, 하고 말하는 것이었다.

나는 이제 루카를 다시 로마로 데려오려 하는바, 이왕 그렇게 하는 김에 예루살렘에서 돌아온 티투스의 개선식을 그도 온 로마 시민들과 함께 구경할 수 있도록 그 시기를 서기 71년 6월로 잡으려 한다. 로마의 개선식은 단순한 군사 행진 이상의 것이었다. 로마인들은 뭔가를 하면 적당히 하는 법이 없었다. 그들이 경기장을 하나 지으면 좌석을 25만 개는 설치했고, 그들의 군사 행진들은 리오의 카니발만큼이나 볼만한 것이었다. 개선장군의 주변 인물 중의 하나로 로마에 돌아온 요세푸스는 동방의 광신에 대한 로마 문명의 승리를 축하하는 이 의식을 귀빈석에 앉아 지켜보았다. 그리고 그는 『살람보』[19]를 연상케 하는 화려한 디테일들을 늘어놓으며, 또 패자가 그 자신의 동포라는 점에서 다소 부적절하게 느껴지는 찬탄을 연발하며 그것

19 프랑스 소설가 귀스타브 플로베르의 역사 소설로, 로마와 카르타고 간의 전쟁을 소재로 다뤘다.

을 묘사했다.

그를 가장 놀라게 한 것은 이동식 구조물들이다. 5층 건물 높이의 그것들은 행렬과 함께 나아가는데, 그 위에는 평민들의 이해를 돕고자 〈난공불락 요새들의 함락〉 장면을 재현할 수 있게끔 배치된 포로들이 가득가득 실려 있다. 요세푸스의 묘사는 이렇게 이어진다. 〈……전체가 도살장이 되어 버린 도시, 목이 잘려 죽기 전에 두 팔을 내밀고 애원하는 패자들, 주민들 위로 무너져 내리는 가옥들, 경작된 밭들 사이가 아니라 사방에서 불길이 치솟는 영토를 가로지르는 강들……. 이 이동식 장식물 각각의 꼭대기에는 정복된 도시의 장수가 생포될 때의 자세 그대로 올려져 있다. 수많은 선박들이 그 뒤를 따른다.〉 솔직히 나는 이 광경이 구체적으로 상상이 되지 않지만, 그게 엄청난 장관이었으리라는 것은 확신할 수 있다.

〈생포되었을 때의 자세 그대로〉 올려져 있는 장수들 중 하나는 시몬 벤 지오라이다. 예루살렘의 폐허 가운데서 마치 사담 후세인처럼 생포된 그는 목에 밧줄이 감긴 채로 병사들의 채찍질을 당하며 이 구조물에 실려 처형장으로 향하고 있다. 만약 편을 바꾸지 않았다면, 자신도 같은 운명이 되었겠다고, 요세푸스는 생각했으리라. 포로들 다음에는 노획물들이 뒤따르는데, 특히 성전에서 탈취된 것들이 눈길을 끈다. 일곱 개의 가지가 달린 촛대들, 페데리코 펠리니의 『로마』에서의 성직자들의 패션쇼에서처럼 미동(美童)들에게 입혀 놓은 전례복들, 지성소에서 뜯어 온 자색 휘장 등이 이어지고, 율법이 기록된 두루마기들이 노획물 행렬의 대미를 장식한다. 다시 그 뒤로는 상아와 황금만으로 만들어진 승리의 여신상들을 받든 사람들이 따르고, 그 뒤로 마침내 전차를 올라탄 베스파시아누스의 모습이 나타난다. 아주 소탈하면서도 호인 같은 풍모의 그의 양옆에는 두 아들, 티투스와 도미티아누스가 옹위하고 있다. 요세푸스에 따르면, 이 도미티아누스는 〈정말이지 한번 볼만한 가치가 있는 말〉을 타고 있었다고 한다.

베스파시아누스는 10년간 제국을 다스릴 것이다. 티투스는 2년, 도미티아누스는 15년이다. 앞의 두 치세는 평화와 번영의 시기로, 티베리우스와 칼리굴라와 클로디우스와 네로의 광기들과는 더 이상 거리가 멀 수 없는 일종의 〈왕정복고〉 시대가 될 것이다. 도미티아누스가 황제가 되고서는 다시 상황이 나빠질 터이지만, 이것은 나중의 일이다. 지금으로선 모두가 숨을 쉴 수 있게 되었다. 로마는 건강을 회복한 것이다. 유대인의 반란을 진압한 일은 좋았던 옛 시절로 돌아온 듯한 느낌을 준다. 이방인들이 그리 많지 않았던 시절, 로마인들이 연회들과 이방의 영향들과 온천에서의 긴 시간들로 유약해진 도회인들이 아니고, 동방의 향수(香水)들이 아닌 시큼한 땀과 사내 냄새가 나는 거친 전사들이었던 시절 말이다. 베스파시아누스는 한 가정의 아버지처럼 제국을 다스린다. 그리고 티투스는 옥좌를 이어받게 될 때까지 아비를 효율적으로 보좌한다.

수에토니우스는 티투스에게 〈인류의 달콤한 연인〉이라는 별명을 붙인 바 있으며, 후세의 평가도 이와 다르지 않다. 르낭은 이런 그의 선함은 자연스러운 게 아니라, 그가 스스로에게 부과한 것이라고 주장한다. 나로서는 르낭의 이런 심리적 통찰은 대체 무엇을 근거로 한 것인지 잘 모르겠지만, 어쨌든 티투스의 이런 점은 나를 감동시키는데, 내게도 선함은 자연스러운 것이 아니기 때문이다. 나 역시 선함보다 가치 있는 것은 아무것도 없음을 알기 때문에 스스로에게 그것을 부과하고 있으며, 그럼으로써 내가 더욱 가치 있는 존재가 된다고 믿고 있다. 티투스에게 결점이 하나 있었다면, 그것은 2년간의 유대 정벌을 끝내고, 로마 궁정에는 전혀 어울리지 않는 한 무리의 유대인들을 끌고 왔다는 사실이다. 바로 그의 절친 아그리파스와 요세푸스, 그리고 특히나 그의 정부 베르니케이다. 그는 어디든 그녀와 함께 다녔으며, 그들이 결혼한다는 소문이 파다했다. 나이 든 로마인들은 이를 별로 좋아하지 않는다. 베스파시아누스는 아들에게 주변을 정리할 것을 당부한다. 티투스는 승복한다. 수에토니우스는 이 상황을 *Titus reginam Berenicem ab Urbe dimisit invitus invitam*이라는 한 문장으로 요약하는데, 평이하게 번역하자면 〈티투스는 베르니케 여왕을 로마에서 멀리 보냈는데, 이는 그와 그녀의 뜻에 반하는 일이었다〉라는 뜻이다. 하지만 *invitus invitam*[20]은 현실을 지나치게 미화한 것이며, 무게 잡기 좋아하는 라틴 문체의 절정이라 할 것이다. 여하튼 이 두 단어에서 장 라신은 고전 비극들 중 가장 아름다운 작품을 길어 낼 것이며,[21] 프랑스가 나치 독일에 점령되어 있을 때 로베르 브라지야크는 늙은 유대인 정부(情婦)를 포기하는 일의 가치에 관한 — 당연한 일이겠지만 — 훨씬 덜 알려진 희곡

---

20 그의 뜻에도 불구하고, 그녀의 뜻에도 불구하고.
21 『베레니스*Bérénice*』(1670). 〈베레니스〉는 베르니케의 프랑스식 이름이다.

을 쓰게 될 것이다.[22] 베르니케는 황량한 동방으로 돌아간다. 그리고 베스파시아누스가 죽고 나서 다시 로마로 돌아와 티투스와 재회하지만, 너무 늦는다. 그는 너무 짧았다고 모두가 애석해하는 치세 후에 어떤 신비스러운 병으로 사망하여, 그의 끔찍한 동생 도미티아누스에 의해 독살된 것인지, 아니면 바빌론의 탈무드가 주장하듯이 이스라엘을 파괴한 것에 대한 벌로써 귀를 통해 들어간 각다귀한테 뇌를 파먹혀 죽은 것인지, 알 수 없게 만든다. 다시 한 번 수에토니우스의 말을 빌자면, 그는 임종의 침상에서 죄도 없이 죽어야 하는 자신의 운명을 한탄하면서, 〈살면서 딱 한 번만 빼놓고는 후회되는 일은 한 적이 없다〉고 말했다는데, 이 〈한 번〉이 무엇을 의미했는지는 아무도 모른다.

30

타키투스와 수에토니우스를 통해서 우리는 1세기 로마의 역사 — 황제들, 원로원, 국경 지방의 전쟁들, 황실의 음모들 — 를 완벽하게 알고 있지만, 유베날리스와 마르티알리스 덕분에 당시의 일상생활에 대해서도 그에 못지않은 정보를 가지고 있다. 내가 앞에서도 말했듯이 필리프 뮈레[23] 류의 매력적인 반동주의자의 체현이라 할 수 있는 유베날리스는 신랄하고도 분노에 찬 풍자시들을, 마르티알리스는 태반은 야하고, 예외 없이 촌철살인적인 짧막한 경구시(警句詩)들을 썼다. 만일 지금 내

---

22 로베르 브라지야크의 『카이사리아의 여왕*La Reine de Césarée*』(1957).

23 Phillippe Muray(1945~2006). 프랑스의 소설가이자 수필가.

가 생각하는 것처럼 루카가 서기 70년대 초에 로마에 돌아갔다고 생각한다면, 그리고 그곳에서의 그의 삶을 상상해 보고 싶다면, 『쿠오 바디스』보다는 마르티알리스의 시들을 읽는 편이 낫다.

물론 마르티알리스와 루카 사이에는 엄청난 차이가 있다. 한 사람은 기독교도이지만, 다른 사람은 아니다. 하지만 두 사람 모두 — 마르티알리스의 경우는 확실하고, 루카의 경우는 단지 내 의견일 뿐이다 — 같은 사회 계층에 속했다. 한 사람은 스페인에서, 또 한 사람은 마케도니아에 왔지만, 둘 다 뿌리를 잃은 도시 거주민, 끼니를 걱정하지 않는다는 점에서는 결코 가난하다고 할 수 없지만, 사금융과 투기에 힘입어 어마어마한 부들이 축적되고 있는 이 도시에서 부자 소리를 듣기에는 턱없이 부족한 소시민 계층이다. 마르티알리스에게 있어서 멋진 점은, 그리고 내가 그를 여기에 불러낸 이유는 그가 고상한 작가들이 경멸하는 사소한 디테일들을 선호하며 모든 것을 얘기하고 있다는 점이다. 마르티알리스는 조르주 페렉이나 소피 칼처럼 자신의 쇼핑 리스트나 주소록을 문학으로 바꿔 놓을 수 있는 작가다. 그는 한 임대 전용 건물의 4층에 있는 방 두 칸짜리 아파트에서 지낸다. 그는 수면을 방해하는 소음에 대해 끊임없이 불평하는데, 당시에는 상품을 운송하는 수레들이 밤중에만 도시에 들어올 수 있었기 때문에, 나아가는 수레들과 서로 욕설을 퍼붓는 마부들의 합창이 겨우 잦아들면, 고래고래 소리치며 꼭두새벽부터 상점을 여는 상인들의 그것이 이어진다는 것이다. 마르티알리스는 독신이었고, 식솔은 두어 명의 노예가 다였다. 이 노예 두엇은 최소한의 수로써, 그 정도도 가지지 못한다면 그 자신이 노예가 되는 사회이다. 그는 침대에서 자고, 그의 노예들은 옆방에 돗자리를 깔고 잔다. 그들은 그렇게 급이 높은, 값비싼 노예들은 아니지만, 그는 그들을 무척 좋아하고, 부드럽게 다루며, 동침할 때도 상냥하게 대한다. 그의 진짜 사치는 옛날식 파피루스 두루마리들뿐 아니라 **코덱스**들도 있는 서고이다. 코덱스란 양면에 글이 있는 종이들을 한데 묶어 놓은 것인데, 글이 인쇄되지 않고 손으로 써졌다는 점을 제외하면 현대적 의미에서의 책이라 할 수 있다. 이 새로운 매체는 오늘날의 전자책처럼 이전의 것을 대체하기 시작하고 있었다. 다시 말해서 이 변화는 완전히 끝난 게 아니라 아직 진행 중이었다. 호메로스, 베르길리우스 같은 위대한 고전들뿐 아니라,『루킬리우스에게 보낸 편지』 같은 당대의 베스트셀러들도 이 포맷으로 출간된 터라, 마르티알리스는 자신의 경구시 모음들이 같은 식으로 출간되는 영예를 얻게 되었을 때, 마치 자기 작품이 생전에 〈플레이아드 총서〉로 출간되었을 때 느낄 법한 자부심을 느꼈을 것이다. 마르티알리스는 문인이었고, 모든 문인들과 마찬가지로 허영심이 있었으나, 전체적으로 볼 때 커리어보다는 쾌락에 더 관심이 많았던 호감이 가는 한량, 로마 판 라모의 조카[24] 라고 할 수 있다. 그의 이상적인 하루는 오전에는 시내를 어슬렁거리거나 서점에서 빈둥거리다가, 시장에 가서 저녁거리 — 아스파라거스, 메추리알, 아루굴라,[25] 암퇘지 젖퉁이 등 — 를 장만하여서는, 저녁 식사 때 두어 명의 친구와 함께

---

24 프랑스의 18세기 계몽 철학자 드니 디드로의 소설『라모의 조카 *Le Neveu de Rameau*』의 주인공.

25 지중해 일년초의 하나로, 샐러드로 많이 쓰인다.

수다를 떨며 팔레르노산(産) 포도주 한 단지 — 가급적 늦게 수확한 포도로 빚은 걸로 — 를 비우는 것이었다. 오후에는 주로 공중목욕탕에서 시간을 보낸다. 그에게는 세상에 공중목욕탕처럼 좋은 곳이 없다. 거기서 몸을 닦고, 땀을 흘리고, 잡담을 나누고, 도박을 하고, 낮잠을 자고, 책을 읽고, 몽상에 잠긴다. 극장이나 경기장을 더 좋아하는 사람들도 있지만, 마르티알리스는 아니다. 공중목욕탕에서 평생을 보낼 수도 있는 사람이다. 또 어느 정도는 실제로 그렇게 했다고 말할 수 있다. 하지만 이 쾌락은 대부분의 로마 시민들의 운명이자 악몽이었던 어떤 고역의 대가로서 얻어지는 것이었으니, 그것은 아침마다 〈파트로누스〉를 찾아가는 일이었다.

여기서 우리가 알아야 할 사실이 있다. 산업 사회 이전의 모든 사회들에서와 마찬가지로 로마 제국에서도 생산적인 일은 농업이었고, 농업은 우리가 알다시피 시골에서 행해진다. 그렇다면 도시에 사는 사람들은 무슨 일을 했는가? 이게 바로 요점인데, 그들은 별로 하는 일이 없었다. 그들은 후원을 받았다. 토지를 소유하고 거기서 엄청난 수입을 얻는 부자들은 가난한 이들에게 빵과 오락거리 — 유베날리스의 표현을 빌자면 **파넴 에트 키르켄세스**(빵과 서커스) — 를 제공했는데, 이는 그들이 배고파서, 혹은 할 일이 없어서 반란을 일으킬 생각을 품는 것을 막기 위해서였다. 사흘 중 이틀은 축제일이었다. 공중목욕탕은 무료였다. 아무리 그래도 생활하기 위해서는 약간의 돈이 필요했으므로 도시 사회는 봉급자와 고용자, 즉 일하는 사람들과 그 일의 보수를 지불하는 사람들이 아닌, **파트로누스**와 **클리엔스**,

즉 후원해 주는 사람들과 이에 대해 고마움을 표시하는 것 외에는 아무 일도 하지 않는 사람들로 나뉘었다. 다시 말해서 부자는 토지와 노예 외에도, 아침마다 **스포르툴라**라고 불리는 약간의 돈을 받기 위해 그의 집에 출석하는 덜 부유한 클리엔스들을 몇 명씩 거느리고 있었다. 그들이 주는 돈은 최하 6세스테르티우스로, 오늘날의 법정 최저 임금에 해당하는 액수였다. 가난한 로마 시민들은 이렇게 살았다. 그리고 덜 가난한 사람들은 좀 더 높은 단계에서 같은 방식으로 살았다. 다시 말해서 그들에게는 그들보다는 부자이지만, 역시 더 부자인 다른 후견인들에게 의지하는 파트로누스들이 있었던 것이다. 마르티알리스는 유명한 시인이고, 자신의 삶에 어느 정도 만족하고 있었지만, 그래도 로마에서 지낸 40년 동안 매일 아침 몸을 낮추고 이 의식을 치러야만 했고, 아마도 불평깨나 늘어놓았을 것이다. 그는 아침 일찍 일어나는 것을 끔찍이 싫어했다. 또 토가를 걸치는 것도 끔찍하게 여겼다. 그것은 뻣뻣하고, 무겁고, 불편한 데다가, 세탁비가 엄청나게 들었다. 하지만 파트로누스에게 문안드리러 갈 때는, 사무실에 갈 때 넥타이를 매듯이, 반드시 토가를 걸쳐야 했다. 그러고는 좁고 제대로 포장도 되지 않은, 토가를 더럽히는 것은 기본이고 언제고 재수 없는 일을 당할 수 있는 진흙투성이 길을, 가마를 탈 형편이 안 되기 때문에 두 발로 서둘러 걷는다. 그렇게 파트로누스의 집에 도착하면, 그가 경멸과 경계의 눈으로 바라보는 한 무리의 다른 기생충들과 함께 옆방에서 대기해야 한다. 마침내 파트로누스가 클리엔스들만큼이나 귀찮은 표정을 하고서 나타나면, 자기 차례를 기다리고 있다가 적절한 어조 — 이 어조를 **옵세퀴움**이라고 했는데, 자세한 설명은 필요 없을 듯하다[26] — 로 그에게 아부하는 말 몇 마디를 속삭인다. 이게 끝나면, 일종의 집사가 지키고 있는 창구로 가고, 그러고 나서야 다소 게으른 하루를 시작할 수 있다. 이 의식이 게으름의 권리를 얻기 위한 대가로 그렇게 비싼 것은 아니라고 말할 수 있을지 모르지만, 대부분의 수혜자들이 우울한 기분으로 타 가는 요즘의 실업 수당에 대해서도 마찬가지의 말을 할 수 있을 것이다. 이 아침의 의식은 굴종이요 모욕이었고, 이 때문에 예순 살에 가까워진 마르티알리스는 자기 고향 스페인에 돌아가는 편을 택했고, 거기서 권태에 사로잡혀 죽는다. 그는 로마를 사랑했으나, **스포르툴라**와 인파로 막히는 거리들과 허망한 객설들을 더 이상 견딜 수 없었다. 그러기에는 자신이 너무 늙었다고 느꼈던 것이다.

31

루카는 마르티알리스 같은 쾌락주의자와는 정반대의 인물이었다. 그가 공중목욕탕에 가는 것은 다만 몸을 씻기 위해서였다. 노예가 있었어도, 그들과 동침하지는 않았다. 그에게 식사는 감사 기도를 드리기 위한 기회이지, 험담을 늘어놓는 기회가 아니었다. 하지만 겉으로 볼 때, 교양 있는 노총각으로서의 그의 삶은 마르티알리스의 그것과 상당히 흡사해 보였을 것이다. 그것은 평범한 로마인의 삶이었다. 이 무렵 로마의 기독교도들은 바오로의 가르침을 잘 이해하고 있었으니, 그들은 평

26 프랑스어에는 이 옵세퀴움 *obsequium*에서 나온 *obséquieux*이라는 형용사가 있는데, 이 단어에는 〈아첨하는, 지나치게 공손한, 비굴한〉 등의 뜻이 있다.

범한 로마인들처럼 행동했던 것이다. 잡음을 일으키지도 않았고, 튀는 행동을 하지도 않았고, 예언자처럼 긴 수염을 기르지도 않았으며, 아직은 도시의 지하 묘지에서 비밀 집회를 열지도 않았다. 대신 존경할 만한 가족의 집에 모여 애찬을 나누곤 했는데, 그 집은 은밀히 개종했거나, 아직 개종 중에 있는 이교도 가정인 경우가 갈수록 많아지고 있었다. 루카는 비록 의사로 밥벌이를 하긴 했지만, 당시의 모든 사람들과 마찬가지로 파트로누스를 모시고 있었다. 그의 복음서와 「사도행전」은 테오필로스라는 인물에게 헌정되었다. 우리는 이 인물이 어떤 상징적인 존재인지 — 그의 이름은 〈신의 친구〉라는 뜻이다 — 아니면 실제로 존재한 사람인지 알 수 없다. 어쨌든 이 두 책의 서두에서 루카가 그에게 말하는 방식을 미루어 볼 때, 그는 기독교에 호기심을 느끼는 이교도였으며, 루카의 목적은 자신이 동원할 수 있는 논리들을 가지고 그를 설득하는 것이었다는 사실만큼은 분명하다. 그리고 나는, 이 테오필로스가 루카의 파트로누스였고, 루카는 점차로 아침의 기생충에서부터 발전하여 집안과 친한 손님을 거쳐 결국에는 주치의가 되었으며, 이 테오필로스에 맞춰 그의 복음서의 언어를 조정했을 개연성이 충분히 있다고 생각한다.

우선 테오필로스가, 그리고 로마인들 일반이 유대인들을 극도로 불신하고 있다는 사실을 고려해야 했다. 전에 유대인들의 종교적 열정에 이끌린 적이 있었던 사람들조차 마음이 돌아섰고, 그들을 위험한 테러리스트로 간주하고 있었다. 바로 이런 점에서 루카의 진가가 드러났으니, 그는 기독교도들은 유대인들이 아니며, 사실 그들은 유대인들과 아무런 관계가 없다는 것을 자신의 예를 통해 증명해 보였던 것이다. 그들 중에는 유대인으로 태어난 사람들도 있다는 것은 부인할 수 없지만, 이런 사람들의 수는 극히 적을 뿐 아니라 점점 줄어드는 추세이며, 또 유대교 율법을 공식적으로 부인하기까지 한 터였다. 기독교도들은 사람들이 오랫동안 이채롭게 여겨 오다가 지금은 위협으로 간주하고 있는 유대교 의식들을 하나도 지키지 않았다. 또 그들은 그 어떤 외국의 정치적 세력과도 연결되어 있지 않았다. 그들은 로마와 그 관리들과 제도들과 황제를 존중했다. 그들은 세금을 충실히 납부했으며, 그 어떤 면제도 요구하지 않았다.

뭐, 그렇긴 하지만…… 다른 이들보다 많이 알고 있는 이들이 이따금 루카에게 질문하는 때가 있었다. 그렇긴 하지만…… 당신이 들먹이는 그 스승이라는 사람, 죽은 자들 가운데서 부활했다고 하는 그 사람은 유대인이죠, 맞죠? 그는 황제에게 반역한 죄로 로마 총독의 명으로 십자가형에 처해졌죠, 맞죠? 루카는 이렇게 대답했다. 그것은 말씀하신 것보다 사정이 훨씬 복잡합니다. 맞습니다. 그분은 유대인이셨습니다. 하지만 그분은 제국에 대해 충성심이 있으셨고, 유대인들은 이 점을 참지 못했습니다. 사실 그들이 그분을 죽인 것도 이 때문이라고 할 수 있지요. 로마 총독은 유대인들이 내린 판결을 단순히 집행한 것에 불과합니다. 그 총독은 좋은 분이셨지만, 어쩔 수 없는 상황에서 마지못해 그런 것이지요. 정말입니다.

이런 식의 정치적 논리는 결실을 맺었다. 일단 유대교와 결부된 문제가 해결되자, 루카가 얘기하는 것들은 테오필로스와 그의 가족의 마음에 들었다. 그들은 그렇게나 수준이 높으면서도, 동시에 그들 자신의 사회적 지위를 존중해 주는 교리를 지지하는 것에 자부심을 느꼈다. 그들은 가난한 사람들에게 기부하기 시작했는데, 당시의 로마에서는 없었던 일이었다. 자기 클리엔스들에게는 돈을 주어도, 파트로누스를 가질 수조차 없는 하층민들에게는 주지 않았던 것이다. 그들은 세례받을 것을 고려했다. 한편 루카는 자신이 테오필로스에게 얘기하는 내용들을 글로 쓰고 싶은 생각이 점차로 강해졌다. 바로 이 무렵에, 베드로의 전(前) 비서 마르코가 썼다는 예수에 대한 짤막한 이야기가 로마 기독교도들 사이에서 돌기 시작했다.

32

프레데리크 부아예는 내 또래의 작가로서, 1995년에 가톨릭 계통 출판사 바야르를 설득하여 엄청난 프로젝트에 뛰어들게 했으니, 바로 성경을 다시 번역하는 일이었다. 성경의 각 책은 긴밀히 협력하는 작가 한 사람과 성서학자 한 사람에게 맡겨질 것이었다. 성서학자들 대부분은 교회 쪽 사람들이고, 작가들 대부분은 무신론자들이었다 — 내가 알기로, 예외는 플로랑스 들레와 프레데리크 자신이었다. 프레데리크가 날 접촉해 왔을 때, 바야르 경영진은 아직 청신호를 주지 않았고, 작업이 아직은 시험 단계에 있었다. 프레데리크가 내게 물었다. 「성서학자 한 사람이 〈마르코 복음서〉에 대해 벌써 작업을 시작했어. 그 사람하고 한번 팀을 이뤄 볼 테야?」

599

물론 나는 승낙했다. 살면서 우리가 성경 번역 작업에 참여할 것을 제의받는 기회가 몇 번이나 있을까? 많아야 한 번 아니겠는가? 게다가 나는 골치 아프게 선택해야 할 필요가 없다는 점이 좋았다. 몇 해 전, 나는 혼자서 「요한 복음서」를 공부해 나갔고, 그리스도의 부활을 믿었다 — 혹은 믿기를 원했다. 하지만 나는 이에 대해 프레데리크에게도, 점차로 구성되어 가고 있던 팀의 그 누구에게도 말하지 않았다. 어떤 사람들은 포르노그래피를 거북해하는데, 나는 아니다. 나를 거북하게 하는 것, 내게 있어서 성적인 고백들보다 훨씬 더 내놓기가 힘들고, 훨씬 더 주책같이 느껴지는 것은 〈그쪽의 일들〉, 즉 영혼의 일들, 신과 관계된 일들이다. 내 깊은 속은, 이런 것들을 명상하고 또 마음에 간직하고 있는 내가 문학계라는 이 조그만 세계에 속한 동료들보다 이런 것들에 훨씬 친숙하다고 생각하면서 좋아하곤 했다. 이것은 내 비밀이었고, 지금 여기서 처음 밝히는 사실이다.

「마르코 복음서」에 대해 이미 작업을 시작했다는 성서학자 위그 쿠쟁은 온화한 미소를 달고 다니는 작달막한 사내로, 마르지 않는 지식과 겸손의 샘이라 할 수 있었다. 그는 한때 사제였지만, 독신으로 사는 삶은 그에게 맞지 않았다. 그는 아내와 아이들과 가정을 갖기를 원했다. 만일 교회가 허락했더라면 결혼하고 사제로 남았을 것이다. 그는 그렇게 하고 싶었으니, 성직과 결혼 생활은 완전히 양립 가능하다고 믿었기 때문이다. 하지만 교회가 허락해 주지 않았으므로 그는 선택을 했다. 항의도 하지 않고서, 또 수많은 사제들이 내적인 고통과 다른 끔찍한 부수적 피해들이라는 대가를 치르고 빠져드는 거짓을 일순간도 고려해 보지 않고서, 성직을 떠나 결혼했고 세 자녀를 키웠다. 하지만 그는 교회와 절연하지 않았고, 심지어 교회에서 멀어지지도 않았다. 우리가 처음 만났을 때, 그는 자신의 연구와 출판 활동을 하는 것 외에도, 오세르 주교의 주요 협력자로 일했으며, 주교관에서 엎어지면 코 닿을 데에 살고 있었다. 나는 작업 미팅을 위해 거기로 그를 찾아가곤 했다. 때로는 그가 파리의 탕플가에 있는 내 작업실에 찾아오기도 했다. 그는 내가 각각의 그리스어 단어를 둘러싼 무수한 의미들을 느낄 수 있게끔 각 절마다 한 단어 한 단어 충분하게 설명해 주었다. 내가 번역을 한 번 시도해 보면, 그는 비판해 주고, 뉘앙스를 가해 주고, 풍부하게 해주었다. 우리는 열두 번 정도 만났고, 그렇게 거의 1년이 걸려서야 30여 쪽 남짓한 이 텍스트의 첫 번째 역본에 겨우 이를 수 있었다.

위그는 우리의 기도(企圖)에서 느껴지는 혁명적인 측면에 몹시 흥분했고, 내가 항상 더 대담하게 나아가도록 격려했다. 한번은 내가 시도한 번역이 너무 소심한 데에 그가 실망한 기색을 보였던 게 생각난다. 「이것은 마치 『예루살렘 성경』 같아. 이게 〈루카 복음서〉라면 상관없겠지만, 〈마르코 복음서〉는…….」 그는 마르코의 그리스어가 형편없었다는 점을 많이 강조했다. 그것은 싱가포르의 어떤 택시 운전사의 영어와 비교할 만한 것이야, 하고 말하곤 했다. 그는 내가 마르코의 이런 면에 충실하기를 원했다. 다시 말해서 내가 일부러 부정확한 프랑스어로 번역하기를 원했다. 우리는 이 점에 대해 많은 대화를 나눴다. 나는 어법상의 오류들이 저자가 의도한 바의 일부가 아니라는 점을 지적했다. 그럴 수도 있겠지, 하지만 이 오류들은 결과의 일부를 이루고 있어, 하고 위그는 대답했다. 두 관점 모두 일리가 있었고, 우리 둘 다 이 점에 동의했으며, 결국 나는 어법에는 맞지만, 뭔가 어색하고도 삐걱거리는 느낌을 주는 프랑스어를 택했다. 한 문장 뒤에 논리적 연결 고리 없이 다른 문장을 갖다 놓는 식으로 말이다. 〈부르주아들이 좋아하는 유려한 문체〉라고 보들레르가 혐오해 마지않았던 것 — 내게도 이런 성향이 있는 바, 언제나 연결하고, 언제나 문장들이 잘 이어지게끔, 서로 충돌하지 않고 매끄럽게 넘어가게끔 노심초사한다 — 과 정반대의 문체였다. 이런 식의 번역은 내가 『적』의 어조를 찾는 데 있어서 도움을 주었다. 나는 장클로드 로망에게 이 일에 대해 말해 주기도 했는데, 그는 자기도 아주 관심이 많다고 말했고, 우리의 작업을 보다 잘 이해하기 위해 교도소 도서관에 있는 성경 역본들을 비교해 보기도 했다.

프레데리크의 프로젝트에 참여한 작가들과 학자들 가운데는 두 개의 지배적인 생각이 있었다. 첫 번째는 성경의 책들이 천 년에 걸쳐 수백 명의 작가에 의해 써졌으며, 예언서, 역사적 연대기, 시, 법률서, 철학적 아포리즘 같은 다양한 문학 장르들을 포함하는 잡다한 전체를 이룬다는 것이다. 역대의 주요 번역본들은, 그것이 마르틴 루터나 르메트르 드 사시 같은 한 개인의 작품이든, 아니면 『에큐메니칼 번역 성경』이나 『예루살렘 성경』처럼 학자들이 공동으로 작업한 결과이든 간에, 이러한 삐걱대는 목소리들의 콘서트에 어떤 인위적인 조화를 부과하려는 경향이 있다. 그 결과 모든 게 비슷비슷하게 느껴진다.

「시편」은 「역대기」 같고, 「역대기」는 「잠언」 같으며, 「잠언」은 「레위기」 같다. 각각의 책의 번역을 저마다 나름의 문체를 가지고 있거나, 그렇다고 주장하는 다양한 작가들에게 맡기는 것의 장점은 그렇게 번역된 책들이 똑같지 않을 것이라는 데 있다. 실제로 올리비에 카디오가 번역한 「시편」에서 자크 루보의 「코헬렛」[27]으로 넘어가면, 같은 책을 읽는다는 느낌이 안 들면서, 신선하게 느껴진다. 단점은 두 가지인데, 우선, 동일한 그리스어, 혹은 히브리어 단어가 책마다 같은 말로 번역되지 않아서 약간 제멋대로인 느낌, 개인적인 변덕이 지배한다는 느낌이 든다는 점이다. 그리고 두 번째로는 사실은 작가들이 그렇게 많이 다르지 않다는 점이다. 그들 모두는 동일한 시대, 동일한 나라에 속했을 뿐 아니라, 같은 문학적 동아리, 즉 P.O.L 출판사나 미뉘 출판사라는 아주 작은 세계에 속한 사람들이다. 나 개인적으로는 그들이 이를테면 미셸 우엘베크나 아멜리 노통브 같은 이들에게 제의했다면 더 좋았을 것 같지만, 뭐, 이 세상에 완벽한 것은 없는 법, 이 작업은 한번 시도해 볼 만한 가치는 있었고, 몇 년 동안 우리의 삶을 풍요롭게 해주었다.

두 번째의 지배적인 생각 뒤에는, 근원으로, 다시 말해서 단어들이 2천년 동안의 경건한 사용으로 닳아 버리지 않은 시대로 돌아가겠다는 꿈이 숨어 있다. 〈복음〉, 〈사도〉, 〈세례〉, 〈개종〉, 〈영성체〉 같은 눈부신 광휘에 싸여 있던 단어들은 그 무거운 의미들이 비워지거나, 보다 일상적이고도 가벼운 다른 의미들로 채워졌다. 예수도 이렇게 말하지 않았던가? 〈소금은 좋은 것이다. 하지만 그 맛을 잃으면, 무엇으로 짜게 하겠는가?〉 우

27 『구약』의 시서와 지혜서 중 한 권.

리는 어떻게 하면 〈복음〉을 오늘날에 맞게 표현할 수 있을지를 의논하기 위해서 함께 모여 열 시간 이상을 보냈다. 이 〈복음*évangile*〉이라는 프랑스어 단어 자체가 제대로 된 역어가 아니다. 이것은 코이네 그리스어 **에우앙겔리온**을 그대로 옮겨 쓴 것일 뿐이다. 마찬가지로 〈사도*apôtre*〉는 〈특사〉라는 뜻인 그리스어 **아포스톨로스**의 안이하고도 현학적인 전사(轉寫)에 불과하다. 또 〈교회*église*〉는 〈모인 무리〉라는 뜻의 그리스어 **에클레시아**를, 〈제자*disciple*〉는 〈문하생〉이라는 뜻의 라틴어 **디스키풀루스**를, 그리고 〈메시아*messie*〉는 〈기름을 바른〉이라는 뜻의 히브리어 **마쉬아**를 옮겨 쓴 것이다. 그렇다, 몸에 기름을 문질렀다는 뜻이다. 말 자체도, 그리고 사실 자체도 썩 매력적이라고는 할 수 없지만, 우리 중에 한 농담 잘하는 이가 메시아를 〈포마드 바른 자〉로 옮기자고 제안했던 게 생각난다.

오늘날 대부분의 사람은 〈복음〉이 예수의 삶 이야기라는, 당시에 존재했던 하나의 문학 장르를 지칭하며, 마태오와 마르코와 루카와 요한은 라신이 비극 작품들을 썼거나 롱사르가 소네트들을 썼던 것처럼 복음을 썼다고 생각한다. 하지만 이런 의미는 2세기 중반에야 확립되었다. 마르코가 그의 글 서두에 놓은 단어는 〈좋은 소식〉이라는 의미의 보통 명사였다. 또 그보다 30년 전에 바오로가 갈라티아 사람들과 코린토 사람들에게 〈나의 복음〉이라는 말을 했을 때, 이것은 〈내가 여러분에게 전한 것, 이 좋은 소식의 내 개인적인 버전〉이라는 뜻이었다. 문제는 〈복음〉이 이 말의 원래 의미를 상실했고, 사실 이제 더 이상 아무런 의미도 없다는 게 맞지만, 그렇다고 해서 〈복음〉 대신 〈좋은 소식〉이라고 쓰는 것은 병보다도 더 나쁜 치료라는 점이다. 이 표현은 〈호감 가는 가톨릭〉의 뉘앙스를 풍기며, 이 말을 듣는 순간 어느 신부의 느끼한 미소와 음성을 상상하게 된다. 내 경우는 어땠냐면, 나는 〈행복한 메시지〉 혹은 〈기쁜 공고〉 같은 한심한 표현들을 수없이 시도해 보다가, 결국 후퇴하여 그냥 〈복음〉을 그대로 유지하게 되었다.

이 〈복음〉은 마르코가 첫 문장부터 쓰고 있는 말인데, 이 골치 아픈 단어의 충격에서 회복할 틈도 없이, 몇 줄 뒤에는 그야말로 지뢰밭이 기다리고 있다. 〈요한이 광야에 나타나 선포하였다……〉 무엇을 선포했는가? 『에큐메니칼 번역 성경』에서는 〈죄의 용서를 위한 개종의 세례〉이고, 『예루살렘 성경』에서는 〈죄의 사면을 위한 회개의 세례〉이며, 그리고 르메트르 드 사시에 따르면 〈죄의 사면을 위한 고해의 세례〉이다. 〈세례〉, 〈개종〉, 〈회개〉, 〈고해〉, 〈사면〉, 그리고 제일 고약한 말, 〈죄〉……. 한 특정 집단에 속한 이 단어들에 보다 순수한 의미를 부여하겠다고 나선 우리에게, 성직자적 경건함과 죄의식을 강요하는 위압적 느낌으로 가득한 이 어휘들 각각은 어떤 신성한 것 앞에서 느끼는 두려움을 불러일으켰다. 우리는 이 예배당에서 빠져나와 다른 것을 찾아야 했는데, 그게 대체 뭐란 말인가? 결국 나는 이렇게 쓰게 되었다. 〈요한은 광야에 나타나 세례를 주었다. 그는 우리가 물에 들어감으로 자신의 잘못들에서 해방되어, 다시 근원으로 돌아오게 된다고 선언했다.〉 여기서 내 변호를 해보자면, 나는 이 정도 결과라도 얻기 위해 나름대로 엄청나게 애썼다는 얘기를 하고 싶다. 하지만 이게 썩 좋지만은 않다는 것을 나도 잘 안다. 이 모더니즘이 15년 후에는 벌써 구닥

다리가 되어 있을 거라는 것도 안다. 두려운 일이지만, 〈죄〉와 〈회개〉가 우리 모두를 땅속에 묻어 버릴지도 모른다.[28]

33

우리가 공동 작업을 시작했을 무렵의 어느 날, 위그가 내게 물었다. 「그런데 자네는 〈마르코 복음서〉가 어떻게 끝나는지 알고 있어?」 나는 어안이 벙벙해져서 그를 쳐다보았다. 물론 나는 그게 어떻게 끝나는지 알고 있었다. 몇 달 전부터 수없이 읽고 있는데 모른다면 이상한 일 아닌가? 부활한 예수가 제자들에게 나타나, 복음을 천하 만민에게 전하라고 말씀하신다. 「아, 그게 아니야.」 위그는 자신의 말의 극적 효과를 즐기듯이 대답했다. 「진짜 결말은 그게 아니야. 〈마르코 복음서〉의 마지막 장은 훨씬 이후에 덧붙여진 거야.」 그것은 지금까지 보존된 『신약』의 사본들 중에서 가장 오래된 것이며, 4세기로 거슬러 올라가는 현존 최고(最古)의 성경 사본들인 **코덱스 바티카누스**에도, **코덱스 시나이티쿠스**에도 존재하지 않는다. 이 4세기까지도, 다시 말해서 교회가 성경을 제대로 정리하기 전까지는, 「마르코 복음서」는 예수가 죽은 다음 날 시신에 향유를 발라 주러 무덤에 갔던 세 여인, 그러니까 막달라 여자 마리아, 야고보의 어머니 마리아, 그리고 〈살로메〉라는 이름의 세 번째 여인에 대한

---

28 〈죄péché〉와 〈회개repentir〉 같은 기독교적인 어휘들은 5년 후에는 더 이상 존재하지 않을 수도 있다는 것. 사실 péché 라는 단어는 거의 기독교적 맥락에서만 사용되며, 일반적으로 〈죄〉라는 의미를 나타낼 때는 crime(형사적 범죄) 같은 표현을 쓴다.

얘기로 끝났다. 이 여인들은 입구를 막아 놓았던 커다란 돌이 옮겨져 있는 것을, 또 안쪽에서 긴 백의를 입은 어떤 청년이 그들에게 두려워 말라, 예수는 여기에 없다, 그분은 죽은 자들 가운데서 다시 일어서셨다, 하고 말하는 것을 본다. 청년은 그들에게 이 소식을 제자들에게 알리라고 명한다. 여인들은 도망친다. 〈그들은 아무에게도 말하지 않았으니, 두려웠기 때문이다.〉

〈두려웠기 때문이다.〉이게 「마르코 복음서」의 마지막 문장이란다. 나는 깜짝 놀랐고, 또 위그로부터 이 사실을 듣게 되었을 때 아주 신이 났다는 사실을 고백해야겠다. 그 후로 나는 내 번역이 이 절에서 멈춰야 한다고 — 비록 관철되지는 못했지만 — 주장했다. 그리고 이따금 사람들과 저녁 식사를 할 때, 네 복음서 중 가장 오래된 복음서가 부활한 예수를 보여 주지 않고, 텅 빈 무덤 앞에서 세 여인이 겁에 질려 있는 광경으로 끝을 맺고 있다는, 아는 사람이 거의 없는 사실을 얘기해 주면서 폼을 잡기도 했다.

『Q』라는 이름으로 알려진 어록은 예수가 어떻게 말했는지를 우리에게 알려 준다. 마르코는 그가 무엇을 했으며, 어떤 인상을 주었는지 알려 주는데, 이 인상은 온화함이나 철학적인 드높음보다는 괴상함, 거칢, 위협적인 느낌 등으로 특징지어진다. 나는 터키에서 에르베와 함께 지낼 때, 「루카 복음서」에 나오는 귀신을 쫓고 병을 치료하는 일화들의 리스트를 작성해 봤다. 두 개의 예외를 제외하고, 모두가 「마르코 복음서」에서 베낀 것들인데, 두 복음서를 자세히 비교해 보면 루카가 원본을 보다 많이 순화해 놓은 것을 느낄 수 있다. 이 일화들은 「마르코 복음서」에서는 보다 투박하고 상스러우며, 조금 역겹기까지 하다. 예수는 귀머거리의 귀에다 손가락을 찔러 넣고, 말더듬이의 혀에 자신의 침을 묻히는가 하면, 그것을 맹인의 눈에 문지르기도 한다. 무엇보다도 이런 일화들이 많은 분량을 차지한다. 만일 우리가 이런 증언을 통해서만 예수를 알았다면, 그에 대해 간직하게 될 이미지는 어떤 현인이나 영적인 스승의 그것이라기보다는 묘한 능력들을 지닌 어떤 샤먼의 그것일 것이다.

「마르코 복음서」에는 멋진 이야기들도 없고, 산상 설교도 없으며, 우화는 손에 꼽을 정도이다. 씨 뿌리는 사람에 대한 유명한 우화. 땅에 떨어져 싹이 터서, 어떻게인지는 알 수 없지만 저절로 자라난다는 씨에 대한 우화. 그리고 뿌릴 때에는 아주 조그맣지만 결국 큰 나무로 성장한다는 겨자씨에 대한 우화. 이 세 우화 모두 〈씨〉라는 농사와 관련된 동일한 은유를 사용하고 있지만, 예수의 말씀과 이 말씀이 그것을 듣는 이들에게 가져오는 결과에 대해 세 가지의 다른 이야기를 하고 있다. 첫째, 이 말씀은 처음에는 지극히 작지만 엄청나게 커지게 된다. 둘째, 이것은 우리가 모르는 사이에, 그리고 우리의 의지와는 상관없이, 우리 안에서 자라난다. 마지막으로 이것은 어떤 사람들에게는 결실을 맺게 되나 어떤 사람들에게는 그렇지 않다. 이 말씀을 들은 어떤 이들은 비옥한 좋은 땅에 뿌리를 내리게 되는 바, 그들로서는 다행한 일이고, 또 어떤 이들은 가시나무와 돌만 가득한 땅에 뿌리를 내리게 되는데, 뭐, 그들에게 안된 일이지만, 현실이 그런 것을 어쩌겠는가. 〈이미 가진 자는 더 많이

얻게 될 것이고, 가지지 못한 자는 가진 것마저 빼앗기리라.〉

나는 이 말씀이 우리가 매일의 생활 가운데서 확인할 수 있는 깊은 진실을 담고 있다고 생각하지만, 듣기에는 결코 유쾌하지 않다. 또 예수는 제자들이 조금만 더 명확히 설명해 달라고 부탁했을 때에도 그렇게 호감 가는 모습을 보이지 않는다. 그는 이렇게 대답한다. 「난 너희들에겐 이 신비들을 설명해 준다. 하지만 다른 사람들에게는 아리송한 비유들을 통해서만 말하는데, 그것은 그들이 보아도 알아보지 못하고, 들어도 깨닫지 못하게 하기 위해서다. 그들이 알아보고 깨닫게 된다면 회개하고 구원을 받게 될 게 아닌가?」 나는 이 구절을 번역하면서 아주 난처한 기분이 들었고, 사실은 구루의 측근들만이 이해할 수 있고, 외부인은 바깥 어둠으로 쫓아 버리는 어떤 비의적인 가르침과 아주 유사하게 느껴지는 어떤 것을 **학급들 간의 수준 차를 고려하는 교수법** 쪽의 의미로 들리게끔 그럭저럭 옮겨 놨던 게 기억난다. 마르코의 이런 접근 방식은 바오로의 그것과는 반대되고, 루카 역시 이런 점이 몹시 거북스럽게 느껴졌을 것이다. 그 증거로, 그는 이 구절을 옮기면서 그 끔찍한 끝부분 — 〈그들이 알아보고 깨닫게 된다면 회개하고 구원을 받게 될 게 아닌가?〉 — 을 삭제해 버린 것이다. 예수께서 이렇게 모진 분일 리는 없지 않은가.

루카를 거북하게 했을 — 하지만 때로는 그의 마음에 들기도 했을 — 또 한 가지는 마르코가 예수의 제자들을 다룬 방식이었을 것이다. 예수가 병을 고친다는 소문이 퍼져 감에 따라, 갈수록 많은 사람들이 그를 따랐고, 그는 이 소외된 자들, 불구자들, 실업자들의 무리 가운데서 열두 명을 뽑아 그들로 하여금 자신을 위해 풀타임으로 일하게 한다. 그는 그들을 두 명씩 짝을 지어, 그리고 최소한의 행장만을 갖춘 채로 — 양식도, 배낭도, 갈아입을 옷도 없이 — 인근의 마을들로 가서, 병자들을 기름으로 문지르고, 귀신을 쫓아내는 임무를 수행케 한다. 이 모든 일들은 어떤 정예 부대, 그리스도의 영광스러운 병사들로 이뤄진 군대의 탄생으로 이야기될 수도 있겠지만, 마르코는 언제나 제자들을 아주 볼품없는 모습으로 그린다. 그들은 원래 귀신을 쫓기로 되어 있었지만, 궁지에 몰리기만 하면 허겁지겁 달려가 스승부터 찾는다. 마지막 심판의 날에 좋은 자리를 차지하게 해달라고 예수를 조르는 요한과 야고보의 이야기가 보여 주듯, 그들은 둔하고, 언쟁을 일삼고, 시기심 가득한 사람들이다. 예수는 이 두 형제를 꾸중하여 잠잠하게 만들었으나, 몇 페이지 뒤에서 그들 중에 누가 가장 높은가를 가지고 또 말싸움이 벌어지고, 예수는 갈수록 인내심을 잃어 가는 어조로 첫째가 되고자 하는 자는 꼴찌가 되어야 한다고 되풀이하여 말한다. 이게 바로 법이고, 율법보다도 훨씬 큰 법인 것이다. 그가 그들에게 자신이 곧 내쳐지고, 박해받고, 살해될 거라고 말했을 때, 베드로가 〈주님, 그런 말씀 하지 마십시오, 그러면 재수가 없어집니다〉라고 격렬히 항의하자, 예수는 앞에서도 얘기했듯이 〈사탄아 뒤로 물러서라!〉라고 호되게 꾸짖는다. 사탄이라면 예수가 잘 알고 있다. 그의 말로는, 자기가 이 사탄과, 또 사탄을 섬기는 들짐승들과 함께 40일을 보냈다는 것이다.

마지막 만찬 후에, 겟세마니 동산에서 그는 기도하기 위해 베드로와 야고보와 요한만을 따로 데리고 간다. 그는 그들에게 자지 말고 깨어 있어 달라고 당부하는데, 1분도 안 되어 그들은 우렁차게 코를 골기 시작한다. 병사들이 그를 체포하러 오자, 제자들 중 하나가 저항하며 대사제의 종의 귀를 잘라 버리기도 하지만, 그러고 나서는 모두가 뿔뿔이 도망친다. 예수가 〈나의 하느님, 왜 나를 버리셨습니까?〉라고 신음하면서 죽어 가고 있는 십자가 아래에도 아무도 없었다. 다만 여자 몇 사람만이 멀찌감치 떨어져서 지켜봤을 뿐이다. 아리마태아 출신 요셉이라는 한 모호한 동조자가 시신을 내려 무덤에 안치한다. 이때에도 제자들은 주위에 코빼기도 비치지 않는다. 결국 남은 것은 얼빠진 얼굴로 멀리서 지켜보는 여자 셋뿐이었고, 그들은 두려워서 아무에게도 말하지 않는다.

자, 정리해 보자. 이것은 귀신들을 쫓아내고, 사람들이 주술사로 여긴 한 시골 치유사의 이야기이다. 그는 광야에서 악마와 대화하는 사람이다. 그의 가족은 그를 가둬 버리고 싶어 한다. 그의 주변에는 그의 아리송하고도 불길한 예언들에 겁먹은 한 무리의 얼간이들이 모여 있을 뿐이다. 그들은 그가 체포되었을 때 모두 줄행랑친다. 3년 동안 계속된 그의 모험은 낙담과 체념과 공포 속에 이루어진 약식 재판과 역겨운 처형으로 막을 내린다. 이야기를 아름답게 꾸미거나, 인물들을 호감 가게 만들려는 시도는 전혀 없다. 이 적나라한 사회면 기사 같은 글을 읽고 있노라면, 실제로 일어난 일이라는, 우리가 결코 닿을 수 없는 지평에 최대한 접근한 듯한 느낌이 든다.

34

나는 내가 지금 나 자신의 생각을 투영하고 있다는 것을 안다. 어쨌든 나는 이 마르코의 이야기를 발견한 루카는 약간 속상한 기분이었을 거라고 생각한다. 아, 누군가가 벌써 해버렸구나……. 왜냐하면 그 자신이 이걸 하고 싶었기 때문이었다. 어쩌면 이미 시작했었는지도 모른다……. 또 마르코의 글을 읽고 나서 그는 이렇게 생각했을 것이다. 나는 더 잘할 수 있어. 마르코에게는 없는 정보들이 내게는 있어. 나는 더 많이 배운 사람이고, 글을 제대로 쓸 줄 알아. 이 글은 유대인이 유대인들을 위해 쓴 일종의 초고에 지나지 않아. 만일 테오필로스 님이 이 글을 읽는다면, 읽다가 손에서 떨어뜨리고 말거야. 이 이야기의 결정본, 교양 있는 이교도들이 읽게 될 결정본을 써야 할 사람은 바로 나야!

현대의 학자들은 단순하고도 순진한 역사관을 배격해 왔다. 그들은 그 어떤 거창한 조약이나 전투들보다, 혹은 롱스보의 롤랑[29]보다, 토지 대장이나 3년 윤작의 진화에 대해 얘기하기를 더 좋아한다. 성경 문제에 있어서 그들의 주된 관심사는 개인적 기여의 몫을 줄이고, 대신 개인을 벗어난 집단적 전승을 중시하는 것이다. 그들은 이렇게 말한다. 하나의 복음서는 다양한 지층으로 이뤄져 있다. 이것은 어느 어느 공동체의 산물

---

29 샤를마뉴 대제 시대의 기사로, 전설에 따르면 롱스보 전투(778년) 때 사라센군에 맞서 싸우다가 (실제로는 바스크족과 싸웠다고 함) 뿔피리를 불어 위험을 알린 후 전사했다고 하며, 중세의 무사도 정신을 상징하는 인물로 여겨지고 있다.

이다. 이것이 어느 한 개인에 의해 써졌다는 순진한 생각을 버리자……. 나는 여기에 동의하지 않는다. 물론 이것은 어떤 공동체의 산물인 게 맞다. 물론 이것이 필사가들의 작품, 그리고 필사가들을 베낀 필사가들의 작품인 것은 사실이지만, 어쨌든 현실의 어느 순간에 이것을 쓴 누군가가 분명히 존재하는 것이다 ─ 그리고 내 이야기에서 이 〈누군가〉는 루카이다. 또 그들은 이렇게 말한다. 어떤 복음서 기자가 여러 개의 자료들을 책상 위, 손만 뻗으면 닿을 수 있는 거리에 죽 늘어놓고 작업했으리라고 상상하는 시대착오를 경계하자. 그게 바로 내 경우이다. 내게는 성경 몇 권, 늘 너무 멀리에 두지 않는 르낭의 저서, 그리고 오른쪽에는 책들로 계속 채워지고 있는 서가가 있다. 나는 성경과 관련된 이 서고에 대해 유치한 자부심을 느끼기도 하고, 서재에 앉아 있는 나 자신이 베네치아의 스쿠올라 디 산조르조 델리 스키아보니에 있는 그 기막힌 카르파초의 그림에 등장하는, 강아지 한 마리와 함께 집필 중인 성 아우구스티노와 비슷하다는 착각에 빠지기도 하는데, 적어도 루카에 관한 한 이런 그림을 적용하는 게 어불성설이라고 생각하지 않는다.

루카는 문인이었다. 또 로마에 있는 그의 거처가 마르티알리스의 그것보다도 누추한 곳이었다 할지라도, 마르티알리스처럼 그도 조그만 서고 하나를 소유했을 가능성이 충분히 있다. 꼭 시대착오를 하나 찾아내기 원한다면 그것은 탁자인 바, 로마인들은 이 가구를 거의 사용하지 않았다. 그들은 모든 일을 누워서 했다. 자는 것도, 먹는 것도, 글을 쓰는 것도 누워서 했다. 루카가 마치 마르셀 프루스트처럼 그의 책을 침대에 누워서 썼다고 가정해 보자. 이불 위에 널려 있는 것들을 훑어보자면, 먼저 『70인 역 성경』이, 그다음에는 그가 직접 베껴 쓴 「마르코 복음서」가, 마지막으로 카이사리아에서 필립보가 빌려준 것을, 역시 그가 직접 베껴 쓴 예수의 어록이 보인다. 그가 항상 여행 궤짝 밑바닥에 소중히 간직하는 이 조그만 두루마리는 그의 보물이다. 이것은 마르코에 대한 그의 강점이기도 한 바, 마르코는 이게 없었던 탓에 예수에 가르침에 대한 내용이 빈약했던 것이다. 『70인 역 성경』, 「마르코 복음서」, 그리고 『Q』, 이 셋이 그가 주로 참고한 자료였고, 나는 여기에 플라비우스 요세푸스도 추가해야 한다고 생각한다.

티투스의 친구였던 요세푸스는 예루살렘 함락에 이어진 유대인 탄압의 폭풍을 피해 갈 수 있었다. 유대인 포로들은 대부분 로마에 끌려와 노예 신세가 되었다. 하지만 요세푸스는 평생 연금과 기사(騎士) 반지, 그리고 궁정 출입권을 얻어서는 팔라틴 언덕의 멋진 저택에 편안히 자리 잡았다. 그리고 조기에 은퇴하게 된 많은 외교관들이 그러하듯 역사가로 변신했다. 처음에는 아람어로, 그다음에는 의고체에 가까울 정도로 세련된 그리스어로 그는 내가 지금까지 풍부하게 사용한 그 이야기를 썼고, 이를 통해 티투스의 비위를 맞추는 동시에 자신을 미화하고, 그 무책임한 패거리가 멸망으로 이끈 자기 민족을 변호하려 했다. 『유대 전쟁사』는 서기 79년에 출간되었다. 교양 있고 유대교에 호기심을 가진 로마인이라면 이 책 이야기를 듣지 못했을 리 없다. 이것은 아주 두툼한 책이다. 미뉘 출판사판으로는 피에르 비달나케의 서문을 제외하고도 빽빽한 글씨로 500쪽이나 된다. 가격도 상당히 비쌌을 것이다. 루카는 어쩌면 이 책을 공공 도서관 — 당시에는 아폴로 신전의 도서관 같은 훌륭한 공공 도서관들이 많았다 — 에서 참고했을 수도 있겠지만, 나는 그보다는 그가 마르티알리스가 단골이던 아르길레툼 구역의 서점들 중 한 곳에서 필사본 한 권을 사기 위해 허리띠를 바짝 졸라맸으리라고 상상해 본다. 나 자신이 그런 즐거움을 잘 알기 때문에, 그가 이 전리품을, 단어들과 이름들과 관습들과 자잘한 역사적 사실들이 샘처럼 솟아나는, 자신이 십분 활용하게 될 이 책을 들고서 집에 돌아오는 모습이 눈에 선히 그려진다. 그의 복음서에서, 그리고 무엇보다도 「사도행전」에서, 루카는 그 덕분에 자신의 르포르타주가 무게와 신뢰성을 얻게 되고, 독자들의 머릿속에서 확인 가능한 사건들과 연결되게 될 자료를 찾아낸 기자처럼 즐거워하면서, 바리사이파 랍비 라말리엘, 반군 리더 테우다스, 〈이집트인〉 등, 로마 세계에 전혀 알려지지 않은 수많은 인물들에 대해 얘기하게 될 것이다. 바로 이런 이유로 우리도 『신약』과 더불어 요세푸스를 읽는 것이며, 17세기에 그를 프랑스어로 번역한 얀센파 신부 아르노 당디이는 그를 〈다섯 번째 복음서 기자〉라고 불렀던 것이다.

35

자, 우리는 서기 1세기, 대략 70년대 말 무렵의 로마에 와 있다. 루카는 그의 복음서를 집필하기 시작한다.

그리고 나는 여러분에게 이 책의 359쪽으로 돌아가, 루카가 테오필로스에게 한 말을 다시 한번 읽어 볼 것을 부탁드린다. 자, 기다리고 있을 테니, 한 번 읽어 보길 바란다.

다시 읽어 보셨는가? 자, 여러분도 동의하는가? 루카가 설정한 프로그램은 어느 역사가의 그것이다. 그가 테오필로스에게 약속하는 것은 현장 조사요, 신뢰할 수 있는 보고서다. 한마디로 진지한 어떤 것이다. 그런데 이런 의도를 밝히기가 무섭게, 바로 다음 줄부터 그는 무엇을 하고 있는가?

소설이다. 그는 순전히 소설을 쓰고 있다.

36

〈유다 임금 헤로데 시대에 아비야 조에 속한 사제로서 즈카르야라는 사람이 있었다. 그의 아내는 아론의 자손으로서 이름은 엘리사벳이었다.〉

독자는 이 즈카르야와 엘리사벳이 누구인지 모른다. 아무도 그들에 대해 들어 보지 못했지만, 헤로데에 대해서는 들어 보았다. 이것은 『삼총사』에서 루이 13세나 리슐리외 추기경 같은 역사적 인물들이 아토스, 포르토스, 아라미스, 보나시외 부인 같은 인물들에게 신뢰성을 부여해 주는 것과 마찬가지이다. 즈카르야와 엘리사벳 — 루카는 이야기를 계속한다 — 은 하느님을 사랑하고, 즐거이 율법을 지키는 의로운 사람들이다. 불행히도 그들에게는 아이가 없었다. 어느 날, 즈카르야가 성전에서 기도하고 있는데, 한 천사가 그에게 나타난다. 천사는 말하기를, 엘리사벳이 그에게 아들을 하나 낳아 줄 터인데, 그 이름은 요한이어야 한다는 것이었다. 즈카르야는 깜짝 놀란다. 자신과 엘리사벳은 이미 나이가 많은데……. 그를 믿게 만들 요량으로 천사는 그에게서 말하는 능력을 빼앗는다. 즈카르야는 벙어리가 되어 성전을 나오고, 계속 그런 상태로 지낸다. 얼마 후에 엘리사벳이 임신을 한다.

독일 철학자 야코프 타우베스의 주장에 따르면,『구약』과『신약』의 가장 큰 차이는『구약』은 불임이었다가 하느님의 은혜를 받아 아이를 낳게 되는 여자들의 이야기들이 넘쳐 나는데 반해,『신약』에는 그런 경우가 하나도 없다는 점이란다. 이제 중요한 것은 성장하고, 증가하고, 번성하는 것이라기보다는, 하늘의 왕국을 위해 환관들이 되는 것이란다. 엘리사벳의 이야기는 이 예리한 지적과 어긋나는 것처럼 보일지 모르지만, 사실은 그렇지 않다. 루카의 생각으로는 그들은 아직『구약』안에 있다. 즈카르야와 엘리사벳은 옛 이스라엘의 대표자들로서 복음의 문턱에 서 있는 것이고, 내 이야기의 주인공에게서 가장 감동적으로 느껴지는 점 가운데 하나는 그가 그들을 너무나 따스한 눈으로 그리고 있다는 사실이다.

이 그림은 어떤 모작처럼 느껴지는 게 사실이다. 천사가 성전에서 즈카르야에게, 태어날 아기는 〈주님 앞에서 큰 인물이 될 것이며, 포도주도 독주도 마시지 않겠고, 어머니의 태중에서부터 성령으로 가득 찰 것이며, 엘리야의 정신과 힘을 가지고 주님보다 먼저 올 사람이다〉라고 말할 때, 우리는 이 과장적일 정도로 유대적인 표현들의 홍수, 이 과도하게 넘쳐 나는 지방색은 몇 해 전 스승 바오로가 어쩔 수 없이 치러야 했던 그 의식들에 대해 아무것도 이해하지 못하는 채로 성전을 처음 구경했던 한 이방인이 지어낸 것들이라는 사실을 상기해야 한다. 하지만 그는 거기로 돌아왔다. 그 주변을 맴돌았다. 그는 저항

할 수 없는 힘으로 유대교에서 벗어나고 있는 어떤 종교 운동
의 기득권자이면서도, 유대교를 깊이 알기를 원했다. 아니, 단
순히 아는 것 이상으로, 유대교를 사랑했다.

그가 복음서를 쓰고 있을 때, 당의 노선은 이스라엘에게 비
난을 퍼부을 것을 주문했다. 이것은 유대인들이었던 다른 복음
서 기자들이 한 일이다. 루카는 그러지 않는다. 네 복음서 기자
들 중 유일한 **고이(이방인)**였던 루카는 『70인 역 성경』에서 슬쩍
해 온 유대적 요소들로 가득한 이 미니 역사 소설로 그의 복음
서를 여는 바, 이는 테오필로스가 이 사라진 세계의 아름다움
을, 성전의 웅장한 열주들에서보다는 즈카르야와 엘리사벳 같
은 의인들의 명상적이고도 양심적인 영혼에서 더 잘 표현되는
이 깊은 신앙심의 아름다움을 느낄 수 있기를 바라는 마음에서
였다. 마치 이야기를 본격적으로 시작하기 전에, 〈이 내 몸으로
나는 하느님을 보리라〉라고 욥이 한 말, 이 세상 그 어떤 민족
도 이해하지 못할 이 말의 의미를 이 사람들은 알고 있었다는
사실을 우리에게 상기시키려는 듯이 말이다.

37

엘리사벳은 임신한 사실을 다섯 달 동안 감춘다. 여섯 달이
되었을 때, 천사 가브리엘은 이번에는 엘리사벳의 사촌이며 갈
릴래아 지방 나자렛 마을에 사는 마리아를 찾아간다. 이 마리
아에게도 천사는 그녀가 잉태하여 아들을 낳을 것이라고 알린
다. 그리고 이름을 예수라고 할 것이지만, 나중에 하느님의 아
들이라 불리게 될 것이라고 말한다. 이 천사의 예고에 마리아

는 당황한다. 그녀는 요셉이라는 남자와 약혼한 사이지만, 단지 약혼만 했을 뿐, 아직 처녀의 몸이었기 때문이다. 아직 남자를 알지 못하는데, 어떻게 임신할 수 있단 말인가? 「걱정 말아라, 마리아야.」 천사가 대답한다. 「하느님에게는 불가능한 일이 없다. 네 사촌 엘리사벳도 아이를 못 낳은 여자라고 알려졌지만, 그 늙은 나이에도 임신한 지 벌써 여섯 달이나 되었다.」 마리아는 늙은 나이에 임신하는 것과 처녀로 임신하는 것은 같은 일이 아니라고 반박할 수 있었지만, 그냥 이렇게 대답하고 만다. 「저는 주님의 종입니다. 지금 하신 말씀이 제게 이루어지기를 바랍니다.」

기독교 역사를 가장 먼저 증언한 두 사람인 바오로와 마르코는 이 처녀 수태의 이야기를 알지 못했다. 그로부터 10년이나 20년 후에 이 이야기는 서로를 알지 못했던 작가들이 쓴 두 복음서에 등장한다. 루카는 로마에서, 마태오는 시리아에서 썼는데, 두 사람 모두 예수의 탄생에 대해 이야기하고 있지만 이 점 말고는 그들의 이야기들은 공통점이 전혀 없다. 마태오는 마법사들이 장차 유대인들의 왕이 될 아기에게 경배하려고 별의 인도를 받아 동방으로부터 왔다고 말한다. 이 소식을 들은 유대인들의 진짜 왕 헤로데는 자신이 언젠가 왕좌에서 쫓겨날까 두려워, 그 지역에 있는 두 살 이하의 아이들을 모조리 죽였다고 한다. 그리고 요셉은 천사의 경고를 받고 가족을 구하기 위해 모두 이집트로 데려갔다고 한다. 루카는 이게 결코 사소한 문제가 아님에도 불구하고 이 일에 대해 전혀 아는 바가 없다. 하지만 마태오처럼 그도 예수는 어떤 처녀에게서 태어났다고 말한다. 그렇다면 이 이야기는 대체 어디서 나온 것일까? 누가 이것을 유포했을까? 여기에 대해서는 아무도 모른다. 예수의 탄생은 신비스러운 것으로 받아들일 수 없을지 모르지만, 이 이야기의 탄생만큼은 신비스럽다. 나는 이 문제에 대해서는 어떤 이론(理論)도 갖고 있지 않다.

반면, 루카가 그의 이야기를 어떻게 썼는지에 대해서는 이론을 하나 가지고 있으며, 적어도 이 문제에 관해서만큼은 남들보다 말할 자격이 있다고 생각한다. 왜냐하면 이 〈수태 고지〉의 장면에는 어떤 소설가의 혹은 어떤 시나리오 작가의 터치가, 「사도행전」에서 바오로가 처음 등장하는 장면에서만큼이나 창의적인 솜씨가 묻어 있기 때문이다. 여러분도 기억할 것이다. 루카는 스테파노가 돌에 맞아 죽는 장면을 묘사하면서, 살인자들은 좀 더 편하게 돌을 던지기 위해 겉옷을 벗어 사울이라는 이름의 청년에게 맡겼다고, 마치 툭 던지듯이 덧붙였었다. 그리고 뚜렷한 이유 없이 복음서의 앞부분에 등장시킨 이 엘리사벳이 마리아의 사촌이라고, 따라서 태어나게 될 이 두 아이, 세례 요한과 예수 역시 사촌 간이라고, 여기서도 툭 던지듯이, 천사 가브리엘의 입을 통해 알려 준다.

내 글을 읽는 독자들은 내가 때로는 회의적인 역사가들의 말에 귀를 기울이지 않고, 서슴없이 전승을 따르기도 한다는 것을 느꼈을 것이다. 예를 들어, 나는 루카가 그의 정보들 중 어떤 것들을 마리아에게서 직접 얻었다는 가정이, 비록 이것이 아주 심한 근본주의[30]와 연결되어 있긴 하지만, 그렇게 어처구니없

30 성경을 문자 그대로 믿는 신앙.

는 얘기는 아니라고 생각한다. 하지만 나는 「루카 복음서」 외에는 아무 데도 나오지 않는 이 예수와 세례 요한의 사촌 관계는 지어낸 이야기에 불과하다는 데에 천국에 있는 내 자리를 걸 용의가 있다. 그리고 이것은 성서학자들의 말로는 복음서들을 썼다는 그 모호한 〈원시적 공동체들〉 중의 하나에게서 물려받은 — 예를 들면 **천사 가브리엘의 방문** 같은 — 발명품이 아니라고 확신한다. 아니, 이것은 순전히 루카의 발명품인 것이다.

그의 앞에는 첫 번째로는 처녀에게서 예수가 태어난 이야기를 다루고 두 번째로는 그로서는 도대체 어떻게 처리해야 할지 알 수 없는 이 세례 요한이라는 인물을 다룰 것을 요구하는 작업 사양서가 펼쳐져 있었다. 그가 침대에 누워 있을 때, 혹은 목욕 중이었을 때, 혹은 **캄푸스 마르티우스** 구역을 거닐고 있을 때, 아이디어 하나가 번쩍 떠올랐다. 가만, 만일 예수와 세례 요한을 사촌 간으로 설정한다면? 그렇다면 이 이야기를 풀어 나갈 수 있지 않을까? 이따금 비슷한 상황에 처한 적이 있는 나로서는 루카가 얼마나 흥분했을지 능히 짐작할 수 있으며, 또 이렇게 떠오른 아이디어에 뒤이어 그의 복음서의 첫 두 장의 구조가 피에로 델라 프란체스카의 어느 프레스코처럼 웅장하고도 완벽한 모습으로 펼쳐졌으리라고 상상한다.

38

수태 고지 다음으로는 〈성모 방문〉의 이야기가 이어진다. 마리아가 갈릴래아의 고향 마을을 떠나 유대에 있는 자기 사촌을 보러 갔다는 그 이야기 말이다. 마리아가 집에 들어서자, 엘리사벳의 아이가 배 속에서 꿈틀거린다. 각각 예수와 요한을 임신한 두 여인은 마주 선다. 성령의 감동을 받은 엘리사벳은 마리아에게 그녀가 주님의 어머니이기 때문에 모든 여자들 중에 가장 복되다고 말하고, 이에 마리아는 지금까지 수없이 찬란한 음악으로 만들어져 왔기 때문에 **그녀의 아리아**라고 부르고 싶은 생각이 드는 것을 노래하기 시작한다. 라틴어 성경에서 이 감사 기도는 *Magnificat anima mea Dominum*(내 영혼이 주를 찬양하며)로 시작되고, 이 때문에 **마그니피카트**로 불린다.

십수 년 전, 나는 내 외조부 조르주 주라비슈빌리에 대한 조사를 시도했었고, 이 조사는 결국 내 책 『러시아 소설』로 귀결되었다. 불행한 운명을 안고 태어났고, 제2차 세계 대전 말엽에 비극적으로 세상을 떠난 이 총명하면서도 음울했던 인물은 그를 괴롭히는 문제들에 대한 해답을 기독교 신앙에서 찾았다. 내가 15년 전에 그랬던 것처럼, 그는 매일 미사에 참석하고, 고해 성사를 하고, 영성체를 했다. 그가 남긴 자료들을 읽으며, 나는 나 자신이 경험했던 것들을 알아볼 수 있었다. 불안감을 어떤 확신에 붙들어 매고 싶은 마음, 어떤 교리에 복종하는 것은 지고의 자유의 행위라는 역설적 논리, 견디기 힘든 삶에 의미를 부여하는 특별한 방식, 즉 우리의 삶을 신이 부과하는 시련들의 연속으로 여기는 것. 그의 문서들 가운데서 나는 **마그니피카트**에 대한 긴 논평을 발견했다. 그는 묻는다. 복음이란 무엇인가? 그는 대답한다. 사람들에게 계시된, 그리고 그들보다 무한히 큰 하느님의 말씀. 그렇다면 **마그니피카트**는 무엇인가? 그것은 우리가 하느님의 말씀에 드릴 수 있는 최상의 대답. 자랑스러운 온순함, 즐거운 복종. 즉, 주님의 여종이 되는 것, 모든 영혼은 바로 이것을 지향해야 한다.

외조부처럼 나는 그 열렬함이 내게도 스며들기를 바라며 이 구절들을 암송했다. 자클린은 성모에게 드리는 기도가 신앙의 신비를 체험할 수 있는 가장 확실한 길이라고 말하곤 했다. 나는 그것을 열심히 해보고 싶었고, 몇 달 동안 그녀가 준 묵주를 호주머니에 넣고 다니면서 하루에 서른 번씩 〈은총이 가득하신 마리아님……〉으로 시작되는 성모송을 암송했다. 그리고 지금 나는 문인이자 시나리오 작가이자 모작가이기도 한 어느 복음서 기자의 초상을 그려 가면서, 이 너무도 아름다운 시, **마그니피카트**는 처음부터 끝까지 성경 인용구들로 이루어진 패치워크라는 사실에 주목하게 된다. 『에큐메니칼 번역 성경』의 방주(傍註)는 인용된 부분들을 행당 두 개씩 — 대부분 「시편」에서 가져온 것들이다 — 지적하고 있는데, 기이하게도 내가 묵주기도를 하면서 느끼기를 바랐지만 느끼지 못했었던 감동이, 이 구절들을 쓰고 있는 루카의 모습을 상상하고 있으니 느껴진다. 테오필로스로 하여금 하느님이 저버린 이 민족이 하느님을 얼마나 사랑했는지를 느끼게 하고자, 『70인 역 성경』을 샅샅이 뒤져 옛 유대의 기도들에서 이 인용구들을 골라내어, 마치 보석 목걸이를 만드는 세공업자처럼 정성을 들여 가며 그것들을 자신의 이야기에 하나하나 끼워 넣고 있는 그의 모습을 상상하고 있으니 가슴이 뭉클해지는 것이다.

마리아는 석 달 동안 사촌과 함께 지내다가 집으로 돌아간다. 엘리사벳은 해산한다. 사람들은 아버지의 이름을 따서 아이를 즈카르야라고 부르려고 했으나, 성전에서 환상을 본 이후로 벙어리가 되어 있던 즈카르야는 석판에 글을 써서, 아니, 그 러면 안 되고, 반드시 요한이라고 불러야 해, 하고 의사를 밝혔 다. 이 글을 쓰고 나자 비로소 혀가 풀렸고, 이번에는 그가 하느 님의 계획과 그 가운데서 자신의 아들이 맡게 될 역할에 대해 송가를 한 편 부른다. 〈아가야, 너는 지극히 높으신 분의 예언 자라 불릴 터인즉, 그것은 네가 주님보다 앞서 와서 그분의 길 을 준비하고, 죽음의 그늘 밑 어둠 속에 사는 사람들을 평화의 길로 이끌게 될 것이기 때문이야.〉『에큐메니칼 번역 성경』은 **베네딕투스**라고 불리는 이 송가가 〈아마도 팔레스타인 공동체 에서 나왔을 것이다〉라고 아주 애매하게 말하고 있는데, 이런 식의 어정쩡한 태도는 말하는 이로 하여금 아무런 책임도 지지 않는 동시에, 이 송가가 **마그니피카트**처럼 루카가 엮어 낸 화려 한 콜라주임을 인정하지 않아도 되게 해준다. 내 아들 장 바티 스트[31]는 이 **베네딕투스**의 노랫소리를 들으며 세례를 받았다.

그리고 이제 아우구스투스 황제의 칙령이 떨어지니, 이는 자 그마치 〈전 세계의〉 인구를 조사하라는 것이었다. 당시 시리아 총독이었던 퀴리니우스는 팔레스타인에서 이 칙령을 집행하 는 임무를 맡는다. 적어도 믿을 만하고 확인 가능한 사실들을 제공하는 역사가이고자 했던 루카의 말에 따르자면 그렇다. 하 지만 2천 년 후에 역사가들은 약간 난처해지는데, 왜냐하면 분 명히 퀴리니우스 총독이 지휘한 것이 맞는 이 인구 조사는 헤 로데가 죽은 지 10년 후에 있었지만, 마태오와 루카는 이 헤로 데가 다스릴 때 예수가 태어났다고 쓰고 있기 때문이다. 루카

31 프랑스어로 세례자 요한이라는 뜻이다.

의 이야기 가운데에서 이 인구 조사가 존재하는 목적은 단 하나, 예수를 베들레헴에 태어나게 함으로써, 이렇게까지 강조해야 할 필요가 전혀 없는, 아주 지엽적이고도 아리송한 예언이 실현되게 하려는 것이다. 이것은 시나리오 작가들이 종종 범하는 고전적인 실수로, 애쓰면 애쓸수록 더 부각되기만 할 뿐인 어떤 모순을 해결하려고 하는 것이다. 그 결과, 신경 쓰지 않고 그냥 놔두면 아무도 알아채지 못할 지점이 도리어 너무나 뚜렷하게 드러난다. 하지만 예수를 베들레헴에서 태어나게 하는 것은 루카의 작업 사양서 내용의 일부였기 때문에, 그는 왜 나자렛 출신인 요셉과 마리아가 아기를 낳기 위해 베들레헴까지 가야만 했는지를 명확하게 설명해야 한다고 느꼈다. 그리고 해답을 찾아냈다. 그 무렵에 인구 조사가 시행되어 사람들은 각자의 고향으로 가서 등록을 해야 했는데, 요셉 자신은 베들레헴에서 태어나지는 않았지만, 거기에 뿌리를 둔 다윗 가문에 속했으므로…….

뭐, 그렇다.

하지만 좋은 영화를 만드는 것은 시나리오의 개연성이라기보다는 장면들의 힘이고, 이 영역에 있어서 루카는 적수가 없다. 나그네들이 북적대는 여관, 구유, 포대기에 싸 구유에 뉘인 아기, 천사에게서 소식을 듣고 줄지어 찾아와 아기를 사랑스럽게 내려다보는 인근의 목동들……. 마태오는 세 동방 박사 이야기를 추가했고, 황소와 나귀들은 훨씬 후에 덧붙여진 것이지만, 다른 것들은 모두 루카가 지어낸 것들이고, 소설가 동업 조합의 일원으로서 나는 다만 그에게 경의를 표할 뿐이다.

이쯤 되면 네 복음서 기자 중에서 오직 루카만이 예수가 할 례받은 사실을 우리에게 상기시키고 있다는 게 놀랍게 느껴지지 않을 것이다. 저주받은 민족에 속했는지를 확인하기 위해 길 한복판에서 노인네의 옷을 벗기던 시절에는 이 디테일을 건너뛰고 싶은 유혹이 느껴졌겠지만, 루카는 그렇게 하지 않는다. 그는 아기를 성전에 데리고 간 일을 꼭 얘기하고 싶어 했던 것처럼, 이 할례받은 사실도 얘기하고 싶어 한다. 이때 시메온이라는 노인이 거기에 있었다. 그는 의롭고도 신앙심 깊은 사람이었고, 이스라엘의 구원을 기다리고 있었으며, 자신이 죽기 전에 메시아를 보게 되리라는 것을 성령을 통해 알고 있었다. 이 시메온은 즈카르야와 비슷한 점이 많다. 무엇보다도 두 사람은 예수의 동생 야고보를 닮았다. 나는 야고보의 것으로 여겨지는 『신약』의 서신을 사실은 루카가 썼다고 생각하는 것처럼, 그가 복음서의 프롤로그를 이루는 송가들 중 세 번째 곡을 지을 때도 야고보를 염두에 두었다고 확신한다. 노인은 아기를 품에 안고 이렇게 말한다. 「주여, 이제는 말씀하신 대로 이 종은 평안히 눈감게 되었으니, 주님의 구원을 제 눈으로 보았기 때문입니다.」 이 노래를 흥얼거리며 아기를 부드럽게 흔들어 재우는 노인의 모습이 눈에 그려지며, 이 이야기에 근거하여 바흐가 작곡한 그 숭엄한 칸타타 「나는 만족하나이다Ich habe genug」도 우리의 영혼을 부드럽게 흔든다.

요한과 예수, 두 소년은 튼튼하고 현명하게 자라나며, 하느님의 은총을 받는다. 마리아는 이 모든 일들을 가슴에 담아 놓는다. 이렇게 황금과 몰약과 유향의 향기가 가득한 프롤로그가 끝을 맺고, 두 주인공이 어른이 되어 다시 무대에 등장한다. 마치 「원스 어폰 어 타임 인 아메리카」에서 주인공들 역을 더 이상 그들을 닮은 아이들이 아니라, 로버트 드니로와 제임스 우즈가 직접 맡게 되듯이 말이다.

39

플루타르크 이후로, 유명한 인물들의 삶을 둘씩 짝지어 이야기하는 방식의 영웅전은 인기 있는 장르가 되어 있었다. 루카는 이 도식에 따라 그의 프롤로그를 훌륭하게 만들어 나가다가 이내 곤란을 느끼게 되는데, 이 두 주인공 중 하나에 대해서는 할 말이 아주 많은 반면, 다른 하나에 대해서는 거의 없었기 때문이다. 그리고 이 두 유대인의 동화와도 같은 어린 시절에 대해 얘기할 때에는 소설가로서의 재능을 마음껏 발휘하지만, 세례 요한의 성인으로서의 삶에 있어서는 그저 조심스러운 필사가로 머물면서 정보 제공자들에게서 얻은 내용을 그대로 전하기만 할 뿐, 자신의 의견을 내놓기를 자제한다. 나는 그 이유가, 그가 여기에 대해 아무런 의견이 없었고, 이야기의 이 부분에서는 아무런 감흥도 느끼지 못했기 때문이라고 생각한다. 루카는 고행자들에게서는 두려움을 느낄 뿐이다. 헤로데가 세례 요한을 감옥에 가두어 참수될 때까지 거기서 무한정 썩게 만들었을 때, 우리는 루카가 안도하는 것을 느낄 수 있다. 이제 귀찮은 의무에서 벗어나게 되어 홀가분하다는 듯이 말이다. 그리고 예수가 세례받는 부분과 그가 40일 동안 광야에서 사탄과 함께 지내는 부분 사이에다 구세주의 족보를 대충 얼기설기 끼워 넣을 때에도 같은 느낌을 받는다. 이 루카의 족보는 마태오의 그것과는 둘 다 예수가 그의 친부도 아니라는 요셉을 통해 다윗의 후손이 된다는 점을 증명하기 위해 고심참담하고 있다는 점만 빼놓고는 완전히 다른 것이다. 명백히 그는 빨리 본론으로 들어가고 싶을 뿐이며, 나 역시 그러한데, 그가 어떻게 본론으로 들어가는지 보기 위해 짤막한 텍스트 분석을 하나 제의한다.

자, 「마르코 복음서」를 읽어 보자. 〈예수께서 고향으로 돌아가셨다. 제자들이 그의 뒤를 따랐다. 안식일이 되자 그가 회당에서 가르치기 시작했다. 많은 사람들이 그 말씀을 듣고 놀라며 말했다. 이 지혜가 대체 어디서 나왔는가? 그리고 그의 손을 통해 행해지는 이 능력은 대체 어디서 나왔단 말인가? 하지만 저 사람은 일개 목수가 아니던가? 마리아의 아들이며, 야고보와 유다와 시몬의 형이 아니던가? 그의 누이들도 다 우리와 같이 여기 살고 있지 않은가? 하면서 좀처럼 예수를 믿지 않았다. 그러자 예수께서 이렇게 말씀하셨다. 예언자는 어디서나 존경받지만, 자기 고향과 친척과 집안에서는 멸시당한다. 그리고 그는 거기서는 아무런 기적도 행할 수 없었다.〉

이제 루카가 이 줄거리를 가지고 어떻게 하는지 살펴보자.
예수께서는 〈자기가 자라난 나자렛으로 갔다. 그리고 안식일이 되자 늘 하던 대로 회당에 가서 성경을 읽으려고 자리에서 일어났다.〉

(기억하겠지만, 바오로도 이렇게 하곤 했다.)

〈사람들은 그에게 「이사야서」를 내밀었다. 예수는 그것을 받아 들어 이런 말씀이 적혀 있는 대목을 펴서 읽었다.

주님의 성령이 내 위에 임하셨으니,
이는 가난한 사람들에게 복음을 전하고,
묶인 사람들에게 자유를 주고
눈먼 사람들을 보게 하고
억눌린 사람들을 해방하여
주님의 은총의 해를 선포하게 하려고
주께서 내게 기름을 부으셨기 때문이다.〉

(이 텍스트는 루카가 『70인 역 성경』에서 공들여 골라냈으리라고 짐작된다. 그는 여러 구절들 사이에서 망설였을 터인데, 어떤 구절들이었을지 궁금하다.)

〈예수는 두루마리를 말아서 회당장에게 돌려주고 자리에 앉았다.
모든 사람의 눈이 그에게 쏠렸다.〉

(우리의 오랜 벗, 교회 역사가 에우세비오는 마르코는 그의 복음서를 베드로의 〈디다스칼리아 *didascalia*〉, 즉 그의 지시에 따라 썼다고 말한다. 그런데 프랑스어에서 이 단어 *didascalie*는 희곡 작가가 배우들에게 동작을 지시하는 것을 뜻하며, 이런 의미에서 루카야말로 디다스칼리아의 왕이라 할 수 있다.)

〈그러자 예수께서 그들에게 말씀하셨다. 오늘 이 성경의 말씀이 너희가 듣는 가운데에서 이루어졌다.〉

(즉, 이것은 바로 나에 대한 말씀이다, 라는 뜻이다. 이처럼 『구약』의 예언을 예수와 결부시키는 것, 이 역시 바오로의 방식 중 하나이며, 나는 트로아스의 회당에서의 그의 설교를 묘사하기 위해 이 장면을 참고했다.)

〈모두가 놀라서 입을 딱 벌린다. 그들이 수군댄다. 저 사람은 요셉의 아들이 아닌가?〉

(루카는 마르코는 모르는 요셉에게 이렇게 한 자리를 내준다. 반면 예수의 형제들과 누이들은 죄다 없애 버린다.)

〈예수께서는 그들에게 말씀하셨다. 그대들은 분명히《의사야, 네 병이나 고쳐라》라는 속담을 들며, 나더러《카파르나움에서 했다는 일을 여기 네 고향서도 한번 해봐라》라고 말할 것이다. 하지만 내가 너희에게 말하는데, 어떠한 예언자도 자기 고향에서는 환영받지 못한다. 또 너희에게 이 말도 하겠다. 엘리야 시대에 3년 반이나 하늘이 닫혀 비가 내리지 않고, 온 나라에 가뭄이 들었을 때, 이스라엘에 과부가 많았지만 하느님께서는 엘리야를 그들에게 보내시지 않았다. 오히려 시돈 지방 사렙타에 있는 한 과부에게 보내셨다. 또 예언자 엘리사 시대에 이스라엘에 많은 나병 환자들이 있었지만, 그들은 고쳐 주지 않고 시리아 사람 나아만만을 고쳐 주셨다.〉

(사렙타는 페니키아 — 다시 말해서 루카의 시대에는 상당히 그리스화된 — 의 마을이었다. 구원은 유대의 과부들과 나병 환자들만큼이나, 아니 그 이상으로 사렙타의 과부들과 시리아의 나병 환자들에게도 열려 있다는 말이 바오로 역시 입만 열면 하는 소리였다. 루카가 예수로 하여금 이 말을 하게 한 것은 다소 뻔뻔할 뿐 아니라 역사적 개연성도 무시한 행동이라 할 수 있는데, 왜냐하면 마르코가 우리에게 전하는 바에 의하면, 어느 날 페니키아 출신의 한 그리스 여인이 예수에게 자기 딸의 병을 고쳐 달라고 간청하자, 예수는 대뜸 〈자녀들을 먼저 배불리 먹여야 한다. 자녀들이 먹는 빵을 개들에게 던져 주는 것은 좋지 않다〉라고 대답했기 때문이다. 이 거친 말을 풀이하자면 이런 뜻이다. 〈나는 먼저 유대인들을 먼저 치료한다. 왜냐하면 그들이 하느님의 자녀이기 때문이다. 이교도들은 개들이다. 그게 어린 강아지일 수도 있고, 얌전한 개일 수도 있지만, 개라는 사실에는 변함이 없다.〉 나자렛 사람들이 바로 이런 식으로 생각하고 있었고, 이 때문에 루카의 예수가 이 바오로식의 설교를 꺼냈을 때, 그것을 아주 괘씸하게 받아들인다.)

〈그들은 모두 맹렬한 분노에 사로잡혔다. 그들은 들고 일어나서 예수를 동네 밖으로 끌어내어, 산의 벼랑까지 끌고 가 아래로 떨어뜨리려 하였다.〉

(이 평온한 문장 속에 담겨 있는 것은 바오로가 여러 차례 겪은 집단 린치의 이야기이다.)

〈하지만 예수께서는 그들의 한가운데를 가로질러서 떠나가
셨다.〉

40

이따금 루카는 마르코의 복음서를 그대로 베끼기만 하지만,
대부분의 경우에는 방금 내가 보여 준 것처럼 한다. 그는 극화
하고, 시나리오처럼, 소설처럼 쓴다. 보다 생생한 장면을 만들
기 위해 〈그는 눈을 들어 올렸다〉, 〈그는 자리에 앉았다〉 같은
말들을 덧붙인다. 그리고 뭔가 마음에 들지 않는 부분이 있으
면 서슴없이 수정한다.

나는 복음서의 어떤 디테일들에 〈진실의 억양〉이 있다고 말
한 바 있다. 이 진실의 억양이 주관적인 요소라는 것은 인정하
지만, 이것은 내가 믿는 기준 중 하나이다. 또 하나의 기준은 성
서학자들이 〈거북함의 기준〉이라고 부르는 것이다. 어떤 작가
가 무언가를 쓰는 것을 거북해하는 듯한 느낌을 준다면, 그 무
언가는 진실이었을 가능성이 아주 높다는 것이다. 예를 들자
면, 예수와 그의 가족 간의, 혹은 그와 제자들 간의 극도로 험악
한 관계처럼 말이다. 마르코가 이에 대해 하는 얘기는 충분히
믿을 만하게 느껴진다. 루카의 얘기는 덜 그렇다. 마르코는 예
수의 가족들이 그를 붙잡아서 가둬 놓으려고 들이닥쳤다고 말
하고, 루카는 그들은 몰려든 군중 때문에 그에게 접근할 수 없
었다고 말한다. 또 마르코는, 그 자신이 베드로의 비서였음에
도 불구하고, 예수가 베드로를 사탄이라고 부르며 뒤로 밀치는
장면을 보여 주는 반면, 루카는 제자들이 멍청이들 패거리의

모습으로 등장하는 장면들은 죄다 삭제하거나 조정한다 — 그가 원한을 품고 있는 요한에 대해서만은 예외다.

마르코는 얘기하기를, 어느 날 예수가 배가 고팠는데, 잎이 무성한 무화과나무를 발견했지만 열매는 없었다고 한다. 그것은 당연한 일로, 때가 무화과 철이 아니었던 것이다. 하지만 예수는 나무에게 무시무시한 저주를 내린다. 「앞으로 너는 영원히 열매를 맺지 못하여, 아무도 네 열매를 따먹지 못할 것이다!」 다음 날 그와 제자들이 다시 무화과나무 앞을 지나게 됐는데, 베드로가 전날의 저주를 기억하고는 나무가 뿌리째 말라 있는 사실을 알린다. 그런데 예수는 만일 너희에게 믿음만 있으면 산도 옮길 수 있다는 아주 이상한 대답을 한다. 이 말에 아무도 감히 되묻지 못한다. 만일 그 정도의 능력이 있다면 왜 나무를 죽이는 대신에 그냥 열매를 맺게 해주지 않았느냐고.

이것은 매우 위협적인 이야기로, 우리는 이 저주받은 무화과나무가 이스라엘이라는 것을 어렴풋이 느낄 수 있다. 무엇보다도 이 이야기는 매우 아리송하다. 예수는 종종 위협적이고도 아리송한 모습을 보였다. 그는 양의 옷을 입고 오지만 속은 사나운 늑대인, 그리고 그 열매를 보고 알아볼 수 있는 거짓 예언자들에 대해 말하곤 했다. 이런 혼란스럽기 그지없는 애매모호한 은유는 루카의 취향이 아니다. 그는 나처럼 한 단어 한 단어 명확한 뜻으로 옮겨질 수 있는 이해 가능한 은유들을 좋아하고, 따라서 가시나무에서 무화과나무를, 가시덤불에서 포도를 딸 수 없다는, 그냥 일반적인 지혜의 말을 하는 것으로 만족한다. 그는 마르코가 얘기한 무화과나무의 이야기를 그냥 삭제해버리고 싶은 유혹을 느꼈을 것이다. 결국 그는 이것을 적당히 처리할 수 있는 해결책을 찾아내는데, 그것은 예수의 입에서 명확하고도 낙관적인 우화를 나오게 하는 것이다. 무화과나무가 3년 동안 열매를 맺지 못하여 주인이 그것을 잘라 버리려 하자, 포도원지기가 무화과나무를 감싸고 나온다. 주인님, 이 나무에 한 번만 더 기회를 줍시다. 잘 돌보면 나중에 다시 열매를 맺게 될지도 모르지 않습니까? 이것은 엄함보다는 인내를 내세우는 전혀 다른 교육관이다. 만일 루카가 이 부분을 쓰면서 이스라엘을 생각했다면, 이것은 그의 진정한 바람이었을 것이다. 그리고 솔직히 조금 진부하고, 심지어 약간 유치하게 느껴지는 것도 사실이다.

미적지근한 자들을 뱉어 버리는 사람들은 루카를 싫어했으니, 그가 너무 점잖고, 너무 개화되었고, 너무 교양 있었기 때문이다. 루카가 〈가진 자는 더 받게 되고, 가지지 못한 자는 빼앗기리라〉라는 끔찍한, 하지만 섬뜩할 정도로 진실인 얘기를 하고 있는 문장을 발견했을 때, 그는 이것의 비논리적인 부분을 손보지 않고는 견딜 수가 없으며, 결과적으로는 다음과 같이 무미건조하게 만들어 놓는다. 〈가지지 못한 자는, **자신이 가졌다고 믿고 있는 것조차** 빼앗기리라.〉(부끄러운 얘기지만, 나도 이런 종류의 수정을 가할 수 있을 것 같다.) 하지만 늘 그렇듯, 사정은 훨씬 복잡하다. 왜냐하면 다른 이들이 〈자신의 아버지와 어머니와 아들과 딸을 나보다 더 사랑하는 사람은 내 제자가 될 자격이 없다〉라고 말한 부분에서, 그 점잖은 루카가 한층 더 격렬한 어조로 이렇게 경고하고 있기 때문이다. 〈누구든지 자기 부모와 **아내와**(그러고 보니 아내를 빼먹었다) 자식들과 형제자매들, **심지어 자신의 생명까지 미워하지** 않고 내게 오는 자는 내 제자가 될 수 없다〉. 또 이 점잖은 루카는 예수로 하여금 이렇게 말하게 한다. 〈나는 이 땅에 불을 지르러 왔다. 이 불이 벌써 타오르기 시작했다면 얼마나 좋겠느냐!〉

41

수난[32]의 이야기를 쓸 때, 루카는 대체로 마르코의 버전을 따르고 있지만, 그것을 더 꾸미기도 하는데, 그 작위적인 기교들이 항상 내 마음에 드는 것은 아니다. 겟세마니 동산에서 그의 묘사는 진부하면서도(한 천사가 하늘에서 내려와 예수를 위로한다) 병적이다(이마에서 흘러내리는 굵은 땀방울이 핏방울로 변한다). 병사들이 예수를 체포하러 왔을 때, 제자 중 하나가 대사제의 종의 귀를 칼로 잘랐다. 요한은 이 종의 이름이 말코스라고 우리에게 전해 주는데, 이것은 내가 신뢰하는 종류의 디테일이다. 이게 사실이 아니었다면 왜 이런 말을 했겠는가? 한편 루카는 예수가 사내의 귀를 만져 치료해 주었다고 덧붙이는데, 난 이 말을 단 1초도 믿지 않는다.

이제 골고다로 와보자. 「마르코 복음서」에서 병사들은, 예수 자신이 맹인의 눈에 침을 뱉었던 것처럼 예수의 얼굴에 침을 뱉는다. 루카는 테오필로스에게 충격을 줄 수 있는 이 침 뱉는 부분을 모두 삭제해 버리고, 대신 대화를 첨가한다. 마르코가 간략하면서도 섬뜩하리만치 모질게도, 십자가 위에서 예수가 한 말을 단 한 마디만 전하는 데 반해, 루카는 언제나 수다스러

32 십자가에 매달리기 전에, 그리고 십자가 위에서 예수가 당한 고난.

운 그답게 예수로 하여금 세 번이나 말하게 한다.

첫 번째 것은 그가 자신에게 끔찍한 고통을 주고 있는 자들에 대해 하는 말이다. 「아버지여, 저들을 용서하소서. 저들은 자기가 무슨 짓을 하고 있는지 모릅니다.」

이것은 악과 마주했을 때, 우리가 항상 해야 할 말이 아니겠는가?

마지막 말은 가장 내 마음에 들지 않는 것이다. 예수는 숨을 거두면서 이렇게 말한다. 「아버지여, 내 영혼을 당신께 맡기나이다.」 이 말이 감동적인 것은 사실이지만, 「마르코 복음서」에 나오는 말, **엘로이 엘로이 레마 사박타니**, 즉 〈아버지여, 아버지여, 어찌하여 나를 버리셨나이까?〉보다는 훨씬 덜 아름다우며 훨씬 덜 끔찍하다.

하지만 루카의 가장 멋진 발명품은, 마치 예수의 십자가가 다른 두 사형수의 십자가 사이에 서 있듯이, 이 두 말 사이에 놓여 있다. 이 사형수들은 도적들로 참혹한 고통 속에 죽어 가고 있었지만, 그 와중에도 둘 중 하나가 예수에게 빈정거린다. 「당신이 진짜 메시아라면, 어디 당신 자신부터 구해 보시지?」 그러자 다른 도적이 꾸짖는다. 「이봐! 우리는 이런 벌을 당해도 싸. 우리는 당연한 죗값을 치르고 있는 거야. 하지만 이분은 아무 잘못도 없어.」 그러고는 예수에게 말한다. 「예수님, 당신의 왕국에 가셨을 때 저를 꼭 기억해 주십시오.」

예수의 대답은 이렇다. 「오늘 저녁에 너는 나와 함께 거기에 들어가게 될 것이다.」

미겔 데 우나무노가 쓰기를, 한 스페인 도적이 교수형에 처해지기 전 사형 집행인에게 이렇게 말했다고 한다. 「나는 사도 신경을 외우면서 죽고 싶습니다. 그러니 내가 〈나는 육신의 부활을 믿습니다〉라고 말하기 전에는 발판을 열지 말아 주십시오.」 이 도적은 앞에 나오는 도적의 형제이며, 그가 한 말은 그가 나 같은 똑똑한 인간들보다 예수에 대해 훨씬 많이 알고 있음을 보여 준다. 하지만 곧 죽게 될 그로서는 이게 도움이 되는 것도 사실이다.

42

루카는 도적들과 창녀들과 부역자들과 세리들을 좋아했다. 어떤 성서학자가 루카의 이런 성향에 놀라며 말했듯이, 그는 〈타락한 사람들, 실패한 사람들〉을 선호했다. 예수에게도 이런 성향이 있었다는 사실에는 의심의 여지가 없다. 그런데 예수의 이런 측면을 묘사하는 데 있어서 복음서 기자마다 저마다의 전문 분야가 있고, 루카의 그것은 그 자신 의사이기 때문이었는지는 몰라도 의사는 건강한 사람들이 아니라 병자들을 위해 존재한다는 사실을 끊임없이 우리에게 상기시킨다. 또한 그는, 그토록 점잖은 사람이었던 그가, 예수가 보여 주곤 하던 그 엄청난 난폭함은 결코 죄인들에게 향하지 않고, 오직 의인들에게만 향한다는 사실도 상기시킨다. 이것은 그의 **존더구트**, 다시 말해서 그의 글에만 존재하는 〈그만의 재산〉을 관류하는 주제이다. 성서학자들은 루카가 이제 내가 몇 개의 예를 들게 될 이 **존 더구트**를 어떤 알려지지 않은 출처에서 가져왔다고 상정한다. 나는 이 알려지지 않은 출처는 대부분의 경우 그의 상상력이었다고 생각하는데, 사실 이 상상력이라는 것이 신성한 영감과 크게 다르다고 할 수 있을까?

한 바리사이가 예수를 자기 집에 초대했다. 예수는 그 집으로 가 식탁에 앉는다. 한 죄 많은 여인 — 다시 말해서 창녀 — 이 향유가 든 단지를 들고 온다. 그녀는 울면서 예수의 발을 눈물로 적시고, 자신의 머리카락으로 닦고, 거기에 향유를 뿌린다. 바리사이는 충격을 받는다. 그는 아무 말도 하지 않지만, 예수는 그의 생각을 읽는다. 여기서 루카는 예수가 나눈 대화를 이런 식으로 꾸민다. 「시몬아, 내가 너에게 할 말이 있다.」 「선생님, 얘기하십시오.」 그러자 예수는 각각 5백 데나리온과 5십 데나리온을 빚진 두 빚쟁이가 있는 사람의 이야기를 들려준다. 두 빚쟁이 모두 갚을 돈이 없었으므로, 그는 둘의 빚을 탕감해 준다. 자, 이 두 사람 중에 누가 더 고마운 마음이 크겠느냐? 바리사이가 대답한다. 「빚이 더 많았던 사람이지요.」 〈그래, 네 생각이 옳다〉라고 예수가 말한다.

이 장면 바로 뒤에 루카는 아주 교묘하게도, 열두 제자와 함께 예수를 따라다니는 여자들에 대한 문단 하나를 슬쩍 집어넣는다. 막달라 여자 마리아뿐 아니라, 쿠자스의 아내 요안나, 수산나, 그리고 〈자신의 재산으로 예수의 일행을 돕고 있는〉 다른 많은 여자들이다. 자기 재산으로 그들을 돕고 있다는 것은 재산이 조금이라도 있다는 얘기인데, 루카만이 언급하고 있는 이 여성 독지가들은 그에게 필리피의 그 선한 리디아를 생각나게 했을 것이다. 루카는 네 복음서 기자 중에서 가난한 이들은 행복할 것이고 부(富)에는 저주가 따른다는 것을 가장 굳게 믿으면서도, 선한 백인 대장들이 있는 것과 마찬가지로 선한 부자들도 있다는 사실을 상기시키는 성향 또한 가장 뚜렷하다. 그는 사회적 범주들과 그것들의 다양한 뉘앙스들에, 또한 이 범주들이 사람들의 행동을 전적으로 결정하지는 않는다는 사실에 가장 민감하다. 만일 그가 제2차 세계대전을 기술하는 역사가였다면, 그는 **악시옹 프랑세즈나 크루아드푀** 같은 프랑스 극우파들에 속한 사람들이 가장 먼저 레지스탕스 운동에 뛰어든 이들 중 하나였다는 사실을 강조했으리라.

내가 이미 얘기한 바지만, 야고보와 요한은 사마리아에서 푸대접을 받자 하늘에서 불벼락을 내려 마을 사람들을 태워 죽여달라고 했다가 예수에게 호된 꾸지람을 듣는다. 이것은 「마르코 복음서」에 나오는 에피소드인데, 루카는 요한이 그다지 영예롭지 못한 모습으로 등장하기 때문에 더욱 신이 나서 이 부분을 옮겨 쓰며, 2페이지 뒤에서는 그만의 후기를 추가하기까지 한다. 누군가가 예수에게 영원한 생명을 얻으려면 어떻게 해야 하느냐고 묻는다. 「율법에는 어떻게 써져 있느냐?」 「마음을 다하여 주님을 사랑하고, 이웃을 네 몸처럼 사랑하라고 써져 있습니다.」 예수가 말한다. 「그래, 옳은 대답이다. 그대로 실천하면 넌 살 것이다.」 상대는 계속 물고 늘어진다. 「하지만 이웃은 누구입니까?」 그러자 예수는 예루살렘에서 예리코로 가

다가 강도를 만나 반쯤 죽게 된 나그네의 예를 든다. 한 사제와 한 레위 지파 사람이 그를 돕지 않고 지나쳐 버린다. 결국 한 사마리아인이 걸음을 멈추고 그를 치료하고 여관으로 데려갔고, 여관 주인이 그를 잘 보살펴 줄 수 있도록 약간의 돈까지 내어 준다.

경건한 유대인들이 보기에, 사마리아 사람들은 이교도들보다도 못한 존재들이었다. 그들은 천민이고, 인간 말종들이었다. 따라서 여기서 의미는 명확하다. 세상에서 배척받는 사람들이 도덕군자들보다 나은 경우가 많다는 것이다. 이는 루카의 전형적인 교훈이긴 하지만, 우리는 여기에 대해 좀 더 얘기해 볼 필요가 있다. 나는 어느 날 저녁, 우리 집에서 식사를 같이했던 한 여자 친구가 어떤 노숙자 사내를 도와주었다가 쓴맛을 보게 된 일을 얘기해 줬던 게 생각난다. 그녀는 그 친구에게 동정을 느꼈고, 도움을 주려 했고, 자기 집에 데려가 커피 대접까지 했지만, 그 결과는 그를 떼어 낼 수 없게 되었다는 것이다. 그는 찰거머리처럼 달라붙었고, 그녀의 아파트 건물 입구에서 기다리고 있었다. 그녀는 너무나도 죄책감에 시달린 나머지, 그를 자기 집에서 하룻밤을 지내게 해주었고, 심지어는 자기 침대까지 내주었다. 그러자 이 친구는 자기를 안아 달라고 요구했단다. 그녀가 거절하자 그는 울기 시작했다. 「내가 역겹죠? 그렇죠?」 사실 그랬지만, 그 감정을 솔직히 얘기하지 못하고 그냥 원하는 대로 해줬단다. 이것은 그녀의 가장 괴로운 추억 중 하나로, 〈누군가가 요구하면 그냥 주어라, 반대편 뺨도 돌려 주어라〉라는 복음서 원칙의 기계적인 적용이 가져올 수 있는 부작용의 좋은 예라 할 것이다. 선한 사마리아인의 좋은 점은 그는 선행을 하되 결코 지나치게 하지 않는다는 점이다. 그는 가진 돈을 다 내어 주지 않고, 심지어 절반도 주지 않는다. 또 불행한 사내를 자기 집에 데려가지도 않는다. 그가 한 것을 우리가 반드시 하지는 않겠지만 — 왜냐하면 이 지역은 그다지 안전하지 못하기 때문에, 또 무전여행 안내서들은 자동차를 세우면 무기를 꺼내서는 운전자를 벌거벗겨 길가에 세워 놓고 차를 몰고 가버리는 가짜 부상자들을 조심하라고 충고하고 있기 때문에 — 우리 모두는 우리가 해야 할 일은 바로 그것, 즉 위험에 처한 사람에 대한 최소한의 구조라는 것을 의식하고 있다. 더도 아니고, 덜도 아닌, 딱 그것만을 말이다. 루카는 이 일화를 만들면서, 사마리아인들의 사도 필립보에게서 보았던 그 견고한 실용주의를 생각했을지도 모른다. 예수의 극단적인 요구들은 그를 겁먹게 했을 것이다. 그는 분별 있는 자선을 옹호하며 예수의 어조를 약간 완화하고 있다.

다음에 등장하는 것은 어떤 귀찮은 사람인데, 그는 뭔가 부탁할 것이 있어 오밤중에 찾아와 친구를 깨운다. 상대는 처음에는 지금은 너무 늦은 시간이다, 자신과 가족은 자고 있다고 불평하지만, 그 귀찮은 인간이 하도 귀찮게 구는지라 다른 선택이 없다. 그는 투덜대면서 침대에서 일어난다. 이 이야기의 교훈은 주저하지 말고 상대를 괴롭히라는 것이다. 루카는 이 이야기가 너무도 흡족했던 나머지, 몇 장 뒤에서 자기 부탁을 들어 달라고 재판관을 계속 졸라 대는 어떤 골치 아픈 과부를 소재로 하여 일종의 **리메이크**까지 집어넣는다. 결국 재판관은 그녀의 부탁을 들어주고 마는데, 그것이 그가 특별히 하느님을 두려워하거나 정의를 사랑해서가 아니라 — 아니, 오히려 그는 형편없는 재판관이다 — 이 성가신 여자에게서 제발 좀 벗어나고 싶어서이다.

이 귀찮은 인간들이 따라야 할 본으로 제시된 짤막한 스케치들 중 첫 번째 것은 예수가 제자들에게 〈아버지, 아버지의 이름을 거룩히 드러내시며……〉로 시작되는 주기도문을 가르쳐 주는 대목 바로 다음에 오는데, 뭔가를 부탁하는 기도는 고귀하지 않다. 그리고 우리의 하찮은 문제들이나 욕망들을 가지고 주님을 성가시게 하면 안 된다고 말하는 사람들은 이 부분을 다시 읽어 볼 필요가 있을 것이다. 여기서 예수는 자클린이 내게 수없이 되풀이했던 다음과 같은 문장들로 쐐기를 박는다. 「내가 너희에게 말한다. 청하여라, 너희에게 주실 것이다. 찾아라, 너희가 얻을 것이다. 문을 두드려라, 너희에게 열릴 것이다. 누구든지 청하는 이는 받고, 찾는 이는 얻고, 문을 두드리는 이에게는 열릴 것이다. 너희 가운데 어느 아버지가 아들이 생선을 청하는데, 생선 대신에 뱀을 주겠느냐? 달걀을 청하는데 전갈을 주겠느냐? 너희가 악해도 자녀들에게는 좋은 것을 줄 줄 알거든, 하늘에 계신 아버지께서야 당신께 청하는 이들에게 성령을 얼마나 더 잘 주시겠느냐?」

나로서는 루카가 그 다양한 뉘앙스에 대한 감각을 어느 선한 바리사이의 이야기를 들려주는 데까지 밀고 나갔으면 좋았을 것 같다. 하지만 불행히도 그런 이야기는 하나도 없으며, 그의 복음서의 후반부에서는 이 존경받을 만한 사람들이, 그들이 존경받을 만한 사람들이라는 바로 그 이유로, 계속 호통을 듣는 것을 보게 된다. 어떤 바리사이가 예수를 식사에 초대했다. 예수는 손 씻는 의식도 치르지 않고 대뜸 자리에 앉는다. 주인장이 깜짝 놀라니까, 예수는 맹렬히 욕설을 퍼붓는다. 「야, 바리사이들아! 너희는 겉모습은 그럴 듯하지만, 속은 더럽기 그지없는 죄인들이야! 너희에게 저주가 있을 것이야!」 이런 식의 욕설이 한 열 줄 정도 이어진다. 식탁에 앉아 있던 다른 사람들 중 하나가 발끈한다. 그가 발끈하는 심정이 충분히 이해가 되는데, 이번에는 그에게 한바탕 호통이 퍼부어진다. 〈너희 율법학자들도 마찬가지야! 너희는 다른 사람들의 등에 지기 힘든 짐을 올려놓고는, 자신은 그 짐에 손가락 하나 대지 않잖아. 너희 조상들은 예언자들을 죽였고, 너희도 아마 똑같이 했을 거야!〉

이 부분을 읽고 있노라면, 만일 이 장면이 실제로 일어난 일이라면, 예수가 대체 무슨 생각으로 그랬던 건지, 혹은 루카가 이 이야기를 꾸며 낸 거라면 대관절 무슨 정신으로 그랬는지 궁금할 따름이다. 내용으로만 보자면 새로운 것이 전혀 없다. 오늘날이었다면 예수를 포퓰리스트로 여겨지게 했을 엘리트들에 대한 이런 신랄한 질책들은 다른 복음서들에도 많이 나온다. 하지만 거기서는 보다 적절한 상황에서 말해졌고, 따라서 보다 납득할 만하다. 여기서는 마치 루카에게 이 〈엘리트들에 대한 질책〉이라는 주제로 아직 사용되지 못한 분량이 있었고, 그는 이것을 어떻게든 끼워 넣기 위해, 예수가 당신의 집에 들어오자마자 식탁 위에 두 발을 척 올려놓고는 수프에다 침을 뱉고 당신과 당신의 가문을 9대 조상까지 올라가며 저주하는 어떤 불쾌하기 짝이 없는 인물로 등장하는 이 장면을 상상해 냈다는 느낌이 들 정도이다. 예수의 이런 모습은 다른 사람들의 관습을 존중해야 하며, 특히 그들의 나라에 있을 때는 더욱 그래야 한다고 끊임없이 역설했던 바오로를 스승으로 둔 루카에게서 나온 것이기에 더욱 이상하다. 이 유쾌하지 못한 장면이 가질 수 있는 유일한 이점은, 한편으로는 예수가 예루살렘에 다가감에 따라 점점 예민해지고 공격적이 되어, 르낭이 칭찬한 바 있는 그 〈신사〉 같은 매너를 잊어버렸다는 것과, 다른한편으로는 바리사이들이 〈그에 대해 앙심을 품고, 그를 함정에 빠뜨리려는 목적으로 여러 가지 질문을 하기 시작했〉다는 것을 알게 해준다는 점이다.

43

이번에도 한 바리사이의 집에서 식사할 때의 일이다. 손님들이 도착하여 저마다 식탁의 상석을 차지하려 하자, 예수가 훈계한다. 만일 너희가 상석을 차지한다면, 더 높은 사람이 왔을 때 그 자리를 빼앗길 수 있다. 하지만 말석을 선택한다면 그다음에는 더 좋은 자리로 올라갈 일만 남는다. 「누구든지 자신을 높이는 이는 낮아지고 자신을 낮추는 이는 높아질 것이다.」

이렇게 말한 다음 그는 주인장에게 고개를 돌린다. 「네가 점심이나 저녁 식사를 베풀 때, 네 친구나 형제나 친척이나 부유한 이웃을 부르지 마라. 그러면 그들도 다시 너를 초대하여 네가 보답을 받게 된다. 네가 잔치를 베풀 때에는 오히려 가난한이들, 장애인들, 다리 저는 이들, 눈먼 이들을 초대하여라. 그들이 너에게 보답할 수 없기 때문에 너는 행복할 것이다. 의인들이 부활할 때에 네가 보답을 받을 것이다.」

〈하느님의 왕국에 음식을 먹게 될 사람은 행복하겠지요〉라고 같이 식사하던 사람들 중 하나가 한마디 하자, 예수는 또 다른 우화를 늘어놓기 시작한다. 그대들은 정말로 하느님의 왕국에서 어떤 일이 일어나는지 알고 싶은가? 자, 한번 들어 보라. 그것은 초대받은 사람들이 마지막 순간에 갖가지 핑계를 대고 참석하지 않는 큰 잔치와도 같다. 하나는 방금 전에 밭을 샀고, 또 하나는 방금 전에 자기 딸이 결혼했으며, 모두가 하나같이 잔치에 오는 것보다 더 좋은 일들이 있다. 화가 치민 주인장은 종들을 보내어 시내의 거지들을 모두 잔치에 데려오게 한다. 그의 지시가 이행되었지만, 아직도 자리가 남는다. 그래서 그는 종들에게 시골로 나가서 눈에 띄는 사람들을 모두, 필요하다면 억지로라도 데려오라고 한다. 어떻게 해서라도 집이 채워져야 하니까. 바쁘다고 발뺌했던 사람들은 아무도 그의 잔치를 맛보지 못하게 될 것이다.

이 잔치의 이야기는 왕국에 대한 묘사로는 그다지 매력적이지 못한 게 사실이다. 이 이야기는 명백히 그리스도의 식탁에의 초대를 무시한 이스라엘과 그 덕분에 어부지리를 얻게 된 그 지저분한 이방인들에 관한 것이다. **만일 그들이 고분고분하게 따라오지 않으면 강제로라도 데려오라**, 이것은 이후에 교회가 강제로, 그리고 당사자의 의견도 묻지 않고 야만인들에게 세례를 줌으로써 적용하게 될 강력한 선교 프로그램이다. 나는 이보다는 루카가 바로 그 전에 예수로 하여금 하게 한 말, 즉 부자에게 빌려주는 것보다는 빈자에게 주는 것이 더 나은 투자이며, 꼴찌가 되면 1등이 될 가능성이 더 커진다, 라는 말이 더 마음에 든다.

꼴찌가 바로 1등이다……. 익숙한 이야기이다. 심지어 이것은 〈왕국〉의 근본 법칙이기도 하다는 게 내 생각이다. 하지만 여기서 아주 흥미로운 질문 하나가 제기된다. 루카도 예수도 아래에 있는 것보다는 위에 있는 게 더 낫다는, 만인이 공유하는 의견에 대해 문제를 제기하지 않는다. 그들은 단지 아래에 있는 것은 위로 올라서기 위한 최선의 방책이라고, 다시 말해서 겸손은 최고의 인생 전략이라고 말할 뿐이다. 여기에 어떤 전략이 아닌 경우가 존재하는가? 가난과 어둠과 보잘것없음과 고통이 보다 큰 무언가를 얻기 위한 수단으로서가 아니라, 그것 자체로서 원해지는 경우들이 과연 존재하는가?

44

왕국의 풍습과 관례들에 대한 얘기가 이어진다. 이번에는 집 주인과 문제가 있는 것은 손님들이 아니라, 그의 재산을 빼돌렸다는 말이 도는 그의 집사이다. 또다시 화가 치민 그는 집사를 불러 파직할 의사를 밝히고는, 맡은 일을 청산하라고 말한다. 집사는 곤경에 처한다. 이제 나는 어떻게 해야 하나? 땅을 파먹고 산다? 그러기엔 힘이 없다. 구걸을 한다? 창피하다. 이때 아이디어 하나가 반짝 떠오른다. 면직이 발표되기 전에 실직 후에 기댈 수 있는 친구들을 만들어 놓자. 그는 주인의 채무자들을 오게 하여 빚 문서를 그들에게 유리하게 변조해 준다. 「당신은 백을 빚졌소? 그럼 50이라고 합시다. 아니, 아니, 고맙

다고 하지 마시오, 사례할 기회는 나중에 있을 거요.」 당신은
이 집사가 이중으로 처벌되리라고 예상하겠지만, 천만의 말씀
이다. 이 사실을 알게 된 주인이 한층 격노하는 대신에 이렇게
약삭빠르게 궁지에서 빠져나온 집사를 칭찬한다는 게 이 이야
기의 결말이다. 참으로 잘 하였도다!

　당연한 일이겠지만, 이 우화는 미사에서 자주 읽혀지지 않는
다. 하지만 여기에 대해 논평하지 않을 수 없었던『예루살렘 성
서』는 집사가 자의로 차감해 준 50은 자신의 뒤를 보장하기 위
한 뇌물이 아니라, 그가 받아 가려고 생각했었다가 현명하게도
포기해 버린 — 어떤 사장이 직원들과 언론의 불만을 잠재우
기 위해 자신의 스톡옵션을 포기하듯이 — 수수료였다고 말하
면서, 집사만큼이나 영리하게 궁지에서 빠져나간다. 우리는 안
도의 한숨을 내쉰다. 그래, 이 집사는 그렇게 고약한 사기꾼은
아니었어! 그리고 예수도 그의 사기 행위를 칭찬한 것은 아니
었던 거야! 불행히도 여기서『예루살렘 성경』은 우리를 속이고
있다. 만일 루카가 그렇게 말하고 싶었다면, 실제로 말했을 것
이다. 진실은 집사는 **정말로** 사기꾼이었고, 그는 **정말로** 자신의
고용주가 될 수 있는 사람들을 도와 옛 주인이 될지 모르는 사
람을 속였으며, 그의 주인은 이 사기 행위를 이 방면의 전문가
의 관점에서 높이 평가했다는 것이다.

　이 이야기의 내용 자체는 명확하다. 하지만 이것이 말하고
싶은 바는 과연 무엇일까? 여기서 어떤 교훈을 끌어내야 할 것
인가? 약삭빨라야 한다는 뜻인가? 언제나 신중함보다 대담함
이 이익이 된다는 뜻인가?

　달란트의 우화들이 의미하는 바도 이것처럼 느껴진다. 어떤

주인이 여행을 떠나면서 직원들에게 자기 재산을 맡기면서, 자기가 돌아올 때까지 그것을 불려 놓으라고 지시했다. 한 직원에게는 5달란트를, 또 한 직원에게는 2달란트를, 세 번째 직원에게는 1달란트를 주었다. 달란트란 세스테르티우스나 드라크마처럼 화폐의 단위를 말하지만, 이 말이 지닌 다른 의미, 즉 우리가 태어나면서 받은 재능이나 그것을 발휘하는 것을 뜻하기도 한다. 여행에서 돌아온 주인은 직원들에게 정산을 요구했다. 5달란트를 받은 직원은 5달란트를 더 벌었다. 「브라보!」주인이 말했다. 「너는 작은 일에 충실하였으니, 자, 여기 더 줄 테니, 계속해라!」2달란트를 받은 사람도 돈을 두 배로 불렸고, 그 역시 칭찬과 함께 보상을 받았다. 이제 남은 것은 1달란트만 받은 사람이다. 주인이 그에게 큰 신뢰를 보여 주지 않았으므로, 이 직원은 그가 가혹하고도 돈에 지독한 사람이라 판단하고는, 모험을 하는 대신에 받은 1달란트를 수건에 싸 두기로 마음먹었다. 그가 이것을 돌려주며 〈자, 여기에 주인님의 돈이 있습니다. 저는 이것을 고이 간직해 왔습니다〉라고 말하자, 주인은 호통 친다. 「이 멍청한 작자야! 네가 만일 이것을 돈놀이 하는 사람에게 꿔주었더라면, 최소한 이자라도 받았을 것 아니냐!」주인은 그에게서 1달란트를 빼앗아 이미 10달란트를 가진 사람에게 주고, 무능한 직원은 울며 이를 갚이 있는 바깥 어둠으로 내쫓는다.

또 하루는 주인이 자기 포도원을 위해 일꾼들을 고용한다. 그들은 일당으로 1데나리온을 받기로 합의를 본다. 팀은 새벽부터 작업을 시작한다. 오전 10시경에 주인은 시장에서 빈둥대고 있는 다른 일꾼들을 발견하고는, 그들도 고용한다. 또 정오와 오후 4시에도 다른 일꾼들을 고용한다. 그렇게 저녁이 됐는데도 시장에서 빈둥대는 일꾼들이 있다. 주인이 묻는다. 「왜 너희들은 일하지 않느냐?」 일꾼들은 어깨를 으쓱한다. 「아무도 우릴 고용하지 않아서요.」 주인이 그들에게 말한다. 「자, 내가 너희를 고용할 테니, 내 포도원으로 가라.」 그들은 거기로 가서 딱 한 시간을 일했는데, 날이 저물어 정산 시간이 된다. 주인은 집사에게 일꾼들에게 일당을 주되, 가장 나중에 온 이들부터 주라고 지시한다. 「얼마나 줄까요?」 집사가 묻는다. 「1인당 1데나리온씩이다.」 나중에 온 이들은 뜻밖의 횡재에 입이 귀에 걸려서 떠나고, 다른 이들은 자기들은 더 받을 거라고 상상하며 좋아한다. 하지만 천만의 말씀이다. 일한 시간이 한 시간이든, 다섯 시간이든, 혹은 열한 시간이든 상관없이, 모두가 똑같이 1데나리온씩이다. 열한 시간을 일한 사람들은 울컥하는데, 충분히 이해할 만한 반응이다. 그들은 항의한다. 주인은 대답한다. 「나는 분명히 1데나리온이라고 말했고, 따라서 1데나리온씩이다. 다른 이들에게 더 주었다고 해서, 너희들에게 덜 주었느냐? 아니다. 또 내가 내 돈을 어떻게 사용하든, 그것은 너희가 상관할 바가 아니다.」

45

너그럽지만 변덕스럽기도 한 주인을 주제로 한 이 미니 시리즈, 봉급과 투자 대비 수익과, 조작된 회계 장부와, 식사 초대에 대한 이 이야기들은 〈왕국이란 무엇인가?〉라는 질문에 대한 명시적인 답변이라는 사실을 잊지 말자. 이 중 어떤 것들은 예수 자신에까지 거슬러 올라간다. 예를 들어 달란트의 우화는 이미 『Q』에 있다. 하지만 대부분은 루카에 의해, 그러니까 예수로 하여금 이 주제에 대해 말하게 하는 데 있어서는 일종의 천재라 할 수 있으며, 그 자신은 살면서 남에게 나쁜 짓 한 번 한 적이 없는, 그야말로 소심할 정도로 정직한 사람이지만 — 나는 그렇게 확신한다 — 예수로 하여금 대부분의 사람들이 〈윤리〉라는 이름으로 이해하고 있는 것과는 정반대되는 것을 말하게 하는 데서 즐거움을 느끼는 이 루카에 의해 지어진 것들이다. 왕국의 법칙들은 결코 윤리적인 법칙들이 아니다. 그것은 삶의 법칙들, 업보의 법칙들이다. 예수는 이렇게 말한다. 삶이란 그냥 이런 것이다. 아이들이 현인들보다 더 잘 알고, 사기꾼들이 고결한 사람들보다 더 잘 산다. 부(富)는 거추장스러운 것이며, 미덕과 지혜와 훌륭함과 자기가 일을 완벽하게 한다는 자부심을 부(富)로, 다시 말해서 핸디캡으로 여겨야 한다. 하늘에서는 회개할 필요가 없는 아흔아홉 명의 의인들보다도 회개하는 단 한 명의 죄인 때문에 더 많이 기뻐한다.

위의 마지막 문장은 『Q』에도 나오는 잃어버렸다가 다시 찾은 양 이야기의 결론이다. 나는 이것이 예수의 모든 가르침들 중에서 루카가 가장 좋아하는 문장이라고 생각한다. 그는 이 문장을 너무나 좋아한다. 결코 싫증을 내는 법이 없다. 그는 이 이야기를 매일 저녁, 조금씩 바꿔서 듣고 싶어 하는 어린아이와도 같다. 그래서 그는 조금씩 바꾼 작은 이야기들을 지어내는데, 어떤 이야기들은 전혀 작지가 않다. 그것들은 예수가 왕국에 비교한 나무, 그러니까 처음에는 극히 작은 씨였지만 나중에는 하늘의 새들이 가지에 날아와 둥지를 짓는다는 그 거대한 나무들만큼이나 크다.

루카는 귀찮은 친구의 이야기를 끈질긴 과부의 이야기로 되풀이했던 것처럼, 다시 찾은 양의 이야기 뒤에다 약간 교과서적이면서도 어설프게 느껴지는 리메이크 한 편 — 동전 한 개를 잃어버리고는 온 집 안을 뒤지다가, 그것을 다시 찾아냈을 때 지갑 속에 들어 있는 다른 동전들보다 그것 하나 때문에 훨씬 더 기뻐하는 여자의 이야기 — 을 먼저 집어넣는다. 다시 말해서 완전히 똑같은, 하지만 앞의 것만 못한 이야기를 이어 놓는다. 이것은 복음서 전체에서 가장 아름답지만 동시에 가장 당혹스러운 이야기인 탕자의 이야기에 이르기 위한, 일종의 숨 고르기라 할 수 있다.

46

이 우화는 주인의 직원들, 그의 집사, 혹은 그의 손님들에 대한 것이 아니라, 그의 두 아들에 대한 것이다. 어느 날, 이 두 아들 중의 막내가 넓은 세상에 나가 살고 싶으니, 자기가 받을 몫의 유산을 미리 떼어 달라고 요구한다. 「그렇게 하고 싶으냐? 좋다.」 주인은 재산을 나누어 주었고, 막내는 넓은 세상으로 가서 허랑방탕하게 살면서 자기 재산을 탕진한다. 이렇게 가진 것을 다 써버렸을 때, 그 나라에 가뭄이 들어 상황이 더욱 악화된다. 결국 그는 돼지치기가 되고, 돼지들이 먹는 사료를 부러운 눈으로 쳐다보는 신세로 전락한다. 이때 그는 일꾼들 중에서 가장 못한 사람조차도 배불리 먹는 아버지의 농장을 생각한다. 그는 〈내가 저럴 줄 알았다니까!〉로 시작되는 모두의 합창을 들을 각오를 하고서, 꼬랑지를 내리고 집으로 돌아갈 결심을 한다. 하지만 웬걸! 걱정했던 일은 일어나지 않는다. 아버지는 안락의자에 앉아 엄한 얼굴을 하고서 기다리는 대신에, 아들이 돌아왔다는 소리를 듣자마자 버선발로 달려 나와 그를 끌어안았고, 심지어는 아들이 준비해 놓은 사죄의 말(〈저는 아버지의 아들로 불릴 자격도 없습니다〉 등등)을 들으려고 하지도 않고, 하인들에게 큰 잔치를 벌이라고 명한다.

그들은 살진 송아지를 잡고, 잔치를 벌이기 시작한다. 얼마 후 저녁이 되었을 때, 맏아들이 밭에서 일하다 집에 들어온다. 누구 한 사람 그를 잔치에 초대할 생각조차 하지 않았다. 그는 집 안에 가득한 웃음소리와 음악 소리를 들었고, 지금 무슨 일이 벌어지고 있는지 알게 되자 두 눈에 눈물이 차오른다. 아버지가 나와서 그에게 말한다. 「자, 어서 들어와. 그렇게 바보같이 굴지 말고, 와서 우리와 함께 즐기잔 말이야.」 하지만 맏아들은 들어가려 하지 않는다. 분노와 억울함으로 파르르 떨리는 그의 음성이 우리 귀에까지 들리는 듯하다. 「보세요, 아버지! 저는 그 세월 동안 아버지를 충실히 섬겨 오고, 아버지가 시키는 대로 해왔어요. 하지만 아버지는 친구들과 함께 즐기라고 내게 염소 새끼 한 마리 준 일이 없지 않습니까? 그런데 창녀들과 노닥거리며 온 재산을 날려 먹은 저 녀석이 돌아오니까, 아버지는 살진 송아지를 잡으시다니요! 정말 이건 공정치 못하다고요!」

그렇다, 이것은 공정치 못하다. 이것은 내게 프랑수아 트뤼포를 생각나게 한다. 그의 딸들의 증언에 따르면, 그는 딸 하나가 잘못을 하면, 인생이 부당하다는 것을 가르치기 위해 다른 딸에게 벌을 주었다고 한다. 또 이것은 『두 번째 공덕의 신비 안으로 들어가는 문』(두 번째 공덕이란 소망을 뜻한다)에서 신의 긍휼에 관한 이 세 우화에 대해 고집스럽게, 반복적으로, 그리고 기막힌 방식으로 오랫동안 명상하고 있는 가톨릭 작가 샤를 페기도 생각나게 한다. 그는 되찾은 양의 우화에 대해 이렇게 쓴다.

〈우리가 부당함에 처하게 되면
자신이 대체 어디로 가는 것인지 더 이상 알 수 없게 된다.
여기에 신실치 못한 자 하나가, 그렇다, 두려워하지 말고 있는 그대로 표현하자, 여기에 신실치 못한 자 하나가,
백 명의, 아흔아홉 명의 신실한 자들보다 더 가치가 있다.
이 신비는 대체 무엇인가?〉

또 돌아온 탕자의 우화에 대해서도 쓰고 있다.

〈「루카 복음서」에서 그것은 아름답다. 그것은 어디서나 아름답다.
그것은 「루카 복음서」에만 있다. 그것은 어디에나 있다.
그것에 대해 생각하기만 해도 흐느낌이 목구멍에 차오른다.
이것은 예수가 얘기한 것들 중에
온 세상에 가장 큰 반향을 일으킨 말이다.

온 세상과 사람 안을
사람의 마음 안을
가장 깊게 울린 말이다.

신실한 마음 안을, 그리고 신실치 못한 마음 안을.

이전에 아무도 찾지 못했고,
이후로도 아무도 찾지 못한,
어떤 예민한 지점을 그것은 찾아냈단 말인가.
그때까지 아무도 상상치 못했고,
이후로도 아무도 찾아내지 못한,
유일한 지점을 말이다.
고통의 지점을, 비탄의 지점을, 소망의 지점을.
쓰라린 지점을, 불안한 지점을.
사람의 마음 가운데 멍이 들어 있는 지점을.
눌러서는 안 되는 지점을, 흉터가 난 지점을, 꿰매어져 아물
어 가고 있는 지점을.
눌러서는 안 되는 지점을 말이다.〉

나는 누른다.

요즈음 이 책의 끝이 가까워짐에 따라, 나는 친구들이 찾아
올 때마다 그들에게 이 이야기에 대해 어떻게 생각하느냐고 물
어본다.
내가 그들에게 이야기를 소리 내어 읽어 주면, 그들은 모두

당혹감을 감추지 못한다. 그들은 아버지의 용서에 대해서는 감동을 느끼지만, 맏아들의 쓰라린 감정 앞에서는 혼란스러워한다. 그들은 이것을 잊고 있었던 것이다. 어떤 이들은 복음서가 이런 감정을 조롱하고 있다는 느낌마저 받는다. 나는 계속해서 사기꾼 집사와 열한 시간째에 고용한 일꾼들의 이야기도 들려주는데, 여기에서도 내 친구들은 이 이야기들이 대체 무슨 말을 하겠다는 건지 모르겠단다. 만일 이게 이솝 우화집이나 라퐁텐 우화집에 실린 거라면 이해할 수 있을 것이고, 이 비도덕적이고도 엉큼한 윤리에 미소 지을 수도 있을 것이다. 하지만 이것은 이솝 우화나 라퐁텐 우화가 아니라 복음서이다. 이것은 왕국에 대한 최종적인 말, 즉 신의 뜻이 엿보이는 삶의 차원인 것이다.

만일 여기서 말하고자 하는 바가 〈이 땅에서 삶은 그냥 이런 것이다, 이렇게 부당하고, 잔인하고, 제멋대로라는 것을 우리는 다 알고 있다, 하지만 왕국은, 우리가 나중에 보게 되겠지만, 전혀 다른 것이다〉라면, 문제는 달라지리라. 하지만 전혀 그렇지 않다. 루카는 전혀 그런 말을 하고 있지 않다. 루카는 그저 〈이게 바로 왕국이다〉라고 말할 뿐이다. 그리고 마치 어떤 선승이 어떤 화두를 툭 던져 놓고는, 그다음은 너희가 알아서 하라는 식이다.

47

나는 이 탕자의 우화로 이 책을 끝낼 것을 오랫동안 생각해 왔다. 왜냐하면 나는 자주 나 자신을 그와 동일시했고, 또 때때로 — 좀 더 드물게는 — 그 착하지만 무시당한 아들과 동일시 했으며, 이제는 남자가 자신을 아버지와 동일시하는 나이가 되 었기 때문이다. 내 애초의 생각은 수많은 여행과 모험으로 점 철된 기나긴 삶을 보내고 나서, 가을의 평화와 화해로 가득한 황금빛 석양을 받으며 집으로 돌아오는 루카의 모습으로 보여 준다는 것이었다. 우리는 그가 사망한 장소와 시간에 대해 아 는 바가 전혀 없지만, 나는 아주 늙은 나이로 죽어 가면서, 마지 막 순간이 다가옴에 따라 자신의 어린 시절을 되찾는 그의 모 습을 상상해 보곤 했다. 아득히 잊혔다가, 갑자기 현재보다도 더 현재처럼 다가오는 기억들. 왕국처럼 아주 작으면서도 어마 어마하게 큰 기억들. 아주 어린아이였던 그가 우유를 가지러 농장으로 향하던 길. 그때는 몹시 길게 느껴졌지만, 사실은 아 주 짧은 길이었다. 하지만 지금은 마치 그것을 주파하기 위해 한평생을 보낸 것처럼 다시금 길어진다. 여행을 시작할 때 산 은 산처럼 보이지만, 여행하고 있는 동안에는 전혀 산처럼 보 이지 않다가, 여행이 끝나면 다시 산처럼 보인다. 그것은 **산이 며**, 그 정상에 서면 마침내 풍경 전체가 눈에 들어온다. 마을들, 계곡들, 그리고 바다에까지 펼쳐진 들판. 그는 이 모든 것을 지 나왔고, 힘들게 길을 걸어왔으며, 이제는 여기에 있는 것이다. 종달새의 마지막 울음소리가 불그스름한 노을 속에 솟아오른 다. 양은 울타리로 돌아온다. 목자는 문을 열어 준다. 아버지는 아들을 품에 안는다. 그러고는 마치 렘브란트의 그림에서처럼 따뜻하고 포근한 자주색 외투로 아들을 감싸 준다. 아버지는 아들을 품에 안고 부드럽게 얼러 준다. 아들은 몸을 맡긴다. 이 제 더 이상 위험은 없다. 올바른 항구에 도착한 것이다.

그는 스르르 눈을 감는다.

나는 이 마지막 장이 마음에 든다.

다만……

다만, 그는 단지 눈만 감는 것이 아니라, 두 귀도 틀어막아야 할 것이니, 왜냐하면 엔딩 크레디트에 맞춰 청아하게 울려 퍼지는 바흐의 칸타타 뒤에서 맏아들이 날카롭게 항의하는 소리가 들리고 있기 때문이다. 「그럼 나는 어떻게 되는 거죠? 죽어라 고생만 하고 아무것도 얻지 못한 나는 어떻게 되는 거냐고요!」 이런 불평들은 추한 것이다. 이런 불평들은 눈살이 찌푸려지는 게 사실이지만, 불행이 아름답고 고상한 경우는 거의 없다. 이것들은 협주곡의 아름다운 하모니를 망쳐 버리지만, 루카의 정직함은 이것들을 지워 버리지 않는 데에 있다. 아버지는 아들의 항의에 아무런 설득력 있는 답변을 내놓지 못한다. 마태오는 이 이야기의 모형이라 할 수 있는 잃어버린 양의 이야기에 대해 말하면서, 예수께서는 한 아이를 품에 안고 이 이야기를 들려주셨으며, 〈하늘에 계신 아버지께서는 이 작은 자들 중에서 하나라도 멸망하는 것을 원치 않으신다〉라는 결론을 내리셨다고 말한다. 루카는 결코 이런 식의 말을 덧붙이지 않는다. 그렇게나 너그럽고, 미지근하고, 타협적인 루카는 어떤 이들은 멸망한다는 것, 이게 바로 왕국의 법칙이라고 말한다. 불행한 자들이 울며 이를 가는 지옥이 존재하는 것이다. 해피엔드 또한 존재하지만, 모든 사람에게 해당되는 것은 아니다.

인도의 한 현인이 **삼사라**와 **니르바나**에 대해 말한다. **삼사라**는 우리가 살고 있는 변화와 욕망과 고통의 세계이다. **니르바나**는 깨달은 자가 들어가는 해방과 지복의 세상이다. 하지만 현자는 이렇게 말한다. 〈**삼사라**와 **니르바나**를 구별하는 사람은 **삼사라**에 있다. 이 둘을 더 이상 구별하지 않는 사람은 **니르바나**에 있다.〉

나는 왕국도 이와 같다고 생각한다.

에필로그
(로마, 90년·파리, 2014년)

1

착한 티투스의 동생 도미티아누스는 못된 황제였다. 그 못된 정도가 네로만큼 화려하지는 못했지만 사악하기로는 한 수 위였다. 아침에 잠에서 깨어나면 침실에 한 시간 정도 꼼짝 않고 있다가, 파리가 사정거리 안에 날아와 앉으면 번개같이 팔을 뻗어 비수로 찍어 죽이곤 했다. 이 훈련을 얼마나 열심히 했던지 이 종목의 달인이 되었다. 그는 혼자 먹는 걸 좋아했고, 또 밤중에 혼자서 궁 안을 어슬렁어슬렁 돌아다니면서 문마다 귀를 대고 엿듣는 것을 즐겼다. 그가 어떤 여자에게 흥미를 느낀다면, 그것은 그녀를 다른 남자에게서 빼앗을 수 있을 때뿐이었고, 그 남자가 친구이면 더욱 좋았는데, 그에게는 친구가 하나도 없었다. 유베날리스에 따르면, 그와는 사소한 잡담을 나누는 것조차 위험한 일이었단다. 이런 성격이었으니 당연히 사람들을 박해했고, 특히 철학자들을 박해했다. 그는 철학자들을 증오했다. 스토아학파의 후기 인물 중 하나인 에픽테토스도 그 희생자 중 하나였다. 기독교도들도 마찬가지였지만, 그들은 약간 관례적으로 박해당하는 경향이 있었다. 어떤 의미에서 그들은 **유주얼 서스펙트**[1]인 셈이었다. 그런데 도미티아누스는 범죄의 영역에서는 관례를 좋아하지 않았고, 누구에게서 행동을 지시받는 것을 싫어했다. 그는 네로에게서 물려받은 희생자들이 아닌 자신만의 희생자들을 박해하고 싶었고, 또 박해하는 김에 자기가 박해하는 자들이 누구인지 알고 싶었다. 무엇보다도 이 기독교도들이 어떤 종류의 위험을 초래할 수 있는지 알고 싶었다. 사람들 말로는 이들은 반도들이라고 했다. 그런데 리더 없는 반란은 있을 수 없고, 그 리더는 60년 전에 죽었으므로, 도미티아누스는 만일 여기에 어떤 위험이 있을 수 있다면, 그것은 반드시 그의 가족에게서 나올 것이라 생각했다. 이 도미티아누스는 사악했을 뿐만 아니라, 다윗의 후손 한 명을 제거하기 위해 수백 명의 무고한 아이들을 학살할 수 있었던 헤로데만큼이나 인간사에 대한 원시적이고도 마피아적인 시각을 가지고 있었다. 그래서 그는 예수의 후손들을 잡아 오게 했다.

유대에 파견된 황제의 경찰들은 거기서 예수의 종손 두 사람, 다시 말해서 그의 동생 유다의 손자 두 명을 찾아냈다. 그들은 아주 오래전에 예루살렘 교회에서 갈라져 나온 그 공동체들 중 하나의 일원으로, 광야의 가장자리, 다시 말해서 그들 자신의 신과 로마의 저주를 받은 나라의 언저리의 언저리에서 힘겹게 살아가고 있는 가난한 농부들이었다. 그들은 자신들의 종조부의 이름으로 세상에서 어떤 일이 벌어지고 있는지 전혀 모르는 채로 흐릿해진 의식(儀式)들과 전통들, 그리고 예수의 말씀

---

1 *usual suspect*. 사건이 터졌을 때 경찰이 제1순위로 조사하는 동일 수법의 전과자. 브라이언 싱어 감독의 동명 영화(1996)로 유명한 표현이 되었다.

의 흐릿한 기억을 보존해 왔다. 그들은 로마 병사들이 후미진 마을에 들이닥쳐 그들을 체포해서는 카이사리아로 호송하고, 또 거기서 로마로 가는 배에 태웠을 때에는 그야말로 죽을 듯이 무서웠을 것이다. 그들을 맞은 것은 황제였는데, 그들은 그의 이름조차 몰랐을 것이다. 그는 그냥 황제였고, 카이사르였으며, 자신들 같은 사람들이 그의 앞에 붙잡혀 온 이 상황이 뭔가 위험하게 느껴질 따름이었다.

고문하기 전에 상냥한 태도로 상대를 희롱하는 버릇이 있는 도미티아누스는 그들에게 정중하게 질문했다. 그대들은 다윗의 후손들인가? 네. 예수의 후손들인가? 네. 그대들은 예수가 언젠가 이 세상을 다스리게 되리라고 믿는가? 네, 하지만 이 세상의 왕국이 아닌 다른 왕국에서입니다. 그동안 그대들은 무얼 하고 살아왔는가? 9헥타르 남짓하고, 9천 데나리우스 정도의 가치가 있는 그들 소유의 땅으로 살아왔다. 그들은 이 땅을 일꾼도 쓰지 않고 직접 경작했고, 이 땅은 그들에게 굶어 죽지 않고 간신히 세금을 낼 수 있을 정도의 소득을 안겨 주었다. 사람들은 손마디가 울퉁불퉁한 이 두 유대 농사꾼을 황제에게 위험한 테러리스트로 소개하려 했으나, 그들의 몰골은 너무도 형편없어 보는 이의 마음이 짠해질 정도였다. 어쩌면 이날, 도미티아누스가 모처럼 기분이 좋았던 건지도 모른다. 또 어쩌면 그는 모든 사람이 자기에게서 기대하는 행동을 하고 싶지 않았는지도 모른다. 어쨌든 그는 그들을 풀어 주어 집으로 돌려보냈는데, 그가 기독교도들을 탄압하라고 주위에서 졸라 대는 자들을 재미로 목 잘라 죽였다 해도 나는 그리 놀라지 않을 것이다.

기독교도들……. 알고 보니 불쌍한 자들이었다. 아무런 위험

성도, 아무런 미래도 없는 자들이었다. 이제 이 이야기는 끝난 거야, 하고 황제는 생각했다. 이 사안은 이대로 종결해 버려도 되겠어.

그로부터 열아홉 세기가 지난 후, 나는 여전히 이 사안을 종결해 버릴 수가 없다.

2

「루카 복음서」와 거의 같은 시기에, 동방의 기독교도들을 위한 또 다른 복음서가 시리아에서 써지고 있었다. 이것의 저자는 징세 청부인이었다가 열두 제자 중의 하나가 된 마태오로 전해진다. 또 이 마태오 뒤에는 우리가 잘 아는, 사마리아인들의 사도 필립보가 숨어 있다고도 전해진다. 물론 역사가들은 마태오나 필립보가 이것을 썼다고 믿지 않는다. 그들은 이 복음서를 한 개인이 아닌 어떤 공동체의 작품으로 보며, 이 점에 있어서는 나도 의견이 같다. 왜냐하면 교회가 가장 선호하여 『신약』의 맨 처음에 위치시킨 이 복음서는 또한 익명성이 가장 두드러진 복음서이기도 하기 때문이다. 우리는 다른 세 저자에 대해 어쩌면 잘못된 관념을 품고 있을지 모르지만, 적어도 어떤 관념 자체는 가지고 있다. 마르코는 베드로의 비서이고, 루카는 바오로의 동반자이며, 요한은 예수가 총애한 제자이다. 첫 번째 작가는 가장 거칠고, 두 번째는 가장 정감이 가며, 세 번째는 가장 심오하다. 하지만 마태오는 전설도, 얼굴도, 특색도 없으며, 지금까지 내가 「요한 복음서」를 논평하며 3년을,

「마르코 복음서」를 번역하며 2년을, 루카에 대한 이 책을 쓰며 7년을 보냈지만, 이 마태오는 전혀 모르는 사람 같은 느낌이 든다. 그의 이런 투명성을 기독교적 겸양의 극치로 볼 수도 있겠지만, 마태오가 교회의 총애를 누리는 이유는 따로 있으니, 그것은 그가 예수가 모집한 이 한 무리의 가난뱅이들이 잘 조직되고, 훈련되고, 위계질서가 잡혔다는 사실을, 요컨대 이들이 이미 하나의 교회를 이루었다는 사실을 그의 복음서 전체를 통해 보여 주려고 애쓰기 때문이다. 아마도 그의 복음서는 네 복음서 중 가장 기독교적일 것이다. 또 가장 교회적이라고도 할 수 있다.

교회로서는 안성맞춤인 셈이었다. 바오로가 그린 밑그림에서 출발하여 고대에는 없었던 무언가가 형태를 갖추고 있었으니, 바로 성직 계급이었다. 그리스도는 하느님이 보낸 자이고, 사도들은 그리스도가 보낸 자들이며, 사제들은 사도들이 보낸 자들이었다. 이 사제들은 **프레스비테로스**라고 불렸는데, 간단히 말해서 〈장로〉라는 뜻이었다. 얼마 안 가서 이들은 나중에 주교가 되는 **에피스코포스**의 산하로 들어간다. 그리고 얼마 후에는 주교가, 또 얼마 후에는 교황이 이 땅에서 하느님을 대표하게 된다. 중앙 집권화, 위계질서, 지부(支部)들……. 이렇게 성직 계급은 지속을 위한 토대를 마련한다. 세상의 종말은 더 이상 일정에 없었다. 이 때문에 그들은 복음서들을 쓰기 시작했고, 이 때문에 그들은 교회를 조직하기 시작했다.

그러고 나서도 3세기 동안이나 교회는 은밀하고도, 불법적이고도, 쫓기는 집단으로 남아 있을 것이다. 악랄한 도미티아누스는 교회를 변덕에 이끌려 별다른 생각 없이 박해했지만, 그의 후계자들의 기독교 탄압은 사정을 잘 알고서 하는 행동들이었다. 그의 후계자들인 트라야누스, 마르쿠스 아우렐리우스, 하드리아누스 등은 모두가 훌륭한 황제들이었다. 금욕적이고도 관대한 철학자 황제들인 이들은 말기에 이른 고대가 배출한 최상의 인물들이었다. 이 훌륭한 황제들은 기독교를 금지하고 그 추종자들을 탄압하면서 표적을 잘못 잡은 게 아니었다. 그들은 로마를 사랑했고, 로마가 영원히 계속되기를 바랐으며, 이 정체불명의 종파가 국경 지역에 몰려들고 있는 야만족들만큼이나 위험한 적임을 감지했던 것이다. 한 기독교 호교론자는 이렇게 썼다. 〈기독교도들은 다른 사람들과 조금도 다르지 않다. 그들은 따로 떨어져 살지 않고, 사회의 모든 관습에 맞춰 살면서, 단지 내적으로만 그들의 영적 공화국의 법들을 따를 뿐이다. 그들은 마치 육체 안에 영혼이 거하듯, 세상 가운데 거하고 있다.〉〈육체 안에 거하는 영혼〉, 아주 멋진 표현이지만, 또한 그들은 꽤 오래전에 나온 그 망상증적 분위기의 SF 영화 「신체 강탈자의 침입」[2]에 등장하는, 친구나 이웃의 모습으로 가장하고서 어느 평화로운 마을에 숨어 사는 외계인들과도 같다. 이 로마 시대의 변종들은 제국을 내부로부터 집어삼키고, 보이지 않는 과정을 통해 그 신민들을 대신하고 싶어 했다. 그리고 정말로 그렇게 했다.

---

2 잭 피니의 원작 소설을 바탕으로 한 SF 영화로 1956년에 제작되었으며 원제는 〈*Invasion of the Body Snatchers*〉.

3

2세기의 20년대, 현덕한 황제 트라야누스 치세 때, 에페소에 아주 나이가 많은 노인 하나가 살고 있었다. 〈**프레스비테로스 요한**〉, 즉 〈요한 장로〉라고 불리는 이 노인의 나이를 아는 사람은 이제 아무도 없었다. 마치 죽음이 그를 잊어버린 것 같았다. 사람들은 그를 무한히 존경했다. 어떤 이들은 그가 예수가 가장 아끼던 제자, 예수를 알았던 마지막 생존자라고 주장했고, 그런 질문을 던지면 당사자는 부인하지 않았다. 그는 주위 사람들을 〈내 아이들〉이라고 불렀다. 그가 끊임없이 그들에게 해준 말은 〈내 아이들아, 서로 사랑하여라〉였다. 이 주문 같은 말 안에 그의 모든 지혜가 담겨 있었다. 어느 날, 그는 결국 숨을 거두었다. 그리고 역시 에페소에서 죽었다고 전해지는 예수의 어머니 마리아의 묘소 근처에 묻혔다. 그의 무덤에 귀를 대면, 이 요한 장로가 마치 잠든 아이처럼 아주 천천히, 그리고 규칙적으로 숨 쉬는 소리가 들린다고 한다.

그가 죽고 나서 몇 년 후, 요한이 썼다는 복음서가 에페소에 등장했고, 그때부터 이것이 예수가 사랑한 제자의 증언이라는 사실을 아무도 의심하지 않았다. 하지만 다른 교회들은 의심했다. 격렬한 논쟁이 4세기까지 계속되었는데, 한쪽은 요한이 기존의 투박한 시도들을 무효화하는 결정적인 복음서를 썼다고 주장했고, 다른 한쪽은 이것은 위작일 뿐 아니라, 이단적 성격의 위작이기도 하다고 맞섰다. 결국 요한의 책은 정전에 속한다고 선언되었다. 「요한 복음서」는 위경으로 간주되어 〈바깥 어둠〉에 내쳐질 운명을 아슬아슬하게 모면한 셈인데, 그 정도로 이것은 기이했고, 또 만장일치로 받아들여진 다른 세 복음서들과는 사뭇 달랐던 것이다. 이것은 영원히 네 번째 복음서로 남을 것이다.

누가 이 네 번째 복음서를 썼는지는 비밀에 싸여 있다.

우리는 제베대오의 아들이며, 예수가 사랑했던 그 성질 급한 갈릴래아 어부 요한이 예수가 죽은 후 예루살렘 교회의 중심인물 중 하나가 되었고, 시간이 더 흐른 뒤에 묵시록을 쓴 유대 반군으로 진화했다는 얘기까지는 그래도 받아들일 수 있다. 하지만 다시 그로부터 40년 후에, 이방인들에 대한, 또 그들과 야합한 유대인들에 대한 증오가 구구절절이 느껴지는 이 묵시록의 저자가 그리스 철학으로 포화되었고 유대인들에 대한 맹렬한 적대감이 뿜어져 나오는 이 복음서를 쓸 수 있었다고는 선뜻 믿겨지지 않는다. 「요한 복음서」에서 예수는 율법을 〈너희들의 율법〉이라고 경멸적으로 표현한다. 유월절은 〈유대인들의 유월절〉이라고 부른다. 그가 하는 이야기 전체는 빛과 어둠의 대립으로 요약될 수 있으며, 여기서 유대인들은 어둠의 역을 맡고 있다. 그렇다면?

그렇다면 가장 납득할 수 있는 시나리오는 다음과 같다는 얘기다. 제베대오의 아들 요한, 사도 요한, 묵시록의 저자인 요한은 정말로 그의 긴 생애를 소아시아 교회들의 존경에 둘러싸여 에페소에서 마감했다. 당시, 소아시아는 제국 전체에서 가장 신앙심이 강한 지역이었다. 거기서는 가장 하찮은 마을 치유사도 신 행세를 할 수 있었고, 갖가지 종교적 흐름들이 혼재하고 있었다. 네 번째 복음서도, 역사가들이 〈요한 공동체〉[3]라고 부르는 사람들도 좋아하지 않는 르낭은 이 예수의 마지막 살아 있는 증인을 둘러싼 종교적 음모와 사기와 협잡의 복마전을 묘사하고 있다. 르낭에 따르면, 이제 정신이 흐릿해지고 허영심 많은 노인네가 된 이 마지막 증인은 자기가 맡았던 역할을 요즘 나도는 복음서들이 제대로 써놓지 않았다며 분통을 터뜨리곤 했단다. 왜냐하면, 그의 주장으로는, 자신이야말로 가장 사랑받은 제자, 예수가 모든 기쁨과 슬픔을 숨김없이 털어놓은 제자였기 때문이다. 자기는 모든 것을 알고 있다. 예수가 무슨 생각을 했는지, 실제로 어떤 일들이 일어났는지 상세히 알고 있는 것이다. 마르코, 마태오, 루카 같은, 사정을 제대로 알지도 못하는 편찬자들은 예수가 예루살렘에 간 것은 마지막이 되어서야 죽기 위해 갔다고 말한다. 하지만 요한은 펄펄 뛴다. 그분은 노상 거기에 가셨다고! 거기서 대부분의 기적들을 행하셨다고! 그들은 예수가 죽기 전날 저녁에 자신을 기념할 수 있게끔 빵과 포도주의 의식을 시작했다고 주장한다. 하지만 그분은 그보다 훨씬 이전에 그걸 시작하셨다고! 그때만이 아니라 늘 해오셨단 말이야! 그분이 마지막 저녁에 모두의 발을 씻어 준 일, 그래, 그것은 그때 처음 하신 일이었어. 나 요한이 잘 알지, 왜냐하면 내가 그 마지막 저녁에 그분의 오른편에 있었으니까. 머리를 그분의 어깨에 기대고, 거의 안겨 있다시피 했으니까. 또 이 작자들이 뭐라고 하는 줄 알아? 예수님께서 혼자서 돌아가셨다는 거야. 제자놈들은 죄다 뿔뿔이 도망가 버리고 말이야.

3 일부 학자들은 「요한 복음서」의 실제 저자를 예수의 제자였던 〈사도 요한〉이 아니고 그의 제자나 주변 인물 혹은 그의 증언을 간접적으로 전해 들은 〈요한 공동체〉의 작품으로 보기도 한다. 74쪽 주 12 참조.

하지만 그때 나, 요한이 십자가 아래에 있었다고! 심지어 예수님은 숨을 거두시면서 당신의 어머님을 내게 맡기기까지 하셨단 말이야! 이런 기억들은 고령 때문에 흐릿해져 있지만, 그의 말을 듣는 사람들은 자신이 지금 진실을, 마르코나 마태오나 루카가 모르고 있거나 왜곡해 버린 진짜 진실을 듣고 있다고 그대로 확신해 버린다. 이 진실을 사람들에게 알려야 한다. 그리고 이 일을 해야 할 사람은 이 존경할 만한 노인의 최고의 대변인이 될 수 있는 사람, 그의 비서 역할을 할 수 있는 사람이다. 베드로를 위해 마르코가 했던 일을 요한을 위해 해줄 수 있는 사람이다.

차이점이 있다면, 마르코는 신뢰할 만한 비서였던 데 반해, 요한은 신뢰할 만한 비서를 얻는 행운을 갖지 못했다는 사실이다. 그의 행운은 다른 종류의 것이었다. 그는 천재적인 비서를 갖게 되었다. 어쩌면 이 비서 역시 이름이 요한이었을 수 있고, 시간이 흐르면서 사람들이 그를 사도 자신과 혼동하게 되었는지도 모른다. 사도 요한, 그리고 장로 요한. 에페소의 어둑한 빛과 뿌연 향연(香煙) 속에서 사람들은 더 이상 누가 누군지 구분할 수 없게 된다. 한 사람은 말하고, 다른 사람은 듣는다. 그리고 그가 들은 것을 너무나도 완벽하게 자기 것으로 만들어 버리고, 또 거기에 너무나도 내밀하게 그의 강력한 개성과 방대한 철학적 교양을 섞어 놓은 나머지, 만일 첫 번째 요한이 그의 글을 읽을 수 있었더라면, 두 번째 요한이 자신의 이름으로 써놓은 것을 알아보지 못했을 것이다. 왜냐하면 우리는 이 장로 요한에 대해 아는 바가 전혀 없지만, 그가 철학자이며, 또 만일 그가 유대인이었다면, 완전히 그리스화된 유대인이었음을 짐작할 수 있기 때문이다. 어쩌면 그는, 50년의 거리로 떨어져 있기는 하지만, 코린토에서 바오로의 라이벌이었던 아폴로 같은 사람이었는지도 모른다. 알렉산드리아의 필론의 제자요, 신(新)플라톤주의자였던 아폴로, 바로 사도 요한이 증오해 마지않았던 그 모든 것들 말이다.

이 두 요한, 그러니까 사도와 장로의 융합은 네 번째 복음서를 기묘한 혼합물로 만들고 있다. 한편으로 이것은 예수가 유대 땅을 돌아다닌 일들에 대해 너무도 구체적인 정보들을 제공하고 있기 때문에, 역사가들은 좋든 싫든 간에 이것이 다른 세 복음서보다 신뢰할 만하다고 느끼게 된다. 다른 한편으로, 이 「요한 복음서」가 예수의 입에서 나오게 하는 말들은 우리로 하여금 선택하지 않을 수 없게 만든다. 즉 예수는 「마르코 복음서」, 「마태오 복음서」, 「루카 복음서」에서처럼 말하거나, 아니면 「요한 복음서」에서처럼 말하거나 하는데, 그가 「마르코 복음서」, 「마태오 복음서」, 「루카 복음서」에서처럼 말한 동시에 「요한 복음서」에서처럼도 말했다고 믿기는 힘든 것이다. 따라서 우리는 금방 선택할 수 있다. 그는 「마르코 복음서」, 「마태오 복음서」, 「루카 복음서」에서처럼 말했다. 심지어 이 점은 이 세 복음서의 역사적 가치를 뒷받침하는 가장 강력한 논거이기도 하다. 이 세 복음서에 공통되면서도 너무나도 특이한 그 어법 말이다. 짤막한 문장들, 퉁명스러운 말투, 일상생활에서 가져온 예들……. 만일 이것을 모방하는 것이 루카의 장기가 아니었더라면, 도저히 모방할 수 없는 것이라고까지 말할 수 있으리라. 반면 「요한 복음서」는 예수와 그의 아버지의 관계, 어둠과 빛의 투쟁, 이 땅에 내려온 로고스 등에 관해 긴, 아주 긴 애기들을 늘어놓는다. 귀신 쫓는 얘기나 비유적인 우화 같은 것은 단 하나도 없다. 유대적인 것은 더 이상 없다. 진짜 요한, 즉 사도 요한은 이걸 보고 기겁을 했으리라. 자신의 이름으로 써진 말들이 자신의 대적(大敵) 바오로의 후기 서신들과 너무도 흡사하니까. 그리고 바오로의 후기 서신들에서처럼, 여기에는 비범한 문장들이 번득이고 있으니, 가짜 요한, 즉 장로 요한은 비범한 작가이기 때문이다. 그의 이야기는 어떤 초자연적인 약속의 빛에 싸여 있고, 그의 말들은 다른 세상에서 울려오는 메아리처럼 울린다. 가나의 혼인 잔치, 우물가의 사마리아 여인, 나사로의 부활, 무화과나무 아래의 나타나엘, 이 모든 것들이 그의 작품이다. 또 〈그는 커지셔야 하겠고, 나는 작아져야 하리라〉는 세례 요한의 말도 사실은 그의 것이며, 간음한 여인에게 돌을 던지려는 유대교도들에게 예수가 〈너희 가운데 죄 없는 사람부터 저 여자에게 돌을 던져라〉라고 한 말도 그의 것이다. 또 마지막으로, 지금으로부터 25년 전, 르 브르롱에서 나로 하여금 회심하게 만든 그 신비스러운 말도 그의 것이다.

〈내가 진실로, 진실로 너에게 말한다.
네가 젊었을 때에는 스스로 허리띠를 매고
원하는 곳으로 다녔다.
그러나 늙어서는 네가 두 팔을 벌리면
다른 이들이 너에게 허리띠를 매어 주고서,
네가 원하지 않는 곳으로 데려갈 것이다.〉

4

역사학도였을 때 나는 내가 선택한 주제로 석사 논문을 써야 했다. 나는 역사에 대해서는 아무것도 모르는 반면, SF 소설에 대해서는 꽤 많이 알고 있었으므로, 심사 위원단을 전부 합친 것보다도 내가 더 많이 알고 있다고 확신하는 주제를 선택했으니, 바로 대체 역사였다.

대체 역사란 다음과 같은 것들을 가정하고 써보는 허구적인 역사이다. 만일 일들이 다른 식으로 진행되었다면? 만일 클레오파트라의 코가 낮았더라면? 만일 나폴레옹이 워털루 전투에서 승리했더라면? 조사를 해나가면서 나는 이 대체 역사들 가운데 상당수가 기독교의 출발점들을 다루고 있다는 사실을 알게 되었다. 조금도 놀랄 일이 아닌 것이, 역사의 실에서 한 군데를 끊음으로써 최대한의 효과를 가져올 지점으로 이보다 좋은 곳들이 없기 때문이다. 이런 생각으로 **로제 카유아**[4]는 예수의 사건을 맡게 된 본시오 빌라도의 머릿속으로 들어가 본다. 카유아는 빌라도의 하루를 상상한다. 소소한 사건들, 사람들과의 만남, 기분의 변화, 꺼림칙한 꿈, 이 모든 것들이 하나의 결정(決定)을 낳는 연금술에 참여한다. 결국 빌라도는 이 약간 맛이 간 갈릴래아 사내를 죽이고 싶어 하는 사제들에게 굴복하지 않고, 별안간 마음을 바꾼다. 그는 아니라고 말한다. 나는 이 사람이 잘못한 점을 찾지 못하겠소. 나는 이 사람을 풀어 주겠소. 예수는 자기 고향으로 돌아간다. 그는 설교를 계속해 나간다. 그

---

4 Roger Caillois(1913~1978). 프랑스의 평론가, 사회학자. 프랑스 대중에게 보르헤스, 네루다, 아스투리아스 같은 남미 작가들을 소개한 사람으로도 유명.

리고 지혜로운 사람이라는 명성을 누리며 아주 고령으로 죽는다. 한 세대 후에 모두가 그를 잊어버린다. 기독교는 존재하지 않는다. 카유아는 이게 나쁘지 않은 결말이라고 생각한다.

이것은 문제를 해결하는 하나의 방법이다. 즉 그 근원에서 처리하는 것이다. 역사의 또 다른 중대한 분기점으로는 콘스탄티누스의 개종이 있다.

콘스탄티누스는 4세기 초반의 황제였다. 아니 그보다는, 동방과 서방을 나눠 먹은 네 황제 중 하나였다고 해야 더 정확하겠다. 로마 제국은 팽창함에 따라, 이제 군단의 주축을 이루게 된 야만족들이 스며드는 가운데, 갈수록 복잡하고도 관리하기 힘든 것이 되어 갔다. 그러던 어느 날, 다섯 번째 도전자가 자기도 황제가 되겠다고 나섰다. 그는 이탈리아 반도의 일부를 점령했고, 콘스탄티누스는 왕좌를 방어해야 했다. 그의 군대와 도전자의 군대 간의 일대 결전이 로마 근처에서 벌어지려 하고 있었다. 결전을 앞둔 밤, 콘스탄티누스의 꿈속에서 기독교도들의 신이 나타나 만일 그가 개종하면 승리를 안겨 주겠다고 약속했다. 다음 날인 서기 312년 10월 28일, 콘스탄티누스는 전투에서 승리했고, 제국은 그의 인도하에 기독교 제국이 되었다.

물론 황제의 결정을 백성들에게 알려야 했기 때문에 시간이 조금 걸리기는 했다. 어쨌든 312년에 로마 다신교는 공식 종교였고, 기독교는 거의 용납되지 않는 하나의 종파였지만, 10년 후에는 상황이 완전히 뒤바뀌었다. 관용은 그 방향을 바꾸었고 얼마 안 있어 로마 다신교는 더 이상 용납되지 않았다. 교회와 제국은 어깨를 나란히 하고 마지막 남은 다신교도들을 탄압했다. 황제는 자신이 예수의 으뜸가는 신하임을 자랑스럽게 여겼다. 3세기 전에 유대인의 왕이 되는 데 실패했던 예수는 이제 유대인만을 제외한 천하 만인의 왕이 된 것이다.

가톨릭 세계에서 〈종파secte〉라는 단어는 부정적인 함의를 갖고 있어서, 사람들은 이 말을 〈강요〉나 〈세뇌 교육〉 같은 관념들과 연결 짓는다. 반면 앵글로색슨 세계에서 이어져 온 개신교적 의미에서의 종파는 사람들이 태어난 환경이며, 그들 이전에 다른 이들이, 즉 부모가, 조부모가, 모두가 믿었기 때문에 그들도 믿는 것들의 전체인 〈교회〉와는 달리, 그들이 자의로 가입할 수 있는 어떤 종교 운동을 뜻한다. 교회 안에서 사람들은 모두가 믿는 것을 믿고, 모두가 하는 것을 하며, 여기에 대해 질문을 던지지 않는다. 민주주의자들이며 자유 검토의 신봉자들인 우리는 어떤 교회보다는 어떤 종파를 더 존중할 만한 것으로 여겨야 옳겠지만, 천만에, 그렇게 하지 않으니, 바로 이 어휘의 문제 때문이다. 콘스탄티누스가 개종함에 따라 〈기독교인은 기독교인으로 태어나는 게 아니라, 기독교인이 되는 것이다〉라는 호교론자 테르툴리아누스의 문장은 더 이상 사실이 아니게 되었다. 기독교라는 〈종파〉가 하나의 〈교회〉가 된 것이다.

가톨릭교회 말이다.

이제 이 교회는 늙었다. 그것의 등에는 무거운 과거가 얹혀 있다. 이 교회가 인류 역사상 가장 반체제적인 랍비, 나자렛 예수의 메시지를 배반했다고 비난할 수 있는 논거는 얼마든지 있다. 하지만 교회가 이렇게 했다고 비난하는 것은, 그것이 지금

까지 살아왔다는 사실 자체를 비난하는 것이 아닐까? 기독교
는 하나의 살아 있는 유기체이다. 이것은 성장하면서 전혀 예
상치 못했던 어떤 것이 되었는데, 이는 지극히 당연한 일이다.
어떤 아이가 아무리 아름답다 한들, 그 아이가 변하지 않고 그
대로 남아 있기를 바랄 사람이 어디 있겠는가? 아이로 남아있
는 아이는 죽은 아이, 기껏해야 지진아일 뿐이다. 예수는 이 유
기체의 유년기였고, 바오로와 초기의 교회는 반항적이고도 열
정적인 청소년기였다. 콘스탄티누스의 개종과 더불어 서구기
독교의 긴 역사가 시작된다. 다시 말해서, 무거운 책무들과 대
단한 성공들과 엄청난 권한들과 타협들과 부끄러운 과오들로
채워지는 성인(成人)의 삶과 전문적 커리어가 시작된 것이다.
그리고 계몽사상과 근대성은 은퇴의 시간이 왔음을 알렸다. 이
제 교회는 실무에서 물러났고, 전성기가 지났다는 것은 분명한
사실이며, 우리가 아주 무관심한 눈으로 지켜보고 있는 그것의
노년이 과연 고약한 치매증 쪽으로 기울고 있는 것인지, 아니
면 우리가 자신의 노년에 이르고 싶어 하는 — 적어도 나는 그
렇다 — 그 빛나는 지혜 쪽으로 향해 가고 있는지는 아무도 모
른다. 우리는 우리들의 삶의 차원에서 이 모든 것을 경험하고
있다. 만일 우리가 어른이 되어 크게 출세한다면, 이것은 과거
의 자신이었던 그 타협을 모르는 소년을 배신하는 일인가? 어
린 시절을 이상으로 삼고, 그 순수성을 잃어버렸다 하여 한탄
하며 평생을 보내는 것이 과연 의미가 있을까? 물론 예수는 만
일 예루살렘의 성분묘 교회와, 신성 로마 제국과, 예수를 죽였
다는 이유로 학살당한 유대인들과, 바티칸과, 노동 사제들이
단죄된 일과, 교황의 무류성(無謬性)을 보았다면, 또 마이스터

에크하르트와 시몬 베유와 에디트 슈타인과 에티 힐레숨[5]을 보았다면, 경악하여 할 말을 잃었을 것이다. 하지만 이 세상의 그 어떤 아이가, 만일 그의 미래가 그의 눈앞에 펼쳐진다면, 만일 그가 순전히 추상적으로만 알았던 사실을, 다시 말해서 키스할 때 뺨이 까칠하게 느껴지는 그 노부인들처럼 자신도 언젠가 늙을 거라는 사실을 진정으로 깨닫게 된다면, 그 어떤 아이가 놀라 입을 딱 벌리지 않겠는가?

내게 가장 놀랍게 느껴지는 것은 교회가 애초의 상태에서 이렇게나 많이 멀어졌다는 사실이 아니다. 오히려 이 애초의 상태를 이상으로 삼고서, 비록 성공하지는 못했을지라도 그것에 충실하려고 그토록 애써 왔다는 사실이다. 교회는 한 번도 애초의 상태를 잊어 본 적이 없다. 한 번도 그 어린 시절의 우월성을 인정하기를 멈춰 본 적이 없다. 마치 진리가 거기에 있는 것처럼, 마치 어린 시절에서 남아 있는 부분이 성인의 최상의 부분인 것처럼, 거기로 돌아가려는 노력을 중단해 본 적이 없다. 완성을 미래에 위치시킨 유대인들과는 달리, 또 — 이 점에서는 매우 유대적이라고 할 수 있는 바 — 예수에는 별로 신경 쓰지 않고, 지금은 겨자씨만큼 작지만 결국에는 온 세상을 포괄하게 될 그의 교회의 유기적이고도 지속적인 성장만을 생각했던 바오로와는 달리, 기독교는 그것의 황금시대를 과거에 위치시킨다. 기독교는, 그것의 가장 맹렬한 비판자들이 주장하는 것과 동일하게, 그것의 절대적 진실의 순간은 예수가 갈릴래아

---

5 Etty Hillesum(1914~1943). 네덜란드의 유대계 교사. 도스토옙스키와 기독교 신비주의의 영향을 받은 일기를 남겼다. 아우슈비츠에서 사망했다. 사후 그녀가 남긴 일기와 서한들이 차례로 출간되어 세계적인 주목을 받았다.

에서 말씀을 전하다가 예루살렘에서 죽게 된 그 2~3년 동안이라고, 그리고 교회는 거기에 가까워질 때만이 살아 있다고 믿는 것이다.

5

일들은 가만히 놔두면 결국에는 저절로 이루어지는 모양이다. 나는 성 바오로 크루즈 여행을 떠나지 않았고, 이것은 오히려 잘된 일이라고 할 수 있지만, 몇 해 전부터 꽤 많은 기독교인들이 — 특히 여성 교인들이 — 내 책들을 읽고 편지를 보내온 것이다. 나는 이 여성들 중 어떤 이들과 친분을 맺게 되었고, 이들은 나를 인생길의 벗으로 여기고 있는데, 나는 별로 나쁘다고 생각하지 않는다.

이들 중 한 명은 『리모노프』를 읽고 소감을 밝혀 왔다. 보다 정확히 말하자면, 내가 삶은 명백히 공평치 않으며, 사람들은 평등하지 않다는 식으로 얘기한 장(章)에 대해서였다. 어떤 사람들은 잘생겼고, 어떤 사람들은 못생겼고, 어떤 사람들은 금수저로, 어떤 사람들은 거지로 태어나고, 어떤 사람들은 유명해지는데 어떤 사람들은 그렇지 못하며, 또 어떤 사람들은 똑똑하고 어떤 사람들은 멍청하다……. 삶이란 그냥 이런 것인가? 이런 사실에 분개하는 사람들은 간단히 말해서, 니체나 리모노프가 생각했듯이, **삶을 사랑하지 않는** 사람들일까? 아니면 이 문제를 다른 식으로 볼 수도 있는 걸까? 나는 문제를 다른 식으로 보는 두 가지 방식에 대해 얘기했다. 첫 번째는 기독교이다. 다시 말해서 왕국 — 물론 왕국은 저세상이 아니라, 현실의 실상(實相)을 뜻한다 ── 에서는 **가장 작은 자가 가장 크다**는 생각 말이다. 두 번째 방식은 에르베 덕분에 알게 된 어떤 불교 경전에 들어 있다. 나는 이것을 두 번이나 인용했는데, 놀랄 정도로 많은 독자들이 이 문장이 바로 『리모노프』의 핵심이며, 기억해 둘 만한 가치가 있다는 것, 아니 이 문장이 끼어 있는 5백여 페이지가 오래전에 기억에서 지워지고 난 후에도 계속 마음속에 은밀히 살아 움직일 만한 가치가 있다는 것을 이해하고 있었다. 〈남과 비교해 스스로 우월하다거나, 열등하다거나, 심지어 동등하다고 판단하는 인간조차, 현실을 모르는 것이다.〉

나에게 편지를 보낸 여자분은 이렇게 말했다. 〈이 문제는 저도 잘 알고 있어요. 어렸을 때부터 절 괴롭혀 온 문제죠. 제가 이것을 의식하게 된 것은 한 수녀님께서 어떤 사람들에게는 작은 미소 하나가 아주 중요할 수 있기 때문에, 그들을 《친절하게》 대해 주라고 권면하셨을 때예요. 나는 내가 이런 사람들의 범주, 즉 다른 이들이 《친절하게》 대해 주려고 미소를 지어 주는 그 비천한 사람들의 범주에 속했다는 생각에 완전히 절망했어요. 또 한번은, 어느 독송 미사 때, 《강한 우리들은……》식으로 시작되는 성 바오로의 서신 한 구절을 들었을 때예요. 그때 이런 생각이 들었어요. 이건 나를 위한 말씀이 아니야. 나는 강하지 않아. 나는 인류의 좋은 쪽 절반에 속하지 않아. 이 얘기를 하는 것은, 작가님이 말씀하시는 사람들 간의 위계 문제를 저도 잘 알고 있다는 것을 말씀드리고 싶어서예요. 제가 이 문제를 보는 관점은 아마도 작가님과는 다르겠지만, 그래도 한 가지 해결책을 제안드리고 싶어요. 이것은 우리의 손 닿는 곳에 있어요. 아주 구체적으로 말하자면, 작가님이 다른 이로 하여금 작가님의 발을 씻게 하고, 또 작가님이 어떤 다른 사람의, 가급적이면 어떤 장애를 가진 사람의, 발을 씻어 주는 대야 안에 있어요.〉

이 말은 문자 그대로 이해해야 했다. 이 젊은 여성은 나의 정신적, 영적 발전을 위해, 장애인들의 발을 씻고, 내 발도 씻게 하라고. 다시 말해서 우리가 상상할 수 있는 가장 과장적이고도 거의 음란하기까지 한 가톨릭 의식을 실행해 보라고 권하고 있는 것이었다. 이러면서도 그녀의 이메일에서 느껴지는 어조는 사뭇 유쾌하면서도 지적이었다. 그녀는 이게 좀 이상한 일이라는 것을 의식하고 있었고, 내가 자신의 제안을 고맙고도 재미있게 받아들이면서도 손사래 치리라고 상상하고 있었다. 나는 한번 생각해 보겠다고 대답했다.

그로부터 2년 후, 다시 메일이 도착했다. 베랑제르, 즉 앞서 메일을 보냈던 여성은 그동안 내가 잘 생각해 봤는지, 그 결과 이 실험을 해보고 싶은 마음이 들었는지 알고 싶어 했다. 만일 내 주위에 씻어 줄 만한, 다시 말해서 충분히 뒤틀린 발이 없다면, 자기가 주소를 알려 주겠단다.

나는 이 책을 끝내 가고 있는 중이었고, 내 작업에 비교적 만족하고 있었다. 나는 이렇게 생각했다. 난 이 책을 쓰면서 많은 것을 알게 되었고, 이 책을 읽는 사람도 많은 것을 알게 되고, 또 여러 가지 생각을 해보게 될 거야. 난 작업을 훌륭히 마친 거야. 이와 동시에 어떤 다른 생각 하나가 나를 괴롭히고 있었다. 그것은 내가 본질적인 것을 놓쳤다는 생각이었다. 이 모든 박식함과 진지함과 조심스러움에도 불구하고, 완전히 핵심을 놓쳤다는 생각이었다. 물론 이런 종류의 문제들을 다룰 때, 핵심을 놓치지 않기 위한 유일한 방법은 우리가 신앙 쪽으로 넘어가는 것인데, 나는 그렇게 하고 싶지 않았고, 지금도 그럴 마음이 없다. 하지만 누가 알겠는가? 어쩌면 지금까지 내가 말하지 못한, 혹은 잘못 말한 무언가에 대해 말할 시간이 아직 남아 있는지도, 또 내가 이 무언가를 알아채지 못한 채로 원고를 편집자에게 보내지 못하게끔 베랑제르가 자신도 의식하지 못한 채로 내 소매를 붙잡은 것인지도 모를 일 아니겠는가?

6

이리하여 나는 농가를 개조한 어느 홀 안, 렘브란트의 「돌아온 탕자」 — 어라? — 를 복제한 커다란 그림 밑에서, 일곱 명씩 맞춰진 그룹들로 나눠진 40여 명의 기독교인들과 함께 앉아 있게 되었다. 사람들이 빙 둘러앉은 한가운데에 대야, 물병, 수건 등속이 놓여 있었고, 모두가 서로의 발을 씻겨 줄 준비를 하고 있었다.

나는 이 수련회가 시작되기 하루 전에 우리 그룹 사람들을 처음 만났다. 우리 그룹은 나 외에, 보주 지방의 한 초등학교 교장 선생님 한 분, 가톨릭 구호 단체에서 근무하는 여성 한 분, 끔찍스러운 정리 해고를 몇 차례나 진행해야 했던 기업의 인사팀 국장 한 분, 서정적인 예술가 한 분, 그리고 이른바 〈성모 팀〉 — 나는 예전의 나의 장인 장모와, 교도소를 방문하여 장클로드 로망을 격려해 주었던 이들 중 하나도 속해 있는 이 기도 그룹들을 잘 알고 있다 — 에 속하여 활동하는 한 은퇴자 부부로 구성되어 있었다. 나를 포함한 모두가 가톨릭 교인들이 좋

681

아하는 아웃도어 스타일의 복장이었다. 내가 착각한 것인지도 모르겠지만, 그들은 동성애자 결혼과 너무 많은 이민자들을 반대하는 시위에서 행진하는 유형의 가톨릭 교인들처럼 느껴지지 않았다. 그보다는 글을 모르는 불법 체류자들을 돕고, 그들을 위해 행정적인 서류들을 작성해 주는 분들, 다시 말해서 약자들을 옹호하고, 선의를 지닌 좌파 성향의 가톨릭 교인들처럼 느껴졌다. 이들 가운데 두 분은 이곳에 자주 오는 듯했고, 여기서 기거하는 사람들, 그러니까 자원봉사자들과 장애를 가진 사람들과 친한 사이로 보였다. 도착하면서 알게 된 사실인데, 여기서는 〈장애인〉이라는 말 대신 〈장애를 가진 사람〉이라는 표현을 사용한다고 한다. 이것을 그냥 정치적으로 올바른 표현에 불과하다고 생각할 수도 있겠지만, 나로서는 여기에 대해 비난할 부분이 전혀 없는 것이, 여기에서는 정말로 모든 관계가 인간 대 인간으로, 완전히 동등하게 이뤄지고 있기 때문이다. 이 사람들 중 어떤 이들은 완전히 의존적인 상태이다. 휠체어에 몸을 잔뜩 구부리고 앉아서 남이 수저로 떠 주는 음식을 먹어야 하고, 목구멍에서 나는 괴성으로밖에는 의사를 표현하지 못하는 사람들이다. 이들보다 상태가 나은 이들은 방안을 왔다 갔다 하기도 하고, 식탁 차리는 것을 돕기도 하고, 나름의 방식으로 의사소통을 하기도 한다. 예를 들어 쉰 살 정도 먹은 한 남자는 아침부터 저녁까지 〈귀여운 파트리크!〉라는 말을 지치지도 않고 되풀이한다. 이 디테일을 상기하고 있는 지금, 난 그에게 이 〈귀여운 파트리크〉가 누구인지, 그 자신인지, 아니면 다른 사람인지, 그리고 다른 사람이라면 그게 누구인지 물어보지 않은 게 못내 아쉽다.

이 모든 일은 지금으로부터 정확히 50년 전에 시작되었다. 장 바니에라는 이름의 한 캐나다인이 자신의 길을 찾고 있었다. 그는 영국 해군에 입대하여 아주 어린 나이에 전쟁을 치렀고, 해군으로 복무했고, 철학을 공부했다. 행복해지고 싶었던 그는 행복의 조건이 복음서대로 사는 것이라 확신하고는 복음서의 말씀대로 살기를 원했다. 사람들은 복음서에서 특별히 자신을 위한 구절을 하나씩 발견하게 되는데, 그가 발견한 구절은「루카 복음서」에 있었다. 그것은 예수가 잔치에 친척들이나 부유한 이웃들을 초대하지 말고, 대신 거지들, 불구자들, 거리에서 비척거리고 있는, 모두가 피하려 들고, 당연히 아무도 초대하려 하지 않는 뭔가 결함이 있는 사람들을 초대하라고 권하는 구절이다. 그리한다면 너는 축복을 받고, 너는 행복해질 것이다, 하고 예수는 약속한다. 이른바 〈지복(至福)〉을 맛보게 된다는 것이다.

장 바니에는 프랑스 와즈군의 한 마을에서 살았는데, 그 근처 ― 그때만 해도 〈광인 수용소〉라는 명칭으로 불렸던 ― 에 정신 병원이 하나 있었다. 일시적으로 정신이 흐려진 사람들이 아니라, 도저히 고칠 수 없는 병자들을 가둬 놓기 위한 진짜배기 〈광인 수용소〉였다. 거기에는 니체의 철저한 독자들인 나치들이 차라리 죽이는 게 자비로운 행동이라고 생각했던 사람들, 그리고 보다 온건한 우리 사회들도 폐쇄적인 기관들에 가두어 놓고서, 최소한으로 보살피면서 사회에서 격리해 놓는 것으로 만족하는 사람들이 있었다. 침을 질질 흘리고, 죽을 듯이 고함을 질러 대는 사람들, 자신 안에 영원히 갇혀 있는 사람들 말이다. 당연히 아무도 초대하려 하지 않는 사람들이었지만, 장 바니에는 이들을 초대했다. 그는 이 병자들 중 두 사람을 자신에게 맡겨, 어떤 기관에서 살지 않고, 가정에서 함께 살 수 있게끔 하는 허가를 얻어 냈다. 그리하여 콩피에뉴 숲의 가장자리에 위치한 트롤리브뢰유 마을의 조그만 집에서 그는 가족을 하나 이루니, 바로 라르슈의 첫 번째 공동체이다. 50년이 지난 지금, 전 세계에 150개의 라르슈 공동체가 존재하며, 그 각각에는 대여섯 명의 정신 장애인들과 같은 수의 도우미들이 생활하고 있다. 도우미가 1인당 한 명씩 붙는 셈이다. 거기서 사람들은 스스로 식사를 준비하고, 자기 손으로 일을 한다. 아주 단순한 삶, 함께하는 삶이다. 영원히 치료될 수 없는 이들은 호전되지는 않지만, 그래도 그들과 대화를 나누고, 몸을 접촉하고, 그들이 중요한 사람들이라고 말해 준다. 가장 상태가 나쁜 사람들도 이런 말들을 들으며, 그들 안의 뭔가가 살아 움직이기 시작한다. 이 뭔가를 장 바니에는 〈예수〉라고 부르지만, 그는 누구에게도 자신처럼 하라고 강요하지 않는다. 다른 공동체를 방문하기 위해 여행할 때를 제외하고는, 그는 아직도 트롤리브뢰유에 있는 그 공동체에 살고 있다. 그는 이따금 거기서 베랑제르 덕분에 내가 등록하게 된, 그런 종류의 수련회를 개최하곤 한다. 이 수련회는 매일 열리는 미사(따분하다)와 찬송(짜증 난다)과 침묵(이건 괜찮다)과 장 바니에의 얘기를 듣는 순서 등으로 짜여 있다. 이제 아주 고령이 된 그는 키가 아주 크고, 아주 주의 깊고, 아주 온화하고, 또 아주 선해 보이는 사람이다. 이런 그의 모습을 보고 있노라면 그의 수호성인, 복음서 기자 요한이 어땠을지 쉽게 상상이 된다. 이 복음서 기자 요한이 사도 요한이었을까, 장로 요한이었을까? 유대인이었을까, 그리스인이었을까? 이 책을 쓰는 동안 나는 이런 문제들을 가지고 골머리를 썩였는데, 책이 끝난 지금은 더 이상 신경 쓰지 않는다. 그게 대체 뭐가 중요하단 말인가? 난 단지 고령에 이른 그가 에페소에서 그 〈귀여운 파트리크〉처럼 아침부터 저녁까지 계속 되풀이했다는 이 말만 생각날 뿐이다. 〈내 아이들아, 서로 사랑하여라!〉

7

이것은 복음서 기자 요한이 들려준 이야기로, 그날 저녁 우리가 대야들을 가운데에 놓고 둘러앉아 기다리고 있을 때 장 바니에가 우리에게 들려준 이야기이기도 하다. 예수가 죽은 나자로를 다시 살려 내자, 그를 메시아로 여기는 사람들이 갈수록 많아졌다. 그들은 예루살렘에 들어오는 예수를 환호하며 맞으며 종려나무 가지를 흔들어 댔다. 예수는 성도(聖都)에 위풍당당한 말이 아닌 조그만 나귀를 타고 입성하기 원했지만, 사람들은 뭔가 엄청난 일들이 일어날 거라는 기대에 잔뜩 부풀어 있었던 것이다. 며칠 후, 그러니까 이 종려 일요일의 나흘 후인 세족 목요일이 되었을 때, 그는 그 유명한 다락방에서 열두 제자와 만찬을 나눈다. 식사 중의 어느 순간, 그는 일어나 겉옷을 벗고는 허리에 수건 하나만 두른다. 그러고 나서 아무 말 없이 대야에 물을 붓고는 제자들의 발을 씻어 준 다음, 허리에 묶은 수건 자락으로 물기를 닦아 준다. 이것은 노예나 하는 일이어서, 제자들은 기절할 듯이 놀란다. 그가 베드로 앞에 무릎을 꿇자, 베드로는 항의한다. 「아니, 주님이 제 발을 씻겨 주시겠다고요?」 예수가 대답한다. 「너는 내가 왜 이렇게 하는지 지금은 이해하지 못하지만, 나중에 깨닫게 될 것이다.」「이럴 수는 없습니다!」베드로는 소리친다.「절대로 이럴 수는 없다고요!」

베드로가 아무것도 이해하지 못하는 것은 이게 처음이 아니고, 또 마지막도 아닐 것이다. 이 발에 대한 모든 것들은 그로서는 이해하기가 너무 어려웠다. 예수가 경고를 했음에도 불구하고, 요 며칠 사이에 일어난 일들은 그로 하여금 마침내 때가 왔고, 자기와 다른 제자들은 제대로 베팅을 했으며, 예수는 권력을 잡아 우두머리가 될 거라고 확신하게 만들었다. 우두머리라는 것은 존경을 받고 숭배를 받고 우러러 받들어지는 것이다. 하지만 숭배는 사랑이 아니다. 사랑은 누군가의 가까이에 있는 것을, 서로 주고받는 것을, 상대의 연약함을 받아들이는 것을 의미한다. 사랑만이 우리 모두가 항상, 모든 사람에게 하면서 평생을 보내는 그 말, 즉 〈나는 너보다 낫다〉라는 말을 하지 않는다. 사랑은 자신을 안심시키기 위한 다른 방법들을 가지고 있다. 위에서가 아니라 아래에서 오는 또 다른 권위를 가지고 있다. 우리 사회는, 아니 모든 인간 사회들은 피라미드이다. 그 꼭대기에는 중요한 사람들이 있다. 부자들, 힘 있는 자들, 아름다운 자들, 똑똑한 자들, 모든 사람들이 쳐다보고 있는 자들이다. 가운데에는 하층민이 있다. 세상의 대다수를 이루는 사람들, 아무도 쳐다보지 않는 사람들이다. 그러고 나서 맨 아래에는 심지어 하층민들조차 내려다보면서 자만심을 느끼는 사람들이 있다. 바로 노예들, 뭔가 결함이 있는 사람들, 벌레만도 못한 사람들이다. 베드로는 여느 사람과 같았다. 그는 벌레만도 못한 사람들 말고 중요한 사람들의 친구가 되고 싶은데, 예수가 아주 구체적으로 이 벌레만도 못한 사람의 자리에 앉은 것이다. 이럴 수는 없는 일이다! 베드로는 예수가 씻지 못하게끔 발을 바짝 오므리면서 〈아닙니다! 절대로 이럴 수는 없습니다!〉라고 항의한다. 예수는 엄하게 대꾸한다. 「만일 내가 네 발을 씻지 않으면, 넌 나와 함께 갈 수 없어. 넌 내 제자가 될 수 없어.」 베드로는 굴복하면서, 항상 그러듯이 이번에도 극단적으로 나간다. 「좋습니다. 하지만 그렇다면 발만 씻겨 주지 마시고, 손과 머리까지 씻겨 주십시오!」

예수는 모두의 발을 씻겨 주고 나서 일어나 옷을 걸치고는 자기 자리로 돌아간다. 그리고 이렇게 말한다. 「너희는 나를 주님이라고, 혹은 스승이라고 부른다. 그건 너희들이 옳은데, 실제로 내가 그러하기 때문이다. 그리고 주님이고 스승인 내가 너희의 발을 씻어 주었으니, 너희도 서로의 발을 씻겨 주어야 한다. 내 말대로 실천한다면 너희에게 복이 있을 것이다.」

〈너희에게 복이 있을 것이다.〉 이 발 씻어 주는 행위 역시 지복 중의 하나라고 장 바니에는 말한다. 라르슈 공동체들에서 사람들은 복음서 기자 요한만이 전하고 있는 이 지복을 서로에게 상기시켜 주고 있는 것이다. 나는 구제 불능의 역사가이므로, 속으로 이런 생각을 해본다. 〈하지만 열두 제자 모두가 그렇게나 특별한 장면을 목격했고, 또 직접 참여했는데, 요한만이 이걸 전하고 있다는 것은 좀 이상하잖아?〉 마르코, 마태오, 루카가 전하는 것은 빵과 포도주와 〈너희는 나를 기념하여 이것을 행하라〉라는 말이고, 나는 그렇다면 일이 다른 식으로 이뤄졌을 수도 있었겠다. 영성체가 아니라 세족식이 기독교의 중심 성사(聖事)가 되었을 수도 있었겠다, 하는 생각도 해본다.

만일 그랬다면 라르슈의 수련회들에서 하는 것을 매일 미사에서 할 것이고, 그것은 그렇게 괴상하게 느껴지지 않을 것이다. 아니, 지금보다는 오히려 덜 괴상하게 느껴질 것이다.

「내가 라르슈의 지도부에서 물러났을 때가 생각납니다.」장 바니에는 말을 잇는다. 「난 그때 안식년을 얻어, 바로 이 옆에 있는 한 공동체에서 에리크라는 소년의 도우미로 있었지요. 그때 에리크는 열여섯 살이었는데, 장님에, 귀머거리에, 말할 줄도 모르고, 걸을 줄도 몰랐어요. 한 번도 몸을 깨끗이 하는 법을 배우지 못했고, 또 앞으로도 배우지 못할 거예요. 그의 어머니는 태어나자마자 그를 버렸고, 그는 평생을 병원에서 보내면서 아무와도 진정한 관계를 맺어 본 적이 없었어요. 나는 지금까지 그렇게 두려워하는 사람을 본 적이 없습니다. 그는 너무나도 배척당했고, 너무나도 모욕당했으며, 그가 외부에서 받아들이는 신호들은 하나같이 〈넌 나쁘다, 넌 아무에게도 중요하지 않은 존재다〉라는 말만 하고 있었기 때문에, 그는 두려움의 벽을 쌓고 그 안에만 틀어박혀 있었어요. 그가 할 수 있는 것이라곤 이따금 비명을 지르는 것뿐이었어요. 아주 날카로운 비명을 몇 시간이고 계속 질러 댔는데, 이게 나를 미치게 만들었어요. 정말 끔찍했어요. 난 자기 자식들을 때리고, 심지어 죽이기까지 하는 그 부모들의 심정을 비로소 이해할 수 있었어요. 그의 두려움은 나의 두려움을, 나의 증오심을 깨어나게 했지요. 그렇게 비명을 질러 대는 사람과 대체 무엇을 할 수 있단 말입니까? 그렇게 닿을 수 없는 곳에 있는 사람과 어떻게 접촉할 수 있단 말입니까? 그는 들을 수가 없었기 때문에, 그에게는 말을 할 수 없었어요. 그는 이해할 수 없었기 때문에, 그와는 이성적인 얘기를 나눌 수 없었어요. 하지만 그를 만질 수는 있었죠. 그의 몸을 씻어 줄 수는 있었어요. 이것이 예수께서 그 성스러운 목요일에 우리에게 가르쳐 주신 일이었어요. 그분은 영성체를 시작하실 때, 열두 제자에게 한꺼번에 말씀하셨어요. 하지만 그분이 무릎을 꿇고 제자들의 발을 씻어 주실 때는, 각 사람 앞에 앉아서 각자의 이름을 부르셨고, 살을 어루만지셨고, 아무도 닿을 수 없었던 부분을 접촉하셨어요. 그를 만진다고 해서, 그를 씻겨 준다고 해서 그를 치료할 수는 없겠지만, 그에게, 그리고 그것을 행하는 사람에게 그보다 더 중요한 것은 없어요. **그것을 행하는 사람에게,** 이것이 바로 복음의 위대한 비밀이에요. 이것은 또한 라르슈의 비밀이기도 합니다. 처음에 우리는 그저 선한 일을 하고 싶었어요. 가난한 이들에게 좋은 일을 해주고 싶었을 뿐이죠. 그런데 조금씩, 조금씩 — 이것은 시간이 좀 걸리는 일입니다 — 오히려 그들이 우리에게 좋은 일을 해준다는 사실을 깨닫게 되었죠. 왜냐하면 그들의 가난함과 약함과 두려움과 가까이 함으로써, 그들의 것과 똑같은 우리 자신의 가난함과 약함과 두려움을 벌거벗겨 놓을 수 있으니까요. 아세요? 이 가난함과 약함과 두려움은 모든 사람에게 똑같은 것이랍니다. 그리고 이렇게 할 때 우리는 보다 인간적이게 되기 시작하는 것이죠.

자, 어서들 시작해 보세요!」

그는 일어나서 그의 자리가 하나 마련되어 있는 그룹으로 간다. 이 그룹에는 다운 증후군 환자인 젊은 여성이 하나 있다. 엘로디라는 이름의 이 아가씨는 그가 말하고 있는 동안에도 쉴 새 없이 방 안을 돌아다니면서, 아주 맵시 있게 댄스 스텝을 밟기도 하고, 이 사람 저 사람에게 살짝 안아 달라고 하기도 했지만, 그가 자기 자리로 가는 것을 보고는 자신도 그의 옆에 있는 자기 자리로 돌아간다. 그녀는 이 순간을 기다리고 있었고, 이게 어떤 식으로 진행되는지 잘 알고 있으며, 그자비에 신부가 르 르브롱에 있는 조그만 오두막에서 미사를 집전하는 동안 복사(服事) 역할을 하는 다운 증후군 소년 파스칼만큼이나 만족스럽고도 자연스러워 보인다.

우리는 저마다 신발과 양말을 벗고, 바지 아랫단을 걷어 올린다. 인사 팀 국장이 먼저 시작한다. 그는 교장 선생님 앞에 무릎을 꿇고, 물병에 담긴 미지근한 물을 그의 두 발에 붓고는 약간 문지른다. 10여 초, 혹은 20여 초, 비교적 긴 시간 동안 씻는데, 나는 그가 이 일을 빨리 끝내 버리고, 이 의식을 순전히 상징적인 어떤 것으로 축소해 버리고 싶은 유혹과 싸우고 있다는 느낌을 받는다. 이렇게 한쪽 발, 그리고 다른 쪽 발을 씻어 주었고, 그러고 나서 수건으로 물기를 닦아 준다. 그다음에는 교장 선생님의 차례로, 그는 내 앞에 무릎을 꿇고 앉아 내 발을 씻어 주었고, 또 나는 가톨릭 구호 단체에서 근무하는 여성분의 발을 씻어 준다. 나는 이 발들을 내려다보는데, 정말로 묘한 기분이 든다. 낯선 이의 발을 씻어 준다는 것은 정말이지 이상한 일이다. 베랑제르가 그녀의 이메일에서 인용해 주었던 에마뉘엘 레비나스의 아름다운 문장이 떠오른다. 그것을 보는 순간 우리로 하여금 살인을 못 하게 만드는 인간의 얼굴에 대한 문장이었다. 베랑제르는 이렇게 말했다. 「네, 그래요, 하지만 발은 더 그래요.」발은 더 가련하고 더 연약한 것, 정말로 가장 연약한 것, 우리들 모두 안에 들어 있는 어린아이인 것이다. 나는 이 모든 것들이 약간 어색하게 느껴지면서도, 이것을 하기 위해, 다시 말해서 세상과 자신 안에 있는 가장 가난하고 가장 연약한 것을 최대한으로 가까이 하기 위해 사람들이 이렇게 모인다는 것이 아름답게 느껴진다. 나는 그래, 바로 이게 기독교야, 하고 나는 속으로 중얼거린다.

하지만 나는 〈주님의 은총을 입〉고 싶지도 않고, 내가 누군가의 발을 씻는다고 해서 24년 전처럼 회심하여 집으로 돌아가고 싶지도 않다. 다행스럽게도 그런 일은 전혀 일어나지 않는다.

8

일요일인 다음 날, 점심 식사 후에 수련회는 끝난다. 헤어져서 각자의 집으로 돌아가기 전에 모든 참가자들이 〈예수님은 나의 친구〉류의 찬송가를 한 곡 부른다. 다운 증후군 환자 엘로디를 보살피는 상냥한 부인이 기타로 반주를 하는 가운데, 이게 경쾌한 곡조의 찬송가인 까닭에 모두가 손뼉을 치고 발을 구르면서, 마치 나이트클럽에서처럼 신나게 몸을 흔들어 댄다. 내가 아무리 선의를 품고 있다 해도, 나로서는 솔직히 이렇게 싸구려 냄새가 풀풀 나는 종교적 분위기에 선뜻 뛰어들 수가 없다. 나는 입을 닫은 채로 애매하게 흥얼거리면서, 또 골반을 조금씩 흔들면서 이 순간이 끝나기만을 기다린다. 갑자기 내 옆에, 일종의 파랑돌 춤을 추기 시작한 엘로디가 불쑥 나타난다.

그녀는 내 앞에 딱 버티고 서더니, 미소를 짓고, 두 팔을 하늘로 번쩍 들어 올리고 까르르 웃음을 터뜨린다. 다른 무엇보다도 나를 빤히 쳐다본다. 마음껏 즐기라는 듯한 시선으로 나를 격려하는데, 그 시선이 얼마나 큰 기쁨으로 가득한지, 얼마나 천진하고, 얼마나 신뢰에 차 있고, 얼마나 자연스러운 기쁨으로 가득한지, 나는 다른 사람들처럼 춤추고, 예수님은 나의 친구라고 노래하기 시작했고, 그렇게 춤추고 노래하고 이제는 다른 파트너를 고른 엘로디를 쳐다보고 있는 내 눈에 눈물이 솟구쳤고, 나는 이날, 왕국이 무엇인지 잠깐이나마 보게 되었다는 것을 인정하지 않을 수 없다.

9

집에 돌아온 나는 요한에 대한 논평이 적힌 노트들을 다시 상자에 집어넣기 전에, 마지막으로 한 번 뒤적거려 본다. 그러다가 끝부분으로 가본다. 1992년 11월 28일, 나는 「요한 복음서」의 마지막 문장들을 베껴 놓았다.

〈이 제자(예수가 사랑한 제자)가 이 일들을 증언하고 또 기록한 사람이다. 우리는 그의 증언이 참되다는 것을 알고 있다. 예수님께서 하신 일은 이 밖에도 많이 있다. 그래서 그것들을 낱낱이 기록하면, 온 세상이라도 그렇게 기록된 책들을 다 담아 내지 못하리라고 나는 생각한다.〉

그 뒤에 나는 이렇게 적어 놓았다. 〈예수님께서 하신 일은 이

밖에도 많이 있다. 바로 그분이 우리의 삶 가운데서, 우리가 모르는 사이에 매일 하고 계시는 일들이다. 이 일들 가운데 어떤 것들을 증언하고, 나의 참된 증언을 기록하는 것, 이게 바로 나의 소명이라고 생각한다. 주여, 앞으로 내게 함정들과 침체된 날들과 어쩔 수 없이 당신에게서 멀어지는 날들이 있다 할지라도, 내가 이 소명에 충실(忠實)할 수 있도록 해주옵소서. 이 열여덟 권짜리 노트들의 마지막에 이르러 당신께 간구하는 것은 바로 이것, 충실함입니다.〉

내가 여기서 마치게 될 이 책을 나는 진심을 다해 썼지만, 책이 다루려 하고 있는 것이 나보다 훨씬 큰 것이기 때문에, 이 진심이라는 것은 가소로운 것임을 나는 알고 있다. 내가 쓴 이 책은 나의 어떠함으로 가득 채워져 있다. 똑똑한 자, 부유한 자, 높은 곳에 있는 자들 — 모두가 왕국에 들어가는 것을 방해하는 장애물들이다 — 로 말이다. 그래도 나는 시도해 보았다. 그리고 책과 작별하는 이 순간 자문해 본다. 이 책은 과거 나였던 그 젊은이와 그가 믿었던 주님을 배신하고 있을까, 아니면 나름의 방식으로 이들에게 충실히 남아 있는 것일까?

나는 모르겠다.

옮긴이의 말

엠마뉘엘 카레르는 역자가 가장 좋아하는 현대 작가 중 한 명이다. 『러시아 소설』을 매우 즐겁게 작업한 바 있는 역자는 『왕국』의 번역을 의뢰받게 되었을 때 가슴이 설렜다. 좋아하는 작가의 따끈따끈한 신작이기도 했거니와, 그 주제가 개인적으로 매우 흥미로웠기 때문이다. 바로 〈기독교 탄생의 비밀〉이다. 어렸을 때 주일 학교를 다니다가 어른이 되어 이 신앙에서 멀리 떨어져 살아왔지만, 어쨌거나 내 어린 영혼에 깊은 각인을 남겼고, 실은 삶의 어느 순간에도 나를 떠나지 않았던 이 특별한 신앙의 의미와 실체를 나름대로 정리해 보고자 하는 욕구가 늘 있었던 것이다. 이는 동시에 이 작품을 쓴 카레르 자신의 동기이기도 하다. 그 역시 한때 열렬한 기독교 신자였다가 열광에서 깨어나 한동안 불가지론자로 살아왔다. 하지만 2천 년 전 유대 땅에서 한 줌의 무리에게 신봉되다가 로마 제국의 국교가 되었고, 그 후 2천 년이 넘는 세월 동안 소멸되지 않고 인류 전체에 어마어마한 영향을 끼쳐 왔고, 과학과 이성의 시대라는 현대에 와서도 작가 자신을 포함한 수많은 사람들에게 여전히 불가사의한 힘을 발휘하고 있는 〈기독교〉라는 이 기이하고도 신비로운 현상을 그는 정면으로 꼭 한 번 파헤쳐 보고 싶었던 것이다. 물론 이 기도는 어떤 〈객관적 진실〉을 지향하지는 않는다. 다시 말해서 이 책은 학술적인 역사서가 아니다. 이 카레르의 기독교 탐구는 그의 조사 방식이 항상 그렇듯 개인적 관점에서의 탐구, 개인사적 맥락에서 비롯되는 앙케트다. 이 책의 앞부분에는 기독교와 관련된 카레르의 개인사가, 뒷부분은 복음서 기자 루카를 중심으로 한 초기 기독교의 역사가 놓이는데, 두 부분은 마주 놓인 거울처럼 풍요한 상호 작용을 일으킨다. 카레르의 개인사는 기독교 역사라는 거대한 영역의 탐험을 인도하는 길잡이가 되며, 그리하여 탐사 대상으로서 밝혀지고 이해된 기독교는 카레르 개인의 영혼의 비밀을 드러내 준다. 즉 픽션과 다큐멘터리, 그리고 철학적 에세이가 버무려진 이 책은 초기 기독교라는 역사적 진실의 재구성이자 개인적 진실의 탐구이다. 독자는 『왕국』을 읽으며 기독교 탄생에 관련된 흥미롭고도 다채로운 역사적 진실들을 발견해 나가는 동시에, 이렇게 탄생한 기독교가 우리 영혼의 깊은 곳을 어떻게 움직이고 있는지에 대한 진지한 성찰을 해보는 이중의 즐거움을 만끽할 수 있을 것이다.

번역을 하면서 가장 미묘했던 점은 인용을 위한 성경 판본의 선택과 그에 따른 고유 명사의 표기였다. 일례로, 이 책의 주인공 중 하나인 바오로를 〈바울〉, 〈바울로〉, 〈바오로〉, 혹은 〈파울로〉, 〈파울루스〉 가운데 과연 어떤 이름으로 지칭해야 할 것인가? 하는 문제가 있다. 우리는 2005년 한국 천주교 주교회의에서 발간한 『성경』, 가톨릭 역본을 기준으로 삼기로 했다. 그 이유는 간단히 카레르가 대다수 프랑스인들과 마찬가지로 가톨릭 신자이기 때문이다. 물론 그가 읽는 가톨릭 성경은 프랑스어로 되어 있고, 우리의 그것은 우리말로 되어 있어 결코 동일한 것은 아니지만, 우리도 이것을 기준으로 삼는 게 적절하다고 판단했다. 하지만 카레르는 이따금 성경 구절을 인용할 때 원문을 그대로 옮기지 않고 이 작품의 리듬과 맥락에 맞게 자유롭게 다시 쓰기도 하는데, 이런 경우에는 카레르식의 표현을 가급적 충실하게 번역하는 방향을 택했다. 하지만 어떠한 경우에 있어서도 카레르는 성경의 원문을 왜곡하거나 거기서 크게 벗어나는 일이 없었다는 점을 그를 대신하여 밝혀 둔다.

번역 대본으로는 Emmanuel Carrère, *Le Royaume*(Paris: P. O. L, 2014)을 사용했다.

2018년 3월, 파주에서
임호경

옮긴이 **임호경** 1961년에 태어나 서울대학교 불어교육과를 졸업했다. 파리 제8대학에서 문학 박사 학위를 취득했으며, 현재 전문 번역가로 활동하고 있다. 옮긴 책으로는 피에르 르메트르의 『오르부아르』, 요나스 요나손의 『킬러 안데르스와 그의 친구 둘』, 『셈을 할 줄 아는 까막눈이 여자』, 『창문 넘어 도망친 100세 노인』, 베르나르 베르베르의 『신』(공역), 『카산드라의 거울』, 조르주 심농의 『리버티 바』, 『센 강의 춤집에서』, 『누런 개』, 『갈레 씨, 홀로 죽다』, 앙투안 갈랑의 『천일야화』, 로렌스 베누티의 『번역의 윤리』, 스티그 라르손의 〈밀레니엄 시리즈〉, 파울로 코엘료의 『승자는 혼자다』, 기욤 뮈소의 『7년 후』, 아니 에르노의 『남자의 자리』 등이 있다.

왕국

발행일 **2018년 3월 10일 초판 1쇄**
      2025년 4월 30일 초판 8쇄

지은이 **엠마뉘엘 카레르**
옮긴이 **임호경**
발행인 **홍예빈**
발행처 **주식회사 열린책들**

경기도 파주시 문발로 253 파주출판도시
전화 **031-955-4000** 팩스 **031-955-4004**
홈페이지 **www.openbooks.co.kr** 이메일 **literature@openbooks.co.kr**

Copyright (C) 주식회사 열린책들, 2018, *Printed in Korea.*
ISBN 978-89-329-1877-8 03860

이 도서의 국립중앙도서관 출판예정도서목록(CIP)은 서지정보유통지원시스템 홈페이지(http://seoji.nl.go.kr)와 국가자료공동목록시스템(http://www.nl.go.kr/kolisnet)에서 이용하실 수 있습니다.(CIP제어번호:CIP2017035579)